U0147226

天合教育 编

2012版

国家公务员录用考试专用

系列教材

公共基础知识

化学工业出版社

·北京·

本书根据"公共基础知识"考试特点，共设置了马克思主义基本原理、毛泽东思想、邓小平理论、"三个代表"重要思想和科学发展观、法律基础知识、经济常识、公共管理、公文写作、人文历史、自然科技常识、国内外时政要闻等章节，内容全面，讲解详细。为了方便考生依据该科目的考试趋势进行有效复习，本书在每章均设置了"历年真题回顾"和"同步强化训练"两个专项，帮助考生分析历年考试的主要内容，使考生在备考中能抓住重点，有效提升能力。

本书知识系统完备，在具体内容讲解上深入浅出，全面切中考点，讲练结合，为考生优化学习思路、指明复习方向、提升应试能力提供帮助。

图书在版编目（CIP）数据

公共基础知识/天合教育编.—北京：化学工业出版社，2011.5

（国家公务员录用考试专用系列教材：2012版）

ISBN 978-7-122-10978-1

ISBN 978-7-89472-423-6（光盘）

Ⅰ.公… Ⅱ.天… Ⅲ.公务员-招聘-考试-中国-教材

Ⅳ.D630.3

中国版本图书馆 CIP 数据核字（2011）第 061910 号

责任编辑：瞿　微　张　立　　　　　　　　装帧设计：王晓宇

文字编辑：吴　悦　　　　　　　　　　　　责任校对：王素芹

出版发行：化学工业出版社（北京市东城区青年湖南街 13 号　邮政编码 100011）
印　　刷：北京永鑫印刷有限责任公司
装　　订：三河市万龙印装有限公司
880mm×1230mm　　　1/16　　　印张 21¼　　　字数 652 千字　　　2011 年 5 月北京第 1 版第 1 次印刷

购书咨询：010 - 64518888（传真：010 - 64519686）　　　　售后服务：010 - 64518899
网　　址：http://www.cip.com.cn

凡购买本书，如有缺损质量问题，本社销售中心负责调换。

定　　价：48.00 元（含 1CD - ROM）　　　　　　　　　　　　　　　版权所有　违者必究

前　言

随着公务员考试录用制度的全面推行和完善以及影响的扩大,使得公务员考试竞争日益激烈。党和国家越来越重视公务员的任用和管理,对公务员的要求也更加清晰、透明。尤其是国家公务员局的成立,更表明了它的规范化。公务员录用考试制度已经成为党和政府面向全社会招贤纳士的主要渠道。

近年来,就业压力不断加大,社会各界人士报考公务员的热情高涨,报考人数居高不下。作为在各级政府机关中行使国家行政职权、执行国家公务的人员,必须具备发现问题、分析问题、认识问题和解决问题的能力。公务员考试中笔试题目的设置,正是适应这种用人机制的产物。行政职业能力测验中的言语理解与表达、数量关系、判断推理、常识判断和资料分析,以及申论科目的设置均从语言、逻辑思维、反应能力等层面测查了考生的综合能力及与之职位适应的工作能力。较之高考、考研,它的实用性、能力性测查更为真切和直接。

在公务员考试制度日渐成熟的同时,社会上也出现了多种应对公务员考试的用书。对考试书的选取成为考生能否取得理想成绩的关键之一。为使广大青年朋友有针对性地、高效率地做好应考准备,本书编写专家在把握公务员考试最新变化与趋势的基础上,倾心打造了国内一流的品牌图书。本系列教材在潜心研究历年考试情况的基础上融入了2011年公务员考试的最新思想和变化,并由著名专家对命题趋势做出权威解读,对公务员考试的各部分题型进行了深入的探讨与归纳,对每种题型的应对理论进行深入、全面的阐述,每一部分内容中都涉及真题演练这个重要环节,能使广大考生把握中央、地方真题的规律。

本系列教材是根据国家人力资源和社会保障部最新命题思路编写的,在题型、题量、试题难度、讲解等方面均参照了国家历年公务员考试真题和考试大纲,做到既把握公务员考试的命题特点,又重视发展趋势的研究。

本系列教材具有以下鲜明特点。

一、权威的编写队伍

本系列教材是公务员考试命题研究专家为参加公务员考试的考生量身定做的,专家们多年的理论研究与阅卷实践,定能使考生以最快的速度掌握教材中的内容,在考试中取得佳绩。

二、丰富兼容的知识内容

本系列教材涵盖了各地公务员考试的经典题型和最新题型,对公务员考试的各部分题型进行了深入的探讨与归纳,其结构严谨、内容翔实、讲练结合、重点突出、难易适当、梯度合理,真正做到了让考生理论知识与实践的全面提高。本系列教材既适用于公务员考试,同时也适用于事业单位招聘工作人员的考试,以及选聘高校毕业生面向基层工作的考试、三支一扶考试、社区考试以及军转干考试等,具有兼容性。

三、全新的思路点拨

本系列教材采用了全新的试题讲解方法,打破了以往机械地向考生灌输解题方法和技巧的模式,使考生真正做到拓展思维、提升能力。

四、最新的考点把握

本系列教材根据各地命题趋势,全面把握最新考试知识点,在紧扣公务员考试相关精神的基础上又有所创新,凸显时效性。

为了回馈广大考生的信任和支持,我们力争提供最完善的服务,读者可随时登录 www. thjy888. com 网站,就学习中遇到的问题向命题研究专家进行咨询,也可随时与我们在线沟通。同时,希望广大读者随时关注我们的网站,关注公务员考试的最新讯息、考前模拟试题及更多公务员考试信息。

由于编者水平及时间有限,在编写过程中难免有不足之处,敬请广大读者、同仁不吝指正,衷心希望本系列教材能为广大考生的复习备考带来实质性的帮助。

天合教育

目　　录

第一篇　政治理论常识

第二篇　法律常识

第三篇　经济常识理论

第四篇　公共管理

第五篇　百科常识

第六篇　公文写作与处理

第一篇　政治理论常识

第一章　马克思主义哲学

知识结构导读

马克思主义哲学
├─ 马克思主义哲学概述
│　├─ 哲学和哲学的基本问题
│　├─ 马克思主义哲学的产生及本质特征
│　├─ 马克思主义哲学的发展
│　└─ 正确认识和准确把握马克思主义
├─ 物质和意识
│　├─ 物质
│　└─ 意识与世界的物质统一性
├─ 唯物主义辩证法是关于普遍联系和永恒发展的科学
│　├─ 唯物辩证法是关于联系和发展的科学
│　├─ 唯物辩证法的三大基本规律
│　└─ 唯物辩证法的基本范畴
├─ 认识论
│　├─ 认识的本质及发展过程
│　└─ 认识和真理
├─ 人类社会的本质和基本结构
│　├─ 人类社会的物质基础
│　├─ 社会的实践本质
│　├─ 社会的政治结构
│　└─ 社会的经济结构
└─ 唯物主义社会历史发展观
　　├─ 社会发展的基本规律
　　├─ 社会发展的动力
　　└─ 历史的创造者

考点内容精讲

第一节　马克思主义哲学概述

一、哲学和哲学的基本问题

(一)什么是哲学

哲学是理论化、系统化的世界观。世界观是人们对于包括自然界、社会和人的精神世界在内的,整个世界总的看法和根本观点。世界观人人都有,但是自发的、零乱的世界观还不能称之为哲学,只有经过思想家自觉研究、系统阐发和逻辑论证的世界观,才能称之为哲学。所以哲学不等同于一般的世界观,它是系统化和理论化的世界观。

(二)哲学的基本问题

哲学的基本问题包括:①思维和存在何者为第一性、第二性的问题,即本原、派生的问题;②思维和存在有无同一性的问题。对物质和意识何者为本原和派生问题的不同回答是划分唯物主义和唯心主义的唯一标准。思维和存在有无同一性的问题是指"关于我们周围世界的思想对这个世界本身的关系是怎样的?我们的思维能不能认识现实世界?我们能不能在关于现实世界的表象和概念中正确地反映现实?"对这一问题的不同回答是划分可知论和不可知论的标准。承认思维和存在,或意识和物质具有同一性的是可知论;否认其同一性的则是不可知论。

在这两方面的问题中最根本的是本原、派生,因为它是划分哲学的基本派别——唯物主义和唯心主义的唯一标准,属于哲学党性或党派性问题,也是正确回答思维和存在有无同一性的问题的前提与基础,因为一切唯物主义者都是可知论者。

(三)哲学的基本派别

哲学的基本派别包括唯物主义和唯心主义。

唯物主义主张唯有物质才是世界的本原,坚持物质第一性、精神第二性,认为客观物质世界是离开人的意识而独立存在的,意识和思维不过是物质世界发展到一定阶段的产物,即人脑的机能和属性。其分为辩证唯物主义和历史唯物主义。

1.辩证唯物主义

辩证唯物主义认为:①世界具有物质统一性,运动是物质的本性;②世界万物是相互关联的,物质世界在相互联系中永恒发展;③事物具有对立统一的两面性;④客观世界决定主观世界,但在实践中,人的意识又能发挥主观能动性,对客观世界发生反作用。

2.历史唯物主义

历史唯物主义认为:①社会发展是一个自然历史过程,生产力决定生产关系,生产关系对生产力具有能动的反作用;②生产力与生产关系、经济基础与上层建筑的矛盾构成社会的基本矛盾,这两对基本矛盾是推动社会发展的根本动力,而阶级斗争则是社会发展的直接动力。

唯心主义主张唯有精神才是万物本质的世界观。主张意识、精神是第一性的,是世界的本原,自然界、物质、外部世界是第二性的,由意识或精神所派生。在认识论上,唯心主义主张人的知识是先天就有的或是人的头脑主观自生的,否认认识来源于外部物质世界和实践。在社会历史观上,把人类历史看作是某种先天原则和原理的体现,或者是杰出人物意志的产物,视精神、意志、动力为历史发展的决定力量。唯心主义基本形式分为主观唯心主义和客观唯心主义。

3.主观唯心主义

主观唯心主义认为个人的感觉和意识是世界的本原,是第一性的。例如,中国哲学家王阳明认为“天下无心外之物”,英国哲学家贝克莱认为“物是观念的集合”、“存在就是被感知”、“对象和感觉原是一种东西”。

4.客观唯心主义

客观唯心主义认为某种“客观精神”(如柏拉图的“理念”、黑格尔的“绝对观念”、宗教里讲的“上帝”)先于物质世界而独立存在,是第一性的,是世界万物的本原,物质世界是它的产物和表现。

二、马克思主义哲学的产生及本质特征

(一)马克思主义哲学的产生是哲学史上的伟大变革

马克思主义哲学是以实践为基础的辩证唯物主义和历史唯物主义,是马克思主义学说的重要组成部分和理论基础,是无产阶级及其政党的世界观和方法论的科学体系。

马克思主义哲学产生的社会历史条件和思想渊源:①社会历史条件,是资本主义经济高度发展、无产阶级反对资产阶级斗争的必然产物;②自然科学条件,19世纪自然科学的发展,特别是三大发现(细胞学说、能量守恒和转化定律、达尔文生物进化论)为马克思主义哲学的产生奠定了自然科学基础;③理论来源,英国古典经济学、法国空想社会主义所提供的思想材料,特别是德国古典哲学中黑格尔辩证法和费尔巴哈唯物主义的思想成果,成为马克思主义哲学的直接理论来源。

(二)马克思主义哲学的本质特征

马克思主义哲学的本质特征是它的实践性,是实践基础上科学性和革命性的统一。实践性是马克思主义哲学区别于其他哲学的最主要特征。马克思、恩格斯第一次引入并科学地论证了实践的观点,阐明了在实践基础上主观与客观、认识与实践的统一;强调人们认识世界的目的在于改造世界,强调要将马克思主义哲学付诸实践、指导实践,变为无产阶级和劳动群众认识和改造世界的认识工具和思想武器。

三、马克思主义哲学的发展

列宁在认识论、辩证法和唯物史观等方面对马克思主义哲学做出了划时代的贡献。列宁逝世以后,斯大林继承并捍卫了马克思列宁主义。他对马克思主义哲学理论的系统化,以及马克思主义哲学的宣传和普及,产生了重大影响。

毛泽东的《中国革命战争的战略问题》、《实践论》、《矛盾论》、《新民主主义论》、《论十大关系》、《关于正确处理人民内部矛盾的问题》等著作,在丰富和发展马克思主义哲学、推进马克思主义哲学的中国化等方面,做出了不朽的贡献。

邓小平在改革开放和社会主义现代化建设的新时期,在深刻总结历史经验和实践经验的基础上,回答了当代中国发展的一系列重大问题,开辟了中国特色社会主义道路,把马克思主义发展到一个新阶段。

以江泽民为主要代表的当代中国共产党人创立的“三个代表”重要思想,坚持马克思主义的世界观和方法论,分析当今世界和中国的实际,使我们党对共产党执政规律、社会主义建设规律和人类社会发展规律的认识,达到了新的理论高度,开辟了马克思主义发展的新境界。

以胡锦涛为总书记的新一代中央领导集体,在新形势下提出了科学发展观。科学发展观是对党的三代中央领导集体关于发展的重要思想的继承和发展,是马克思主义关于发展的世界观和方法论的集中体现,是同马克思列宁主义、毛泽东思想、邓小平理论和"三个代表"重要思想既一脉相承又与时俱进的科学理论,是我国经济社会发展的重要指导方针,是发展中国特色社会主义必须坚持和贯彻的重大战略思想。

四、正确认识和准确把握马克思主义

(一)正确认识马克思主义

(1)马克思主义是一种社会主义理论。就其性质来说,马克思主义是社会主义学说,马克思主义和社会主义是不可分割的。

(2)马克思主义是工人阶级的意识形态。马克思、恩格斯是工人阶级的理论家,他们的理论是工人阶级的理论,是工人阶级利益和愿望的理论表现,是工人阶级的意识形态。

(3)马克思主义是工人阶级的科学世界观,是认识世界、改造世界的强大思想武器。马克思主义作为工人阶级的意识形态和科学世界观,具有认识世界、指导实践、改造世界的功能。马克思主义一经与实践相结合,就会变成改造世界的强大物质力量。

(二)准确把握马克思主义

马克思主义作为迄今为止人类最伟大的思想理论,是一个博大精深、严谨完整的科学理论体系。它有许多不同于其他科学的特征。

(1)按其本质来说,马克思主义是批判的和革命的。马克思主义不但无情地批判资本主义,批判一切腐朽丑恶现象,批判形形色色的错误思潮,而且公开宣告要推翻资本主义和一切剥削压迫制度。

(2)按其形态来说,马克思主义是与时俱进地发展着的理论。马克思的学说是一步步充实和发展起来的,不是僵化不变的,因而具有强大的生命力。

(3)按其内涵来说,马克思主义是一个开放的科学体系。马克思主义创始人把人类社会所创造的一切、人类历史上思想家们所取得的有益成果中的思想养分以及真理内核进行汲取,融会贯通,发扬光大,并使它们在新的历史高度上为人类服务,为共产主义的崇高目标服务。

第二节　物质和意识

一、物质

(一)物质的概念

列宁依据马克思、恩格斯对物质范畴的分析,给物质下了完整而准确的定义:"物质是标志客观实在的哲学范畴,这种客观实在是人通过感觉感知的,它不依赖于我们的感觉而存在,为我们的感觉所复写、摄影、反映。"列宁的物质概念,具有以下三方面的内容:①物质是不依赖人的意识而客观实在的;②物质是标志客观实在的哲学范畴,客观实在性是物质的唯一特性;③物质能为人的意识所反映。

(二)物质的存在方式

辩证唯物主义认为,运动是物质的固有属性和存在方式,世界上不存在一成不变的事物,只有永恒运动着的物质。物质世界处在永恒的运动、变化中,运动是物质的固有属性和存在方式,这就是所谓绝对运

动,或叫做运动的绝对性。

　　物质运动有一种特殊状态,就是静止。静止是指以下两种情形:①在事物处于量变阶段时,事物的质保持稳定性;②事物之间的空间位置相对不变。

　　静止是有条件的、暂时的、相对的。物质的运动才是绝对的,而静止是运动的一种特殊形式,具有相对性。在物质运动中,绝对运动和相对静止是统一的,相互依赖的。承认并肯定相对静止的作用,有着重要的实际意义。

二、意识与世界的物质统一性

(一)意识的产生、本质及其能动作用

1.意识的产生、本质

　　(1)意识的产生:意识不是从来就有的,而是自然界长期发展的产物;是人们在长期的社会生活中不断积累形成的经验,也可以说它是社会的产物。

　　(2)意识的本质:意识是人脑的机能,是客观世界的主观映象。

2.意识对物质具有能动作用

　　(1)意识反映世界是自觉的、有目的的反映,具有目的性和自觉性。

　　(2)意识具有能动创造性。它不仅反映事物的现象,而且反映事物的本质和规律;不仅能反映现存事物,而且能追溯过去、推测未来,创造一个理想的或幻想的世界。

　　(3)意识可以实现对客观事物的超前的、观念的改造,指导并通过实践把理想变成现实,从而改变、创造世界。

(二)正确认识和处理两对关系

1.物质与意识之间的关系

　　物质对意识的决定作用是第一位的,意识对物质的能动作用则是第二位的。两种作用不是并列的。

2.客观规律与主观能动性之间的关系

　　客观规律是第一位的,主观能动性则是第二位的。客观规律制约着主观能动性,主观能动性的发挥必须以尊重客观规律为前提。脱离或违背了客观规律的主观能动性,只会导致实践中的失败。同时,肯定人的主观能动性,正确地发挥主观能动性,也是认识和运用客观规律的必要条件。

(三)解放思想、实事求是,一切从实际出发

　　(1)马克思主义哲学的精髓——解放思想、实事求是。实事求是是指一切从实际出发,从中找出其固有的规律性即事物的内部联系,作为我们行动的向导;解放思想是指在马克思主义指导下,破除一切不符合客观实际的传统观念和主观偏见的束缚,研究新情况,解决新问题,使主观和客观相符合,也就是实事求是。

　　(2)解放思想和实事求是的关系。解放思想和实事求是的相同点:解放思想是实事求是的内在要求和前提,实事求是是解放思想的目的和归宿,两者的目标是一致的。二者的不同点在于着眼点不同:解放思想着眼于主体方面,强调充分发挥人的主观能动性;实事求是则着眼于客体方面,强调遵循事物的客观规律。

　　(3)解放思想、实事求是是马克思主义革命性和科学性高度统一的体现,是马克思主义的思想基础。因为它概括了辩证唯物主义和历史唯物主义的根本观点。

　　①解放思想、实事求是体现了马克思主义唯物论和反映论的根本要求。

　　②解放思想、实事求是体现了唯物论和辩证法的统一。

③解放思想、实事求是体现了辩证唯物论和历史唯物论的统一。

④解放思想、实事求是是毛泽东思想的根本点。

⑤解放思想、实事求是是邓小平理论的精髓。

⑥以江泽民同志为核心的党的第三代领导集体继续坚持解放思想、实事求是,不断开拓前进,创造性地运用和发展了邓小平理论。

第三节　唯物主义辩证法是关于普遍联系和永恒发展的科学

一、唯物辩证法是关于联系和发展的科学

(一)唯物辩证法的核心

普遍联系和变化发展的观点是唯物辩证法的核心,同时又是唯物辩证法的基本特征。联系与发展规律是我们认识世界、改造世界最为有效的思想工具。只有尊重客观规律,发挥主观能动性,我们才能够在更高的水平上把握世界。质量互变规律、辩证的否定观、对立统一规律是唯物辩证法的重要规律。本质与现象、必然性与偶然性、原因与结果、可能性与现实性是唯物辩证法的重要范畴。

(二)世界的普遍联系

1.联系的概念

联系是指一切事物之间以及事物内部各要素之间的相互影响、相互制约和相互作用。

2.联系的主要特征

(1)联系具有客观性。联系的客观性是指联系是事物本身所固有的客观现象,它不以人的主观意志为转移的,不是人们强加给事物的。世界上没有孤立存在的事物,每一种事物都是和其他事物相联系而存在的,这是一切事物的客观属性。

(2)联系具有条件性。联系的条件性是指任何联系都是事物之间的相互制约,相互联系的事物彼此互为条件,有多少种联系也就有多少种条件。"一切以条件、地点和时间为转移",这是唯物辩证法的一个根本观点。

(3)联系具有普遍性。联系的普遍性包含着两方面的含义:一是世界上任何一个事物内部的诸要素都是相互联系的,也就是说,任何事物都具有内在的结构性;二是任何一个事物与其他事物都处于相互联系之中。

(4)联系具有多样性。一方面,相互联系着的事物或现象不同,它们的联系方式也就不同,自然界的联系和人类社会的联系各具特点;另一方面,同是两个事物之间的联系,也具有多方面的特点和形式。

(三)世界的永恒发展

1.发展的概念和本质

(1)发展的概念。发展是事物运动变化中内在具有的前进的,上升的运动。

(2)发展的本质。发展是事物上升、前进的运动。发展的本质是新事物的产生和旧事物的灭亡。新事物和旧事物的区别不在于形式,而在于它们的内容。是否符合发展的必然趋势,是区别新旧事物的根本标志。新事物是符合历史条件和广大人民群众的根本利益的,因而它是不可战胜的。

2.发展的永恒性和普遍性

发展是客观世界永恒的普遍的特性。只要承认世界是相互联系的,就必然得出世界具有永恒发展的

客观性的结论。因为发展根源于世界的普遍联系,而普遍联系又是永恒的,所以发展也是普遍的、永恒的。

二、唯物辩证法的三大基本规律

(一)对立统一规律

1.对立统一规律的概念和内涵

(1)对立统一规律的概念

对立统一规律是事物的矛盾运动规律,它是自然、社会和思维的根本规律,也是辩证法的三大规律之一。对立统一规律揭示了事物内部对立双方的统一与斗争是事物普遍联系的根本内容,是事物发展的根本动力。

(2)对立统一规律的内涵

对立统一规律是唯物辩证法的实质和核心。

①对立统一规律揭示了事物普遍联系的根本内容和变化发展的内在动力。

②对立统一规律是贯穿于辩证法的其他规律和范畴的中心线索,是理解和把握这些规律和范畴的关键。

③对立统一的方法即矛盾分析法,是认识一切事物的根本方法,也是实际工作中的根本方法。

④是否承认事物内部矛盾是辩证法与形而上学的根本区别,因而是否承认对立统一规律是区分辩证法与形而上学的试金石。

2.矛盾的概念和分类

(1)矛盾的概念。矛盾即对立统一,是指事物内部或事物之间既对立又统一的关系。矛盾是事物发展的源泉和动力。矛盾双方既对立又统一,使矛盾双方的力量不断变化,导致双方地位发生相互转化,引起事物的发展。

(2)矛盾的分类。事物的矛盾有内、外之分。内部矛盾即内因,是事物内部的对立统一关系;外部矛盾即外因,是事物之间的对立统一关系。内因是事物发展的根本动力,外因是事物发展的外部动力;内因是第一位的,外因是第二位的;内因是发展的根据,外因是发展的必要条件;外因通过内因起作用。

3.矛盾的斗争性和同一性及其辩证关系

(1)矛盾的斗争性和同一性的含义

①矛盾的斗争性是指矛盾双方互相排斥、互相对立的属性,是绝对的、无条件的。

②矛盾的同一性是指矛盾双方互相依存、互相转化的属性,是相对的、有条件的。

(2)斗争性和同一性是矛盾的基本属性,两者的辩证关系为:

①矛盾的同一性和斗争性是相互联结的;

②同一性和斗争性是相对与绝对的关系。

4.矛盾的普遍性和特殊性及其辩证关系

(1)矛盾的普遍性与特殊性的含义

①矛盾的普遍性包含着两重意义。矛盾存在于一切事物的发展过程中,即处处有矛盾;每一事物发展过程中存在着自始至终的矛盾运动,即时时有矛盾。

②矛盾的特殊性是指具体事物所包含的矛盾及其每一矛盾的各个方面都有其特点。矛盾的特殊性是一事物区别于他事物的本质,是世界上事物之间存在差别的根据。

(2)矛盾的普遍性与特殊性的辩证关系

①矛盾的普遍性与特殊性是相互区别的,有着各自的内容。

②矛盾的普遍性和特殊性是相互联结的。

③矛盾的普遍性和特殊性的区别是相对的,在一定条件下可以相互转化。

(二)质量互变规律

1.事物存在的质、量、度

(1)质。质是事物成为它自身并使它区别于其他事物的一种内在规定性。质和事物的存在是直接同一的。质具有如下特点。

①质和事物是直接同一的,事物总是一定质的事物,质也总是一定事物的质。

②质通过属性表现出来。质和属性不可分。质是事物内在的规定性,属性就是一种事物和其他事物在相互联系中表现出来的质。

③由于事物本身与周围事物关系的复杂性,事物的质表现为多种多样的特性。把握事物的质,首先要区分本质属性和非本质属性,把握本质属性,并把实践作为实际的确定者。

(2)量。量是事物的规模、程度、速度,也是事物的构成成分在空间上的排列组合等可以用数量表示的规定性。与质不同,量和事物本身不是直接同一的,在一定范围内,数量的增减并不影响某物之为某物。

(3)度。度是标志事物的质和量统一的哲学范畴,是表示事物保持其质的稳定性的量的限度、幅度、范围,是和事物的质相统一的数量界限。

对于度的含义可从以下三个方面来把握。

①度标志事物质和量结合不可分。既没有纯粹的量,也没有纯粹的质,量总是一定质的量,量中包含着质;质又总是一定量的质,质中包含着量。

②度又是质和量的相互规定,质规定着量,量也规定着质。

③事物的变化是否超出度的范围,是区分量变和质变的唯一标准。事物在度的范围内变化,属于量变,如果超出了度,事物就会转化为他物,这一变化就属于质变。

2.量变与质变及其辩证关系

(1)量变与质变的含义。量变是事物数量的增减和场所的变更,量变表现为微小的不显著的变化,统一、相持、平衡、静止等都是事物量变状态的表现。

质变是事物性质的变化,是由一种质态向另一种质态的转变。质变表现为根本性的显著的突变,是对原有度的突破。统一物的分解、相持、平衡、静止的破坏,都是事物质变状态的表现。

事物的发展总是由量变到质变,再到新的量变和新的质变,由此不断前进。

(2)量变与质变的辩证关系

①量变是质变的必要准备,质变是量变的必然结果。量变的成果只有通过它所造成的质变才能得到体现和巩固。

②质变为新的量变开辟道路,在新质的基础上开始新的量变。

③量变与质变是相互渗透的,在总的量变过程中有部分质变,在质变过程中有新量的特征。

量变与质变的辩证关系是我们反对"激变论"和庸俗进化论的有力武器。"激变论"只承认质变而否认量变,庸俗进化论只承认量变而否认质变,它们共同的特点在于割裂量变与质变的辩证关系。

(三)否定之否定规律

1.肯定和否定及其辩证关系

(1)肯定和否定的含义。任何事物内部都包含肯定方面和否定方面,肯定方面是事物中维持其存在的方面,否定方面是事物中促使其灭亡的方面。

(2)肯定与否定的辩证关系。肯定与否定是对立统一的关系。

①肯定和否定作为事物内部两个不同的方面,处于相互排斥、相互对立之中。

②肯定与否定又是相互依赖相互渗透的。

2.事物发展的周期

事物发展的周期包括三个阶段:肯定阶段、否定阶段、否定之否定即新的肯定阶段。它反映了事物发展道路的起伏性和曲折性。

否定之否定规律揭示了事物由肯定到否定,再到否定之否定的发展过程,它是事物完善自己、发展自己的一个有规律的过程。在这个过程中事物的发展表现出周期性,即每一事物的发展都是从肯定到否定,再由否定到新的否定。否定之否定就是肯定,似乎又回到了原来的起点,即完成了一个周期。在这一周期中,事物的发展经历了两次否定,每一次否定都不是简单的抛弃,而是一个前进和上升的发展过程。

三、唯物辩证法的基本范畴

所谓范畴,即基本概念,是人的思维对事物、现象和普遍本质的概括和反映。它从不同侧面揭示了事物普遍联系和发展的基本环节。唯物辩证法包括五对基本范畴,分别是现象和本质、原因和结果、形式和内容、必然性和偶然性、可能性和现实性。

(一)现象与本质

1.现象与本质的含义

现象与本质是揭示事物内在本质与外在表现之间关系的一对辩证法的基本范畴。本质这一范畴揭示的是事物的根本性质,是组成事物基本的内在联系。事物的本质是由它本身所固有的特殊矛盾所决定的。现象是事物的外部联系和表面特征,是事物的外在表现。现象按它表现本质的不同方式,可以区分为真象和假象。真象是从正面表现本质的现象,和假象相反。假象是指那些从反面歪曲地表现本质的现象。

2.现象与本质的辩证关系

首先,本质与现象是对立的。

现象是个别的、片面的、表面的、外部的东西,人的感官可以直接感知。而本质是内在的东西,人的感官不能直接感知,只能通过抽象思维才能把握。现象是多变的、易逝的,具有较大的流动性,本质则是相对稳定的。现象比本质丰富、生动,本质比现象普遍、深刻。

其次,现象和本质是统一的。

(1)两者相互依存。现象是本质的现象,本质是现象的本质。它们之间是表现和被表现的关系。任何一方离开了另一方都是不能存在的,实际的存在总是现象与本质的对立统一。脱离本质的纯粹的现象和脱离现象的纯粹的本质都是不存在的。

(2)两者相互蕴涵,在实际上也是相互包含的。本质寓于现象之中,现象是整体,本质是现象的一部分,固然是根本性的部分。反过来,本质也包含现象,因为现象尽管是多种多样的、纷繁复杂的,但毕竟是由本质决定的,早已潜在地包含于本质之中。

(3)现象与本质可以相互转化。本质变现象应理解为本质表现为现象。某一具体的人无疑是本质与现象的统一体,但其本质也在不断地表现出来,即不断转变为现象。现象与本质的相互转化,正是感性认识与理性认识相互转化的客观基础。

(二)原因和结果

1.原因与结果的含义

客观世界到处都存在着引起与被引起的普遍关系。唯物辩证法把这种引起与被引起的关系,称为因果关系或因果联系。其中,引起某一种现象的现象叫做原因,而被某种现象所引起的现象叫做结果。

2.因果联系的特点

因果联系是包括时间顺序在内的由某一现象引起另一现象的内在联系,但不是任何表现为先后顺序的都是因果联系。

同时,世界上任何事物都具有因果关系。既没有无因之果,也没有无果之因,但绝不能由此得出结论,说世界上只有因果联系一种形式。

3.原因和结果的辩证关系

(1)两者是对立的。主要表现在:在特定的界限和范围内,原因和结果具有确定的界限和先后次序,原因就是原因,结果就是结果,既不能混淆也不能颠倒。

(2)两者是统一的。主要表现在:二者相互依存,相互联系,相互作用,并在一定条件下相互转化。

4.内因和外因及其辩证关系

(1)内因和外因的含义

内因是指事物自身所包含的诸要素的对立统一,即内部矛盾。外因是指一事物和其他事物的对立统一,即外部矛盾。

(2)内因和外因的辩证关系

①内因是事物发展的根据,它是第一位的,它决定着事物发展的基本趋向。

②外因是事物发展的外部条件,它是第二位的,它对事物的发展起着加速或延缓的作用。

③外因必须通过内因而起作用。

(三)形式与内容

1.形式与内容的含义

所谓内容,就是指构成事物的一切要素的总和,它包括事物的内在矛盾以及由这些矛盾所规定的运动过程和发展趋势等。所谓形式,就是指把内容的诸要素统一起来的结构或表现内容的方式。关于形式,这里应该注意的是:一种事物往往具有两重形式,一重是和内容不直接相干的非本质的外在形式,另一重是和内容紧密相关的本质的内在形式。书的装帧和商品的装潢等都是外在的形式,它们同书和商品的内容无直接关系。对我们来说,最重要的是事物的内在形式,书籍有优美、流畅、引人入胜的文字,商品要有适用的美好的形式。但是,我们对外在的形式也不能漠不关心。我们的形式和内容俱优的产品,常常因缺少漂亮的装潢而打不开外贸市场。

2.形式与内容的辩证关系

(1)形式与内容是互相对立的。就是说,它们属于事物发展过程中性质、地位和作用不同的两个方面,对于确定的事物来说,内容只能是构成事物的一切要素的总和,形式只能是把内容诸要素统一起来的结构或表现内容的方式,二者不能混淆。

(2)形式与内容是互相统一的。

①二者紧密联系、不可分割。

②二者相互作用、相互影响。

(四)必然性和偶然性

1.必然性与偶然性的含义

必然性是客观事物联系和发展中合乎规律的,一定要发生的,确定不移的趋势。偶然性是客观事物联系和发展中并非确定发生,可以出现也可以不出现的,可以这样出现也可以那样出现的,不确定的趋势。

2.必然性与偶然性的辩证关系

(1)必然性存在于偶然性之中,没有脱离偶然性的必然性,必然性通过大量的偶然性为自己开辟道路。

(2)偶然性体现并受必然性的制约。

(3)必然性与偶然性在一定条件下可以相互转化。

（五）可能性和现实性

1.可能性和现实性的含义

现实指现在的一切事物、现象的实际存在,它是对相互联系、变化发展的客观事实、现象的综合。可能指现实事物包含的预示事物发展前途的种种趋势,是潜在的、尚未实现的东西。

可能性和现实性揭示的是现实的事物与可能的事物之间的本质联系和转化过程。

现实是指现在的一切事物、现象的实际存在。现实是已经实现了的可能。现实作为哲学范畴,不是孤立地静止地确认个别事实和现象的实际存在,而是对相互联系、变化发展的客观事实、现象的综合。

2.可能性与现实性的辩证关系

（1）可能性与现实性是两个内容不同的范畴,可能性是潜在的,尚未成为现实的东西;现实则是已经存在的东西。具有明显的区别,我们不能把可能性与现实性混为一谈。

（2）可能性与现实性紧密相连。二者相互依存,相互关联,相互渗透。

（3）可能性与现实性是相互转化的。现实的发展是不断产生可能、可能又不断变为现实的过程。

第四节　认识论

一、认识的本质及发展过程

（一）认识的本质

认识的本质是主体在实践基础上或通过实践,对客体的能动的、创造性的反映。

实践是认识的基础和来源,认识是对客体的反映或摹写,即认识是以客体为原型的,认识一定含有反映或摹写客体的内容。认识对客体的反映是具有能动性和创造性的特征,包括一定的选择性、重构性,而不是简单的、直接的摹写。

（二）马克思主义认识论

马克思主义哲学的认识论,坚持思维与存在、意识与物质的同一性,是可知论;坚持认识是客观存在的主观映象,是唯物主义的反映论。可知论和反映论是马克思主义哲学的认识论的基本立场。在这个立场的基础上,马克思主义哲学阐明了认识的本质,解决了怎样认识世界的问题,从而消除了旧唯物主义反映论的根本缺陷,实现了认识论的根本性革命。这主要表现在以下方面。

（1）马克思主义认识论将实践的观点引入,消除旧唯物主义反映论所造成的认识脱离社会实践的消极直观性。

（2）马克思主义认识论将辩证法贯彻到认识过程中,阐明了认识是一个充满矛盾运动的过程,是一个随着实践的发展而由浅入深、由表及里、由低级到高级的永无止境的辩证发展过程,从而消除了旧唯物主义反映论的僵死不变的形而上学的缺陷。

（3）由于实践观点和辩证观点的引入,对历史发展和历史意识问题做出了唯物和辩证的解释,实现了自然观与历史观、辩证唯物主义与历史唯物主义的统一。

（三）认识的发展过程

1.从感性认识到理性认识是认识过程的第一次飞跃

（1）感性认识和理性认识的概念。感性认识是认识的初级阶段,是主体在实践过程中通过感官直接接触客体而产生的,是人们关于事物的现象、片面和外部联系的认识,其特点是直接性、形象性、表面性和生动具体性。理性认识是认识的高级阶段,是主体对感性认识材料的抽象和概括,而形成的关于事物的本质、全体、内部联系的认识,具有间接性、抽象性和深刻性等特点。

(2)感性认识和理性认识在一定条件下是可以相互转化的。①理性认识依赖于感性认识,感性认识是理性认识的基础和前提,离开感性认识的理性认识只能是无源之水;②感性认识有待于上升到理性认识;③感性认识和理性认识相互渗透,感性认识渗透着主体的理性成分,理性认识则包含丰富的感性认识材料。

(3)从感性认识到理性认识是认识的第一次飞跃,是认识过程从现象到本质、从局部到整体的质变和飞跃。实现这一飞跃必须具备一定的条件:①必须深入实际,调查研究,掌握大量的、丰富具体的感性材料,这是实现感性认识向理性认识飞跃的基本前提;②所掌握的感性材料必须是真实可靠的,而不能是虚假的;③必须掌握和运用科学的思维方法,对感性材料进行正确有效的加工制作。

2.从理性认识到实践是认识过程的第二次飞跃

理性认识形成之后,还要将获得的理性认识运用到实践中,实现从理性认识到实践的飞跃。这是认识过程的第二次飞跃。这次飞跃更为重要,意义更为重大。这是因为,理性认识只有回到实践中才能发挥认识对实践的能动作用,转化为改造世界的物质力量,实现认识的目的;也只有将理性认识运用到实践中,才能使认识得到检验、完善、丰富和发展。实现从理性认识到实践的飞跃,必须具备一定的条件。

(1)要从实际出发,坚持理论和实践相结合的原则。

(2)要把关于客观事物本质和规律的认识同主体自身的需要和利益的认识结合起来,形成正确合理的实践观念。

(3)要把理论的正确性和现实的可行性有机地结合起来,寻求实现理想客体的具体途径。

(4)理论必须被群众掌握,化为群众的自觉行动。

3.认识过程的反复性和无限性,认识与实践的具体的历史的统一

(1)认识过程的反复性是指人们对于一个复杂事物的认识往往要经过由感性认识到理性认识、再由理性认识到实践的多次反复才能完成。

(2)认识发展的无限性是指对于事物发展过程的推移来说,人类的认识是永无止境、无限发展的。它表现为"实践、认识、再实践、再认识"的无限循环,以及由低级阶段向高级阶段不断推移的永无止境的前进运动。

(3)认识运动的反复性和无限性决定了主观和客观、认识和实践的统一,是具体的、历史的。

二、认识和真理

(一)真理的含义

真理是标志主观同客观相符合的哲学范畴,是指人们对客观事物的本质及规律的正确反映。

(二)真理的客观性

任何真理都是客观的,也就是说,任何认识的对象只能是也必然是客观的存在。从根本上说,客观物质世界认识的内容归根到底也来自客观的物质世界,真理只能是,也必然是认识和客观对象的一致。正是基于此,才保证了作为主体对客体正确反映的真理具有客观性。真理的客观性最本质的一点就是任何真理均包含不依赖于主体的客观内容。强调真理的客观性,并不排除真理有其主观形式,真理是主观形式与客观内容的一致。

(三)真理的绝对性和相对性

1.真理的绝对性

真理的绝对性是指真理的客观性和无限性,它包括两个方面的含义。①任何真理都具有不依赖于主体的,且符合客观事物及其规律的客观内容,都是对客观事物的正确反映。因而,在它适用的范围和限度内永远不会被推翻,是无条件的、绝对的。承认真理的客观性,也就是肯定了真理的绝对性。②真理的发展是无限的、绝对的。真理无论在广度上还是深度上,都是无限发展的。每一个真理性的认识都在无限发展的认识之路上前进,可以无限接近对整个物质世界的正确反映,这也是无条件的、绝对的。承认实践的无限性,承认人类认识发展的无限性,承认世界的可知性,也就是肯定了真理的绝对性。

2.真理的相对性

真理的相对性是指真理的有限性和条件性,它包括两个方面的含义。①真理在广度上是有限的,任何真理都只是对无限的物质世界的一定部分、一定领域或一定范围的正确反映,认识有待于扩展。②真理在深度上也是有限的,任何真理都是对所反映的客观事物的近似正确的认识,有待于精确化。

3.坚持真理观上的辩证法,反对真理观上的绝对主义和相对主义

任何真理都既是绝对的,又是相对的,是绝对与相对的辩证统一。主要表现在:①二者相互依存,并处于一个统一体中,没有脱离真理绝对性的真理相对性,反之亦然;②二者相互渗透,相互包含,相对真理中包含绝对真理,绝对真理则是由无数相对真理所构成的,相对真理不断地向绝对真理转化,真理的发展过程是一个不断地由相对走向绝对的过程。

在真理问题上存在绝对主义和相对主义两种错误倾向。绝对主义表现为只承认真理的绝对性并将其夸大,不承认真理的相对性。他们把真理看成是不发展的、僵死的东西,这在实践中会导致思想僵化和教条主义。相对主义表现为只承认真理的相对性并将其夸大,不承认真理的绝对性。他们把真理看成是没有自身确定性和规定性的东西,这在实践中会导致相对主义和诡辩论。

(四)真理和谬误的关系

真理和谬误是对立统一的关系。①真理和谬误是对立的。真理是主观对客观的正确反映,谬误是主观对客观的歪曲反映,真理和谬误的对立在一定范围内是绝对的。②真理和谬误又是统一的。它们的统一表现在两个方面:一方面,真理和谬误相互依存,它们都以对方的存在为前提;另一方面,真理和谬误在一定条件下可以互相转化。

(五)实践是检验真理的唯一标准

只有实践才能充当检验认识是否具有真理性的标准,这是因为实践具有直接现实性的特点。人们通过实践可将理论或主观认识与现实的客观的东西加以对照,相符的即为真理,不相符的即为谬误。

社会实践作为检验认识真理性的标准,是绝对的又是相对的,是确定的又是不确定的。①从社会实践本身的性质和发展来看,实践标准是绝对的和确定的。人类的社会实践是永无止境地发展着的,这使它检验认识真理性的能力和作用具有无限性,不存在实践永远无法检验的认识。②从实践检验真理的具体过程来看,一定条件下实践的检验作用又是有限的和相对的。实践水平总是受到工具、手段、对象等诸多条件的限制。特定阶段的有限实践不可能完全证实或驳倒一切认识。这就是实践标准的相对性和不确定性。

第五节　人类社会的本质和基本结构

一、人类社会的物质基础

人类社会的存在与发展依赖于社会物质生活条件,社会物质生活条件由地理环境、人口因素、生产方式构成。其中,生产方式是社会存在与发展的决定性条件。

(一)地理环境在社会发展中的作用

(1)地理环境是社会存在与发展的必要条件。地理环境既是人类赖以生存的场所,又为人类提供生活资料和生产建设的资源。

(2)地理环境通过影响生产的发展从而制约社会的发展。首先,地理环境影响劳动生产率的高低,优越的地理环境可使一个国家或民族获得较高的劳动生产率,从而加快社会发展速度;恶劣的地理环境可使一个国家或民族的劳动生产率较低,从而延缓社会发展速度。其次,地理环境制约一个国家生产部门的分布。再次,地理环境在某种程度上决定不同国家经济发展的特点。最后,地理环境制约一个国家生产发展的潜力和前景。

(3)地理环境通过对军事、政治的影响,制约着不同国家社会的发展。

(二)地理环境不是社会发展的决定性因素

地理环境不是社会发展的决定性因素,对社会发展起决定作用的是生产方式。

(1)地理环境不能决定社会制度的性质和社会制度的更替。地理环境相似的国家,其社会制度可以不同;地理环境不同的国家,其社会制度可以相同。从历史上看,地理环境的显著变化往往需要几百万年、几千万年乃至更长的时间,而人类社会在几千年、几百年、几十年甚至更短的时间里就可以发生巨大的变化。显然,地理环境缓慢地变化是无法说明人类社会变化之迅速的。

(2)地理环境只有通过生产过程或生产方式才能对人类历史发生作用。

(3)地理环境在社会发展中的作用要受到生产力和生产关系的制约。在不同状况的生产力下,在不同性质的社会制度下,同样的或大致一样的地理环境对社会发展所起的作用常常表现出很大的差异。

二、社会的实践本质

马克思主义的结论是"全部社会生活在本质上是实践的"。

(一)实践是社会关系产生的根源

实践首先是人在改造自然界的活动中必然产生的人与人之间的联系和关系。人与自然界的关系和人与人的关系以及它们之间相互制约的关系,共生于生产实践的过程中。在人与人的生产关系的基础上形成政治的、观念的等各种社会关系。

(二)实践构成了社会生活的基本领域

基本领域包括制造物质生活资料的实践、创立和改造社会关系的实践以及创造精神文化的实践。人通过实践改造世界,又通过实践认识世界。实践是人的活动的根本内容。

(三)实践构成了社会发展的动力

社会的发展主要是社会结构的变迁和社会关系的发展,这种发展是在实践的推动下发生的,特别是生产实践构成了社会发展的根本动力。生产力是社会发展的最终决定力量,而生产力就是"人们实践能力的结果"。

三、社会的政治结构

(一)社会的政治结构的概念

社会的政治结构是指建立在经济结构之上的政治法律设施、政治法律制度及其相互关联的方式,包括政党、政权机构、军队、警察、法庭和监狱等实体性要素以及政权的组织形式、立法、司法、宪法和规章等制度性要素。

(二)政治上层建筑的构成要素

上层建筑包括两个部分,即政治上层建筑和思想上层建筑。政治上层建筑是建立在一定经济基础之上的政治法律制度及其设施,它构成了社会的政治结构。思想上层建筑即社会意识形态,它是社会文化结构的重要组成部分。

政治上层建筑的构成要素主要包括三大部分:

①政治法律制度,包括国家制度、司法制度和社会管理体制;

②政治组织,指同政治法律制度相联系的政党组织和社会组织等;

③政治法律设施,包括政权机关、军队、警察、法庭和监狱等国家机器,其中的国家政权居于核心地位,对其他要素起着支配作用。

四、社会的经济结构

(一)社会的经济结构的概念和功能

社会经济结构的内容就是生产关系的总和。社会经济结构以一定的形式把人与物相结合,使生产力从可能成为现实,它直接决定了社会的政治结构和文化结构,是构成政治结构和文化结构的现实基础。因此,马克思又把作为生产关系总和的社会经济结构称为经济基础。

(二)生产力的内涵、构成要素和特性

生产力是人类征服自然、改造自然的实际能力,是人与自然之间实现物质变换的能力,是解决人与自然之间矛盾的客观物质力量。生产力属于人和自然的关系。

生产力构成要素包括两类。一类是劳动对象、以生产工具为主的劳动资料及劳动者这类独立实体性要素。其中生产工具是生产力水平的标志,劳动者是最活跃的主导因素。另一类是非独立的附着性、渗透性因素,包括科学技术、劳动组织、生产管理、智力资本等,其中科技是第一生产力。

生产力具有物质性、社会性和历史性的特征。物质性即客观性,指生产力的运动、变化、发展是不以人的意志为转移的,本质上是一种客观物质力量。社会性是指生产力处在一定社会关系之中,并受到一定社会关系的制约。历史性是指生产力随着人类社会历史活动的变化而变化。迄今为止,生产力的发展大体经历了三个历史形态:手工生产、大机器生产和自动化生产。

第六节　唯物主义社会历史发展观

一、社会发展的基本规律

(一)社会规律的概念

社会规律是"人们自己的社会行动的规律"。可见,社会规律就是人的实践活动的规律,它是人类实践活动过程中的本质必然的联系,即社会发展的内在的本质的必然的联系。

(二)社会基本矛盾运动及其规律

生产力和生产关系的矛盾、经济基础和上层建筑的矛盾,存在于一切社会形态之中,贯穿于每一种社会形态始终,是人类社会的基本矛盾。这两对矛盾及其运动制约着其他各种社会矛盾的发展,决定着社会的进程、性质和面貌,推动着人类社会不断向前发展。

1.生产力和生产关系的矛盾运动及其规律

(1)生产力决定生产关系,即决定生产关系的产生、性质、形式和发展。生产力的性质和发展水平决定生产关系的性质和具体形式,即有什么样的生产力,就有什么样的生产关系。生产力的发展要求决定生产

关系的变革,即随着生产力的发展变化,生产关系或早或迟也会发展变化。

(2)生产关系反作用于生产力。当生产关系同生产力的发展要求相适合时,它有力地推动生产力的发展,当生产关系不适合生产力发展要求时,它就严重阻碍生产力的发展。

(3)生产力和生产关系的相互作用。形成两者矛盾运动的基本过程是生产关系和生产力之间由基本适合到基本不适合,再经过矛盾的解决达到新的基本适合,且循环往复,不断前进。

2.经济基础和上层建筑的矛盾运动及其规律

经济基础即社会的经济结构,是指一定社会中占统治地位的生产关系各方面的总和。上层建筑是建立在一定社会经济基础之上的社会思想观点以及相应的政治法律制度和设施的总和。

经济基础决定上层建筑的产生、性质和变化发展。上层建筑能动地反作用于经济基础,集中表现为服务于自己的经济基础。上层建筑对社会发展所起作用的性质取决于它所服务的经济基础的性质:当它为适合生产力发展要求的经济基础服务时,就会促进生产力和社会的发展;当它为不适合生产力发展要求的经济基础服务时,就会阻碍生产力和社会的发展。经济基础和上层建筑的相互作用,形成两者的矛盾运动的基本过程是:上层建筑和经济基础之间由基本适合到基本不适合,经过矛盾的解决达到新的基本适合,循环往复,不断前进。这些内容构成的上层建筑一定要适合经济基础状况的规律。它是人类社会发展的又一基本规律,其主要内容是:经济基础决定上层建筑的产生、性质和发展变化的方向;上层建筑的反作用取决于、服务于经济基础的性质和要求。

二、社会发展的动力

(一)社会基本矛盾

社会基本矛盾是指生产力和生产关系、经济基础和上层建筑间的矛盾。

我国社会的基本矛盾仍然是生产力和生产关系的矛盾、经济基础和上层建筑的矛盾。这两对基本矛盾的运动和不断解决是我国社会发展的内在源泉和根本动力。

(二)生产力标准的依据

1.生产力标准是实践标准在社会历史领域的集中体现

列宁指出,生产力的发展是"社会进步的最高标准"。邓小平提出的"三个有利于"标准是生产力标准的进一步深化。

2.生产力发展成为衡量社会进步的根本标准

其依据是:

①生产力的发展决定经济、政治、思想文化及人的能力的进步和发展;

②生产力的发展是社会发展的集中体现,如列宁所说的生产力状况是"整个社会发展的主要标准"。

三、历史的创造者

(一)社会发展和人的活动的关系

社会发展是由人的活动构成的,是人的活动所构成的过程和结果。而人的活动是有意识、有目的的自觉的活动。

(二)人民群众在历史中的地位和作用

(1)人民群众是一个历史性概念。是指一切对社会历史发展起推动作用的人们,劳动人民是人民群众的主体。

(2)人民群众是历史的创造者。是指人民群众是物质财富的创造者,是精神财富的创造者,是推动社会变革和社会进步的决定力量。

（3）人民群众创造历史不能随心所欲,要受到所遇到的各种物质的精神的条件的制约。人民群众创造历史是有限性和无限性的统一。

（三）党的群众观点和群众路线

人民群众是历史的创造者,是马克思列宁主义政党的群众观点和群众路线的理论基础。

（1）党的群众观点的内容是:坚信人民群众自己解放自己的观点;坚持全心全意为人民服务的观点;一切向人民负责的观点;一切向群众学习的观点。

（2）党的群众路线是党的根本的政治路线、组织路线、工作方法,它的内容是:一切为了群众,一切依靠群众,从群众中来,到群众中去。其理论依据是:人民群众是历史创造者的原理以及辩证唯物主义认识论的原理,是群众观点的体现和应用。

经典真题专家点评

1.(2010年黑龙江)张载说:"有象斯有对,对必反其为。有反斯有仇,仇必和而解。"这告诉我们(　　)。

A.世界上一切事物都是相对运动的

B.时间与空间是事物的存在方式

C.矛盾是对立统一的

D.物质和运动是不可分的

【专家点评】本题答案为 C。此句体现的是矛盾对立统一的哲学原理。意思是说所有的现象都有对立两方面,对立两方面的运动方向一定相反,相反即相仇,相仇即斗争,斗争的结果,一定归于和解。

2.(2010年黑龙江)宋玉在形容他的邻人东家之子时说,这个女子"增之一分则太长,减之一分则太短,著粉则太白,施朱则太赤"。东家之子的美貌反映了(　　)的辩证关系。

A.质量与数量　　　　　　　　　　　B.运动与静止

C.时间与空间　　　　　　　　　　　D.肯定与否定

【专家点评】本题答案为 A。题干体现的是哲学上量变与质变辩证关系原理。

单元同步训练

一、单项选择题

1.马克思主义唯物辩证法认为,事物发展的根本规律是(　　)。

A.物质决定意识,意识反作用于物质的规律

B.对立统一规律

C.质量互变规律

D.生产力决定生产关系,经济基础决定上层建筑的规律

2.掌握"适度"原则的哲学依据是(　　)。

A.质和量的统一

B.肯定和否定的相互渗透

C.矛盾同一性和斗争性的相互联结

D. 内容和形式的相互转化

3. 理解人类社会发展史的"钥匙"是（　　）。

A. 阶级斗争发展史

B. 生产关系发展史

C. 社会意识发展史

D. 劳动发展史

4. 有人指出：没有广告的产品，又怎么能称为好的产品？一些好的文章性广告让消费者了解新的产品，从而增加选择的空间，何乐而不为呢？有些人却认为：广告多了令人心烦。另外一些人则提出：如果没有广告又觉得空空的，可选择的余地太小。总之，众说纷纭。这说明（　　）。

A. 意识的不同主体之间具有主观差别性

B. 意识的同一主体在不同条件下具有主观差别性

C. 对同一对象，不同的主体会有一致的反映

D. 意识的主观性表现为对客观对象的歪曲反映

5. 一些地方的人们掠夺性地滥挖草原上的甘草，虽获得了一定的经济利益，却破坏了草原植被，造成土地荒漠化，一遇大风，沙尘暴铺天盖地而至，给人们带来了巨大灾难。这些人的做法违背了（　　）。

A. 事物普遍联系的观点

B. 事物永恒发展的观点

C. 量变和质变统一的观点

D. 必然性和偶然性统一的观点

二、多项选择题

1. 中国古代的思想家公孙龙提出的"白马非马"的命题，其错误是割裂了事物的（　　）。

A. 一般和个别的关系

B. 共性和个性的关系

C. 整体和部分的关系

D. 普遍和特殊的关系

2. 关于物质运动的绝对性和静止的相对性的辩证统一，正确的说法是（　　）。

A. 割裂物质的运动和静止的辩证统一，就会导致形而上学的不变论和相对主义的诡辩论

B. 绝对运动是具体物质形态产生的根源，相对静止则是物质存在和分化的条件，二者统一说明了物质世界的无限多样和丰富多彩

C. 只有承认和肯定相对静止，我们才能具体认识和区分事物，才能对事物及其运动进行定性定量的分析；也只有承认和肯定物质的绝对运动，我们才能够因势利导，改造事物

D. 正确处理社会改革与社会稳定的关系，注意政策的调整与连续性，符合物质运动的绝对性和静止的相对性的辩证统一原则

3. 下列选项中，属于唯物主义历史形态的有（　　）。

A. 朴素唯物主义

B. 庸俗唯物主义

C. 形而上学唯物主义

D. 辩证唯物主义

4. 下列命题中，体现辩证法思想的是（　　）。

A. 有无相生，难易相成

B. 千里之堤，毁于蚁穴

C. 天不变，道也不变

D. 祸兮福所倚，福兮祸所伏

5. "越是形势好了，越要保持清醒的头脑；越是条件好了，越要保持传统。"这句话蕴含的哲理是（　　）。

A. 矛盾双方在一定条件下可以转换

B. 外因也可以成为事物发展的依据

C. 正确发挥主观能动性，能够促进事物的发展

D. 条件是决定一切的

参考答案及解析

一、单项选择题

1.B【解析】对立统一规律揭示了普遍联系的根本内容和事物发展的内在动力,揭示了事物发展的动力和源泉,揭示了发展和联系的本质,其他规律范畴都是对立统一规律的进一步补充和展开。对立统一规律是唯物辩证法的根本规律。

2.A【解析】"适度"就是要防止量上的"过"或"不及"以影响质,即哲学上所讲的"度",即"质的量",所以"适度"也就是要求做到质与量的统一。

3.D【解析】劳动是人类社会产生的基础和前提。没有劳动,人类社会不可能存在,发展更无从谈起。劳动是人与自然之间的过程,是人以自身劳动来引起、调整和控制人与自然之间的物质交换过程。人在改变外部自然的同时,也使人的自身得以改变和完善。劳动决定着社会的产生、变化和发展。所以说,它是揭开人类历史之谜的钥匙。

4.A【解析】本题考查意识与物质的对立统一关系。从意识的主观差别和客观根源来看,意识的主观性表现在:一是不同主体之间的差别性;二是同一主体在不同条件下的差别性。对于同一对象或同一客观过程,不同的人、不同的主体会有不同的反映,即所谓"仁者见仁,智者见智"。题干说的是不同主体意识的主观差别,因此只有 A 选项是正确的。

5.A【解析】挖甘草获利却引发了沙尘暴,本身忽视了事物的间接联系,其实质是忽视了联系的普遍性、多样性。

二、多项选择题

1.ABD【解析】公孙龙的"白马非马"这个命题,以及他的关于这个命题的辩论,反映辩证法中同一性与差别性的关系的问题,一般和个别的关系的问题,普遍性和特殊性的关系问题。

2.ABD【解析】C 项的说法是正确的,但是这并不属于物质运动的绝对性和静止的相对性的辩证统一的范围之内,而是分别阐述了运动绝对性和静止相对性的不同作用。

3.ACD【解析】唯物主义的发展经历了三种历史形态,即古代朴素的唯物主义,近代的形而上学唯物主义(又叫机械唯物主义),以及辩证唯物主义和历史唯物主义。庸俗唯物主义把意识等同于物质,实际上是取消了哲学基本问题,并非唯物主义,故 B 选项应排除。

4.ABD【解析】辩证法认为世界是相互联系、发展变化的,事物的内部矛盾是发展的根本动力。"有无相生,难易相成","千里之堤,毁于蚁穴","祸兮福所倚,福兮祸所伏"皆体现了辩证法思想。"天不变,道也不变",是形而上学的思想。形而上学是将世界看作彼此孤立的、不变的、静止的,或者把变化看作是某种外力作用而产生的量变。

5.AC【解析】根据矛盾的同一性,矛盾的每一方都包含和渗透着对方的因素和属性,你中有我,我中有你。正因为如此,在一定条件下,对立面可以相互转化。越是形势好了,条件好了,越要正确发挥主观能动性,促进事物的发展。A、C 选项正确。本题干未涉及内因、外因。故 B 不选。D 选项说法错误。所以选A、C。

第二章　马克思主义政治经济学

知识结构导读

马克思主义政治经济学

马克思政治经济学概述
- 马克思主义政治经济学的产生
- 马克思主义政治经济学的研究对象
- 社会经济制度的变革及其一般规律
- 社会经济的基本形态

资本和剩余价值
- 资本总公式及其矛盾
- 资本和货币的区别
- 剩余价值的生产过程
- 工资
- 资本积累

商品和价值规律
- 商品
- 价值规律
- 市场机制

资本的流通过程
- 产业资本的循环
- 资本的周转
- 预付资本的总周转速度
- 社会资本的再生产和流通
- 资本的有机构成和相对过剩人口

经济全球化与国际经济关系
- 经济全球化的客观必然性
- 经济全球化的发展对世界经济的影响
- 经济全球化与中国经济
- 两种社会制度在经济全球化条件下的并存和发展

考点内容精讲

第一节 马克思政治经济学概述

一、马克思主义政治经济学的产生

(一)马克思主义政治经济学产生的社会背景

最大的背景就是产业革命——又叫工业革命:用机器工业取代了手工劳动。产业革命导致的社会经济后果有以下两个。

(1)随着产业革命的完成,资本主义生产关系最终确立了自身的生产力基础(资本主义生产关系是建立在社会化大生产和机器大工业基础上的),与此相联系,当时资产阶级在与封建贵族斗争中取得决定性胜利。

(2)社会主要矛盾发生变化。无产阶级与资产阶级的矛盾成为社会的主要矛盾,无产阶级开始登上革命舞台(法国里昂的三次工人运动以及英国的宪章运动),需要自己的思想理论武器。

马克思主义政治经济学正是适应当时的社会背景,即无产阶级要推翻资产阶级的统治。这个理论为无产阶级的斗争提供了经济学理论指导。马克思主义政治经济学具有阶级性和科学性高度统一的特征。

(二)马克思主义政治经济学的理论渊源

(1)古典政治经济学。

(2)空想社会主义。

二、马克思主义政治经济学的研究对象

社会生产关系是马克思主义政治经济学研究的对象。在物质资料的生产过程中,人们既要同自然界发生关系,又要在人和人之间发生一定的关系。前者表现为生产力,后者表现为生产关系。

生产力是人们进行物质资料生产的能力,它表示人们改造自然和征服自然的水平,反映人和自然界的关系。其中包括人的因素(起着最根本的作用)和物的因素(指生产资料,其中起最重要作用的是生产工具,它是社会生产力发展水平和状况的最主要标志,是划分经济发展时期的主要标志)。

生产关系是人们在物质资料的生产和再生产过程中结成的相互关系,又称经济关系。生产关系是各种社会关系中最基本的关系。狭义的生产关系是指直接生产过程中结成的人和人的关系;广义的生产关系是指包括生产、分配、交换、消费诸关系在内的生产关系体系,它是马克思主义政治经济学的研究对象。

物质资料生产的四个环节:生产、分配、交换、消费。它们之间存在着相互联系、相互制约的辩证关系。生产环节起着决定作用。这种决定作用表现为:①生产决定着分配、交换和消费的对象,生产什么才能分配、交换、消费什么,生产多少才能分配、交换、消费多少;②生产的社会形式即生产关系决定着分配关系、交换关系和消费关系。分配、交换和消费反作用于生产。所谓反作用,是指促进或阻碍生产的发展。如果分配、交换和消费适应于生产,就会促进生产的发展;反之,就会阻碍生产的发展。在一定条件下,分配、交换与消费对生产的发展和经济的增长也会起不同程度的决定作用。

三、社会经济制度的变革及其一般规律

(一)社会经济制度的更替

人类社会形态的发展表现为社会经济制度的变更。在人类社会的历史上,相继出现了五种基本类型的生产关系:原始公社制度、奴隶制度、封建制度、资本主义制度、社会主义制度。

(二)社会经济制度变革的一般规律

生产力和生产关系的矛盾运动是推动社会经济制度变革最根本的动力。生产关系的总和构成社会的经济基础。社会经济基础中占统治地位和主导地位的是生产关系,它决定着社会经济制度的性质。生产关系随着生产力的发展而改变自身的性质,是社会经济制度变革的一般规律。

四、社会经济的基本形态

人类社会发展至今,社会经济的基本形态有两种,即自然经济和商品经济。

(一)自然经济

1.自然经济的概念

自然经济是与较低的社会生产力发展水平相适应的经济形态。它是以简单再生产为特征的经济,劳动以自然分工为基础。

2.自然经济的特征

(1)自给自足的经济。

(2)封闭、保守型经济。

(二)商品经济

1.商品经济的概念

商品经济,是以商品生产和商品交换为内容,直接以交换为目的而进行生产的经济形式。

2.商品经济的特征

(1)商品经济的本质是交换经济。

(2)商品经济是开放型、开拓进取型经济。

(3)商品经济以扩大再生产为特征,是与较发达的社会生产力相联系的经济形态。

商品经济的产生和存在,是以社会分工和生产资料与产品属于不同的物质利益主体所有为条件的。其中,前者为一般性的条件,后者为决定性的条件。

从自然经济过渡到商品经济,是商品经济自身的充分发展,是人类社会经济发展历程中不可逾越的阶段。

3.商品经济的两个发展阶段

商品经济经历了简单商品经济和发达商品经济两个阶段,市场经济就是商品经济的发达阶段。

市场经济的本质特征是由市场体制对整个社会经济运行和资源配置起基础调节作用。

第二节　资本和剩余价值

一、资本总公式及其矛盾

(1)资本总公式:$G—W—G'$,它概括了商业资本、产业资本、借贷资本共同的运动形式的特征。

(2)资本总公式的矛盾是指资本总公式同价值规律相矛盾。按照等价交换的原则,交换过程不会引起价值量的变化,而资本总公式却通过流通过程使价值量发生了增殖。

(3)解决资本总公式矛盾的条件:剩余价值的生产,既不在流通领域又离不开流通领域。剩余价值不能在流通领域中产生,因为等价交换与不等价交换都不能产生剩余价值。离开流通领域价值也不能发生增殖。因为它要以流通为媒介,只有在流通领域才能购买到创造剩余价值的特殊商品,即劳动力。同时,只有通过流通领域销售商品才能实现商品价值和剩余价值。

二、资本和货币的区别

商品交换矛盾发展的结果是产生了货币,而货币正是资本的最初表现形式。

(一)货币的本质

货币的本质是固定充当一般等价物的商品,体现着商品经济条件下,商品生产者之间的社会经济关系。

(二)货币的职能

货币的职能是指货币在社会经济生活中的作用。货币有以下五种职能。

(1)价值尺度。货币的价值尺度职能是指货币是衡量和计算一切商品价值量大小的社会尺度。

(2)流通手段。货币的流通手段职能是指货币起着商品交换媒介的作用。货币作为流通手段必须是实在的货币。

(3)贮藏手段。货币的贮藏手段职能是指货币作为一般等价物,可购买任何商品,因而货币就成为社会财富的一般代表,可以贮存起来,以备不时之需。

(4)支付手段。货币的支付手段职能是指商品赊购到期偿还货款,以及在支付租金、工资、利息、税款时,货币所起的作用。

(5)世界货币。货币的世界货币职能是指货币越出一国的范围,在国际经济关系中发挥一般等价物的作用。

(三)作为商品交换媒介的货币和作为资本的货币的区别

(1)流通公式不同。商品流通公式是"商品—货币—商品($W—G—W$)"。资本流通公式是"货币—商品—货币($G—W—G'$)"。

(2)流通中货币的职能不同。在商品流通中,货币(G)只是商品交换的媒介,执行着流通手段的职能;在资本流通中,货币更主要的是增殖的手段,即获得剩余价值的手段。

(3)流通目的不同。商品流通公式表明,商品生产者为买而卖,生产者最终的目的是获得流通以外的使用价值,满足自己的需要。资本流通的公式表明,资本家为卖而买,货币流通本身就是目的,就是为了货币的增殖,即获得剩余价值。

三、剩余价值的生产过程

(一)劳动过程与价值增殖过程

劳动过程是劳动者运用劳动资料对劳动对象进行加工,生产使用价值的过程。在商品经济条件下,劳动过程表现为商品生产过程。商品生产过程是劳动过程和价值形成过程的统一,一般也就是劳动过程和价值增殖过程的统一。

资本家把价值形成过程变为价值增殖过程的方法是把工人的劳动时间延长到补偿劳动力价值所需要的时间以上,或者是降低劳动力的价值,相对减少补偿劳动力价值所需要的时间。因此,剩余价值的源泉是工人的剩余劳动。

(二)资本的本质

在现实生活中,资本总是表现为一定的物,例如货币、机器、厂房、原料、商品等。但资本的本质不是物,而是体现在物上的生产关系。

资本是能够带来剩余价值的价值,资本是一种运动,是一个历史范畴。它体现资本家剥削雇佣工人的关系,是资本主义生产方式的本质范畴。

(三)剩余价值生产的两种基本方法

剩余价值的本质就是雇佣工人创造的新价值中,超过劳动力价值而被资本家无偿占有的那部分价值。它直接体现着资本家对雇佣工人的剥削关系。

在资本主义生产过程中,工人的劳动时间实际分为两部分:必要劳动时间和剩余劳动时间。与之相对应,劳动也分为两部分:必要劳动和剩余劳动。生产剩余价值的时间叫剩余劳动时间,在这个时间内耗费的劳动叫剩余劳动。剩余价值是由雇佣工人创造的被资本家无偿占有的,超过劳动力价值以上的那部分价值。

绝对剩余价值生产和相对剩余价值生产是生产剩余价值的两种方法,这两者既有联系又有区别。绝对剩余价值生产是资本主义早期以手工劳动为主时期的主要方法。随着手工劳动转向机器生产以及新科学技术在生产中的应用,相对剩余价值生产越来越成为加强剥削的主要方法。

四、工资

工资是劳动力价值或价格的转化形式。劳动力是劳动者的劳动能力,它潜存于人的身体中,是体力和脑力的组合。而劳动是劳动力的使用,劳动不是一种商品,因而没有价值或价格。资本主义工资不是劳动的价值或价格。

五、资本积累

资本积累是把剩余价值再转化为资本,或者说,是剩余价值的资本化。资本积累是资本主义扩大再生产的源泉,而剩余价值是资本积累的重要源泉。

资本积累的实质是资本家利用无偿占有别人的劳动成果来扩大资本规模,以继续无偿占有别人更多的劳动成果,以增殖资本价值。

影响资本积累的因素主要有:对劳动力的剥削程度;社会劳动生产率水平;所使用的资本和所耗费的资本之间差额的增大;预付资本量的大小。

第三节 商品和价值规律

一、商品

(一)商品的概念

商品是为市场交换而生产的有用的劳动产品。商品必须是对人们有用的,能满足人们某种需要的物品,一般是人们劳动的产品,且必须是为了满足他人或社会消费的需要。只有通过市场交换去满足人们的消费需要才能成为商品。

(二)商品的二因素:使用价值和价值

使用价值是物品的有用性或效用,即物品是能够满足人们某种需要的属性。

价值是在商品中无差别的一般人类劳动的凝结,它体现了商品的社会属性。

使用价值是价值的物质承担者,价值寓于使用价值之中。二者的统一性,集中表现在二者统一于商品价值之中。同时,使用价值和价值又是互相排斥的。

价值和交换价值、价格之间的关系:价值是交换价值的基础,交换价值是价值的表现形式;价格是价值的货币表现,价值是价格的基础。

(三)体现在商品中的劳动二重性:具体劳动和抽象劳动

具体劳动是指生产一定使用价值的,具有特定性质、目的和形式的劳动。它是人类社会维持自身存在和发展的必要条件。它反映的是人与自然之间的关系。

抽象劳动是指撇开一切具体形式的无差别的人类一般劳动。它形成价值的实体,体现着商品生产者之间的经济关系,是劳动的社会属性。

具体劳动和抽象劳动是相统一的。它们在时间上和空间上是统一的,是商品生产者的同一劳动过程的不可分割的两个方面。具体劳动和抽象劳动是有差别、有矛盾的。具体劳动是从生产商品的劳动具有某种特定的有用性和具体形式来考察的,而抽象劳动是抽掉了劳动的有用性和具体形式,单纯从劳动是人类的脑力和体力支出来考察的。生产各种商品的劳动,从具体劳动来看,在性质上是不相同的,从抽象劳动来看,在质上是相同的,只存在量的差别。具体劳动所反映的是人与自然的关系,它是劳动的自然属性,而抽象劳动反映的是商品生产者的社会关系,它是劳动的社会属性。理解劳动二重性理论是理解马克思主义政治经济学的枢纽。

(四)商品的价值量

商品的价值量是由生产商品的社会必要劳动时间决定的。社会必要劳动时间是在现有社会正常的生产条件下,在社会平均劳动熟练程度和劳动强度下,制造某种使用价值所需要的劳动时间。

商品价值量同简单劳动与复杂劳动有密切的关系。形成商品价值量的劳动是以简单劳动为尺度的。简单劳动与复杂劳动的区别具有相对性。

单位商品价值量与劳动生产率的关系是:单位商品价值量与生产该商品的劳动生产率成反比,与包含在商品中的社会必要劳动量成正比。劳动生产率有两种表示方法:一是单位时间内生产的产品数量;二是生产单位产品所消耗的时间。

(五)简单商品经济的基本矛盾:私人劳动和社会劳动的矛盾

私人劳动是指在以私有制为基础的商品经济中,商品生产者的劳动是按照私人的利益和要求所进行的,其劳动具有私人性质。私人劳动产生的条件是生产资料私有制。

社会劳动是指商品生产者的劳动,是提供给社会的,构成社会总劳动的组成部分,其劳动具有社会性质。社会劳动产生的条件是社会分工。

私人劳动和社会劳动的矛盾是简单商品经济的基本矛盾,因为私人劳动和社会劳动的矛盾决定着以私有制为基础的简单商品生产者的命运。

二、价值规律

价值规律的内容和要求是:商品的价值由生产商品的社会必要劳动时间所决定,商品交换以价值为基础。

价值规律作用的表现形式是价格围绕价值上下波动。商品价格围绕价值波动如果价格与价值经常不一致,并不违背价值规律,不表明价值规律失去作用。因为商品价格波动的中心是价值,价格变动总是以价值为基础,价格波动的幅度不会偏离价值太远。从较长时期和全社会总体来看,商品总价格与总价值相等,商品的平均价格和平均价值相一致。

三、市场机制

市场机制是市场的各种要素,包括价格、供求、竞争等要素之间的互相联系,互相制约,它们既各自发挥功能,又共同发挥功能的有机联系。市场机制包括价格机制、供求机制、竞争机制,其中价格机制是市场机制的核心。

(1)价格机制是通过市场价格变动与供求关系变动之间的相互制约和联系而发挥作用的机制。

(2)供求机制是商品的供求关系与价格、竞争等因素之间相互制约和联系而发挥作用的机制。

(3)竞争机制是市场竞争与价格、供求等因素之间相互制约和联系而发挥作用的机制。

第四节　资本的流通过程

一、产业资本的循环

(一)产业资本循环的概念及职能形式

在资本循环运动中,依次先采取货币资本、生产资本和商品资本形式,接着又放弃这些形式,并在每一种形式中完成相应职能的资本就是产业资本。

产业资本循环的三种职能形式:货币资本(为生产剩余价值准备条件)、生产资本(生产剩余价值)和商品资本(实现商品的价值和剩余价值)。

产业资本在生产过程中创造剩余价值,在流通过程中实现剩余价值。所以,产业资本决定着生产的资本主义性质。

(二)产业资本循环的三个阶段

产业资本的循环运动要顺次经历三个阶段。

(1)购买阶段,即资本家用货币购买生产资料和劳动力。

(2)生产阶段,即生产资料与劳动力结合起来进行生产。

(3)销售阶段,即资本家把所生产出来的商品销售出去。

其中购买、销售阶段属于流通过程,生产阶段属于生产过程。所以产业资本循环,是流通过程与生产过程的统一。

(三)产业资本正常循环的条件

保持其三种职能形式在空间上的并存性,以及保持每一种职能形式的依次转化,即在时间上的继承性。

(四)产业资本循环的三种形式

产业资本的循环是连续不断进行的,产业资本的每一种职能形式都要通过循环的三个阶段,再回到它原来的形式。这样,产业资本就有三种循环形式:货币资本循环、生产资本循环、商品资本循环。产业资本循环的三种循环形式可以表示为:

$$G—W\cdots P\cdots W'—G';P\cdots W'—G'\cdot G—W\cdots P;W'—G'\cdot G—W\cdots P\cdots W'$$

其中"$G\cdots\cdots G'$"是货币资本循环;"$P\cdots\cdots P$"是生产资本循环;"$W'\cdots\cdots W'$"是商品资本循环。

二、资本的周转

(一)资本的周转时间

资本周转一次所需要的时间,也就是资本循环一次所需要的时间。资本循环运动经过生产过程和流通过程。资本处于生产过程的时间,叫资本的生产时间;处于流通过程的时间,叫资本的流通时间。资本周转时间,实际上就是资本周转所需的生产时间和流通时间的总和。

(二)固定资本和流动资本

划分固定资本和流动资本的依据是生产资本不同部分在资本运动中的价值周转方式不同。固定资本只包括用于劳动资料的资本。

固定资本的周转快慢是与固定资本的磨损相联系的。固定资本磨损根据其原因的不同,可分为有形磨损(又称为物质磨损,是指固定资本的物质要素由于使用以及自然力的作用而造成的损耗,如机器使用后的磨损,金属产品会生锈,木材会腐朽等)和无形磨损(又称精神磨损,是指由于生产方法改进和劳动资料生产部门劳动生产率提高而引起的固定资产价值的贬值,或者由于出现新技术和新发明引起原有固定资本价值的贬值)。

每年平均提取的折旧费=固定资本原值×固定资本使用年限折旧率;固定资本使用年限折旧率=每年提取的折旧费/固定资本原始价值×100%。

(三)资本周转速度对剩余价值生产的影响

资本周转速度首先影响年剩余价值量的多少,其次影响年剩余价值率的高低。

(1)影响年剩余价值量。在全部预付资本价值增殖中,只有其中的可变资本是剩余价值的源泉。全部预付资本周转速度越快,意味着其中的可变资本的周转速度越快,这样一定数量可变资本所实际发挥的作用就越大,一年之内就可以创造出更多的剩余价值。所以说,资本周转速度与年剩余价值量成正比。

(2)影响年剩余价值率。资本周转速度与年剩余价值量成正比,资本周转速度越快,年剩余价值量就越多,从而年剩余价值率就越高,反之就越低。

三、预付资本的总周转速度

预付资本一年中的总周转次数=(一年中固定资本周转价值总额+一年中流动资本周转价值总额)/预付资本总额。

影响预付资本总周转速度的两个因素:①受固定资本与流动资本之间比例的影响;②受固定资本与流动资本各自周转速度的影响。

四、社会资本的再生产和流通

研究社会总资本运动的出发点是社会总产品,它是以商品资本流通公式作为基础的。其核心问题是社会总产品的实现问题。

(一)社会资本简单再生产的实现条件

(1)第一部类的可变资本与剩余价值之和,必须等于第二部类的不变资本价值。用公式表示是:$I(v+m)=IIc$。

(2)第一部类所生产的全部生产资料价值,必须等于两大部类所消耗的不变资本的价值总和。用公式表示是:$I(c+v+m)=Ic+IIc$。

(3)第二部类所生产的全部生活资料的价值,必须等于两大部类的可变资本与剩余价值的总和。用公式表示是:$\mathrm{II}(c+v+m)=\mathrm{I}(v+m)+\mathrm{II}(v+m)$。

(二)社会资本扩大再生产的实现条件

(1)第一部类原有的可变资本价值,加上追加可变资本价值,再加上本部类资本家用于个人消费的剩余价值,三者之和应当等于第二部类原有的不变资本价值和追加的不变资本价值之和。用公式表示是:$\mathrm{I}(v+\Delta v+m/x)=\mathrm{II}(c+\Delta c)$。这是社会资本扩大再生产的基本实现条件。

(2)第一部类所生产的全部生产资料的价值,必须等于两大部类原有的不变资本价值和追加的不变资本价值之和。用公式表示是:$\mathrm{I}(c+v+m)=\mathrm{I}(c+\Delta c)+\mathrm{II}(c+\Delta c)$。

(3)第二部类所生产的全部生活资料的价值,必须等于两大部类原有的可变资本价值和追加可变资本价值以及资本家用于个人消费的剩余价值之和。用公式表示是:$\mathrm{II}(c+v+m)=\mathrm{I}(v+\Delta v+m/x)+\mathrm{II}(v+\Delta v+m/x)$。

(三)社会总资本再生产的核心问题

社会总资本再生产的核心问题是社会总产品的实现问题。社会总资本再生产过程,就是社会总产品不断实现以及它的各个组成部分不断得到补偿的过程。

社会总产品的补偿包括价值补偿和实物补偿。所谓价值补偿,是指社会总产品各个组成部分的价值,通过商品出售以货币的形式收回,用以补偿生产过程消耗的、预付的不可变资本和可变资本,并且还要获得剩余价值,以便继续预付资本进行再生产。所谓实物补偿,是指社会总产品的各个组成部分通过出售转化为货币形式以后,再转化为所需要的物质资料。价值补偿是社会总资本再生产和流通正常进行的前提,实物补偿是社会总资本再生产和流通正常进行的关键。

五、资本有机构成和相对过剩人口

(一)资本有机构成

资本的构成应从两方面来考察。从物质形态看,资本是由一定数量的生产资料和劳动力所构成,它们之间的比例是由生产的技术水平决定的,叫做资本的技术构成。从价值形态看,资本又是由一定数量的不变资本和可变资本构成的,它们之间的比例叫做资本的价值构成。

资本的技术构成和价值构成之间存在着密切的有机联系,资本的技术构成决定价值构成,资本价值构成的变动通常反映技术构成的变动。这种由资本技术构成所决定,并且反映资本技术构成变化的资本价值构成,叫做资本的有机构成,可用公式 C∶V 来表示。

资本有机构成提高的前提是单个资本的增大。单个资本增大的途径是资本积聚和资本集中。

资本积聚是单个资本依靠剩余价值资本化来增大自己资本的总额,是由资本积累而引起的生产资料、社会劳动的增加。而它更侧重于生产资料的扩大,所以资本积聚是资本积累的结果。

资本集中是指把原来分散的众多中小资本合并成为少数大资本。它既可以采取大资本吞并中小资本的形式,也可以采取股份公司的形式,这是借助于竞争和信用两个强有力的杠杆来实现的。

(二)相对过剩人口

相对过剩人口是相对于资本家榨取剩余价值的需要来说的。劳动力的供应超过了资本对它的需求,从而形成相对过剩的人口,即失业人口。相对过剩人口是资本主义制度和资本积累的必然产物,是资本主义生产方式存在和发展的必要条件。

第五节　经济全球化与国际经济关系

一、经济全球化的客观必然性

(一)经济全球化的概念

经济全球化是指随着科学技术和国际社会分工的发展以及社会化程度的提高,世界各国、各地区的经济活动越来越超出一国和地区的范围而相互联系和密切结合的趋势。经济全球化是生产社会化和经济关系国际化发展的客观趋势。

(二)经济全球化的现实基础、物质条件和重要推动力

1.经济全球化的现实基础

国际分工和生产社会化是经济全球化的现实基础。

(1)科学技术的发展极大地推动了生产社会化程度的提高和国际分工的发展,由此推动了生产和资本逐渐走向国际化。

(2)生产和资本的国际化导致世界各国之间的经济关系越来越密切,整个世界日益联结为一个整体,最终演变为经济全球化的客观趋势。

(3)战后关税与贸易总协定(世界贸易组织的前身)的缔结和逐步充实,使几乎所有国家降低了对外贸易关税,减少了外贸壁垒,这就为国际贸易的迅猛发展提供了最重要的条件。

2.经济全球化的物质条件

新科技革命和生产的高度社会化为经济全球化提供了物质条件。新的科学技术,特别是计算机、通信技术的广泛应用,国际互联网络的形成,"网络经济"的发展,使资本可以灵活地在全球范围内流动,使国际间的贸易更为便捷。

3.经济全球化的重要推动力

国际金融的迅速发展成为经济全球化的重要推动力。随着新科技革命的发展,出现了世界范围的产业结构调整,各国为抓住机遇,加快本国经济发展而采取一系列优惠政策积极引进国际资本,有力地促进了经济全球化。

二、经济全球化的发展对世界经济的影响

经济全球化对于世界经济的发展产生了巨大而又复杂的双重影响,既具有积极的推动作用,又产生了消极的负面影响。具体表现在以下几方面。

1.经济全球化对促进各国经济的发展和生产力水平的提高具有巨大作用

(1)有助于各国经济的优势互补和资源利用效率的提高。经济全球化使生产要素以空前的速度和规模在世界范围内流动,以寻求相应的位置进行最佳的资源配置。

(2)有助于推动世界产业结构的调整和升级。经济全球化使生产网络化体系逐步形成,投资外向化现象日益凸显。

(3)有助于推动各国加入世界经济大循环,改革贸易和金融体制,在国际市场的竞争中取胜。经济全球化使贸易自由化的范围、金融国际化的进程以最快的速度扩大和推进。

(4)经济全球化使科学技术在世界范围内得到广泛的传播和应用,推动了社会生产力的高度发展。

(5)经济全球化有助于更好地解决环境、资源、人口等人类面临的共同性问题。

2.经济全球化对各国经济的发展和生产力水平的提高产生的负面影响

(1)经济全球化使资本主义市场经济固有的内在矛盾和消极方面、周期性波动和其他弊端的影响也日益全球化。局部地区的危机极易引起全球经济的动荡和危机。

(2)经济全球化把资本主义追求最高利润率的动机和目的扩展到世界范围,使人类的一切活动都实现利润的最大化。

(3)经济全球化把一国资本主义经济政治发展的不平衡扩展到世界范围,对发展中国家形成新的经济霸权的威胁,损害了这些国家的主权和经济的正常发展。

(4)经济全球化过程把一国资本主义发展中的两极分化扩展到世界范围,使发达国家和发展中国家的贫富差距进一步扩大,导致一些国家和一部分人走向了贫穷化。

三、经济全球化与中国经济

(一)经济全球化为中国经济带来的机遇和挑战

改革开放以来,中国经济发展取得了巨大成就,经济持续增长,参与国际分工的程度、水平都有很大提高,人民的物质文化生活水平显著提高。中国经济已经融入世界经济的发展,经济全球化必然给我国经济发展带来影响,机遇与挑战同在。具体表现如下。

(1)经济全球化为我们提供了经济发展的空间,有利于中国扩大对外开放,为我国赢得良好的国际环境。

(2)经济全球化有利于促进我国经济体制改革和经济结构的战略性调整,增强我国经济发展的活力和国际竞争力,总体上符合我国的根本利益和长远利益。

(3)发达国家、新兴工业国家和地区的产业结构调整有利于我国较成熟的一般制造业向外发展和引进成熟的先进技术。

(4)世界经济的低速增长、发达国家的低利率政策有利于我国吸引外资。

(5)加入经济全球化进程,使我们面临更大的外部冲击和激烈的国际竞争。我们要时刻加强防范贸易全球化、生产全球化、金融全球化进程中的国际风险。国内经济发展中的重大问题,如人口、资源、环境与可持续发展,通货紧缩与通货膨胀,农业与农村经济及就业问题等在相当长时期内还会存在,这些问题解决的程度既关系到我国经济发展,也关系到我国抗击外部冲击的能力。

综上所述,在经济全球化过程中,我们应抓住机遇加快发展,通过发展增强国际竞争力应对各种挑战。

(二)中国适应经济全球化的应对之策

1.全面提高中国对外开放水平

(1)全面扩大对外开放。以加入世界贸易组织为契机,抓住机遇,迎接挑战。由有限范围、领域和地域的开放,发展成为全方位、宽领域、多层次的开放,在更大范围和更深程度上参与国际竞争与合作。

(2)进一步扩大商品和服务贸易,使我国由贸易大国成长为贸易强国。坚持外贸市场多元化,积极拓展商品和服务出口增长空间。坚持以质取胜,转变贸易增长方式,优化商品出口结构。

(3)进一步吸引利用外商直接投资,提高利用外资的质量和水平。努力把利用外资同提升优化我国产业结构结合起来。在"引进来"的同时,还要更积极地"走出去",建立健全管理制度,鼓励和支持有条件的企业对外投资,带动商品和劳务出口;培育一批有实力的跨国企业,积极参与国际竞争,形成有较强实力的跨国企业和企业集团。

(4)深化外经贸体制改革,健全涉外经济管理体制和运行机制。在扩大对外开放中,既要敢于和善于参与国际合作与竞争,充分利用各种有利条件和机遇加快发展,又要对可能带来的风险和不利影响有足够认识,切实维护国家经济安全,加强防范,增强抵御冲击和防范化解风险的能力,更好地发展壮大国家的经济实力。

2.积极参与国际经济合作和竞争,提高国际竞争力

竞争与合作相辅相成,基础在于经济实力。实施以质取胜战略和科技兴贸战略,是不断提高国际竞争力和对外贸易效益的有效手段。

(1)积极推进高新技术产品出口,加快高新技术产品出口基地建设。

(2)大力引进国外先进技术,自主开发先进技术改造传统产业,提高传统出口产品的技术含量和附加值,增强出口产品的竞争力。

(3)进一步巩固已发展的传统市场,积极开拓新兴市场,大力发展有国际竞争优势的系列贸易产品和服务贸易。

(4)以资本为纽带,积极推动跨行业、跨区域、跨所有制的企业重组,加强技术改造和技术创新,形成一批拥有自主知识产权、核心竞争力的大企业集团参与国际竞争。

(5)主动参与区域经济合作,加快研究建立中国——东盟自由贸易区的有关问题,积极发展与上海合作组织成员国的贸易关系,推进 APEC 贸易投资自由化和便利化进程,促进多双边经贸关系全面发展。通过合作,共同发展,提升国际竞争力。

四、两种社会制度在经济全球化条件下的并存和发展

在当今世界格局中,社会主义制度和资本主义制度的并存和共同发展是长期的现象,两种制度在经济全球化条件下既有竞争又有合作。

社会主义国家要善于抓住机遇,学习、吸收发达资本主义国家发展生产力的经验和成果,减少经济全球化带来的负面影响,在与资本主义的竞争中发展,充分将自己强大的生命力和优越性显示出来,最终战胜资本主义。

经典真题专家点评

1.(2009 年山东)以马克思的逻辑看来,资本主义的古典危机与当代危机并无本质不同,都是生产过剩危机。但在古典危机中,生产过剩直接表现为商品卖不出去,最终引发金融动荡,股市崩溃,而在当代危机中,生产过剩直接表现为(　　)。

A.有效需求不足　　　　　　　　B.有效需求旺盛

C.“透支消费”　　　　　　　　　D.“寅吃卯粮”

【专家点评】本题答案为 B。在当代危机中,生产过剩不再直接表现为有效需求不足,而是表现为有效需求旺盛。

2.(2009 年广西)商品最本质的因素是(　　)。

A.使用价值　　　　　　　　　　B.交换价值

C.价值　　　　　　　　　　　　D.价格

【专家点评】本题答案为 C。商品的二因素:使用价值和价值。使用价值是物品的有用性或效用,即物品能够满足人们某种需要的属性,是商品的自然属性。价值是在商品中无差别的一般人类劳动的凝结,它体现了商品的社会属性,体现了商品生产者相互比较和交换劳动的经济关系,它是商品最本质的因素。

单元同步训练

一、单项选择题

1. 在市场上,一台笔记本电脑的标价是 12000 元,此时执行价值尺度职能的货币是(　　　)。

A. 实在的货币　　　　　　　　　　B. 信用货币

C. 观念上的货币　　　　　　　　　D. 现金

2. 某公司在初秋以每公斤 5 元的价格收购鲜玉米,采取保鲜技术处理,于冬春季出库上市,每公斤 6 元还供不应求。造成这种价格差异的原因是(　　　)。

A. 生产玉米的社会必要劳动时间发生了变化

B. 玉米的社会必要劳动时间发生了变化

C. 市场上玉米的供求关系发生了变化

D. 经过处理后的玉米价值发生了变化

3. 在 20 世纪 80 年代中后期,由于温州很多企业生产假冒伪劣产品,出现了在全国市场上抵制"温州货"现象。这表明(　　　)。

A. 使用价值是价值的物质承担者

B. 生产商品的个别劳动时间少于社会必要劳动时间

C. 生产商品的个别劳动时间多于社会必要劳动时间

D. 价值是使用价值的前提和基础

4. 投入某种物质商品生产过程中的活劳动量不变,如果劳动生产率提高,在单位劳动时间内生产的商品数量和单位商品的价值量的变化表现为(　　　)。

A. 商品数量增加,价值量不变　　　　B. 商品数量不变,价值量增大

C. 商品数量增加,价值量减少　　　　D. 商品数量增加,价值量增大

5. 某肉食加工厂与某养猪大户签订合同,约定以现行市场价格加上一定的价格预期涨幅购买该养猪大户饲养的优良种猪,并于一年后结付所有款项。货币在这里执行的职能是(　　　)。

A. 价值尺度和流通手段　　　　　　B. 流通手段

C. 支付手段　　　　　　　　　　　D. 价值尺度和支付手段

二、多项选择题

1. 马克思认为,"商品形式的奥秘不过在于:商品形式在人们面前把人们本身劳动的社会性质反映成劳动产品本身的物的性质,反映成这些物的天然的社会属性,从而把生产者同总劳动的社会关系反映成存在于生产者之外的物与物之间的社会关系。由于这种转换,劳动产品成了商品,成了可感觉而又超感觉的物或社会的物。"这表明(　　　)。

A. 商品本质上体现的是人与人之间的关系

B. 商品把人与人之间的关系物化了

C. 商品的"天然的社会属性"就在于人们本身劳动的社会性质

D. 商品之所以成为商品是因为它是劳动产品

2. 裁缝的劳动和木匠的劳动都是在特定形式下进行的劳动,他们的生产活动的目的、操作方法、劳动对象、劳动手段等都是各不相同的,但在市场上,裁缝生产的衣服却可以和木匠生产的家具相互交换。这是因为(　　　)。

A. 衣服和家具都能满足人类的特定需要

B. 衣服和家具都取材于自然界

C. 衣服和家具都包含了人类劳动

D. 裁缝需要家具,木匠需要衣服

3. 假定 1999 年玉米产量为 1 亿公斤,投入的劳动力为 1 万人,劳动力的平均劳动时间为 200 天。2000 年玉米生产投入的劳动力和平均劳动时间均未发生变化,但由于自然灾害,玉米产量下降为 5000 万公斤。则下列说法正确的有(　　)。

A. 2000 年生产的 5000 万公斤玉米所包含的价值量与 1999 年生产的 1 亿公斤的玉米所包含的价值量相等

B. 相对 1999 年,2000 年生产单位玉米的社会必要劳动时间增加了

C. 相对 1999 年,2000 年生产单位玉米所包含的价值量增加了

D. 若 1999 年生产的玉米尚未耗尽,则这部分玉米的价值也增加了

4. 劳动生产率越高,生产一种物品所需要的劳动时间就越少,凝结在该物品中的劳动量就越小,该物品的价值就越小。相反地,劳动生产率越低,生产一种物品的必要劳动时间就越多,该物品的价值就越大。因此,为了增加单位商品的价值量,我们要尽量降低劳动生产率。这一观点(　　)。

A. 混淆了个别劳动生产率和社会劳动生产率的关系

B. 承认了劳动时间是商品价值的衡量标准

C. 否认了商品生产者之间的竞争

D. 正确地理解了商品生产者之间的竞争

5. 对"商品是天生的平等派"这一说法,理解正确的有(　　)。

A. 商品交换过程中,市场价格由价值决定

B. 商品的个别生产时间对商品的社会必要劳动时间没有影响

C. 通过商品和商品价格反映的总是商品生产者之间的平等关系

D. 商品的价值由社会必要劳动时间决定

参考答案及解析

一、单项选择题

1. C【解析】价值尺度是货币的基本职能之一。执行价值尺度职能时,只需要观念上的货币。信用货币和现金都属于"实在的货币",可以发挥流通手段的职能。

2. B【解析】供求关系影响价格,而商品的内在价值是决定价格的因素(因为经过保鲜冷藏处理,商品的价值发生了变化),玉米价格变化是以上两种因素共同作用的结果。

3. A【解析】商品是价值与使用价值的统一体,使用价值是价值的物质承担者,没有使用价值的东西,便不能被消费者接受,因而不能形成价值。假冒伪劣产品的使用价值不能让消费者满意,因此在价值实现上也必然遇到困难。

4. C【解析】劳动生产率指的是具体劳动的生产率。劳动生产率提高,单位劳动时间内生产的商品数量增加,但投入的活劳动量不变,所以生产的商品价值量(总量)不变。这样,分摊到单位商品的劳动量减少,从而单位商品价值量必然减少。所以,正确选项是 C,而 A、B、D 选项都是干扰项。

5. D【解析】货币有五种职能,即价值尺度、流通手段、贮藏手段、支付手段、世界货币。题干中货币主要执行了价值尺度和支付手段,货币的价值尺度职能是指货币充当衡量商品所包含价值量大小的社会尺度;货币的支付手段职能是指随着商品经济发展,发生赊购赊销,即用延期支付的方式买卖商品的情况下,货

币用于清偿债务时执行的职能。

二、多项选择题

1. ABC【解析】本题考查考生对商品属性的理解。劳动产品在交换中取得了商品的形式,商品交换的过程不但是人们交换使用价值的过程,也是人们相互比较自身劳动(商品价值)的过程。这一过程表面上是物物交换(使用价值的交换),实际上则反映了商品生产者之间的社会关系。因此,可以说商品把人与人之间的关系物化了,商品本质上体现的是人与人之间的关系。普通商品具有自然和社会双重属性,自然属性在于其使用价值,社会属性在于其所包含的无差别的一般人类劳动,也就是 C 选项所说的人们本身劳动的社会性质。选项 D 的说法是错误的,劳动产品天然并非商品,只有用于交换的劳动产品才是商品,因此商品之所以成为商品的根本原因在于:它是用于交换的劳动产品,它反映了人们本身劳动的社会性质。

2. CD【解析】交换行为的发生,必须同时具备必要性和可能性。衣服和家具交换的必要性在于:商品属于不同所有者,而裁缝所需要的家具、木匠所需要的衣服只有通过交换才能取得。衣服和家具交换的可能性在于:商品中包含的抽象人类劳动为二者的交换提供了依据,使得二者可以以一定的比例进行交换。选项 A 说明商品具有使用价值,选项 B 说明自然界是商品使用价值的重要源泉,二者既不能说明衣服和家具交换的必然性,也不能说明衣服和家具交换的可能性。

3. ABCD【解析】由于 1999 年和 2000 年生产玉米投入的劳动量(劳动数量×劳动时间)没有发生变化,因此,1999 年和 2000 年生产的玉米中所包含的价值总量应当是相等的,即 A 选项是正确的。同时,由于 2000 年生产的玉米数量较少,单位玉米所包含的社会必要劳动时间增加了,从而价值量就比较高了(即相对 1999 年来说增加了)。因此,B、C 选项是正确的。生产商品的社会必要劳动时间发生变化,这时早先生产的产品所包含的价值量也会随之发生同方向变化。因此,D 选项也是正确的。

4. AB【解析】题干的观点似是而非,关于劳动生产率和商品价值的关系的分析是正确的,但得出的结论却让人啼笑皆非,其错误的原因就在于混淆了个别劳动生产率和社会劳动生产率的关系,认为生产者降低自身的劳动生产率就能增加单位商品的价值量。实质上,商品的价值量是由生产商品的社会必要劳动时间决定的,在社会必要劳动时间一定,从而商品的价值量既定的情况下,商品生产者为了在竞争中获胜,通常会想尽办法提高劳动生产率降低商品的个别劳动时间,而不是相反。题干的观点承认了劳动时间是商品价值的衡量标准(只不过混淆了社会必要劳动时间和个别劳动时间)。因此,选项 B 也是正确的。题干的观点并没有否认商品生产者之间的竞争,而只是误解了商品生产者之间的这种竞争关系。因此,C、D 选项都是错误的。

5. AD【解析】"商品是天生的平等派"这一说法是对价值规律的生动表述。价值规律主要体现在商品价值决定和价值交换两个方面,即 A、D 选项。但是这种平等并不表明相同商品只能卖同样的价钱,各种差价普遍存在。社会必要劳动时间是在个别劳动时间的竞争中决定的,不能说个别生产时间对社会必要劳动时间没有影响。同样地,在一定条件下,不平等交换也大量存在,如发达国家与发展中国家之间的交换很大程度上就是不平等的。因此,B、C 选项都是错误的,不选。

第三章　科学社会主义

知识结构导读

科学社会主义
- 科学社会主义的产生及发展
  - 科学社会主义的含义
  - 科学社会主义的产生
  - 科学社会主义的内容
- 科学社会主义基本原理
  - 唯物史观
  - 剩余价值学说
  - 社会主义终将取代资本主义

考点内容精讲

第一节　科学社会主义的产生及发展

一、科学社会主义的含义

　　科学社会主义亦称科学共产主义,是一种政治形态。为了同空想社会主义相区别,马克思和恩格斯才使用科学社会主义这个名称。它有广义和狭义两种含义。广义的科学社会主义是泛指马克思主义的科学理论体系;狭义的科学社会主义则专指马克思主义三个组成部分之一的科学社会主义学说。它是遵循无产阶级解放斗争发展规律的科学,即关于无产阶级斗争的性质、条件以及由此产生的一般目的的科学。狭义的科学社会主义指三个组成部分之一,即同马克思主义哲学、政治经济学相并列的科学社会主义。人们实践中的社会主义,即作为运动或制度的社会主义,通常是从狭义上来理解的。

二、科学社会主义的产生

　　科学社会主义的产生有其社会基础和阶级基础。19世纪40年代,资本主义生产方式在西欧先进国家已占统治地位,随着资本主义的发展,资本主义内部矛盾日益尖锐,无产阶级反对资产阶级的斗争日益严峻。马克思和恩格斯参加了当时阶级斗争的实践,在此基础上他们周密地研究了资本主义生产方式的矛盾,批判地继承了18世纪三大空想社会主义者:法国的圣西门、傅立叶和英国的欧文的思想成果,创立了唯物史观和剩余价值论,使社会主义从空想变为科学。1848年,《共产党宣言》发表,标志着科学社会主义的诞生。1867年发表的《资本论》和1875年撰写的《哥达纲领批判》,对科学社会主义的理论原理进行了深刻的论证。

三、科学社会主义的内容

科学社会主义的主要内容可以概括为以下几点。

(1)阐明生产社会性和生产资料资本主义私人占有形式之间的矛盾的发展,必然导致社会主义取代资本主义,以生产资料的公有制取代生产资料的私有制。科学地论述了资本主义必然灭亡、社会主义必然胜利的客观规律。

(2)无产阶级和资产阶级的斗争是现代社会变革的巨大杠杆,无产阶级是作为资产阶级的掘墓人出现的。

(3)无产阶级专政是消灭一切阶级和进入无阶级社会的过渡。因此,在无产阶级专政条件下,要对整个社会进行改造,发展生产力,进行社会主义建设,逐步实现由社会主义社会向共产主义社会过渡的伟大目标。此外,科学社会主义科学地阐明了无产阶级政党在无产阶级革命和建设中的作用。科学社会主义具有鲜明的实践性,与无产阶级革命运动联系最直接、最密切,是马克思主义理论体系的核心。

第二节 科学社会主义基本原理

一、唯物史观

(一)唯物史观的涵义

唯物史观是科学社会主义最重要的理论基石,是关于人类社会一般规律的科学,是马克思哲学的重要组成部分,是科学的社会历史观和认识改造社会的一般方法论,通常也可表述为历史唯物主义。1892年,恩格斯在《社会主义从空想到科学的发展》英文版导言中使用"历史唯物主义"来表述这一科学的历史观。列宁称之为"科学的社会学"。历史观是人们对于社会历史的根本见解,历史唯物主义之前,人们总是从某种精神因素出发去阐释历史,近代以来的资产阶级历史观用"人"的观点解释历史,但它所理解的人是一种抽象的人,强调玄虚的"自我意识"。历史唯物主义用以观察社会历史的方法和以往一切历史理论都不同,历史唯物主义承认历史的主体是人,认为现实的人无非是一定社会关系的人格化,他们所有的性质和活动始终取决于自己所处的物质生活条件。历史唯物主义着眼于从总体上、全局上研究社会的一般结构和一般的发展规律。它的任务就是为各门具体的社会科学提供历史观和方法论的理论基础。

(二)历史唯物主义的基本观点

物质生活资料的生产活动是人类社会赖以生存的前提;由生产力和生产关系、经济基础及上层建筑构成统一的社会有机系统;社会基本矛盾是社会发展的内在动力;人民群众是历史的创造者;社会的发展是一个自然历史过程。

二、剩余价值学说

从全社会的角度看,剩余价值不可能是在纯粹的流通领域内产生的,而只能是在资本的生产过程中产生的。由于在价值理论中我们已经把价值归结为一定的劳动时间,所以从资本生产过程的角度看,剩余价值也就是雇佣工人在生产过程中通过劳动而添加在劳动对象上的那部分新价值,减去劳动力自身的价值后的那部分余额。这样,工人的工作日就分为两部分:在必要劳动时间内再生产出劳动力自身的价值;在剩余劳动时间内生产出剩余价值。因此,剩余价值就可以归结为剩余劳动时间的凝结。但由于生产资料归资本家所有,所以剩余价值实质是由雇佣工人的剩余劳动创造的,被资本家无偿占有的那一部分价值。

三、社会主义终将取代资本主义

(一)资本主义被社会主义取代的必然性

(1)资本主义与其他私有制不同,资本主义所有制建立在这样的基础上:生产资料被共同使用,生产部门被集体管理,资本家以工人的剩余价值赚取高额利润,发达的现代工业使生产日益社会化。在这种基础上,资本主义所有制日益丧失私有制的特征;股份制的产生加速了生产的扩大,也使生产资料变为公司财产,使私有性质不断被扬弃的过程更为迅速。

(2)由于市场供求关系及社会生产力的发展等一系列因素的影响,经济危机如恶魔一样永久性地困扰着资本主义,并成阶段性地发生。尽管资本主义不断地通过自我调整存活并成熟起来,但随着资本主义日益发展成熟,它继续调整的空间也就越来越有限。当危机无法在资本主义的范围内得到根本解决,对抗性矛盾发展到最高顶点,革命也就无法避免。

(3)社会随着生产力的不断发展必将孕育新的社会生产关系与之相适应。所以,就像封建社会孕育资本主义社会一样,资本主义在制造危机的同时,同样孕育了社会主义,并随着危机的不断爆发而促使社会主义的不断发展。可见资本主义不过是历史发展的一个过渡阶段,是一定历史条件下的产物,社会主义的产生是以资本主义为基础的。资本主义发展到一定程度时必将被社会主义所取代。

(二)社会主义取代资本主义是一个长期的历史过程

社会主义取代资本主义是一个长期的、曲折的历史过程,其原因有以下几个方面。

(1)从生产关系方面说,一种社会经济制度彻底退出历史舞台,必然是它的生产关系已经不能适应社会生产力的发展。

(2)从生产力方面说,一种新社会制度要取代旧社会制度,归根到底是要有比旧社会制度更高的劳动生产力。

(3)从革命条件方面说,在资本主义经济政治发展不平衡规律的作用下,各国社会主义革命条件成熟状况必然不平衡,这就使社会主义革命只能先在一国或少数国家取得胜利。

经典真题专家点评

1.(2005年浙江)科学社会主义理论的两大理论基石是(　　)。

A.唯物辩证法和剩余价值理论

B.唯物辩证法和价值规律

C.唯物主义历史观和剩余价值理论

D.唯物主义历史观和价值规律

【专家点评】本题答案为C。唯物主义历史观和剩余价值理论是科学社会主义的两大理论基石。

2.(2005年湖南)科学社会主义的核心是(　　)。

A.无产阶级革命理论

B.无产阶级政党理论

C."两个必然"和"两个绝不会"思想

D.对未来社会的预测和设想

【专家点评】本题答案为C。科学社会主义的核心是"两个必然"和"两个绝不会"思想。

单元同步训练

一、单项选择题

1.剩余价值实质上是(　　)。

A.工人劳动时间的凝结

B.支付工人工资的那部分价值

C.工人在必要劳动时间内生产的那部分价值

D.工人的剩余劳动创造的、被资本家无偿占有的那一部分价值

2.建设有中国特色社会主义理论的提出者是(　　)。

A.毛泽东　　　　　　B.邓小平　　　　　　C.江泽民　　　　　　D.胡锦涛

3.科学社会主义也称(　　)。

A.社会主义　　　B.初级社会主义　　　C.空想社会主义　　　D.共产主义

4.经济政治发展的不平衡是资本主义的绝对规律。由此得出结论:社会主义可能首先在少数或者在单独一个资本主义国家内获得胜利。提出这一著名论断的是(　　)。

A.马克思　　　　　　B.恩格斯　　　　　　C.列宁　　　　　　D.斯大林

5.社会主义的根本目的在于(　　)。

A.消灭剥削,消除两极分化,最终达到共同富裕

B.建立无产阶级专政

C.巩固共产党的领导

D.镇压资产阶级的反抗

二、多项选择题

1.毛泽东在《新民主主义论》中运用马克思主义基本原理,根据中国社会的实际对中国革命的道路提出"两步走"的战略思想,这"两步"具体指(　　)。

A.新民主主义革命　　　　　　　　B.社会主义革命

C.共产主义革命　　　　　　　　　D.国民革命

2.空想社会主义的历史功绩是(　　)。

A.对资本主义的弊病进行了深刻的揭露和猛烈的抨击

B.揭示了资本主义灭亡、社会主义胜利的客观规律

C.对未来社会做出了天才的设想

D.找到了变革社会的革命力量

3.邓小平关于社会主义本质的概括是(　　)。

A.实行以公有制为主体的多种经济形式

B.坚持按劳分配的标准

C.解放生产力、发展生产力

D.消灭剥削、消除两极分化,最终达到共同富裕

4.我国社会主义初级阶段的含义是( )。

A.我国还处在向社会主义过渡的新时期　　　B.我国已经是社会主义社会

C.我国正处于向共产主义过渡的新时期　　　D.我国的社会主义还处在初级阶段

5.哪些学说的发现,使社会主义从空想发展为科学( )?

A.唯物史观　　　B.辩证法　　　C.认识论　　　D.剩余价值学说

参考答案及解析

一、单项选择题

1.D【解析】从资本的生产过程的角度看,剩余价值也就是雇佣工人在生产过程中通过劳动而添加在劳动对象上的那部分新价值,减去劳动力自身的价值以后的那部分余额。这样,工人的工作日就分为两部分:在必要劳动时间内再生产出劳动力自身的价值;在剩余劳动时间内生产出剩余价值。因此,剩余价值就可以归结为剩余劳动时间的凝结。但由于生产资料归资本家所有,所以剩余价值实质是由雇佣工人的剩余劳动创造的,被资本家无偿占有的那一部分价值。

2.B【解析】建设有中国特色社会主义理论体系是以中国改革开放的总设计师邓小平在中共十二大开幕词中提出"走自己的道路,建设有中国特色的社会主义"为标志而产生。

3.D【解析】科学社会主义亦称科学共产主义,是一种政治形态。为了同空想社会主义相区别,马克思和恩格斯才使用科学社会主义这个名称。

4.C【解析】该论断是列宁的著名论断。

5.A【解析】概念记忆,社会主义的根本目的是消灭剥削,消除两极分化,最终达到共同富裕。

二、多项选择题

1.AB【解析】毛泽东在《新民主主义论》中运用马克思主义基本原理,根据中国社会的实际对中国革命的道路提出了"两步走"的战略思想,第一步是新民主主义革命,第二步是社会主义革命。

2.AC【解析】空想社会主义对资本主义的揭露和批判,提供了研究资本主义早期发迹史的极为珍贵的历史文献资料,也提供了启发工人阶级觉悟的极为珍贵的思想材料。空想社会主义是科学社会主义的重要思想来源。对未来社会的设想,包含着趋向历史唯物主义的合理因素和许多精辟的思想及论证。空想社会主义发展历史体现了社会主义思想与时俱进的品格,揭示和论证了人类社会发展的历史趋势。

3.CD【解析】1980年邓小平提出"社会主义本质"概念,1992年南方谈话做出明确概括。社会主义的本质:解放生产力,发展生产力,消灭剥削,消除两极分化,最终达到共同富裕。

4.BD【解析】党的十三大报告指出:"我国正处在社会主义的初级阶段。这个论断,包括两层含义,第一,我国社会已经是社会主义社会,我们必须坚持而不能离开社会主义。第二,我国的社会主义还处在初级阶段。我们必须从这个实际出发,而不能超越这个阶段。"

5.AD【解析】唯物史观和剩余价值学说是马克思一生最重要的理论发现,促使社会主义从空想发展为科学。

第四章　毛泽东思想

知识结构导读

毛泽东思想

- 毛泽东思想的形成与发展
  - 毛泽东思想产生的历史条件
  - 毛泽东思想发展的历史进程
  - 毛泽东思想的主要创立者
- 新民主主义的总路线和基本纲领
  - 新民主主义产生的社会背景
  - 新民主主义社会的过渡性质、基本特征与主要矛盾
  - 中国革命的新民主主义革命时期
  - 新民主主义革命的总路线
  - 新民主主义的基本纲领
- 新民主主义革命的道路和基本经验
  - 新民主主义革命的道路
  - 新民主主义革命的基本经验
- 社会主义建设理论和经验总结
  - 中国由新民主主义向社会主义过渡的历史条件
  - 党在过渡时期的总路线
  - 社会主义改造的经验总结
- 毛泽东思想的历史地位和活的灵魂
  - 毛泽东思想的历史地位
  - 在新的历史条件下坚持和发展毛泽东思想
  - 毛泽东思想的活的灵魂

考点内容精讲

第一节 毛泽东思想的形成与发展

一、毛泽东思想产生的历史条件

马克思主义中国化和中国化了的马克思主义——毛泽东思想,是近现代中国社会发展的客观需要和必然产物。它是在一定的社会历史条件下形成的。

(1)俄国十月革命开辟了世界无产阶级社会主义革命的新时代,是毛泽东思想产生的时代条件和国际背景。

(2)新的社会生产力的发展和工人阶级的壮大为毛泽东思想的产生提供了物质基础。

(3)新文化运动的兴起和马克思主义的传播,是毛泽东思想产生和形成的思想理论条件。

(4)近代中国半殖民地半封建社会的基本国情和中国革命的特殊性,是毛泽东思想产生的社会条件。

(5)中国共产党领导的人民革命是毛泽东思想的产生和形成的实践基础。在探索中国革命的发展道路和揭示中国革命特殊规律的伟大实践活动中,中国共产党积累了丰富的正反两方面的经验。毛泽东思想就是对这些经验进行理论概括和科学总结而形成的科学体系。

二、毛泽东思想发展的历史进程

毛泽东思想是在中国共产党领导的中国革命与建设的实践中逐步形成和发展的。

(一)开始萌芽

毛泽东思想的开始萌芽时期,即马克思主义与中国实际的初步结合时期。"萌芽"的标志是早期中国共产党人关于新民主主义革命的基本思想的提出。《中国社会各阶级的分析》是毛泽东最早阐释新民主主义革命理论的代表性文章。

(二)初步形成

毛泽东思想"初步形成"的标志是"革命新道路"理论的初步形成和"活的灵魂"的马克思主义思想路线的基本形成。毛泽东《中国的红色政权为什么能够存在?》、《井冈山的斗争》、《星星之火,可以燎原》是"革命新道路"理论的代表作,《反对本本主义》是"活的灵魂"的马克思主义思想路线的代表作。

(三)走向成熟

毛泽东思想走向成熟时期,即"毛泽东思想得到系统总结和多方面展开而达到成熟的阶段"。"走向成熟"的标志是毛泽东思想的科学概念的正式提出和毛泽东思想被确立为中国共产党的指导思想。

(四)继续发展

毛泽东思想"继续发展"的标志是:一方面,新民主主义理论进一步丰富和完善;另一方面,在新的实践基础上形成关于社会主义革命和建设的正确的理论原则和经验总结。

（五）曲折发展

即 1957～1976 年,毛泽东等创立了社会主义社会矛盾学说。著有《论十大关系》、《关于正确处理人民内部矛盾的问题》等著作。这一时期,毛泽东思想在曲折中得到发展。

三、毛泽东思想的主要创立者

毛泽东是毛泽东思想的主要创立者,他在中国革命和建设的各个时期对毛泽东思想的形成和发展做出了党的其他领导人无法替代的杰出贡献。毛泽东的晚年错误不属于毛泽东思想的科学体系。

第二节 新民主主义的总路线和基本纲领

一、新民主主义产生的社会背景

（一）近代中国半殖民地半封建社会的基本特点

(1)封建时代的自给自足的自然经济基础虽被破坏,但是封建剥削制度的根基——地主阶级对于农民的剥削不但依旧保持着,而且同买办资本和高利贷资本的剥削结合在一起,在中国的社会经济生活中占据明显的优势。

(2)皇帝和贵族的专制政权虽被推翻,但取而代之的先是地主阶级的军阀统治,接着是地主阶级和大资产阶级的联合专政。在沦陷区,则是日本帝国主义及其傀儡的统治。

(3)帝国主义不但操纵了中国的财政和经济命脉,而且操纵了中国的政治和军事力量。在沦陷区,则是一切被日本帝国主义所独占。

(4)由于帝国主义和封建主义的双重压迫,特别是日本帝国主义的疯狂进攻,使中国的广大农民,尤其是贫民,日益贫困化乃至大批破产,他们过着饥寒交迫毫无政治权利的生活。中国人民的贫困和不自由的程度是世界少有的。

(5)民族资本主义有了某些发展,并在中国政治、文化生活中起了颇大的作用。但是,它没有成为中国社会经济的主要形式,其力量是很软弱的,它同外国帝国主义和本国的封建主义还有或多或少的联系。

(6)由于中国是在许多帝国主义国家的统治和半统治之下的,实际上处于长期的不统一状态,又因为中国的土地广大,所以中国的经济、政治和文化的发展表现出极端的不平衡。

（二）近代中国半殖民地半封建社会的各种矛盾

毛泽东指出:"认清中国的国情,乃是认清一切革命问题的基本的依据。"近代中国社会(1840～1949年)是半殖民地半封建社会。

(1)帝国主义与中华民族的矛盾、封建主义和人民大众的矛盾,是近代中国半殖民地半封建社会的主要矛盾。

(2)政治基本矛盾具体包括:中华民族与帝国主义的矛盾,人民大众与封建主义的矛盾,无产阶级与资产阶级的矛盾。在这之中,中华民族与帝国主义的矛盾,人民大众与封建主义的矛盾是主要矛盾。中华民族与帝国主义的矛盾是最主要矛盾。生产力和生产关系,经济基础和上层建筑的矛盾是基本矛盾。基本矛盾一般指社会基本阶级、基本力量构成的矛盾,统治阶级内部的矛盾有时很重要,但不是基本矛盾。

二、新民主主义社会的过渡性质、基本特征与主要矛盾

新民主主义革命的直接目标是建立无产阶级领导的人民民主专政的共和国。从 1949 年 10 月中华人

民共和国成立到1956年社会主义改造完成、社会主义制度建立,这个历史阶段的社会性质是新民主主义社会。

新民主主义社会是带有过渡性质的,而不是独立的社会形态,它属于社会主义体系,是近代中国由半殖民地半封建社会走向社会主义社会的中介和桥梁,是中国社会发展不可逾越的一个历史阶段,是中国走向社会主义的必由之路。

新民主主义在经济上的基本特征是:实行以国营经济为主导的,包括合作社经济、个体经济、国家资本主义经济和私人资本主义经济五种经济成分并存的新民主主义经济制度。新民主主义在政治上的基本特征是:实行以工人阶级为领导,以工农联盟为基础,包括小资产阶级和民族资产阶级联合专政的人民民主专政的国家制度。新民主主义在文化上的基本特征是:实行发展以马克思主义为指导的民族的、科学的、大众的文化,即新民主主义文化的方针。新民主主义社会的主要矛盾是无产阶级和资产阶级的矛盾。

三、中国革命的新民主主义革命时期

从鸦片战争到新中国成立,中国革命的性质是资产阶级民主革命,中国资产阶级民主革命又分为旧式的一般的资产阶级民主革命和新式的特殊的资产阶级民主革命。以1919年"五四"运动为分界线,之后中国革命进入了新民主主义革命时期。同资产阶级民主革命相比,新民主主义革命有如下特点。

(1)有了新的领导阶级。新民主主义革命与一般的、旧式的民主主义革命的根本区别在于领导阶级的不同。

(2)有了新的国际环境。一般的、旧式的民主主义革命发生在十月革命之前,属于世界资产阶级革命的范畴。新民主主义革命发生在十月革命之后,属于世界无产阶级革命的范畴。

(3)有了新的指导思想。一般的、旧式的民主主义革命的指导思想是西方资产阶级民主思想,新民主主义革命的指导思想是马克思主义。

(4)有了新的革命纲领。一般的、旧式的民主主义革命不能提出彻底的反帝反封建的革命纲领;而新民主主义革命提出了彻底的反帝反封建的革命纲领。

(5)有了新的革命前途。一般地说,资产阶级民主革命的前途是建立资本主义制度;中国新民主主义革命的前途是非资本主义的。

四、新民主主义革命的总路线

(一)新民主主义革命总路线

1948年4月,毛泽东在《晋绥干部会议上的讲话》中对新民主主义革命总路线做了明确的完整的科学概括:即是无产阶级领导的,人民大众的,反对帝国主义、封建主义和官僚资本主义的革命。这条总路线包含了中国新民主主义革命的对象、动力与领导权等方面的基本思想,它们之间具有密切的内在联系。

(二)新民主主义革命总路线的核心

新民主主义革命总路线的核心是"无产阶级领导",这是新民主主义革命区别于旧民主主义革命的根本标志。

(1)中国革命的对象帝国主义、封建主义和大资产阶级十分强大,而且勾结在一起。中国要获得民族独立和人民解放,必须要有一个强有力的领导阶级。

(2)辛亥革命的历史证明,中国资产阶级没有能力担负中国革命的领导责任。

(3)中国无产阶级正是顺应时代的要求,成为中国革命的领导阶级。

(三)新民主主义革命的对象

(1)帝国主义和封建主义是新民主主义革命的主要对象。分清敌友,是中国革命的首要问题。

(2)中国资本主义分为官僚资本主义和民族资本主义两部分。新民主主义不是一般地反对资本主义。官僚资产阶级是中国新民主主义革命的对象。

(四)新民主主义革命的目的

(1)新民主主义革命的直接目的是推翻帝国主义、封建主义、官僚资本主义,在中国建立新民主主义国家。

(2)新民主主义革命的根本目的是从根本上解放被束缚的生产力。

(五)新民主主义革命的动力

新民主主义革命的动力包括工人、农民、小资产阶级和民族资产阶级;新民主主义革命总路线中的"人民大众"指的就是革命动力。只有弄清革命动力问题,才能正确地解决中国革命的基本策略问题。中国社会的阶级结构是两头小、中间大。

(1)农民是中国革命的主力军和无产阶级最可靠的同盟军。

(2)小资产阶级是中国革命的基本动力和无产阶级可靠的同盟军。

(3)既有革命要求又有动摇性的中国民族资产阶级是中国革命的动力之一,也是无产阶级"不可靠"的同盟军。

(六)新民主主义革命的领导力量

新民主主义革命总路线的核心是"无产阶级领导"。中国的新民主主义革命必须由中国的无产阶级及其政党——中国共产党领导,这是新民主主义革命区别于旧民主主义的根本标志。

(七)中国新民主主义革命的性质与特点

新民主主义革命的性质:新式的特殊的资产阶级民主主义革命。新民主主义革命具有以下四个基本特点。

(1)新的时代条件,即属于世界无产阶级革命的一部分,不再属于旧的资产阶级世界革命的范畴。

(2)新的领导阶级,即由无产阶级来领导,不再由资产阶级领导。

(3)新的革命指导思想,即马克思主义的指导,不再是资产阶级的民主主义思想的指导。

(4)新的革命前途,即经由新民主主义社会进而达到实现社会主义社会的目标,不再是建立资本主义社会。

五、新民主主义的基本纲领

党的一大没有明确区分党的最高纲领和最低纲领。党的二大,第一次阐述了党的最高纲领和最低纲领。党的七大,毛泽东在《论联合政府》的政治报告中,进一步阐述了党的最高纲领和在新民主主义时期的最低纲领。到了社会主义时期,我们党又提出了社会主义初级阶段的基本纲领,就是最低纲领。

(一)党的最高纲领和最低纲领同革命分"两步走"的理论的关系

中国革命"两步走"体现了党的最高纲领和最低纲领的统一。它们的理论关系体现在以下几方面。

(1)在中国革命的各个历史阶段,我们党既有每个阶段的基本纲领即最低纲领,也有确定长远奋斗目标的最高纲领。

(2)中国革命必须分"两步走","两步走"充分体现了党的最高纲领和最低纲领的统一。

(3)最高纲领、最低纲领与"两步走"是有区别的。最高纲领和最低纲领从总体上规定了党的最终目标(共产主义)和当前一定时期的任务(近期目标);而"两步走"是党在一定时期(民主革命至社会主义革命时期)的任务。社会主义革命不是党的最高纲领和最终目标。

(二)新民主主义的政治纲领

新民主主义的政治纲领包括新民主主义的国体和政体两个方面。新民主主义的国体是工人阶级领导下的一切反帝反封建的人民联合专政的共和国,即新民主主义共和国。新民主主义的政体是实行民主集中制的人民代表大会制度。

新民主主义国家的国体和政体。政治纲领一般包括国家制度和政权组织形式,即国体和政体两个方面。国体实质上是指社会各阶级在国家中的地位问题。政体是指政权构成的形式问题,即一定的社会阶级采取何种组织形式去反对敌人以保护自己的政权机关。

(三)新民主主义的经济纲领

新民主主义社会的经济形态是:社会主义性质的国营经济及其领导下的半社会主义性质的合作社经济、私人资本主义经济、个体经济、国家和私人合作的国家资本主义经济等多种经济成分并存。新民主主义经济政策是公私兼顾、劳资两利、城乡互助、内外交流,简称"四面八方"政策。

新民主主义的经济纲领包括:没收封建阶级的土地归农民所有;没收蒋介石、宋子文、孔祥熙、陈立夫为首的垄断资本归新民主主义的国家所有;保护民族工商业。

新民主主义的五种经济成分的具体内容如下。

(1)国营经济是新民主主义国家所经营的,主要是通过没收官僚资本建立起来的以全民所有制为基础的社会主义性质的经济,是整个社会经济的领导力量。

(2)合作社经济是私有制为基础的劳动人民群众的集体经济,是半社会主义性质的经济(分两个阶段:初级阶段,建国初期,以私有制为基础;完善阶段,生产资料所有制社会主义改造基本完成后,以公有制为主体)。

(3)私人资本主义经济,以资本家生产资料个人所有为基础。

(4)个体经济是指个体农业和个体手工业经济,占国民经济总量的80%以上,这说明新民主主义经济以私有制为主体。

(5)国家资本主义经济是一种国家经济同私人资本合作的经济成分,具有社会主义因素的经济成分。

(四)新民主主义的文化纲领

新民主主义的文化就是"无产阶级领导的人民大众的反帝反封建的文化"。这种文化不是单纯的无产阶级的社会主义文化,而是无产阶级领导的民族的、科学的、大众的文化,在当时属于先进文化,代表了中国先进文化的前进方向。其文化纲领包括以下几方面。

(1)新民主主义文化的指导思想是共产主义思想即马克思主义。

(2)新民主主义文化的形式是民族的形式。所谓民族的,有两层含义:反对帝国主义压迫,主张中华民族的尊严和独立;有中华民族自己的形式,反对"全盘西化"。

(3)新民主主义文化的内容应是科学的内容。所谓科学的,是指它反对一切封建迷信思想,主张实事求是,主张客观真理。

(4)新民主主义文化的方向应是坚持大众的方向,以广大人民群众为主体。

第三节　新民主主义革命的道路和基本经验

一、新民主主义革命的道路

(一)中国共产党在中国革命的三个主要法宝

1939年10月,毛泽东在《〈共产党人〉发刊词》中指出:"统一战线、武装斗争、党的建设,是中国共产党人在中国革命中战胜敌人的三个法宝,三个主要的法宝。"

(二)武装斗争是中国革命长期的主要的形式

1.中国的武装斗争的实质

中国共产党领导的武装斗争不同于西方资本主义国家一般的武装斗争,也不同于俄国十月革命的武装起义。中国的武装斗争实质上是无产阶级领导的农民战争。

2.中国革命必须以长期的武装斗争为主要形式

(1)长期的武装斗争是中国革命进程的一个基本特点,是中国革命的一个主要法宝。这是因为:

①半殖民地半封建的中国社会的基本国情,决定了中国革命只能以长期的武装斗争为主要形式;

②中国革命的敌人异常强大,也是异常凶残的,这就决定了中国革命必须以武装的革命反对武装的反革命;

③中国政治经济发展的不平衡的状态,决定了中国革命的武装斗争将不可避免地要经历一个长期而曲折的过程。

(2)毛泽东总结了大革命失败的惨痛教训,提出了"枪杆子里面出政权"的著名论断。

(3)以长期的武装斗争为主要形式,并不是说可以放弃其他的斗争形式。中国的武装斗争实质上是无产阶级领导的农民战争。

(三)农村包围城市,武装夺取政权的理论

1.走农村包围城市道路的必要性

(1)从中国的社会性质看:中国是一个外无独立、内无民主的半殖民地半封建的国家。无议会可以利用,共产党没有进行合法斗争的条件,人民要当家做主,夺取政权,只有进行武装斗争。

(2)从中国革命的动力看:中国是一个落后的农业大国,农民不仅人数广大,而且深受帝国主义、封建主义的压迫和剥削,是反帝反封建的主力军。农民问题是中国民主革命的中心问题。中国民主革命的实质是农民革命。中国的武装斗争,实质上是无产阶级领导下的农民革命战争。

(3)从敌我力量对比看:中国革命的敌人是异常强大的,革命力量在一定时期内相对弱小。在这种情况下,革命力量不可能马上同敌人进行决战,一下子取得胜利,而应同敌人做长期的、持久的斗争,逐步积累和发展革命力量,准备将来同敌人进行决战,这就需要建立革命根据地作为革命阵地。

2.工农武装割据即红色政权存在与发展的原因和条件

"一国之内,在四围白色政权的包围中,有一小块或若干小块红色政权的区域长期地存在,这是世界各国从来没有的事"。而它在中国发生,当有其独特的原因和条件。

(1)客观条件

①中国是一个经济政治发展不平衡、受帝国主义间接统治的半殖民地半封建的大国。

②第一次国内革命战争影响的遗留。虽然大革命失败了,但大革命的影响还遗留在这些地区的广大群众中,为农村革命根据地的存在和发展准备了群众基础。

③全国革命的形势是在向前发展的,所以红色区域也将继续发展,并日渐接近于全国政权的取得。

(2)主观条件

①已建立了一支共产党领导的人民军队。毛泽东认为,相当力量的正式红军的存在,是红色政权存在和发展的中心支柱和根本保证。

②有共产党的正确领导。毛泽东说,共产党组织的有力量和它的政策的不犯错误,是红色政权存在和发展的又一个不可或缺的条件。

(四)人民军队的建设

1.“三湾改编”和“古田会议决议”在人民军队建设史上的特殊地位

(1)1927年9月,毛泽东在领导湘赣边界秋收起义的队伍上井冈山的途中,在三湾进行了改编。规定班、排成立党小组,支部建在连级,营以上设立党委,连以上单位设立党代表,开始确立了党对人民军队的绝对领导原则,创立了人民军队的政治工作,为建设一支新型的人民军队奠定了基础。

(2)1929年12月,中国工农红军第四军在福建省上杭县古田村举行党的第九次代表大会,即著名的古田会议。会议通过的决议的主要内容如下。

①强调了中国共产党对红军的绝对领导这一根本原则,规定了红军的根本性质和宗旨。指出红军是执行革命的政治任务的武装集团,必须服从党的绝对领导,必须坚持党指挥枪的原则,全心全意为实现党的纲领和路线而努力奋斗。

②重申了打仗、做群众工作和筹款是红军“三位一体”的任务。

③着重分析了当时红四军内存在的各种非无产阶级思想,如单纯军事观点、极端民主思想、流寇主义、绝对平均主义和军阀主义残余等的表现、来源以及危害,指出了用无产阶级思想来纠正的办法。

2.人民军队的性质、宗旨和任务

中国共产党领导的人民军队是一支无产阶级性质的,具有严格纪律的,同人民群众亲密联系的新型人民军队。这支军队的唯一宗旨就是“全心全意地为中国人民服务”。这个宗旨是新型人民军队建军原则的基石和人民军队一切行动的出发点,也是人民军队生存的基础和力量的源泉。全心全意为人民服务的宗旨是由人民军队的无产阶级性质决定的。人民军队是一个执行革命的政治任务的武装集团,必须忠实地为无产阶级政党的纲领路线服务。全心全意为人民服务的宗旨是通过人民军队的三大任务体现出来的。这三大任务是:第一,打仗消灭敌人;第二,打土豪筹款子;第三,宣传群众、组织群众。人民军队三大任务的执行,保证了革命战争的胜利进行。

3.人民军队建设的根本原则

坚持党指挥枪的原则,即坚持中国共产党对人民军队的绝对领导。这是人民军队建设的一条最根本的原则,也是保持人民军队的无产阶级性质和建军宗旨的根本前提。

二、新民主主义革命的基本经验

(一)中国共产党建立和发展统一战线的主要经验

(1)必须坚持无产阶级及其政党在中国革命统一战线中的领导权和独立自主原则。

(2)必须充分实现无产阶级及其政党在中国革命统一战线中对同盟者的领导的两个基本条件。

(3)必须坚持在中国革命统一战线中对资产阶级“既联合又斗争”的路线、方针、政策。针对抗日民族统一战线的复杂情况,中国共产党提出了“发展进步势力,争取中间势力,孤立顽固势力”(争取中间势力,就是争取民族资产阶级、开明绅士和地方实力派这三部分人)的策略方针。

(二)党的建设的基本经验

(1)着重从思想上建党,把党的思想建设放在党的建设的首位。这是在农村和战争环境中,把绝大多数党员来自农民的中国共产党建设成为中国工人阶级的先锋队,保持党的先进性的基本经验。

(2)在党的政治建设上,必须坚持党的建设同党的政治路线相结合,使党在坚持正确路线、反对“左”的和“右”的错误倾向中锻炼自己的队伍。

(3)在党的组织建设上,必须坚持民主集中制的原则。这也是在农村和战争环境中,把绝大多数党员来自农民的中国共产党建设成为中国工人阶级的先锋队,保持党的先进性的基本经验之一。

(4)在党的作风建设上,保持和发扬党的优良传统和作风。这也是在农村和战争环境中,把绝大多数党员来自农民的中国共产党建设成为中国工人阶级的先锋队,保持党的先进性的基本经验之一。

第四节　社会主义建设理论和经验总结

一、中国由新民主主义向社会主义过渡的历史条件

近代中国(1840～1949年)资本主义经济和现代工业的初步发展以及我国已有相当规模的社会主义生产力是中国由新民主主义向社会主义过渡的物质基础。

中国由新民主主义向社会主义过渡的经济条件:①近代中国资本主义及现代化工业有了一定程度的发展;②在新民主主义经济结构中,不仅有私人资本主义经济和国家资本主义经济这些先进的生产力,更重要的还有处于领导地位的具有社会主义性质的国营经济,国营经济的建立使国家掌握了经济命脉,这是实现向社会主义过渡的最强大经济条件。

中国由新民主主义向社会主义过渡的政治保证是先进的无产阶级政党的领导和人民民主专政的国家政权。

中国由新民主主义向社会主义过渡的有利国际因素:①世界反法西斯战争结束以后,整个世界的基本格局发生了重大的变化,社会主义阵营的形成有利于各国革命的发展;②民族解放运动的发展,社会主义阵营的形成,又为中国革命的最后胜利向社会主义的转变提供了有利的国际环境;③前苏联社会主义建设的成就及其对新中国的政治支持、经济援助。

二、党在过渡时期的总路线

(一)过渡时期总路线的基本内容

党从中华人民共和国成立到社会主义改造基本完成这个过渡时期的总路线和总任务,是要在一个相当长的时期内,逐步实现国家的社会主义工业化,并逐步实现国家对农业、手工业和资本主义工商业的社会主义改造。1954年9月,第一届全国人民代表大会第一次全体会议将这条总路线写入了《中华人民共和国宪法》,用法律的形式确定了下来。

党在过渡时期的总路线的核心内容是,实现国家的社会主义工业化和实现国家对农业、手工业和资本主义工商业的社会主义改造,简称"一化三改造"、"一体两翼"。"一化"即逐步实现国家的社会主义工业化,这是主体;"三改造"即逐步实现国家对农业、手工业、资本主义工商业的社会主义改造,这是两翼。

(二)过渡时期总路线反映了历史的必然

(1)国家的社会主义工业化,是国家独立和富强的当然要求和必然条件。

(2)对资本主义工商业进行社会主义改造,是为了确立社会主义生产关系,以继续解放和发展生产力,为迅速实现国家的社会主义工业化创造必要的条件。

(3)对个体农业和手工业进行社会主义改造,是发展农业和手工业,满足工业化需求,提高整个社会生产力的需要。

三、社会主义改造的经验总结

(一)对农业社会主义改造的基本经验

在对农业的社会主义改造中,中国共产党创造性地运用和发展了列宁的合作化理论,通过互助合作的

途径,逐步把个体农民的生产资料私有制改造为社会主义的集体所有制。

(二)对手工业社会主义改造的基本经验

对手工业的社会主义改造与农业改造一样,也是经过合作社的途径,采取积极领导、稳步前进的方针和自愿互利、典型示范、国家帮助的原则。在对手工业的社会主义改造的步骤和形式上,采取从供销合作小组、手工业供销合作社,发展到手工业生产合作社,由小到大、由低级到高级,逐步改变手工业的生产关系。到1956年底,基本实现了对手工业的社会主义改造。手工业合作化的基本实现,大大促进了手工业生产的发展,并为手工业逐步进行技术改造创造了条件。

(三)对资本主义工商业社会主义改造的基本经验

中国共产党根据马克思和列宁关于对资产阶级"和平赎买"的设想,结合中国的具体情况,创造性地开辟了一条对资本主义工商业实行社会主义改造的道路。主要经验包括以下几个方面。

(1)采取和平改造的方针。国家实行赎买政策,通过多种形式的国家资本主义,有代价地、逐步地把以剥削工人剩余劳动为基础的资本主义私有制改造为社会主义的全民所有制。

(2)创造了从低级国家资本主义形式(委托加工、计划订货、统购包销、委托经销代销)到高级国家资本主义形式(公私合营,包括个别行业的公私合营和全行业公私合营两个阶段)的过渡,保证了社会主义改造的顺利进行。

(3)保持民族资产阶级的政治联盟,不剥夺其政治权利;在改造资本主义的同时,给资本家出路,发挥他们的一技之长,使其为社会主义建设服务,并逐步把资本家中的绝大多数人改造为自食其力的劳动者。

第五节 毛泽东思想的历史地位和活的灵魂

一、毛泽东思想的历史地位

中共十一届六中全会通过的《关于建国以来党的若干历史问题的决议》中对毛泽东和毛泽东思想的历史地位做出了科学的阐述。

(1)毛泽东思想是中国人民夺取中国革命胜利的理论武器。

(2)毛泽东思想是中华民族团结振兴的精神支柱。

(3)毛泽东思想是社会主义中国立国建国的思想政治基础。

(4)毛泽东思想是建设中国特色社会主义理论的思想渊源和理论先导,毛泽东思想的活的灵魂为邓小平理论和"三个代表"重要思想所继承并得到发展。

总而言之,毛泽东思想是马克思列宁主义与中国实际相结合的第一次历史性飞跃的理论成果,是中国化的马克思主义,是中华民族的宝贵精神财富。毛泽东思想不仅过去是,今天和将来仍然是中国共产党的指导思想,已经并将继续对中国共产党和中华民族发挥巨大而长远的指导作用。

二、在新的历史条件下坚持和发展毛泽东思想

毛泽东思想是马克思列宁主义同中国实际相结合的第一次历史性飞跃,它系统地回答了中国革命的一系列基本问题,并对社会主义建设道路进行了积极探索。它是马克思主义发展史上的一个重要阶段,是夺取中国革命和建设事业胜利的理论武器,是社会主义中国立国建国的思想政治基础,是邓小平理论"三个代表"重要思想的思想渊源和理论先导。在新的历史条件下坚持和发展毛泽东思想具有重大意义。

在新的历史条件下,我们坚持毛泽东思想是指坚持由那些经过实践检验的基本原理构成的科学体系,

特别是坚持贯穿于毛泽东思想各个组成部分的立场、观点、方法。发展毛泽东思想就是在坚持毛泽东思想科学体系的基础上,运用毛泽东思想的基本立场、观点、方法,针对新时代出现的新情况,创造性地做新分析、新判断和新结论,解决新问题,使之具有极大的现实指导意义。

三、毛泽东思想的活的灵魂

毛泽东思想的活的灵魂,是贯穿于毛泽东思想各个组成部分的立场、观点和方法。它有三个方面,即实事求是、群众路线、独立自主。

(一)实事求是

(1)实事求是的基本内涵。毛泽东同志用中国语言把马克思、恩格斯创立的辩证唯物主义和历史唯物主义的思想路线概括为"实事求是"四个大字。实事求是就是一切从实际出发,理论联系实际,坚持实践是检验真理的标准。

(2)实事求是的基本要求。实事求是的本质要求就是理论与实际相统一:一方面,要对马克思主义的理论有完整、准确的理解和把握;另一方面,也是更重要的方面,要对中国的实际有深入、透彻的认识和了解。1930年,毛泽东在《反对本本主义》中提出的"没有调查就没有发言权",用通俗的语言表达了一切从实际出发,实事求是的基本要求。毛泽东是把这个口号作为中国共产党的正确的思想路线的基本口号提出并强调的。

(3)实事求是是毛泽东思想的精髓。一切从实际出发,实事求是,是实现主观与客观相统一的根本保证,是中国共产党的思想路线和最根本的思想方法。实事求是的思想路线就是辩证唯物主义和历史唯物主义的思想路线,是毛泽东思想的根本出发点,也是毛泽东思想的精髓,是中国革命和建设事业不断取得胜利的根本思想保证。

(4)坚持实事求是的思想路线,还包含解放思想的深刻涵义。解放思想,是指在马克思主义的基本原理指导下,根据社会实践的发展,勇于和善于根据实践的要求进行创新。解放思想是马克思主义与时俱进理论品质的体现,是坚持实事求是原则的重要条件。两者在本质上是完全一致的。解放思想、实事求是,是引导社会前进的强大力量。坚持实事求是的思想路线,必须反对主观主义,特别要反对一切从书本出发的教条主义。

(二)群众路线

(1)群众路线的基本内涵。群众路线是党的根本工作路线,有无群众观点是中国共产党同一切剥削阶级政党的根本区别。所谓群众路线,就是一切为了群众,一切依靠群众的观点,从群众中来,到群众中去的工作方法。它是以毛泽东为代表的中国共产党人把马克思主义的辩证唯物主义的认识论和历史唯物主义的人民群众是历史创造者的原理运用于党的全部活动中,而形成的具有中国共产党人特色的根本工作路线;是由中国共产党全心全意为人民服务的根本宗旨所决定的;是实现党的宗旨的必然要求和根本途径;是中国共产党一切工作的根本出发点和归宿;是毛泽东思想的活的灵魂之一;是在一切工作中克敌制胜的传家宝。

(2)群众路线的基本要求。一切为了群众,一切依靠群众,这是群众路线的核心内容,也是群众路线的基本要求。一切为了群众,是目的;一切依靠群众,是解决问题的手段。一切为了群众,是党的根本宗旨,是党一切工作的根本出发点。一切为了群众,就必须对人民负责,善于为人民服务。要正确处理对人民群众负责和对领导机关负责的关系;是否为最广大的人民群众谋取最大利益,是判断我们一切工作得失成败的最高标准。一切依靠群众,首先要相信群众能够自己解放自己,要尊重和支持人民群众的创造;既要反对命令主义,又要反对尾巴主义;要注意倾听人民群众的呼声,注意群众的议论;必须在一切工作中注意发动群众、组织群众。

(三)独立自主、自力更生

(1)独立自主、自力更生的基本内涵。独立自主、自力更生是中国革命和建设的基本立足点。独立自主、自力更生是中国革命和建设的基本立足点。独立自主,自力更生,是以毛泽东为代表的中国共产党人提出的根本方针,是中国革命和建设所必须坚持和遵守的基本原则,是从中国实际出发,依靠中国人民自己的智慧和力量进行革命和建设的必然结论。

(2)独立自主、自力更生的基本要求。独立自主、自力更生,最根本的是说,一个国家的共产党要领导革命与建设取得胜利,必须首先立足于本国,从本国的实际出发,依靠本国的力量和人民群众的努力,把马克思主义的普遍原理与本国革命和建设的具体实践结合起来,走出一条适合本国特点的正确道路,把本国的革命和建设事业做好。独立自主,自力更生的内在要求,就是要把我们一切工作的方针放在自己力量的基点上,要依靠自己的奋斗和努力发展革命和建设事业,夺取革命和建设的胜利。

经典真题专家点评

1.(2010年中央)下列对哲学家及其思想的认定不正确的是(　　)。

A.老子早于庄子,庄子早于韩非子

B.亚里士多德师从柏拉图,柏拉图师从苏格拉底

C.毛泽东的实践观同于列宁,列宁的实践观同于马克思

D.尼采的非理性主义源于叔本华,叔本华的非理性主义源于培根

【专家点评】本题答案为 D。本题是对有关哲学家及其各自思想的考查,叔本华是现代非理性主义的开创者,并不是源自培根。

2.(2007年某省)毛泽东指出人民军队建设的根本原则是(　　)。

A.党指挥枪　　　　B.官兵一致　　　　C.军民一致　　　　D.军政一致

【专家点评】本题答案为 A。坚持党指挥枪的原则,即坚持中国共产党对人民军队的绝对领导,是人民军队建设的一条最根本的原则,也是保持人民军队的无产阶级性质和建军宗旨的根本前提。

单元同步训练

一、单项选择题

1.旧民主主义革命转变为新民主主义革命的标志是(　　)。

A.戊戌变法运动　　　　　　　　　　B.新文化运动

C.“五四”运动　　　　　　　　　　D.国民革命运动

2.新民主主义革命时期,党内犯左倾错误的人提出“毕其功于一役”的主张,搞所谓的“无间断”革命,这种错误倾向实质上是(　　)。

A.混淆了新民主主义革命和社会主义革命的界限

B.割裂了新民主主义革命和社会主义革命的联系

C.混淆了新民主主义革命和资产阶级革命的界限

D.割裂了新民主主义革命和资产阶级革命的联系

3.毛泽东思想形成和发展的实践基础是(　　)。

A. 中国工人运动的发展

B. 马克思列宁主义在中国的传播

C. 中国共产党领导的人民革命运动的发展

D. 20 世纪前中期中国政局的变动

4. 毛泽东思想达到成熟的标志是(　　)。

A. 人民战争思想的形成

B. 中国革命基本问题的提出

C. 农村包围城市、武装夺取政权道路理论的产生

D. 新民主主义革命理论的完整论述

5. "没有调查就没有发言权"是毛泽东在(　　)著作中提及的。

A.《论十大关系》　　　　　　　　　　B.《关于正确处理人民内部矛盾的问题》

C.《论联合政府》　　　　　　　　　　D.《反对本本主义》

二、多项选择题

1. 近代中华民族面临的两大历史任务是(　　)。

A. 求得民族独立和人民解放　　　　　B. 推翻军阀官僚的反动统治

C. 实现国家的繁荣富强和人民的共同富裕　　D. 建立几个革命阶级的联合专政

2. 中国共产党在抗日民族统一战线中,争取中间势力必须具备的条件有(　　)。

A. 有充足的力量　　　　　　　　　　B. 对他们的动摇性进行坚决的斗争

C. 尊重他们的利益　　　　　　　　　D. 对顽固派作坚决的斗争并能取得胜利

3. 新民主主义革命在全国胜利并解决土地问题后,我国国内的主要矛盾是(　　)。

A. 工人阶级和资产阶级的矛盾

B. 社会主义道路和资本主义道路的矛盾

C. 经济基础和上层建筑的矛盾

D. 先进的生产关系和落后生产力之间的矛盾

4. 在社会主义建设时期,毛泽东思想发展的表现为(　　)。

A. 创立了社会主义基本矛盾学说、两类社会矛盾学说和正确处理人民内部矛盾的理论

B. 提出了民主政治建设、文化建设、执政党的建设思想

C. 提出了社会主义经济体制改革的思想

D. 提出了中国工业化道路的思想

5. 毛泽东思想的活的灵魂具体包括(　　)。

A. 实事求是　　　　　　　　　　　　B. 群众路线

C. 独立自主　　　　　　　　　　　　D. 建设有中国特色的社会主义

参考答案及解析

一、单项选择题

1. C【解析】"五四"运动标志着旧民主主义革命转变为新民主主义革命。

2. A【解析】新民主主义革命和社会主义革命是性质不同的两个阶段,只有完成前一个阶段的革命任务,才能进行下一阶段的革命。因此凡是提出"毕其功于一役"左倾错误主张者,都混淆了革命两个阶段的界限。

3. C【解析】毛泽东思想形成和发展的实践基础是中国革命和建设的具体实践,在指导实践的过程中又

被证明了是正确的理论原则和经验总结。

4.D【解析】毛泽东思想达到成熟的标志是新民主主义理论科学体系的形成。

5.D【解析】1930年,毛泽东在《反对本本主义》中提出的"没有调查就没有发言权",用通俗的语言表达了一切从实际出发,实事求是的基本要求。毛泽东是把这个口号作为中国共产党的正确的思想路线的基本口号提出并强调的。

二、多项选择题

1.AC【解析】近代以来,中华民族始终面临的两大历史任务:一是求得民族独立和人民解放;二是实现国家的繁荣富强和人民的共同富裕。

2.ACD【解析】考生应联系抗日战争时期的历史实际。首先,弄清在抗日战略时期有三种势力:进步势力,以共产党为代表;中间势力,以民主党派为代表;顽固势力,以国民党为代表。其次,弄清争取中间势力的重要性,共产党争取中间势力,就孤立了国民党;国民党争取中间势力,就孤立了共产党。所以,毛泽东讲争取中间势力关系到革命斗争的成败。第三,共产党争取中间势力的条件,毛泽东总结我党的历史经验,提出三个条件:即上述备选答案的A、C、D,备选答案中的B,涉及党对中间势力的政策的策略问题,而且是片面的,应当排除。

3.AB【解析】本题题干的意思很明确,是讲新民主主义革命胜利并解决土地问题以后国内的主要矛盾,无疑,A、B应是正确答案。C是社会主义社会的基本矛盾之一,不是主要矛盾,应当排除。D是中共八大在中国社会主义改造基本完成后,有关中国社会的主要矛盾的提法,因此,D项答案不符合本题题干的意思要求,也应排除。

4.ABCD【解析】A、B、C、D选项均为毛泽东思想发展的表现,本题主要考查考生的识记能力。

5.ABC【解析】毛泽东思想的活的灵魂,是贯穿于毛泽东思想各个组成部分的立场、观点和方法。它有三个方面,即实事求是、群众路线、独立自主。

第五章　邓小平理论

知识结构导读

当代中国的马克思主义
├ 邓小平理论的形成与发展
├ 邓小平理论是马克思主义在中国发展的新阶段
├ 邓小平理论的精髓
└ 邓小平理论的首要问题

社会主义初级阶段和党的基本路线
├ 我国处于社会主义初级阶段
├ 党在社会主义初级阶段的基本路线
└ 社会主义初级阶段的基本纲领

邓小平理论

社会主义市场经济建设
├ 社会主义市场经济
├ 社会主义初级阶段的所有制结构
└ 社会主义初级阶段的分配制度

社会主义民主与法制建设
├ 中国特色社会主义的民主政治制度
├ 社会主义政治文明建设
└ 社会主义法制建设

我国的外交战略及"一国两制"的科学构想
├ 社会主义的外交战略
└ "一国两制"和实现祖国的和平统一

考点内容精讲

第一节 当代中国的马克思主义

一、邓小平理论的形成与发展

(一)两次历史性飞跃产生的两大理论成果

第一次飞跃,找到了中国自己的革命道路,创立了毛泽东思想;第二次飞跃,找到了中国自己的建设道路,创立了邓小平建设有中国特色的社会主义理论,即邓小平理论。

(二)邓小平理论形成和发展过程

(1)从党的十一届三中全会到党的十二大,邓小平理论初步形成。十一届三中全会后,我国初步形成了"一个中心,两个基本点"的发展思想。在党的十二大会议上,我国正式提出了"建设有中国特色的社会主义"的科学命题。

(2)从党的十二大到十三大,全面改革逐步展开,对外开放的新格局逐步形成。邓小平理论的基本轮廓逐渐构成,并在实践中取得重大突破。

(3)从党的十三大到十四大,以邓小平的南方谈讲话和十四大为标志,建设有中国特色的社会主义理论开始走向成熟,并逐步形成科学体系。

(4)党的十五大正式将其确定为党的指导思想。

二、邓小平理论是马克思主义在中国发展的新阶段

我们为什么说邓小平理论是马克思主义在中国发展的新阶段呢?因为:①邓小平理论坚持解放思想、实事求是,在新的实践基础上继承前人又突破陈规,开拓了马克思主义的新境界;②邓小平理论坚持科学社会主义理论和实践成果,抓住"什么是社会主义、怎样建设社会主义"这个根本问题,深刻地揭示社会主义的本质,把对社会主义的认识提高到新的科学水平;③邓小平理论坚持用马克思主义的宽广眼界观察世界,对当今时代特征和总体国际形势,对世界上其他社会主义国家的成败,以及发展中国家谋求发展的得失,发达国家发展的态势和矛盾进行正确分析,做出了新的科学判断。总体来说,邓小平理论形成了新的建设有中国特色社会主义理论的科学体系。

三、邓小平理论的精髓

解放思想、实事求是,是邓小平理论的精髓。关于"解放思想",邓小平对其做了精确的科学表述:"我们解放思想,是指在马克思主义指导下打破习惯势力和主观偏见的束缚,研究新情况,解决新问题。解放思想,就是使思想和实际相符合,使主观和客观相符合,就是实事求是。"对于"实事求是",邓小平指出:"实事求是,一切从实际出发,理论联系实际,坚持实践是检验真理的唯一标准,这就是我们党的思想路线。"

解放思想和实事求是的统一性在于解放思想是实事求是的前提和内在要求,没有思想的解放就没有实事求是,实事求是是解放思想的目的和归宿,两者统一于改革开放和现代化建设的伟大实践中。

四、邓小平理论的首要问题

邓小平再三提出要把"什么是社会主义,怎样建设和发展社会主义"的问题搞清楚,目的是为了坚持真正的社会主义,坚持马列主义和毛泽东思想,同时还要发展、创新马列主义、毛泽东思想,使之适应历史的发展,把它们推向前进,能够成为解决当今新情况下新问题的行动指南。要搞清"什么是社会主义、怎样建设社会主义"这个问题,关键是要在坚持社会主义基本制度的同时,对社会主义本质进行再思考、再认识。

邓小平指出,"计划多一点还是市场多一点,不是社会主义与资本主义的本质区别。计划经济不等于社会主义,资本主义也有计划;市场经济不等于资本主义,社会主义也有市场。计划和市场都是经济手段。"这一论断从根本上回答了"什么是社会主义、怎样建设社会主义"的问题,取得了科学社会主义在当代最新的理论成果。同时,邓小平还指出社会主义的本质是解放生产力,发展生产力,消灭剥削,消除两极分化,最终达到共同富裕。社会主义的根本任务是解放和发展生产力。

第二节　社会主义初级阶段和党的基本路线

一、我国处在社会主义初级阶段

(一)社会主义初级阶段是对我国现阶段国情的特指

所谓社会主义初级阶段是指我国在生产力落后、商品经济不发达的条件下建设社会主义必然要经历的特定阶段,即从我国进入社会主义到基本实现社会主义现代化的整个历史阶段。

(二)社会主义初级阶段理论的内容

我国现在处于并将长时期处于社会主义初级阶段即社会主义不发达阶段。社会主义初级阶段包括两层含义:我国已经是社会主义社会,我国的社会主义社会还处在初级阶段。我国在此阶段的主要矛盾是人民日益增长期的物质文化需要同落后的社会生产力之间的矛盾,阶级斗争在一定范围内长期存在,但已经不是主要矛盾。社会主义初级阶段是长期的。

(三)社会主义初级阶段长期性的主要原因

(1)我国建设社会主义的历史前提决定了我国社会主义初级阶段的长期性。我国脱胎于不发达的半殖民地半封建社会,这就要求有一段很长的时期才能逐步摆脱不发达的状况,缩小同世界先进水平的差距,从而实现中华民族的伟大复兴。

(2)发展社会生产力,建立社会主义的物质技术基础,需要一个很长的时期去实现工业化和经济的社会化、市场化、现代化,这是一个不可逾越的历史阶段。

(3)中华人民共和国成立几十年来,我国的社会主义建设取得了巨大成就,经济实力有了巨大的增长。教育文化事业有了相当大的发展,特别是改革开放以来,取得了举世瞩目的成就。但是从总体上看,生产力不发达的状况没有得到根本改变。生产力的落后决定了生产关系、上层建筑方面还不能达到成熟的社会主义的发展水平。

(4)由于我国不是在现代化基础上建设的社会主义,而是在两种制度并存、两条道路竞争的格局中进行社会主义现代化建设的,这就意味着要创造出比资本主义更发达的生产力。因此任重而道远,需要很长的一段时间。

(5)当今的时代特点和国际环境也决定了我国社会主义初级阶段需要经历一个较长的时期。社会主义初级阶段要基本实现现代化,达到中等发达国家水平。新技术革命浪潮和知识经济使中等发达国家日新月异地变化。这决定了我国要花费更长时间来实现社会主义现代化。

(四)社会主义初级阶段的主要矛盾

社会主义初级阶段的主要矛盾是人民日益增长的物质文化需要同落后的社会生产力之间的矛盾。这个主要矛盾贯穿于社会主义初级阶段的始终和社会生活的各个方面,决定了社会主义的根本任务是发展生产力,党和国家的工作中心是经济建设。

二、党在社会主义初级阶段的基本路线

党在社会主义初级阶段的基本路线是:领导和团结全国各族人民,以经济建设为中心,坚持四项基本原则,坚持改革开放,自力更生,艰苦创业,为把我国建设成为富强、民主、文明的社会主义现代化国家而奋斗。这条基本路线的内容可简要概括为"一个中心(经济建设),两个基本点(四项基本原则和改革开放)"。

党的"一个中心,两个基本点"的基本路线概括了我们建设社会主义的主要经验,体现了社会主义的本质要求,反映了中国社会主义发展的基本规律,成为建设有中国特色社会主义理论和实践的总纲。坚持党的基本路线不动摇是关系党和国家兴衰成败的问题。坚持党的基本路线不动摇,关键是坚持以经济建设为中心不动摇;坚持党的基本路线不动摇,必须把改革开放同四项基本原则统一起来;坚持党的基本路线不动摇,必须正确处理改革、发展、稳定的关系。

三、社会主义初级阶段的基本纲领

在邓小平理论的指导下,党的十五大提出党在社会主义初级阶段的基本纲领,包括以下几点。

(1)建设有中国特色社会主义的经济,就是在社会主义条件下发展市场经济,不断解放和发展生产力。

(2)建设有中国特色社会主义的政治,就是在中国共产党的领导下,在人民当家做主的基础上,依法治国,发展社会主义民主政治。

(3)建设有中国特色社会主义的文化,就是以马克思主义为指导,以培育有理想、有道德、有文化、有纪律的公民为目标,发展面向现代化、面向世界、面向未来,民族的、科学的、大众的社会主义文化。

第三节　社会主义市场经济建设

一、社会主义市场经济

(一)社会主义市场经济理论的基本内涵

(1)计划与市场都是调节经济的手段,都属于资源配置方式,不属于区别社会性质的范畴。

(2)社会主义和市场经济之间不存在根本矛盾,市场经济可以与公有制相结合,社会主义也可以搞市场经济。

(3)计划多一点还是市场多一点,不是社会主义与资本主义的本质区别。

(4)计划与市场可以有机结合。

(5)市场经济能有力地促进社会生产力的发展。

(二)社会主义市场经济理论的提出

1.改革开放实践发展的必然结果

从20世纪70年代末开始,我国逐渐走上市场取向的改革之路。农村家庭联产承包责任制的推行,乡镇企业的兴建,农村富余劳动力的转移,加速了农村经济市场化的进程。随着企业自主权的逐步扩大和经

营机制的逐步转换,多种经济成分参与的流通体制逐步形成促进了物资、劳动力、资金、技术、信息在城乡市场的流动,初步显示了市场的作用和活力。特区经济蓬勃发展,对外开放发挥比较充分的地方,经济活力就比较强,发展态势也比较好。正是这些市场取向的改革,为社会主义市场经济目标模式的确立提供了实践基础。

2.理论探索的成果

邓小平在总结我国经济发展过程中的经验教训和改革开放实践中的新鲜经验的基础上,以巨大的政治勇气和理论勇气冲破禁区,创造性地提出了社会主义市场经济理论,为我国经济体制改革指明了方向。

邓小平指出:"说市场经济只存在于资本主义社会,只有资本主义的市场经济,这肯定是不正确的。社会主义为什么不可以搞市场经济,这个不能说是资本主义","社会主义也可以搞市场经济"。"这是社会主义利用这种方法来发展社会生产力。把这当作方法,不会影响整个社会主义,不会重新回到资本主义。"

1992年初南方谈话中,邓小平明确指出:"计划多一点还是市场多一点,不是社会主义与资本主义的本质区别。计划经济不等于社会主义,资本主义也有计划;市场经济不等于资本主义,社会主义也有市场。计划和市场都是经济手段。"

二、社会主义初级阶段的所有制结构

所有制结构是指各种不同所有制形式在一定社会形态中的地位、作用及其相互关系,它所反映的是各种所有制的外部关系。生产资料所有制是生产关系的基础,社会主义基本经济制度首先体现在生产资料的社会主义公有制上。

十五大报告指出:"公有制为主体、多种所有制经济共同发展,是我国社会主义初级阶段的一项基本经济制度。"

三、社会主义初级阶段的分配制度

(一)以按劳分配为主体,多种分配方式并存是社会主义初级阶段的分配制度

1.按劳分配及其客观必然性

生产决定分配,个人收入的分配形式取决于生产的社会形式。在社会主义公有制经济范围内,对个人收入实行按劳分配原则,其内涵是:凡是有劳动能力的人都应尽自己的能力为社会劳动,社会以劳动作为分配个人收入的尺度,按照劳动者提供的劳动数量和质量分配个人消费品,等量劳动领取等量报酬,多劳多得,少劳少得,不劳动者不得。

2.实行以按劳分配为主体,多种分配方式并存的分配制度的客观必然性

生产方式决定分配方式,生产资料所有制结构决定收入分配结构。我国生产力水平不高且多层次,多种所有制形式并存、多种经营方式存在,都决定了以按劳分配为主体,多种分配方式并存的分配制度的客观必然性。

(二)确立劳动、资本、技术和管理等生产要素按贡献参与分配的原则

确立劳动、资本、技术和管理等生产要素按贡献参与分配的原则,这是社会主义的基本原则和市场经济的基本要求在分配制度上的体现。社会主义市场经济条件下的分配制度应体现一般劳动的价值,调动广大劳动者的积极性和创造性,也应体现科学技术、经营管理等复杂劳动的价值,激发广大科技人员和管理工作者的创业精神和创新活力,还应体现包括土地、资本、知识产权等价值,以集中各种生产要素投入经济建设。

(三)正确处理按劳分配为主体和实行多种分配的关系

按照党的十六大报告精神,坚持和实行"效率优先,兼顾公平"的原则,需要正确处理好收入分配的各

种关系,主要包括以下几点。

(1)提倡奉献精神和落实分配政策的关系:既要提倡奉献精神,又要落实分配政策。

(2)反对平均主义和防止收入悬殊的关系:既要反对平均主义,又要防止收入悬殊。

(3)初次分配注重效率和再分配注重公平的关系。

理顺分配关系,可以带动广大群众积极性的发挥。坚持和完善社会主义初级阶段的个人收入分配制度,要以有利于发展生产力为出发点,以共同富裕为目标,扩大中等收入者的比重,提高低收入者的收入水平,逐步形成高收入和低收入者占少数,中等收入者占多数的"两头小,中间大"的分配格局。

目前分配问题的政策:保护合法收入,打击非法收入,调节过高收入,救助贫困团体。

第四节　社会主义民主与法制建设

一、中国特色社会主义的民主政治制度

(一)我国的基本政治制度

民主作为政治范畴,首先是一种国家制度,同时也是公民的权利和自由。作为国家制度的民主包括国体和政体。

我国的基本政治制度(四个方面):就国体来说,是工人阶级(经过共产党)领导的、以工农联盟为基础的人民民主专政;就政体来说,是民主集中制的人民代表大会制度;就政党制度来说,是中国共产党领导的多党合作制和政治协商制度;此外,民族区域自治制度也是我国政治制度的一项重要内容。

这些制度是历史形成的,是我国广大人民在长期的政治实践中进行选择的结果。

(二)我国人民民主专政是具有中国特色的无产阶级专政

我国人民民主专政的实质是无产阶级专政。

我国人民民主专政是具有中国特色的无产阶级专政。

(1)具有广泛的民主性或民主的广泛性。

(2)更鲜明地表达了人民民主和人民专政两个方面的密切联系、不可分割应防止曲解和片面性。

(3)实行共产党领导的多党合作的政党制度,是我国对社会主义民主政治的一个创举和成功经验。

(4)实现我国人民民主专政这一国体的政权组织形式即政体,是人民代表大会制度,它体现了一切权力属于人民的国家性质。

(三)坚持和完善人民代表大会制度

人民代表大会制度是我国根本的政治制度。三权分立制度是指把国家的立法、行政、司法三种权力,分别由议会、政府、法院独立行使并相互制衡的制度。这种制度有利于调整资产阶级内部各集体、派别之间的利益矛盾,有助于维护资产阶级的民主制度和社会的稳定,但其弊端是使国家的力量难以完全集中,常常议而不决,决而不行,缺乏效率。

三权分立不适合我国国体的要求,以社会主义公有制为主体的所有制结构和全国人民利益的一致性,决定了我国必须实行"议行合一"的民主集中制度。我国的立法、行政、司法同样存在明确的分工,但三者不是分立,其中立法居于首位,行政和司法从属于立法,这说明其在中国人民权力体系中居于最高地位。

(四)坚持共产党领导的多党合作和政治协商制度

中国共产党领导的多党合作和政治协商制度是我国的一项基本政治制度。

(1)中国共产党是社会主义事业的领导核心,是执政党。

(2)我国的多党合作必须坚持中国共产党的领导,必须坚持四项基本原则,这是中国共产党同各民主党派合作的政治基础。

(3)中国共产党对各民主党派的领导是政治领导,即政治原则、政治方向和重大方针政策的领导。

(4)"长期共存、互相监督、肝胆相照、荣辱与共",是中国共产党同各民主党派合作的基本方针。

(5)民主党派参政的基本点是参加国家政权,参与国家大政方针和国家领导人选的协商,参与国家事务的管理,参与国家方针、政策、法律、法规的制定执行。

(6)发挥民主党派监督作用的总原则是发扬民主、广开言路。

(7)中国共产党和各民主党派都必须以宪法为根本活动准则。

(五)民族区域自治制度是我国的一项基本政治制度

民族区域自治是中国共产党运用马克思主义理论解决我国民族问题的基本政策,是我国的一项重要政治制度。所谓民族区域自治是指在国家统一领导下,在各少数民族聚居的地方实行区域自治,设立自治机关,行使自治权。民族区域自治制度的核心是保障少数民族当家做主,享有自主管理本民族、本地区事务的权利。

二、社会主义政治文明建设

(一)没有民主就没有社会主义,就没有社会主义现代化

1.社会主义民主的重要意义

(1)社会主义民主是社会主义的本质特征、内在属性、必然要求。我们党把建设高度的社会主义民主作为社会主义初级阶段的三大重要目标和重要任务之一,而且认为它是社会主义制度兴旺发达的重要标志和重要表现。

(2)社会主义民主是社会主义现代化建设事业的政治保证。

(3)民主建设是建设社会主义物质文明、精神文明的保证,是发展商品经济、市场经济的必然要求。

2.社会主义民主与资本主义民主的区别和联系

(1)区别

①资产阶级民主是建立在生产资料私有制基础之上的,是为资产阶级的利益服务的。

②资产阶级民主的实质是在资产阶级政党领导下,实行少数人对多数人的统治。

③资产阶级民主是形式上的民主;社会主义的民主是真正的、广泛的、新型的民主。

④社会主义民主还体现在人民内部的平等关系和个人与社会的正确关系上。

(2)联系

资本主义民主政治是资产阶级在反对封建专制制度的过程中形成和完善起来的,与社会主义民主的形式在某种程度上是相同的。

(二)政治体制改革的目标、任务、原则

1.政治体制改革的含义

政治体制改革是指对那些同我国基本政治制度的实现形式和社会主义现代化建设不相适应的具体的政治制度的改革,如领导制度、组织形式、工作方式等,而不是指对基本政治制度的改革。

2.我国政治体制改革的总目标

(1)巩固社会主义制度。

(2)发展社会主义社会的生产力。

(3)发扬社会主义民主,调动广大人民群众的积极性。

3.我国政治体制改革的任务和原则

（1）政治体制改革的任务　发展民主，加强法制，实行政企分开，精简机构，完善民主监督制度，维护安定团结。

（2）政治体制改革的原则　政治体制改革必须遵循三大原则：一是必须坚持四项基本原则；二是必须从中国国情出发；三是必须坚持中国共产党领导。

三、社会主义法制建设

（一）依法治国的含义

依法治国，就是广大人民群众在党的领导下，依照宪法和法律规定，通过各种途径和形式管理国家事务，管理经济文化事业，管理社会事务，保证国家各项工作都依法进行，逐步实现社会主义民主的制度化、法律化，使这种制度和法律不因领导人的改变而改变，不因领导人看法和注意力的改变而改变。

（二）依法治国的基本要求

依法治国的基本要求是有法可依、有法必依、执法必严、违法必究。

第五节　我国的外交战略及"一国两制"的科学构想

一、社会主义的外交战略

（一）和平与发展

总体国际形势的变化及其发展趋势是社会主义国家制定国内外路线、方针、政策的重要客观依据，特别是对外战略的根本客观依据。邓小平根据世界形势的变化，提出"和平与发展是当代世界的两大主题"。

当今世界，和平与发展是时代的主题；世界多极化和经济全球化在曲折中发展；科技进步日新月异；综合国力竞争日趋激烈；世界的力量组合和利益分配正在发生新的深刻变化。邓小平提出和平与发展是当今时代主题理论的科学内涵，主要表现在以下几个方面。

（1）和平与发展是当今世界最突出的矛盾、最根本的变化、最主要的特征；和平与战争、发展与贫穷是当今世界的主要矛盾；和平与发展是世界发展的基本趋势，是世界人民的共同愿望和共同要求，是世界发展的主流；和平与发展是世界有待解决的两大课题、两大任务、两大目标。

（2）总体和平，局部战乱；总体缓和，局部紧张；总体稳定，局部动荡，仍然是当前和今后一个时期国际局势的基本特点，基本态势。

（3）和平与发展是相辅相成的。世界和平是促进各国共同发展的前提条件，各国的共同发展则是保持世界和平的重要基础。和平与发展的核心问题是"南北"问题。

邓小平关于国际形势做出了准确判断，指明了我国社会主义现代化建设的外部环境条件，进而奠定了新时期我国外交战略的坚实基础。

（二）坚持独立自主的和平外交政策

维护我国的独立和主权、促进世界的和平与发展，是中国外交政策的基本目标。中国对外政策的宗旨就是维护世界和平，促进共同发展。中国外交工作的立足点是加强同第三世界即发展中国家的友好合作关系，反对霸权主义，维护世界和平。

1.坚持独立自主

独立自主是指国家的主权是独立的，不允许任何外来的干涉与侵犯，每个国家都有权根据自己的情况独立、自主地处理本国对内对外的一切事务。独立自主是我国外交政策的基本立场,坚持独立自主就是要做到以下几个方面。

(1)坚持把国家主权和国家利益放在首位。主权是国家的根本属性,国家活动的目的就是追求国家利益。我们在处理国与国之间的关系时,要以自己国家利益为最高准则,同时也要尊重其他国家的主权与利益,平等互利,保持和发展友好合作关系。

(2)反对霸权主义,维护世界和平。霸权主义和强权政治是威胁世界和平与稳定,干涉、侵犯他国主权的主要根源。维护世界和平,反对霸权主义和强权政治是我国外交政策的基本方针和首要任务。

(3)不参加任何国家集团与军事集团,不与任何国家结成同盟。

2.坚持和平共处五项原则,切实维护世界和平

我国现阶段的社会主义现代化建设离不开世界的和平,世界的发展离不开世界的和平,人类的幸福离不开世界的和平,世界和平是全世界人民的愿望。我国维护世界和平的努力主要表现在以下几个方面。

(1)坚持和平共处五项原则。和平共处五项基本原则的内容:互相尊重主权和领土完整、互不侵犯、互不干涉内政、平等互利、和平共处。和平共处五项原则是指导我们处理国际关系的基本原则。

(2)通过对话解决国际纠纷与国际争端。在国际争端与纠纷方面,我国主张求同存异,用和平的方式加以解决。反对诉诸武力,凌弱侵略,欺负或颠覆弱小国家。

(3)坚持"独立自主、完全平等、互相尊重、互不干涉内部事务"的四项原则建立和发展新型党际关系。

(4)建立国际新秩序。建立国际新秩序,核心是强调不干涉别国内政,尊重和维护世界各国的主权独立和国家利益,建立民主、平等、合理、公正的新型国际关系。

二、"一国两制"和实现祖国的和平统一

(一)"一国两制"构想的形成

完成祖国统一大业是中华民族的根本利益所在,是全中国人民包括台湾同胞、港澳同胞和海外侨胞的共同愿望。

党的十一届三中全会以后,随着国际形势的变化和解放思想、实事求是的思想路线的重新确立,邓小平集中全党智慧,逐步形成"一国两制"的构想。

(二)"一国两制"的涵义和基本内容

"一国两制"即"一个中国、两种制度"。它的具体涵义是:在一个中国的前提下,国家的主体坚持社会主义制度;香港、澳门、台湾是中华人民共和国不可分割的部分,它们作为特别行政区保持原有的资本主义制度和生活方式长期不变。基本内容包括以下几点。

(1)世界只有一个中国,香港、澳门、台湾是中国不可分割的一部分。

(2)祖国统一后,大陆主体的社会主义制度和港、澳、台地区的资本主义制度长期并存,和平共处。

(3)祖国统一后,依法在港、澳、台设立特别行政区,享有高度自治权。

(4)用和平方式解决祖国统一的有关问题,但不承诺放弃使用武力。

邓小平指出,我们的社会主义制度是有中国特色的社会主义制度,这个特色很重要的一个内容就是对香港、澳门、台湾问题的处理,即"一国两制"。

(三)"一国两制"构想的实践

香港、澳门回归对祖国统一大业的意义:开创了香港、澳门和祖国内地共同发展的新纪元;标志着我们在完成祖国统一大业的道路上迈出了重要一步;标志着中国人民为世界和平、发展与进步事业做出了新的贡献。

我国政府对回归祖国后的香港、澳门的方针政策:在国家主体坚持社会主义制度的条件下,香港、澳门

继续实行资本主义制度,保持原有的社会、经济制度不变,生活方式不变,法律基本不变,简称为"一国两制"、"港(澳)人治港(澳)、高度自治"的方针。香港、澳门享有基本法赋予的高度自治权包括行政管理权、立法权、独立的司法权和终审权。中央人民政府依法管理香港、澳门特别行政区的外交事务和防务。

中国政府坚持捍卫一个中国的原则。如果出现台湾被以任何名义从中国分割出去的重大事变,如果出现外国侵占台湾,如果台湾当局无限期地拒绝通过谈判和平解决两岸统一问题,中国政府只能被迫采取一切可能的断然措施,包括使用武力,来维护中国的主权和领土完整,完成中国的统一大业。

经典真题专家点评

1.(2009年中央)我国领导人多次表示,西藏事务完全是中国内政。"西藏问题"的实质是( )。

A. 主权问题 　　　　B. 宗教问题 　　　　C. 人权问题 　　　　D. 民族问题

【专家点评】本题答案为 A。所谓"西藏问题"其实质就是达赖集团为了少数人的利益迎合西方国家的需要分裂祖国的问题;是西方帝国主义势力培植、支持西藏地方分裂分子企图将西藏从中国分裂出去的问题,归根到底是主权问题。

2.(2008年浙江)邓小平同志在( )中对社会主义的本质这一重大问题做了总结性的理论概括,指出:"社会主义的本质,是解放生产力,发展生产力,消灭剥削,消除两极分化,最终达到共同富裕。"

A. 党的十一届三中全会 　　　　　　　　B. 党的十二届三中全会

C. 南方谈话 　　　　　　　　　　　　　D. 党的十三大

【专家点评】本题答案为 C。邓小平于 1992 年初在南方谈话中提出"社会主义的本质,是解放生产力,发展生产力,消灭剥削,消除两极分化,最终达到共同富裕"。

单元同步训练

一、单项选择题

1.关于"一国两制"构想的基本点,表述不正确的是( )。

A. 一个国家、两种制度 　　　　　　　　B. 港人治港和澳人治澳

C. 高度自治 　　　　　　　　　　　　　D. 完全自治

2.邓小平最早提出"一国两制"科学构想的现实依据是( )。

A. 香港问题 　　　　B. 澳门问题 　　　　C. 港澳问题 　　　　D. 台湾问题

3.邓小平指出,在改革中社会主义必须始终坚持的两条根本原则是( )。

A. 坚持四项基本原则、坚持改革开放

B. 实行按劳分配,增强综合国力

C. 不断发展社会生产,增加社会财富

D. 坚持公有制为主体,实现共同富裕

4.我国现阶段,不同国有企业的职工,付出同样的劳动,获得的劳动报酬会有所差别,这是因为( )。

A. 按劳分配要使一部分企业先富起来

B. 按劳分配和按生产要素分配结合起来

C. 按劳分配贯彻效率优先、兼顾公平的原则

D. 按劳分配的实现与企业经营成果联系在一起

5. "走自己的道路,建设有中国特色的社会主义",表明在我国的社会主义建设中(　　)。

A. 别人的经验可以借鉴,但必须根据自己的实际情况来决定自己的事情

B. 无需借鉴别国的经验

C. 可以照搬社会主义国家的经验

D. 不能借鉴资本主义国家的经验

二、多项选择题

1. 解放思想与实事求是的关系(　　)。

A. 解放思想是实事求是的前提　　　　　B. 只有解放思想,才能达到实事求是

C. 解放思想的目的是为了实事求是　　　D. 解放思想不能离开实事求是

2. "三个有利于"的标准是(　　)。

A. 是否有利于巩固社会主义制度

B. 是否有利于中华民族自立于世界民族之林

C. 是否有利于发展社会主义社会的生产力

D. 是否有利于增强社会主义国家的综合国力

3. 消除贫困,逐步实现共同富裕是(　　)。

A. 社会主义的根本原则和本质特征　　　B. 社会主义生产目的的要求

C. 体现社会主义的本质要求　　　　　　D. 社会主义制度优越性的体现

4. 中国社会主义初级阶段的含义是(　　)。

A. 中国社会已经是社会主义社会

B. 任何国家进入社会主义都要经历的起始阶段

C. 没有实现现代化的、还不成熟的社会主义

D. 多种经济成分并存的过渡时期

5. 邓小平理论之所以成为马克思主义在中国发展的新阶段,是因为邓小平理论(　　)。

A. 开拓了马克思主义的新境界

B. 把对社会主义的认识提高到新的科学水平

C. 对当今时代性和总体国际形势做出了新的科学判断

D. 形成了新的建设中国特色社会主义理论的科学体系

参考答案及解析

一、单项选择题

1. D【解析】"一国两制"即"一个中国、两种制度"的涵义是:在一个中国的前提下,国家的主体坚持社会主义制度;香港、澳门、台湾是中华人民共和国不可分割的部分,它们作为特别行政区保持原有的资本主义制度和生活方式长期不变。基本内容包括:一个中国,世界上只有一个中国,香港、澳门、台湾是中国不可分割的一部分,中央政府在北京,中华人民共和国政府是代表全中国的唯一合法政府。其基本涵义的核心是:维护中国的主权和领土完整;两制并存;高度自治;和平谈判。

2. D【解析】一国两制最早是因为台湾问题而提起的。

3. D【解析】一个是坚持公有制为主体,一个是共同富裕,这是邓小平在改革中一再强调的两条"根本原则",所谓坚持社会主义道路,主要是指坚持这两条根本原则,在社会主义建设的任何时候,我们都要坚持

而不能偏离这两条原则。此外,在本题中,还要注意把它与"根本任务"、"本质"相区别。

4.D【解析】按劳分配的实现与企业经营成果联系在一起决定了不同国企员工之间的劳动报酬差异。

5.A【解析】在我国的社会主义建设中,首先要掌握认清国情,根据我国的实际情况来进行建设。独立自主是我国经济建设的基本立足点,别人的经验只要符合我国的实际条件,能促进发展,起好的作用就可以借鉴。但绝不能无条件地全盘照搬,要一切从实际出发。

二、多项选择题

1.ABCD【解析】解放思想,是指在马克思主义指导下打破习惯势力和主观偏见的束缚,研究新情况,解决新问题。解放思想,就是使思想和实际相符合,使主观和客观相符合,就是实事求是。解放思想和实事求是的统一性:解放思想是实事求是的前提和内在要求,没有思想的解放就没有实事求是,实事求是是解放思想的目的和归宿,两者统一于改革开放和现代化建设的伟大实践。

2.CD【解析】"三个有利于":是否有利于发展社会主义社会的生产力;是否有利于增强社会主义国家的综合国力;是否有利于提高人民的生活水平。

3.ABCD【解析】消除贫困,逐步实现共同富裕是社会主义的根本原则和本质特征,是社会主义生产目的的要求,它体现社会主义的本质要求,也是社会主义制度优越性的体现。

4.AC【解析】社会主义初级阶段包括两层含义:第一,就社会性质而言,我国已经是社会主义社会;第二,就发展程度而言,我国的社会主义还处于初级阶段。

5.ABCD【解析】邓小平理论之所以能够成为马克思主义在中国发展的新阶段,是因为:第一,邓小平理论开拓了马克思主义的新境界;第二,邓小平理论把对社会主义的认识提高到新的科学水平;第三,邓小平理论对当今时代特征和国际形势做出了新的科学判断;第四,邓小平理论从我国社会主义改革开放以及建设的各个方面形成了建设中国特色社会主义理论的新的科学体系。

第六章 "三个代表"重要思想和科学发展观

知识结构导读

"三个代表"重要思
想和科学发展观
├─ "三个代表"重要思想 ─┬─ "三个代表"重要思想的形成
│   ├─ "三个代表"重要思想的科学内涵
│   ├─ "三个代表"的内在联系
│   └─ "三个代表"重要思想的历史地位
├─ 科学发展观 ─┬─ 科学发展观的内涵
│   └─ 深入贯彻落实科学发展观
└─ 构建社会主义和谐社会 ─┬─ 理论产生的背景
                         └─ 社会主义和谐社会的特征

考点内容精讲

第一节 "三个代表"重要思想

一、"三个代表"重要思想的形成

(一)"三个代表"重要思想形成的主要背景

(1)当今国际局势的深刻变化是"三个代表"重要思想形成的时代背景。"三个代表"重要思想是在对当今国际局势科学判断的基础上提出来的。

(2)改革开放以来,特别是十三届四中全会以来,党和人民建设中国特色社会主义的伟大探索是"三个代表"重要思想形成的实践基础。"三个代表"重要思想是在对当代中国发展变化科学认识的基础上形成的。

(3)党的建设面临的新形势、新任务,是"三个代表"重要思想形成的现实依据。"三个代表"重要思想是在对党的现状的科学分析的基础上形成的。

(二)"三个代表"重要思想的形成过程

(1)从1989年十三届四中全会开始到2000年春天,以江泽民同志为核心的第三代中央领导集体的所思所想,是"三个代表"重要思想形成的思想准备阶段。

(2)"三个代表"最早是2000年2月21日江泽民同志在出席广东茂名高州市领导干部"三讲"教育动员会上的讲话中首先提及的。在这次讲话中,江泽民同志提出了"五个始终",其中包含了"两个代表"的内容,即始终保持工人阶级先锋队性质,始终代表最广大人民群众的利益,始终成为社会先进生产力的代表,始终领导全国各族人民促进社会生产力的发展,始终强有力地发挥好领导核心作用。2月25日在广州的讲话中,江泽民同志明确提出了"三个代表"概念。此后,他在考察华东、西北等地的党建工作中,都对"三个代表"重要思想进行了进一步的阐述。

(3)2001年江泽民同志的"七一"讲话,着重阐述了"三个代表"三方面的科学内涵,特别是在一系列重大的理论问题上进行了大胆的创新,提出了"三个解放出来"和深化对"三个规律"认识的任务;十六大对"三个代表"重要思想的历史地位用五句话加以明确,并且在实践方面,提出了完整的实施纲领。

二、"三个代表"重要思想的科学内涵

内涵是指一个理论学说的内在规定,它表明这个理论学说的本质属性,包含这个理论学说的基本内容。"三个代表"重要思想具有高起点、大容量、深内涵的特点。它涵盖了经济、政治、文化和党的建设的各个领域,体现在内政、外交、国防、治党、治国、治军各个方面,由一系列紧密联系、相互贯通的新思想、新观点、新论断构成一个系统的科学理论。

(一)始终代表中国先进生产力的发展要求,代表中国先进文化的前进方向,代表中国最广大人民的根本利益,是对"三个代表"重要思想科学内涵的集中概括

"三个代表"重要思想是以"三个代表"为称谓、为标志的。"三个代表"的要求是这一理论科学内涵的集中概括,也是这一理论的基本内核。把握住这一内核,也就把握住了"三个代表"重要思想的总纲。

江泽民同志在"七一"重要讲话中,对"始终代表中国先进生产力的发展要求,代表中国先进文化的前进方向,代表中国最广大人民的根本利益"做了十分深刻的阐释:始终代表中国先进生产力的发展要求,就必须遵循生产力发展的规律,不断推动社会生产力的解放和发展,尤其要体现和推动先进生产力的发展要求,通过发展生产力,不断提高人民群众的生活水平,这就体现了生产力与生产关系的统一,现实性与先进性的统一,发展生产力与提高人民群众生活水平的统一;始终代表中国先进文化的前进方向,就必须努力发展面向现代化、面向世界、面向未来的,民族的、科学的、大众的社会主义文化,促进全民族思想道德素质和科学文化素质的不断提高,为我国经济发展和社会进步提供精神动力和智力支持,这就体现了文化与经济的统一,民族性与世界性的统一,先进性与群众性的统一;始终代表中国最广大人民的根本利益,就必须坚持把人民的根本利益作为出发点和归宿,充分发挥人民群众的积极性、主动性、创造性,在社会不断发展进步的基础上,使人民群众不断获得切实的经济、政治、文化利益,这就体现了发展手段与发展目的的统一,党的工作与党的宗旨的统一,以经济建设为中心与以人民为本的统一。这三个方面是一个统一的整体,相互联系、相互促进,构成了"三个代表"重要思想科学内涵的基础。

(二)发展是"三个代表"重要思想科学内涵的主题

"三个代表"重要思想是以"发展"这一主题来贯穿的,把握"三个代表"重要思想的科学内涵,必须紧紧抓住这一主题。在中国这样一个经济文化落后的发展中大国,领导人民进行现代化建设,能不能解决好发展问题,直接关系到人心的向背、事业的兴衰。离开发展,坚持党的先进性、发挥社会主义制度的优越性和实现民富国强都无从谈起。党要承担起推动中国社会进步的历史责任,必须始终紧紧抓住发展这个执政

兴国的第一要务，把坚持党的先进性和发挥社会主义制度的优越性，落实到发展先进生产力、发展先进文化、实现最广大人民的根本利益上来，推动社会全面进步，促进人的全面发展。

江泽民同志在关于"三个代表"重要思想的一系列重要论述中，始终突出了发展这个主线。强调促进发展是体现党的先进性的根本标志，要坚持用发展的眼光、发展的思路和发展的办法解决前进中的问题，提出了关于发展的一系列战略思想，如发展必须坚持以经济建设为中心，发展要有新思路，发展是全面的发展、可持续的发展，发展包括人的全面发展等等。强调一切妨碍发展的思想观念都要坚决冲破，一切束缚发展的做法和规定都要坚决改变，一切影响发展的体制弊端都要坚决革除。胡锦涛同志也强调指出，实现全面建设小康社会的宏伟目标，进一步提高人民的物质文化生活水平，要靠发展；增强我国的综合国力，实现中华民族的伟大复兴，要靠发展；实现祖国的完全统一，要靠发展；促进世界和平与发展的崇高事业，也要靠发展。发展是"三个代表"重要思想的主题，要聚精会神搞建设，一心一意谋发展。

(三)"什么是社会主义、怎样建设社会主义，建设什么样的党、怎样建设党"是"三个代表"重要思想所要回答的根本问题，围绕这个根本问题，提出了"三个代表"重要思想一系列紧密联系、相互贯通的新思想、新观点和新论断

"三个代表"重要思想着眼点是中国和世界的全局，反映的是当代世界和中国的发展变化对党和国家工作的新要求。因此，它始终围绕的根本问题就是"什么是社会主义、怎样建设社会主义，建设什么样的党、怎样建设党"。对这样一个根本问题，邓小平同志已经做了比较系统的初步回答。"三个代表"重要思想总结了我们党改革开放以来，特别是十三届四中全会以来的奋斗历程和新鲜经验，在新的起点上全面推进了对这一根本问题的认识。在"三个代表"重要思想中，关于中国特色社会主义思想路线、发展道路、发展阶段和发展战略、根本任务、改革开放、经济建设、政治建设、文化建设、国防和军队建设、外交和国际战略、领导核心、执政党建设、根本目的的思想，关于坚持和发展爱国统一战线、推进祖国完全统一的思想等，都包含着新的理论概括、理论成果和理论贡献，表现出"三个代表"重要思想科学内涵的丰富性和具体性。它要求我们党建设中国特色社会主义必须把社会主义市场经济、社会主义民主政治和社会主义先进文化有机统一起来，实现社会主义物质文明、政治文明和精神文明的全面发展，使党领导的伟大事业同党的建设的伟大工程相互促进。

(四)关键在坚持与时俱进，核心在坚持党的先进性，本质在坚持执政为民，是"三个代表"重要思想科学内涵的精神实质

贯彻"三个代表"重要思想，关键在坚持与时俱进，核心在坚持党的先进性，本质在坚持执政为民。贯彻"三个代表"重要思想的根本要求，实际上也是"三个代表"重要思想本身的根本要求，二者是一致的。这里的"关键"、"核心"、"本质"准确地揭示了"三个代表"重要思想科学内涵的精神实质。

与时俱进是马克思主义最重要的理论品质。"三个代表"重要思想自始至终贯穿着与时俱进的革命精神，处处洋溢着鲜明的时代性、蓬勃的创造性和深刻的规律性。因此把握住与时俱进这个关键，就是把握了"三个代表"重要思想的精髓，也就把握了马克思主义最本质的东西。先进性是马克思主义政党生存和发展的根本前提，是党赢得最广大人民群众拥护的基本条件。坚持党的先进性是"三个代表"重要思想提出的着眼点。党的先进性是具体的历史的，必须放到推动当代中国先进生产力和先进文化的发展中去考察，放到维护和实现最广大人民的根本利益的奋斗中去考察，归根到底要看党在推动历史前进中的作用。"三个代表"重要思想为解决党面临的两大历史性课题，为坚持党的先进性提供了行动指南，因此，坚持党的先进性是"三个代表"重要思想所要解决的核心问题。全心全意为人民服务，立党为公，执政为民，是我们党同一切剥削阶级政党的根本区别。最大多数人的利益和全社会全民族的积极性、创造性，对党和国家事业的发展始终是最具有决定性的因素。"三个代表"重要思想始终把体现人民群众的意志和利益作为一切工作的出发点和归宿，通过社会主义物质文明、政治文明和精神文明建设的不断进步，使人民群众不断获得切实的经济、政治、文化利益。通过加强和改进党的建设,保持党同人民群众的血肉联系,使全党同志特别是领导干部做到权为民所用,情为民所系,利为民所谋。

以上从四个层次论述了"三个代表"重要思想的科学内涵,这四个层次是一个统一的整体,其中"三个代表"的表述,准确地界定了"三个代表"重要思想这一科学体系的核心命题,揭示了这些命题的确切含义,构成了这一科学体系的基础内容。"发展"这一主题确定了"三个代表"重要思想这一科学体系所围绕的主线,明确了实现"三个代表"的根本途径。"什么是社会主义、怎样建设社会主义,建设什么样的党、怎样建设党"这个根本问题,是"三个代表"重要思想这一科学体系所要回答的总题目,它不仅是中国社会主义历史提出的根本性课题,而且也是世界社会主义历史提出的根本性课题。如何回答和解决这一课题,关系着社会主义的前途命运,关系着共产党的兴衰存亡,因而是"三个代表"重要思想全部内容所围绕的主轴。"关键"、"核心"、"本质"这个根本要求对"三个代表"重要思想科学体系做了概括性的归结,揭示了它的精神实质。贯彻"三个代表"重要思想,只要抓住与时俱进这个关键,围绕党的先进性这个核心,坚持执政为民这个本质,就是抓住了"三个代表"重要思想的真谛,也就从根本上领会了"三个代表"重要思想的科学内涵。

三、"三个代表"的内在联系

"三个代表"密切相连、辩证统一,先进生产力是基础和前提,先进文化是灵魂和旗帜,最广大人民的根本利益是主体和目的,三者统一于党的建设新的伟大工程和建设有中国特色社会主义的伟大实践。

(1)发展先进生产力,是发展先进文化、实现最广大人民根本利益的基础条件。

(2)先进文化是人类社会的灵魂,也是人类社会发展的内在驱动力和凝聚力,是人类社会不断进化发展、实现自身本质力量的重要手段。

(3)人民群众是先进生产力和先进文化的创造主体,是实现自身利益的根本力量。

(4)不断发展先进生产力和先进文化,归根到底都是为了不断实现最广大人民的根本利益。

四、"三个代表"重要思想的历史地位

"三个代表"重要思想是我国社会主义现代化建设的重要指导思想,具有重要的历史地位。

(1)"三个代表"重要思想是马列主义、毛泽东思想和邓小平理论的继承和发展。

(2)"三个代表"重要思想是加强和改善党的建设,推进我国社会主义自我完善和发展的强大理论武器,是党必须长期坚持的根本指导思想。

(3)始终做到"三个代表"是我们党的立党之本、执政之基和力量之源。

第二节 科学发展观

一、科学发展观的内涵

科学发展观通常是指党的十六届三中全会中提出的"坚持以人为本,树立全面、协调、可持续的发展观,促进经济社会和人的全面发展",按照"统筹城乡发展、统筹区域发展、统筹经济社会发展、统筹人与自然和谐发展、统筹国内发展和对外开放"的要求推进各项事业的改革和发展的一种方法论。

科学发展观的具体内容包括:第一,以人为本的发展观;第二,全面发展观;第三,协调发展观;第四,可持续发展观。

二、深入贯彻落实科学发展观

(一)深入贯彻落实科学发展观的必要性

在新的发展阶段继续全面建设小康社会、发展中国特色社会主义,必须坚持以邓小平理论和"三个代表"重要思想为指导,深入贯彻落实科学发展观。

科学发展观是对党的三代中央领导集体关于发展的重要思想的继承和发展,是马克思主义关于发展的世界观和方法论的集中体现,是同马克思列宁主义、毛泽东思想、邓小平理论和"三个代表"重要思想既一脉相承又与时俱进的科学理论,是我国经济社会发展的重要指导方针,是发展中国特色社会主义必须坚持和贯彻的重大战略思想。

科学发展观是立足社会主义初级阶段基本国情,总结我国发展实践,借鉴国外发展经验,适应新的发展要求提出来的。进入新世纪新阶段,我国发展呈现一系列新的阶段性特征,主要有:经济实力显著增强,但生产力水平总体上还不高,自主创新能力还不强,长期形成的结构性矛盾和粗放型增长方式尚未根本改变;社会主义市场经济体制初步建立,但影响发展的体制机制障碍依然存在,改革攻坚面临深层次矛盾和问题;人民生活总体上达到小康水平,但收入分配差距拉大的趋势还未根本扭转,城乡贫困人口和低收入人口还有相当数量,统筹兼顾各方面利益难度加大;协调发展取得显著成绩,但农业基础薄弱、农村发展滞后的局面尚未改变,缩小城乡、区域发展差距和促进经济社会协调发展任务艰巨;社会主义民主政治不断发展、依法治国基本方略扎实贯彻,但民主法制建设与扩大人民民主和经济社会发展的要求还不完全适应,政治体制改革需要继续深化;社会主义文化更加繁荣,同时人民精神文化需求日趋旺盛,人们思想活动的独立性、选择性、多变性、差异性明显增强,对发展社会主义先进文化提出了更高要求;社会活动显著增强,同时社会结构、社会组织形式、社会利益格局发生深刻变化,社会建设和管理面临诸多新课题,发达国家在经济科技上占优势的压力长期存在,可以预见和难以预见的风险增多,统筹国内发展和对外开放要求更高。

这些情况表明,经过新中国成立以来,特别是改革开放以来的不懈努力,我国取得了举世瞩目的发展成就,从生产力到生产关系、从经济基础到上层建筑都发生了意义深远的重大变化,但我国仍处于并将长期处于社会主义初级阶段的基本国情没有变,人民日益增长的物质文化需要同落后的社会生产力之间的矛盾这一社会主要矛盾没有变。当前我国发展的阶段性特征是社会主义初级阶段基本国情在新世纪新阶段的具体表现。强调认清社会主义初级阶段基本国情,不是要妄自菲薄、自甘落后,也不是要脱离实际、急于求成,而是要坚持把它作为推进改革、谋划发展的根本依据。我们必须始终保持清醒头脑,立足社会主义初级阶段这个最大的实际,科学分析我国全面参与经济全球化的新机遇、新挑战,全面认识工业化、信息化、城镇化、市场化、国际化深入发展的新形势、新任务,深刻把握我国发展面临的新课题、新矛盾,更加自觉地走科学发展道路,奋力开拓中国特色社会主义更为广阔的发展前景。

(二)深入贯彻落实科学发展观的基本要求

深入贯彻落实科学发展观,要求我们始终坚持"一个中心、两个基本点"的基本路线。党的基本路线是党和国家的生命线,是实现科学发展的政治保证。以经济建设为中心是兴国之要,是我们党、我们国家兴旺发达和长治久安的根本要求;四项基本原则是立国之本,是我们党、我们国家生存发展的政治基石;改革开放是强国之路,是我们党、我们国家发展进步的活力源泉。要坚持把以经济建设为中心同四项基本原则、改革开放这两个基本点统一于发展中国特色社会主义的伟大实践,任何时候都决不能动摇。

深入贯彻落实科学发展观,要求我们积极构建社会主义和谐社会。社会和谐是中国特色社会主义的本质属性。科学发展和社会和谐是内在统一的,没有科学发展就没有社会和谐,没有社会和谐也难以实现科学发展。构建社会主义和谐社会是贯穿中国特色社会主义事业全过程的长期历史任务,是在发展的基础上正确处理各种社会矛盾的历史过程和社会结果。要通过发展增加社会物质财富、不断改善人民生活，又要通过发展保障社会公平正义、不断促进社会和谐。实现社会公平正义是中国共产党人的一贯主张，是发展中国特色社会主义的重大任务。要按照民主法治、公平正义、诚信友爱、充满活力、安定有序、人与自然和谐相处的总要求和共同建设、共同享有的原则，着力解决人民最关心、最直接、最现实的利益问题，努力形成全体人民各尽其能、各得其所而又和谐相处的局面，为发展提供良好的社会环境。

深入贯彻落实科学发展观，要求我们继续深化改革开放。要把改革创新精神贯彻到治国理政各个环节，毫不动摇地坚持改革方向，提高改革决策的科学性，增强改革措施的协调性。要完善社会主义市场经济体制，推进各方面体制改革创新，加快重要领域和关键环节改革步伐，全面提高开放水平，着力构建充满活力、富有效率、更加开放、有利于科学发展的体制机制，为发展中国特色社会主义提供强大动力和体制保障。要坚持把改善人民生活作为正确处理改革发展稳定关系的结合点，使改革始终得到人民的拥护和支持。

深入贯彻落实科学发展观，要求我们切实加强和改进党的建设。要站在完成党执政兴国使命的高度，把提高党的执政能力、保持和发展党的先进性，体现到领导科学发展、促进社会和谐上来，落实到引领中国发展进步、更好代表和实现最广大人民的根本利益上来，使党的工作和党的建设更加符合科学发展观的要求，为科学发展提供可靠的政治和组织保障。

全党同志要全面把握科学发展观的科学内涵和精神实质，增强贯彻落实科学发展观的自觉性和坚定性，着力转变不适应不符合科学发展观的思想观念，着力解决影响和制约科学发展的突出问题，把全社会的发展积极性引导到科学发展上来，把科学发展观贯彻落实到经济社会发展各个方面。

第三节 构建社会主义和谐社会

一、理论产生的背景

社会主义和谐社会是人类孜孜以求的一种美好社会，中外历史上都产生过不少有关社会和谐的思想。中共十六大和十六届三中、四中全会，从全面建设小康社会、开创中国特色社会主义事业新局面的全局出发，明确提出构建社会主义和谐社会的战略任务，并将其作为加强党的执政能力建设的重要内容。中共十六大报告第一次将"社会更加和谐"作为重要目标提出来，中共十六届四中全会进一步提出构建社会主义和谐社会的任务。构建社会主义和谐社会任务的提出，反映了中国共产党对中国特色社会主义事业发展规律的新认识，也反映了党对执政规律、执政能力、执政方略、执政方式的新认识，为实现社会主义现代化提供了新的重要思想指导。

二、社会主义和谐社会的特征

我们所要建设的社会主义和谐社会，应该是民主法治、公平正义、诚信友爱、充满活力、安定有序、人与自然和谐相处的社会。民主法治，就是社会主义民主得到充分发扬，依法治国基本方略得到切实落实，各方面积极因素得到广泛调动；公平正义，就是社会各方面的利益关系得到妥善协调，人民内部矛盾和其他社会矛盾得到正确处理，社会公平和正义得到切实维护和实现；诚信友爱，就是全社会互帮互助、诚实守信，全体人民平等友爱、融洽相处；充满活力，就是能够使一切有利于社会进步的创造愿望得到尊重，创造活动得到支持，创造才能得到发挥，创造成果得到肯定；安定有序，就是社会组织机制健全，社会管理完善，社会秩序良好，人民群众安居乐业，社会保持安定团结；人与自然和谐相处，就是生产发展，生活富裕，生态良好，以上这些基本特征是相互联系、相互作用的。构建社会主义和谐社会，必须坚持以邓小平理论和"三个代表"重要思想为指导,坚持社会主义的基本制度,坚持走中国特色社会主义道路;树立和落实科学发展观,促进社会主义物质文明、政治文明、精神文明建设与和谐社会建设全面发展;以人为本,在经济发展的基础上不断满足人民群众日益增长的物质文化需要,促进人的全面发展;尊重人民群众的创造精神,通过深化改革、创新体制,调动一切积极因素,激发全社会的创造活力;注重社会公平,正确反映和兼顾不同方面群众的利益,正确处理人民内部矛盾和其他社会矛盾,妥善协调各方面的利益关系;正确处理改革、发展、稳定的关系,使它们相互协调相互促进,确保社会政治稳定。社会主义和谐社会不是无差别的社会,构建社会主义和谐社会既是目标又是过程,需要经过长期奋斗、不懈努力才能逐步实现。

经典真题专家点评

1.(2009年上海)科学发展观,是马克思主义关于发展的世界观和方法论的集中体现,是同马克思列宁主义、毛泽东思想、邓小平理论和"三个代表"重要思想既一脉相承又与时俱进的科学理论,是我国经济社会发展的重要指导方针,是发展中国特色社会主义必须坚持和贯彻的重大战略思想。科学发展观的核心是( )。

A. 发展　　　　　　　　　　　　B. 全面、协调、可持续

C. 以人为本　　　　　　　　　　D. 改革创新

【专家点评】本题答案为C。党的十七大报告提出:科学发展观第一要义是发展;核心是以人为本;基本要求是全面协调可持续;根本方法是统筹兼顾。

2.(2008年浙江)下列关于科学发展观的表述中,不适当的一项是( )。

A. 2004年3月10日,胡锦涛同志在中央人口资源环境工作座谈会上,系统地阐述了科学发展观的基本内涵

B. 科学发展观的核心是以人为本,基本要求是全面协调可持续

C. 科学发展观丰富和完善了新世纪新阶段我国现代化建设的发展道路、发展模式和发展战略

D. 科学发展观的根本方法是统筹兼顾,坚持以节约资源和环境保护为中心

【专家点评】本题答案为D。科学发展观的根本方法是统筹兼顾。

单元同步训练

一、单项选择题

1."三个代表"的实质是保持党的( )。

A. 阶级性　　　　　B. 先进性　　　　　C. 群众性　　　　　D. 纯洁性

2.可持续发展的基础是( )。

A. 经济可持续发展　　　　　　　B. 社会的可持续发展

C. 资源和生态的可持续发展　　　D. 创造良好社会环境

3.深入贯彻落实科学发展观,要求我们始终坚持( )。

A. 改革开放　　　　　　　　　　B. 四项基本原则

C. 以经济建设为中心　　　　　　D. "一个中心,两个基本点"

4.以胡锦涛同志为总书记的党中央在邓小平理论和"三个代表"重要思想的指导下,明确提出了科学发展观,把坚持以人为本和经济社会全面、协调、可持续发展统一起来,这标志着我党对社会主义现代化建

设规律的认识更加深入。这里提到的科学发展观的实质是( )。

A. 发展才是硬道理

B. 人口、资源、环境的协调发展

C. 全面的可持续发展

D. 实现经济社会更快、更好地发展

5. 温家宝在第九届全国人大二次会议上指出,要继续实施科教兴国战略,切实把教育放在优先发展的地位,用更大的精力、更多的财力加快教育事业的发展;要继续集中力量完成国家中长期科学和技术发展规划的编制,确定未来15年我国科技发展的战略、目标、任务和政策;要认真实施人才强国战略。贯彻科教兴国战略的关键是( )。

A. 深化科技体制和教育体制改革

B. 加大对科技和教育的投入

C. 尊重知识,尊重人才

D. 坚持以人为本的科技发展观

二、多项选择题

1. 以前大多数人认为工人只要有一个壮实的身体就可以,太多的文化知识根本用不上。但是21世纪初青岛港工人许振超却由一名普通的吊车司机成长为桥吊专家,他两次刷新世界集装箱装卸纪录,并承担了多项重大研究课题,这些事实体现了新时代工人的新风貌,反映了工人阶级在自身素质建设方面开始由单纯的体力劳动转变为脑体结合。许振超的事迹和中国工人阶级的变化体现了党的思想路线的哪些核心内容?( )

A. 独立自主　　　　　　　　　　B. 解放思想

C. 与时俱进　　　　　　　　　　D. 不断创新

2.《中共中央关于构建和谐社会若干重大问题的决定》指出,构建社会主义和谐社会的指导思想是必须( )。

A. 坚持以马克思列宁主义、毛泽东思想、邓小平理论和"三个代表"重要思想为指导,坚持党的基本路线、基本纲领、基本经验,坚持以科学发展观统领经济社会发展全局

B. 按照民主法治、公平正义、诚信友爱、充满活力、安定有序、人与自然和谐相处的总要求,以解决人民群众最关心、最直接、最现实的利益问题为重点

C. 着力发展社会事业、促进社会公平正义、建设和谐文化、完善社会管理、增强社会创造活力

D. 走共同富裕道路,推动社会建设与经济建设、政治建设、文化建设协调发展

3. "三个代表"重要思想形成的时代背景是( )。

A. 世界政治格局多极化趋势越来越明显

B. 经济全球化已成为不可阻挡的历史潮流

C. 社会上出现了新的经济组织和社会活动领域

D. 现代科学技术迅速发展,各种思想文化相互激荡

4. 在新的历史条件下,我们党提出"三个代表"重要思想的现实依据有( )。

A. 社会上出现了新的经济组织和社会活动领域

B. 物质利益就业方式和分配方式多样化日益明显,群众的不同利益要求越来越多

C. 党员队伍的数量和结构出现了重大变化,党员干部队伍进行整体性新老交替

D. 党员干部中出现了一些亟待解决的突出问题

5. 科学发展观的内涵包括( )。

A. 坚持以人为本

B. 与时俱进,不断推动理论和实践创新

C. 实现经济社会全面、协调、可持续发展

D. 按照"五个统筹"的要求推进改革和发展

参考答案及解析

一、单项选择题

1.B【解析】"三个代表"内容的每一项都体现了党的先进性。

2.A【解析】可持续发展的基础是经济的可持续发展。

3.D【解析】深入贯彻落实科学发展观,要求我们始终坚持"一个中心,两个基本点"。

4.D【解析】科学发展观是在"十六大"上提出的,其实质是实现经济社会更快、更好地发展。"发展才是硬道理"是邓小平理论中一个带有根本性和全局性的科学命题,排除A;全面的可持续发展和人口、资源、环境的协调发展都是科学发展观的具体内涵,排除B、C。

5.C【解析】教育是发展科技和培养人才的基础,培养出素质较高的人才队伍,充分发挥人才优势,才能真正实现科教兴国。贯彻科教兴国的关键在于尊重知识,尊重人才。

二、多项选择题

1.BCD【解析】独立自主是毛泽东思想的活的灵魂,但不是党的思想路线的基本内容,选项A排除,故选择BCD。

2.ABCD【解析】构建社会主义和谐社会,是在中国特色社会主义道路上,中国共产党领导全体人民共同建设、共同享有的和谐社会。备选项的表述全面地阐述了构建社会主义和谐社会的指导思想。

3.ABD【解析】本题的关键词是"时代背景","三个代表"重要思想的提出,在于我们所面对的外部世界已经发生并正在发生着深刻的变化。选项C是"三个代表"的现实依据。

4.ABCD【解析】改革开放以来,我国社会生活发生了广泛而深刻的变化,在新的条件下,出现了一些新的变化,这些变化是我们党提出"三个代表"重要思想的现实依据,主要表现在选项A、B、C、D四个方面。

5.ACD【解析】科学发展观的内涵包括:坚持以人为本,实现经济社会全面、协调、可持续发展统一起来,按照"五个统筹"的要求推进改革和发展。

第二篇　法律常识

第七章　法理学

知识结构导读

```
                    ┌ 法的概念及本质
                    │ 法的特征和作用
           法的概述 ┤ 法的效力与价值
                    │ 法律原则
                    │ 法的产生
                    └ 当今世界两大法系
法理学 ┤
                        ┌ 立法
                        │ 司法
           法的制定与实施┤ 执法
                        │ 守法和违法
                        └ 法律监督
```

第一节 法的概述

一、法的概念及本质

(一)法的概念

法是反映统治阶级意志,由国家制定或认可,并以国家强制力保证实施的行为规范体系,它通过规定人们在相互关系中的权利和义务,确认、保护和发展对统治阶级有利的社会关系和社会秩序,是统治阶级实现阶级统治和社会管理的工具。

(二)法的本质

法的本质的展现过程,反映了法的本质的层次性。

(1)法的本质最初表现为法的正式性,是国家意志的体现。

(2)法的本质其次反映为法的阶级性,是统治阶级的整体意志的体现。

(3)法的本质最终体现为法的社会性,即法的性质和内容最终是由统治阶级的物质生活条件决定。

二、法的特征和作用

(一)法的特征

(1)法是调整人的行为的社会规范。

(2)法是以权利义务双向规定为调整机制的社会规范。

(3)法是具有普遍性的社会规范。

(4)法是具有利导性的社会规范。

(5)法是以国家强制力为后盾,通过法律程序保证实现的社会规范。

(6)法是体现国家意志的社会规范。

(二)法的作用

法的作用是指法对人们行为和社会生活所发生的影响。法的作用本质上是社会自身力量的体现。法能否对社会发生作用,法对社会作用的程度,法对社会所发生作用的效果,不是由法律自身所能决定的。

根据法在社会生活中发挥作用的形式和内容,法的作用可以分为规范作用与社会作用。法的这两种作用之间的关系是手段和目的的关系:规范作用是手段,社会作用是目的。

1.法的规范作用

法的规范作用是指法作为由国家制定的社会规范,对主体行为具有的指引、评价、教育、预测和强制作用。

(1)指引作用:法律作为一种行为规范,为人们提供某种行为模式,指引人们可以这样行为、必须这样行为或不得这样行为,从而对行为者本人的行为产生影响。具体可以分为确定的指引和有选择的指引。

（2）评价作用：法律对人们的行为是否合法或违法以及违法程度具有判断、衡量的作用。

（3）教育作用：通过法律的实施，法律规范对人们今后的行为发生直接或间接的诱导影响。这种作用具体表现为示警和示范作用。

（4）预测作用：法的预测作用，即法的可预测性。人们可以根据法律规范的规定事先估计到当事人双方将如何行为及行为的法律后果。

（5）强制作用：指法可以通过国家强制力制裁、惩罚违法犯罪行为来强制人们遵守法律。

2.法的社会作用

法的社会作用是由法的内容、目的决定的，其主要包含以下几个方面。

（1）保障、引导和推进社会主义市场经济。

（2）保障、引导和推进社会主义民主政治。

（3）保障、引导和推进社会主义精神文明。

（4）推进对外开放、维护世界和平与发展。

3.法的作用的局限性

在人类社会生活中，法并不是万能的，它具有一定的局限性。具体表现在以下几方面。

（1）法只是许多社会调整方法的一种，它的作用范围不是无限的，也并非在任何问题上都是适用的。

（2）法律是以社会为基础的，因此法律不可能超出社会发展的需要"创造"社会。

（3）法律是社会规范之一，必然受到其他社会规范以及社会条件和环境的制约。

（4）法律有自身条件的制约，例如，语言表达力的局限。

（5）法律在现实生活实践的执行过程中，受到执法人员个人素质和文化程度的影响。

三、法的效力与价值

（一）法的效力

1.法的效力的概念

法的效力，即法的约束力，指人们应当按照法律规定的行为模式来行为，并且必须予以服从的一种法律之力。一般而言，法的效力来自于制定它的合法程序和国家强制力。法律有效力，意味着人们应当遵守、执行和适用法律，不得违反法律。

2.法对人的效力

（1）空间上的效力。在我国，凡是中央国家机关制定的法律、行政法规和其他规范性文件，除非有特殊规定，否则一经公布施行，就会在我国的全部领域内发生效力。地方政权机关制定和颁布的规范性文件，只在所管辖的地区生效。

（2）时间上的效力。包括法的生效、失效和溯及力等问题。法通常是从公布之日起生效，但有的法本身就规定了生效日期。法的失效期，一般有三种情况：一种是法本身规定有终止生效的日期；另一种是以新法代替旧法，新法生效之日，就是旧法失效之时；第三种是国家基于某种需要，明文宣布废除某项法律法规，并规定了废除的日期。法的溯及力是指该项法律生效以前所发生的事件或行为是否适用该项法律的问题。如果适用，就是有溯及力。我国法律一般不具有溯及力，但法律另有规定的除外。

（3）对人的效力。包括两个方面：①对中国公民的法律效力，中国公民在中国领域（包括中国的航空器、船舶）内一律适用中国的法律；②对外国人的法律效力，外国人在中国领域内，除法律另有规定外，也适用中国法律。

(二)法的价值

1.法的价值种类

(1)自由。法的价值上的自由,即意味着法以确认、保障人的这种行为能力为己任,从而使主体与客体之间能够达到一种和谐的状态。法的本质以"自由"为最高的价值目标。自由在法的价值中的地位,还表现在它不仅是评价进步与否的标准,更重要的是它还体现了人性最深刻的需要。

(2)秩序。法学上所说的秩序,主要是指社会秩序。它表明通过法律机构、法律规范、法律权威所形成的一种法律状态。"秩序"之所以成为法的基本价值之一,是因为任何社会统治的建立都意味着一定统治秩序的形成。秩序本身的性质决定了秩序是法的基本价值。秩序是法的其他价值的基础。

(3)正义。正义是法的基本标准。正义是法的评价体系,它可以成为独立于法之外的价值评判标准,法律只有合乎正义的准则时,才是真正的法律。

2.法的价值冲突

(1)价值位阶原则。是指在不同位阶的法的价值发生冲突时,在先的价值优先于在后的价值。

(2)个案平衡原则。是指在处于同一位阶的法的价值之间发生冲突时,必须综合考虑主体之间的特定情形、需求和利益,以使得个案的解决能够适当兼顾双方的利益。

(3)比例原则。是指即使某种价值的实现必须以其他价值的损害为代价,也应当使被损害的价值受损程度减低到最小限度。

四、法律原则

法律原则是指在一定法律体系中作为法律规则的指导思想,基本或原本的、综合的、稳定的原理和准则。

1.公理性原则和政策性原则

公理性原则,即由法律原理(法理)构成的原则,是由法律中的事理推导出来的法律原则,是严格意义的法律原则,例如平等原则、诚实信用原则;政策性原则,是一个国家或民族出于一定的政策考量而制定的一些原则,例如我国宪法中规定的"依法治国,建设社会主义法治国家"的原则,"国家实行社会主义市场经济"的原则,婚姻法中"实行计划生育"的原则等。

2.基本原则和具体原则

基本原则是整个法律体系或某一法律部门所适用的,体现法的基本价值的原则,例如宪法所规定的各项原则;具体原则是在基本原则指导下适用于某一法律部门中特定情形的原则。

3.实体性原则和程序性原则

实体性原则是指涉及实体性问题的原则,例如宪法、民法、刑法、行政法中规定的多数原则;程序性原则是指涉及程序性(诉讼法)问题的原则,例如诉讼法中规定的"一事不再理"原则、辩护原则、非法证据排除原则、无罪推定原则。

五、法的产生

(一)法产生的根源及主要标志

私有制和商品经济的产生以及阶级的产生是法产生的经济根源和阶级根源。法是为了维护一定阶级关系、某种所有制以及调整一定经济关系和秩序而产生的,它是阶级矛盾不可调和的产物和表现。国家的产生、人们权利义务观念的形成(即权利和义务的分离)和解决纠纷的专门机构的出现是法产生的主要标志。

（二）法产生的一般规律

法的产生经历了一个长期的、渐进的、复杂的历史演变过程。不同地区和不同系别的法的产生都有以下共同规律。

（1）从个别调整发展为规范性调整。

（2）从自发调整发展为自觉调整。

（3）从习惯法发展为成文法。

（4）从法、道德、宗教规范混为一体发展为各个相对独立的不同的社会规范。

六、当今世界两大法系

（一）法系的含义及种类

法系是具有共同法律传统的若干国家和地区的法律，它是一种超越若干国家和地区的法律现象的总称，是在对各国法律制度的现状和历史渊源进行比较研究的过程中形成的概念。当代世界主要法系有三个：大陆法系、英美法系和社会主义法系（以前苏联和东欧国家的法律为代表）。其他的法系还有伊斯兰法系、印度法系、中华法系、犹太法系、非洲法系等。

（二）两大法系

对资本主义法影响最大的是大陆法系（又称为民法法系、罗马－德意志法系、法典法系）和英美法系（又称为普通法系、英国法系、判例法系）。

大陆法系，是指以古罗马法，特别是以19世纪初《法国民法典》为传统产生和发展起来的法律的总称。属于这一法系的除了欧洲大陆国家外，还有曾经是法国、德国、葡萄牙、荷兰等国殖民地的国家及因其他原因受其影响的国家。例如，非洲的埃塞俄比亚、南非、津巴布韦等；亚洲的日本、泰国、土耳其等；加拿大的魁北克省；美国的路易斯安那州；英国的苏格兰等。

英美法系，是指以英国中世纪的法律，特别是以普通法为基础和传统产生与发展起来的法律规范的总称。其适用范围除了英国（不包括苏格兰）以外，主要是曾为英国殖民地、附属国的许多国家和地区，例如，美国（不包括路易斯安那州）、加拿大（不包括魁北克省）、印度、新加坡、澳大利亚、新西兰以及非洲的个别国家和地区等。

第二节　法的制定与实施

一、立法

（一）立法的定义及原则

立法，一般又称法律制定，通常是指由特定国家机关依照一定程序，制定或者认可反映统治阶级意志，并以国家强制力保证实施的行为规范的活动。

我国当今法学中，对"立法"一词有狭义的和广义的两种理解。从狭义的解释来看，根据我国现行宪法，立法是指全国人民代表大会及其常设机关制定法律这种特定规范性文件的活动。从广义的解释来看，立法就是国家专门机关遵循掌握国家政权的社会集团的意志，根据一定的指导思想和基本原则，依照法定的权限和程序使之上升为国家意志，从而创制、修改和废止法律的专门活动。广义的立法概念与法律制定可以通用。

当代中国立法的原则为法治原则、民主原则、科学原则。

(二)立法程序

1.法律议案的提出

根据宪法和法律的规定,下列个人和组织享有向最高国家权力机关提出法律议案的提案权:①全国人大代表30人以上或一个代表团可以提出法律议案;②全国人大常委会委员10人以上可以向全国人大常委会提出法律议案;③全国人大主席团、全国人大常委会可以向全国人大提出法律议案;④全国人大各专门委员会可以向全国人大或全国人大常委会提出法律议案;⑤国务院、最高人民法院、最高人民检察院可以向全国人大或全国人大常委会提出法律议案。

2.法律案的审议

我国全国人大代表对法律案的审议一般经过两个阶段:一是由全国人大有关专门委员会进行审议,其中包括对法律案的修改、补充;二是立法机关全体会议的审议。法律案审议的结果有提起表决、搁置和终止审议三种。

3.法律的表决和通过

通过法律的方式,有公开表决和秘密表决两种。公开表决包括:举手表决、起立表决、口头表决、行进表决、记名投票表决等各种形式。秘密表决主要是无记名投票的形式。

4.法律的公布

我国宪法规定,中华人民共和国主席根据全国人民代表大会和全国人民代表大会常务委员会的决定公布法律。我国公布法律的报刊是《全国人大常委会公报》、《人民日报》。

二、司法

(一)司法的含义

司法,又称法的适用,通常是指国家司法机关根据法定职权和法定程序,具体应用法律处理案件的专门活动。

(二)当代中国司法的要求和原则

(1)严格依法办事。有法可依、有法必依、执法必严、违法必究,是依法治国、建设社会主义法治国家的必然要求。

(2)为了保证法律的正确适用,我国宪法和法律规定了司法机关适用法律必须遵循的原则。这些原则的核心内容主要是:①司法公正,它既包括实体公正,也包括程序公正,其中尤以程序公正为重点;②公民在法律面前一律平等;③以事实为根据,以法律为准绳;④司法机关依法独立行使职权。

三、执法

广义上的执法是指一切国家机关公职人员及授权组织依法定职权和程序,贯彻和实施法律的活动。狭义上的执法仅指国家行政机关、公务员和授权组织依法定职权和程序,贯彻和实施法律的活动。

执法的基本原则主要包括以下几点。

(1)依法行政的原则。

(2)依靠群众的原则。

(3)讲求效能的原则。

四、守法和违法

(一)守法

1.守法的含义

守法,指公民、社会组织和国家机关以法律为自己的行为准则,依照法律行使权利、履行义务的活动。这里所说的守法,不仅包括消极、被动的守法,还包括根据授权性法律规范积极主动地去行使自己的权利,实施法律。

2.守法的主体

守法主体是指一定的合法行为的实施者,它既可以是自然人,也可以是各种国家机关或社会组织。宪法明确规定,一切国家机关和武装力量、各政党和各社会团体、各企业、事业组织都必须遵守宪法和法律。一切违反宪法和法律的行为必须予以追究,任何组织和个人都不得有超越宪法和法律的特权。具体而言,即我国的全体公民必须守法;我国的一切国家机关和社会组织都必须守法;在我国领域内的外国组织和公民也必须遵守我国的法律。

(二)违法

1.违法的含义和种类

违法也称为违法行为,是指具有法定责任能力的主体,由于主观上的过错所实施的违反法律规定并具有一定社会危害性,依照现行法律应当予以追究的行为。狭义上的违法行为称为一般侵权行为,包括民事侵权行为和行政侵权行为。广义上的违法行为包括所有的犯罪行为和狭义上的违法行为。

2.违法的构成要件

(1)以违反法律为前提。

(2)必须是某种违反法律规定的行为。

(3)必须是不同程度上侵犯法律中所保护的社会关系的行为。

(4)一般情况下,必须有行为人的故意或过失。

(5)违法者必须具有法定责任能力或法定行为能力。

五、法律监督

(一)法律监督的含义

法律监督,是指由所有国家机关、社会组织和公民对各种法律活动的合法性所进行的监察和督导。在理论上有广义和狭义之分,狭义上的法律监督是指由特定国家机关依照法定权限和法定程序,对立法、司法和执法活动的合法性所进行的监督。广义上的法律监督是指由所有国家机关、社会组织和公民对各种法律活动的合法性所进行的监督。

(二)法律监督的构成要素

1.法律监督的主体

法律监督的主体是指由谁来实施监督。监督主体的种类和范围决定于一个国家的政治制度,并在一定程度上反映了一个国家民主、法治建设的水平。从理论上而言,法律监督的主体一般包括:国家机关、社会组织和公民。在我国,全国人民、国家机关、政党、社会团体、社会组织和大众传媒都是法律监督的主体。

2.法律监督的客体

法律监督的客体是指监督谁或者说谁被监督。法律监督的客体同样决定于一个国家的政治制度,并在一定程度上反映一个国家民主、法治建设的水平。国家行政执法机关和司法机关及其工作人员是法律监督的重要客体,而政党、社会团体、社会组织、大众传媒和公民既是监督的主体,也是监督的客体。

3.法律监督的内容

法律监督的内容包括与监督客体行为的合法性有关的所有问题。它包括国家立法机关行使国家立法权和其他职权,国家行政机关行使国家行政权,国家司法机关行使国家司法权,共产党依法执政和各民主党派依法参与国家的政治生活和社会生活等的一系列行为,各社会团体、社会组织参与国家的政治生活与社会生活的行为以及普通公民的法律活动。

经典真题专家点评

1.(2009年中央)下列关于法律与道德关系的表述中,错误的是(　　)。

A.法律和道德都属于社会规范的范畴,均具有规范性

B.法律由国家强制力保障实施,而道德主要通过社会舆论和内心自律得以实施

C.违法行为一定是违反道德的,但违反道德的行为不一定都违法

D.法律和道德可以互为促进

【专家点评】本题答案为C。"违反道德的行为不一定都违法"是正确的,但违法行为也不一定都违反道德,例如正当防卫过当违反法律,要负相应的刑事责任,但并不违反道德,所以C选项错误。故选C。

2.(2009年上海)根据违法行为的性质、情节以及社会危害的后果、实施制裁的机关、方法的不同,法律制裁可分为(　　)。

A.司法制裁　　　　　　　　　　　B.民事制裁

C.行政制裁　　　　　　　　　　　D.刑事制裁

【专家点评】本题答案为BCD。根据违法行为和法律责任的性质不同,法律制裁可以分为民事制裁、刑事制裁、行政制裁和违宪制裁。因此答案是BCD。

单元同步训练

一、单项选择题

1.根据我国《立法法》的规定,下列事项中属于地方性法规可以规定的是(　　)。

A.本行政区内市、县、乡政府的产生、组织和职权的规定

B.本行政区内经济、文化及公共事业建设

C.对传染病人的强制隔离措施

D.国有工业企业的财产所有制度

2.法律规范生效的时间如无明文规定,依照惯例应该是(　　)。

A.通过三个月后　　　　　　　　　B.批准之日

C.公布之日　　　　　　　　　　　D.公布三个月后

3.立法必须以(　　)为依据。

A.党的政策　　　　B.客观事实　　　　C.宪法　　　　D.既定事实

4.法律终止生效是法律时间效力的一个重要问题。在以默示废止方式终止法律生效时,一般应当选择下列哪一原则?(　　)

A. 特别法优于一般法 　　　　　　 B. 国际法优于国内法

C. 后法优于前法 　　　　　　　　 D. 法律优于行政法规

5.某地法院在审理案件过程中发现,该省人民代表大会所制定的地方性法规规定与国家某部委制定的规章规定不一致,不能确定如何适用。在此情形下,根据我国《宪法》和《立法法》,下列哪种处理办法是正确的?(　　　)

A. 由国务院决定在该地方适用部门规章

B. 由全国人民代表大会决定在该地方是适用地方性法规还是适用部门规章

C. 由最高人民法院通过司法解释加以决定

D. 由国务院决定在该地方适用地方性法规,或者由国务院提请全国人民代表大会常务委员会裁决在该地方适用部门规章

二、多项选择题

1.下列有关成文法和不成文法的表述中,不正确的有(　　　)。

A. 不成文法大多为习惯法 　　　　 B. 判例法尽管以文字表述,但不能视为成文法

C. 不成文法从来就不构成国家的正式法源 　 D. 中国是实行成文法的国家,没有不成文法

2.关于法律溯及力,下列选项中正确的有(　　　)。

A. 刑事法律若具有溯及力可能导致国家权力的滥用和扩张,也违反正义的原则

B. 法制社会要求法律具有可预测性和确定性,而法不溯及既往原则符合这一要求

C. 在某些现代民事法律中,为了保障公民权利,在一定程度上承认法律有溯及力

D. 法不溯及既往原则属于法律责任的归责原则

3.下列领域的法律中体现执行社会公共事务作用的有(　　　)。

A. 维护人类社会基本生活条件的法律

B. 促进教育、科学和文化发展的法律

C. 确定使用设备、执行工艺的技术规程,规定产品、服务质量标准的法律

D. 维护生产和交换条件的法律

4.当代中国法律适用的原则包括以下(　　　)。

A. 公民在法律面前一律平等 　　　 B. 合理判断、科学裁决

C. 司法机关依法独立行使职权 　　 D. 以事实为根据、以法律为准绳

5.下列关于法的阶级本质的表述中,哪些体现了马克思主义法学关于法的本质的学说?(　　　)

A. 一国的法在整体上是取得胜利并掌握国家政权的统治阶级的意志的体现

B. 历史上所有法律仅仅是统治阶级意志的体现

C. 法的本质根源于物质生活关系

D. 法所体现的统治阶级的意志是统治阶级内部各党派、集团及每个成员意志的相加

参考答案及解析

一、单项选择题

1.B【解析】《中华人民共和国立法法》第六十四条规定,地方性法规可以就下列事项做出规定:①为执行法律、行政法规的规定,需要根据本行政区域的实际情况做具体规定的事项;②属于地方性事务需要制定地方性法规的事项。故选择B选项。A、C、D选项属于宪法和法律规定的事项。

2.C【解析】法律生效有以下几种方式:①自法律颁布之日起生效;②法律本身规定具体生效的时间;

③由另外的专门决定规定法律生效的时间;④规定法律颁布后的一定时间后生效。不管以何种方式,法律都要明确规定实施日期。法的效力的指向是未来而不是过去。

3.C【解析】《中华人民共和国立法法》第三条规定,立法应当遵循宪法的基本原则,以经济建设为中心,坚持社会主义道路、坚持人民民主专政、坚持中国共产党的领导、坚持马克思列宁主义毛泽东思想邓小平理论,坚持改革开放。据此,我国的立法必须以宪法为依据,任何法律、行政法规都不得与宪法相抵触。

4.C【解析】法的默示的废止,即在适用法律中新法与旧法出现冲突时,适用新法而使旧法事实上被废止。从理论上讲,立法机关有意废止某项法律时,应当是清楚而明确的。如果出现立法机关所立新法与旧法发生矛盾的情况,应当按照"新法优于旧法""后法优于前法"的办法解决矛盾,旧法因此被新法"默示废止"。

5.D【解析】《立法法》第86条第1款第(二)项规定,地方性法规与部门规章之间对同一事项的规定不一致,不能确定如何适用时,由国务院提出意见,国务院认为应当适用地方性法规的,应在该地方适用地方性法规的规定;认为应当适用部门规章的,应当提请全国人民代表大会常务委员会裁决。由此可知,本题的答案为D。

二、多项选择题

1.CD【解析】按照法的创制和表达形式的不同,法可以分为成文法与不成文法。成文法是指由特定国家机关制定和公布,以文字形式表现的法,故又称制定法;不成文法是指由国家认可的不具有文字表现形式的法。不成文法主要为习惯法,故A选项正确,不选。在判例法国家,往往编纂有判例集,是文字表述,但它是法院的判决,并非立法机关依法定程序制定和公布的,不能把它视为成文法,故B选项正确,不选。在法产生和发展的早期,法的渊源大多表现为习惯法,尤其在英美法系国家中,判例法至今仍是重要的法律渊源,因此,C选项错误,当选。我国虽然是成文法国家,但是也存在习惯法,各民族特别是少数民族的习惯与现行法律、法规和社会公共利益是不相抵触的,经国家认可部分就成为法的正式渊源,故D选项错误,当选。

2.ABC【解析】法的溯及力是指法律生效后对其生效以前的行为是否有效,如果有效,则该法具有溯及力;如果无效,则该法无溯及力。溯及既往型法律是荒谬的,因为它用今天的规则来要求人们昨天的行为。在溯及既往型法律之下,人们在做出行为的时候根本无法预计会产生什么样的后果,这在一定程度上会破坏法律的可预测性和确定性,如果刑事法律允许有害溯及,则会造成国家权力的滥用。但是如果新的法律明显对保护公民的权利有利,则一般是允许的,这种情况一般发生在民事法律中。法不溯及既往属于法的时间效力问题,不属于法律的归责原则。

3.ABCD【解析】法在社会公共事务方面发挥的作用,体现在维护人类社会的基本生活条件的法律,促进教育、科学和文化发展的法律,确定使用设备、执行工艺的技术规程,规定产品、服务质量标准的法律,维护生产和交换条件的法律等诸多方面。

4.ACD【解析】当代中国法律适用的原则包括:平等原则,以事实为依据、以法律为准绳原则,司法机关依法独立行使职权原则。

5.AC【解析】马克思主义的法学理论认为,法律是统治阶级或取得胜利并掌握国家政权的阶级的意志的体现。法所体现的统治阶级意志具有整体性。这主要表现在:法所体现的统治阶级意志不是统治阶级内部的各党派、集团以及每个成员的个别意志,也不是它们的简单相加,而是统治阶级的整体意志、共同意志或根本意志。在一定情况下,法的内容不仅反映统治阶级的意志,同时还反映被统治阶级以及统治阶级的同盟阶级的某些要求和愿望。马克思主义的法学理论同时指出,不仅统治阶级意志的内容,而且包括法本身,都是由统治阶级所处的社会物质生活条件所决定的。因此A、C两项正确,而B、D两项错误。

第八章　宪　法

知识结构导读

宪法 ⟨
　宪法概述 ⟨
　　宪法的概念和特征
　　宪法的基本原则和分类
　　我国现行宪法的内容及其制定与修改
　国家机构 ⟨
　　我国的国家机构
　　我国国家机构的组织和活动原则
　国体、政体及国家的基本制度 ⟨
　　国家性质
　　国家的政体
　　我国的基本制度
　　我国的基本经济制度
　　我国的政党制度
　公民的基本权利和义务 ⟨
　　公民基本权利和义务及其概念与特征
　　我国公民的基本权利
　　我国公民的基本义务

考点内容精讲

第一节　宪法的概述

一、宪法的概念和特征

(一)宪法的概念

宪法是确立国家制度和社会制度的基本原则与政策,是调整公民权利与国家权力之间基本关系的国家根本法。宪法在国家统一的法律体系中处于核心的地位,是依法治国的基础和前提,是国家的根本大法。

(二)宪法的特征

1.宪法是国家的根本大法

(1)在内容上,宪法规定国家最根本、最重要的问题,例如国家的性质、政权组织形式和结构形式、公民的基本权利和义务、国家机构组织及其职权等。宪法具有国家总章程的意义。

(2)在效力上,宪法的法律效力最高,在国家法律体系中处于最高的法律地位。宪法的最高法律效力表现在两方面:一方面,宪法是制定普通法律的依据,一切法律等都不得同宪法相抵触;另一方面,宪法是一切国家机关、社会团体和全体公民的最高行为准则。

(3)在制定和修改程序上,宪法比其他法律更加严格。首先,制定和修改宪法的机关往往是特别成立的,而非普通立法机关;其次,通过、批准宪法或者其修正的程序严于普通法律,一般要求由制宪机关或者国家立法机关成员的2/3以上或3/4以上的多数表决通过才能颁布施行,而普通法律只要立法机关成员的过半数通过即可。我国宪法的修改,由全国人大常委会或1/5以上的全国人民代表大会代表提议,并由全国人大以全体代表2/3以上的多数通过。

2.宪法是公民权利的保障书

之所以说"宪法是公民权利的保障书",是因为:①宪法是民主政治的法律化;②宪法是对民主政治的保障;③宪法具有鲜明的阶级性,集中体现各种政治力量的对比关系;④宪法规范国家权力,保障公民权利。这四点不仅是宪法区别于其他部门法的重要特征,同时也是宪法本质属性的体现。

二、宪法的基本原则和分类

(一)基本原则

我国现行宪法的基本原则主要有:人民主权原则;基本人权原则;权力制约原则;法治原则。

(二)宪法的分类

(1)成文宪法与不成文宪法。成文宪法是指具有统一法典形式的宪法;不成文宪法则是不具有统一法典的形式,而是散见于多种法律文书、宪法判例和宪法惯例的宪法。

(2)刚性宪法与柔性宪法。刚性宪法是指制定、修改的机关和程序不同于一般法律的宪法,成文宪法往往也是刚性宪法;柔性宪法是指制定、修改的机关和程序与一般法律相同的宪法。

(3)钦定宪法、民定宪法和协定宪法。钦定宪法是由君主或以君主的名义制定和颁布的宪法;民定宪法奉行人民主权原则,因而其在形式上强调以民意为依归,以民主政体为价值追求;协定宪法则指由君主与国民或者国民的代表机关联合制定的宪法,往往是阶级妥协的结果。

三、我国现行宪法的内容及制定与修改

(一)新中国宪法的产生与发展

1949年9月29日,中国人民政治协商会议第一届全体会议通过的《中国人民政治协商会议共同纲领》是起着临时宪法作用的一部重要文件。随后,我国先后颁布了四部宪法:1954年颁布了第一部宪法;1975年颁布了第二部宪法;1978年颁布了第三部宪法;1982年颁布了现行宪法。

(二)现行宪法的内容

现行宪法的主要内容为:①以四项基本原则为总的指导思想;②规定国家在新时期的根本任务;③完善国家机构;④规定精神文明建设;⑤维护法制的统一和尊严;⑥加强民主政治建设,保障公民权利;⑦维

护国家统一和民族团结。

（三）现行宪法的制定与修改

1.我国现行宪法的制定

1949年9月29日,中国人民政治协商会议制定的《中国人民政治协商会议共同纲领》是起临时宪法作用的建国纲领。1954年9月20日,第一届全国人民代表大会第一次会议制定的《中华人民共和国宪法》是我国的第一部宪法。

2.现行宪法的修改

我国现行宪法颁布实施后,共进行了四次修改,分别是:1988年七届全国人大一次会议、1993年八届全国人大一次会议、1999年九届全国人大二次会议和2004年十届全国人大二次会议对宪法进行的修改。

第二节　国家机构

一、我国的国家机构

（一）全国人民代表大会（下文简称"全国人大"）

1.性质和地位

全国人大是全国人民行使国家权力的最高机关,又是行使国家立法权的机关。作为最高国家权力机关的全国人大,是国家权力的最高体现者。

2.组成和任期

全国人大由省、自治区、直辖市、特别行政区和军队代表组成。

全国人大每届任期为5年。在任期届满的前2个月,全国人大常委会必须完成下届全国人大代表的选举工作。如果遇到不能进行选举的非常情况,由全国人大常委会以全体委员2/3以上的多数通过,可以推迟选举,延长本届全国人大的任期,但在非常情况结束后1年以内,全国人大常委会必须完成下届全国人大代表的选举。

3.主要职权

(1)修改宪法、监督宪法的实施。

(2)制定和修改基本法律。

(3)组织选举其他国家机关。

(4)决定国家的重大事项。

(5)罢免其他中央国家机关组成人员。

(6)应行使的其他职权。

（二）全国人民代表大会常务委员会

1.性质和地位

全国人大常委会是全国人大的常设机关,也是行使国家立法权的机关。全国人大常委会与全国人大是隶属关系。

2.组成和任期

全国人大常委会必须服从全国人大。它是由委员长、副委员长若干人、秘书长和委员若干人组成的,这些组成人员由每届全国人大第一次会议选举产生,他们不得担任国家行政机关、审判机关和检察机关的职务。全国人大常委会的任期与全国人大相同,即5年。但全国人大常委会与全国人大在任期结束的时间上又略有不同,下届全国人大第一次会议开始时,上届全国人大的任期即告结束;上届全国人大产生的常委会则须在下届全国人大常委会产生后才能结束,他们要负责召集下一届全国人大第一次会议。常委会的委员长、副委员长、秘书长和委员可以连选连任,但委员长、副委员长连续任职不得超过两届。

3.主要职权

(1)宪法和法律的解释权。

(2)宪法实施的监督权。

(3)制定和修改除由全国人大制定的法律以外的其他法律。

(4)对其他国家机关工作的监督权。

(5)对其他国家机关人员的人事任免权。

(6)对国家生活中重要问题的决定权。

(7)全国人民代表大会授予的其他权利。

(三)国家主席

1.性质和地位

国家主席是我国国家机构的重要组成部分,属于我国最高国家权力机关的范畴。国家主席不是握有一定国家权力的个人,而是一种国家机关。中华人民共和国主席对外代表国家。

2.产生方法和任期

国家主席、副主席由全国人大选举产生。当选国家主席和副主席的基本条件:一是政治方面的条件,即必须是有选举权和被选举权的中华人民共和国公民;二是年龄方面的条件,即必须年满45周岁。中华人民共和国主席与副主席的任期均为5年,连任不得超过两届。

3.主要职权

(1)根据全国人大和人大常委的决定,公布法律、发布赦令、宣布进入紧急状态、宣布战争状态、发布动员令。

(2)根据全国人大常委的决定,任免国务院的组成人员和驻外全权代表,批准和废除同外国缔结的条约和重要协定。

(3)代表国家进行国事活动,接待外国使节。

(4)荣典权。

(5)根据全国人大及人大常委会授权应行使的其他权利。

(四)国务院

1.性质和地位

中华人民共和国国务院,即中央人民政府,是最高国家权力机关的执行机关,是最高国家行政机关。由于国务院是由最高国家权力机关产生的,因此必须对全国人大及其常委会负责并报告工作。

2.组成和任期

国务院由总理、副总理若干人,国务委员若干人,各部部长,各委员会主任,审计长,秘书长组成。国务院每届任期5年,总理、副总理、国务委员连任不得超过两届。

3.主要职权

(1)行政立法权。

(2)行政管理权。

(3)行政区划管理权。

(4)社会管理权。

(5)议案权(最重要的是法律议案)。

(6)领导和管理经济与城乡建设权。

(7)行使全国人大及其常委会授予的其他职权。

(五)中央军事委员会

1.性质和地位

中华人民共和国中央军事委员会领导全国武装力量,是全国武装力量的最高领导机关。实行主席负责制,由主席向全国人大及其常委会负责。

2.组成和任期

中央军事委员会由主席、副主席若干人、委员若干人组成。中央军事委员会每届任期5年。

(六)人民法院和人民检察院

1.性质和地位

人民法院是国家审判机关,依法独立行使审判权。人民检察院是国家法律监督机关,依法独立行使检察权。

2.组成和任期

我国设立最高人民法院、地方各级人民法院和军事法院等人民法院。地方各级人民法院包括基层人民法院、中级人民法院和高级人民法院。专门人民法院包括军事法院、海事法院、森林法院、铁路运输法院等。我国设立最高人民检察院、地方各级人民检察院、军事检察院等人民检察院。地方各级人民检察院包括:①省、自治区、直辖市人民检察院;②省、自治区、直辖市人民检察院分院,自治州和设区的市人民检察院;③县、不设区的市、自治县和市辖区人民检察院。专门人民检察院包括军事检察院、铁路运输检察院等。最高人民法院院长和最高人民检察院检察长的任期都为5年,且连任不得超过两届。

3.领导体制

最高人民法院是最高审判机关,监督地方各级人民法院和专门人民法院的审判工作,上级人民法院监督下级人民法院的工作。

人民检察院实行双重领导制。最高人民检察院对全国人大及其常委会负责,并领导地方各级人民检察院和专门人民检察院的工作;地方各级人民检察院对产生它的国家权力机关和上级人民检察院负责,并接受上级人民检察院的领导。

二、我国国家机构的组织和活动原则

国家机构是国家为实现其职能而建立起来的国家机关的总和。国家机构的组织和活动原则是:①民主集中制原则;②社会主义法治原则;③分工和协调原则;④责任制原则;⑤精简和效率原则;⑥联系群众,为人民服务的原则。

第三节　国体、政体及国家的基本制度

一、国家性质

(一)我国国体的内容

国家性质即国体,是指国家的阶级本质。我国的国体是工人阶级领导的以工农联盟为基础的人民民主专政的社会主义国家。

(二)我国国体的特点

(1)工人阶级的领导是人民民主专政的根本标志。

(2)工人阶级领导下的工农联盟是人民民主专政的阶级基础。

(3)人民民主专政是对人民民主和对敌人专政的结合。

(4)爱国统一战线是人民民主专政的重要特色。

二、国家的政体

(一)国家政体的概念

政权组织形式即政体,是指特定社会的统治阶级采取何种原则和方式去组织反对敌人、保护自己、治理社会的政权机关。

(二)我国的政体

我国的政体是人民代表大会制度。人民代表大会制度是指拥有国家权力的我国人民根据民主集中制原则,通过民主选举组成全国人民代表大会和地方各级人民代表大会,并以人民代表大会为基础,建立全部国家机构,对人民负责,受人民监督,以实现人民当家做主的政治制度。人民代表大会制度是我国的根本政治制度。

1.人民代表大会制度的内涵

(1)全国人民代表大会和地方各级人民代表大会都由民主选举产生,对人民负责,受人民监督。民主选举是民主集中制的基础,也是人民代表大会的首要特征。

(2)国家行政机关、审判机关、检察机关都由人民代表大会产生,对它负责,受它监督。

(3)中央和地方的国家机构职权的划分遵循在中央的统一领导下,充分发挥地方的主动性、积极性的原则。

(4)人民代表大会及其常委会集体行使职权,按照少数服从多数的原则民主决定问题。

2.人民代表大会制度的组织原则

人民代表大会制度的组织原则是民主集中制,其主要包括以下三方面内容。

(1)人大是代表人民行使国家权力的机关,由选举产生,对人民负责,受人民监督,这表明人大具有民意基础。

(2)其他机关由人大产生,对人大负责,受人大监督,这表明它们也具有民意基础。

(3)中央和地方机构职权划分的原则是遵循在中央的统一领导下,充分发挥地方的积极性和主动性的原则。

三、我国的基本制度

(一)国家结构形式

1.国家结构形式的概念

国家结构形式是指国家按照一定的原则,在其领土范围内划分区域,调整国家整体与组成部分之间相互关系的制度。

2.国家结构的分类

现代国家的结构形式主要有两大类:单一制和复合制。

(1)单一制。是指由若干普通地方或自治地方组成主权国家的结构形式,其基本特征如下。

①国家整体与组成部分之间是中央与地方的关系。

②各组成部分不可分离。

③全国只有一部宪法。

④公民只有一种国籍。

⑤国家是唯一的国际法主体,享有完全独立的国家主权。

(2)复合制。是指由两个或两个以上的成员国联合组成联盟国家或国家联盟的结构形式,分为邦联和联邦两种形式。邦联是几个独立的国家基于共同目的结成的比较松散的国家联合体,邦联不是完全意义上的国家;联邦是由两个以上的成员国(州、邦、共和国等)组成的复合制国家。

(二)我国的国家结构形式——单一制

我国单一制的国家结构形式大致可分为三种。

1.普通的地方制度

在各级地方按行政区划分设立各级政权机关。各级地方国家行政机关、审判机关、检察机关都由本级人民代表大会产生,对它负责,受它监督。中央和地方国家机构职权的划分,遵循在中央的统一领导下,充分发挥地方的主动性、积极性的原则。

2.民族自治地方实行的民族区域自治制度

在国家统一领导下,在各少数民族聚居的地方,设立自治机关,行使自治权。各民族自治地方的自治机关不仅行使宪法规定的地方国家机关的职权,同时依照宪法、民族区域自治法和其他法律规定的权限行使自治权。

3.特别行政区实行的高度自治制度

根据"一国两制"的构想,特别行政区是我国的一级地方行政区域,直辖于中央人民政府。在特别行政区不实行社会主义制度和政策,保持原有的资本主义制度和生活方式50年不变。

四、我国的基本经济制度

我国《宪法》第六条第二款规定了,国家在社会主义初级阶段坚持公有制为主体、多种所有制经济共同发展的基本经济制度。坚持和完善社会主义初级阶段的基本经济制度,必须坚持与时俱进,进一步搞好所有制结构调整。一方面,必须毫不动摇地巩固和发展公有制经济;另一方面,必须毫不动摇地鼓励、支持和引导非公有制经济发展。

五、我国的政党制度

(一)共产党领导的多党合作和政治协商制度

中国共产党领导的多党合作和政治协商制度是我国的一项基本政治制度,是我国政治制度的特点和优点,是一种符合中国国情的社会主义政党制度,并将长期存在和发展。这一制度包括:①中国共产党是中国社会主义的领导核心,是执政党;②各民主党派是各自所联系的社会主义劳动者和爱国者的政治联盟,是接受中国共产党领导的,同中国共产党通力合作,共同致力于社会主义事业的亲密友党,是参政党;③坚持四项基本原则是中国共产党同各民主党派合作的政治基础;④"长期共存、互相监督、肝胆相照、荣辱与共"是中国共产党与各民主党派合作的基本方针;⑤参政议政和互相监督是多党合作的主要内容;⑥以坚持社会主义初级阶段的基本路线,把我国建设成为富强、民主、文明的社会主义现代化国家和统一祖国、振兴中华为中国共产党和各民主党派的共同目标;⑦以宪法为多党合作的根本活动准则。

(二)爱国统一战线

1.爱国统一战线的构成

(1)以工人、农民、知识分子为主体的全体社会主义劳动者、社会主义事业的建设者、拥护社会主义的爱国者所组成的以社会主义为政治基础的政治联盟,这个政治联盟是爱国统一战线的主体。

(2)广泛团结台湾同胞、港澳同胞、海外侨胞,以拥护祖国统一为政治基础的联盟,这个联盟是现阶段爱国统一战线的重要组成部分,是爱国统一战线在新时期的重大发展。

2.爱国统一战线的组成形式

中国人民政治协商会议(简称人民政协)是我国爱国统一战线的组成形式。政治协商会议不属于国家机构,也不同于人民团体,它是爱国统一战线的组织。它的主要职能是政治协商、民主监督。

第四节　公民的基本权利和义务

一、公民基本权利和义务的概念及特征

所谓公民的基本权利和基本义务,又称宪法权利和宪法义务,是指由宪法规定的公民享有的最主要的权利和履行的最主要的义务。

与公民的一般权利和义务相比,公民基本权利和义务具有以下特征。

(1)它决定着公民在国家中的法律地位。

(2)它是公民在社会和国家生活中最主要、最根本和不可缺少的权利和义务。

(3)它能派生出公民的一般权利和义务。

(4)它具有稳定性和排他性,与公民资格不可分,与公民的法律平等地位不可分。

二、我国公民的基本权利

(一)公民在法律面前一律平等

宪法规定,中华人民共和国公民在法律面前一律平等。这一规定有以下三层含义。

(1)任何公民都平等地享有宪法和法律规定的权利,同时平等地履行法定义务。

(2)国家机关在适用法律时,对于任何人的保护或惩罚都是平等的。

(3)任何组织或个人都不得有超越宪法和法律的特权。

(二)公民参与政治生活方面的权利和自由

政治权利和自由是公民作为国家政治主体而依法享有的参加国家政治生活的权利和自由。公民的基本政治权利有:①选举权和被选举权,凡年满18周岁的中华人民共和国公民都有选举权和被选举权,但依法被剥夺政治权利的人除外;②言论、出版、集会、结社、游行、示威的自由。

(三)宗教信仰方面的自由

宗教信仰自由是公民依据内心的信念自愿信仰宗教的自由。宗教信仰不受非法干涉,任何国家机关、社会团体、个人不得歧视信仰或不信仰宗教的公民。

国家保护正常的宗教活动,宗教活动必须依法进行:①任何人不得利用宗教进行破坏社会秩序、损害公民身体健康、妨碍国家教育制度的活动;②宗教团体和宗教事务不受外国势力的支配。

(四)人身自由

公民的人身自由包括:①人身自由不受侵犯;②人格尊严不受侵犯;③住宅不受侵犯;④通信自由和通信秘密受法律的保护。人身自由是公民具体参加各种社会活动和实际享有其他权利的前提,也是保持和发展公民个性的必要条件。

(五)社会经济权利

公民的社会经济权利主要包括:①财产权;②劳动权(同时也是基本义务);③休息权;④退休人员的生活保障和社会保障权,以及年老、疾病或丧失劳动能力情况下获得物质帮助的权利等。

(六)文化教育权利

公民的文化教育权利主要包括:①受教育权(同时也是基本义务);②进行科学研究、文学艺术创作和其他文化活动的自由。

(七)监督权和取得国家赔偿权

公民的监督权和取得国家赔偿权主要包括:①批评建议权;②申诉权;③控告检举权;④在国家权力侵犯公民权利而受到损失时,公民享有取得国家赔偿的权利。

(八)特定人的权利

(1)实行男女平等,保护妇女的权利和利益。

(2)保护婚姻、家庭、母亲、儿童和老人。

(3)保障残废军人、军烈属的权利。

(4)照顾残疾公民。

(5)保护华侨、归侨和侨眷的合法权利和利益。

三、我国公民的基本义务

(一)主要基本义务

(1)维护国家统一和各民族团结。

(2)遵守宪法和法律,保守国家秘密,爱护公共财产,遵守劳动纪律,遵守公共秩序,尊重社会公德。

(3)维护祖国的安全、荣誉和利益。

(4)保卫祖国、抵抗侵略,依法服兵役和参加民兵组织。

(5)依法纳税。

(二)其他义务

(1)夫妻双方实行计划生育。

(2)父母抚养教育未成年子女。

(3)成年子女赡养扶助父母。

经典真题专家点评

1.(2011年中央)下列关于我国人大代表选举的表述,不正确的是(　　)。

A.1953年通过的选举法规定,全国人大代表的选举,各省按每80万人选代表1人,直辖市和人口在50万以上的直辖市按每10万人选代表1人

B.1979 年修订的选举法规定,自治州、县、自治县人大代表中,农村每一代表所代表的人口数 4 倍于镇每一代表所代表的人口数,省、自治区人大为 5∶1,全国人大为 8∶1

C.1995 年修改的选举法规定,省、自治区和全国人大代表中,农村每一代表与城市每一代表所代表的人口数为 4∶1,自治州、县、自治县仍是 4∶1

D.2010 年修改的选举法规定,全国人民代表大会代表名额,按照每一代表所代表的城乡人口数 2∶1 的原则,以及保证各地区、各民族、各方面都有适当数量代表的要求进行分配

【专家点评】本题答案为 D。2010 年修改的选举法规定:"全国人民代表大会代表名额,由全国人民代表大会常务委员会根据各省、自治区、直辖市的人口数,按照每一代表所代表的城乡人口数相同的原则,以及保证各地区、各民族、各方面都有适当数量代表的要求进行分配。"D 项表述错误。

2.(2010 年中央)下列关于我国上下级部门之间的关系的说法正确的是(　　)。

A.上下级人民政府之间是领导与被领导的关系

B.上下级人民政府部门之间是业务指导与被指导的关系

C.上下级人民代表大会之间是领导与被领导的关系

D.上下级人民法院之间是领导与被领导的关系,上下级人民检察院之间是监督与被监督的关系

【专家点评】本题答案为 A。我国上下级政府部门之间也是领导与被领导的关系;上下级人民代表大会之间是监督与被监督的关系;上下级法院之间是监督与被监督的关系,上下级检察院之间是领导与被领导的关系。

单元同步训练

一、单项选择题

1.我国宪法规定了公民的基本权利和义务,公民在法律面前一律平等。下列关于我国公民基本权利的表述中,不正确的是(　　)。

A.国家培养和选拔妇女干部,实行男女同工同酬

B.年满 18 周岁,未被剥夺政治权利的中国公民均享有选举权和被选举权

C.社会、经济、文化教育方面的权利不包括公民年老、疾病、丧失劳动能力时的物质帮助权

D.国家保护华侨的正当权益,保护归侨和侨眷的合法权益

2.在我国,"公民"一词的含义是指(　　)。

A.年满 18 周岁具有我国国籍的人　　　　B.具有我国国籍的人

C.享有政治权利的人　　　　D.出生在我国的人

3.在全国人大闭会期间,全国人大常委会根据国务院总理的提名,有权决定的人选不包括(　　)。

A.秘书长　　　　B.审计长

C.财政部部长　　　　D.国务委员

4.根据我国有关法律的规定,下列行为中不合法的是(　　)。

A.某乡人民代表大会选举产生乡会、副乡会

B.国务院某部门制定规章设定行政许可

C.国务院发布《关于加强市县政府依法行政的决定》

D.全国人民代表大会常务委员会批准 2008 年中央预算调整方案

5.下列机构中,有权依法制定政府规章的是(　　)。

A.某直辖市人民代表大会

B. 某省人民政府的工作部门

C. 某自治区人民代表大会常务委员会

D. 某省人民政府所在地的市人民政府

二、多项选择题

1. 下列关于全国人民代表大会常务委员会的表述中,正确的有( )。

A. 全国人民代表大会常务委员会有权解释宪法,监督宪法的实施

B. 全国人民代表大会常务委员会对全国人大负责并报告工作

C. 全国人大常委会的组成人员不得担任国家行政机关、审判机关和检察机关的职务

D. 全国人大常委会批准省、自治区和直辖市的建置

2. 下列属于国务院职权的是( )。

A. 制定行政法规

B. 批准省、自治区、直辖市的建置和区域划分

C. 决定个别省、自治区、直辖市的戒严

D. 向全国人大或全国人大常委会提出议案

3. 下列选项中属于我国中央国家机关的有( )。

A. 全国人民代表大会 B. 公安部

C. 中华人民共和国主席 D. 中国人民政治协商会议

4. 某县人民法院审理一起民事案件过程中,要求县移动通信营业部提供某通信用户的电话详单。根据我国宪法的规定,下列说法正确的是( )。

A. 用户电话详单属于宪法保护的公民通信秘密的范围

B. 县人民法院有权要求县移动通信营业部提供任何移动通信用户的电话详单

C. 县移动通信营业部有义务保护通信用户的通信自由和通信秘密

D. 县人民法院有权检查任何移动通信用户的电话详单

5. 依照《香港特别行政区基本法》的规定,特别行政区的行政长官对以下哪些部门负责?( )

A. 中央人民政府 B. 全国人民代表大会

C. 特别行政区 D. 全国人民代表大会常务委员会

参考答案及解析

一、单项选择题

1. C【解析】《中华人民共和国宪法》第四十五条规定,中华人民共和国公民在年老、疾病或者丧失劳动能力的情况下,有从国家和社会获得物质帮助的权利。国家发展为公民享受这些权利所需要的社会保险、社会救济和医疗卫生事业。所以 C 选项错误,社会、经济、文化教育方面的权利应当包括公民年老、疾病、丧失劳动能力时的物质帮助权。

2. B【解析】公民,是指具有一个国家的国籍,根据该国的法律规范享有权利和承担义务的自然人。

3. D【解析】《中华人民共和国宪法》第六十七条第九项规定,在全国人民代表大会闭会期间,根据国务院总理的提名,决定部长、委员会主任、审计长、秘书长的人选。

4. B【解析】行政许可,是指行政机关根据公民、法人或者其他组织的申请,经依法审查,准予其从事特定活动的行为。依据行政许可法规定,只有全国人民代表大会及其人大常委会、国务院、省/自治区/直辖市的人大或人大常委会以及同级的人民政府才可以设立行政许可事项,而且省/自治区/直辖市设立的行

政许可事项有效期只有一年,如果满一年需要继续施行的,必须提请同级的人大机关立法通过才可以。国务院各部委无权设立行政许可,B选项错误。

5.D【解析】《中华人民共和国立法法》第七十三条规定,省、自治区、直辖市和较大的市的人民政府,可以根据法律、行政法规和本省、自治区、直辖市的地方性法规制定规章。

二、多项选择题

1.ABC【解析】本题A、B、C选项关于全国人民代表大会常务委员会的表达正确,D选项表达错误。批准省、自治区和直辖市的建置属于全国人民代表大会的重要职权。

2.AD【解析】全国人民代表大会有权批准省、自治区和直辖市的建置,因此B选项是错误的。《中华人民共和国宪法修正案(四)》已经把"决定省、自治区、直辖市的范围内部分地区的戒严"修改为"依照法律法规规定决定省、自治区、直辖市的范围内部分地区进入紧急状态",所以已经没有C选项的说法,故错误。

3.AC【解析】中央国家机构包括:全国人民代表大会及其常务委员会、国家主席、国务院、中央军事委员会、最高人民法院和最高人民检察院。地方国家机构包括:地方各级人民代表大会及其常务委员会、地方各级人民政府、地方各级人民法院和地方各级人民检察院,以及特别行政区的各种地方国家机关。

4.AC【解析】通信自由和通信秘密是宪法规定的公民的一项基本权利,受法律保护。电话详单属于通信秘密的范畴,应当得到其他机关和个人的尊重,相关主体有义务保护公民的这项基本权利。故A、C正确。除非因国家安全或者追查犯罪的需要,由公安机关或者检察机关依照法律规定的程序对通信进行检查外,任何组织或者个人不得以任何理由侵犯公民的通信自由和通信秘密。对公民通信自由和通信秘密进行限制时,都有主体、原因、程序等方面的条件要求,因此B、D说法错误。

5.AC【解析】见《香港特别行政区基本法》第43条第2款,《澳门特别行政区基本法》第45条第2款,特别行政区行政长官对中央人民政府及特别行政区负责。

第九章 刑　法

知识结构导读

刑法
- 刑法概述
  - 刑法的概念和渊源
  - 刑法的分类和特点
  - 刑法的基本原则
  - 刑法的效力
- 犯罪
  - 犯罪的概念
  - 犯罪的特征
  - 犯罪的主体和客体
  - 犯罪的主观方面和客观方面
- 共同犯罪和单位犯罪
  - 共同犯罪的概念及种类
  - 不构成共同犯罪的几种情形
  - 单位犯罪
- 刑罚
  - 刑罚概述
  - 量刑制度
  - 刑罚的执行
- 犯罪的预备、既遂、未遂和中止
  - 犯罪预备
  - 犯罪既遂
  - 犯罪未遂
  - 犯罪中止
- 正当防卫和紧急避险
  - 正当防卫
  - 紧急避险
  - 正当防卫与紧急避险的比较
- 我国刑法规定的常见犯罪
  - 抢劫罪
  - 盗窃罪
  - 贪污贿赂罪
  - 重大责任事故罪
  - 故意伤害罪

考点内容精讲

第一节　刑法概述

一、刑法的概念和渊源

(一)刑法的概念

刑法是统治阶级为了维护其阶级利益和统治秩序,以国家的名义制定的,关于什么行为是犯罪和对犯罪者适用何种刑罚的法律规范的总称。具体之我国刑法,是指为了维护国家、社会与人民利益,根据工人阶级与广大人民群众的意志,以国家名义颁布的,规定犯罪及其法律后果(主要是刑罚)的法律规范的总和。

(二)刑法的渊源

(1)刑法典。刑法典是国家以刑法名称颁布的,系统规定犯罪及其法律后果的法律。我国1979年颁布的,并以1997年经过修订颁布的《中华人民共和国刑法》,可谓刑法典。

(2)单行刑法。单行刑法是国家以决定、规定、补充规定、条例等名称颁布的,规定某一类犯罪及其法律后果或者刑法的某一事项的法律。现行刑法颁布后,全国人大常务委员会于1998年12月29日颁布的《关于惩治骗购外汇,逃汇和非法买卖外汇犯罪的决定》,是现行有效的单行刑法。

(3)附属刑法。即附带规定于民法、经济法、行政法等非刑事法律中的罪刑规范。

(4)自治地方的省级人民代表大会根据当地民族的政治、经济、民族文化的特点和刑法典的基本原则制定的变通或补充规定,也可谓刑法的渊源。

二、刑法的分类和特点

(一)刑法的分类

1.广义刑法和狭义刑法

广义刑法是指一切规定犯罪、刑事责任和刑罚的法律规范的总和,包括刑法典、单行刑法、附属刑法等。狭义刑法仅指系统规定犯罪与刑罚的一般原则和各种具体犯罪及其刑罚的规范的刑法典。该种分类的依据是刑法规定范围的大小。

2.普通刑法和特别刑法

普通刑法是指效力及于一国领域内任何地区和个人的刑法规范,也就是具有普遍适用效力的刑法,实际上即指刑法典。特别刑法在形式意义上是指国家为弥补现行刑法典的不足而颁布的一切刑法规范,与现行法典相对应。在我国,特别刑法也就是指单行刑法(也就是单行刑事法律,是指针对某种或某一类犯罪而制定的刑事法律,它是为补充、修改刑法典而由最高立法机关颁布的刑法规范)和附属刑法。该种分类的依据是刑法适用范围的大小。

3.单一刑法和附属刑法

单一刑法是指某一法规的内容全部或基本上是刑法规范,包括刑法典、单行刑法、刑法立法解释等。刑法立法解释是国家立法机关对刑法规范的含义所做的说明。附属刑法是指非刑事法律中有关犯罪与刑罚的规定。在附属刑法中,刑法规范不是主要部分。该种分类的依据是法规是否具有独立性。

(二)刑法的特点

(1)刑法是规定犯罪及其法律后果的法律规范,而其他法律规定的都是一般违法行为及其法律后果。

(2)一般部门法都只是调整和保护某一方面的社会关系,而刑法所调整和保护的社会关系相当广泛。

(3)一般部门法对一般违法行为也适用强制方法,但其严厉程度轻于刑法所规定的刑罚。

(4)刑法具有补充性,即只有当一般部门法不能充分保护某种社会关系时,才由刑法保护;只有当一般部门法还不足以抑止某种危害行为时,才能适用刑法。

(5)刑法是其他法律的保障法,即其他法律调整的社会关系和保护的合法权益也都借助于刑法的调整和保护。

三、刑法的基本原则

(一)罪刑法定原则

罪刑法定原则是指犯罪及其刑罚都必须由法律明确规定,法无明文规定不为罪,法无明文规定不处罚。具体内容就是《刑法》第三条的规定,"法律明文规定为犯罪行为的,依照法律定罪处刑;法律没有规定为犯罪行为的,不得定罪处刑。"

(二)平等适用刑法原则

《刑法》第四条规定,"对任何人犯罪,在适用法律上一律平等。不允许任何人有超越法律的特权。"它是我国宪法中"法律面前人人平等"原则在刑法中的体现。平等适用刑法的具体要求是:对刑法所保护的合法权益予以平等的保护;对于事实犯罪的任何人,都必须严格依照法律认定犯罪;对于任何犯罪人,都必须根据其犯罪事实与法律规定量刑;对于被判处刑罚的任何人,都必须严格按照法律的规定执行刑罚。

(三)罪刑相适应原则

《刑法》第五条规定,"刑罚的轻重,应当与犯罪分子所犯罪行和承担的刑事责任相适应。"即犯多大的罪,就应当承担多大的刑事责任,就应当判处轻重相当的刑罚,重罪重罚,轻罪轻罚,罪刑相称,罚当其罪。

四、刑法的效力

(一)刑罚的对人效力

1.对国内公民的效力

(1)我国公民在我国领域内犯罪的,一律适用我国刑法。

(2)我国公民在我国领域外犯罪的,也适用我国刑法。但是按规定最高刑罚为3年以下有期徒刑的,可以不予追究。如果我国的国家工作人员或者军人在我国领域外犯罪的,都要追究其刑事责任。

2.对国外犯的适用原则

(1)属人原则:凡是中华人民共和国国家工作人员和军人的,一律适用我国刑法,其他普通公民,一般适用我国刑法(即原则上都适用我国刑法,但犯轻罪的——法定最高刑为3年以下,可以不予追究)。

(2)保护原则:是针对外国人在国外犯罪的情形。它的适用是有严格条件限制的,即应当同时遵循三个条件:①侵犯的是我国国家或公民的利益;②行为人的行为是重罪(法定最低刑3年以上);③双重犯罪原则(中国刑法和行为地法都认定是犯罪)。

(3)普遍管辖原则。对与中国没有任何关系的国际犯罪,例如战争罪、反人类罪、海盗罪、劫持民用航空器罪等,可适用我国刑法。针对的对象是国际犯罪,而且前面三个管辖原则都不能适用的情形下才有普遍管辖原则适用的余地。对于国际犯罪应根据国际法知识来确认,解决的方式有起诉或引渡。

(二)刑法的地域效力

(1)我国《刑法》第六条规定,"凡在中华人民共和国领域内犯罪的,除法律有特别规定以外,都适用本法。"中华人民共和国领域是指我国国境以内的全部区域,包括领陆、领水和领空。

(2)犯罪的行为或结果有一项发生在我国的,就认为是在中国领域内犯罪,属中国刑罚管辖。具体包括以下三种情况:①犯罪行为与结果都发生在我国领域以内;②犯罪行为发生在我国领域以内,而犯罪结果发生在我国领域以外;③犯罪行为发生在我国领域以外,而犯罪结果发生在我国领域以内。

(3)凡在我国船舶或者航空器内、驻外大使馆、公使馆和总领事馆内犯罪的,也适用我国刑法。

(三)刑法的时间效力

刑法时间效力主要解决的是刑法在何时生效、在何时失效以及对其生效前的行为有无追溯效力,但最主要的是刑法的溯及力问题。

1.刑法(包括修正案)的溯及力

刑法时间效力采用"从旧兼从轻"规则。首先,要考虑的是适用旧法,即行为当时的法律规定;其次,当新旧法规定不同时,适用新法的基本条件是其处刑较轻或不认为是犯罪,即轻法可以溯及既往,且处刑轻重的比较应当以法定刑轻重为依据;再次,刑法溯及力适用的对象只能是未决犯(即未决的案件),对于已决犯则不适用。

2.刑法的生效时间

刑法的生效时间为从刑法公布之日起生效或公布之后经过法律规定的一段时间再生效。刑法的失效方式有自行失效和国家立法机关明确宣告失效两种。

第二节　犯　罪

一、犯罪的概念

我国《刑法》第十三条对犯罪的概念定义为:一切危害国家主权、领土完整和安全,分裂国家、颠覆人民民主专政的政权和推翻社会主义制度,破坏社会秩序和经济秩序,侵犯国有财产或者劳动群众集体所有的财产,侵犯公民私人所有的财产,侵犯公民的人身权利、民主权利和其他权利,以及其他危害社会的行为,依照法律应当受刑罚处罚的,都是犯罪,但是情节显著轻微危害不大的,不认为是犯罪。犯罪具有社会危害性、刑事违法性和应受惩罚性三个基本特征。

二、犯罪的特征

犯罪有三个特征,即具有社会危害性、刑事违法性和应受惩罚性。

1.社会危害性

这是犯罪的最本质或最基本的特征,指行为人通过作为或者不作为的行为对社会造成一定危害,即《刑法》第13条所列举的对国家利益、公共利益、集体利益以及公民合法权益的侵犯性。刑法规定了"情节显著轻微危害不大的,不认为是犯罪",这表明一种行为只有严重侵犯了刑法保护的社会关系时,才可能构成犯罪。

2.刑事违法性

刑事违法性又称刑法的禁止性,即犯罪行为是违反刑法的行为。

3.应受惩罚性

犯罪是依照刑法规定应当受到刑罚处罚的行为。应受到刑罚的惩罚,是犯罪必不可少的特征。这一特征是由犯罪的社会危害性和刑事违法性延伸出来的法律后果,如果法律确定某种行为是犯罪,但不规定刑罚,这就失去了实际意义,不会产生社会效果。

三、犯罪的主体和客体

在我国刑法中,犯罪构成是指我国刑法规定的,决定某一行为的社会危害性及其程度而为该行为构成犯罪所必需的一切主观要件与客观要件的有机统一。

(一)犯罪主体

犯罪主体是指实施了危害社会的行为,并依法应当承担刑事责任的人和单位。

1.自然人犯罪

根据我国刑法规定,自然人成为犯罪主体必须具备以下条件:①实施了危害社会行为的自然人;②达到法定刑事责任年龄的人;③具有刑事责任能力的人。

刑事责任年龄是刑法所规定的,行为人对自己的犯罪行为承担刑事责任必须达到的年龄。我国刑法规定:①不满14周岁的人完全不负刑事责任;②已满14周岁不满16周岁的人,由于处于相对负刑事责任年龄,只对犯故意杀人、故意伤害致人重伤或者死亡、强奸、抢劫、贩卖毒品、放火、爆炸、投毒罪,承担刑事责任;③已满14周岁不满18周岁的人犯罪,由于处于减轻刑事责任年龄,应当从轻或者减轻处罚;④已满16周岁的人,对于一切犯罪行为都应负刑事责任,这是完全负刑事责任年龄。

2.单位犯罪

单位犯罪是指公司、企业、事业单位、机关、团体实施的法律规定为单位犯罪的危害社会的行为。需要注意区分的是个人以单位名义谋取个人利益的行为是个人犯罪,而并非单位犯罪。但如果是单位集体或单位领导人决定,由单位内部人员具体实施的犯罪行为应为单位犯罪。根据刑法规定,单位犯罪必须具备以下条件:①单位实施的犯罪行为必须是我国法律明文禁止单位实施的那些危害社会的行为;②单位犯罪的主体必须是公司、企业、事业单位、机关或团体;③单位犯罪的主观方面必须有为本单位谋取非法利益的故意,并且做出犯罪决定的是单位集体或者单位负责人。

(二)犯罪客体

犯罪客体具体是指我国刑法所保护而为犯罪行为所侵害的社会关系。它是构成犯罪的必备要件之一。

1.犯罪的一般客体

犯罪的一般客体,亦称犯罪的共同客体,是指一切犯罪所共同侵害的客体。在我国,犯罪的一般客体就是刑法所保护的作为整体的社会主义社会关系。犯罪的一般客体揭示了一切犯罪的共同本质,说明了犯罪社会危害性的社会政治属性及我国刑法同犯罪作斗争的必要性。

2.犯罪的同类客体

犯罪的同类客体,是指某一类犯罪所共同侵犯的客体,即刑法所保护的社会主义社会关系的某一部分或者某一方面。例如,危害国家安全罪的同类客体是国家主权、领土完整和安全等;侵犯财产罪的同类客体是公、私财产关系等。我国刑法按照犯罪的同类客体把社会上形形色色的犯罪分为十大类。

3.犯罪的直接客体

犯罪的直接客体,是指某一种犯罪所直接侵犯的具体的社会主义社会关系,即刑法所保护的社会主义社会关系的某个具体部分。直接客体是每一个具体犯罪构成的必要要件,是决定具体犯罪性质的重要因素。

四、犯罪的主观方面和客观方面

(一)犯罪的主观方面

犯罪人对危害行为或结果所持的故意或过失的心理态度。它包括罪过、犯罪动机和犯罪目的三个部分,其中,罪过(也即犯罪故意或犯罪过失)是构成犯罪不可缺少的条件。

1.罪过

(1)犯罪故意

是指行为人明知自己的行为会发生危害社会的结果,并且希望或者放任这种结果发生的一种主观心理态度。故意犯罪的"故意",在我国刑法理论中一般分为"直接故意"和"间接故意"。直接故意,是指行为人明知自己的行为必然或者可能发生危害社会的结果,并且希望这种结果发生的心理状态;间接故意,是指行为人明知自己的行为可能发生危害社会的结果,而放任这种结果发生的心理状态。

犯罪故意的认定必须具备两个要件:一是认识因素,即行为人必须明知自己的行为必然或者可能发生危害社会的结果;二是意志因素,即行为人希望或放任危害结果的发生。

(2)犯罪过失

是指行为人应当预见自己的行为可能发生危害社会的结果,但因为疏忽大意而没有预见,或者已经预见而轻信能够避免,以致发生这种结果的心理态度。刑法对过失犯罪的规定不同于故意犯罪。首先,过失犯罪均以发生危害结果为要件,而故意犯罪并非一概要求发生危害结果;其次,刑法规定"过失犯罪,法律有规定的才负刑事责任","故意犯罪,应当负刑事责任";再次,刑法对过失犯罪规定了较故意犯罪轻得多的法定刑。

犯罪过失又可细分为疏忽大意的过失和过于自信的过失两种。疏忽大意的过失是指应当预见自己的行为可能发生危害社会的结果,但因为疏忽大意而没有预见,以致发生这种结果的心理状态;过于自信的过失是指已经预见自己的行为可能发生危害社会的结果,但轻信能够避免,以致发生这种结果的心理状态。认定疏忽大意过失的关键是确定应当预见的前提与应当预见的内容。过于自信的过失主要看当事人在预见危害结果以后是否过高地估计自己的主观能力,或者不当地估计了现实存在的客观条件对避免危害结果的作用。

(3)意外事件

刑法上所谓的意外事件是指行为人的行为在客观上造成了损害,但在主观上既没有故意也没有过失,而是由于不可抗拒或者不能预见的原因造成的。在意外事件的情况下,行为人不构成犯罪。它与疏忽大意过失的主要不同在于,在疏忽大意的过失中,行为人应当预见也能够预见,但没有预见;在意外事件中,根据行为人的自身状况和当时的环境、条件,不可能预见。

(4)认识错误

刑法上的认识错误包括以下两方面。

①法律上的认识错误。指行为人对自己行为的法律性质有不正确的理解。具体包括:

假想的犯罪,即刑法不定罪,自己认为犯罪;假想的不犯罪,即刑法定罪,自己认为不犯罪;对犯罪性质、刑法轻重的误解。

②事实上的认识错误。指行为人对自己行为时的事实情况有不正确的理解。具体包括:对目标的错

误认识;对犯罪手段的错误认识;对因果关系的错误认识;行为误差的问题。

2.犯罪目的和犯罪动机

犯罪目的是指行为人通过实施危害社会的行为所希望达到的结果。犯罪动机是指行为人实施犯罪的内心起因。目的与动机一般不影响定罪,但对量刑有一定影响,只在个别情况下,目的会影响定罪。

(二)犯罪的客观方面

1.必要要件

危害行为、危害结果以及两者间的因果关系。

2.选择要件

犯罪的时间、地点、方法等。

3.不作为

行为人有义务并且能够实行某种行为,但消极地不去履行这种义务,因而造成严重危害后果的行为是人的一种消极行为。不作为行为有以下几个条件。

(1)行为人负有实施某种行为的特定义务,其主要包括:法律明文规定的义务;职务上或业务上要求履行的义务;由行为人已经实施的行为所产生的责任。由于行为人的行为引起利益处于危险状态,行为人负有防止危害结果发生的义务。

(2)行为人有可能履行这种特定义务。

(3)行为人不履行特定义务而引起危害社会的结果。

纯正的不作为犯罪是指根据法律规定只能由行为人以不作为行为方式来实施的犯罪。不纯正的不作为犯罪是指根据法律规定既可以由行为人以不作为行为方式来实施,也可以由行为人以作为行为方式来实施的犯罪。

第三节　共同犯罪和单位犯罪

一、共同犯罪的概念及种类

(一)共同犯罪概念

共同犯罪是至少两人以上基于共同的故意实施的犯罪。其包含三层含义:①犯罪行为人有两人以上;②实施了共同犯罪行为;③有共同的犯罪故意。

(二)共同犯罪人的种类

在共同犯罪的形式中,由于各个共同犯罪人所处的地位和所起的作用,以及对社会的危害程度不同,刑法把共同犯罪人分为主犯、从犯、胁从犯和教唆犯。主犯是指组织、领导犯罪集团进行犯罪活动或者在共同犯罪中起主要作用的共同犯罪人。主犯包括以下三种:①犯罪集团中的首要分子,即在集团犯罪中起组织、策划、指挥作用的犯罪分子,它具体指犯罪集团的组织者、策划者和指挥者,对于犯罪集团的首要分子,应按集团所犯的全部罪行处罚;②聚众犯罪中的首要分子,即在聚众犯罪中起组织和指挥作用的犯罪分子;③其他在共同犯罪中起主要作用的犯罪分子。从犯是指在共同犯罪中起次要或者辅助作用的共同犯罪人。应当从轻、减轻处罚或者免除处罚。胁从犯是指被胁迫参加犯罪的共同犯罪人,胁从犯在共同犯罪中处于被动地位,罪行也比较轻。教唆犯是指故意唆使他人实施犯罪的共同犯罪人,教唆犯主观上必须有教唆他人实施犯罪的故意。

二、不构成共同犯罪的几种情形

(一)共同过失犯罪行为不构成共同犯罪

即两人以上共同过失犯罪的,不属于共犯,只需根据个人的过失犯罪情况分别负相应的刑事责任即可。

(二)一方故意与一方过失的犯罪行为不构成共同犯罪

两人以上实施共同的危害行为,但罪过形式不同,即一人为故意犯罪,一人为过失犯罪,虽然两人的行为共同导致危害结果的发生,但不属于共同犯罪。具体包括两个方面:一是过失地引起或帮助他人实施故意犯罪;二是故意地教唆或帮助他人实施过失犯罪。此种情况下,也是根据各人的罪过形式和行为形态,分别负相应的刑事责任。

(三)实施犯罪的故意内容不同不构成共同犯罪

不同的罪过内容能够决定行为性质不同。例如,甲、乙共同用木棍打击丙,甲出于杀人的故意,而乙仅出于伤害的故意,结果由于甲打击丙的要害部位而导致丙死亡,此时两人虽有共同的行为,但由于没有共同犯罪故意而不构成共犯关系,甲构成故意杀人罪,乙构成故意伤害罪。如果该罪过内容的不同并不足以影响行为定性,则可以构成共同犯罪。例如,一方出于直接杀人故意,另一方为间接故意,两人共同实施杀人行为的,可以成立故意杀人罪的共犯。

(四)同时犯不构成共同犯罪

同时犯是指没有共同实行犯罪的意思联络,而是在同一时间同一场所实施同一性质的犯罪行为,对此应作为单独犯罪分别论处。

(五)实行过限行为不构成共同犯罪

共犯人超出共同犯罪故意又犯其他罪的,对其他罪只能由实施该种犯罪行为的人独自负责,其他共犯人对此不负刑事责任。

(六)事前无通谋的事后帮助行为不构成共同犯罪

事前无通谋的事后帮助行为主要是指事后窝藏、包庇、窝赃、销赃等行为,对此不构成共同犯罪。因为在事先无通谋、在犯罪实行过程中也无通谋,故缺乏共犯的主观条件,对这种事后帮助行为应单独定罪。

三、单位犯罪

(一)单位犯罪的概念

依据我国刑法规定,单位犯罪是指公司、企业、事业单位以及机关、团体等社会组织,为了给本单位牟取非法利益,或者为了维护本单位的局部利益,经单位集体研究或经单位负责人决定,而故意实施的危害社会的行为,以及不履行法律义务,过失实施的严重危害社会的行为。

(二)单位犯罪的构成

1.单位犯罪的主体

单位犯罪的主体不是单一的,而是单位和自然人的有机结合并共同承担刑事和民事责任。单位犯罪中的单位,应当严格按照《刑法》第30条的规定来衡量,必须做到罪刑法定。其中包括公司、企业、事业单位、机关、团体等。

单位犯罪主体的形式是单位,具体包括以下几种类型。

(1)企业单位。在此不包括私营企业和外商独资企业。

(2)事业单位。

(3)机关。

(4)团体。

2.单位犯罪的客体

单位犯罪所侵害的客体同自然人犯罪所侵害的客体是一致的。根据我国刑法的规定,单位犯罪因犯罪的不同而有所不同,其侵犯的客体主要表现为以下几种。

(1)国家的安全。

(2)社会的公共安全。

(3)社会主义市场经济管理秩序。

(4)公民的人身权利、民主权利。

(5)整个社会的管理秩序。

(6)国家安全及国家利益。

(7)国家机关及其工作人员廉洁从政的正常秩序及公私财物的所有权。

3.单位犯罪的主观方面

单位犯罪的主观方面,是指单位实施犯罪行为时所持的主观心态(包括故意和过失)、目的和动机。

单位犯罪在主观方面要求必须是为本单位牟取非法利益或者维护本单位的局部利益而实施犯罪。如果不是为了单位的利益,而是为了谋取个人的利益以单位的名义实施犯罪行为,则不能构成单位犯罪。

4.单位犯罪的客观方面

单位犯罪的客观方面,是指单位犯罪活动的客观外在表现,包括单位所实施的为刑法所禁止的危害社会的行为和危害社会的后果以及二者之间的关系、犯罪的时间、地点、手段,方法等。单位犯罪在客观方面的行为必须同时具备单位领导的决策行为和直接责任人员的实施行为,否则不能构成单位犯罪。

单位犯罪在客观方面要求,必须是实施了危害社会并且由法律规定为单位犯罪的行为。也就是说,单位所实施的行为如果对社会没有危害性或者是有益的,那么就不能构成单位犯罪;反之,尽管单位实施的行为对社会有危害,但法律没有规定为单位犯罪的,也不能构成单位犯罪。

5.处罚原则

我国刑法对单位犯罪的处罚原则是以双罚制(即对单位和单位直接责任人员均处以刑罚)为主,以单罚制(即只处罚单位或只处罚单位直接责任人员)为辅。

第四节 刑 罚

一、刑罚概述

(一)刑罚的概念

刑罚是统治阶级为了维护本阶级利益和统治秩序,用以惩罚犯罪的一种强制方法。我国的刑罚是由国家最高立法机关在刑法中确立,由人民法院对犯罪人适用并由专门的机构执行的最严厉的强制方法。

(二)刑罚的种类

1.主刑

主刑是指审判机关在对犯罪分子判处刑罚时只能独立适用的主要刑罚方法。主刑的种类主要有五种。

(1)管制。管制是指对罪犯不予关押,但限制其一定的人身自由,由公安机关执行和群众监督改造的刑罚方法。管制的期限为 3 个月到 2 年,数罪并罚不超过 3 年。

(2)拘役。拘役是一种短期内剥夺罪犯自由,就近实行劳动改造的刑罚。期限为 1~6 个月,数罪并罚不超过 1 年。

(3)有期徒刑。有期徒刑是指剥夺罪犯一定期限的自由实行强迫劳动改造的刑罚。有期徒刑的期限为 6 个月到 15 年,数罪并罚不超过 20 年,在刑罚中用得最广泛。

(4)无期徒刑。无期徒刑是指永远地剥夺罪犯的人身自由实行改造的刑罚。

(5)死刑。死刑是最严厉的一种处罚,直接剥夺人的生命。其又分为两种,一种是死刑立即执行,一种是死刑缓期两年执行。死刑缓期执行犯罪人如果两年期限内没有故意犯罪,则两年以后改成无期徒刑;如果两年内不仅没有犯罪,而且还有重大的立功表现的,则可以减为 15 年以上,20 年以下的有期徒刑。

2.附加刑

附加刑的种类包括罚金、没收财产、剥夺政治权利、驱逐出境。其中,剥夺政治权利中的"政治权利"主要包括:选举与被选举权,言论、出版、集会、结社、游行、示威自由的权利,以及考取国家公务员、担当特定国家单位职务的权利;驱逐出境的附加刑仅适用于犯罪的外国人,对中国人是不能适用的。

二、量刑制度

(一)量刑

量刑也称刑罚裁量,指人民法院根据行为人所犯罪行及刑事责任的轻重,在定罪的基础上依法决定对犯罪分子判处刑罚的刑事审判活动。根据我国刑法规定,量刑必须遵守以事实为依据,以法律为准绳的基本原则。

(二)量刑制度

1.累犯

累犯是指受过一定的刑罚处罚,刑罚执行完毕或者赦免以后,在一定的时间内又犯被判处一定刑罚之罪的犯罪分子。累犯分为一般累犯和特殊累犯两种。

一般累犯,是指被判处有期徒刑以上刑罚的犯罪分子,在刑罚执行完毕或者赦免以后,在五年内再犯应当判处有期徒刑以上刑罚之罪的犯罪分子;特殊累犯,是指因犯特定之罪而受过刑罚处罚,在刑罚执行完毕或者赦免以后,又犯该特定之罪的犯罪分子。

一般累犯成立必须具备的要件有以下三个。

(1)前罪和后罪必须都是故意犯罪。如果前罪和后罪有一个是过失犯罪,或者前后两罪都是过失犯罪,不能构成累犯。

(2)前罪所判处的刑罚和后罪应当判处的刑罚都是有期徒刑以上的刑罚。

(3)后罪必须发生在前罪刑罚执行完毕或者赦免以后五年以内。

从重处罚是处理累犯的一个基本原则,对累犯必须一律从重处罚。对于累犯,不适用缓刑。

2.数罪并罚

数罪并罚指一人犯数罪,人民法院对其所犯之罪分别定罪量刑后,按照法定的原则决定应当执行的刑罚。

适宜数罪并罚的有三种不同情况。

①判决宣告以前一人犯数罪的,除判处死刑和无期徒刑的以外,采用限制加重原则,即应当在总和刑

期以下、数刑中最高刑期以上,酌情决定执行的刑期,但是管制最高不能超过 3 年,拘役最高不能超过 1 年,有期徒刑最高不能超过 20 年。如果数罪中被判处的有死刑或无期徒刑,则采用吸收原则,只执行其中一个死刑或无期徒刑。如果数罪中有判处附加刑的,附加刑仍须执行,对数个附加刑采用相加原则。

②判决宣告以后,刑罚执行完毕以前,发现被判刑的犯罪分子在判决宣告之前还有其他罪没有判决的,应当对新发现的罪做出判决,把前后两个判决所判的刑罚按照限制加重原则决定执行的刑罚,已执行的刑期应计算在新判决决定的刑期以内。

③判决宣告以后,刑罚执行完毕以前,被判刑的犯罪分子又犯罪的,应当对新犯的罪做出判决,把前罪没有执行的刑罚和后罪所判处的刑罚按照限制加重原则决定执行的刑罚。

3.缓刑

1842 年,英国法官希尔最早创立了缓刑。但作为一种刑罚执行制度,缓刑起源于 1870 年北美波士顿的《缓刑法》,仅适用于少年犯罪。我国刑法中的缓行制度是附有一定条件的暂缓执行刑罚或不执行原判刑罚的一种制度,即指人民法院对于被判处拘役、三年以下有期徒刑的犯罪分子,认为暂不执行原判刑罚确实不致再危害社会的,在一定考验期内,暂缓执行原判刑罚的制度。

依据我国刑法规定,被判处附加刑的,在缓刑期间犯罪人仍要执行附加刑。如果在缓刑期内,犯罪人又犯新罪或被发现以前的漏罪,则应当撤销缓刑,对新罪或发现的漏罪予以判决,并将前罪与后罪判处的刑罚按数罪并罚的原则执行刑罚。在缓刑期内,犯罪人应遵守相关法律规定或公安部门有关缓刑的监督管理规定,如违反上述规定,并情节严重的,应当撤销缓刑,按原判刑罚执行。

4.自首

自首是指犯罪分子在犯罪后自动投案,如实向公安、司法机关或其他有关机关供述自己罪行的行为,或者被采取强制措施的犯罪嫌疑人、被告人和正在服刑的犯罪人如实供述司法机关尚未掌握的罪行,与司法机关已掌握的或者判决确定的罪行属不同种罪行的行为。

自首制度适用于一切犯罪。其可以分为一般自首和特殊自首。一般自首是指犯罪以后自动投案,如实供述自己的罪行,并愿意接受司法机关审查的行为。特殊自首是指被采取强制措施的犯罪嫌疑人、被告人和正在服刑的罪犯,如实供述司法机关还未掌握的本人其他罪行的行为。

成立一般自首需符合三个要件:①犯罪分子投案的时间是在犯罪之后归案之前;②投案是出于本人意愿向有关机关或个人承认自己的罪行,并自愿置于相关机关或个人的控制之下,接受司法机关的依法判决;③投案后应如实供述自己的罪行。在理解特殊自首时我们应注意,如果犯罪人(或犯罪嫌疑人、被告人)供述的罪行与公安、司法及相关机关已被掌握的罪行属同种的,则属于坦白,虽然可以酌情从轻,但不属于自首。

三、刑罚的执行

(一)减刑

减刑是对于被判处管制、拘役、有期徒刑、无期徒刑的犯罪分子,在刑罚执行期间确有悔改或者立功表现的,适当减轻其原判刑罚的制度。减刑只适用于被判处管制、拘役、有期徒刑和无期徒刑的犯罪分子。

根据《刑法》第七十八条和有关司法解释的规定,减刑的限度为:判处管制、拘役、有期徒刑的,减刑以后的实际执行的刑期不能少于原判刑期的 1/2;判处无期徒刑的,不能少于 10 年;死缓减为无期徒刑或有期徒刑后又被减刑的,不能少于 12 年(不包括死缓 2 年)。减刑一般是由刑罚执行机关向中级以上人民法院提交建议,然后由人民法院合议庭裁定。

(二)假释

假释是对被判处有期徒刑、无期徒刑的犯罪分子,在执行一定刑期之后因其遵守监规、接受教育和改造,确有悔改表现,不致再危害社会,而附条件地将其予以提前释放的制度。假释的适用对象只能是被判处有期徒刑、无期徒刑的犯罪分子。

适用假释必须符合以下条件:①假释只适用于被判处有期徒刑或者无期徒刑的犯罪分子;②被判处有期徒刑的犯罪分子,执行原判刑期1/2以上,被判处无期徒刑的犯罪分子,实际执行10年以上,才可以适用假释,如果有特殊情况,经最高人民法院核准可以不受上述执行刑期的限制;③假释只适用于刑罚执行期间认真遵守监规,接受教育改造,确有悔改表现,假释后不致再危害社会的犯罪分子;④不是累犯以及因杀人、爆炸、抢劫、强奸、绑架等暴力性犯罪被判处10年以上有期徒刑、无期徒刑的犯罪分子;⑤必须依照法定程序进行。

根据我国《刑法》第八十三条规定,被判处有期徒刑的犯罪分子,其假释考验期为原判刑罚没有执行完毕的刑期;被判处无期徒刑的犯罪分子,其假释考验期为10年。假释考验期限从假释之日起计算,在假释考验期限内,由公安机关对被假释的犯罪分子予以监督。《刑法》第八十四条规定,被宣告假释的犯罪分子,应当遵守下列规定:遵守法律、行政法规,服从监督;按照监督机关的规定报告自己的活动情况;遵守监督机关关于会客的规定;离开所居住的市、县或者迁居,应当报经监督机关批准。

第五节 犯罪的预备、既遂、未遂和中止

一、犯罪预备

(一)概念

行为人已经为犯罪准备工具、制造条件,但由于行为人意志以外的原因而未能着手实行犯罪的犯罪停止状态。

(二)特征

(1)已实施犯罪预备行为。即实施了我国刑法所规定的为了犯罪准备工具、制造条件的行为。对此,应注意以下两点。

①为了犯罪准备工具、制造条件,包括准备犯罪工具、调查犯罪场所和被害人行踪、出发前往犯罪现场或诱骗被害人赶赴犯罪现场、追踪被害人或守候被害人到来、排除实施犯罪的障碍、拟订实施犯罪的计划等。

②只有犯意表示,没有为犯罪准备工具、制造条件的,不能成立犯罪预备。

(2)行为人在主观上是为了犯罪而准备。

(3)犯罪预备行为必须在着手实行犯罪前停顿下来。

(4)犯罪预备行为停顿在犯罪预备阶段必须是由于行为人意志以外的原因。

(三)处罚原则

对于预备犯,可以比照既遂犯从轻、减轻或免除处罚。

二、犯罪既遂

在详细了解犯罪的停止状态之前,我们应首先对犯罪既遂有充分的认识。刑法意义上,所谓犯罪既遂一般是指行为人故意实施了危害行为,并具备特定犯罪所构成的全部要件。

(1)结果犯:行为人实施完毕特定犯罪行为,且造成法定危害结果。例如,故意杀人罪、故意伤害罪、抢劫罪、盗窃罪、诈骗罪、抢夺罪等。

(2)危险犯:行为人实施完毕特定行为,造成结果发生的危险状态,但结果不一定发生。例如,放火罪、爆炸罪、投毒罪、决水罪、危害公共安全罪、破坏交通工具罪、破坏交通设施罪等。

(3)行为犯:行为人实施完毕犯罪行为。例如,脱逃罪等。

(4)举动犯:行为人着手犯罪,不存在未遂。例如,组织领导黑社会犯罪、传授犯罪方法罪等。

三、犯罪未遂

(一)概念

《刑法》第二十三条规定,"已经着手实施犯罪,由于犯罪分子意志以外的原因而未得逞的,是犯罪未遂。"

(二)特征

(1)已经着手实行犯罪。是指行为人已经开始实施刑法分则规定的某种具体犯罪构成要件客观方面的行为(这是犯罪未遂与犯罪预备相区分的主要标志)。

(2)犯罪未得逞。也就是行为人在着手实施犯罪以后犯罪未得逞,未能达到犯罪的既遂形态(这是犯罪未遂同犯罪既遂相区分的主要标志)。

(3)犯罪没有得逞是由于犯罪分子意志以外的原因。

(三)分类

1.以犯罪行为是否终了为标准

(1)实行终了的未遂。即犯罪行为人已将他认为实现犯罪意图所必要的全部行为实行终了,但由于犯罪分子意志以外的原因而未得逞。

(2)未实行终了的未遂。即行为人已经着手实行刑法分则规定的特定犯罪构成客观要件的行为,但由于其意志以外的原因,使其尚未将他认为实现犯罪意图所必需的全部行为实施完毕而未遂。

2.以犯罪行为实际能否达到既遂为标准

(1)能犯未遂。即行为人已经着手实行刑法分则规定的特定犯罪构成客观要件的行为,并且这一行为实际有可能完成犯罪,但由于行为人意志以外的原因而未遂。

(2)不能犯未遂。即行为人因事实认识错误,其行为不能完成犯罪,不可能达到既遂。其中又可以分为两种:一是工具不能犯的未遂,即犯罪分子使用了按客观性质不能产生犯罪分子所追求的犯罪结果的工具,以致犯罪未得逞;二是对象不能犯的未遂,即犯罪分子行为所指向的对象当时并不存在,或因具有某种属性而不能达到犯罪既遂。

(四)处罚原则

对于未遂犯可以比照既遂犯从轻或减轻处罚。

四、犯罪中止

(一)概念

在犯罪过程中,自动放弃犯罪或者自动有效地防止犯罪结果发生的是犯罪中止。犯罪中止有两种情况:一种是自动放弃犯罪行为,从而避免了犯罪结果的发生;另一种是虽然已经实施完了某种犯罪行为,但在犯罪结果发生之前,主动有效地防止了犯罪结果的发生。

(二)特征

(1)中止必须发生在"犯罪过程中"。所谓"犯罪过程中",即在犯罪行为开始实施之后到犯罪呈现结局之前这段时间内。

(2)成立犯罪中止。要求行为人"自动"放弃犯罪或者"自动"有效地防止犯罪结果发生。

(3)做中止不只是一种内心状态的转变,还要求客观上有中止行为,即行为人在有效防止犯罪结果发生时必须做出一定的努力。

(4)中止的有效性,即行为人的中止行为有效地阻止了犯罪结果的发生。

(三)处罚原则

我国刑法对中止犯采取必减免主义。《刑法》第二十四条规定,"对于中止犯,没有造成损害的,应当免除处罚;造成损害的,应当减轻处罚。"

第六节　正当防卫和紧急避险

一、正当防卫

(一)正当防卫的概念

正当防卫是指为了使国家、公共利益、本人或者他人的人身、财产和其他权利免受正在进行的不法侵害,而对不法侵害者所实施的没有明显超过必要限度,并且未造成重大损害的制止侵害的行为。因正当防卫而使不法侵害人受到损害的,行使正当防卫者不负刑事责任。

(二)非正当防卫的情形

(1)防卫过当。它是指行为人在实施正当防卫时,超过了正当防卫所需要的必要限度,并造成了不应有的危害行为。

(2)防卫挑拨。它是指行为人故意挑逗对方,使对方对自己进行不法侵害,接着借口加害于对方。

(3)防卫侵害了第三人,也叫局外防卫。它是指防卫者对正在进行不法侵害以外的人实施的侵害行为。

(4)假想防卫。它是指不法侵害行为根本不存在,而是由于行为人猜想、估计、推断不法侵害行为存在,而对其实施的一种不法侵害行为。

(5)事前防卫,也叫提前防卫。它是指行为人在不法侵害尚未发生或者说还未到来的时候,对准备进行不法侵害的人采取了所谓的防卫行为。

(6)事后防卫。它是指不法侵害终止后,对不法侵害者进行的所谓防卫行为。

(三)正当防卫的刑事责任

《中华人民共和国刑法》第二十条规定,正当防卫行为不负刑事责任。正当防卫明显超过必要限度造成重大损害的,应当负刑事责任,但是应当减轻或者免除处罚。同时,我国刑法又对防卫过当的处罚规定了例外情形,即对正在进行行凶、杀人、抢劫、强奸、绑架以及其他严重危及人身安全的暴力犯罪,采取防卫行为,造成不法侵害人伤亡的,不属于防卫过当,不负刑事责任。

二、紧急避险

(一)紧急避险的概念

为了使国家、公共利益、本人或者他人的人身、财产和其他权利免受正在发生的危险,不得已采取的紧急避险行为造成损害的,不负刑事责任。紧急避险超过必要限度造成不应有的伤害的,应当负刑事责任,但是应当减轻或者免除处罚。

(二)避险过当及其刑事责任

对于避险过当的处罚,我国《刑法》第二十一条规定,"紧急避险超过必要限度造成不应有的损害的,应当负刑事责任,但是应当减轻或者免除处罚。"

三、正当防卫与紧急避险的比较

正当防卫和紧急避险是排除犯罪的两种情况,虽然它们都对外造成了侵害,但都不是犯罪行为,都不负刑事责任。两者相比较,既有相同点,又有不同点。

(一)两者的相同点

(1)两者都是以保护国家、公共利益、本人或者他人的人身、财产和其他权利为最终目的。

(2)两者都必须在合法权益正在受到侵害的前提存在时才能实施。

(3)两者超过法定的限度造成相应损害后果的,都应当负刑事责任,但应减轻或免除处罚。

(二)两者的不同点

(1)在本质上说,紧急避险是损害一种合法权益而保全另外一种合法权益,而正当防卫是针对不法的侵害而为的紧急防卫行为,其损害的是不法的侵害行为。

(2)前提条件不同。紧急避险以紧急危险的发生为前提,而正当防卫是以存在他人的不法侵害为前提。

(3)行为的条件不同。紧急避险行为只能在迫于不得已的条件下才能进行,而正当防卫无此要求。

(4)实施对象不同。正当防卫只能对不法侵害人实施,而紧急避险必须是向第三者实施。

(5)行为的方式不同。紧急避险的行为一般多为消极的逃避危险的行为,而正当防卫行为是对不法侵害人的积极的防卫行为。

(6)行为的限度条件不同。紧急避险造成的损害不能大于所要保全的利益,而正当防卫造成的损害可以在一定程度上大于不法侵害所可能造成的损害。

(7)对主体的要求不同。紧急避险要求主体不能有特定的身份(例如,警察、军人或消防队员等),而正当防卫就没有这样的要求,任何人均有正当防卫的权利。

第七节 我国刑法规定的常见犯罪

一、抢劫罪

(一)抢劫的概念及其犯罪构成

抢劫罪是以非法占有为目的,对财物的所有人或者保管人当场使用暴力、胁迫或其他方法,强行将公私财物抢走的行为。抢劫罪是侵犯罪中最为严重的犯罪,在通常情况下,抢劫罪既侵犯了被害人的财产,更为重要的是它还危害到被害人的人身安全。抢劫罪的犯罪构成如下。

(1)在客体方面,本罪侵犯的是公私财物的所有权和公民的人身权利。具体而言,是以侵犯公私财物的所有权为最终目的,以侵犯公民的人身权利为达到目的的主要手段。

(2)在客观方面,本罪的行为人对公私财物的所有人、保管人、看护人或者持有人当场使用暴力、胁迫或者其他方法(具体指用酒灌醉、用药物麻醉、利用催眠术催眠、将清醒的被害人乘其不备锁在屋内致其与财产隔离等方法),迫使其立即交出财物或者立即将财物抢走的行为。这是抢劫罪的本质特征,也是它区别于盗窃罪、诈骗罪、抢夺罪和敲诈勒索罪的最显著特点。

(3)犯罪主体是一般主体。凡年满14周岁并具有刑事责任能力的自然人,均可以构成抢劫罪的主体。

(4)主观方面表现为直接故意,并且具有非法占有公私财物的目的。所谓非法占有公私财物,是指行为人意图永久地非法排除他人对公私财物的所有权。

(二)抢劫罪与抢夺罪

抢夺罪是指以非法占有为目的,乘人不备,公开夺取数额较大的公私财物的行为。

抢劫罪与抢夺罪两者的区别主要是犯罪手段的不同。抢夺罪是乘人不备公然夺取公私财物,往往是抢了财物就跑,一般不危害被害人的身体健康,与抢劫罪使用暴力劫取财物并侵害人身权利不同。另外,我国刑法对抢夺罪的定罪是以"数额巨大"为要件之一,但抢劫罪并无此规定。

据上述,虽然两者有区别,但在一定条件下抢夺罪与抢劫罪又是可以相互转化的。根据我国《刑法》第二百六十七条和第二百六十九条规定:抢夺犯罪行为人若携带凶器抢夺的,依照抢劫罪定罪处罚;犯抢夺罪,为窝藏赃物、抗拒抓捕或者毁灭罪证而当场使用暴力或者以暴力相威胁的,同样按照抢劫罪定罪处罚。

二、盗窃罪

(一)概念

盗窃罪是指以非法占有为目的,窃取数额较大的公私财物,或者多次窃取公私财物的行为。

(二)盗窃罪的四个主要特征

(1)侵犯的客体是公私财物的所有权。

(2)客观方面表现为行为人具有窃取数额较大的公私财物或者多次窃取公私财物的行为。

(3)本罪犯罪主体是一般主体。即年满16周岁并具有刑事责任能力的自然人都可以构成本罪。不满16周岁的人实施了盗窃行为不构成犯罪。

(4)本罪在主观方面表现为直接故意,并具有非法占有的目的。

(三)易与盗窃罪相混淆的一些行为与犯罪

(1)一般盗窃行为与盗窃罪的区分有数额和次数两个可供选择的标准,只要具备了数额较大或多次盗窃其中之一的,就构成盗窃罪,否则只是一般违法行为。

(2)盗窃自己家里或家属、近亲属财物的,实践中一般不以盗窃罪论处。但若行为人与外人勾结偷盗家中或近亲属财物、数额较大的应以盗窃罪定罪。

(3)故意盗窃枪支、弹药、爆炸物或公文、证件、印章的,因盗窃的是刑法规定的特定对象,故依法应定盗窃枪支、弹药、爆炸物罪或盗窃公文、证件、印章罪,不以盗窃罪论;如果在盗窃到的手提包中意外地发现放有枪支、弹药,因无盗窃枪支、弹药的故意,仍应以盗窃罪论处;如果盗窃拎包后发现内有枪支、弹药而又私藏的,则构成私藏枪支、弹药罪。

(4)违反保护森林法规秘密地盗伐森林或其他林木,情节严重的,因为本法分则另有规定,构成盗伐林木罪,不以盗窃罪论处;但若行为人盗窃已经采伐下来的木料的,或者偷砍他人房前屋后、自留地上种植的零星树木数额较大的,则应构成盗窃罪。

(5)盗窃铁路线上行车设备的零件、部件或者铁路线上的器材,危及行车安全构成犯罪的,根据1990年9月7日通过的《铁路法》的规定,以破坏交通设备罪论处。盗窃使用中的电力设备,同时构成盗窃罪和破坏电力设备罪的,择一重罪处罚。

(6)盗窃信用卡并使用的,应按照盗窃罪定罪,而不适用于信用卡诈骗等其他罪行。

(四)盗窃罪的刑事责任

(1)根据《刑法》第264条的规定,盗窃公私财物,数额较大或者多次盗窃的,处3年以下有期徒刑、拘役或管制,并处或者单处罚金;数额巨大或者有其他严重情节的,处3年以上10年以下有期徒刑,并处罚金;数额特别巨大或者有其他特别严重情节的,处10年以上有期徒刑或无期徒刑,并处罚金或者没收财产;有下列情形之一的,处无期徒刑或者死刑,并处没收财产:盗窃金融机构,数额特别巨大的;盗窃珍贵文物,情节严重的。

(2)根据最高人民法院《关于审理盗窃案件具有应用法律若干问题的解释》的规定,盗窃公私财物"数额较大"、"数额巨大"、"数额特别巨大"的标准如下:

①个人盗窃公私财物价值人民币五百元至二千元以上的,为"数额较大"。

②个人盗窃公私财物价值人民币五千元至二万元以上的,为"数额巨大"。

③个人盗窃公私财物价值人民币三万元至十万元以上的,为"数额特别巨大"。

三、贪污贿赂罪

(一)概念

贪污贿赂罪指国家工作人员和其他依法从事公务的人员,利用职务上的便利或违背职责义务,非法占有、使用公私财物的行为。

(二)特征

(1)客体是复杂客体,即国家工作人员职务行为的廉洁性和公私财物的所有权。

(2)客观方面是利用职务上的便利或者违背职责义务实施非法占有、使用公私财物的行为。

(3)主体是特殊主体,即国家工作人员和其他依法从事的公务人员。具体包括国家机关、国有公司、企事业单位中从事公务的人员,国家机关、国有公司、企事业单位委派到非国家机关、国有公司、企事业单位中从事公务的人员等。

(4)主观方面表现为直接故意。

(三)贪污贿赂罪的种类

(1)贪污罪。指国家工作人员利用职务上的便利,侵吞、窃取、骗取或者以其他手段非法占有公共财物的行为。另外,《刑法》规定,"受国家机关、国有公司、企业、事业单位、人民团体委托,管理、经营国有财产的人员,利用职务上的便利,侵吞、窃取、骗取或者以其他手段非法占有国有财物的,以贪污罪论处。"

(2)挪用公款罪。指国家工作人员利用职务上的便利挪用公款归个人使用,进行非法活动的,或者挪用公款数额较大,进行营利活动的,或者挪用公款数额较大,超过三个月未还的行为。

(3)受贿罪。指国家工作人员,利用职务上的便利索取他人的财物,或者非法收受他人财物,为他人谋取利益的行为。根据我国刑法规定,单位可以作为贿赂罪的犯罪主体。

(4)行贿罪。指为谋取不正当利益给予国家工作人员财物的行为。在我国,刑法仅将贿赂的范围限定于财物。

(5)向单位行贿罪。指个人或单位为谋取不正当利益,给予国家机关、国有公司、企业、事业单位、人民团体以财物,或者在经济往来中违反国家规定,给予各种名义的回扣、手续费的行为。

(6)介绍贿赂罪。指在行贿人、受贿人之间进行沟通、撮合,使行贿与受贿得以实现的行为。

(7)巨额财产来源不明罪。指国家工作人员的财产或者支出明显超过合法收入,差额巨大,而本人又不能说明其来源合法的行为。

(8)隐瞒境外存款罪。指国家工作人员违反国家外汇管理法规和行政管理制度,将外汇存入境外银行,数额较大,隐瞒不报的行为。

(9)集体私分国有资产罪。指国家机关、国有公司、企业、事业单位、人民团体违反国家规定,将应当上缴国家的罚没财物或者其他国有资产,以单位名义集体私分给个人,数额较大的行为。

四、重大责任事故罪

(一)概念

重大责任事故罪是指工厂、矿山、林场、建筑企业或者其他企业、事业单位的职工,由于不服管理、违反规章制度,或者强令工人违章冒险作业,因而发生重大伤亡事故或者造成其他严重后果的行为。

(二)重大责任事故罪的构成

(1)客体要件。本罪侵犯的客体是工厂、矿山、林场、建筑企业或者其他企业、事业单位的生产安全。

(2)客观方面。客观方面表现为不服管理、违反规章制度,或者强令工人违章冒险作业,因而发生重大伤亡事故或者造成其他严重后果的行为。具体而言,该罪的客观方面需要三个要件:①不服管理、违反规章制度造成的事故必须是在生产、作业过程中发生的,这是构成重大责任事故罪的前提条件;②行为人违反规章制度的行为与生产有直接联系;③必须造成了重大伤亡事故,致人重伤、死亡或者使公私财产遭受重大损失。

(3)主体要件。本罪主体为特殊主体,是指工厂、矿山、林场、建筑企业或者其他企业、事业单位的职工。这里所谓的"职工"仅限对安全生产负有直接责任的工人、科技人员和生产指挥者等,其他一般职工不成为本罪的主体。

(4)主观方面表现为过失。所谓过失是行为人对所发生的后果而言的,而对于违反规章制度则是明知故犯。

五、故意伤害罪

(一)概念及构成要件

故意伤害罪是指故意非法损害他人身体的行为。

该罪侵犯的客体是他人的身体权,在客观方面表现为实施了非法侵害他人身体的行为。该违法行为可能致他人为轻伤、重伤、残疾甚至死亡,但若为轻微伤的不能构成本罪。本罪的主体为一般主体,其中,对于故意伤害致人重伤或死亡的,已满14周岁未满16周岁的自然人也应承担刑事责任。本罪在主观方面必须具有非法损害他人身体健康的故意,但如果仅具有殴打的意图,使受害人出现身体上的暂时疼痛或者轻微的精神刺激,不能认定为故意伤害罪。另外,过失致人伤害的,不构成本罪,受害人达到重伤程度的,是构成过失伤害罪,而不是本罪。

(二)易与故意伤害罪相混淆的犯罪

(1)相对而言,一般性的殴打行为通常是指造成人体暂时性的疼痛或神经轻微刺激,并不伤及人体健康的人体伤害行为,该行为并不构成犯罪。它与故意伤害罪的主要区别之处在于行为是否破坏了人体组织的完整性或是否损害了人体器官机能。

(2)有时故意伤害可能导致受害人的死亡,这就引起了故意伤害罪与故意杀人罪之间的混淆。对于两者的区别,要本着主客观一致的原则,最主要的还是看犯罪主体犯罪时的主观故意方面,若行为人犯罪时是以伤害的故意进行,并无杀害受害人的主观故意,则构成故意伤害致死;反之,则会构成故意杀人罪。

经典真题专家点评

1.（2009年中央）下列行为中构成犯罪的是（ ）。

A.赵某，30岁，醉酒驾车撞死路人

B.刘某，13岁，盗窃价值人民币50万元的财物

C.张某，20岁，遇人抢劫奋起反击，将对方打成重伤

D.王某，30岁，为了躲避仇人追杀，抢了路人的摩托车逃跑

【专家点评】本题答案为A。刑法学意义上的犯罪，是指刑法典中规定的一切危害国家主权、领土完整和安全，分裂国家、颠覆人民民主专政的政权和推翻社会主义制度，破坏社会秩序和经济秩序，侵犯国有财产或者劳动群众集体所有的财产，侵犯公民私人所有的财产，侵犯公民的人身权利、民主权利和其他权利，以及其他危害社会的行为，依照法律应当受刑罚处罚的，都是犯罪，但是情节显著轻微危害不大的，不认为是犯罪。A选项的赵某的行为危害了他人的生命安全，属于犯罪；B选项的刘某属于未成年人，他的行为不构成犯罪；C选项刘某的行为属于正当防卫，不属于犯罪；D选项王某的行为是紧急避险，也不属于犯罪。故选A。

2.（2008年中央）甲欲杀死乙，在乙饭碗里投放毒药，不料朋友丙分食了乙的饭菜，甲为了杀死乙，没有阻止丙，结果导致乙和丙均中毒死亡。甲对丙死亡所持的心理态度是（ ）。

A.过于自信的过失   B.疏忽大意的过失

C.间接故意   D.直接故意

【专家点评】本题答案为C。本题考查考生对故意与过失，直接故意与间接故意之间关系的界定。《刑法》第十四条规定，"明知自己的行为会发生危害社会的结果，并且希望或者放任这种结果发生，因而构成犯罪的，是故意犯罪。"故意犯罪分为直接故意和间接故意。直接故意是积极追求危害结果发生，而间接故意则是放任结果发生。本案中甲对丙的死亡显然是属于故意犯罪，虽然不是持积极追求的态度，但也没有阻止，而是放任结果发生，因此属于间接故意。

单元同步训练

一、单项选择题

1.行为人以谋利为目的，意欲运送他人偷越国（边）境，但由于交通工具简陋不具备必要的安全条件，导致被运送人多人重伤、死亡的后果，对该行为应如何认定？（ ）

A.运送他人偷越国（边）境罪的严重情节

B.运送他人偷越国（边）境罪与过失致人死亡、过失致重伤罪并罚

C.运送他人偷越国（边）境罪与过失致人死亡罪、过失致人重伤罪择一重罪处罚

D.过失致人死亡罪与过失致人重伤罪并罚

2.我国刑法对完全刑事责任年龄的规定是（ ）。

A.14周岁   B.16周岁   C.18周岁   D.20周岁

3.下列行为构成敲诈勒索罪的是（ ）。

A.甲到乙的餐馆吃饭，在食物中发现一只苍蝇，遂以向消费者协会投诉为由进行威胁，索要精神损失费3000元，乙迫于无奈付给甲3000元

B. 甲到乙的餐馆吃饭，偷偷在食物中投放一只事先准备好的苍蝇，然后以砸烂桌椅进行威胁，索要精神损失费3000元，乙迫于无奈付给甲3000元

C. 甲捡到乙的手机及身份证等财物后给乙打电话，索要3000元，并称若不付钱就不还手机及身份证等物，乙迫于无奈付给甲3000元现金赎回手机及身份证等财物

D. 甲妻与乙通奸，甲获知后十分生气，将乙暴打一顿，乙主动写下一张赔偿精神损失费2万元的欠条。事后甲持乙的欠条向其索要2万元，并称若乙不从，就向法院起诉乙

4. 下列几种说法正确的是(　　)。

A. 甲潜入乙家，搬走乙家1台价值2000元的彩电，走到门口，被乙5岁的女儿丙看到，丙问甲为什么搬我家的彩电，乙谎称是其父亲让他来搬的。丙信以为真，让甲将彩电搬走。甲的行为属于诈骗

B. 甲在柜台假装购买金项链，让售货员乙拿出3条进行挑选，甲看后表示对3条金项链均不满意，让乙再拿2条。甲趁乙弯腰取金项链时，将柜台上的1条金项链装入口袋。乙拿出2条金项链让甲看，甲看后表示不满意，将金项链归还给乙。乙看少了1条，便隔着柜台一把抓住甲的手不让其走，甲猛地甩开乙的手逃走。甲的行为属于抢夺

C. 甲在柜台购买2条"中华"香烟，在售货员乙拿给甲2条"中华"香烟后，甲又让乙再拿1瓶"五粮液"酒。趁乙转身时，甲用事先准备好的2条假"中华"香烟与柜台上的"中华"香烟对调。等乙拿出"五粮液"酒后，甲将烟酒又看了看，以烟酒有假为由没有买。甲的行为属于盗窃

D. 甲与乙进行私下外汇交易。乙给甲1万美元，甲在清点时趁乙不注意抽出10张100元面值的美元，以10张10元面值的美元顶替。清点完成后，甲将总面额8.3万元的假人民币交给乙，被乙识破。乙要回1万美元，经清点仍是100张，拿回家后才发现美元被调换。甲的行为属于诈骗

5. 王某利用计算机知识获取某公司上网账号和密码后，以每3个月100元的价格出售上网账号和密码，从中获利5000元，给该公司造成4万元的损失。对此，下列说法正确的是(　　)。

A. 王某的行为构成盗窃罪，盗窃数额为5000元

B. 王某的行为构成诈骗罪，诈骗数额为5000元

C. 王某的行为构成盗窃罪，盗窃数额为4万元

D. 王某的行为构成诈骗罪，诈骗数额为4万元

二、多项选择题

1. 已满十四周岁不满十六周岁的人犯_____罪的，应当负刑事责任。(　　)

A. 抢劫　　　　　B. 贩卖毒品　　　　　C. 放火　　　　　D. 惯窃

2. 一货轮在海上航行，突起大风，并收到强台风警报，当时靠岸避风已无可能。而气象台预报，台风正要经过货轮航行的海域，为使货轮和船员的生命免遭损害，船长下令抛去部分货物(价值3万元)，以减轻货轮的负载。但当台风刚刚接近该货轮航线海域时，突改方向，并未殃及货轮安全，对船长的行为应认定为(　　)。

A. 紧急避险　　　　B. 假想避险　　　　C. 避险不适时　　　　D. 事前避险

3. 甲将头痛粉冒充海洛因欺骗乙，让乙出卖"海洛因"，然后二人均分所得款项。乙出卖后获款4000元，但在未来得及分赃时，被公安机关查获。关于本案，下列说法中正确的有(　　)。

A. 甲与乙构成贩卖毒品罪的共犯　　　　B. 甲的行为构成诈骗罪

C. 甲属于间接正犯　　　　D. 甲的行为属于犯罪未遂

4. 下列说法中错误的有(　　)。

A. 甲盗窃乙的存折后，假冒乙的名义从银行取出存折中的5万元存款。甲的行为构成盗窃罪与诈骗罪

B. 甲盗窃了乙的200克海洛因，因本人不吸毒，就将海洛因转卖给丙。甲的行为构成盗窃罪和贩卖毒品罪

C.甲盗窃了博物馆的一件国家珍贵文物,以20万元的价格转卖给乙。甲的行为构成盗窃罪和倒卖文物罪

D.甲盗窃了乙的一块名表,以2万元的价格转卖给丙,甲的行为构成盗窃罪和销售赃物罪

5.单位成为犯罪主体必须是( )。

A.政党   B.公司   C.企业   D.机关

参考答案及解析

一、单项选择题

1.A【解析】《刑法》第321条第2款:在运送他人偷越国(边)境中造成被运送人重伤、死亡或以暴力、威胁方法抗拒检查的,处七年以上有期徒刑,并处罚金。本款为加重罪状。

2.B【解析】根据我国《刑法》第十七条规定,已满16周岁的人犯罪,应负刑事责任。已满16周岁,是完全负刑事责任年龄时期。故选B。

3.B【解析】敲诈勒索罪,是指以非法占有为目的,对公私财物的所有人、管理人,使用威胁或者要挟的方法勒索公私财物的行为。本罪在威胁的内容上可以是暴力、揭发隐私、毁坏物、阻止正当权利行使等。A选项中的"威胁"并不是刑法意义上的威胁,由于其目的带有维护自身权益的正当性,所以其索要精神损失费的行为是一个民事行为。C选项与A选项类似,捡拾到他人财物向他人索要报酬的行为虽然不符合社会道德规范,但是也不违反法律的禁止性规定,不为罪。故A、C选项均不构成敲诈勒索罪,都不选。D选项中,乙向甲写下欠条是主动的,并不是甲将其暴打一顿的结果,不具有威胁的内容,故也不构成敲诈勒索罪,不应选。B选项既有非法占有的目的,又有实质的威胁内容,符合敲诈勒索罪的犯罪构成,故应选B。

4.C【解析】盗窃罪,是指以非法占有为目的,秘密窃取数额较大的公私财物或者多次秘密窃取公私财物的行为;诈骗罪,是指以非法占有为目的,用虚构事实或者隐瞒真相的方法,骗取数额较大的公私财物的行为;抢夺罪,是指以非法占有为目的,乘人不备,公开夺取数额较大的公私财物的行为。盗窃罪与诈骗罪区别的关键在于,被害人是否基于认识错误而交付财物,本题A、B、C、D四个选项中甲的行为都属于盗窃。A选项,乙的女儿只有5岁,是无行为能力人,不具备同意让甲搬走彩电的行为能力,因此甲的行为仍是盗窃。D选项,甲"趁乙不注意",应认定为秘密窃取,不是诈骗而是盗窃。故A、D都不应选。盗窃罪与抢夺罪区别的关键在于,一个是"秘密窃取",一个是"趁人不备、公开夺取",选项B中,甲秘密窃取金项链在先,后被发现后挣脱逃走,不属于"趁人不备、公开夺取",因此应定盗窃罪而不是抢夺罪。故B不应入选,本题正确答案为C。

5.C【解析】盗窃罪是指以非法占有为目的,秘密窃取公私财物数额较大的或者多次盗窃的行为。同时根据我国《刑法》第二百八十七条规定,利用计算机实施金融诈骗、盗窃、贪污、挪用公款、窃取国家秘密或者其他犯罪的,依照本法有关规定定罪处罚。即对利用计算机进行金融诈骗、盗窃、贪污、挪用公款、窃取国家秘密活动的,分别按照金融诈骗罪、盗窃罪、贪污罪、挪用公款罪、非法获取国家秘密罪定罪处罚。本题中王某秘密窃取了某公司的上网账号和密码后予以出售,给该公司造成了经济损失,其行为符合该条的规定,构成盗窃罪,故可排除B、D选项。本题还考查了被盗财物数额计算标准的知识,对被盗财物只计算直接损失,不包括间接损失;计算被盗财物的实际价格,不是指盗窃犯低价销赃的价格,因此对于王某的盗窃数额,应按照给公司造成的4万元损失计算。故可排除A选项。

二、多项选择题

1.ABC【解析】《刑法》第十七条规定,"……已满十四周岁不满十六周岁的人,犯故意杀人、故意伤害致人重伤或者死亡、强奸、抢劫、贩卖毒品、放火、爆炸、投毒罪的,应当负刑事责任。"

2.CD【解析】紧急避险的时机条件要求,必须是正在发生的危险,即危险已经出现又尚未结束,才能采取避险行为。否则是避险不适时,包括事前避险和事后避险。

3.BC【解析】本题考查有关贩卖毒品罪与诈骗罪的犯罪构成以及二者的界限、共同犯罪的构成、犯罪未遂、间接正犯等知识。本题中甲将头痛粉冒充海洛因欺骗乙,让乙出卖"海洛因",是纯属诈骗乙钱财的行为,故甲的行为构成的是诈骗罪而不是贩卖毒品罪,故B选项为正确说法。又由于其诈骗钱财的行为已经实施完毕,行为符合诈骗罪的全部构成要件,是诈骗既遂,故D选项说法错误。乙将头痛粉当作真海洛因出卖获利,其主观上有贩毒的故意,但出卖的是假毒品,故其行为构成的是贩卖毒品罪(未遂)。由此,甲、乙二人所构成的犯罪不属同一罪名,不能构成贩卖毒品罪的共犯。故A选项的说法错误。

4.AD【解析】A选项中,甲盗窃乙的存折之后,实际上已经掌控了该存折名下的存款,至于甲后来假冒乙的名义去银行变现的行为并不能独立满足诈骗罪的构成要件。只要甲控制该存折,且能履行银行要求的取款手续,银行工作人员就必须将存折中的款项交付于甲,这种情况下便不存在诈骗罪的问题。故A选项错误应当选。D选项中,尽管甲将其盗窃来的名表转卖他人,但并不能构成销售赃物罪。因为销售赃物罪要求"明知是犯罪所得的赃物而代为销售",既然是代为销售,自然排除了销售自己盗窃所得财物的可能性,故不能成立销售赃物罪,而仅成立盗窃罪。D项错误应当选。C选项中,尽管盗窃珍贵文物和倒卖珍贵文物的行为之间存在牵连关系,但是牵连犯作为法定的一罪,是以构成两个以上的独立罪名为前提的,所以题干中说"甲的行为构成盗窃罪和倒卖文物罪"并没有错,只不过在具体处罚时会择一重罪。故C选项正确。B选项中,甲的行为构成盗窃罪和贩卖毒品罪两个独立的犯罪,故B选项正确。本题为选非题,因此答案为AD。

5.BCD【解析】单位犯罪是相对于自然人犯罪而言的一个范畴。单位犯罪的主体包括公司、企业、事业单位、机关、团体。

第十章 民 法

知识结构导读

民法 ┬ 民法概述 ┬ 民法及其调整对象
      │   ├ 民法的基本原则
      │   ├ 民法的效力范围
      │   └ 民事法律关系
      │
      ├ 民事法律行为及代理 ┬ 民事法律行为
      │   ├ 可撤消、可变更民事行为
      │   ├ 无效民事行为
      │   ├ 效力待定民事行为
      │   ├ 附条件和期限的民事行为
      │   └ 代理
      │
      ├ 物权与所有权 ┬ 物权概述
      │   ├ 所有权
      │   ├ 共有
      │   └ 用益物权
      │
      ├ 债权 ┬ 债的概念和发生原因
      │   ├ 债的保全和债的担保
      │   └ 债的转移和消灭
      │
      ├ 自然人与法人 ┬ 自然人的概念
      │   ├ 自然人的民事权利能力和民事行为能力
      │   ├ 宣告失踪和宣告死亡
      │   ├ 监护制度
      │   ├ 法人
      │   └ 法人与自然人的区别
      │
      ├ 知识产权法 ┬ 著作权
      │   ├ 专利权
      │   └ 商标权
      │
      ├ 合同法 ┬ 合同的概念和特征
      │   ├ 合同的效力
      │   ├ 合同的订立和履行
      │   ├ 违约责任
      │   └ 几种主要的合同
      │
      └ 婚姻法和继承法 ┬ 婚姻法
                        └ 继承法

119

考点内容精讲

第一节　民法概述

一、民法及其调整对象

民法是规定并调整平等主体之间(包括自然人之间、法人之间、自然人与法人之间)的财产关系和人身关系的法律规范的总和。其具体含义大体包括三点:①民法是调整平等民事主体之间的社会关系的法律规范;②民法是调整社会生活中财产关系和人身关系(其他关系不调整)的法律规范;③民法是有国家强制力(区别于道德等)的社会生活规范。

从法理上讲,民法是保护公民私权利的法律规范,属于私法范畴。它具体又分为形式意义上的民法和实质意义上的民法。形式意义上的民法是指以一定体例编纂的并以民法命名的成文法典。实质意义上的民法是指作为部门法的民法。我国民法典尚未编纂,所以严格地说,我国还没有形式意义上的民法。但因我国《民法通则》是一部民事基本法,规范民事活动的基本准则,因此也可以说《民法通则》就是形式意义上的民法。另外,我国采用民商合一的立法例,其在实质意义上的民法中属广义的民法范畴。

二、民法的基本原则

(一)平等原则

当事人在民事活动中的法律地位平等,任何一方不得把自己的意志强加给对方。民事主体平等地依法享受权利和承担义务,其合法权益受到同等的保护。

(二)自愿原则

按当事人意愿自治,自主决定民事事项,不受国家权力和他人的非法干预。当事人对自己的真实意思负责。

(三)等价有偿原则

民事活动应当遵循等价有偿原则。等价有偿原则是指民事主体在取得一方财产或劳务时,应按价值向对方支付相应的对价,以实现各自的经济利益。

(四)公平、诚实信用原则

公平是指民事主体应以公平的观念实施民事活动,司法机关应根据公平的观念处理民事纠纷。诚实信用是指民事主体双方应该以诚实信用为行为准则进行民事活动。

(五)公序良俗原则

当事人进行民事活动时应当尊重社会公共利益和社会公德,不得滥用权利。

三、民法的效力范围

民法的效力范围是指民法的适用范围,即民法在何时、何地,对什么人发生效力。

(1)民法的时间效力：包括民法生效时间、失效时间以及民法是否具有溯及既往的效力。

(2)民法的空间效力：在中华人民共和国领域内的民事活动适用中华人民共和国法律，法律另有规定的除外。即凡在中国领土、领海、领空内进行的民事活动，不管主体是中国公民、法人，还是外国公民、法人，均适用中国民法。法律另有规定的除外，这主要指：第一，涉外案件另有法律规定的；第二，地方国家机关发布的地方性民事法规，仅在发布机关所管辖的地区生效，对其他地区不适用；第三，单行法另有规定的情况。

(3)民法对人的效力：包括公民、法人两种情况。关于公民的规定，适用于在中华人民共和国领域内的公民以及外国人、无国籍人，法律另有规定的除外。法律另有规定，如外国使领馆人员享有民事豁免权时，不受所在国民法约束。法人分为中国法人和外国法人。中国法人和外国法人在中国境内的民事活动原则上应适用中国民法，但如果法律另有规定，或根据国际条约或国际惯例不适用所在地法律的，应按特殊规定办理。

四、民事法律关系

(一)民事法律关系的概念

民事法律关系是指民事法律规范所调整的社会关系，即为民法所确认和保护的，符合民事法律规范的，以权利、义务为内容的社会关系。其内容是民事法律关系主体间的权利和义务。

(二)民事法律关系的要素

1.民事法律关系的主体

民事法律关系的主体简称为民事主体，是指参与民事法律关系，享受民事权利，负担民事义务的人。凡法律规定可成为民事主体的，不论其为自然人还是组织，都属于民法上的"人"。因此，自然人、法人和其他组织都为民事主体。国家也可以成为民事主体，例如国家是国家财产的所有人，是国债的债务人。

2.民事法律关系的内容

民事法律关系的内容是民事主体在民事法律关系中享有的权利和负担的义务，即当事人之间的民事权利和义务。

(1)民事权利。是指民事主体依法享有并受法律保护的利益范围，或者实施某一行为(作为或不作为)以实现某种利益的可能性。

根据是否以财产利益为内容，民事权利可分为财产权与人身权；根据权利有无移转性，民事权利可分为专属权(例如，人身权)与非专属权(例如，一般情况下的财产权)；根据相互间是否有派生关系，民事权利可分为原权利(也称原权)与救济权(所谓救济权是由原权派生的，为在原权受到侵害或有受侵害的现实危险而发生的权利)；根据两项相互关联的权利之间的关系，民事权利可分为主权利与从权利；根据民事权利的效力范围，民事权利可分为绝对权(又称对世权，是指其效力及于一切人，例如，物权、人身权等)和相对权(又称对人权，是指其效力及于特定人的权利，例如，债权)；根据权利的作用，民事权利可分为支配权(权利主体可直接对客体加以支配并享受利益，例如，物权、人身权等)、请求权(请求他人为一定行为或不为一定行为的权利)、抗辩权和形成权(权利人得以自己一方的意思表示而使法律关系发生变化的权利)。

(2)民事义务。是指义务主体为满足权利人的利益需要，在权利限定的范围内必须受为一定行为或不为一定行为的约束。

根据义务发生的根据，民事义务可分为法定义务与约定义务；根据义务的内容，民事义务可分为积极义务(必须为的义务)与消极义务(不得为的义务)；根据义务与义务主体的关系，民事义务可分为专属义务(具有不可转移性)与非专属义务(可以转移给他人承担)。

3.民事法律关系的客体

民事法律关系的客体是指民事法律关系中的权利和义务共同指向的对象。它是民事法律关系中权利和义务的承接者。没有客体,主体的权利义务就变得虚无和不着边际。其具有有益性(即可满足人们一定的需求)、客观性和法定性。社会实践中,其种类具体包括:物(包括金钱和有价证券)、物以外的其他财产、人的行为、知识产品、人身利益等。

第二节　民事法律行为及代理

一、民事法律行为

(一)民事法律行为的概念和特征

民事法律行为是民事主体设立、变更、终止民事权利和民事义务的合法行为。

民事法律行为有如下特征:①应是民事主体实施的,以发生民事法律后果为目的的行为;②应是以意思表示为构成要素的行为;③应是具有法律约束力的合法行为。

(二)民事法律行为的一般生效要件

(1)行为人具有相应的民事行为能力。

(2)意思表示真实。

(3)民事法律行为的内容不违反法律或者社会公共利益。

(4)符合法定形式。

二、可撤销、可变更民事行为

(一)概念与特征

可撤销行为是指行为虽已成立生效,但因意思表示有瑕疵,当事人可以请求人民法院、仲裁机构予以撤销、变更的民事行为。其主要特征可以概括为:①可撤销、可变更民事行为是意思表示有瑕疵的民事行为;②此类行为已成立生效,撤销权人不行使撤销权,其将继续有效,但一经行使撤销权,该行为便溯及行为成立时无效;③可撤销、可变更民事行为只有当事人才可主张其无效。

(二)可撤销、可变更民事行为的种类

1.重大误解的民事行为

一方当事人基于对行为的性质、内容等发生误解而做出的行为。只有在误解重大的情况下,误解人才有撤销权。

2.显失公平的民事行为

显失公平的民事行为,又称暴利行为,是指民事行为成立时双方当事人的权利义务分担存在明显不公平的行为。例如,一方当事人利用自身优势和对方没有经验等因素,致使双方当事人的权利义务明显违背公平、等价有偿原则的行为。

3.以欺诈、胁迫的手段或乘人之危而使对方当事人做出违背真实意思的行为

欺诈、胁迫损害国家利益的行为无效,损害非国家利益的行为可撤销。乘人之危是指一方当事人利用他人的危难处境或紧迫需要迫使对方接受某种明显不公平条件并做出违背其真意的行为。

可撤销、可变更民事行为,指当事人可请求法院撤销或变更该行为。撤销权为形成权,法律规定了其

除斥期间,撤销权人应在知道或应当知道撤销事由之日起1年内行使撤销权,撤销权可放弃。

三、无效民事行为

(一)概念和特征

无效民事行为是指已经成立,但欠缺法律行为的有效要件,因而不能依当事人意思发生效力的行为。其具有如下特征。

(1)无效民事行为是严重欠缺民事行为生效要件的民事行为。

(2)无效民事行为是自始不能生效的民事行为。

(3)无效民事行为是确定的当然无效的民事行为。

(二)无效民事行为的种类

我国《民法通则》第五十八条规定了七种无效民事行为。

(1)无民事行为能力人实施的。

(2)限制民事行为能力人依法不能独立实施的。

(3)一方以欺诈、胁迫的手段或者乘人之危,使对方在违背真实意思的情况下所为的。

(4)恶意串通,损害国家、集体或者第三人利益的。

(5)违反法律或者社会公共利益的。

(6)以合法形式掩盖非法目的。

(7)经济合同违反国家指令性计划的。

另外,根据我国《合同法》等法律规定,违反法律、行政法规的强制性规定的民事行为因违法而属无效的民事行为。这里所说的行政法仅指国务院制定的行政法规,不包括地方法规和行政规章。

(三)无效民事行为的法律后果

根据《民法通则》第六十一条以及《合同法》等有关规定,无效民事行为会发生以下法律后果:①不得履行;②已经履行的,须返还财产、恢复原状或折价补偿;③赔偿损失;④恶意串通,损害国家、集体或者第三人利益的,所得财产收归国有或返还集体、第三人。

四、效力待定民事行为

(一)概念与特征

效力待定民事行为,又称为效力未定民事行为,是指民事行为成立时其有效与否还不确定,有待于一定事实的发生来确定其效力的民事行为。其最主要的一个特征是其可以成为有效的民事行为又可以成为无效的民事行为。

(二)效力待定民事行为的种类

依据我国《合同法》相关规定,效力待定民事行为的种类主要有以下三种。

(1)限制民事行为能力人实施的依法不能独立行使的双方行为(即合同行为)。

(2)无权代理和无权处分行为。

(3)非经债权人同意,将债务全部或部分转移给他人的行为。

五、附条件和期限的民事行为

(一)附条件的民事行为

附条件的民事行为是指行为人设定一定条件,以此条件的成就与否作为民事行为效力发生与否的民事行为。所附条件一般包括：①须合法；②须与当事人约定；③须是尚未发生的客观事实；④将来能否发生并不能肯定；⑤须与当事人希望发生的法律效果不矛盾。所附条件的种类一般有停止条件和解除条件两种。另外，根据条件的内容还有积极条件和消极条件之分。

(二)附期限的民事行为

附期限的民事行为是指当事人以将来确定到来的客观事实作为确定法律行为效力的附款的民事法律行为。附期限民事行为所附的期限，以其作用可分为生效期限和终止期限。附生效期限的民事行为在期限到来之前当事人的权利义务不发生效力。附终止期限的民事行为在期限到来之前法律行为一直有效。

六、代理

(一)代理的概念、特征

代理是指代理人在代理权限内，以被代理人的名义与第三人实施民事法律的行为，而由被代理人承受代理人代理行为的法律后果的民事法律制度。代理的基本法律特征如下。

(1)代理行为是代理人的行为，而该行为所产生的法律效果却直接归属于被代理人。

(2)代理人在代理权限内独立进行意思表示。

(3)代理人以被代理人的名义进行民事活动。

(4)被代理人对代理行为承担民事责任。

(二)不适用代理的行为种类

(1)法定或当事人约定必须由当事人亲自实施的民事行为，例如立遗嘱的行为、与特定人的身份有关的义务履行(例如，知名演员的受邀演出义务不能让他人代理表演)等。

(2)事实行为和违法行为。

(三)代理的种类

(1)法定代理：是指代理权直接根据法律的规定而产生的代理，它主要适用于无行为能力人或限制行为能力人。

(2)指定代理：是指代理权根据人民法院和有关单位的指定而产生的代理。

(3)委托代理：是由被代理人授权行为所产生的代理，又叫授权代理，它是日常生活中最常见的代理。委托代理一般产生于代理人与被代理人之间存在的基础法律关系上。

(四)滥用代理权的禁止

我国法律禁止以下代理行为。

(1)双方代理：是指代理人同时代理双方为同一法律行为，即代理人"一人托两家"。

(2)对己代理：是指代理人以被代理人的名义与自己实施法律行为。对己代理除使被代理人纯获利益的情况外，一般应归于无效。

(3)代理人与第三人恶意串通：是指代理人与第三人为民事行为时串通一气损害被代理人利益的行为。代理人与第三人恶意串通损害被代理人利益的应由代理人和第三人负连带责任。

(五)表见代理

表见代理，又称表现代理，是指行为人无权代理而以本人的名义与第三人为民事行为，但足以使第三人相信其有代理权的事实和理由，善意相对人与行为人实施民事法律行为的，该民事法律行为后果由本人承担。表现代理的构成要件为：①无权代理人以本人名义为民事行为；②相对人主观上无过错③无权代理人在客观上有足以使相对人相信其有代理权的事实；④无权代理人与相对人所为民事行为具备生效要件。

第三节 物权与所有权

一、物权概述

(一)概念和特征

物权是民事主体在法律规定的范围内,直接支配特定的物而享受其利益,并得排除他人干涉的权利。物权的特征包括四个方面:①物权是对世权;②物权是支配权;③物权是绝对权;④物权以物为客体。

(二)物权的分类

1.完全物权与不完全物权

完全物权即所有权,是全面支配标的物的物权;不完全物权亦称限制物权,是在特定方面支配标的物的物权,由于其一般是在他人之物上设定的,所以称为他物权。

2.用益物权与担保物权

用益物权是指以支配标的物的使用价值为内容的物权,其又称为实体物权或使用价值物权。具体包括国有土地使用权、农地承包权、地役权、典权等;担保物权是指以支配标的物的价值为内容的物权,具体包括抵押权、质权、留置权等。

3.动产物权与不动产物权

动产物权是指以动产为标的物的物权,凡动产上存在的物权都为动产物权,例如动产所有权、动产抵押权、动产质权、留置权等。不动产物权是指以不动产为标的物的物权,例如不动产所有权、农地承包权、地役权、典权等。

4.主物权与从物权

主物权是指能够独立存在的物权,例如所有权、永佃权、地上权、国有土地使用权等。从物权是指从属于主权利而存在,权利人须享有主权力才能享有的物权。

5.有期物权与无期物权

有期物权是指有一定存续期限的物权,例如典权、抵押权、质权、留置权等。无期物权是指可以永久存续的物权,例如所有权等。

6.民法上的物权与特别法上的物权

"民法上的物权"中的"民法"是指民法典。由于我国未编撰民法典,所以一般是指《民法通则》、《担保法》和《物权法》中的物权。特别法上的物权是指诸如《海商法》、《航空法》、《森林法》等特别法上规定的物权。

(三)物权的原则

1.物权法定原则

所谓物权法定原则是指物权的种类与内容只能由法律来规定,不允许当事人自由创设。

2.一物一权原则

一物一权原则又称为物权客体特定主义,是指一个物权的客体原则上应为一物,在一物之上只能存在一个所有权,不能同时设定两个以上内容相互抵触的其他物权。

3.公示原则

所谓公示是指物权在变动时,必须将物权变动的事实通过一定的公示方法向社会公开,从而使第三人知道物权变动的情况,否则不能发生物权变动的效力。

4.公信原则

所谓公信原则是指一旦当事人变更物权,并且依法定方式进行了公示,则即使依公示方法表现出来的物权不存在或存在瑕疵,但对于信赖该物权的存在并已从事了物权交易的人,法律仍然承认其具有与真实物权存在相同的法律效果,以保护交易安全。

二、所有权

(一)概念及特征

根据《民法通则》第七十一条规定,"财产所有权是指所有人依法对自己的财产享有占有、使用、收益和处分的权利。它除了具有一般物权的特征外还具有如下特征。"

1.所有权具有全面性

所有人对于标的物是全面地及概括地占有、使用、收益和处分。

2.所有权具有整体性

所有权对标的物的支配虽然可以分为占有、使用、收益和处分等各种具体权能,但所有权不是各种权能的简单相加,而是各种权能所派生的单一体,为浑然整体之权利。

3.所有权具有弹力性

所有权的任何一项权能都能够从所有权中分离出来而交给他人行使,但是他人一旦丧失了该权能,那么该权能将自动回归于所有人。

4.所有权具有永久性

所有权随标的物的存在而永远存续,不得预定其存续期间。

5.所有权为在法律限制范围内支配标的物的物权

所有人依其自由意思对标的物全面支配,法律给予最高度的保障与尊重。

(二)不动产所有权

不动产所有权是指以不动产为其标的物的所有权,它主要为土地所有权和建筑物所有权。在不动产所有权中需要注意的是建筑物区分所有权。所谓建筑物区分所有权,又有"住宅所有权"、"公寓所有权"、"楼层所有权"等众多称谓,是指多个区分所有人共同拥有一栋区分所有建筑物时,区分所有人所享有的对其专用部分的专用权和对其共用部分的共有权的总称。一般而言,一栋共用公寓楼中,户外的电梯、楼梯等为法定公用部分,而结构性隔层等则属于部分共用部分。共有权人对共有部分享有共同所有权,承担共同义务。

(三)动产所有权

1.善意取得

善意取得又叫做即时取得,是指无权处分他人动产的让与人,在不法将其占有的他人动产转让给受让人以后,如果受让人在取得该动产时出于善意,则依法取得对该动产的相应物权,原动产物权人不得要求受让人返还,而只能请求转让人(占有人)赔偿损失。从我国的情况来看,适用善意取得应具备如下条件:①标的物须为动产;②须让与人占有该动产,并且该占有是基于所有人的意思;③须让与人没有处分权;④须受让人自无权处分人处取得标的物的占有;⑤受让人取得财产时出于善意;⑥须受让人支付对价。

2.先占、拾得遗失物、发现埋藏物

先占指占有人以所有的意思,占有无主动产而取得所有权的法律事实。先占属于事实行为,先占人并不以具有完全民事行为能力为限。我国民法没有规定先占制度,但在实践中对先占制度是持承认态度的。例如对废弃物、可狩猎的动物等可以因先占而取得所有权。

拾得遗失物很显然是发现或控制他人的遗失物而予以占有的事实。该行为主体也不以民事行为能力为限,只要拾得人发现遗失物并予以实际占有的,均可构成拾得遗失物。对于该概念中的遗失物,其必须是动产,因为不动产不会被遗失,并且拾得人的拾得也以发现并占有为必备要件。依据法律和司法实践,拾得遗失物、漂流物或失散的饲养动物应当归还失主,因此而支出的费用由失主偿还。在不知失主的情况下,应将遗失物送将公安机关、公共场所管理机关等相关机关,经上述机关公告招领满一定期限无人认领的,所有权归国家所有。

发现埋藏物是指发现埋藏物的所在而予以占有的事实。发现埋藏物属于事实行为,发现人并不以具有完全民事行为能力为限。我国在发现埋藏物的问题上,采取国家取得所有权主义。《民法通则》第七十九条规定,"所有人不明的埋藏物、隐藏物归国家所有。接受单位应当对上缴的单位或个人给予表扬或者物质奖励。"

另外,添附也是动产所有权的一种重要法律形态。

三、共有

共有是指两个以上的权利主体对同一项财产共同享有所有权的法律状态,其具体分为按份共有和共同共有两种形式。按份共有也称分别共有,是指各共有人按确定的份额对共有财产分享权力和分担义务的共有;共同共有是指共有人对全部共有物不分份额地享有权利和承担义务的共有,其主要类型包括夫妻共同共有、家庭共同共有、继承人共同共有等。

四、用益物权

(一)用益物权概述

用益物权是指非所有人对他人之物所享有的占有、使用、收益的排他性的权利,它是在他人之物上所设立的限制物权。其具体种类主要有地役权、典权、地上权、农地承包经营、国有土地使用权等。我国《民法通则》主要规定的用益物权主要有农地承包经营权、国有土地使用权、国有资源使用权以及采矿权等。另外,最高人民法院的司法解释中还确认了典权。

(二)国有土地使用权

国有土地使用权是指土地使用人为营造建筑物或其他工作物而使用国有土地的权利。土地使用人转让、出租国有土地使用权的,必须连带地上建筑物或其他工作物一同转让;以地上建筑物或其他工作物抵押的,该建筑物或工作物范围内的国有土地使用权也随之抵押。国有土地使用权的存续期间分别为:①居住用地70年;②工业用地50年;③教育科技、文化卫生体育用地50年;④商业旅游娱乐用地40年;⑤综合和其他用地50年。

(三)地役权和典权

地役权是指为自己土地的便利而使用他人土地的权利,它主要是为自己土地的便利而设定的物权,例如通行、汲水地役权等,它在性质上是一种从属权利。典权是指支付典价,是指占有他人的不动产而进行使用、收益的权利。对于此概念需要注意的是,典权是存在于他人不动产之上的物权,它以使用、收益为目的,以占有典物为成立要件,并且典权的成立以支付典价为必要。典权是有期限的物权。

第四节 债 权

一、债的概念和发生原因

(一)债的概念

根据我国《民法通则》第八十四条规定,"债是按照合同的约定或者依照法律的规定,在当事人之间产生的特定的权利和义务关系。"它是特定人之间的一种民事法律关系。在这种民事法律关系中,一方有请求他方为或不为一定行为的权利,而他方有满足该请求的义务。民法中的债不同于民间意义上的债,民法中的债是债权和债务的结合体,民间意义上的债一般专指金钱债务。

(二)债发生的原因

1.合同

合同是当事人之间设立、变更、终止债权债务关系的协议。它是产生债的最常见也是最主要的法律事实。

2.侵权行为

侵权行为是指侵害他人财产或人身权利的不法行为。侵害行为人的赔偿义务会引起侵权人与受害人之间的债权债务关系,因此它也是债的发生根据。

3.不当得利和无因管理

不当得利是指在法律或合同上不存在取得利益的根据而取得利益,以致他人受到损害;无因管理是指没有法定或约定的义务,为避免他人利益受损失而进行管理或提供服务的行为。两者都能引起当事人之间的债权债务关系。

二、债的保全和债的担保

(一)代位权

代位权指当债务人怠于行使其对于第三人享有的到期债权,而对债权人的债权造成损害时,债权人为保全自己的债权,可以向人民法院请求以自己的名义代位行使债务人的权利。代位权的行使条件如下。

(1)债权人对债务人的债权合法、确定,且必须已届清偿期。

(2)债务人怠于行使其到期债权。

(3)债务人怠于行使权利的行为已经对债权人造成损害。

(4)债务人的债权不是专属于债务人自身的债权。

(二)撤销权

撤销权是指债权人在债务人与他人实施处分其财产或权利的行为危害到债权的实现时,申请法院予以撤销的权利。撤销权适用于债务人与他人实施某种行为而使作为债权担保的责任财产不当减少,因而危及债权人的利益,致使债权有不能实现的危险情形。在此情况下,债权人可申请法院撤销债务人与他人之间的法律关系,恢复债务人的责任财产,使债权得到确保。

(三)保证

保证是指保证人和债权人约定,当债务人不履行债务时,保证人按照约定履行债务或者承担责任的行为。保证的特征是:①保证是从合同;②保证是无偿、单务、诺成、要式合同。在保证中,保证人应具有代偿能力、有承担保证责任的明确意思表示,且保证合同应当采用书面形式,这三个方面是保证成立的必要条件。

(四)定金

定金是合同当事人一方以保证债务履行为目的,于合同成立时或未履行前预先给付对方一定数额现金的担保方式。定金是一种债的担保方式,在各方面与违约金及预付款都有本质不同。就定金和违约金来说,定金是合同履行前预先支付,而违约金是发生违约行为后才交付;定金有证约和预先给付之功能,违约金没有;定金是债的担保形式,而违约金是违约方承担民事责任的一种形式;定金一般是事先约定的,而违约金可以约定也可以是法定。另外,在适用方面,如果是当事人既约定了违约金,又约定了定金的,一方违约时,另一方只能择一而请求给付。

就定金和预付款而言,定金是合同的担保方式,而预付款主要是为对方履行合同提供资金上帮助;定金协议一般是从合同,而预付款协议一般包含在合同内容中;定金只有在交付后才成立,而交付预付款的协议只要双方表示一致即可成立;合同不能履行时,定金适用定金罚则,而预付款则无此惩罚规定。

三、债的转移和消灭

债的转移指债的主体发生变更,即由新的债权人、债务人代替原债权人、债务人,而债的内容保持不变的法律制度。它主要包括以下三种形式:债权让与、债务承担和债务的概括转移。

债的消灭指当事人之间所确立的债的关系在客观上不复存在。债消灭的原因大致有三类:基于当事人的意思,基于债的目的消灭,基于法律的直接规定。

第五节　自然人与法人

一、自然人的概念

民法上的自然人是指基于出生而享有民事权利和民事义务地位的人,与法人相对,在中国和其他一些国家称为公民。但公民仅指具有一国国籍的自然人,而自然人还包括外国人和无国籍人。

二、自然人的民事权利能力和民事行为能力

自然人的民事权利能力是指国家通过法律赋予的,自然人享有民事权利和承担民事义务的地位和资格。自然人民事权利能力始于出生,终于死亡。

自然人民事行为能力是指自然人能够通过自己的行为行使民事权利和设定民事义务,并对自己的违法行为承担民事责任的资格。根据我国《民法通则》规定,自然人的民事行为能力分为三种。

(1)完全民事行为能力。具有完全民事行为能力的人群包括:①18周岁以上的公民是成年人,具有完全的民事行为能力;②16周岁以上不满18周岁的公民,以自己的劳动收入为主要生活来源的,视为完全民事行为能力人。完全民事行为能力人可以独立进行民事活动。

(2)限制民事行为能力。限制民事行为能力的人群包括:①10周岁以上的未成年人可以进行与他的年龄、智力相适应的民事活动,其他民事活动由他的法定代理人代理,或者征得他的法定代理人的同意;②不能完全辨认自己行为的精神病人是限制民事行为能力人,可以进行与他的精神健康状况相适应的民事活动,其他民事活动由他的法定代理人代理,或者征得他的法定代理人的同意。

(3)无民事行为能力。无民事行为能力的人群包括:①不满10周岁的未成年人;②不能辨认自己行为的精神病人。

三、宣告失踪和宣告死亡

(一)宣告失踪

宣告失踪,是指自然人离开自己的住所,下落不明达到法定期限,经利害关系人申请,由人民法院宣告其失踪的法律制度。宣告失踪必须具备以下条件。

(1)必须有自然人下落不明的事实存在。

(2)经过利害关系人申请。

(3)被申请人下落不明满两年。

(4)只能由人民法院依法定程序宣告。

宣告失踪的法律后果主要是对失踪人的财产管理和债权债务处理问题。

(二)宣告死亡

宣告死亡,是指自然人离开自己的住所,下落不明达到法定期限,经利害关系人申请,由人民法院宣告其死亡的法律制度。宣告死亡应具备以下条件。

(1)必须有自然人下落不明的事实存在。

(2)下落不明持续时间已达四年,因意外事故失踪的,下落不明状态已持续两年。

(3)须有利害关系人的申请。利害关系人,必须按下列顺序申请宣告死亡:①配偶;②父母、子女;③兄弟姐妹、祖父母、外祖父母、孙子女、外孙子女;④其他与失踪人有民事权利义务关系的人。利害关系人只申请宣告失踪的,应当宣告失踪;同一顺序的利害关系人,有的申请宣告死亡,有的不同意宣告死亡,则应当宣告死亡。

(4)须由人民法院依法定程序进行宣告。人民法院在受理宣告死亡申请后,应当发出寻找失踪人的公告,公告期为1年。因意外事故下落不明的,经有关机关证明该自然人不可能生存的,公告期为3个月。

宣告死亡的法律后果:①民事权利能力终止;②婚姻关系解除;③财产继承开始。

四、监护制度

(一)监护的基本概念

监护是为无完全民事行为能力人设定专人管理和保护其人身安全和财产利益的法律制度,它是对未成年子女的监督和保护制度。监护分为法定监护、委托监护、指定监护。

委托监护是指通过委托监护合同而设立的监护。我国只规定了对精神病人和无民事行为能力人的临时监护,未规定对限制民事行为能力人的临时监护,且临时监护人只承担部分监护责任,被监护人的监护人仍然是主要监护人。

(二)监护人的职责

监护人应当履行监护职责,保护被监护人的人身、财产及其他合法权益,承担被监护人致人损害的赔偿责任,除了被监护人的利益外,不得处理被监护人的财产。

(三)监护人的范围和顺序

1.未成年人

未成年人监护人的范围和顺序为:①父母;②祖父母、外祖父母;③兄、姐;④关系密切的其他亲属、朋友愿意承担监护责任,并且经未成年人父母的所在单位或未成年人住所地的居委会、村委会同意的。

对担任监护人有争议的,由未成年父母的所在单位或未成年住所地的居委会、村委会在近亲属中指定,对指定不服的可以提起上诉,由人民法院裁决。

2.精神病人

精神病人的法定监护人的设定范围和顺序为:①配偶;②父母;③成年子女;④其他近亲属;⑤关系密切的其他亲属、朋友愿意承担监护责任,并且经精神病人的所在单位或者住所地的居委会、村委会同意的。

对担任监护人有争议的,由精神病人的所在单位或住所地的居委会、村委会在近亲属中指定,对指定不服的可以提起上诉,由人民法院裁决。

五、法人

法人是具有民事权利能力和民事行为能力,依法独立享有民事权利和承担民事义务的组织。法人作为民事法律关系的主体,是与自然人相对称的。根据《民法通则》第三十七条规定,法人应当具备下列条件:①依法成立;②有必要的财产或者经费;③有自己的名称、组织机构和场所;④能够独立承担民事责任。

六、法人与自然人的区别

法人是社会组织在法律上的人格化,是法律意义上的"人",而不是实实在在的生命体,其依法产生、消亡;自然人是基于自然规律出生、生存的人,具有一国国籍的自然人称为该国的公民。自然人的生老病死依自然规律进行,具有自然属性,而法人不具有这一属性。

虽然法人、自然人都是民事主体,但法人是集合的民事主体,即法人是一些自然人的集合体,例如,大多数国家(包括我国)的公司法都规定,公司法人必须由两人以上的股东组成。相比之下,自然人则是以个人本身作为民事主体的。法人的民事权利能力、民事行为能力与自然人也有所不同。

第六节　知识产权法

一、著作权

著作权,又称为版权,分为著作人格权与著作财产权。其中著作人格权的内涵包括了公开发表权、姓名表示权及禁止他人以扭曲、变更方式利用著作,损害著作人名誉的权利。著作财产权是无体财产权,是基于人类智慧所产生的权利,故属智慧财产权或知识产权的一种。

(一)著作权的内容

著作权人包括:①作者;②其他依照本法享有著作权的公民、法人或者其他组织。

(二)著作权人的权利

1.人身权

(1)发表权,即决定作品是否公之于众的权利。

(2)署名权,即表明作者身份,在作品上署名的权利。

(3)修改权,即修改或者授权他人修改作品的权利。

(4)保护作品完整权,即保护作品不受歪曲、篡改的权利。

2.财产权

(1)使用权,即以复制、表演、播放、展览、发行、摄制电影、电视、录像或者改编、翻译、注释、编辑等方式使用作品的权利。

(2)获得报酬权,即许可他人以上述方式使用作品,并由此获得报酬的权利。

(3)处分权,著作权人享有对其作品的处置权。许可他人使用其作品,是处分权的基本标志。

(三)不受著作权保护的作品

(1)法律、法规,国家机关的决议、决定、命令和其他具有立法、行政、司法性质的文件,及其官方正式译文。

(2)时事新闻。

(3)历法、通用数表、通用表格和公式。

(四)著作权保护期

(1)公民作品的版权保护期为作者终生及其死亡后五十年,截止于作者死亡后第五十年的 12 月 31 日;如果是合作作品,截止于最后死亡的作者死亡后第五十年的 12 月 31 日。

(2)法人作品的版权保护期截止于作品首次发表后第五十年的 12 月 31 日,但作品自创作完成后五十年内未发表的,本法不再保护。

(3)电影和摄影作品的版权保护期截止于作品首次发表后第五十年的 12 月 31 日,但作品自创作完成后五十年内未发表的,本法不再保护。

(五)匿名作品的权利归属问题

匿名作品是指作者隐去姓名,其中包括不具名或不写明其真实姓名的作品(作者身份不明)。该类作品由作品原件的合法持有人行使除署名权以外的著作权。作者身份确定后,由作者或其继承人行使著作权,例如,匿名作品是公民所作,作者死亡后,其继承人或受遗赠人有权保护其署名权、修改权和维护作品完整权。

二、专利权

(一)专利权的客体

专利权的客体,是指专利权人依法享有的权利和承担的义务所共同指向的对象,即专利法所保护的对象。专利法所称的发明创造是指发明、实用新型和外观设计,专利法所称发明是指对产品、方法或者其改进所提出的新的技术方案,因此,发明分为产品发明、方法发明和改进发明。专利法所称实用新型,是指对产品的形状、构造或者其结合所提出的适于实用的新的技术方案。专利法所称外观设计,是指对产品的形状、图案、色彩或者其结合所作出的富有美感并适于工业上应用的新设计。

(二)专利权的归属

职务发明创造申请专利的权利属于该单位,申请被批准后,该单位为专利权人。非职务发明创造,申请专利的权利属于发明人或者设计人,申请被批准后,该发明人或者设计人为专利权人。利用本单位的物质技术条件所完成的发明创造,单位与发明人或者设计人订有合同,对申请专利的权利和专利权的归属作出约定的,从其约定。两个以上单位或者个人合作完成的发明创造、一个单位或者个人接受其他单位或者个人委托所完成的发明创造,除另有协议的以外,申请专利的权利属于完成或者共同完成的单位或者个人,申请被批准后,申请的单位或者个人为专利权人。两个以上的申请人分别就同样的发明创造申请专利的,专利权授予最先申请的人。

(三)职务发明

1.职务发明的概念

企业、事业单位、社会团体、国家机关的工作人员执行本单位的任务或者主要是利用本单位的物质技术条件所完成的发明创造为职务发明创造。

2.职务发明的种类

(1)完成本职工作所做出的发明创造。

(2)履行本单位交付的本职工作以外的任务,或者主要利用本单位的物质条件所做出的发明创造。

(3)退职、退休、调动工作一年内做出的,与其在原单位承担的本职工作或者分配的任务有关的发明创造。

3.职务发明成果的权属

职务发明创造申请专利的权利属于该单位,申请被批准后,该单位为专利权人。利用本单位的物质技术条件所完成的发明创造,单位与发明人或者设计人订有合同,对申请专利的权利和专利权的归属作出约定的,从其约定。被授予专利权的单位应当对职务发明创造的发明人或者设计人给予奖励,发明创造专利实施后,根据其推广应用的范围和取得的经济效益,对发明人或者设计人给予合理的报酬。

(四)授予专利权的条件

1.授予发明和实用新型专利权的条件

根据我国《专利法》第二十二条规定,"授予专利权的发明和实用新型应当具备新颖性、创造性和实用性。"

(1)新颖性,是指在申请日以前没有同样的发明或者实用新型在国内外出版物上公开发表过、在国内公开使用过或者以其他方式为公众所知,也没有同样的发明或者实用新型由他人向专利局提出过申请并且记载在申请日以后公布的专利申请文件中。

(2)创造性,是指同申请日以前已有的技术相比,该发明有突出的实质性特点和显著的进步,该实用新型有实质性特点和进步。

(3)实用性,是指该发明或者实用新型能够制造或者使用,并且能够产生积极效果。

对于新颖性的丧失,我国《专利法》规定了例外情况。《专利法》第二十四条规定,"申请专利的发明创造在申请日以前六个月内,有下列情形之一的,不丧失新颖性:(一)在中国政府主办或者承认的国际展览会上首次展出的;(二)在规定的学术会议或者技术会议上首次发表的;(三)他人未经申请人同意而泄露其内容的。"

2.授予外观设计专利权的条件

授予专利权的外观设计应当同在申请日以前在国内外出版物上公开发表过或者国内公开使用过的外观设计不相同和不相近似,并不得与他人在先取得的合法权利相冲突。

(五)不授予专利的种类

我国《专利法》规定,对下列各项不授予专利权:①科学发现;②智力活动的规则和方法;③疾病的诊断和治疗方法;④动物和植物品种;⑤用原子核变换方法获得的物质。但对动物和植物品种的生产方法,可以依照本法规定授予专利权。

(六)专利权侵权除外情形

有下列情形之一的,不视为侵犯专利权。

(1)专利权人制造、进口或者经专利权人许可而制造、进口的专利产品,以及依照专利方法直接获得的产品售出后,使用、许诺销售或者销售该产品的。

(2)在专利申请日前已经制造相同产品、使用相同方法或者已经做好制造、使用的必要准备,并且仅在原有范围内继续制造、使用的。

(3)临时通过中国领陆、领水、领空的外国运输工具,依照其所属国同中国签订的协议或者共同参加的国际条约,或者依照互惠原则,为运输工具自身需要而在其装置和设备中使用有关专利的。

(4)专为科学研究和实验而使用有关专利的。

(5)为生产经营目的而使用、销售不知道是未经专利权人许可而制造并售出的专利产品,或者依照专利方法直接获得的产品,能证明其产品合法来源的,不承担赔偿责任。

三、商标权

商标权是商标专用权的简称,是指商标注册人依法支配其注册商标并禁止他人侵害的权利,包括商标注册人对其注册商标的排他使用权、收益权、处分权、续展权和禁止他人侵害的权利。

(一)商标注册的原则

1.自愿申请注册和强制申请注册相结合的原则

对于经营烟草制品和人用药品的必须使用注册商标。国家规定必须使用注册商标的商品,必须申请商标注册,未经核准注册的,不得在市场销售。经营其他商品或服务的,可以自愿申请商标注册。

2.申请在先原则

两个或者两个以上的申请人,在同一种商品或者类似商品上,以相同或者近似的商标申请注册的,初步审定并公告申请在先的商标。同一天申请的,初步审定并公告使用在先的商标,并驳回其他人的申请,不予以公告。

3.一商标一申请原则

同一申请人在不同类别的商品上使用同一商标的,应当按商品分类表分别提出注册申请。

4.不与在先权利冲突原则

申请注册的商标,凡同他人在同一种商品或者类似商品上已经注册的,以及初步审定的商标相同或者近似的,由商标局驳回申请,不予公告。

(二)商标的法律禁止

根据我国《商标法》第十条规定,"下列标志不得作为商标使用:①同中华人民共和国的国家名称、国旗、图徽、军旗、勋章相同或者近似的,以及同中央国家机关所在地特定地点的名称或者标志性建筑物的名称、图形相同的;②同外国的国家名称、国旗、国徽、军旗相同或者近似的,但该国政府同意的除外;③同政府间国际组织的名称、旗帜、徽记相同或者近似的,但该组织同意或者不易误导公众的除外;④同'红十字'、'红新月'的名称、标志相同或者近似的;⑤与表明实施控制、予以保证的官方标志、检验印记相同或者近似的,但经授权的除外;⑥带有民族歧视性的;⑦夸大宣传并带有欺骗性的;⑧有害于社会主义道德风尚或者有其他不良影响的;⑨县级以上行政区划的地名或者公众知晓的外国地名,不得作为商标,但是地名具有其他含义或者作为集体商标、证明商标组成部分的除外,已经注册的使用地名的商标继续有效。"

(三)商标权的期限

根据《商标法》规定,注册商标的有效期为10年,自核准注册之日起计算。期满前6个月内申请续展,在此期间内未能申请的,可以给予6个月的宽展期。续展可无限重复进行,每次续展期10年。商标权是一种无形资产,具有经济价值,可以用于抵债,即依法转让。根据我国《商标法》的规定,商标可以转让,转让注册商标时转让人和受让人应当签订转让协议,并共同向商标局提出申请。

(四)侵犯商标的行为

根据我国《商标法》第五十二条规定,"有下列行为之一的,均属侵犯注册商标专用权:①未经商标注册人的许可,在同一种商品或者类似商品上使用与其注册商标相同或者近似的商标的;②销售侵犯注册商标专用权的商品的;③伪造、擅自制造他人注册商标标志或者销售伪造、擅自制造的注册商标标志的;④未经商标注册人同意,更换其注册商标并将该更换商标的商品又投入市场的;⑤给他人的注册商标专用权造成其他损害的。"

(五)商标权终止的情形

(1)因注册商标法定有效期限届满又未办理续展注册,导致注册商标注销,商标权因而终止。

(2)因商标注册人自动申请注销注册而导致商标权终止。

(3)因注册商标争议被商标评审委员会裁定撤销注册商标,而导致商标权终止。

(4)因商标注册人死亡或者终止而导致商标权终止。

(5)因商标注册不当,被商标局撤销注册或者经商标评审委员会裁定撤销注册,而导致商标权终止。

(6)因商标注册人违反商标法规定被商标局撤销其注册商标,导致商标权终止。

第七节 合同法

一、合同的概念和特征

(一)合同的概念

合同也称契约,是指平等主体的自然人、法人、其他组织之间设立、变更、终止民事权利义务关系的协议。但婚姻、收养、监护等有关身份关系的协议不适用合同法。

(二)合同的特征

(1)合同是平等主体之间所实施的一种民事行为。

(2)合同以设立、变更和终止民事法律权利义务关系为目的和宗旨。

(3)合同是当事人协商一致的产物或意思表示一致的协议。

二、合同的效力

合同的效力是指法律赋予依法成立的合同具有约束当事人各方乃至第三人的强制力。

1.无效的合同

《合同法》第五十二条规定了合同无效的几种情形:①一方以欺诈、胁迫的手段订立合同,损害国家利益;②恶意串通,损害国家、集体或者第三人利益;③以合法形式掩盖非法目的;④损害社会公共利益;⑤违反法律、行政法规的强制性规定。

2.可变更或可撤销的合同

《合同法》第五十四条规定了下列合同中当事人一方有权请求人民法院或者仲裁机构变更或撤销合同:①因重大误解订立的合同;②在订立合同时显失公平的;③一方以欺诈、胁迫的手段或者乘人之危,使对方在违背真实意思的情况下订立的合同。

3.效力未定的合同

根据《合同法》的规定,属于效力未定的合同有:①限制民事行为能力人依法不能独立订立的合同,需经法定代理人追认后使该合同有效,但纯获利益的合同或者与其年龄、智力、精神健康状况相适应而订立的合同,不必经法定代理人追认;②无权代理人以他人名义订立的合同;③无权处分人订立的处分他人财产的合同。效力未定的合同经有追认权的人依法追认后,方才具有效力,否则,合同始终无效。

三、合同的订立和履行

（一）合同的订立

合同订立的一般程序,从法律上分为要约和承诺两个步骤。

1.要约

要约指一方当事人向另一方发出的订立合同的意思表示。

要约的要件:①要约须由要约人向相对人做出意思表示;②要约须是受相对人承诺的意思表示的拘束;③要约须具备合同的各项必要因素。

2.承诺

承诺指受要约人同意要约的意思表示。承诺的内容应当与要约的内容一致,受要约人对要约的内容做出实质性变更的,为新要约。

承诺的要件:①由受要约人向要约人做出;②承诺的意思表示须与要约一致;③在承诺期间做出。

3.合同的内容与形式

(1)合同的内容。合同的内容包括:合同当事人、标的、数量、质量、价款或酬金、履行期限、地点和方式、违约责任、争议的解决。

(2)合同的形式

合同的形式具有广泛性,包括口头合同、书面合同以及当事人约定或法定的其他形式。

（二）合同的履行及其基本原则

合同的履行是指合同的当事人按照合同完成约定的义务,如交付货物、提供服务、支付报酬或价款、完成工作、保守秘密等。合同的履行应遵循的基本原则如下。

1.全面履行原则

全面履行原则,又称适当履行原则或正确履行原则。它要求当事人按合同约定的标的及其质量、数量,合同约定的履行期限、履行地点、适当的履行方式全面完成合同义务的履行原则。

2.诚实信用原则

(1)债务人不得履行自己已知有害于债权人的合同,债权人可以请求撤销合同。

(2)在以给付特定物为义务的合同中,债务人于交付物之前应以善良管理人的注意义务,妥善保存该物。

(3)在发生不可抗力或者其他原因致使合同不能履行,或者不能按预定条件履行时,债务人应及时通知债权人,以便双方协商处理合同债务。

(4)在合同就某一有关事项未规定明确时,债务人应依公平原则并考虑事实状况合理履行。

3.情势变更原则

情势变更原则,是指合同成立后至履行完毕前,合同存在的基础和环境因不可归属于当事人的原因发生变更,若继续履行合同将显失公平,故允许变更合同或者解除合同。

四、违约责任

违约责任指当事人因违反合同义务应承担的民事责任。违约责任以有效合同为前提。违约责任的构成要件是有违约行为和无免责事由。

预期违约也称先期违约,是指在合同履行期限到来之前,一方无正当理由明确表示其在履行期到来后将不履行合同(明示毁约),或者其行为表明其在履行期到来后将不可能履行合同(默示毁约)。注意默示毁约与不安抗辩权的关系。

免责事由主要指不可抗力。因不可抗力不能履行合同的,根据不可抗力的影响,部分或者全部免除责任,但法律另有规定的除外。当事人迟延履行后发生不可抗力的,不能免除责任。

合同法中所称不可抗力是指不能预见、不能避免并不能克服的客观情况。当事人一方因不可抗力不能履行合同的,应当及时通知对方,以减轻可能给对方造成的损失,并应当在合理期限内提供证明。注意迟延履行期间发生不可抗力,违约方不得免责。

当事人可以约定免责事由,但造成对方人身伤害,以及因故意或重大过失造成对方财产损失的免责条款无效。当事人一方违约后,对方应当采取适当措施防止损失的扩大;没有采取适当措施致使损失扩大的,不得就扩大的损失要求赔偿。当事人因防止损失扩大而支出的合理费用,由违约方承担。

五、几种主要的合同

(一)买卖合同

买卖合同是指转移标的物的所有权于另一方,另一方受领标的物并支付价款的合同。法律对其他有偿合同的事项未做规定时,应参照买卖合同的规定。互易等移转标的物所有权的合同,也参照买卖合同的规定。买卖合同的特征有:有偿、双务、诺成、不要式合同。

(二)借款合同

标的物是货币,不发生履行职能。商业借贷为有偿合同;自然人之间的借贷未约定利息或约定不明的,视为不支付利息,属无偿合同。商业借款合同属于诺成合同,并需采用书面形式;民间借贷属于要物合同,合同自贷款人交付借款起成立。商业借款为要式(书面),自然人之间为不要式。

(三)租赁合同

租赁合同是指由出租方融通资金为承租方提供所需设备,承租方取得设备使用权并按期支付租金的协议,租赁合同是经济合同的一种。租赁合同的特征:以转移标的物的使用收益权为内容;其对价是租金,属于双务有偿合同,通常为诺成不要式合同。

(四)融资租赁合同

融资租赁合同是指承租人选定出卖人和租赁物,出租人买得该物并由出卖人向承租人交付租赁物,承租人支付租金并根据约定享有返还租赁物,或取得租赁物所有权之选择权的合同。融资租赁合同的特征:诺成、双务、有偿合同。

(五)赠与合同

赠与合同是赠与人把自己的财产无偿地送给受赠人,受赠人同意接受的合同。赠与合同的特征:无偿、单务、诺成,与传统民法将赠与作为要物合同不同。

一般情况下,在赠与合同中赠与财产有瑕疵的,赠与人不承担赔偿责任,但附义务的赠与合同中,赠与财产有瑕疵的,赠与人须在附义务的限度内承担责任;对于赈灾、扶贫等社会公益性质的赠与合同或经过公证的赠与合同,赠与人不按合同交付标的物的,受赠人有请求交付的权利。因赠与人故意隐瞒赠与物瑕疵而导致受赠人受损,以及因赠与人的故意或重大过失造成赠与物灭失的,受赠人享有损害赔偿请求权。我国《合同法》第一百九十二条第一款规定,"受赠人有下列情形之一的,赠与人可以撤销赠与:(一)严重侵害赠与人或者赠与人的近亲属;(二)对赠与人有抚养义务而不履行;(三)不履行赠与合同约定的义务。"第一百九十三条第一款规定,"因受赠人的违法行为致使赠与人死亡或者丧失民事行为能力的,赠与人的继承人或者法定代理人可以撤销赠与。"

(六)承揽合同

承揽合同以完成一定工作为内容,其标的物具有特定的性质。承揽人工作具有独立性,对标的物意外灭失或由工作条件意外恶化风险所造成的损失承担责任。独立性受到限制时,其承受意外风险的责任亦可相应减免。承揽合同的特征有:诺成、有偿、双务、非要式合同。

第八节 婚姻法和继承法

一、婚姻法

婚姻法是调整一定社会的婚姻关系的法律规范的总和,是一定社会的婚姻制度在法律上的集中表现。其内容主要包括婚姻的成立和解除,婚姻的效力,特别是夫妻间的权利和义务等。从调整对象的性质看,婚姻法既包括因婚姻而引起的人身关系,又包括由此而产生的夫妻财产关系。

(一)婚姻法的基本原则

(1)婚姻自由。婚姻自由是指婚姻当事人按照法律的规定,在婚姻问题上所享有的充分自主的权利,任何人不得强制或干涉。

(2)一夫一妻。一夫一妻制是指一男一女结为夫妻的婚姻制度。

(3)男女平等。男女平等是指男女两性在婚姻家庭关系中享有同等的权利,负担同等的义务。

(4)保护妇女、儿童和老人的合法权益。

(5)计划生育。计划生育是指通过生育机制有计划地调节人口再生产。就我国的实际情况而言,实行计划生育是为了有计划地控制人口增长,提高人口素质。

(二)结婚

结婚,又称婚姻关系的成立,是指男女双方依照法律规定的条件和程序,确立夫妻关系的民事法律行为。

1.结婚主体

对于结婚主体,我国婚姻法鼓励晚婚,《婚姻法》第六条规定,"结婚年龄,男不得早于二十二周岁,女不得早于二十周岁。晚婚晚育应予鼓励。"另外,《婚姻法》还对婚姻主体进行了限制,《婚姻法》第七条规定,"有下列情形之一的,禁止结婚:(一)直系血亲和三代以内的旁系血亲;(二)患有医学上认为不应当结婚的疾病。"

2.无效和可撤销婚姻

只要具备下列情形之一的,该婚姻归于无效:重婚的;有禁止结婚的亲属关系的;婚前患有医学上认为不应当结婚的疾病,婚后尚未治愈的;未到法定婚龄的。

因胁迫结婚的,受胁迫的一方可以向婚姻登记机关或人民法院请求撤销该婚姻,受胁迫的一方撤销婚姻的请求,应当自结婚登记之日起一年内提出。被非法限制人身自由的当事人请求撤销婚姻的,应当自恢复人身自由之日起一年内提出。

无效或被撤销的婚姻,自始无效,当事人不具有夫妻的权利和义务。同居期间所得的财产,由当事人协议处理;协议不成时,由人民法院根据照顾无过错方的原则判决。对重婚导致的婚姻无效的财产处理,不得侵害合法婚姻当事人的财产权益,当事人所生的子女,适用本法有关父母子女的规定。

(三)离婚

1.离婚的法定理由

依据我国《婚姻法》,有下列情形之一,调解无效的,应准予离婚。

(1)重婚或有配偶者与他人同居的。

(2)实施家庭暴力或虐待、遗弃家庭成员的。

(3)有赌博、吸毒等恶习屡教不改的。

(4)因感情不和分居满两年的。

(5)其他导致夫妻感情破裂的情形。

(6)一方被宣告失踪,另一方提出离婚诉讼的。

2.离婚的法定限制

(1)现役军人的配偶要求离婚,须征得军人同意,但军人一方有重大过错的除外。

(2)女方在怀孕期间、分娩后一年内或中止妊娠后六个月内,男方不得提出离婚。女方提出离婚的,或人民法院认为确有必要受理男方离婚请求的,不在此限。

(四)夫妻财产问题

1.夫妻共有财产

夫妻在婚姻关系存续期间所得的下列财产,归夫妻共同所有:①工资、奖金;②生产、经营的收益;③知识产权的收益;④继承或赠与所得的财产,但遗嘱或赠与合同中确定只归夫或妻一方的财产除外;⑤一方以个人财产投资取得的收益;⑥男女双方实际取得或者应当取得的住房补贴、住房公积金;⑦男女双方实际取得或者应当取得的养老保险金、破产安置补偿费;⑧其他应当归共同所有的财产。夫妻对共同所有的财产有平等的处理权。

2.夫妻个人财产

夫妻一方财产范围包括:①军人的伤亡保险金、伤残补助金、医药生活补助费;②一方的婚前财产;③一方因身体受到伤害获得的医疗费、残疾人生活补助费等费用;④遗嘱或赠与合同中确定只归夫或妻一方的财产;⑤一方专用的生活用品;⑥其他应当归一方的财产。

二、继承法

继承法是调整财产继承关系的法律规范的总和,继承是专指财产的继承。遗留财产的死者称为被继承人;接受遗产的人称为继承人;死者遗留的个人合法财产称为遗产;继承人依法取得被继承人遗产的权利称为继承权。

(一)遗产的法定范围

遗产是公民死亡时遗留的个人合法财产包括:①公民的收入;②公民的房屋、储蓄和生活用品;③公民的林木、牲畜和家禽;④公民的文物、图书资料;⑤法律允许公民所有的生产资料;⑥公民的著作权、专利权中的财产权利;⑦公民的其他合法财产。

(二)继承权的法定丧失

继承人有下列行为之一的,丧失继承权:①故意杀害被继承人的;②为争夺遗产而杀害其他继承人的;③遗弃被继承人的,或者虐待被继承人情节严重的;④伪造、篡改或者销毁遗嘱,情节严重的。

(三)继承的主体

继承权男女平等。遗产按照下列顺序继承,第一顺序:配偶、子女、父母;第二顺序:兄弟姐妹、祖父母、外祖父母。继承开始后,由第一顺序继承人继承,第二顺序继承人不继承;没有第一顺序继承人继承的,由第二顺序继承人继承。这里所说的子女,包括婚生子女、非婚生子女、养子女和有扶养关系的继子女;父母,包括生父母、养父母和有扶养关系的继父母;兄弟姐妹,包括同父母的兄弟姐妹、同父异母或者同母异父的兄弟姐妹、养兄弟姐妹、有扶养关系的继兄弟姐妹。丧偶儿媳对公、婆,丧偶女婿对岳父、岳母,尽了主要赡养义务的,作为第一顺序继承人。

(四)获得遗产的方式

1.法定继承

法定继承是指继承人的范围、继承的顺序,以及遗产分配的原则均是按法律规定处理的一种继承方式,亦称做无遗嘱继承。法定继承是以一定的人身关系为前提的,法定继承人的范围、继承顺序、遗产分配都由法律做出规定。

2.代位继承

代位继承是指被继承人的子女先于被继承人死亡,被继承人的子女的晚辈直系血亲可以代替被继承人的子女继承被继承人的遗产。

3.遗嘱继承

遗嘱继承是指被继承人死亡后,按其生前所立遗嘱内容,将其遗产转移给指定的法定继承人的一种继承方式。遗嘱继承优先于法定继承。遗嘱继承不得取消缺乏劳动能力又没有生活来源的法定继承人的必要的继承份额。

4.遗赠

遗赠是指公民以遗赠形式将其遗产的一部分或全部赠给国家、集体组织、社会团体和法定继承人之外的人。遗赠财产者称为遗赠人,承受遗赠者叫做受遗赠人。受遗赠人自知道受遗赠后两个月内未做出接受遗赠表示的,视为放弃受遗赠。

5.转继承

转继承是继承人在继承开始后,取得遗产前死亡,由他的继承人实际接受其有权继承的遗产。转继承既存在于法定继承中,也可存在于遗嘱继承中。

经典真题专家点评

1.(2011年中央)下列说法不符合法律规定的是( )。

A.甲村村委会在村民会议上提交了修建学校的经费筹集方案

B.乙村村委会与村民李某签订山林承包合同,承包期为10年,到期后,村委会又将山林承包给该村村民赵某

C.丙村有一座石灰矿,丙村村委会组织该村村民成立丙村经济合作社,以经济合作社的名义申请石灰矿的采矿许可证

D.丁村享有选举权的村民有500人,其中300人参与了村委会主任选举,候选人王某、张某和黄某分别获得选票120票、100票和80票,因而王某当选

【专家点评】本题答案为D。《中华人民共和国村民委员会组织法》第15条规定:有登记参加选举的村民过半数投票,选举有效;候选人获得参加投票的村民过半数的选票,方能当选。D项中王某所得的选票不足全村所有有选举权的村民的二分之一,不符合法律规定,须有人获得超过150票可当选。故选D。

2.(2010年辽宁)下列甲乙关系不属于姻亲关系的是( )。

A.甲是乙的表姐夫   B.甲是乙的岳母

C.甲是乙的养子   D.甲和乙是妯娌

【专家点评】本题答案为C。姻亲的定义是以婚姻关系为中介而产生的亲属。具体分为:(1)血亲的配偶。指自己直系、旁系血亲的配偶,如儿媳、姐夫等。(2)配偶的血亲。指自己配偶的血亲,如岳父、夫之妹等。(3)配偶的血亲的配偶。指自己配偶的血亲的夫或妻,如妯娌、连襟等。姻亲关系因夫妻离婚或夫妻中一方死亡、他方再婚而消失。养子是由收养确定的关系,并不是姻亲关系。

单元同步训练

一、单项选择题

1.下列行为中,属于默示的民事法律行为的是( )。

A.租期届满后,承租人继续交付租金,出租人继续收取租金

B.代理期限届满后,委托人没有继续委托,而代理人仍然进行代理行为

C.甲向乙提出书面要约,双方在此之前未有联系。甲在要约中明确提出,若乙不在1个月内提出反对意见,视为同意,1个月后,乙沉默

D.甲向其妻子乙提出离婚,乙沉默,后甲以乙的此行为要求法院判决离婚

2.下列情形中,诉讼时效为1年的是( )。

A.某甲买了1台电热水器,使用中因电热水器漏电而受伤

B.某甲与某乙签订了一承包经营合同,后某乙违约

C.某甲借给某乙1万元,某乙到期不还欠款

D.某甲在某乙处定做一套西服,到期后某甲未及时领取西服,30天后某乙将西服卖掉

3.甲与乙签订协议,约定甲将其房屋赠与乙,乙承担甲生养死葬的义务。后乙拒绝抚养甲,并将房屋擅自用作经营活动,甲遂诉至法院要求乙返还房屋。下列说法中正确的是( )。

A.该协议是附条件的赠与合同

B.该协议在甲死亡后发生法律效力

C.法院应判决乙向甲返还房屋

D.法院应判决乙取得房屋所有权

4.张某11周岁,小学五年级学生,经常在其学校门口的一家小卖部买零食和一些学习用品,部分赊账,年终时共欠小卖部340元。小卖部老板拿着账单要求张某父亲付款,遭到张某父亲拒绝。下列说法正确的是( )。

A.张某购买零食和学习用品的行为是无效的民事行为,其父亲作为监护人,无须赔偿

B.张某购买零食和学习用品的行为是合法有效的民事行为,其父亲作为监护人,应当付款

C.张某购买零食和学习用品的行为是无效的民事行为,其父亲作为监护人,应当赔偿

D.张某购买零食和学习用品的行为是合法有效的民事行为,应当由其自己付款,不应当由其父亲付款

5.方某在晚上牵狗散步,狗突然挣脱绳索,奔向童某(3岁),并咬伤童某。当时童某父亲正在用手机给朋友打电话。关于本案,下列说法正确的是( )。

A.方某应当负全部责任

B.方某和童某父亲都要承担责任

C.意外事件,方某不需要承担责任

D. 童某父亲没有看管好自己的孩子,应当负全部责任

二、多项选择题

1. 乙向甲借款 8 万元,丙又欠乙款 8 万元,经过协商由丙直接向甲偿还,下列表述甲、乙、丙相互关系及性质的选项哪些是正确的?(　　)

A. 如果甲、乙之间协商一致,再通知丙,为债权转移

B. 如果乙、丙之间协商一致,再得到甲的同意,为债务承担

C. 如果甲、丙之间协商一致,再得到乙的同意,为债务承担

D. 如果甲、乙、丙订立一个协议,对甲与乙为债权转移,对甲与丙及乙与丙为债务承担

2. 某甲 5 岁,父母离异后由其母抚养。某日,某甲在幼儿园午饭时与小朋友某乙发生打斗,在场的带班教师某丙未及时制止。某甲将某乙推倒在地,造成某乙骨折,花去医药费 3000 余元。对某乙的损失(　　)。

A. 某甲之母应承担赔偿责任

B. 如果某甲之母独立承担赔偿责任确有困难,某甲之父应承担赔偿责任

C. 幼儿园应给予适当赔偿

D. 某丙应承担连带赔偿责任

3. 下列情况中,诉讼时效期间为 1 年的有(　　)。

A. 出售质量不合格的商品未声明的

B. 寄存财物被丢失或损毁的

C. 延付或者拒付租金的

D. 法人的名称权受到侵害的

4. 某甲 17 周岁,已参加工作,有固定收入,某日因某甲在街上寻衅滋事,将某乙打伤,某乙要求赔偿医药费,对此下列表述中正确的有(　　)。

A. 某甲的父母必须承担赔偿医药费的义务

B. 某甲的父母无须承担赔偿医药费的义务

C. 某甲的父母可以选择是否替某甲赔偿医药费

D. 某甲的父母如赔偿了医药费,则对某甲有追偿权

5. 下列表述中,是债终止的原因或方式的有(　　)。

A. 履行　　　　　　B. 抵消　　　　　　C. 无因管理　　　　　　D. 不当得利

参考答案及解析

一、单项选择题

1. A【解析】不作为的默示只有在法律有规定或者当事人双方有约定的情况下,才可以视为意思表示。

2. A【解析】特别诉讼时效期间为 1 年,适合 A 选项的情况。

3. C【解析】抚养人或者集体组织与公民订有遗赠抚养协议,抚养人或者集体组织无正当理由不履行,致使协议解除的,不能享有受遗赠的权利,其支付的供养费用一般不予补偿;遗赠人无正当理由不履行,致协议解除的,则应偿还抚养人或者集体组织已支付的供养费用。C 选项正确,D 选项错误。根据民法理论,遗赠抚养协议自合同订立时生效。因此,不属于附条件的赠与合同,因为赠与合同属于身前行为,不属于死因行为,这是遗赠抚养协议的重大区别之一。A、B 选项错误。

4. B【解析】材料中张某 11 周岁,属于限制民事行为能力人,我国《民法通则》规定,限制民事行为能力

人订立的合同,经法定代理人追认后,该合同有效,但纯获利益的合同或者与其年龄、智力、精神健康状况相适应而订立的合同,不必经法定代理人追认。张某的购买零食和学习用品的行为是与其年龄、智力、精神健康状况相适应而订立的合同,是合法民事行为,其父亲作为监护人应当付款。

5.A【解析】我国《民法通则》第一百二十七条规定,"饲养的动物造成他人损害的,动物饲养人或者管理人应当承担民事责任;由于受害人的过错造成损害的,动物饲养人或者管理人不承担民事责任;由于第三人的过错造成损害的,第三人应当承担民事责任。"饲养的动物造成他人损害的案件,属于无过错责任案件。除非受害人是故意,动物的饲养人才可以免除责任。本案中,童某并没有对狗实施任何行为,所以不应承担责任。

二、多项选择题

1.AB【解析】《合同法》第80条规定:"债权人转让权利的,应当通知债务人。未经通知,该转让对债务人不发生效力。"第84条规定:"债务人将合同的义务全部或者部分转移给第三人的,应当经债权人同意。"由此可知,选项A、B正确。

2.ABC【解析】《民法通则》第133条规定:"无民事行为能力人、限制民事行为能力人造成他人损害的,由监护人承担民事责任。监护人尽了监护责任的,可以适当减轻他的民事责任。"《民法通则意见》第158条规定:"夫妻离婚后,未成年子女侵害他人权益的,同该子女共同生活的一方应当承担民事责任;如果独立承担民事责任确有困难的,可以责令未与该子女共同生活的一方共同承担民事责任。"第160条规定:"在幼儿园学习生活的无民事行为能力人或者在精神病院治疗的精神病人,受到伤害或者造成他人损害,单位有过错的,可以责令这些单位适当给予赔偿。"据以上规定,本题正确答案为A、B、C。

3.ABC【解析】《民法通则》第一百三十六条规定,下列的诉讼时效期间为一年:①身体受到伤害要求赔偿的;②出售质量不合格的商品未声明的;③延付或者拒付租金的;④寄存财物被丢失或者损毁的。

4.BCD【解析】某甲应视为完全民事行为能力人,完全民事行为能力发生侵权,应当承担民事责任。因此,其父母可以选择是否替他承担责任,也可以承担责任后,向某甲人追偿。

5.AB【解析】债终止即债的消灭,是指债的关系在客观上不复存在。债消灭的原因大致有以下几类:①清偿,清偿与履行的意义相同,只不过履行是从债的效力、债的动态方面讲的,而清偿则是从债的消灭的角度讲的;②抵消,抵消是指二人互负债务时,各以其债权充当债务之清偿,而使其债务与对方的债务在对等额内相互消灭;③提存;④免除;⑤混同;⑥合同更新。而C、D选项为债的发生原因。

第十一章　行政法

知识结构导读

行政法
├─ 行政法概述
│　├─ 行政法的概念及特点
│　├─ 行政法的基本原则
│　├─ 行政主体
│　└─ 行政相对方
├─ 抽象行政行为和具体行政行为
│　├─ 抽象行政行为
│　└─ 具体行政行为
├─ 行政许可
│　├─ 行政许可的概念、特征和种类
│　├─ 行政许可的实施主体
│　├─ 行政许可设定和实施的原则
│　├─ 行政许可的设定权限
│　└─ 行政许可的撤销和注销
├─ 行政处罚
│　├─ 行政处罚的概念、原则和种类
│　├─ 行政处罚权的设定
│　└─ 行政处罚的适用
├─ 行政复议
│　├─ 行政复议的概念
│　├─ 行政复议的受案范围
│　├─ 行政复议程序
│　└─ 行政复议前置情形
└─ 行政赔偿
　　├─ 行政赔偿概述
　　├─ 行政赔偿的构成要件
　　├─ 行政赔偿请求人和赔偿义务机关
　　└─ 行政赔偿的方式

$$
行政法
\begin{cases}
突发事件应对法
\begin{cases}
突发事件的概念及特征 \\
突发事件的分类 \\
突发事件的等级 \\
突发事件的应急管理体制
\end{cases} \\[2ex]
国家公务员法
\begin{cases}
国家公务员概述 \\
国家公务员的录用 \\
公务员的权利和义务 \\
公务员的奖励 \\
公务员的惩罚 \\
公务员的辞职与辞退 \\
国家行政机关对公务员享有的权利
\end{cases}
\end{cases}
$$

考点内容精讲

第一节　行政法概述

一、行政法的概念及特点

(一)行政法的概念

行政法是国家重要的部门法之一,是调整行政关系以及在此基础上产生的监督行政关系的法律规范和原则的总称,或者说是调整因行政主体行使其职权而发生的各种社会关系的法律规范和原则的总称。

(二)行政法的特点

由于行政法的特殊性,其具有以下几项显著的特点。

(1)行政法没有完整、统一的法典。

(2)行政法规、规章等形式表现的行政规范易于变动。

(3)行政法的实体性规范和程序性规范常常交织在一起,并往往共存于一个法律文件中。

(4)由于现代行政权力的急剧膨胀,其活动领域已不限于外交、国防、治安、税收等领域,而是扩展到了社会生活的各个方面,所以,行政法涉及的领域十分广泛,内容十分丰富。

二、行政法的基本原则

行政法的基本原则是指贯穿于整个行政法体系并对行政法制各个环节和所有领域起价值导向和指导作用的核心准则与纲领。

(一)合法行政原则

合法行政原则,即行政机关必须依法行使行政权。合法行政原则是行政法的首要原则,其他原则可以理解为这一原则的延伸。实行合法行政原则是行政活动区别于民事活动的主要标志。该原则具体又可分为以下四项子原则。

（1）法律优先原则。指法律位阶高于行政法规、行政规章和行政命令，一切行政法规、行政规章和行政命令皆不得与法律相抵触。

（2）法律保留原则。指《立法法》第八条所规定的事项只能由法律规定，又分为绝对保留和相对保留。前者如有关犯罪和刑罚、对公民政治权利的剥夺和限制公民人身自由的强制措施和处罚、司法制度等事项，必须由法律规定，不得授权行政机关做出规定；后者如《立法法》第 8 条规定的其他事项，全国人民代表大会及其常务委员会可以授权国务院先制定行政法规。

（3）职权法定原则。指行政机关任何职权的取得和行使都必须依据法律规定，否则不得行使。

（4）责任政府原则。指行政机关和国家公务员违法行政必须承担法律责任，既包括行政机关的行政行为被撤销、变更的责任和行政赔偿责任等，也包括国家公务员因违法失职而应承担的行政处分责任和引咎辞职责任等。

（二）合理行政原则

合理行政原则是指行政行为的内容要客观、适度、合乎理性。该原则的具体内容如下。

（1）行政行为应符合立法目的。

（2）行政行为应建立在正当考虑的基础上，不得考虑不相关因素。

（3）平等适用法律规范，相同事实不得给予不同对待。

（4）符合自然规律。

（5）符合社会道德。

合理行政原则作为一项普遍适用的行政法的基本原则，其具体要求如下。

（1）行政行为的动因应符合行政目的。

（2）行政行为应建立在正当考虑的基础之上。

（3）行政行为的内容应客观、适度、合乎情理。

这三点具体要求反映着合理行政原则的内涵。

（三）程序正当原则

（1）行政公开原则。

（2）公众参与原则。

（3）回避原则。

（四）高效便民原则

（1）行政效率原则。

（2）便利当事人原则。

（五）诚实守信原则

（1）行政信息真实原则。

（2）保护公民信赖利益原则。

（六）权责统一原则

这一原则的基本要求是行政权力和法律责任的统一，即执法有保障、有权必有责、用权受监督、违法受追究、侵权须赔偿。具体表现在以下两方面。

（1）行政效能原则。

（2）行政责任原则。

三、行政主体

行政主体,是指享有国家行政权,能以自己的名义行使行政权,并能独立地承担因此而产生的相应法律责任的组织。国家行政机关是最主要的行政主体,此外依照法定授权而获得行政权的组织也可以成为行政主体。

(一)行政职责

行政职责是指行政主体在行使国家赋予的行政职权,实施国家行政管理活动的过程中,所必须承担的法定义务。行政职责的核心是"依法行政",其主要内容包括:依法履行职务,遵守权限规定,符合法定目的,遵循法定程序等。

(二)行政职权

行政职权是国家行政权的转化形式,是行政主体实施国家行政管理活动的资格及其权限。行政职权的内容和形式因行政主体的不同而有一定的差异,不同行政主体的行政职权的范围也不一样。但总的说来,行政职权大致包括以下内容:①行政立法权;②行政决策权;③行政决定权;④行政命令权;⑤行政执行权;⑥行政处罚权;⑦行政强制执行权;⑧行政司法权。

(三)行政权限

行政权限是指法律规定的行政主体行使职权所不能逾越的范围或界限。换言之,行政权限就是行政职权的限度,行政主体行使职权超越该"限度"便构成行政越权,视为无效。

行政权限分为纵、横两大类。纵向行政权限是指有隶属关系的上下级行政主体之间权力行使范围的划分;横向行政权限是指无隶属关系的行政主体之间权力行使范围的划分,这种权限又可分为区域管辖权限和公务管辖权限。

四、行政相对方

行政相对方是指行政法律关系中与行政主体相对应的另一方主体,即行政主体的行政行为影响其权益的个人、组织。其主要包括:①包括国家行政机关在内的国家机关;②我国公民、法人和其他组织;③我国境内的外国人、外国组织、无国籍人。

行政相对方的法律地位:①行政相对方是行政主体行政管理的对象;②行政相对方也是行政管理的当事人;③行政相对方在监督行政法律关系中可以转化为救济对象和监督主体。

第二节　抽象行政行为和具体行政行为

一、抽象行政行为

(一)抽象行政行为的概念

抽象行政行为是指国家行政机关制定法规、规章和有普遍约束力的决定、命令等行政规则的行为。其表现形式包括行政法规和规章,行政机关制定规章以下的其他规范性文件的活动不属于行政立法范畴,但属于抽象行政行为。

(二)抽象行政行为的特征

1.抽象行政行为对象具有普遍性

所谓抽象行政行为对象的普遍性即以普遍的、不特定的人或事为行为对象,其针对的是某一类的人或事,而非特定的人或事。

2.抽象行政行为效力的普遍性和持续性

抽象行政行为效力的普遍性和持续性即抽象行政行为对某一类人或事具有约束力,同时有后及力,不仅适用于当时的行为或事件,而且适用于将来发生的同类行为或事件。

3.抽象行政行为的不可诉性

抽象行政行为不能成为行政诉讼的直接对象,这是行政诉讼法所直接规定的。

4.抽象行政行为的准立法性

抽象行政行为在性质上属于行政行为,但它又具有法律的特征,带有普遍性、规范性、强制性。

(三)抽象行政行为的效力等级

抽象行政行为的效力等级是指行政法规和规章在国家法律规范体系中所处的地位。

在我国的法律规范体系中,宪法具有最高的法律效力,法律的效力仅次于宪法,高于行政法规和规章。行政法规的效力高于地方性法规和规章。地方性法规的效力高于本级和下级地方政府规章。省、自治区人民政府制定的规章的效力高于本行政区域内较大的市的人民政府制定的规章。部门规章之间、部门规章和地方政府规章之间具有同等效力。立法法未对地方性法规和部门规章之间的效力大小做出规定。部门规章在全国范围内具有效力,属于中央行政立法的范畴;地方性法规只在所辖区域内具有效力,属于地方立法的范畴。

地方性法规与部门规章之间对同一事项的规定不一致,不能确定如何适用时,由国务院提出意见。国务院认为应当适用地方性法规的,应当决定在该地方适用地方性法规的规定;认为应当适用部门规章的,应当提请全国人民代表大会常务委员会裁决。

二、具体行政行为

(一)具体行政行为的概念

具体行政行为是国家行政机关依法就特定事项对特定的公民、法人和其他组织的权利、义务做出的单方行政职权行为,是狭义的具体行政行为。具体行政行为的基本要素有以下几点:①具体行政行为是法律行为;②具体行政行为是对特定人与特定事项的处理,第一是就特定事项对特定人的处理,第二是就特定事项对可以确定的一群人的处理,第三是就特定事项对不特定人的处理;③具体行政行为是单方行政职权行为;④具体行政行为是外部性处理。

(二)具体行政行为的分类

(1)依行政机关是否以当事人的申请作为开始具体行政行为的条件为标准,可划分为依职权的和须申请的具体行政行为。

(2)依具体行政行为受法律约束的程度为标准,可划分为羁束的和裁量的具体行政行为。

(3)依具体行政行为与当事人之间的权益关系为标准,可划分为授益的和负担的具体行政行为。

(4)依具体行政行为是否需要具备法定的形式为标准,可划分为要式的和不要式的具体行政行为。

(5)依行政行为成立时参与的当事人的数目为标准,可划分为单方行政行为和双方行政行为。典型的双方行为是行政合同(行政机关和对方协商签订合同亦在受案范围内),大部分是单方行政行为。

(6)依行政行为是否要具有法定的形式和程序为划分标准,可划分为要式行政行为和非要式行政行为。

第三节　行政许可

一、行政许可的概念、特征和种类

行政许可是指行政主体根据行政相对方的申请,经依法审查,通过颁发许可证、执照等形式,赋予或确认行政相对方从事某种活动的法律资格或法律权利的一种具体行政行为,其特征如下。

(一)行政许可的特征

(1)行政许可是一种依申请的行政行为。无行政相对人的申请,行政机关不能主动予以许可。

(2)行政许可的内容一般是国家禁止的活动。

(3)行政机关对行政相对人的申请要依法审查。

(4)行政许可是授益性行政行为。

(5)行政许可的目的在于抑制公益上的危险或影响秩序的因素。

(6)行政许可是要式行政行为,行政许可应遵循一定的法定形式。

(7)行政许可是一种外部行政行为,行政机关审批其他行政机关或者其直接管理的事业单位的人事、财务、外事等事项的内部管理行为不属于行政许可。

(二)行政许可的种类

根据不同的划分标准,行政许可可分为不同的种类。目前较为常见的有:①以许可的范围为标准,分为一般许可和特殊许可;②以许可的书面形式及其能否单独使用为标准,分为独立的许可和附文件的许可;③以许可有效期的长短为标准,分为长期许可和短期许可;④以许可享有的程度为标准,分为排他性许可和非排他性许可;⑤以许可是否附有附加义务为标准,分为权利性许可和附义务的许可;⑥以许可的性质为标准,分为行为许可和资格许可。另外,还可以以许可的目的和行政管理的具体内容为标准,分为保障公共安全的许可、保障人民健康的许可、维护社会风尚的许可、维护交通安全的许可、保护重要资源和生态环境的许可、进出口贸易的许可、加强城市管理的许可、保护当事人合法权益的许可、发展国民经济的许可。

二、行政许可的实施主体

(一)法定的行政机关

法定的行政机关是指依照法律规定,有权在其职权范围内实施行政许可的国家行政机关。

(二)被授权具有管理公共事务职能的组织

法律、法规授权的具有管理公共事务职能的组织,在法定授权范围内,以自己的名义实施行政许可。该组织应具备下列条件。

(1)该组织必须是依法成立的。

(2)被授权实施的行政许可事项应当与该组织管理公共事务的职能相关联。

(3)该组织应当具有熟悉与被授权实施的行政许可有关的法律、法规和专业的正式工作人员。

(4)该组织应当具备实施被授权实施的行政许可所必需的技术、装备条件等。

(5)该组织能对实施被授权实施的行政许可引起的法律后果独立地承担责任。

(三)被委托的行政机关

行政机关在其法定职权范围内,依照法律、法规、规章的规定,可以委托其他行政机关实施行政许可。

受委托行政机关在委托范围内,以委托行政机关的名义实施行政许可。对于委托行使行政许可应注意以下几点。

(1)委托主体只能在其法定职权范围内委托实施行政许可。

(2)被委托实施行政许可的行政机关不得将行政许可实施权再转委托给其他组织或者个人。

(3)委托实施行政许可的依据是法律、法规和规章。

(4)委托机关应当对被委托行政机关实施行政许可的行为负责监督,并对被委托机关的行政许可行为的后果承担法律责任。

(5)委托行政机关应当将被委托行政机关和被委托实施行政许可的内容予以公告。

三、行政许可设定和实施的原则

(1)合法原则。设定和实施行政许可,都必须严格依照法定的权限、范围、条件和程序进行。

(2)公开、公平、公正原则。

(3)效率和便民原则。

(4)信赖保护原则。

(5)救济原则。

(6)行政许可非依法不得转让原则。

(7)监督与责任原则。

四、行政许可的设定权限

行政许可法根据我国的立法体制和相关国情,对不同的法律文件设定行政许可的权限做了划分。可以作为实施行政许可的依据包括:法律、行政法规、国务院的决定、地方性法规、省级规章。

五、行政许可的撤销和注销

(一)行政许可的撤销

行政机关违法做出行政许可决定应当撤销其作出的行政许可决定。对违法的行政许可事项,撤销可能对公共利益造成重大损害的,不予撤销。行政许可决定被撤销时,行政机关应当赔偿被许可人因此受到的损害。

(二)行政许可的注销

行政许可的注销,指基于特定事实的出现,由行政机关依据法定程序收回行政许可证件或者公告行政许可失去效力。依据我国法律规定,以下情形应当注销行政许可。

(1)行政许可有效期届满未延续的。

(2)赋予公民特定资格的行政许可,该公民死亡或者丧失行为能力的。

(3)法人或者其他组织依法终止的。

(4)行政许可依法被撤销、撤回,或者行政许可证件依法被吊销的。

(5)因不可抗力导致行政许可事项无法实施的。

(6)法律、法规规定的应当注销行政许可的其他情形。

第四节 行政处罚

一、行政处罚的概念、原则和种类

(一)行政处罚的概念及特点

行政处罚是指行政机关或其他行政主体依法定职权和程序对违反行政法规但尚未构成犯罪的相对人给予行政制裁的具体行政行为。其特征主要有:①实施主体是法定的行政机关;②实施对象是违反了行政法律规范的公民、法人或其他组织;③是一种以惩罚违法行为为目的,带有一定惩罚性、制裁性的具体的行政行为。

(二)行政处罚的基本原则

(1)处罚法定原则。

(2)处罚与教育相结合原则。

(3)公正、公开原则。

(4)一事不再罚原则。

(5)监督制约、职能分离原则。

(6)保护当事人权益的原则。

(三)行政处罚的种类

1.法定角度上的种类

《中华人民共和国行政处罚法》第八条规定,"行政处罚的种类:(一)警告;(二)罚款;(三)没收违法所得、没收非法财物;(四)责令停产停业;(五)暂扣或者吊销许可证,暂扣或者吊销执照;(六)行政拘留;(七)法律、行政法规规定的其他行政处罚。"《海关行政处罚实施条例》涉及的行政处罚的种类有 6 种:①警告;②罚款;③没收有关货物、物品、走私运输工具;④暂停报关职业;⑤撤销海关注册登记;⑥取消报关从业资格。《治安管理处罚法》规定的行政处罚种类具体包括:①警告;②罚款;③行政拘留;④吊销行政机关发放的许可证。

2.理论角度上的种类

(1)人身自由罚,具体形式包括行政拘留和劳动教养。

(2)训诫罚,亦称申诫罚、精神罚或声誉罚。其具体形式包括警告、责令具结悔过、批评等。

(3)行为罚,亦称能力罚,是行政主体对违反行政法律规范的行政相对方所采取的限制,或剥夺其特定行为能力或资格的一种处罚措施。其具体形式包括责令停产停业,吊销许可证、营业执照等。

(4)财产罚,是行政主体对违法对象的自有财产或其他违法财产在法定程度上加以剥夺的一种制裁手段。其主要形式有罚款、没收财产等。

二、行政处罚权的设定

设定行政处罚是国家有权机关创设行政处罚、赋予行政机关行政处罚职权的立法活动。

(一)法律的设定权

法律的设定权分为有权可以设定的和必须行使权力进行设定的两方面。法律可以设定各种行政处罚。限制人身自由的行政处罚只能由法律设定。

(二)行政法规的设定权

行政法规可以设定除限制人身自由以外的行政处罚。

(三)地方性法规的设定权

地方人大制定的地方性法规可以设定除限制人身自由、吊销企业营业执照以外的行政处罚。如果法律、行政法规对违法行为已经做出行政处罚规定,地方性法规需要做出具体规定的,不得超出法律、行政法规规定的给予行政处罚的行为、种类和幅度的范围。

(四)规章的设定权

规章可以设定警告和一定数量罚款的行政处罚,分别由国务院和省级人大常委会规定限额。其他规范性文件不得设定行政处罚。

三、行政处罚的适用

行政处罚的适用是对行政法律规范规定的行政处罚的具体运用,也就是行政主体在认定相对方行为违法的基础上,依法决定对相对方是否给予行政处罚和如何给予处罚的活动。适用行政处罚必须具备一定的条件,否则即为违法或无效的行政处罚。行政处罚适用的条件如下。

(1)行政相对人违反行政法规的行为客观存在是行政处罚适用的前提条件。

(2)有处罚权的适合主体是行政处罚适用的主体条件。

(3)行政相对人达到责任年龄、具备责任能力是行政处罚适用的对象条件。

(4)违法行为实施后两年内是行政处罚适用的时效条件。

第五节 行政复议

一、行政复议的概念

行政复议是指行政相对人不服行政主体的具体行政行为,依法向行政复议机关提出申请,请求重新审查并纠正原具体行政行为,行政复议机关据此对原具体行政行为是否合法进行适当审查并做出决定的法律制度。

二、行政复议的受案范围

(一)可以提起行政复议的行政行为

《行政复议法》第六条规定,公民、法人或者其他组织对以下11种情形不服的,可以申请行政复议。

(1)对行政机关做出的警告、罚款、没收违法所得、没收非法财物、责令停产停业、暂扣或者吊销许可证、暂扣或者吊销执照、行政拘留等行政处罚决定不服的。

(2)对行政机关做出的限制人身自由或者查封、扣押、冻结财产等行政强制措施决定不服的。

(3)对行政机关做出的有关许可证、执照、资质证、资格证等证书变更、中止、撤销的决定不服的。

(4)对行政机关做出的关于确认土地、矿藏、水流、森林、山岭、草原、荒地、滩涂、海域等自然资源的所有权或者使用权的决定不服的。

(5)认为行政机关侵犯合法的经营自主权的。

(6)认为行政机关变更或者废止农业承包合同,侵犯其合法权益的。

（7）认为行政机关违法集资、征收财物、摊派费用或者违法要求履行其他义务的。

（8）认为符合法定条件，申请行政机关颁发许可证、执照、资质证、资格证等证书，或者申请行政机关审批、登记有关事项，行政机关没有依法办理的。

（9）申请行政机关履行保护人身权利、财产权利、受教育权利的法定职责，行政机关没有依法履行的。

（10）申请行政机关依法发放抚恤金、社会保险金或者最低生活保障费，行政机关没有依法发放的。

（11）认为行政机关的其他具体行政行为侵犯其合法权益的。

（二）不能申请行政复议的行政行为

（1）不服行政机关做出的行政处分或者其他人事处理决定的。

（2）不服行政机关对民事纠纷做出的调解或者其他处理的。

三、行政复议程序

（一）复议申请

行政相对方认为具体行政行为侵犯其合法权益的，可以自知道该具体行政行为之日起 60 日内提出申请，但法律规定的申请期限超过 60 日的除外。另外，复议申请还应当满足以下条件：①申请人必须适格，即申请人应是认为具体行政行为直接侵犯其合法权益的公民、法人或者其他组织；②申请人要提出具体的复议要求和事实根据；③要有明确的被申请人；④争议行政行为应属于行政复议受案范围和受理申请的复议机关管辖。

（二）复议申请的受理

复议机关在收到复议申请后应当在 5 日内进行审查，做出受理或不予受理的决定。其中，对于不符合《行政复议法》规定的申请条件的复议申请决定不予受理，并书面告知申请人不予受理的理由；对于不属本机关管辖的复议申请，应告知申请人向有管辖权的复议机关提起。

（三）复议审理

行政复议原则上采取书面审查的形式，但申请人提出要求或者复议机关负责法制工作的机构认为必要时，可以向有关组织和人员调查情况，听取申请人、被申请人和第三人的意见。

（四）复议决定

一般情况下，行政复议机关应当自受理申请之日起 60 日内做出复议决定。法律另有其他规定的，依照其他规定。行政复议决定包括维持决定、履行决定、撤销决定、变更决定和确认具体行政行为违法的决定。

四、行政复议前置情形

依据我国相关行政法规规定，公民、法人或者其他组织认为行政机关确认土地、矿藏、水流、森林、山岭、草原、荒地、滩涂、海域等自然资源的所有权或者使用权的具体行政行为，侵犯其已经依法取得的自然资源所有权或者使用权的，经行政复议后，才可以向人民法院提起行政诉讼。也就是说这种行政案件必须先经过行政复议，然后才可以提起诉讼。法学理论上称其为行政复议程序的前置。

行政机关颁发自然资源所有权、使用权证书的行为不属于复议前置的情形。另外，对涉及自然资源所有权或者使用权的行政处罚、行政强制措施等其他具体行政行为不服的，可以直接提起行政诉讼。

第六节　行政赔偿

一、行政赔偿概述

(一)行政赔偿的概念和特征

行政赔偿是国家行政机关和行政工作人员或法律、法规授权行使权力的组织在行使行政职权时,违法侵犯公民、法人或其他组织的合法权益并造成损害,国家负责向受害人赔偿的制度。

我国行政赔偿具有以下基本特征:①引起行政赔偿的侵权损害行为人是国家行政机关及其工作人员或法律、法规授权行使行政权力的组织;②引起行政赔偿的侵权损害行为是行政机关及其工作人员或法律、法规授权行使行政权力的组织在行使行政职权时发生的;③引起行政赔偿的侵权行为是违法的行为;④行政赔偿具有较强的法定性。

(二)行政赔偿的范围

(1)对侵犯人身权的行政赔偿。

(2)对侵犯财产权的行政赔偿。

(3)国家不予赔偿的情形。

二、行政赔偿的构成要件

(一)行政侵权行为的主体是国家行政主体

只有行政机关和行政机关工作人员以及其他组织、个人在法律授权或接受行政机关委托的情况下,才能成为侵权行为的主体,一般公民、法人不能成为行政侵权行为的主体。

(二)执行职务的行为违法

具体而言,该要件包涵两层含义:一是侵害行为必须是执行职务的行为;二是执行职务的行为违法。另外还有一点就是,行政职权非法侵权行为及其造成的损害事实不在法定豁免范围之内。

(三)存在确定的损害事实

赔偿责任必须以当事人合法权益实际上已经发生或将来一定会发生的损害事实存在为前提条件。这是各国赔偿责任立法的通例,也是侵权责任法上的公理。

(四)损害事实与行政职权非法侵权之间有密切的因果关系

各国法律都无一例外地承认因果关系是法律责任的构成要件,因为法律不能使人对不是他造成的损害承担责任,行政侵权赔偿责任的构成要件也不例外。

三、行政赔偿请求人和赔偿义务机关

(一)行政赔偿请求人

行政赔偿请求人是指因行政机关及工作人员违法执行职务而遭受损害,有权请求国家予以赔偿的人,行政赔偿请求人既可以是公民,也可以是法人或其他组织。行政赔偿中,有权提出赔偿请求的人有以下几种。

(1)受到行政侵权损害的公民、法人或其他组织。无民事行为能力或限制民事行为能力人的权益在行政机关或其工作人员行使职权时遭到非法侵犯的,他们的监护人为法定代理人代理他们行使行政赔偿请求权。

(2)受害人死亡的,其继承人和其他与之有抚养关系的亲属也可以成为赔偿请求人。

(3)受害人的法人或其他组织终止,承受其权利的法人或其他组织有权要求赔偿。

(二)赔偿义务机关

1.行政机关为赔偿义务机关

行政机关及其工作人员在行使行政职权侵犯公民、法人或其他组织合法权益造成损害的,该行政机关为赔偿义务机关,但工作人员个人行为导致侵犯公民、法人或其他组织合法权益造成损害的,行政机关不予赔偿。赔偿机关被撤销的,继续行使其职权的行政机关为赔偿义务机关;没有继续行使其职权的行政机关的,撤销该赔偿义务机关的行政机关为赔偿义务机关。

2.行政机关为共同赔偿义务机关

两个以上行政机关共同行使职权侵犯公民、法人或其他组织的合法权益造成损害的,共同行使行政职权的行政机关为共同赔偿义务机关。共同赔偿义务机关之间的责任是连带责任,即受害人可以向其中任何一个提出赔偿请求,该机关必须单独与其他义务机关共同支付赔偿费用,承担赔偿义务。

3.委托机关为赔偿义务机关

行政机关出于工作需要,有时依照法律、法规和规章将自己的某些职权委托给其他行政机关、社会组织或个人去行使。受行政机关委托的组织或个人在行使委托的行政权力时,侵犯公民、法人或其他组织的合法权益造成损害的,委托的行政机关为赔偿义务机关。

4.法律、法规授权的组织为赔偿义务机关

法律、法规授权的组织在行使授予的行政权力时侵犯公民、法人或其他组织的合法权益造成损害的,该组织为赔偿义务机关。

5.行政赔偿义务机关被撤销的责任承担

行政赔偿义务机关被撤销的,继续行使其职权的行政机关为赔偿义务机关;没有继续行使其职权的行政机关的,撤销该赔偿义务机关的行政机关为赔偿义务机关。

6.经复议后的赔偿义务机关

经复议机关复议的,最初造成侵权行为的行政机关为赔偿义务机关,但如果复议机关的决定加重损害的,复议机关对加重部分履行赔偿义务。

四、行政赔偿的方式

行政赔偿方式是指国家对其侵权行为承担责任的具体形式。用什么方式赔偿取决于行政侵害的性质、情节和程度。我国行政赔偿方式主要有三种。

(一)支付赔偿金

与其他两种赔偿方式相比,支付赔偿金有以下特点。

(1)支付赔偿金在形式上是以国家财产支付一定数额的货币给受害人(这是它与返还财产和恢复原状的根本区别)。

(2)支付赔偿金一般以受害人的实际损失为限额。

(3)支付赔偿金是国家赔偿的主要方式。

(二)返还财产

返还财产具有形式多样性和有限性的特点。

（1）返还财产中的财产可以是金钱，也可以是财物；既可以是动产，也可以是不动产；既可以是特定物，也可以是种类物。

（2）返还财产只能适用于对财产权的损害。

（三）恢复原状

（1）恢复原状仅适用于对财产权的损害。

（2）恢复原状适用条件较为严格。

（四）其他赔偿方式

以上三种方式是国家行政赔偿的主要方式，而并非优先选用方式。根据《中华人民共和国国家赔偿法》第三十条规定，国家机关及其工作人员违法行使职权侵犯公民、法人或其他组织合法权益并造成受害人名誉权、荣誉权损害的，赔偿义务机关应当在侵权行为影响的范围内，为受害人消除影响，恢复名誉，赔礼道歉。这是在国家赔偿方式之外附加适用的行政责任方式。

第七节　突发事件应对法

一、突发事件的概念及特征

《突发事件应对法》第三条规定，"突发事件是指突然发生、造成或者可能造成严重社会危害，需要采取应急处置措施予以应对的自然灾害、事故灾难、公共卫生事件和社会安全事件。"

根据突然事件的概念，可知突发事件具有以下特征。

1.突发性

事件发生的真实时间、地点、危害难以预料，往往超乎人们的心理惯性和社会的常态秩序。

2.危险性

事件给人民的生命财产或者给国家、社会带来严重危害。这种危害往往是社会性的，受害主体也往往是群体性的。

3.紧迫性

事件发展迅速，需要采取非常态措施、非程序化做出决定，才有可能避免局势恶化。

4.不确定性

事件的发展和可能的影响往往根据既有经验和措施难以判断、掌控，处理不当就可能导致事态迅速扩大。

二、突发事件的分类

根据突发事件发生的原因、机理、过程、性质和危害对象，突发事件可分为以下几类。

1.事故灾难

由人们无视规则的行为所致，主要包括工矿商贸等企业的各类安全事故、公共设施和设备事故、核与辐射事故、环境污染和生态破坏事件等。

2.自然灾害

由自然因素直接所致，主要包括水旱灾害、气象灾害、地震灾害、地质灾害、海洋灾害、生物灾害和森林草原火灾等。

3.公共卫生事件

由自然因素和人为因素共同所致,主要包括传染病疫情、群体性不明原因疾病、食品安全和职业危害、动物疫情以及其他严重影响公众健康和生命安全的事件。

4.社会安全事件

由一定的社会问题诱发,主要包括恐怖袭击事件、民族宗教事件、经济安全事故、涉外突发事件和群体性事件等。

三、突发事件的等级

根据《突发事件应对法》第四十二条,以及不同类型突发事件的性质、严重程度、可控性和影响范围等因素,可将自然灾害、事故灾难、公共卫生事件分为特别重大、重大、较大和一般四级。法律、行政法规和国务院另有规定的,从其规定。

社会安全事件由于其自身的性质和复杂性,法律上不做分级。

四、突发事件的应急管理体制

《突发事件应对法》第四条规定,"国家建立统一领导、综合协调、分类管理、分级负责、属地管理为主的应急管理体制。"

1.统一领导

在中央,国务院是突发事件应急管理工作的最高行政领导机关;在地方,地方各级政府是本级行政区突发事件应急管理工作的行政领导机关,负责本行政区域各类突发事件应急管理工作,是负责此项工作的责任主体。在突发事件应对中,领导权主要表现为以相应责任为前提的指挥权、协调权。

2.综合协调

是指为了减少运行环节、降低行政成本、提高快速反应能力,在分工负责的基础上强化统一指挥、协同联动。这也是综合协调的本质和取向。综合协调主要包含以下两层含义。

(1)政府对所属各有关部门、上级政府对下级政府、政府与社会各有关组织团体的协调。

(2)各级政府突发事件应急管理工作的办事机构进行的日常协调。

3.分类管理

是指按照自然灾害、事故灾难、公共卫生事件和社会安全事件四类突发事件的不同特性实施应急管理,具体包括两方面内容。

(1)根据不同类型的突发事件,确定管理规则,明确分级标准,开展预防与应急准备、监测与预警、应急处置与救援、事后恢复与重建等应对活动。

(2)由于一类突发事件往往有一个或者几个相关部门牵头负责,因此分类管理实际上就是分类负责,以充分发挥诸如防汛抗旱、核应急、减灾、防震、防恐怖等指挥机构及其办公室在相关领域应对突发事件中的作用。

4.分级负责

是指根据突发事件的影响范围和突发事件的级别不同,确定突发事件应对工作由不同层级的人民政府负责的体制。具体包括以下几点。

(1)一般较大的自然灾害、事故灾难、公共卫生事件的应急处置工作分别由发生地县级和设区的市级人民政府统一领导。

(2)重大和特别重大的自然灾害、事故灾难、公共卫生事件的应急处置工作由发生地省级人民政府统一领导。其中影响全国、跨省级行政区域或者超出省级人民政府处置能力的特别重大的自然灾害、事故灾难、公共卫生事件由国务院统一领导。

(3)社会安全事件由于其特殊性，原则上也是由发生地县级人民政府组织处置，但必要时上级人民政府可以直接处置。

需要指出，履行统一领导职责的地方人民政府不能消除或者不能有效控制突发事件引起的严重社会危害的，应当及时向上一级人民政府报告，请求支持。接到下级人民政府的报告后，上级人民政府应当根据实际情况对下级人民政府提供人力、财力支持和技术指导，必要时可以启用储备的应急救援物资、生活必需品和应急处置装备；如有突发事件升级的，应当由相关的上级人民政府统一领导应急处置工作。

5.属地管理为主

(1)突发事件应急处置工作原则上由地方负责，即由突发事件发生地的县级以上地方人民政府政府负责，其中又主要是由突发事件发生地的县级人民政府负责。

(2)法律、行政法规规定由国务院有关部门对特定突发事件的应对工作负责的，应当由国务院有关部门管理为主。

第八节　国家公务员法

一、国家公务员概述

(一)公务员的概念

国家公务员是指依法履行公职，纳入国家行政编制，由国家财政负担工资福利的工作人员(国有企业、国有事业单位、人民团体中的工作人员，机关中的工勤人员除外)。公务员在法律上有双重身份。公务员和国家机关的关系是职务上的委托关系，即基于委托关系而产生权利和义务。

(二)国家对公务员的任用及管理

1.公务员的任用及管理的一般原则

公务员制度坚持以马克思列宁主义、毛泽东思想、邓小平理论和"三个代表"重要思想为指导，贯彻社会主义初级阶段的基本路线，贯彻中国共产党的干部路线和方针，坚持党管干部原则。

(1)公务员的任用，坚持任人唯贤、德才兼备的原则，注重工作实绩。

(2)公务员的管理，坚持公开、平等、竞争、择优的原则，依照法定的权限、条件、标准和程序进行，并坚持监督约束与激励保障并重的原则。

(3)国家对公务员实行分类管理，提高管理效能和科学化水平。

2.国家公务员的主管部门

中央公务员主管部门负责全国公务员的综合管理工作，县级以上地方各级公务员主管部门负责本辖区内公务员的综合管理工作。上级公务员主管部门指导下级公务员主管部门的公务员管理工作，各级公务员主管部门指导同级各机关的公务员管理工作。

二、国家公务员的录用

(一)公务员应具备的条件

根据我国《公务员法》第十一条规定，公务员应当具备以下条件。

(1)具有中华人民共和国国籍。

(2)年满十八周岁。

(3)拥护中华人民共和国宪法。

(4)具有良好的品行。

(5)具有正常履行职责的身体条件。

(6)具有符合职位要求的文化程度和工作能力。

(7)法律规定的其他条件。

(二)其他规定

(1)主任科员以下,采用考试录用,试用期1年。专业技术职位、辅助职位经省级以上公务员主管部门批准,可以实行聘任制,涉密职位不实行聘任制。

(2)以下两种情况不得录用:①曾因犯罪受过刑罚的;②曾受过开除处分的。

三、公务员的权利和义务

(一)公务员的权利

公务员享有下列权利:①获得履行职责应当具有的工作条件;②非因法定事由、非经法定程序,不被免职、降职、辞退或者处分;③获得工资报酬,享受福利、保险待遇;④参加培训;⑤对机关工作和领导人员提出批评和建议;⑥提出申诉和控告;⑦申请辞职;⑧法律规定的其他权利。

(二)公务员的义务

公务员应当履行的义务有:①模范遵守宪法和法律;②按照规定的权限和程序认真履行职责,努力提高工作效率;③全心全意为人民服务,接受人民监督;④维护国家的安全、荣誉和利益;⑤忠于职守,勤勉尽责,服从和执行上级依法做出的决定和命令;⑥保守国家秘密和工作秘密;⑦遵守纪律,恪守职业道德,模范遵守社会公德;⑧清正廉洁,公道正派;⑨法律规定的其他义务。

四、公务员的奖励

公务员奖励坚持精神奖励与物质奖励相结合,以精神奖励为主的原则。

(一)公务员奖励的条件

概括而言,国家对工作表现突出,有显著成绩和贡献,或者有其他突出事迹的公务员或者公务员集体,给予奖励。具体来说,公务员或者公务员集体有下列情形之一的,应给予奖励。

(1)忠于职守,积极工作,成绩显著的。

(2)遵守纪律,廉洁奉公,作风正派,办事公道,模范作用突出的。

(3)在工作中有发明创造或者提出合理化建议,取得显著经济效益或者社会效益的。

(4)为增进民族团结、维护社会稳定做出突出贡献的。

(5)爱护公共财产,节约国家资财有突出成绩的。

(6)防止或者消除事故有功,使国家和人民群众利益免受或者减少损失的。

(7)在抢险、救灾等特定环境中奋不顾身,做出贡献的。

(8)同违法违纪行为做斗争有功绩的。

(9)在对外交往中为国家争得荣誉和利益的。

(10)有其他突出功绩的。

奖励分为:嘉奖、记三等功、记二等功、记一等功、授予荣誉称号。对受奖励的公务员或者公务员集体予以表彰,并给予一次性奖金或者其他待遇。

(二)公务员奖励的撤销

根据我国《公务员法》第五十二条规定,公务员或者公务员集体有下列情形之一的,撤销奖励。

(1)弄虚作假,骗取奖励的。

(2)申报奖励时隐瞒严重错误或者严重违反规定程序的。

(3)有法律、法规规定应当撤销奖励的其他情形的。

五、公务员的惩罚

(一)处罚的级别及处理

公务员因违法违纪应当承担纪律责任的,依照我国《公务员法》给予处分;违纪行为情节轻微,经批评教育后改正的,可以免予处分。

处分分为:警告、记过、记大过、降级、撤职和开除。对公务员的处分应当事实清楚、证据确凿、定性准确、处理恰当、程序合法、手续完备。公务员违纪的,应当由处分决定机关决定对公务员的违纪情况进行调查,并将调查认定的事实及拟给予处分的依据告知公务员本人,公务员有权进行陈述和申辩。处分决定应当以书面形式通知公务员本人。

公务员在受处分期间不得晋升职务和级别,其中受记过、记大过、降级、撤职处分的,不得晋升工资档次。

(二)处分的期间

受处分的期间为:警告,六个月;记过,十二个月;记大过,十八个月;降级、撤职,二十四个月。

六、公务员的辞职与辞退

(一)辞职

《公务员法》对于公务员的辞职具体规定如下。

(1)自愿辞职。向任免机关提出书面申请,任免机关 30 日内审批,对领导 90 日内审批。

(2)引咎辞职。领导因工作严重失误、失职造成重大损失或者恶劣社会影响的,或者对重大事故负有领导责任的,应当引咎辞职。不辞职的,任免机关应当责令辞职。

(3)不得辞职包括:①未满国家规定的最低服务年限的;②在涉密职位任职或者离开上述职位不满脱密期限的;③重要公务尚未处理完毕,须由本人继续处理的;④正在接受审计、纪律审查,或者涉嫌犯罪,司法程序尚未终结的;⑤法律、行政法规规定的其他不得辞去公职的情形。

(二)辞退

1.予以辞退的情形

①在年度考核中,连续两年被确定为不称职的;②不胜任现职工作,又不接受其他安排的;③因所在机关调整、撤销、合并或者缩编制员额需要调整工作,本人拒绝合理安排的;④不履行公务员义务,不遵守公务员纪律,经教育仍无转变,不适合继续在机关工作,又不宜给予开除处分的;⑤旷工或者因公外出、请假期满无正当理由逾期不归连续超过 15 天,或者 1 年内累计超过 30 天的。

2.不得辞退的情形

①因公致残,被确认丧失或者部分丧失工作能力的;②患病或者负伤,在规定医疗期内的;③女性公务员在孕期、产假、哺乳期内的;④法律、行政法规规定的其他不得辞退的情形。

3.辞退的方式

辞退以书面方式通知,被辞退的公务员可以领取辞退费或失业保险。

七、国家行政机关对公务员享有的权利

国家行政机关对公务员享有行政处分权、追偿权和追究刑事责任权。其中追偿权行使的条件有:①国家已进行了国家赔偿;②公务员的行为是故意或重大过失;③以损害赔偿为限;④追偿金额与过错行为相适应,同时考虑公务员承担赔偿的能力;⑤只能涉及个人的薪金、津贴,不能涉及其他个人财产和其家庭财产、收入。

经典真题专家点评

1.(2010年中央)下列关于国家行政机关的说法正确的是(　　)。

A.各级国家行政机关都有权实施行政处罚

B.行政诉讼实行举证责任倒置原则,因此,行政机关承担全部举证责任

C.国家行政机关公务员被判处刑罚的,给予开除处分

D.国务院的法定会议形式为国务院常务会议、国务院全体会议、国务院办公会议

【专家点评】本题答案为C。该题重在考查《行政机关公务员处罚条例》的相关内容。根据我国《行政处罚法》的规定,只有享有法定权限的法定机关或经过法律、法规授权的组织才可以实施行政处罚;行政诉讼中的举证责任倒置是指,在通常情况下由行政机关承担举证责任,但并不代表原告人不承担任何举证责任;国务院法定会议只包括常务会议和全体会议,不包括办公会议。

2.(2010年黑龙江)依照我国《公务员法》,下述情况,可录用为公务员的人员是(　　)。

A.曾受过行政处分的　　　　　　　　　　B.外籍人士

C.曾被开除公职的　　　　　　　　　　　D.曾因犯罪受过刑事处罚的

【专家点评】本题答案为A。根据《公务员法》第二十四条规定,曾因犯罪受过刑事处罚的;曾被开除公职的;有法律规定不得录用为公务员的其他情形的,以及外籍人士在我国不得报考公务员。

3.(2010年辽宁)下列不属于具体行政行为的是(　　)。

A.医院开具《死亡医学证明》　　　　　　B.工商局吊销营业执照

C.交警开具违章罚单　　　　　　　　　　D.民政局颁发社团登记证书

【专家点评】本题答案为A。具体行政行为有四个要素:①是行政机关实施的行为,这是主体要素,不是行政机关实施的行为,一般不是行政行为,但是,由法律、法规授权的组织或者行政机关委托的组织实施的行为也可能是行政行为;②是行使行政权力所为的单方行为,这是成立要素;③是对特定的公民、法人或者其他组织做出的,这是对象要素;④是做出有关特定公民、法人或者其他组织的权利义务的行为,这是内容要素。医院不是行政机关,也不是法律、法规、规章授权的组织,行政机关委托的组织,不具备主体要素和成立要素,因此A不是具体行政行为。故答案为A选项。

单元同步训练

一、单项选择题

1.由于某化肥厂长期排污,该地域内两个村庄几年来多人患有罕见的严重疾病,根据《环境保护法》的

规定,下列哪一选项是错误的?(　　　)

A. 受害村民有权对该厂提起民事诉讼

B. 因环境污染引起的民事诉讼时效为3年

C. 环境污染民事责任的归责原则实行公平责任原则

D. 本案由化肥厂承担其排污行为和损害结果之间是否存在因果关系的举证责任

2. 某小区已建有A大型超市,为满足需要,某市人民政府拟在该小区内再建一所超市,甲公司和乙公司先后向某市人民政府提出申请,甲公司获批准。下列哪一种说法是正确的?(　　　)

A. A超市有权对某市人民政府批准再建超市的决定提起行政诉讼

B. 乙超市有权对某市人民政府批准甲公司申请的行为提起行政诉讼

C. 某市人民政府按照甲公司和乙公司申请的先后顺序做出批准决定是不合法的

D. 某市人民政府必须在受理甲公司和乙公司的申请之日起20日内做出批准与否的决定

3. 出租车司机王某送危重病人李某去医院,情形危急。为争取时间,王某违闯三个红灯,被交警拦截并被告知罚款。经王某解释,交警对王某未给予处罚且为其开警车引道,将李某及时送至医院。对此事件,下列哪一项表述是正确的?(　　　)

A. 在此交通违章的处理中,进行了法的不同价值关系的判断选择

B. 警察对违章与否的解释属于法律解释

C. 在此交通违章的处理中,交警主要使用了演绎逻辑的推理方法

D. 此事件所反映出的法的价值之间没有冲突

4. 以下行为中不属于行政行为的是(　　　)。

A. 某国家机关为建住宅楼与某建筑公司签订建筑工程承包合同

B. 某县技术监督局对所辖境内某化工厂生产国家明令淘汰的产品的行为予以处罚

C. 国家知识产权局专利复审委员会根据利害关系人申请,宣告某专利权无效

D. 工商行政管理机关为符合条件的企业颁发营业执照

5. 下列关于公务员录用规定的表述不正确的是(　　　)。

A. 录用担任主任科员以下及其他相当职务层次的非领导职务公务员,采取公开考试、严格考查、平等竞争、择优录取的办法

B. 地方各级机关公务员的录用,由省级公务员主管部门负责组织

C. 录用特殊职位的公务员可由招录机关自行决定

D. 新录用的公务员试用期为一年

二、多项选择题

1. 金某因举报单位负责人贪污问题遭到殴打,于案发当日向某区公安分局某派出所报案,但派出所久拖不理。金某向区公安分局申请复议,区公安分局以未成立复议机构为由拒绝受理,并告知金某向上级机关申请复议。下列说法正确的是(　　　)。

A. 金某可以向某区人民政府申请复议

B. 金某可以向某派出所所在地的人民法院提起行政诉讼

C. 金某可以以某区公安分局为被告向法院提起行政诉讼

D. 应当对某区公安分局相关责任人给予行政处分

2. 某区公安局因追赃将甲厂的机器设备连同其产品、工具等物品一并扣押,经评估价值10万元。甲厂雇人看管扣押的设备等物品,共花费900元。后市公安局通过复议决定撤销区公安分局的扣押决定,区公安分局将全部扣押物品退还甲厂。甲厂将所退物品运回厂内安装,自付运输、装卸费800元。甲厂提出国家赔偿请求,应当给予的赔偿有(　　　)。

A. 5000 元的购买设备贷款利息

B. 设备被扣押期间 2 万元的企业利润损失

C. 800 元的运输、装卸费

D. 900 元的看管费

3. 行为罚包括(　　　)。

A. 责令停产停业　　　　B. 吊销许可证　　　　C. 责令具结悔过　　　　D. 吊销执照

4. 下列活动形成的关系属于行政法律关系的有(　　　)。

A. 公安局给所属干警纪律处分　　　　　B. 税务局干部上街宣传税法

C. 财政局取消不合法的收费项目　　　　D. 人民法院审查工商局处罚决定

5. 下列属于行政合理性原则的具体要求的是(　　　)。

A. 行政行为的内容应当合乎情理　　　　B. 行政行为不能超越职权

C. 行政职权的授予、委托要有法律依据　　D. 行政行为的动因应符合行政目的

参考答案及解析

一、单项选择题

1. C【解析】过错推定,也叫过失推定,在侵权行为法上,就是受害人在诉讼中能证明违法行为与损害事实之间的因果关系的情况下,如果加害人不能证明损害的发生中自己无过错,那么就从损害事实的本身推定被告在致人损害的行为中有过错,并为此承担赔偿责任。从另一角度说,过错推定案件中的损害事实已经表明了行为人违反了法律对其特殊的注意要求或是对一般人的注意要求,因而无需再加以证明。环境污染民事责任的归责原则是过错推定,即由化肥厂承担是否存在因果关系的举证责任而不是实行公平责任原则。

2. B【解析】A 错误,A 超市与某市人民政府的批准没有直接的利益关系,无权提起诉讼;B 正确,乙公司与某市人民政府的批准有直接的利益关系,有权对某市政府的行为提起诉讼;C 错误,某市人民政府按照甲公司和乙公司申请的先后顺序做出决定并不违反法律、法规的强制性规定;D 错误,根据《行政许可法》第四十二条规定,除可以当场做出行政许可决定的外,行政机关应当自受理行政许可申请之日起二十日内做出行政许可决定。二十日内不能做出决定的,经本行政机关负责人批准,可以延长十日,并应当将延长期限的理由告知申请人。但是,法律、法规另有规定的,依照其规定。

3. A【解析】法的最基本的价值包括有自由、秩序、争议,此题案例中反映了法的价值之间的冲突,警察对秩序和争议两种价值进行了衡量与选择。

4. A【解析】行政行为是指行政主体行使行政职权而做出的能够产生行政法律效果的行为。选项 A 中某国家行政机关为建住宅楼与某建筑公司签订建筑工程承包合同,属于民事法律关系,不属于行政行为的范畴。因此答案为 A 选项。

5. C【解析】《公务员法》第二十一条规定:"录用担任主任科员以下及其他相当职务层次的非领导职务公务员,采取公开考试、严格考查、平等竞争、择优录取的办法。"A 选项正确。《公务员法》第二十二条规定:"中央机关直属机构公务员的录用,由中央公务员主管部门负责组织。地方各级机关公务员的录用,由省级公务员主管部门负责组织,必要时省级公务员部门可以授权设区的市级公务员主管部门主旨。"B 选项正确。《公务员法》第三十一条规定:"录用特殊职位的公务员,经省级以上公务员主管部门批准,可以简化程序或者采用其他测评办法。"C 选项错误。《公务员法》第三十二条规定:"新录用的公务员试用期为一年。试用期满合格的,予以任职;不合格的取消录用。"D 选项正确。因此答案为 C 选项。

二、多项选择题

1. ABCD【解析】《行政复议法》第十五条规定："对政府工作部门设立的派出机构依照法律、法规或者规章规定,以自己的名义做出的具体行政行为不服的,向设立该派出机构的部门或者该部门的本级地方人民政府申请行政复议。"选项 A 正确。《行政诉讼法》第十七条规定："行政案件由最初做出具体行政行为的行政机关所在地的人民法院管辖。"第二十五条第 1 款规定："做出具体行政行为的行政机关是被告,区公安分局拒绝受理复议,可以将区公安分局定为被告。"选项 B、C 正确。选项 D 考查到行政处分,正确。

2. CD【解析】《国家赔偿法》第二十八条规定："财产损失赔偿的计算标准如下:(一)查封、扣押、冻结财产造成的赔偿。查封、扣押、冻结财产的,应当解除对财产的查封、扣押、冻结,应当返还财产损坏的,能够恢复原状的恢复原状,不能恢复原状的,国家承担赔偿责任,按照损害程度给付相应的赔偿金。应当返还的财产灭失的,给付相应的赔偿金;(二)财产权其他损害赔偿。对财产权造成损害的,按照直接损失给予赔偿。"故正确答案为 CD。

3. ABD【解析】行为罚亦称能力罚,是限制或者剥夺行政违法者某些特定行为能力和资格的处罚。主要包括以下形式:①责令停产停业;②暂扣或者吊销许可证、执照。

4. AC【解析】A 选项属于行政处分,构成内部人事的行政法律关系是建立在行政隶属关系基础上的行政法律关系。B 选项,行政法上对政府的宣传活动的定性没谈及,也可以说有些政府花了很大力气在做的工作并没有法律的基础。C 选项属于内部抽象行政法律关系,针对的是其下属单位的滥收费行为,而这些收费的"依据"一般又是由财政局自己制定的抽象性规范。D 选项属于司法审判,不属于行政法律关系。

5. AD【解析】所谓行政合理性原则是指行政行为内容要客观、适度、符合公平正义等法律理性。行政合理性原则的具体要求为:①行政行为必须符合法律的目的;②行政行为必须具有合理的动机;③行政行为必须考虑相关的因素;④行政行为必须符合公正的法则。所以 A、D 选项是行政行为合理性的具体要求。B、C 选项是行政行为合法性的具体要求。

第十二章　刑事诉讼法

知识结构导读

刑事诉讼法

刑事诉讼法概述
- 刑事诉讼法的概念
- 刑事诉讼法的基本原则及特殊原则
- 刑事诉讼中的专门机关

刑事诉讼程序
- 立案、侦查
- 起诉
- 第一审程序
- 简易程序
- 第二审程序
- 死刑复核程序
- 审判监督程序

刑事诉讼管辖和回避
- 刑事诉讼管辖
- 管辖权移送
- 回避制度

刑事诉讼中的强制措施
- 拘传、取保候审、监视居住
- 拘留
- 逮捕

考点内容精讲

第一节　刑事诉讼法概述

一、刑事诉讼法的概念

刑事诉讼法是指调整公安机关、人民检察院、人民法院在当事人和其他诉讼参与人的参加下,依照法律规定的程序,解决犯罪嫌疑人、被告人刑事责任问题的法律规范的总称。

二、刑事诉讼法的基本原则及特殊原则

(一)刑事诉讼法的基本原则

刑事诉讼法的基本原则是刑事诉讼中必须遵循的行为准则。我国刑事诉讼法的基本原则主要有以下几方面。

(1)人民法院、人民检察院依法独立行使职权。

(2)人民检察院依法对刑事诉讼实行法律监督。

(3)使用当地通用的语言文字进行刑事诉讼。

(4)审判公开。

(5)犯罪嫌疑人、被告人有权获得辩护。

(6)未经人民法院依法判决,对任何人都不得确定有罪。

(7)保障诉讼参与人依法享有的诉讼权利。

(8)具有法定情形不予追究刑事责任。

(9)追究外国人刑事责任适用我国刑事诉讼法。

(二)刑事诉讼法的特殊原则

刑事诉讼法的特殊原则是指刑事诉讼法规定的仅适用于刑事诉讼活动的基本原则。具体包括以下几方面。

(1)公、检、法分工负责,互相配合,互相制约的原则。

(2)被告人有权获得辩护的原则。

(3)未经人民法院依法判决对任何人不得确定有罪的原则。

(4)检察机关对刑事诉讼依法监督的原则。

三、刑事诉讼中的专门机关

(一)公安机关

公安机关是行政执法机关。在刑事诉讼过程中,公安机关的职权主要是对刑事案件的侦查、拘留、执行逮捕、预审。在我国,与公安机关性质相同的还有国家安全机关,它是国家专门的侦查机关。

（二）人民检察院

人民检察院是国家的法律监督机关,它是唯一的公诉机关和法定的诉讼监督机关。在刑事诉讼过程中,人民检察院的职权为检察、批捕、检察机关直接受理的案件的侦查以及提起公诉。

（三）人民法院

人民法院是国家的司法机关。我国的法院组织体系由最高人民法院、地方各级人民法院、专门法院三部分组成。在行政诉讼过程中,它的主要职权是依法决定、宣判被告人是否有罪,及罪的大小和刑罚的轻重。非经人民法院依法判决,在法律上就不应确定其为罪犯。

（四）公安机关、人民检察院、人民法院之间的相互联系

（1）公安机关在逮捕犯罪嫌疑人时,须报请人民检察院批准,人民检察院经审查做出批准逮捕决定的,公安机关应立即执行。

（2）公安机关对检察院不批准逮捕的决定认为有错误时,可要求复议;如果意见不被接受,可报请上一级检察院复核。公安机关侦查终结的案件认为需要提起公诉的,应移送同级检察院审查决定。人民检察院对案件审查后应当做出起诉或不起诉的决定。

（3）公安机关认为不起诉决定错误时,可要求复议;人民检察院决定起诉的案件,应依法向人民法院提起公诉。

（4）人民法院对提起公诉的案件应进行程序性审查,认为符合开庭条件的,应当开庭审判。对提起公诉的案件,检察院应出庭支持公诉,同时对审判活动实行监督。人民检察院对人民法院的判决、裁定如果认为确有错误,有权依法提出抗诉,人民法院有权驳回抗诉。

第二节 刑事诉讼程序

一、立案、侦查

（一）立案的条件

（1）公安机关和检察机关的立案条件:有犯罪事实存在,需要追究犯罪责任。

（2）法院立案的条件:有犯罪事实存在,需要追究犯罪责任;案件属于自诉案件的犯罪;案件属于该人民法院管辖;有明确的被告人及其诉讼请求;起诉的主体是被害人,其法定代理人或近亲属;有能够证明犯罪事实的证明。

（二）侦查

侦查是指公安机关、人民检察院在办理案件过程中,依照法律进行的专门调查工作和有关的强制性措施。侦查是刑事诉讼的一个基本的、独立的诉讼阶段,是公诉案件的必经程序。

二、起诉

（一）起诉的条件

（1）须有明确的被告。

（2）具体的诉讼请求和事实根据。

（3）须属于受诉法院管辖范围。

(二)起诉的类别

1.公诉案件的起诉

(1)提起主体。该种案件的起诉只能由人民检察院提起。

(2)实质要件包括：①犯罪嫌疑人的犯罪事实已经查清；②证据确实、充分；③依法应当追究刑事责任。

(3)形式要件包括：①起诉书，起诉书的格式和内容有严格的要求；②要按照管辖的规定向法院起诉；③一定要对等起诉；④在提起公诉时，检察院应当附上必要的材料。

2.自诉案件的起诉

(1)提起主体。自诉案件原则上只能由被害人来决定是否向法院起诉；被害人丧失行为能力的，被害人的法定代理人有权向人民法院起诉；被害人死亡的，其近亲属有权向人民法院起诉。

(2)实质要件。与公诉案件立案的条件相同，即认为有犯罪事实，需要追究刑事责任。

(3)形式要件包括：①起诉的案件必须属于法定的自诉案件范围内；②自诉人要适格；③有明确的被告和具体的诉讼请求；④要有充分证据证明；⑤要向有管辖权的法院提起诉讼。

三、第一审程序

(一)公诉案件

1.审判方式

一般刑事案件案件均公开审理，但是有关国家秘密或者个人隐私的案件，不公开审理；十四岁以上不满十六岁未成年人犯罪的案件，一律不公开审理；十六岁以上不满十八岁未成年人犯罪的案件，一般也不公开审理。

2.审判程序

①宣布开庭；②法庭调查；③法庭辩论；④被告人最后陈述；⑤评议和宣判。

3.第一审程序的期限

《刑事诉讼法》第一百六十八条规定，"人民法院审理公诉案件，应当在受理后一个月以内宣判，至迟不得超过一个半月。有本法第一百二十六条规定情形之一的，经省、自治区、直辖市高级人民法院批准或者决定，可以再延长一个月。人民法院改变管辖的案件，从改变后的人民法院收到案件之日起计算审理期限。人民检察院补充侦查的案件，补充侦查完毕移送人民法院后，人民法院重新计算审理期限。"

4.延期审理的情形

(1)需要通知新的证人到庭，调取新的物证，重新鉴定或者勘验的。

(2)检察人员发现提起公诉的案件需要补充侦查，提出建议的。

(3)由于当事人申请回避而不能进行审判的。

5.审判结果

(1)案件事实清楚，证据确实、充分，依据法律认定被告人有罪的，应当做出有罪判决。

(2)依据法律认定被告人无罪的，应当做出无罪判决。

(3)证据不足，不能认定被告人有罪的，应当做出证据不足、指控的犯罪不能成立的无罪判决。

(二)自诉案件

自诉案件第一审程序具有以下特点：①可以独任审判；②可以进行调解；③可以进行反诉；④自诉人有权和解和撤诉；⑤人民法院对于受理的自诉案件要进行实质性审查；⑥自诉案件的主体是可以分离的。自诉案件的自诉人经两次合法传唤未到庭的或中途退庭的，按撤诉处理。

四、简易程序

简易程序实际上就是第一审普通程序的简化。简易程序的意义在于节省人力、财力和时间,有利于提高办案效率。适用简易程序审理的案件,人民法院应当在受理后二十日以内审结。

(一)简易程序的适用范围

(1)告诉才处理的案件。

(2)被害人有证据证明的轻微刑事案件。

(3)可能判处三年以下有期徒刑、拘役、管制或单处罚金的案件。

(二)不得适用简易程序的案件

(1)盲、聋、哑人案件不能够适用简易程序。

(2)被告人不承认是犯罪的。

(3)辩护人对被告人案件做无罪辩护的不能够适用简易程序。

(4)共同犯罪案件中只有部分被告人认罪,还有部分被告人不认罪的。

(5)量刑超过三年有期徒刑的。

五、第二审程序

(一)第二审程序的提起

被告人、自诉人和他们的法定代理人不服地方各级人民法院第一审的判决、裁定,有权用书状或者口头向上一级人民法院上诉。被告人的辩护人和近亲属,经被告人同意可以提出上诉。附带民事诉讼的当事人和他们的法定代理人,可以对地方各级人民法院第一审的判决、裁定中的附带民事诉讼部分提出上诉。地方各级人民检察院认为本级人民法院第一审的判决、裁定确有错误的时候,应当向上一级人民法院提出抗诉。公诉案件的被害人及其法定代理人不服地方各级人民法院第一审判决的,自收到判决书后五日以内,有权请求人民检察院提出抗诉。

(二)第二审审理程序

第二审人民法院对上诉案件,应当组成合议庭开庭审理。合议庭经过阅卷,讯问被告人,听取其他当事人、辩护人、诉讼代理人的意见,对事实清楚的,可以不开庭审理。对人民检察院抗诉的案件,第二审人民法院应当开庭审理。第二审人民法院开庭审理上诉、抗诉案件,可以到案件发生地或者原审人民法院所在地进行。

(三)审判结果

(1)原判决认定事实和适用法律正确、量刑适当的,应当裁定驳回上诉或者抗诉,维持原判。

(2)原判决认定事实没有错误,但适用法律有错误,或者量刑不当的,应当改判。第二审人民法院审判被告人或者他的法定代理人、辩护人、近亲属上诉的案件,不得加重被告人的刑罚(抗诉和自诉案件除外)。

(3)原判决事实不清楚或者证据不足的,可以在查清事实后改判,也可以裁定撤销原判,发回原审人民法院重新审判。

(4)第二审人民法院发现第一审人民法院的审理有下列违反法律规定的诉讼程序情形之一的,应当裁定撤销原判,发回原审人民法院重新审判:①违反本法有关公开审判的规定的;②违反回避制度的;③剥夺或者限制了当事人的法定诉讼权利,可能影响公正审判的;④审判组织的组成不合法的;⑤其他违反法律规定的诉讼程序,可能影响公正审判的。

(四)审判期限

第二审人民法院受理上诉、抗诉案件,应当在一个月以内审结,至迟不得超过一个半月。有《刑事诉讼法》第一百二十六条规定情形之一的,经省、自治区、直辖市高级人民法院批准或者决定,可以再延长一个月,但是最高人民法院受理的上诉、抗诉案件,由最高人民法院决定。

六、死刑复核程序

死刑复核程序是指对判处死刑的案件进行审查和核准的特殊程序。我国现在的刑事诉讼法在两审、终审之外,对判处死刑的案件特设了复核程序,充分体现了国家对待死刑案件的极其严肃、谨慎的态度。死刑由最高人民法院核准。中级人民法院判处死刑的第一审案件,被告人不上诉的,应当由高级人民法院复核后,报请最高人民法院核准,高级人民法院不同意判处死刑的,可以提审或者发回重新审判。高级人民法院判处死刑的第一审案件被告人不上诉的,和判处死刑的第二审案件,都应当报请最高人民法院核准。中级人民法院判处死刑缓期两年执行的案件,由高级人民法院核准。最高人民法院复核死刑案件,高级人民法院复核死刑缓期执行的案件,应当由审判员三人组成合议庭进行。

七、审判监督程序

审判监督程序是指有监督权的机关或组织,或者当事人认为法院已经发生法律效力的判决、裁定确有错误,发动或申请再审,由人民法院对案件进行再审的程序。

(一)审判监督程序提起的法定事由

当事人及其法定代理人、近亲属的申诉符合下列情形之一的,人民法院应当重新审判。

(1)有新的证据证明原判决、裁定认定的事实确有错误的。

(2)据以定罪量刑的证据不确实、不充分或者证明案件事实的主要证据之间存在矛盾的。

(3)原判决、裁定适用法律确有错误的。

(4)审判人员在审理该案件的时候,有贪污受贿、徇私舞弊、枉法裁判行为的。

(二)再审案件的审判程序

人民法院按照审判监督程序重新审判的案件,应当另行组成合议庭进行。如果原来是第一审案件,应当依照第一审程序进行审判,所做的判决、裁定,可以上诉、抗诉;如果原来是第二审案件或者是上级人民法院提审的案件,应当依照第二审程序进行审判,所做的判决、裁定是终审的判决、裁定。

(三)提起审判监督程序的主体

1.各级人民法院的院长和审判委员会

各级人民法院的院长和审判委员会发现已经生效的判决、裁定确有错误,有权提起审判监督程序。

2.最高法院和上级法院

最高法院和上级法院对下级法院的生效裁判有权提起审判监督程序,提审或指令下级法院再审。

3.最高检察院和上级检察院

最高检察院和上级检察院提起审判监督程序。

第三节　刑事诉讼管辖和回避

一、刑事诉讼管辖

（一）立案管辖

立案管辖又称职能管辖或部门管辖，是指人民法院、人民检察院和公安机关各自直接受理刑事案件的职权范围，也就是人民法院、人民检察院和公安机关之间，在直接受理刑事案件范围上的权限划分。

1.公安机关的受案范围

公安机关直接受理除法律另有规定以外的所有刑事案件。所谓"法律另有规定的"，是指法律规定人民检察院、国家安全机关、军队保卫部门、监狱机关立案管辖的刑事案件，以及人民法院直接受理的自诉案。

2.人民检察院直接受理的刑事案件

（1）贪污贿赂犯罪案件。

（2）国家工作人员的渎职犯罪案件。

（3）国家机关工作人员利用职权实施的报复陷害、刑讯逼供、非法拘禁、非法搜查等侵犯公民人身权利或者民主权利的犯罪案件。最高人民检察院在司法解释中还补充有：暴力取证案件，体罚、虐待被监管人案件，破坏选举案件。

（4）对于国家机关工作人员利用职权实施的其他重大的犯罪案件，需要由人民检察院直接受理的时候，经省级以上人民检察院决定，可以由人民检察院立案侦查。

3.人民法院直接受理的案件

（1）自诉案件。自诉案件是指由被害人及其法定代理人直接向人民法院起诉的刑事案件，包括告诉才处理的案件。例如，侮辱诽谤案、暴力干涉婚姻自由案、虐待案、侵占他人财物案。

（2）被害人有证据证明的轻微刑事案件。具体包括：故意伤害案；遗弃案；重婚案；妨害通信自由案；非法侵入他人住宅案；生产、销售伪劣商品案（严重危害社会秩序和国家利益的除外）；侵犯知识产权案（严重危害社会秩序和国家利益的除外）；属于刑法分则第4章、第5章规定的，对被告人可以判处3年有期徒刑以下刑罚的其他轻微刑事案件。

（3）被害人有证据证明对被告人侵犯自己人身、财产权利的行为应当依法追究刑事责任，而公安机关或者人民检察院不予追究被告人刑事责任的案件。

（二）审判管辖

审判管辖是指各级人民法院之间、同级人民法院之间以及普通人民法院与专门人民法院之间在审判第一审刑事案件上的分工。它具体又分为级别管辖和地域管辖。

1.级别管辖

（1）基层人民法院管辖的第一审刑事案件

除刑事诉讼法规定应由上级人民法院管辖的所有第一审普通刑事案件。

（2）中级人民法院管辖的第一审刑事案件

①危害国家安全案件。

②可能判处无期徒刑、死刑的普通刑事案件。

③外国人犯罪的刑事案件。

(3)高级人民法院和最高级人民法院的管辖

高级人民法院管辖的第一审刑事案件是全省(自治区、直辖市)性的重大刑事案件;最高人民法院管辖的第一审刑事案件是全国性的重大刑事案件。

2.地域管辖

地域管辖是指同级人民法院之间,在审判第一审刑事案件上的权限划分。地域管辖的一般原则如下。

(1)以犯罪地人民法院管辖为主,被告人居住地人民法院管辖为辅的原则。犯罪地包括犯罪行为发生地和犯罪分子实际取得财产的犯罪结果发生地;被告人居住地包括其户籍所在地、经常居住地、工作或学习的地点。

(2)以最初受理的人民法院审判为主,主要犯罪地人民法院审判为辅的原则。主要犯罪地包括案件涉及多个地点时对该犯罪的成立起主要作用的行为地,也包括一人犯数罪时,主要罪行的实行地。

3.指定管辖

指定管辖是指案件的管辖权由上级人民法院进行指定并加以确认的管辖。它一般分为如下两种情形。

(1)管辖不明。在管辖产生争议时,由产生争议的法院协商解决,如果协商不成,应当在诉讼期限内逐级报请共同上一级法院指定管辖。

(2)管辖不能。是指有管辖权的法院不宜行使管辖权的情形。不宜行使管辖权的情形包括各种难以公正审理或审理难度太大的各种情形,例如,因案件涉及法院院长,因案件涉及多方关系等。

(三)专门管辖

专门管辖是指各种专门人民法院审判刑事案件的职权范围。根据人民法院组织法的规定,我国设立了军事法院等专门人民法院。目前已建立的受理刑事案件的专门人民法院有军事法院和铁路运输法院。对于军事法院的专门管辖应注意以下两点。

(1)军地互涉案件的管辖权争议,以分案管辖为主,并案管辖为辅的原则。现役军人(含军内在编职工,下同)和非军人共同犯罪的,如果不涉及到军事秘密,分别由军事法院和地方人民法院管辖或者其他专门法院管辖;涉及国家军事秘密的,全案由军事法院管辖。

(2)地方人民法院或者军事法院以外的其他专门法院管辖的案件包括:非军人、随军家属在部队营区犯罪的;军人在办理退役手续后犯罪的;现役军人入伍前犯罪的(需与服役期内犯罪一并审判的除外);退役军人在服役期内犯罪的(犯军人违反职责罪的除外)。

二、管辖权移送

上级人民法院在必要的时候,可以审判下级人民法院管辖的第一审刑事案件;下级人民法院认为案情重大、复杂,需要由上级人民法院审判的第一审刑事案件,可以请求移送上一级人民法院审判。刑事诉讼中,管辖权移送的主要特征表现在以下几方面。

(1)向下不移送。人民检察院认为可能判处无期徒刑、死刑而向中级人民法院提起公诉的普通刑事案件,中级人民法院受理后,认为不需要判处无期徒刑以上刑罚的,可以依法审理,不再交基层人民法院审理。

(2)向上移送。基层人民法院对于认为案情重大、复杂或者可能判处无期徒刑、死刑的第一审刑事案件请求移送中级人民法院审判,应当经合议庭报请院长决定后,在案件审理期限届满十五日前以书面形式请求移送,中级人民法院应当在接到移送申请十日内做出决定。

(3)就高不就低。一人犯数罪、共同犯罪和其他需要并案审理的案件,只要其中一人或者一罪属于上级人民法院管辖的,全案由上级人民法院管辖。

三、回避制度

(一)回避的概念

回避是指审判人员、检察人员、侦察人员以及其他有关人员不参加与本人有利害关系或其他关系的案件的审判、检察或侦查。

(二)回避的适用范围

回避的适用范围包括:侦查人员、检察人员、审判人员、书记员、翻译人员、鉴定人、人民陪审员、司法警察、审判委员会委员、检察委员会委员和执行人员。

(三)回避的情形

审判人员、检察人员、侦查人员有下列情形之一的,应当自行回避,当事人及其法定代理人也有权要求他们回避。

(1)本案的当事人或者是当事人的近亲属的。

(2)本人或者他的近亲属和本案有利害关系的。

(3)担任过本案的证人、鉴定人、辩护人、诉讼代理人的。

(4)与本案当事人有其他关系,可能影响公正处理案件的。

(5)参加过本案侦查工作的侦查人员,如果调至检察院工作,不得担任本案的检察人员;参加过本案侦查、检察的人员,如果调至法院工作,不得担任本案的审判人员。凡在一个审判程序中参与过本案审判工作的合议庭组成人员,不得再参与本案其他程序的审判。

(四)回避的种类

回避有自行回避、申请回避和指令回避三种。

(五)回避的决定程序

(1)审判人员的回避,由其所在法院院长决定。

(2)检察人员(含履行侦查职能的检察人员)的回避,由其所在检察院检察长决定。

(3)侦查人员(除履行侦查职能的检察人员)的回避,由其所在的公安机关负责人决定。

(4)法院院长的回避,由其所在法院的审判委员会决定。

(5)检察长和公安机关负责人的回避,由同级人民检察院检查委员会决定。

(6)书记员、翻译人员和鉴定人员的回避,由法院院长决定。

(六)回避申请的效力及当事人的救济方式

对于侦查人员而言,在回避决定做出之前,不得停止侦察活动的进行。对于其他司法工作人员,原则上来说,在回避决定做出之前应该停止与本案有关的工作。

当事人申请回避被驳回的,可以申请复议一次;被决定回避的人员对回避决定有异议的,可以在恢复庭审前申请复议一次。

第四节　刑事诉讼中的强制措施

刑事诉讼中的强制措施是指公安机关、人民检察院和人民法院在刑事案件的办理过程中为了保证刑事诉讼的顺利进行,而依法对刑事案件的犯罪嫌疑人、被告人的人身自由进行暂时限制或剥夺的一种强制性方法。我国《刑事诉讼法》规定了五种强制措施：拘传、取保候审、监视居住、拘留和逮捕。

一、拘传、取保候审、监视居住

（一）概念

（1）拘传是指公安机关、人民检察院和人民法院对未被拘留、逮捕的犯罪嫌疑人、被告人依法强制其到指定地点接受讯问的强制措施。拘传不同于传唤，传唤不是强制措施。

（2）取保候审是指公安机关、人民检察院和人民法院对未被逮捕的犯罪嫌疑人、被告人，责令其提出保证人或者交纳保证金，并出具保证书，以保证不逃避或妨碍侦查、起诉和审判，并随传随到的一种强制措施。

（3）监视居住是指公安机关、人民检察院和人民法院责令未被逮捕的犯罪嫌疑人、被告人在一定期限内不得离开指定的区域，并对其行动加以监视的强制方法。

（二）决定机关和执行机关

1.决定机关

人民法院、人民检察院和公安机关均有权决定拘传、取保候审和监视居住。

2.执行机关

对于拘传，人民法院、人民检察院和公安机关均有权执行；取保候审和监视居住只能由公安机关（或国家安全机关）执行。

（三）适用对象

三者均适用于犯罪嫌疑人、被告人，而传唤除适用于犯罪嫌疑人、被告人以外，还适用于其他当事人。具体而言，在司法实践中取保候审可以对两种人适用：一是不需要判处有期徒刑以上刑罚的；二是犯罪虽然比较重，可能要判处有期徒刑以上刑罚，但是没有逮捕必要的。可以适用于侦查、审查起诉、审判阶段。

（四）期限

拘传的期限每次最长不得超过12小时。对犯罪嫌疑人、被告人的取保候审最长不得超过12个月。人民法院、人民检察院和公安机关对犯罪嫌疑人、被告人监视居住不得超过6个月。

（五）被取保候审人、被监视居住人的义务

（1）被取保候审人的义务：①未经执行机关批准不得离开所居住的市、县；②在传讯的时候及时到案；③不得以任何形式干扰证人作证；④不得毁灭、伪造证据或者串供。

（2）被监视居住人的义务：①未经执行机关批准不得离开住处，无固定住处的，未经批准不得离开指定的居所；②未经执行机关批准不得会见他人；③在传讯的时候及时到案；④不得以任何形式干扰证人作证；⑤不得毁灭、伪造证据或者串供。

二、拘留

拘留是指公安机关在紧急情况下，对现行犯或重大嫌疑分子所采取的限制其人身自由的一种临时性强制方法，并由公安机关执行。

（一）适用要件

（1）对象只能是现行犯或者重大嫌疑分子。

（2）有法定的某种紧急情形。

（二）适用对象

（1）正在预备犯罪、实施犯罪或者在犯罪后即时被发觉的。

(2)被害人或者在场亲眼看见的人指认他犯罪的。

(3)在身边或者住处发现有犯罪证据的。

(4)犯罪后企图自杀、逃跑或者在逃的。

(5)有毁灭、伪造证据或者串供可能的。

(6)不讲真实姓名、住址，身份不明的。

(7)有流窜作案、多次作案和结伙作案重大嫌疑的。

(三)拘留期限

(1)一般期限最长为 14 天。

(2)流窜作案、多次作案和结伙作案重大嫌疑的情形的期限最长为 37 天。

(3)公安机关对被拘留的人认为需逮捕的，应当在拘留后的 3 日以内，提请人民检察院审查批准。

(4)在特殊情况下，经县级以上公安机关负责人批准，提请审查批准的时间可以延长 1~4 日。对流窜作案、多次作案和结伙作案的重大嫌疑分子，经县级以上公安机关负责人批准，提请审查批准的时间可以延长至 30 日。

三、逮捕

逮捕是指人民法院、人民检察院和公安机关为防止犯罪嫌疑人、被告人逃避或者妨碍侦查和审判的进行，防止其继续发生社会危害，依法采用羁押方式暂时剥夺其人身自由的强制措施。这是一种最严厉的强制措施。

(一)适用要件

(1)有证据证明有犯罪事实。

(2)可能判处徒刑以上的刑罚。

(3)不逮捕或者采取其他较缓和的强制措施不足以防止发生社会危险性。

(二)决定和执行机关

在侦查、起诉阶段，人民检察院有权依法决定或批准逮捕；在审判阶段，人民法院有权依法决定逮捕。逮捕的执行权由公安机关行使。

(三)逮捕的执行程序

公安机关逮捕嫌疑人的时候必须出示逮捕证。逮捕后，除有碍侦查或者无法通知的情形以外，应当把逮捕的原因和羁押的处所在 24 小时以内通知被逮捕人的家属或者他的所在单位。公检法机关对逮捕的人都必须在逮捕后的 24 小时以内进行讯问。在发现不应当逮捕的时候必须立即释放，并发给释放证明。如果需要逮捕的犯罪嫌疑人、被告人是县级以上人民代表大会代表的，还须得到本级人民代表大会主席团或者常务委员会(大会闭会期间)的许可，方能决定或批准逮捕。

(四)逮捕的变更

(1)对已经逮捕的被告人，符合下列情形之一的，法院可以变更强制措施：①患有严重疾病的；②案件不能在法律规定的期限内审结的；③正在怀孕、哺乳自己婴儿的妇女。

(2)对已经逮捕的被告人，符合下列情形之一的，法院应当变更强制措施或者释放：①一审法院判处管制或者宣告缓刑以及单独适用附加刑，判决尚未发生法律效力的；②二审法院审理期间，被告人被羁押的时间已到一审法院对其判处的刑期期限的；③因进行司法鉴定而尚未审结的案件，法律规定的期限届满的。

经典真题专家点评

（2010年中央）下列说法正确的是（   ）。

A. 肖某明知自己的自行车车闸不好使，却自以为技术过硬而飞速行驶，当行至一交叉路口时，将一幼儿当场撞死。肖某的行为属于间接故意犯罪

B. 某单位犯行贿罪，应依法对单位判处罚金，并对直接负责的主管人员和其他直接责任人员判刑

C. 吴某被取保候审，在此期间吴某不得行使选举权

D. 某公司承诺向灾区捐款，该公司可以在交付捐款前撤销承诺

【专家点评】本题答案为B。A选项中，肖某已构成交通肇事罪，交通肇事罪的主观方面是过失，即行为人对自己的行为所产生的后果应当预见，由于其大意而没有预见，轻信能够避免，以致造成了严重后果，本案中，肖某主观是过于自信的过失。《刑法》第三百九十三条规定，单位为谋取不正当利益而行贿，或者违反国家规定给予国家工作人员以回扣、手续费，情节严重的，对单位判处罚金，并对其直接负责的主管人员和其他直接责任人员处五年以下有期徒刑或者拘留。C选项，正在取保候审的人准予行使选举权。D选项，不可以撤销捐赠。

单元同步训练

一、单项选择题

1. 张某被判处无期徒刑，王某被判处拘役，李某被判处有期徒刑10年，赵某被判处死刑缓期2年执行。在符合法律规定的其他条件下，对谁可以依法暂予监外执行？（   ）

A. 张某和王某　　　　　　　　　　B. 王某和李某

C. 李某和赵某　　　　　　　　　　D. 张某和李某

2. 某机场的机械师陆某对机场领导人员心怀不满，在某次为等待执行任务的一架波音747客机进行机械检修时，故意对飞机的发动机装置进行了破坏，但恰好这架飞机此次没有投入运营。在第二天运营前机械师陈某在对飞机进行检修时发现了故障及时进行了排除。对陆某的行为如何认定？（   ）

A. 故意毁坏公私财物罪未遂　　　　B. 破坏交通工具罪未遂

C. 故意毁坏公私财物罪既遂　　　　D. 破坏交通工具罪既遂

3. 被告人郑某在法庭审判期间死亡，同时根据已查明的案件事实和认定的证据材料已能够确认郑某无罪。对此案人民法院应当做出的处理决定是（   ）。

A. 以判决宣告无罪　　　　　　　　B. 以裁定终止审理

C. 以决定终止审理　　　　　　　　D. 撤销案件

4. 下列案件中不属于中级人民法院一审管辖的是（   ）。

A. 王某涉嫌贪污受贿达100万元

B. 李某加入某国间谍组织涉嫌泄露国家机密

C. 美国人约翰过失伤害中国公民

D. 孙某涉嫌故意毁坏财物，数额巨大

5. 某县法院对检察院提起公诉的一起受贿案件进行审查后，发现虽然起诉书有明确的指控犯罪事实并附有证据目录、证人名单和主要证据复印件，但检察院尚未移送赃款、赃物等实物证据。此时，法院应如

何做出决定?( )

 A.决定开庭审判

 B.因移送的证据材料不充足,决定不开庭审判

 C.通知检察院补充移送相应的实物证据,待其移送后,再决定开庭审判

 D.通知检察院补充移送相应的实物证据,如果检察院仍然不移送,再决定不开庭审判

二、多项选择题

1.下列关于本案死刑执行程序的表述哪些是正确的?( )

 A.执行死刑应当公布,但不能示众

 B.为了扩大法制宣传的效果,可以将死刑犯游街示众后执行

 C.刑场不应设在繁华地区,交通要道

 D.法院在市中心广场执行死刑,更有利于预防犯罪

2.下列哪些人是既不属于控诉一方,也不属于辩护一方的诉讼参与人?( )

 A.公诉人   B.鉴定人

 C.翻译人员   D.辩护人

3.二审法院在审查一审案件时,发现一审案件具有下列哪些情形时应当裁定撤销原判,发回原审法院重新审判?( )

 A.未给予被告人最后陈述的机会   B.陪审员是本案的直接目击证人

 C.对强奸幼女案进行了公开审理   D.对被告人的申请回避的请求未予理睬

4.人民法院审理一起刑事案件,被告人可能被判处死刑,人民法院依法为其指定了辩护人,但是被告人拒绝人民法院指定的辩护人为其辩护。对此,下列说法中正确的有( )。

 A.人民法院不应当准许

 B.被告人无权拒绝人民法院为其指定的辩护人

 C.人民法院应当先审查,被告人有正当理由的应当准许

 D.人民法院准许后,被告人需另行委托辩护人或者人民法院应当为其另行指定辩护人

5.下列哪些刑事判决的内容公安机关有权予以执行?( )

 A.判处有期徒刑缓刑的判决   B.判处没收财产的判决

 C.判处管制和剥夺政治权利的判决   D.判处罚金的判决

参考答案及解析

一、单项选择题

1.B【解析】《中华人民共和国刑事诉讼法》第二百一十四条规定,"暂予监外执行仅适用于被判处有期徒刑或者拘役的罪犯。"题中被判处有期徒刑或拘役刑罚的只有王某和李某,因此 B 为正确答案。

2.D【解析】危险犯足以造成法定危险状态即为既遂。

3.A【解析】《最高人民法院关于执行〈中华人民共和国刑事诉讼法〉若干问题的解释》第一百七十六条第九款规定,"审判期间,被告人死亡的,应当裁定终止审理;对于根据已查明的案件事实和认定的证据材料能够确认被告人无罪的,应当判决宣告被告人无罪。"据此 A 选项当选。

4.D【解析】根据《刑事诉讼法》第二十条规定,"中级人民法院管辖下列第一审刑事案件:(一)反革命案件、危害国家安全案件;(二)可能判处无期徒刑、死刑的普通刑事案件;(三)外国人犯罪的刑事案件。"

5.A【解析】《刑事诉讼法》第一百五十条规定:"人民法院对提起公诉的案件进行审查后,对于起诉书中

有明确的指证犯罪事实并且附有证据目录、证人名单和主要证据复印件或者照片的,应当决定开庭审判。"根据该条规定,只要检察机关起诉时有起诉书(有明确的指控犯罪事实)、证据目录、证人名单和主要证据复印件或者照片的,就应决定开庭审判。

二、多项选择题

1.AC【解析】根据《刑事诉讼法》第二百一十二条第五款规定,"执行死刑应当公布,但不能示众。"因此执行法院将死刑犯游街示众是不合法的。第二百一十二条第三款规定,"死刑可以在刑场或者指定的羁押场所内执行。"据此,刑场不能设在繁华地区、交通要道和旅游区附近。法院在市中心广场执行死刑显然是不合法的。

2.BC【解析】此题考查对其他诉讼参与人的理解。其他诉讼参与人是指除当事人以外的参与诉讼活动的人,具体包括:法定代理人,诉讼代理人,辩护人,证人,鉴定人和翻译人员。其中只有鉴定人和翻译人员是既不属于控诉一方,也不属于辩护一方的诉讼参与人。

3.ABCD【解析】根据我国《刑事诉讼法》第一百九十一条的规定,"第二审人民法院发现第一审人民法院的审理具有下列违反法律规定的诉讼程序的情形之一的,应当裁定撤销原判决、发回原审法院重新审判:(一)违反本法有关公开审判的规定的;(二)违反回避制度的;(三)剥夺或限制了当事人的法定诉讼权利,可能影响公正审判的;(四)审判组织的组成不合法的;(五)其他违反法律规定的诉讼程序,可能影响公正审判的。"

4.CD【解析】《中华人民共和国刑事诉讼法》第三十四条第三款规定,"被告人可能判处死刑而没有委托辩护人的,人民法院应当指定承担法律援助义务的律师为其提供辩护。"《最高人民法院关于执行＜中华人民共和国刑事诉讼法＞若干问题的解释》第三十八条规定,"被告人坚持自己行使辩护权,拒绝人民法院指定的辩护人为其辩护的,人民法院应当准许,并记录在案;被告人具有本解释第三十六条规定情形之一,拒绝人民法院指定的辩护人为其辩护,有正当理由的,人民法院应当准许,但被告人需另行委托辩护人,或者人民法院应当为其另行指定辩护人。"该解释第三十六条规定,"被告人没有委托辩护人而具有下列情形之一的,人民法院应当为其指定辩护人:(一)盲、聋、哑人或者限制行为能力的人;(二)开庭审理时不满十八周岁的未成年人;(三)可能被判处死刑的人。"据此C、D选项当选。

5.AC【解析】根据《刑事诉讼法》第二百一十七条和第二百一十八条的规定,对于被判处有期徒刑缓刑的罪犯,对于被判处管制和剥夺政治权利的罪犯,应当由公安机关执行。本题中的B、D选项都属于财产刑的执行,对于财产刑,不论是罚金还是没收财产,都应当由人民法院执行。

第十三章　民事诉讼法

知识结构导读

民事诉讼法

├─ 民事诉讼法概述
│　├─ 民事诉讼法的概念
│　├─ 民事诉讼法的效力
│　├─ 民事诉讼法的特殊原则
│　├─ 民事诉讼当事人
│　├─ 诉讼代表人
│　└─ 第三人

├─ 民事诉讼程序
│　├─ 普通程序的概念
│　├─ 简易程序
│　├─ 第二审程序
│　└─ 审判监督程序

├─ 民事诉讼主管与管辖
│　├─ 民事诉讼的主管
│　├─ 民事诉讼的管辖
│　└─ 管辖权异议

└─ 民事诉讼强制措施
　　├─ 民事诉讼强制措施的概念
　　├─ 民事诉讼强制措施的种类
　　└─ 民事诉讼强制措施的作用

考点内容精讲

第一节　民事诉讼法概述

一、民事诉讼法的概念

民事诉讼法是指国家制定的人民法院和民事诉讼参与人进行民事诉讼活动必须遵守的法律规范的总

称。民事诉讼法主要调整平等主体的公民和法人及他们相互之间因财产权益和人身权利发生的诉讼,例如,合同纠纷、侵权纠纷、婚姻家庭纠纷、知识产权纠纷、人身权纠纷等。我国的民事诉讼法主要是指1991年4月9日颁布并实施的《中华人民共和国民事诉讼法》,以及其他法律、法规中有关民事诉讼的规范。民事诉讼法是基本法、部门法和程序法。

二、民事诉讼法的效力

(一)民事诉讼法的空间效力

民事诉讼法的空间效力,即地域效力,具体指在什么范围内适用。我国的民事诉讼法一般来说不具有域外效力,它主要适用于我国国内,包括我国领空、领海、领土以及领土的延伸部分(例如,我国驻外国的使领馆、我国的航空器、船舶等)。

(二)民事诉讼法对人的效力

对人的效力,即适用于哪些人。我国民事诉讼法适用于在我国国内的一切自然人、法人或者其他机构。具体包括中国籍、外国籍的法人、自然人、其他组织以及无国籍的人。

(三)对事的效力

对事的效力是指在哪些事项上可以适用。我国民事诉讼法适用于平等主体之间的财产关系与民事关系。

三、民事诉讼法的特殊原则

民事诉讼法具有诉讼法的一般原则,但也有自身特定的原则。民事诉讼法的特殊原则有:①当事人诉讼权利平等原则;②自愿合法调解原则;③辩论原则;④处分原则;⑤支持起诉原则。

四、民事诉讼当事人

(一)概念

民事诉讼当事人是指以自己的名义请求人民法院行使审判权解决民事争议,或保护民事权益的人及其相对方。

(二)民事诉讼当事人的构成要件

(1)须是向人民法院请求保护民事权益及解决民事纠纷的人及相对方。

(2)须以自己的名义起诉应诉,承担民事诉讼权利义务。

(3)须在诉状中明确表示,而不问其是否是争论的民事法律关系主体。

五、诉讼代表人

代表群体起诉应诉的人称为诉讼代表人。群体诉讼是指当事人一方或双方人数众多,由该群体中的一人或数人代表群体起诉或应诉。法院所做判决对该群体成员均有约束力的诉讼。

六、第三人

(一)概念

民事诉讼中的第三人是指对他人争议的诉讼标的有独立请求权,或者虽然没有独立请求权,但因案件的处理结果与其有法律上的利害关系而参加到他人已经开始的诉讼中的人。在该定义中,前者为有独立请求权的第三人,后者为无独立请求权的第三人。

(二)第三人的特征

(1)须是在他人之间的诉讼开始之后,法院做出判决之前加入诉讼。

(2)对他人争议的诉讼标的有独立请求权,或者虽然没有独立请求权,但案件的处理结果与其有法律上的利害关系。

(3)参加诉讼的目的是为了维护自己的合法权益,并是以自己的名义参加诉讼。

(三)有独立请求权的第三人

民事诉讼中,有独立请求权的第三人相当于原告的地位,它是以本诉中的原告和被告为被告的原告。其参诉条件如下。

(1)对本诉的诉讼标的享有独立请求权。

(2)所参加的诉讼正在进行。

(3)以起诉的方式参加诉讼。

(四)无独立请求权第三人

无独立请求权的第三人是当事人中的一种。与本诉的原告、被告相比,其无权提起管辖权异议,无权承认或放弃诉讼请求。其参加本诉既可以是自己申请,也可以是法院通知。无独立请求权第三人可以在其承担的责任内享有上诉权。

第二节　民事诉讼程序

一、普通程序的概念

普通程序是我国民事诉讼法规定的人民法院审理第一审民事案件通常所适用的程序,也是进行第一审民事案件通常所遵循的程序。

(一)普通程序的阶段

1.起诉法定条件

(1)原告是与本案有直接利害关系的公民、法人和其他组织。

(2)有明确的被告。

(3)有具体的诉讼请求和事实、理由。

(4)属于人民法院受理民事诉讼的范围和受诉人民法院管辖。

2.受理

受理是指法院在审查原告的起诉书后,认为符合起诉条件,决定立案审理的行为。《民事诉讼法》第一百一十二条规定,"人民法院收到起诉状或者口头起诉,经审查,认为符合起诉条件的,应当在七日内立案,并通知当事人;认为不符合起诉条件的,应当在七日内裁定不予受理。"从这个规定中我们不难看出,七天是人民法院审查起诉,决定是否立案受理的法定期限。

3.反诉

反诉是指在诉讼进行过程中,本诉的被告以原告为被告,向受理本诉的人民法院提出与本诉具有牵连关系的,目的在于抵消或者吞并本诉原告诉讼请求的独立的反请求。

(二)诉讼中的特殊情况

1.撤诉

(1)条件。申请人必须是原告、上诉人及其法定代理人；原告必须是自愿；撤诉必须合法；撤诉必须由人民法院裁定。

(2)按撤销处理的情形。未按期缴纳诉讼费用的；经传票无正当理由拒不到庭的；原告未经许可中途退庭的；无民事行为能力的原告的法定代理人经传票无正当理由拒不到庭的；有独立请求权的第三人有以上情况的；无独立请求权的第三人经传票无正当理由拒不到庭，或者未经法庭许可中途退庭不影响案件审理的。

(3)撤诉的后果。直接引起诉讼程序的终结；诉讼时效重新开始计算；诉讼费用由原告或上诉人承担。

2.诉讼中止

诉讼中止是指在诉讼过程中，诉讼程序因特殊情况的发生导致诉讼无法继续进行而中途停止诉讼，待特殊情况消失，诉讼程序继续进行的一种法律制度。

有下列情形之一的应中止诉讼：①一方当事人死亡，需要等待继承人表明是否参加诉讼的；②一方当事人丧失诉讼行为能力，尚未确定法定代理人的；③作为一方当事人的法人或者其他组织终止，尚未确定权利义务承受人的；④一方当事人因不可抗拒的事由，不能参加诉讼的；⑤本案必须以另一案的审理结果为依据，而另一案尚未审结的；⑥其他应当中止诉讼的情形。中止诉讼的原因消除后，恢复诉讼。

3.缺席判决

缺席判决的适用情形如下。

(1)原告不出庭或中途退庭按撤诉处理，被告提出反诉的。

(2)被告经传票传唤，无正当理由拒不到庭，或者未经法庭许可中途退庭的。

(3)法院裁定不准撤诉的，原告经传唤，无正当理由拒不到庭的。

(4)无民事行为能力的被告人的法定代理人，经传唤无正当理由拒不到庭的。

(三)诉讼终结

诉讼终结是指在诉讼进行中，由于出现特定情形使诉讼程序不能继续进行下去，或者失去了继续进行的意义，从而结束诉讼程序。

有下列情形之一的应终结诉讼：①原告死亡，没有继承人，或者继承人放弃诉讼权利的；②被告死亡，没有遗产，也没有应当承担义务的人的；③离婚案件一方当事人死亡的；④追索赡养费、扶养费、抚育费以及解除收养关系案件的一方当事人死亡的。

二、简易程序

简易程序是指基层人民法院和它的派出法庭审理简单的民事案件所适用的一种独立的第一审程序。《民事诉讼法》在第十三章规定了对简单民事案件适用简易程序进行审理的制度。适用简易程序审理的案件只能是事实清楚、权利义务关系明确、争议不大的简单民事案件。适用简易程序审理案件体现了诉讼经济的原则，它既减轻了当事人的讼累，又提高了法院的办案效率。

简易程序通常由审判员一人独任审判，而且审理期限短。适用普通程序审理的案件一般都应当组成合议庭审理，并在 6 个月内审结；适用简易程序审理的案件只需由一名审判员审理，并在 3 个月内结案。

三、第二审程序

第二审程序即上诉审程序，是指第二审人民法院根据上诉人的上诉或者上诉人民检察院的抗诉，就第一审人民法院尚未发生法律效力的判决,或裁定认定的事实和适用法律进行审理时,所应当遵循的步骤和方式方法。

(一)上诉的提起

1.上诉的范围

(1)可以上诉的判决。地方各级法院做出的一审判决,二审发回重审后做出的民事判决和依照一审程序进行再审做出的判决。

(2)可以上诉的裁定。一审法院做出的不予受理的裁定,对管辖权异议的裁定以及驳回起诉的裁定。

2.上诉的期间

从裁判送达当事人之日起计算,判决的上诉期限为 15 日(必要共同诉讼最后一个当事人收到为送达;普通共同诉讼则分别计算),裁定的上诉期限为 10 天。

3.提起上诉的程序

当事人不服一审法院裁判提起上诉,原则上应向原审法院提交上诉状,同时也允许当事人直接向二审法院提起上诉。当事人直接向二审法院提交上诉状的,二审法院应在 5 日内将上诉状移交原审法院。

(二)上诉的受理和撤回

(1)原审人民法院收到上诉状,应当在 5 日内将上诉状副本送达对方当事人,对方当事人在收到之日起 15 日内提交答辩状。人民法院应当在收到答辩状之日起 5 日内将副本送达上诉人。对方当事人不提出答辩状的,不影响人民法院审理。

(2)原审人民法院收到上诉状、答辩状,应当在 5 日内连同全部案卷和证据报送二审人民法院。

(3)撤回上诉。在上诉期内应允许上诉人撤回;过上诉期限,在二审程序做出裁判前要求撤回的,由法院裁定。

(三)上诉案件的审理

(1)围绕上诉请求范围进行审查。

(2)审理方式。审判员应当组成合议庭开庭审理,但经过阅卷、调查、询问当事人,在事实核对清楚后,合议庭认为不需要开庭审理的,可径行裁判。

(四)上诉案件的裁判

(1)原判决认定事实清楚,适用法律正确的,判决驳回上诉,维持原判决。

(2)原判决适用法律错误的,依法改判。

(3)原判决认定事实错误,或者原判决认定事实不清、证据不足,裁定撤销原判决,发回原审人民法院重审,或者查清事实后改判。

(4)原判决违反法定程序,可能影响案件正确判决的,裁定撤销原判决,发回原审人民法院重审。当事人对重审案件的判决、裁定,可以上诉。

四、审判监督程序

审判监督程序是指有监督权的机关、组织或者当事人认为法院已经发生法律效力的判决、裁定确有错误,发动或申请再审,由人民法院对案件进行再审的程序。

(一)基于审判监督权的再审

(1)提起。本院院长交审判委员会决定(再审的应中止原裁判执行);最高人民法院提起再审,有权提审或指令再审;上级法院提起再审,有权提审或指令再审。

(2)程序。裁定中止原判决、裁定的执行,另行组成合议庭;提审的按第二审程序进行。

（二）基于检察院监督的抗诉和再审

(1)确有错误。证据不足;法律适用错误;违反法定程序可能影响诉讼结果的;贪污受贿、徇私舞弊、枉法裁判的。

(2)提起。最高人民检察院对各级人民法院,上级人民检察院对下级人民法院已经发生法律效力的判决、裁定都可以提起抗诉;地方各级人民检察院对同级人民法院已经发生法律效力的裁判,不能直接提出抗诉,只能通过上级人民检察院提起抗诉。

(3)对于人民检察院提出抗诉的案件,人民法院应当直接再审,不需要提交审判委员会讨论。

(4)检察院应当派员出庭。

（三）基于当事人诉权的申请再审

(1)必须是当事人,对于已经生效的判决、裁定、调解书提出的申请再审。

(2)必须是在裁判、调解书发生法律效力后 2 年内提出,且 2 年为不变期间。

(3)再审理由包括以下几方面。

①有新的证据足以推翻原判决、裁定的。

②原判决、裁定认定事实的主要证据不足的。

③原判决、裁定适用法律确有错误的。

④人民法院违反法定程序,可能影响案件正确判决、裁定的。

⑤审判人员在审理该案件时有贪污受贿、徇私舞弊、枉法裁判行为的。

(4)不能申请再审的案件。离婚判决、督促、公示催告、破产、再审维持。

（四）再审的裁判

(1)认为不符合民事诉讼法规定的受理条件的,裁定撤销一审、二审判决,驳回起诉。

(2)具有《民诉意见》第181条规定的违反法定程序的情况,可能影响案件正确判决、裁定的,裁定撤销一审、二审判决,发回原审人民法院重审。

(3)人民法院发现原一审、二审判决遗漏了应当参加诉讼的当事人的,可以根据当事人自愿的原则予以调解,调解不成的,裁定撤销一审、二审判决,发回原审人民法院重审。

第三节　民事诉讼的主管与管辖

一、民事诉讼的主管

（一）主管的概念与范围

1.主管的概念

民事案件的主管是指人民法院依法受理、审判解决一定范围内民事纠纷的权限,即确定人民法院和国家其他机关、社会团体之间解决民事纠纷的分工和职权范围。其实质是确定人民法院审理民事案件的权限范围问题。

2.主管的范围

人民法院主管的民事纠纷为两大类。

(1)民法调整的平等主体之间的财产关系案件和人身关系案件。

(2)其他法律调整的因社会关系发生的依法由人民法院解决的民事案件。例如,劳动争议案件、经济纠纷案件、选民资格案件等。

(二)法律对主管范围的特别确定

1.劳动争议仲裁前置

除法律特殊规定外未经仲裁的劳动争议案件不予受理:①劳动争议仲裁为必经程序;②不服裁决可起诉。

2.仲裁协议排除诉讼管辖

(1)当事人选择仲裁的合同纠纷和其他财产权益纠纷,人民法院不予受理。

(2)三种例外情形:①放弃仲裁协议;②仲裁协议无效;③仲裁裁决被撤销或裁定不予执行。

二、民事诉讼的管辖

民事案件的管辖是指确定各级人民法院之间和同级人民法院之间受理第一审民事案件的分工和权限。

(一)级别管辖

1.基层人民法院

(1)基层法院管辖第一审民事案件,但本法另有规定的除外。

(2)法律明确规定由基层法院管辖的案件有适用特别程序、督促程序、公示催告程序审理的案件和劳动争议案件。

(3)破产案件视情况由基层或中级人民法院管辖。

2.中级人民法院

(1)重大涉外案件。

(2)在本辖区有重大影响的案件。

(3)最高人民法院确定由中级人民法院管辖的案件。

3.高级人民法院

高级人民法院管辖在本辖区有重大影响的第一审民事案件。

4.最高人民法院

(1)在全国有重大影响的案件。

(2)认为应当由本院审理的案件。

(二)地域管辖

1.一般地域管辖

一般地域管辖又称普通管辖,是指以被告住所地为标准来确定受诉法院。我国民事诉讼法是以被告所在地管辖为原则,原告所在地为例外来确定一般地域管辖。"原告所在地为例外"的情形主要包括以下几方面。

(1)对不在境内居住的人提起的有关身份关系的诉讼。

(2)对下落不明或宣告失踪的人提起的有关身份关系的诉讼。

(3)对正在被劳动教养的人或被监禁的人提起的诉讼,双方当事人都被监禁或被劳动教养的除外。

(4)非军人对军人提出的离婚诉讼,如果军人一方为非文职军人,由原告住所地人民法院管辖。

(5)夫妻一方离开住所地超过一年,另一方起诉离婚的案件,由原告住所地人民法院管辖。

(6)追索赡养费案件的几个被告住所地不在同一辖区的,可以由原告住所地人民法院管辖(该种案件也可以按一般管辖原则,如果多方被告均在同一辖区,则只能适用一般管辖,即由被告住所地管辖)。

(7)被告一方被注销城镇户口的,由原告住所地管辖(原告、被告双方均被注销城镇户口的情形除外)。

2.特殊地域管辖

(1)合同纠纷的管辖

①一般合同。适用被告所在地法院管辖。

②保险合同。保险标的物如为运输工具或者运输中的货物,则由被告住所地或者运输工具登记注册地、运输目的地、保险事故发生地的人民法院管辖。

③运输合同。水上运输或水路联合运输合同纠纷发生在海事法院辖区的,由海事法院管辖;铁路运输合同纠纷,由铁路运输法院管辖。

④担保合同。主合同和担保合同发生纠纷提起诉讼的,应当根据主合同确定案件管辖。担保人承担连带责任的担保合同发生纠纷,债权人向担保人主张权利的,应当由担保人住所地的法院管辖。

⑤劳动合同。劳动争议案件由用人单位所在地或者劳动合同履行地的基层人民法院管辖。劳动合同履行地不明确的,由用人单位所在地的基层人民法院管辖。

⑥代位权、撤销权诉讼。由被告住所地法院管辖。

(2)侵权纠纷的管辖

①一般规定。因侵权行为提起的诉讼,由侵权行为地或者被告住所地人民法院管辖。

②特别规定。具体分类如下。

缺陷产品致人损害的案件。因产品质量不合格造成他人财产、人身损害提起的诉讼,产品制造地、产品销售地、侵权行为地和被告住所地的人民法院都有管辖权。

侵犯著作权和商标权的案件。因侵犯著作权和商标专用权行为提起的民事诉讼,由侵权行为的实施地、侵权商品储藏地或者查封扣押地、被告住所地人民法院管辖。

交通事故损害赔偿纠纷。因铁路、公路、水上和航空事故请求损害赔偿提起的诉讼,需由事故发生地或者车辆、船舶最先到达地,航空器最先降落地或者被告住所地人民法院管辖。因船舶碰撞或者其他海事损害事故请求损害赔偿提起的诉讼,需由碰撞发生地、碰撞船舶最先到达地、加害船舶被扣留地或者被告住所地人民法院管辖。

(3)票据纠纷的管辖。因票据纠纷提起的诉讼,由票据支付地或被告住所地法院管辖。

(4)因海难救助费用、共同海损提起的诉讼。因海难救助费用提起的诉讼,由救助地或者被救助船舶最先到达地法院管辖。因共同海损提起的诉讼,由船舶最先到达地、共同海损理算地或者航程终止地的法院管辖。

(三)专属管辖

专属管辖是指对某些特定类型的案件,法律强制规定只能由特定的人民法院行使管辖权。凡是专属管辖的案件,只能由法律明文规定的人民法院管辖,其他人民法院均无管辖权,从而排除了一般地域管辖和特殊地域管辖的适用。对于专属管辖的案件,当事人双方无权以协议或约定的方式变更管辖法院,从而排除协议管辖的适用。外国的法院更没有管辖权,所以排除了外国法院行使管辖权的可能性。总之,专属管辖是排斥其他类型的法定管辖,也排斥协议管辖的管辖制度。

根据《民事诉讼法》第三十四条的规定,"下列案件,由本条规定的人民法院专属管辖:(一)因不动产纠纷提起的诉讼,由不动产所在地人民法院管辖;(二)因港口作业中发生纠纷提起的诉讼,由港口所在地人民法院管辖;(三)因继承遗产纠纷提起的诉讼,由被继承人死亡时住所地或者主要遗产所在地人民法院管辖。"

(四)协议管辖

协议管辖是指当事人可以就因合同履行可能发生的纠纷书面约定管辖法院。可以约定原告住所地、被告住所地、合同履行地、合同签订地、标的物所在地人民法院为将来裁定纠纷的管辖法院。

（五）裁定管辖

1.移送管辖

移送管辖是指人民法院受理案件后,发现本法院对该案无管辖权,依照法律规定将案件移送给有管辖权的人民法院审理。

2.指定管辖

指定管辖有三种情形:①特殊原因(例如,地震等自然灾害或者法律上的原因)不能管辖;②受移送的人民法院认为自己没有管辖权;③未能协商解决管辖争议。

3.管辖权转移

管辖权转移是指经上级法院决定或同意,将案件的管辖权从原来有管辖权的法院移至无管辖权的法院,使无管辖权的法院因此而取得管辖权。这是对级别管辖的变通,包括向上转移和向下转移。

三、管辖权异议

管辖权异议是指当事人向受诉法院提出的该院对案件无管辖权的主张。管辖权异议提出的条件包括:①应当由当事人提出(一般情况下由被告提出,特定情况下原告也可以提出。例如,起诉后案件被转移或者指定管辖);②须在被告接到起诉书副本起 15 日内提出(在涉外民事案件中,被告也可以提起管辖权异议,只不过其提起的期间为 30 日);③只能是一审案件。

第四节　民事诉讼强制措施

一、民事诉讼强制措施的概念

民事诉讼强制措施,是指人民法院为保障审判活动的正常进行,对有妨害民事诉讼行为的人所采取的强制性手段。针对不同的妨害民事诉讼的行为,要适用不同的强制措施。

二、民事诉讼强制措施的种类

根据我国民事诉讼法的规定,强制措施的种类如下。

1.拘传

拘传是人民法院对于必须到庭的被告经两次传票传唤无正当理由拒不到庭,而采取的强制其到庭参加诉讼活动的一种措施。

2.训诫

训诫是人民法院对妨害民事诉讼情节轻微的人,以口头形式进行批评教育,指出其行为的违法性,并责令其改正,不得再犯的一种强制措施。

3.责令退出法庭

责令退出法庭是人民法院为排除妨害以使法庭审理继续进行,对违反法庭规则情节较轻的人,责令其离开法庭的一种措施。

4.罚款

罚款是人民法院对于实施妨害民事诉讼行为较为严重的人或单位,所实行的令其向国家缴纳一定数额的金钱,以示制裁的一种强制措施。

5.拘留

拘留是人民法院为制止严重妨害和扰乱法庭秩序的人继续进行违法活动所采取的短期限制其人身自由的强制措施。拘留的期限为15日以下,被拘留的人由人民法院交由公安机关看管。

三、民事诉讼强制措施的作用

民事诉讼强制措施的作用是保证诉讼的正常进行。当事人、其他诉讼参与人或者案外人无论是在审判过程中,还是在执行过程中,只要实施了妨害民事诉讼的行为,人民法院均可依法适用民事诉讼的强制措施,其他任何单位、个人都无权行使。

经典真题专家点评

1.(2008年浙江)下列对民事诉讼法中的"共同诉讼人"的表述,最适当的是(　　)。

A.在同一诉讼中,对原告、被告及其独立请求权的诉讼参加人

B.在共同诉讼中共居于相同诉讼地位的当事人,即原告或被告一方为两人以上

C.在诉讼中,对他人之间的诉讼标的有独立请求权的诉讼参加人

D.在同一诉讼中,与诉讼标的有利害关系的所有诉讼参加人

【专家点评】本题答案为B。共同诉讼是指当事人一方或双方为二人以上,其诉讼标的是共同的或同一种类的,人民法院认为应当合并审理或可以合并审理并经当事人同意的诉讼。在共同诉讼中共同起诉、共同应诉的当事人就叫作共同诉讼人。

2.(2007年中央)甲和乙因合同纠纷诉至法院,诉讼过程中发现下列情形不应回避的是(　　)。

A.证人刘某是乙的妻子

B.审判员王某是甲的哥哥

C.合议庭审判员于某与该案的审理结果有利害关系

D.合议庭组成人员中的陪审员周某是甲的弟弟

【专家点评】本题答案为A。《民事诉讼法》规定,审判人员必须回避的情形有三种,当事人有权用口头或者书面方式申请他们回避:(1)本案当事人或者当事人、诉讼代理人的近亲属;(2)与本案有利害关系;(3)与本案当事人有其他关系,可能影响对案件公正审理的。B、C、D选项中的审判人员都符合必须回避的情形,而A选项中的证人刘某并不是审判人员,不应回避,所以此题选择A。

单元同步训练

一、单项选择题

1.A市仲裁委员会就东方公司与西天公司合同纠纷一案做出裁决,裁决东方公司返还西天公司三合板1000张。东方公司拒不履行该仲裁裁决,于是西天公司向东方公司住所地A市B区人民法院和东方公司三合板所在地A市C区人民法院申请执行。B区人民法院和C区人民法院先后立案。本案应当由哪个人民法院执行?(　　)

　　A.A市B区人民法院　　　　　　　　　　B.A市C区人民法院

　　C.A市中级人民法院　　　　　　　　　　D.A市B区和C区人民法院共同管辖

2.人民法院在审查民事起诉时发现当事人起诉已经超过了诉讼时效,在这种情况下,人民法院应当(　　)。

A.通知当事人已经超过诉讼时效,不予受理

B.裁定不予受理

C.应予受理,审理后确认超过诉讼时效的,判决驳回诉讼请求

D.应予受理,审理后确认超过诉讼时效的,裁定驳回起诉

3.王老太太自年轻时丈夫去世后就独自抚养两个儿子长大成人。儿子成家单独生活后,因王老太太年老体弱,两个儿子都不愿意尽赡养义务。王老太太伤心至极,向人民法院起诉,要求人民法院为其与儿子分家析产并责令儿子支付赡养费。一审人民法院经过审理判决两个儿子每人向王老太太一次性支付赡养费5万元。王老太太不服,向上级人民法院上诉。二审人民法院在审理过程中,发现一审人民法院未进行分家析产,此时二审人民法院应当(　　)。

A.直接裁定撤销原判决,发回原审人民法院重审

B.依法查清事实后改判

C.根据自愿原则调解,调解不成,告知王老太太就分家析产问题另行起诉

D.根据自愿原则调解,调解不成,撤销原判决,发回原审人民法院重审

4.个体工商户崔某从1994年起在某市经营一饭店,领有营业执照,1997年因妻子生病急需用钱而将饭店转让给赵某经营,但双方未到工商局办理营业执照的更名手续。赵某经营过程中致使多名顾客食物中毒,这些顾客决定向法院起诉要求赔偿损失。此案中当事人的诉讼地位应如何确定?(　　)

A.顾客是原告,赵某是被告,崔某与本案无关

B.顾客是原告,崔某是被告,赵某与本案无关

C.顾客是原告,崔某与赵某是共同被告

D.顾客是原告,赵某是被告,崔某是无独立请求权的第三人

5.发生法律效力的民事判决、裁定以及刑事判决、裁定中的财产部分,由下列哪一个法院执行?(　　)

A.终审人民法院 　　　　　　　　B.第二审人民法院

C.第一审人民法院 　　　　　　　D.基层人民法院

二、多项选择题

1.双方当事人都被监禁或都被劳动教养而提起的民事诉讼,何地人民法院有管辖权?(　　)

A.被告原住所地人民法院有权管辖

B.原告原住所地人民法院有权管辖

C.如果被告被监禁或被劳动教养1年以上的,被告被监禁地或被劳动教养地人民法院有权管辖

D.如果原告被监禁或被劳动教养1年以上的,原告被监禁地或被劳动教养地人民法院有权管辖

2.在涉外仲裁中,当事人申请采取财产保全的,中华人民共和国的涉外仲裁机构应当将当事人的申请提交下列哪些法院?(　　)

A.被申请人住所地的基层人民法院

B.被申请人住所地的中级人民法院

C.财产所在地的中级人民法院

D.该仲裁机构所在地的中级人民法院

3.对于下列哪些人民法院做出的生效法律文书,当事人不得依照审判监督程序申请再审?(　　)

A.甲某诉乙某离婚案件,人民法院经过两审终审,判决仅解除甲某与乙某夫妻关系,而不涉及共同财产分割与子女抚养问题的判决

B. 张辉的哥哥申请人民法院宣告下落不明的张辉失踪，人民法院经过审理后做出的宣告张辉为失踪人的判决

C. 天意贸易公司诉有色金属公司铝锭质量问题纠纷一案，经过区人民法院、市中级人民法院两审终审后，基于天意贸易公司的再审申请，市中级人民法院经过再审审理做出的维持原判决的再审判决

D. 蔡清诉哥哥侵犯其平等继承权一案，经区人民法院审理做出判决后，蔡清不服向市中级人民法院上诉，市中级人民法院对该案件经过审理后做出的判决

4. 下列有关民事诉讼中实行公开审判的表述中不正确的有（　　）。

A. 案件的审理、合议庭的评议、判决的宣告应当公开

B. 对于涉及国家秘密的案件不公开审理，但宣判要公开

C. 对于涉及个人隐私的案件，人民法院应当根据当事人申请不公开审理

D. 离婚案件只能不公开审理

5. 依照民事诉讼法的相关规定，人民法院在审理下列（　　）时，不得适用简易程序。

A. 张某诉新科开发公司侵犯其专利权的纠纷案件

B. 齐立诉蔡强借款纠纷案件发回重审时的案件

C. 李红诉陈辉因损害其自行车应当赔偿 150 元的侵权纠纷案件

D. 赵键诉下落不明的刘庆返还所借的 1000 元钱的案件

参考答案及解析

一、单项选择题

1. A【解析】本题考查仲裁裁决的执行管辖人民法院。根据最高人民法院《关于人民法院执行工作若干问题的规定》（以下简称《执行规定》）第十条规定，仲裁机构做出的国内仲裁裁决、公证机关依法赋予强制执行效力的公证债权文书，由被执行人住所地或被执行财产所在地人民法院执行。根据最高人民法院《执行规定》第十五条规定，两个以上人民法院都有管辖权的，当事人可以向其中一个人民法院申请执行；当事人向两个以上人民法院申请执行的，由最先立案的人民法院管辖。因此，A 选项是正确的。

2. C【解析】当事人超过诉讼时效期间起诉的，人民法院应予受理。受理后查明无中止、中断、延长事由的，判决驳回其诉讼请求，因此，C 选项是正确的。应当注意的是，超过诉讼时效只能意味着当事人丧失实体胜诉的权利，但并未丧失程序上起诉的权利，当然，超过民法通则所规定的 20 年最长时效时，当事人丧失程序上的起诉权。

3. D【解析】本题考查二审中的调解问题。从本案二审中发现的问题来看，属于一审人民法院漏判了当事人提出的诉讼请求，即一审人民法院对当事人在一审中提出的分家析产的诉讼请求未做出审理与判决，根据《最高人民法院关于适用〈中华人民共和国民事诉讼法〉若干问题的意见》第一百八十二条规定，"对当事人在一审中已提出的诉讼请求，原人民法院未作审理的、判决的，第二审人民法院可以根据当事人自愿的原则进行调解，调解不成的，发回重审。"因此，正确答案是 D。

4. C【解析】正确解答此类确定当事人诉讼地位的试题的关键在于找到有关民事法律关系的关键信息。本试题的关键信息在于：第一，个体饭店营业执照上的业主是崔某；第二，崔某将该饭店转让给赵某，但未办理更名手续。在诉讼中，个体工商户以营业执照上登记的业主为当事人。有字号的，应在法律文书中注明登记的字号。营业执照上登记的业主与实际经营者不一致的，以业主和实际经营者为共同诉讼人，因此，选项 C 是正确的。

5. C【解析】此题考查执行管辖的知识点。根据法律规定，发生法律效力的民事判决、裁定，以及刑事判

决,裁定中的财产部分由第一审人民法院执行。

二、多项选择题

1.AC【解析】一定要注意的是本题并不适用《民事诉讼法》第二十三条,"下列民事诉讼,由原告住所地人民法院管辖;原告住所地与经常居住地不一致的,由原告经常居住地人民法院管辖:(一)对不在中华人民共和国领域内居住的人提起的有关身份关系的诉讼;(二)对下落不明或者宣告失踪的人提起的有关身份关系的诉讼;(三)对被劳动教养的人提起的诉讼;(四)对被监禁的人提起的诉讼。"

本题正确的法律依据在于《民诉意见》第八条,"双方当事人都被监禁或被劳动教养的,由被告原住所地人民法院管辖。被告被监禁或被劳动教养一年以上的,由被告被监禁地或被劳动教养地人民法院管辖。"

2.BC【解析】当事人申请财产保全,应当向仲裁委员会递交财产保全申请书,由仲裁委员会将当事人的申请提交被申请人住所地或者财产所在地的基层人民法院。没有当事的人申请,仲裁委员会不能主动向人民法院申请财产保全。

3.ABC【解析】本题考查当事人申请再审的范围问题。人民法院做出的裁判生效后,如果当事人认为该裁判出现法定需要再审的情形的,可以申请人民法院再审,同时《民事诉讼法》第一百八十一条以及《最高人民法院关于适用〈中华人民共和国民事诉讼法〉若干问题的意见》第二百零七条对当事人申请再审案件的范围又做出了相应的规定,对于以下案件,当事人不得申请再审:①解除婚姻关系的判决中的身份部分;②人民法院适用督促程序、特别程序、公示催告程序、破产程序经过审理后做出的裁判;③人民法院再审后维持原判决的。因此,本题的正确答案为ABC。

4.ACD【解析】正确解答本题需注意两点:第一,不公开审理的案件;第二,宣判一律公开。根据《民事诉讼法》第一百二十条规定,"人民法院审理民事案件,除涉及国家秘密、个人隐私或者法律另有规定的以外,应当公开进行。离婚案件、涉及商业秘密的案件,当事人申请不公开审理的,可以不公开审理。"因此,B选项是正确的,而C选项与D选项是错误的,因为合议庭评议案件应不公开进行。因此,A选项是错误的。

5.ABD【解析】本题考查简易程序的适用以及不得适用简易程序的情形。简易程序适用基层人民法院审理的事实清楚、权利与义务明确、争议不大的简单案件。根据《最高人民法院关于适用〈中华人民共和国民事诉讼法〉若干问题的意见》第二条第一款规定,"专利纠纷案件由最高人民法院确定的中级人民法院管辖。"因此,A选项是正确的。根据《最高人民法院关于适用〈中华人民共和国民事诉讼法〉若干问题的意见》第一百七十四条规定,"发回重审和按照审判监督程序再审的案件不得适用简易程序审理。"因此,B选项是正确的;根据《最高人民法院关于适用〈中华人民共和国民事诉讼法〉若干问题的意见》第一百六十九条规定,起诉时被告下落不明的案件不得适用简易程序审理。因此,D选项是正确的。

第十四章 行政诉讼法

知识结构导读

行政诉讼法

- 行政诉讼法概述
  - 行政诉讼法的概念
  - 行政诉讼的特有原则
  - 行政诉讼法律关系
- 行政诉讼程序
  - 起诉与受理
  - 第一审程序
  - 第二审程序
  - 行政诉讼审判监督程序
- 行政诉讼的管辖
  - 行政诉讼管辖的概念
  - 级别管辖
  - 裁定管辖
  - 地域管辖
  - 管辖权的转移
- 行政诉讼参加人和证据
  - 行政诉讼参加人
  - 行政诉讼证据

考点内容精讲

第一节 行政诉讼法概述

一、行政诉讼法的概念

(一)行政诉讼法的概念

行政诉讼法是规范各种诉讼行为,调整各种行政诉讼关系,建立各项行政诉讼制度的法律规范的总称,是法律体系中的一个重要法律部门。

(二)行政诉讼法调整的对象

行政诉讼法调整的对象是诉讼行为和诉讼关系。

(1)诉讼行为是指行政诉讼中法院、当事人及其他诉讼参与人在诉讼过程中实施的各种行为,如起诉、答辩、送达、裁判、妨碍诉讼、拒不执行判决等。

(2)诉讼关系是指行政诉讼过程中各方诉讼主体之间形成的特定的诉讼事实与后果之间的关系。

二、行政诉讼的特有原则

行政诉讼中双方当事人法律地位的不平等性决定了行政诉讼具有与其他诉讼不同的原则。与其他诉讼活动相比较,其特有的原则如下。

(1)人民法院特定主管原则。

(2)具体行政行为不因诉讼而停止执行原则。

(3)不适用调解原则。

(4)审查具体行政行为的合法性原则(见《行政诉讼法》第五条,此条可谓是行政诉讼法的"帝王"条款)。

(5)司法变更权有限原则。

(6)被告行政机关负举证责任原则。

三、行政诉讼法律关系

(一)行政诉讼法律关系的概念和要素

行政诉讼法律关系是指由行政诉讼法所调整的,以行政诉讼主体诉讼权利义务为内容的一种社会关系。行政诉讼法律关系与其他法律关系一样,由主体,内容和客体这三个要素构成。

1.行政诉讼法律关系的主体

行政诉讼法律关系的主体是行政诉讼权利和行政诉讼义务的承担者,也是行政诉讼法律关系的最基本的要素。

(1)法院。

(2)行政诉讼参加人。

(3)行政诉讼的其他参与人。

2.行政诉讼法律关系的客体

行政诉讼法律关系的客体是指行政诉讼法律关系主体诉讼权利和义务所指向的对象。

3.行政诉讼法律关系的内容

行政诉讼法律关系的内容是指行政诉讼法律关系主体在行政诉讼过程中的权利和义务。行政诉讼法律关系主体权利和义务是行政诉讼法律关系的核心要素。

(1)人民法院在行政诉讼过程中享有的权利和承担的义务。

(2)行政诉讼当事人的诉讼权利和诉讼义务。

(3)其他行政诉讼参与人的诉讼权利和诉讼义务。

(二)行政诉讼法律关系的产生、变更和消灭

行政诉讼的整个过程就是行政诉讼法律关系主体之间相互作用的过程。行政诉讼法律关系处于不断变化的状态,因此,行政诉讼的过程就是行政诉讼法律关系产生、变更和消灭的过程,只要具备了一定的法

律事实,就会引起行政诉讼法律关系的产生、变更或消灭。

1.行政诉讼法律关系的产生

即主体及其相互之间的诉讼权利、义务的形成。通常有以下两种情况。

(1)由诉讼参加人和其他参与人的诉讼行为同人民法院的诉讼行为相结合而产生行政诉讼法律关系。

(2)由人民法院的诉讼行为而产生诉讼法律关系。

2.行政诉讼法律关系的变更

即行政诉讼法律关系的主体、内容和客体有所变化。

3.行政诉讼法律关系的消灭

即主体的消失或主体之间诉讼权利义务的终止而使行政诉讼法律关系不复存在的情况。它包括以下两种情况。

(1)因主体的消灭而导致行政诉讼法律关系消灭的情况。

(2)因主体间的诉讼权利义务的终止而使行政诉讼法律关系消灭的情况。

第二节 行政诉讼程序

一、起诉与受理

(一)起诉与复议

对于行政案件的救济方式,我国在立法上规定了诉讼程序和行政复议两种方式。根据《行政诉讼法》第三十七条规定,"对属于人民法院受案范围的行政案件,公民、法人或者其他组织可以先向上一级行政机关或者法律、法规规定的行政机关申请复议,对复议不服的,再向人民法院提起诉讼,也可以直接向人民法院提起诉讼。法律、法规规定应当先向行政机关申请复议,对复议不服再向人民法院提起诉讼的,依照法律、法规的规定。"

(二)起诉条件

(1)原告是认为具体行政行为侵犯其合法权益的公民、法人或者其他组织。

(2)有明确的被告。

(3)有具体的诉讼请求和事实根据。

(4)属于人民法院受案范围和受诉人民法院管辖。

(三)人民法院的受理

人民法院接到起诉状,经审查,应当在七日内立案或者做出裁定不予受理,原告对裁定不服的,可以提起上诉。

(四)起诉与受理的法律意义

(1)行政诉讼案件的成立。

(2)原告、被告取得相应的诉讼地位。

(3)起诉受理后,具体行政行为的效力处于争议状态,不能取得最终的法律效力。

(4)起诉受理后,非依法定条件和程序不能随意中止或终结诉讼,原告也不得擅自撤回起诉。

(5)诉讼时效中断,审理期限开始计算。

(五)对起诉请求的驳回

有下列情形之一的,人民法院裁定驳回原告的诉讼请求:①请求事项不属于行政审判权范围的;②起诉人无原告诉讼主体资格的;③起诉人错列被告且拒绝变更的;④法律规定必须由法定或者指定代理人、代表人为诉讼行为,未由法定或者指定代理人、代表人为诉讼行为的;⑤由诉讼代理人代为起诉,其代理不符合法定要求的;⑥起诉超过法定期限且无正当理由的;⑦法律、法规规定行政复议为提起诉讼必经程序而未申请复议的;⑧起诉人重复起诉的;⑨人民法院裁定准许原告撤诉后,原告以同一事实和理由重新起诉的;⑩诉讼标的为生效判决的效力所羁束的;⑪起诉不具备其他法定要件的。

二、第一审程序

(一)审理前的准备

①组成合议庭(无简易程序);②交换诉状:5日内将起诉状副本发送被告(原告不得提出新的诉讼请求);被告10日内提交答辩状、证据、依据;5日内将答辩状副本发送原告;③处理管辖异议(成立则移送,不成立则驳回);④审查诉讼文书和调查搜集证据;⑤审查其他内容。

(二)庭审程序

开庭审理程序包括开庭准备、宣布开庭、介绍案情、法庭调查、法庭辩论、合议庭评议和判决裁定。行政诉讼案件不适用于调解程序。

(三)审理期限

行政诉讼法规定,行政诉讼第一审程序的审理期限是3个月。

三、第二审程序

(一)上诉的条件

(1)上诉人具有上诉资格。

(2)上诉对象符合法律规定。

(3)上诉的时间没有超过法定期间。

(4)上诉权的行使必须符合法定方式和要求。

(二)上诉受理的法律后果

上诉受理后,即标志着案件进入第二审程序;上诉受理后,直至宣布判决之前,当事人可以申请撤回上诉;上诉受理后,在第二审程序中,行政机关不得改变其原具体行政行为。

(三)上诉的审理方式

对事实清楚的案件进行书面审理;当事人对事实有争议或者二审法院认为事实不清楚的案件应该组成合议庭开庭审理,对原审法院的裁判以及被诉具体行为进行全面审理。

(四)审理期限

行政诉讼法规定,行政诉讼第二审程序的审理期限是收到上诉状起2个月内。

四、行政诉讼审判监督程序

行政诉讼审判监督程序是指法院根据当事人的申请、检察机关的抗诉或法院自己发现已经发生法律效力的判决、裁定确有错误,依法对案件进行再审的程序。该程序的提起主体只能是原审法院、原审法院的上级法院、最高检察院和地方检察院。

第三节　行政诉讼的管辖

一、行政诉讼管辖的概念

行政诉讼管辖是指上下级法院之间和同级法院之间受理第一审行政案件的权限与分工。行政诉讼的管辖不同于主管。行政诉讼主管即受案范围，它解决的是人民法院审理行政案件的范围和与其他国家机关之间处理行政争议的权限划分问题。行政诉讼管辖是法院内部的分工问题，即解决的是第一审（非二审）行政案件由哪一个人民法院受理和审判的问题。因此，主管是管辖的前提和基础，管辖是主管的落实和具体化。

二、级别管辖

级别管辖是指不同审级的人民法院之间审理第一审行政案件的权限划分。

（一）基层人民法院管辖

基层人民法院管辖第一审行政案件是级别管辖的一般原则。

（二）中级人民法院管辖

中级人民法院管辖的案件具体有以下几种。

1.确认发明专利的案件

具体分为：①是否应当授予发明专利权的案件；②关于宣告授予的发明专利权无效或维持发明专利权的案件；③关于实施强制许可的案件。

2.海关处理的案件

海关处理的案件主要有海关处理的纳税案件以及有关因违反海关法被海关处罚的行政案件。

3.本辖区的重大、复杂的行政案件

在司法实践中重大、复杂的行政案件主要是指：①社会影响重大的共同诉讼、集团诉讼；②重大涉外或涉及香港、澳门、台湾地区的案件；③被告为县级或县级以上人民政府，基层人民法院不宜审理的案件等。

（三）高级人民法院管辖

高级人民法院管辖本辖区内重大、复杂的第一审行政案件。至于哪些案件属于本辖区内重大、复杂的行政案件，由高级人民法院自行确定。

（四）最高人民法院管辖

最高人民法院只管辖全国范围内重大、复杂的第一审行政案件。

三、裁定管辖

（一）移送管辖

移送管辖是指人民法院发现已经受理的案件不属于自己管辖时，将案件移送给有管辖权的人民法院审判的制度。移送管辖应具备的条件为：①移送法院已经受理了该案件；②移送法院对该案件没有管辖权；③接受移送的法院必须对该案件有管辖权。接到被移送案件的法院不应再将案件移送。如果接到移送的人民法院也没案件管辖权，则只能提请上级人民法院指定管辖。

(二)指定管辖

指定管辖是指上级人民法院在特定情形下,指定某一行政案件由某一个下级人民法院管辖的制度。指定管辖主要包括以下两种情况:①由于特殊原因,有管辖权的人民法院无法行使管辖权;②人民法院之间对管辖权发生争议,协商不成的,由共同的上级人民法院指定其中的一个人民法院行使管辖权。

四、地域管辖

地域管辖又称区域管辖,是指同级人民法院之间受理第一审行政案件的分工和权限。

(一)一般地域管辖

一般地域管辖是指按照最初做出具体行政行为的行政机关所在地确定的管辖。根据行政诉讼法的规定,凡是未经复议而直接向人民法院起诉的,或者经过复议,复议机关维持原决定的行政案件由最初做出具体行政行为的行政机关所在地人民法院管辖。

(二)专属管辖

专属管辖又叫排他性管辖,是指法律对某类行政案件的管辖权主体做了特别限制,即只能由某一特定法院管辖。在目前,专属管辖特指对涉及的标的物为不动产的行政案件的管辖。

(三)共同地域管辖

共同管辖主要包括选择管辖。选择管辖是指法律对某些比较复杂的案件规定了两个或两个以上人民法院都有管辖权,而由原告从中选择一个法院起诉,从而确定了该案件的管辖法院。

(1)经过复议,复议机关改变原具体行政行为的,由最初做出具体行政行为的行政机关所在地或者由复议机关所在地的人民法院管辖。

(2)对限制人身自由的行政强制措施不服提起的行政诉讼,由被告所在地或者原告所在地人民法院管辖。所谓"原告所在地"包括:原告的户籍所在地、经常居住地和被限制人身自由所在地。

(3)行政机关基于同一事实,既对人身又对财产实施行政处罚或者采取行政强制措施的,被限制人身自由的公民,被扣押或者没收财产的公民,法人或者其他组织对上述行为均不服的,既可以向被告所在地人民法院提起诉讼,也可以向原告所在地人民法院提起诉讼,受诉人民法院可一并管辖。

在上述情况下,原告可以选择两个或者两个以上有管辖权的人民法院中的一个起诉。如果原告同时向两个或者两个以上有管辖权的人民法院起诉的,由最先收到起诉状的人民法院管辖。

五、管辖权的转移

管辖权转移是指经上级人民法院同意或决定,将下级人民法院管辖的案件转移给上级人民法院审判,或者上级人民法院将自己管辖的案件移交给下级人民法院审判的制度。

(一)管辖权转移的具体情形

(1)上级人民法院如果认为下级人民法院管辖的第一审行政案件适宜自己审判,有权提审。

(2)上级人民法院认为自己管辖的第一审行政案件适宜下级人民法院审判,可以决定将管辖权转移至下级人民法院。

(3)下级人民法院对其管辖的第一审行政案件认为需要由上级人民法院审判,可以报请上级人民法院转移管辖权,是否转移要由上级人民法院决定。

(二)管辖权转移的必备条件

(1)被移交的案件是移交人民法院审理的第一审行政案件。

(2)移交的人民法院对该案件有管辖权。

(3)移交的人民法院与接受移交的人民法院之间具有上下级审判监督关系。

第四节　行政诉讼参加人和证据

一、行政诉讼参加人

(一)行政诉讼参加人的概念

行政诉讼参加人是指在行政诉讼过程中,为保护自己或者他人的合法权益而参加行政诉讼的当事人和具有诉讼人地位的主体,包括行政诉讼中的原告、被告、第三人、共同诉讼人以及诉讼代理人。

(二)行政诉讼原告

行政诉讼原告是指对具体行政行为不服,认为行政机关的具体行政行为侵犯了其合法权益,并依照行政诉讼法向人民法院提起诉讼,引起行政诉讼程序启动的公民、法人或相关组织。

1.行政诉讼原告的必要法律条件

作为行政诉讼的原告,必须具备以下法律条件。

(1)必须是行政相对人。

(2)必须是认为具体行政行为侵犯其合法权益的行政相对人。

(3)必须是向人民法院提起行政诉讼的相对人。

2.行政诉讼原告资格的法定代行情形

(1)有权提起诉讼的公民死亡,其近亲属可以提起诉讼。

(2)有权提起诉讼的法人或者其他组织终止,承受其权利的法人或者其他组织可以提起诉讼。

(三)行政诉讼被告

行政诉讼被告是指原告起诉其具体行政行为侵犯自己的合法权益,并经人民法院通知应诉的行政机关或法律、法规授权的组织。

1.行政诉讼被告应具备的条件

(1)须是具有行政诉讼权利能力的行政机关或组织。

(2)须在具体行政法律关系中行使行政职权并做出具体行政行为。

(3)须是有人起诉并且由人民法院通知应诉的行政主体。

2.行政诉讼被告的确认

我国《行政诉讼法》第二十五条规定了行政诉讼被告的确认。

(1)公民、法人或者其他组织直接向人民法院提起诉讼的,做出具体行政行为的行政机关是被告。

(2)经复议的案件,复议机关决定维持原具体行政行为的,做出原具体行政行为的行政机关是被告;复议机关改变原具体行政行为的,复议机关是被告。

(3)两个以上行政机关做出同一具体行政行为的,共同做出具体行政行为的行政机关是共同被告。

(4)由法律、法规授权的组织所做的具体行政行为,该组织是被告。

(5)由行政机关委托的组织所做的具体行政行为,委托的行政机关是被告。

(6)行政机关被撤销的,继续行使其职权的行政机关是被告。

(7)行政机关被撤销的,其行政职权随政府职能转变而不复存在,下放到企业或社会组织的,由做出撤销决定的行政机关做被告。

(四)共同诉讼

共同诉讼是指当事人双方或一方为两人以上,因同一具体行政行为发生的行政案件,或者因同样的具体行政行为发生的行政案件,人民法院认为可以合并审理的。共同诉讼成立的条件包括以下几方面。

(1)当事人双方至少有一方为两人以上。

(2)须有相互独立的诉讼存在。

(3)各个诉讼之间或诉讼标的是同一个具体行政行为,或者是同一类具体行政行为。

(4)各个诉讼均属于人民法院主管和同一个人民法院管辖。

(5)在法律程序上,人民法院进行合并审理。

(五)行政诉讼第三人

行政诉讼第三人是指与被诉讼具体行政行为有利害关系,经申请和批准或法院通知而参加到诉讼中的公民、法人或其他组织。其特征如下。

(1)行政诉讼第三人具有独立的诉讼地位,不依附于原告或者被告。

(2)行政诉讼中的第三人是同被诉讼的具体行政行为有利害关系的人。

(3)行政诉讼中的第三人参加诉讼,必须是在诉讼开始之后和审结之前。

(4)行政诉讼第三人参加诉讼的方式有两种:主动申请;由法院通知参加。

(六)行政诉讼代理人

行政诉讼代理人是指经人民法院的指定或者当事人的委托以及法律规定,以当事人的名义,在代理权限范围内代替或协助当事人进行诉讼活动的人。以其产生的依据不同,可将其划分为法定代理人、委托代理人和指定代理人三种。其主要特征包括:①以被代理人的名义参加诉讼活动;②委托代理人仅在被代理人委托的权限范围内进行具体的代理活动;③代理活动的后果由被代理人承担。

二、行政诉讼证据

在行政诉讼中,能证明案件真实情况的一切事实都是证据。

(一)行政诉讼法定证据的种类

行政诉讼法定证据包括:①书证;②物证;③视听资料;④证人证言;⑤当事人陈述;⑥鉴定结论;⑦勘验笔录、现场笔录。

(二)人民法院不能作为定案根据采用的证据

(1)被告及其诉讼代理人在做出具体行政行为后自行收集的证据。

(2)被告严重违反法定程序收集的证据。

(3)未经法庭出示和质证的证据。

(4)复议机关在复议过程中收集和补充的证据。

(5)被告在二审过程中向法庭提交在一审过程中没有提交的证据。

经典真题专家点评

1.(2010 江西)甲因不服工商行政管理机关行政处罚决定向上级机关申请复议,要求撤销处罚决定,但没有提出赔偿请求。复议机关经审查认为该处罚决定违法,决定予以撤销。对于处罚决定造成的财产损失,复议机关正确的做法是什么?(　　)

A. 解除查封的同时决定被申请人赔偿相应的损失

B. 解除查封并告知申请人就赔偿问题另行申请复议

C. 解除查封的同时就损失问题进行调解

D. 解除查封的同时要求申请人增加关于赔偿的复议申请

【专家点评】本题答案为 A。根据《行政复议法》第二十九条第二款规定：申请人在申请行政复议时没有提出来行政赔偿请求的,行政复议机关在依法决定撤销或者变更罚款、撤销违法集资、没收财物、征收财物、摊派费用以及对财产的查封、扣押、冻结等具体行政行为时,应当同时责令被申请人返还财产,解除对财产的查封、扣押、冻结措施,或者赔偿相应的价款。故复议机关正确的做法是解除查封的同时决定对被申请人赔偿相应的损失,不必另行申请复议。

2.(2007 年中央)如果两个以上行政机关共同做出同一具体行政行为,当事人对该具体行政行为如何提起行政诉讼?（　　　）

A. 必须以做出具体行政行为的行政机关的共同上级行政机关为被告

B. 可以以共同做出具体行政行为的任何一个行政机关为被告

C. 必须以做出具体行政行为的行政机关为共同被告

D. 可以以做出具体行政行为的行政机关的共同上级行政机关为被告

【专家点评】本题答案为 C。根据《行政诉讼法》第二十五条规定："两个以上行政机关做出同一具体行政行为的,共同做出具体行政行为的行政机关是共同被告。"

单元同步训练

一、单项选择题

1.某市甲区居民徐某未经批准在乙区非规划区内建房,被乙区城建局勒令拆除。徐某不予理睬,乙区城建局欲申请法院强制拆除,应向_____提出申请。（　　　）

A. 甲区法院 　　　　　　　　　　　B. 乙区法院

C. 该市法院 　　　　　　　　　　　D. 甲区和乙区法院均可

2.某市公安机关经检察机关批准逮捕一个体户许某(先已拘留 5 天),认定其犯有制作、组织播放淫秽录像罪。公安机关在侦查过程中还扣押了许某的四台录像机,并擅自将这四台录像机作为公物四处借用。许某被羁押 11 个月后,检察机关查明其确无犯罪行为,决定撤销案件,公安机关遂归还了这四台录像机,但均已破旧不堪,其中两台已无法使用。许某若提出赔偿要求,则下列说法正确的是（　　　）。

A. 本案的赔偿义务机关是公安机关

B. 本案的赔偿义务机关是检察机关

C. 许某只能就拘留、逮捕或录像机损坏中任选一项提出赔偿要求

D. 许某可以同时提出两项赔偿要求,即赔偿因人身自由受到侵犯所遭受的损害以及赔偿被损录像机的价款

3.下列内容中不属于我国行政诉讼受案范围的是（　　　）。

A. 收容审查 　　　　　　　　　　　B. 劳动教养

C. 行政拘留 　　　　　　　　　　　D. 逮捕犯罪嫌疑人

4.王某因不服区公安分局行政拘留 10 天的处罚申请复议,市公安局认为处罚过轻,遂改为行政拘留 15 天的处罚,王某以市公安局为被告提起行政诉讼。对王某的诉讼请求,法院应当如何处理?（　　　）

A. 决定受理此案

B. 要求原告将区公安分局列为共同被告

C. 要求原告将被告变更为区公安分局

D. 以被告不适格为由裁定不予受理

5. 甲、乙两村分别位于某市两县境内,因土地权属纠纷向市政府申请解决,市政府裁决争议土地属于甲村所有。乙村不服,向省政府申请复议,复议机关确认争议的土地属于乙村所有。甲村不服行政复议决定,提起行政诉讼。下列法院对本案有管辖权的是(　　)。

A. 争议土地所在地的基层人民法院　　　　B. 争议土地所在地的中级人民法院

C. 市政府所在地的基层人民法院　　　　　D. 省政府所在地的中级人民法院

二、多项选择题

1. 行政诉讼期间,原则上不停止具体行政行为的执行,但在下列情况下,应停止执行的有(　　)。

A. 被告认为需要停止执行的

B. 法律规定停止执行的

C. 原告申请停止执行,人民法院裁定停止执行的

D. 原告认为需要停止执行的

2. 在诉讼中,人民法院审理下列案件时可以根据原告申请,依法书面裁定先予执行的有(　　)。

A. 起诉行政机关没有依法发给抚恤金的

B. 起诉行政机关没有依法发给社会保险金的

C. 起诉行政机关没有依法发给最低生活保障费的

D. 起诉行政机关没有就其违法行政行为给予赔偿的

3. 行政诉讼过程中,在下列情形下,人民法院可以按照撤诉处理的有(　　)。

A. 原告经合法传唤无正当理由拒不到庭的

B. 上诉人认为法院偏袒被告未经法庭许可中途退庭的

C. 原告申请撤诉,法院裁定不予准许,经合法传唤拒不到庭的

D. 被告改变原具体行政行为,原告不撤诉的

4. 某县卫生局防疫科在对家家福餐馆进行检查后,以县卫生局的名义认定家家福餐馆违反食品卫生法相关规定,对其做出罚款4000元的行政处罚。该餐馆不服,向市卫生局申请复议,市卫生局超过复议期限一直未做出复议决定,该餐馆欲向人民法院提起诉讼,关于本案说法正确的有哪些?(　　)

A. 以县卫生局为被告,法院审查罚款4000元行为的合法性

B. 已经申请行政复议,直接告县卫生局法院不予受理

C. 以市卫生局为被告,法院审查罚款4000元行为的合法性

D. 以市卫生局为被告,法院受理后判令市卫生局受理复议申请并做出复议决定

5. 某区公安分局因追赃将甲厂的机器设备连同其产品、工具等物品一并扣押,经评估价值10万元。甲厂雇人看管扣押的设备等物品,共花费900元。后市公安局通过复议决定撤销区公安分局的扣押决定,区公安分局将全部扣押物品退还甲厂。甲厂将所退物品运回厂内安装,自付运输、装卸费800元。甲厂提出国家赔偿请求。依据《国家赔偿法》的规定,下列哪些损失应予赔偿?(　　)

A. 3000元的购买设备贷款利息

B. 设备被扣押期间2万元的企业利润损失

C. 800元的运输、装卸费

D. 900元的看管费

参考答案及解析

一、单项选择题

1.B【解析】由题意可知,关于不动产的案件,应由不动产所在地基层法院管辖,故本题选B。

2.D【解析】《行政诉讼法》规定,人身自由受到侵犯和直接物质损失都应赔偿,故本题选D。

3.D【解析】我国行政诉讼受案范围的设定标准有三项,其中一项为具体行政行为标准,即指人民法院只受理因具体行政行为引起的争议案件,而不是具体行政行为引起的争议案件不在受理之列。

4.A【解析】《行政诉讼法》第二十五条规定,"经复议的案件,复议机关决定维持原具体行政行为的,做出原具体行政行为的行政机关是被告;复议机关改变原具体行政行为的,复议机关是被告。"所以,市公安局在复议中改变了具体行政行为,应以其为被告;而且根据《行政诉讼法》第十一条规定,"人民法院受理公民、法人和其他组织对下列具体行政行为不服提起的诉讼:(一)对拘留、罚款、吊销许可证和执照、责令停产停业、没收财物等行政处罚不服的;……"该案符合法院受案范围,因此法院应当受理,A选项正确。

5.B【解析】《行政诉讼法》第十九条规定,因不动产提起的行政诉讼,由不动产所在地人民法院管辖。《行政诉讼法》第十四条规定,中级人民法院管辖下列第一审行政案件:(一)确认发明专利权的案件、海关处理的案件;(二)对国务院各部门或者省、自治区、直辖市人民政府所做的具体行政行为提起诉讼的案件;(三)本辖区内重大、复杂的案件。本题中,甲村对省人民政府的复议决定不服提起行政诉讼,应该由争议土地所在地的中级人民法院审理。B选项是正确的。

二、多项选择题

1.ABC【解析】我国《行政诉讼法》第四十四条规定,"诉讼期间,不停止具体行政行为的执行。但有下列情形之一的,停止具体行政行为的执行:(一)被告认为需要停止执行的;(二)原告申请停止执行,人民法院认为该具体行政行为的执行会造成难以弥补的损失,并且停止执行不损害社会公共利益,裁定停止执行的;(三)法律、法规规定停止执行的。"据此,本题正确答案为ABC。

2.ABC【解析】根据有关司法解释,人民法院审理起诉行政机关没有依法发给抚恤金、社会保险金、最低生活保障费等案件,可以根据原告的申请,依法书面裁定先予执行。

3.AB【解析】原告或者上诉人经合法传唤,无正当理由拒不到庭或者未经法庭许可中途退庭的,可以按撤诉处理。原告或者上诉人申请撤诉,人民法院裁定不予准许的,原告或者上诉人经合法传唤无正当理由拒不到庭,或者未经法庭许可而中途退庭的,人民法院可以缺席判决。据此A、B选项应按撤诉处理,而C选项中应按缺席判决。被告改变原具体行政行为,原告不撤诉,人民法院经审查认为原具体行政行为违法的,应当做出确认其违法的判决;认为原具体行政行为合法的,应当判决驳回原告的诉讼请求。原告起诉被告不作为,在诉讼中被告做出具体行政行为,原告不撤诉的,参照上述规定处理。据此,D选项中不应按撤诉处理,而应做出确认判决。

4.AD【解析】根据《行诉解释》第22条、《行政诉讼法》第25条可知,当事人对原具体行政行为不服,则以做出原具体行政行为的行政机关为被告,在本题中即为县卫生局。当事人对复议机关不作为不服提起诉讼,则以复议机关为被告,本题中为市卫生局。根据《行诉解释》第33条规定可知,不在法定期限做出复议决定的,法院应当受理。

5.CD【解析】AB项属于因财产被扣押产生的间接损失,不属于国家赔偿的损害的范围。

第十五章 经济法

知识结构导读

经济法
├─ 经济法概述
│ ├─ 经济法的概念
│ ├─ 经济法的调整对象
│ ├─ 经济法的基本原则
│ └─ 经济法的地位
├─ 消费者权益保护法
│ ├─ 消费者权益保护法的概念和适用范围
│ ├─ 消费者的权利
│ ├─ 经营者的义务
│ └─ 争议解决
├─ 反不正当竞争法
│ ├─ 反不正当竞争法的概念
│ └─ 不正当竞争的分类
├─ 产品质量法
│ ├─ 产品的基本概念
│ ├─ 生产者的产品质量义务
│ ├─ 产品质量的瑕疵担保责任
│ └─ 产品质量的抽查制度
├─ 劳动法
│ ├─ 劳动法概述
│ ├─ 劳动法对特殊主体的保护
│ ├─ 劳动合同
│ ├─ 用人单位单方对劳动合同的解除
│ ├─ 劳动者单方对劳动合同的解除
│ └─ 劳动争议
└─ 税法
   ├─ 税法的概念
   ├─ 消费税
   ├─ 增值税
   ├─ 营业税
   └─ 个人所得税

考点内容精讲

第一节　经济法概述

一、经济法的概念

经济法是调整因国家对经济活动的管理所产生的社会经济关系的法律规范的总称。经济法的基本原则包括：①资源优化配置原则；②社会本位原则；③经济民主原则；④经济公平原则；⑤经济效益原则。

二、经济法的调整对象

(一)经济管理关系

这里所说的经济管理关系主要包括国家对经济的管理关系；国家、社会组织、个体经济之间的经济关系；社会组织内部的经济关系；经济监督关系等。

(二)与经济管理关系密切相关的经济关系

这些关系主要有非平等主体之间的协作关系；经济竞争关系；环境保护关系及劳动关系等。

三、经济法的基本原则

(一)协调经济原则

"国家之手"在经济关系中的作用是协调本国经济，完善产业结构。在调整过程中应该遵循客观的经济规律，注意客观经济条件和国际经济形势的变化，主动灵活地发挥经济法的调节作用。

(二)效率公平原则

"效率是社会能从其稀缺资源中得到最多东西的特性；公平是经济成果在社会成员中公平分配的特性。"经济法的作用就在于用法律的形式保护整个国民经济的效率和公平。在某一个阶段可以促进其中的一面，但就整体而言必须兼顾二者。

(三)利益兼顾原则

要贯彻利益兼顾原则必须正确处理以下四个关系：正确处理国家与企业之间的利益关系，正确处理国家与劳动者个人之间的利益关系，正确处理企业与劳动者个人之间的利益关系，正确处理中央与地方之间的利益关系。经济法的任务就在于坚持国家整体经济利益，兼顾地方、企业、个人等各种利益，实现社会整体利益最大化。

(四)可持续发展原则

坚持可持续发展战略是我国现代化建设需要考虑的重大课题。经济的发展涉及资源的开发利用，废弃物的排放，环境保护和治理等一系列社会性问题。因此，经济法必须强调坚持可持续发展的原则，不能为眼前的利益而牺牲长远利益。

四、经济法的地位

经济法是独立的法的部门,因为它的调整对象有特定的范围,它只调整在国家协调本国经济运行过程中发生的经济关系,而且其调整对象同其他部门法的调整对象是可以分开的。

经济法是一个重要的法的部门,它所具有的重大作用主要表现在以下几个方面。

(1)坚持以公有制为主体、多种所有制经济共同发展。

(2)引导、推进和保障社会主义市场经济体制的建立和完善。

(3)扩大对外经济技术交流和合作。

(4)保证国民经济持续、快速、健康的发展。

第二节　消费者权益保护法

一、消费者权益保护法的概念和适用范围

(一)消费者权益保护法概念

消费者权益保护法是调整在保护消费者权益过程中发生的社会关系的法律规范的总称。

(二)消费者权益保护法的适用范围

(1)消费者只能是个人,团体、社会组织和单位均被排除在外。

(2)消费的目的仅限于为生活消费需要,即以个人消费为目的。

(3)农民购买、使用直接用于农业生产的生产资料(例如,种子和化肥等)时参照《消费者权益保护法》执行。

二、消费者的权利

消费者是为生活消费需要而购买、使用商品或者接受服务的自然人。根据我国《消费者权益保护法》规定,消费者具有以下权利。

(一)安全保障权

安全保障权是消费者在购买使用商品或接受服务过程中依法享有其人身财产安全不受侵犯的权利。消费者安全保障权主要包括两方面:①消费者的人身安全权;②消费者的财产安全权。

(二)知悉真情权

消费者有知悉购买、使用的商品或者接受的服务真实情况的权利。所谓"真实情况"是指商品的表面情况,例如,价格、厂家、用途、性能、注意事项、使用方法等。

(三)自主选择权

消费者有权自主选择提供商品或者服务的经营者,自主选择商品品种或者服务方式,自主决定购买或者不购买任何一种商品、接受或者不接受任何一种服务。消费者在自主选择商品和服务时,有权进行比较、鉴别和挑选。经营者不得以任何方式干涉消费者行使自主选择权。

(四)公平交易权

根据《消费者权益保护法》的规定,消费者的公平交易权有两部分内容:第一,消费者有权享有公平交易条件;第二,有权拒绝强制交易行为。公平交易条件为:质量保障、价格合理、计量准确。这些公平交易

条件必须得以保障。

(五)获得赔偿权

在消费过程中人身和财产受到损害,消费者有依法要求赔偿的权利。这里有三个主体:一是商品的购买者、使用者;二是服务的接受者;三是第三人,即消费者之外的,因某种原因在事故发生现场而受到损害的人。

(六)结社权

结社权是依法组成维护消费者自身合法权益的组织,这里的结社权不包括任何政治色彩,它只限于消费者组织。

(七)获得相关知识权

获得相关知识权的行使对象不限于经营者,也包括国家的立法机关、行政机关以及社会团体。

(八)受尊重权

受尊重权是消费者购买、使用商品和接受服务时享有其人格尊严、民族风俗习惯得到尊重的权利。

(九)监督批评权

消费者有权对经营者进行监督,在权利受到侵害时有权提出检举和控告;有权对国家机关及工作人员进行监督,对其在保护消费者权益工作中的违法失职行为进行检举、控告。

三、经营者的义务

经营者就是向消费者提供其生产、销售的商品或者服务的公民、法人或其他经济组织。经营者的义务有十种。

(1)履行法定义务和约定义务。

(2)接受监督的义务。

(3)保证商品和服务安全的义务。

(4)提供真实信息的义务。

(5)表明真实名称和标记的义务。

(6)出具购货凭证和服务单据的义务。

(7)保证质量的义务。

(8)履行"三包"或其他责任的义务。

(9)不得以格式合同、通知、声明、店堂告示等方式单方做出对消费者不利规定的义务。

(10)不得侵犯消费者人格权的义务。这是经营者的不作为义务。

四、争议解决

主要有以下五种解决途径。

(1)与经营者协商和解。一般争议均可由双方在平等自愿的基础上进行,重大纠纷或双方无法协商解决的,可寻求其他解决方式。

(2)请求消费者协会调解。其调解结果由双方自愿接受和执行。

(3)向有关行政部门申诉。主要是根据具体情况向工商部门、物价部门、质量监督等部门提出申诉,寻求救济。

(4)提请仲裁。需要有双方事先订立的书面仲裁协议或条款。

(5)提起诉讼。

第三节　反不正当竞争法

一、反不正当竞争的概念

反不正当竞争法是指调整在制止不正当竞争行为、维护公平竞争过程中发生的社会关系的法律规范的总称。我国的《反不正当竞争法》于 1993 年 9 月 2 日第八届全国人大常委会第三次会议上通过，并于 1993 年 12 月 1 日实施。

二、不正当竞争的分类

(一)限制竞争行为

限制竞争行为是指相关市场主体利用自己的各种优势来妨碍、阻止、排除其他市场主体进行公平竞争的行为。根据《反不正当竞争法》的规定，限制竞争行为有以下四种具体表现形式。

1.禁止经营性垄断行为

该种行为的主体是公用企业或其他依法享有独占地位的经营者。公用企业是指涉及公用事业的经营者，包括供水、供电、供热、供气、邮政、电信、公共交通运输等行业的经营者。依法具有独占地位的经营者是指在某个行业或对某种产品依法或者自然形成的具有某种垄断性质的经营者。

公用企业或其他依法具有独占地位的经营者常常以强制消费者接受服务者购买产品，接受服务，限制购买和使用其他经营者提供的符合技术标准要求的同类商品等方式进行不正当竞争。

2.行政性垄断行为

该行为的主体一般为政府及其职能部门。具体讲，主要是指除国务院以外的各级人民政府、中央机构的有关职能部门、地方政府的各级职能部门，例如，公安局、粮食局等职能部门。

政府部门的限制竞争行为主要表现为滥用行政权力、搞地方保护主义、地区封锁、限制产品进入或者资源流出本地市场。其目的是为了谋取行业或地方的局部利益。

3.强制搭售行为

《反不正当竞争法》第十二条规定，"经营者销售商品，不得违背购买者的意愿搭售商品或者附加其他不合理的条件。"这种限制竞争行为是指经营者销售商品时，违背对方意愿，强行搭售其他商品或者附加对方难以接受的不合理条件。例如，出售畅销商品的同时搭售滞销商品。

4.招标投标中的串通行为

《反不正当竞争法》第十五条规定，"投标者不得串通投标，抬高标价或者压低标价。投标者和招标者不得相互勾结，以排挤竞争对手的公平竞争。"

招标投标中的串通行为的表现形式主要有：招标者和投标者串通，损害其他投标者的利益；投标者之间相互串通，损害招标者的利益，从而使竞争的公平性降低或完全丧失。

(二)不正当竞争行为

不正当竞争行为是指经营者在市场竞争中采取非法的，或者有悖于公认的商业道德的手段和方式，与其他经营者相竞争的行为。它有以下七种具体的表现。

1.混淆行为(也称欺诈性交易行为)

混淆行为也称欺诈性交易行为。根据我国《反不正当竞争法》规定，它主要表现为 4 种形式：①假冒他人注册商标;②擅自使用知名商标特有的名称、包装、装潢,或者使用与知名商品近似的名称、包装、装潢,造成和他人的知名商品相混淆,使购买者误认为是该知名商品;③擅自使用他人的企业名称或姓名,引人误认为是他人的商品;④在商品上伪造或者冒用认证标志、名优标志等质量标志,伪造产地,对商品质量做引人误解的虚假表示。

2.商业贿赂行为

商业贿赂行为是指经营者为争取交易机会,暗中给予交易对方有关人员或者其他能影响交易的相关人员以财物或其他好处的行为。在现实生活中具体的表现形式有回扣、折扣、佣金、介绍费等。不是所有的佣金、回扣、折扣、介绍费都是商业贿赂,但以账外暗中给付的方式支付回扣就是商业贿赂,折扣和佣金不如实入账也是商业贿赂。从上述规定可以看出,回扣、折扣和佣金的给付或者接受是否合法,关键在于是否如实入账,所以"是否如实入账"是判断合法与非法的界限。

3.不正当有奖销售行为

《反不正当竞争法》第十三条规定,"经营者不得从事下列有奖销售:(一)采用谎称有奖或者故意让内定人员中奖的欺骗方式进行有奖销售;(二)利用有奖销售的手段推销质次价高的商品;(三)抽奖式的有奖销售,最高奖的金额超过五千元。"

4.虚假宣传行为

虚假宣传行为是指经营者利用广告和其他方法,对产品的质量、性能、成分、用途、产地等所做的引人误解的不实宣传。虚假宣传既损害消费者及用户的合法权益,同时对其他经营同类业务和相同行业经营者构成不正当竞争。

5.诋毁商誉行为

诋毁商誉行为是指经营者故意捏造、散布虚假事实,损害竞争对手的商业信誉、商品声誉,从而削弱其竞争力的行为。该行为的行为人是具有竞争关系的经营者;行为手段是捏造、散布虚假事实;行为人出于主观故意,目的是为了损害竞争对手的商业信誉、商品声誉;侵害的客体一般是特定主体的商誉。但是在某些特定的情况下,即使所针对的主体不特定也可以构成诋毁他人商誉的行为,最典型的如对比性广告,将自己的产品与不特定的产品相比,说明其他不特定的产品都是有质量问题的,这同样损害了其他竞争者的利益,因此属于该行为。

6.低价倾销行为

低价倾销行为是指经营者以排挤竞争对手为目的,以低于成本的价格销售商品。我国《反不正当竞争法》规定,有下列四种情况不属于低价倾销行为。

(1)销售鲜活商品。

(2)处理有效期即将到期的商品或者其他积压的商品。

(3)季节性降价。

(4)因清偿债务、转产、歇业降价销售商品。

7.侵犯商业秘密行为

经营者不得采用下列手段侵犯商业秘密。

(1)以盗窃、利诱、胁迫或者其他不正当手段获取权利人的商业秘密。

(2)披露、使用或者允许他人使用以前项手段获取的权利人的商业秘密。

(3)违反约定或者违反权利人有关保守商业秘密的要求,披露、使用或者允许他人使用其所掌握的商业秘密。第三人明知或者应知前款所列违法行为,仍获取、使用或者披露他人的商业秘密,视为侵犯商业秘密。本条所说的商业秘密是指不为公众所知悉、能为权利人带来经济利益、具有实用性并经权利人采取保密措施的技术信息和经营信息。商业秘密的认定一般看四个方面：①秘密性；②经济性；③实用性；④保密性。例如，药品的配方、企业客户的名单等都属于商业秘密。

第四节 产品质量法

一、产品的基本概念

产品是指经过加工、制作，用于销售的产品。未经过加工制作的天然物品不属于这里的产品，例如，农民生产的粮食、蔬菜、瓜果，建筑工地用的沙子等。建筑工程和军工产品不属于《产品质量法》所称的产品范围之内，但是建筑材料、建筑构配件和设备、军工企业生产的民用产品适用《产品质量法》的规定，即是这里所称的产品。

二、生产者的产品质量义务

生产者对产品质量承担的主要义务如下。

(1)产品默示担保义务，即生产的商品应当符合默示标准。"默示标准"是指产品不存在危及人身、财产安全的不合理的危险，并有保障人体健康和人身、财产安全的国家标准、行业标准的，应当符合该标准。

(2)产品明示担保义务，即生产的产品应当符合明示标准。"明示标准"是指公开的承诺、说明的产品标准、质量状况等。

三、产品质量的瑕疵担保责任

产品质量的瑕疵担保责任是指出卖人(销售者)交付的标的物不符合法定或者约定的品质标准，应当承担违约责任。

《产品质量法》第四十条规定，售出的产品有下列情形之一的，销售者应当负责修理、更换、退货；给购买者造成损失的，销售者应当赔偿损失：(一)不具备产品应当具备的使用性能，而事先未做说明的；(二)不符合在产品或者其包装上注明采用的产品标准的；(三)不符合以产品说明、实物样品等方式表明的质量情况的。

如果属于生产者责任或者属于向销售者提供产品一方销售者(即供货方)的责任的，销售者有权向生产者和供货方追偿。如果他们之间订立的买卖合同、承揽合同有不同约定的，合同当事人按照合同约定执行。

四、产品质量的抽查制度

(一)产品质量的抽查对象

(1)可能危及人体健康、财产安全的产品。

(2)影响国计民生的重要工业产品。

(3)消费者、有关组织者反映的有质量问题的产品。

(二)产品质量的抽查原则

(1)随机抽查原则。

(2)不得重复抽查原则。即国家监督抽查的产品，地方不得另行重复抽查；上级监督抽查的产品，下级不得重复抽查。

(3)费用国家开支原则。即监督抽查检验的费用按照国务院规定办法列支。

(4)监督检查的强制性原则。对依法进行的产品监督检查工作,生产者和销售者不得拒绝。

(三)对产品质量的抽查结果的处理

《产品质量法》第十七条规定,"依照本法规定进行监督抽查的产品质量不合格的,由实施监督抽查的产品质量监督部门责令其生产者、销售者限期改正。逾期不改正的,由省级以上人民政府产品质量监督部门予以公告;公告后经复查仍不合格的,责令停业,限期整顿;整顿期满后经复查产品质量仍不合格的,吊销营业执照。"

第五节　劳动法

一、劳动法概述

(一)劳动法的概念

劳动法是调整劳动关系以及与劳动关系密切联系的社会关系的法律规范的总称。

(二)劳动法的适用范围

(1)在中华人民共和国境内的企业、个体经济组织(以下统称用人单位)和与之形成劳动关系的劳动者。

(2)国家机关、事业组织、社会团体的工勤人员。

(3)实行企业化管理的事业组织的人员。

(4)其他通过劳动合同(包括聘用合同)与国家机关、事业组织、社会团体建立劳动关系的劳动者。

(5)劳动法不适用公务员、比照实行公务员制度的事业组织、社会团体的工作人员,以及非农场的农业劳动者、现役军人和家庭保姆等。

二、劳动法对特殊劳动主体的保护

我国《劳动法》第五十八条至第六十五条规定了对女职工和未成年工特殊保护,具体内容如下。

(一)对女职工的特殊保护

禁止安排女职工从事矿山井下、国家规定的第四级体力劳动强度的劳动和其他禁忌从事的劳动;不得安排女职工在经期从事高处、低温、冷水作业和国家规定的第三级体力劳动强度的劳动;不得安排女职工在怀孕期间从事国家规定的第三级体力劳动强度的劳动和孕期禁忌从事的劳动;对怀孕 7 个月以上的女职工,不得安排其延长工作时间和夜班劳动;女职工生育享受不少于 90 天的产假;不得安排女职工在哺乳未满 1 周岁的婴儿期间从事国家规定的第三级体力劳动强度的劳动和哺乳期禁忌从事的其他劳动;不得安排其延长工作时间和夜班劳动。

(二)对未成年工的保护

未成年工是指年满 16 周岁未满 18 周岁的劳动者。不得安排未成年工从事矿山井下、有毒有害、国家规定的第四级体力劳动强度的劳动和其他禁忌从事的劳动。用人单位应当对未成年工定期进行健康检查。

三、劳动合同

劳动合同分为三种:定期劳动合同、无固定期限劳动合同和以完成一定工作为期限的劳动合同。

无固定期限劳动合同是指用人单位与劳动者约定无确定终止时间的劳动合同。用人单位与劳动者协商一致,可以订立无固定期限劳动合同。我国劳动法规定,有下列情形之一,劳动者提出或者同意续订、订立劳动合同的,除劳动者提出订立固定期限劳动合同外,应当订立无固定期限劳动合同:①劳动者在该用人单位连续工作满十年的;②用人单位初次实行劳动合同制度或者国有企业改制重新订立劳动合同时,劳动者在该用人单位连续工作满十年且距法定退休年龄不足十年的;③连续订立二次固定期限劳动合同,且劳动者没有《劳动法》第三十九条和第四十条第一项、第二项规定的情形,续订劳动合同的。用人单位自用工之日起满一年不与劳动者订立书面劳动合同的,视为用人单位与劳动者已订立无固定期限劳动合同。同时,在法律责任中规定:用人单位违反本法规定不与劳动者订立无固定期限劳动合同的,自应当订立无固定期限劳动合同之日起向劳动者每月支付两倍的工资。

四、用人单位单方对劳动合同的解除

(一)即时解除

即时解除,用人单位无须提前通知劳动者,只要符合法定情形,用人单位可随时通知劳动者解除合同。用人单位可以单方即时解除劳动合同的情形主要有以下几方面。

(1)在试用期间被证明不符合录用条件的。

(2)严重违反劳动纪律或者用人单位规章制度的。

(3)严重失职,营私舞弊,对用人单位利益造成重大损害的。

(4)被依法追究刑事责任的。

(二)需预告的解除

需预告的解除,用人单位需提前30天以书面形式通知劳动者本人,才能解除劳动合同。

(1)劳动者患病或者非因工负伤,医疗期满后不能从事原工作,也不能从事由用人单位另行安排的工作的。

(2)劳动者不能胜任工作,经过培训或者调整工作岗位仍不能胜任工作的。

(3)劳动合同订立时所依据的客观情况发生重大变化致使原劳动合同无法履行,经当事人协商不能就变更合同达成协议的。

(三)经济性裁员

用人单位濒临破产进行整顿期间或者生产经营状况发生严重困难,确需裁减人员的,应提前30天向工会或者全体职工说明情况,听取工会或者职工的意见。经向劳动行政部门报告后,可以裁减人员。用人单位裁减人员后,在6个月内又录用人员的,应优先录用被裁减的人员。

因经济性裁员而解除劳动合同的,也应当依照规定对劳动者给予经济补偿。注意:这里是经济补偿,而不是经济赔偿。

(四)公司方不得解除合同的情形

(1)患职业病或者因工负伤并被确认丧失或者部分丧失劳动能力的。

(2)患病或者负伤,在规定的医疗期内的。

(3)女职工在孕期、产期、哺乳期内的。

(4)法律、行政法规规定的其他情形的。

五、劳动者单方对劳动合同的解除

(一)即时解除合同

(1)在试用期内的。

(2)用人单位以暴力、威胁或者非法限制人身自由的手段强迫劳动的。

(3)用人单位未按照劳动合同约定支付劳动报酬或者提供劳动条件的。

(二)需预告的解除

劳动者除上述情形外,需提前30天书面通知用人单位解除合同,无须说明理由,30天后即可办理有关手续。

六、劳动争议

(一)劳动争议的处理机构

(1)劳动争议调解委员会。

(2)劳动争议仲裁委员会。

(3)人民法院。

(二)劳动争议处理程序

劳动争议处理程序可分为协商、调解、仲裁、诉讼四个阶段,仲裁是处理劳动争议的必经程序。

第六节　税　法

一、税法的概念

税法是调整税收关系的法律规范的总称,是由国家最高权力机关或其授权的行政机关规定的有关调整国家在筹集财政资金方面形成的税收关系的法律规范的总称。

二、消费税

消费税是对特定的消费品和消费行为征收的一种税,我国对卷烟类、酒类等11种特定产品征收消费税对特定的消费行为我国目前只征收营业税,而不征收消费税。

根据消费税法,特定消费品是指如下五类消费品。

(1)一些过度消费对人类健康、社会秩序、生态环境等方面造成危害的特殊消费品,例如烟、酒、鞭炮、焰火等。

(2)奢侈品、非生活必需品,例如贵重首饰、化妆品等。

(3)高能耗及高档消费品,例如小轿车、摩托车等。

(4)不可再生和替代的石油类消费品,例如汽油、柴油等。

(5)具有一定财政意义的产品,例如护肤护发品、汽车轮胎等。

三、增值税

增值税是以商品生产和流通中的各个环节的新增价值额或商品附加值额为征税对象的一种流转税,这一税种最早正式提出于1954年的法国。增值税主要针对货物征税,当给出的条件是销售货物时,首先应考虑增值税。但增值税的征税范围不仅限于货物,还包括两项劳务,即加工劳务和修理修配劳务。对于这两项劳务应特别注意,对它们只征收增值税而不征收营业税。

增值税的纳税人是在我国境内销售货物、提供加工和修理修配劳务、进口货物的单位和个人。增值税纳税人分为一般纳税人和小规模纳税人,小规模纳税人不得使用增值税专用发票。增值税的征收不考虑纳税人的盈亏状况,只要搞经营活动有增值额出现,就要征税。需要注意的是,根据我国税法,农业和不动产是不征收增值税的。

四、营业税

营业税是对商品流通领域和非商品性生产经营部门取得营业收入的单位和个人,就从事经营活动取得的营业销售额征收的一种流转税,即对我国境内提供应税劳务、转让无形资产和销售不动产的单位和个人,按其所取得的营业额征收的一种税。其首创于法国,始于 1791 年,而在我国最早出现于 1928 年。

五、个人所得税

(一)纳税主体

个人所得税的纳税人分为居民和非居民。

(二)征税内容

(1)工资、薪金所得。

(2)个体工商户的生产、经营所得。

(3)对企事业单位的承包经营、承租经营所得。

(4)劳务报酬所得。

(5)稿酬所得。

(6)特许权使用费所得。

(7)利息、股息、红利所得。

(8)财产租赁所得。

(9)财产转让所得。

(10)偶然所得,是指个人得奖、中奖、中彩以及其他偶然性质的所得。

(11)由国务院财政部门确定征税的其他所得。

(三)法定免征项目

根据我国税法规定,下列各项所得免征个人所得税。

(1)省级人民政府、国务院部委和中国人民解放军军以上单位,以及外国组织、国际组织颁发的科学、教育、技术、文化、卫生、体育、环境保护等方面的奖金。

(2)国债和国家发行的金融债券利息。

(3)按照国家统一规定发给的补贴、津贴。

(4)福利费、抚恤金、救济金。

(5)保险赔款。

(6)军人的转业费、复员费。

(7)按照国家统一规定发给干部、职工的安家费、退职费、退休工资、离休工资、离休生活补助费。

(8)依照我国有关法律规定应予免税的各国驻华使馆、领事馆的外交代表,领事官员和其他人员的所得。

(9)中国政府参加的国际公约、签订的协议中规定免税的所得。

(10)经国务院财政部门批准免税的所得。

(四)法定特别减征项目

根据我国税法规定,有下列情形之一的,经批准可以减征个人所得税。

(1)残疾、孤老人员和烈属的所得。

(2)因严重自然灾害造成重大损失的。

（3）其他经国务院财政部门批准减税的。

（五）我国的个人所得税现状

1994年1月1日，三部旧的个人所得税收法规经过修订合并为现行个人所得税法正式颁布实施，简化了中国个人所得税制。现行个人所得税法适用于外籍人士、本国居民、本国企业主（个体工商业户）。我国现行的工资薪水税收起征点为2000元。

经典真题专家点评

1.（2010年辽宁）下列各项中，不符合《中华人民共和国劳动合同法》的是（　　）。

A.用人单位强令冒险作业危及劳动者人身安全的，劳动者可以立即解除劳动合同

B.劳动者在试用期间被证明不符合录用条件的，用人单位可以解除劳动合同

C.非全日制用工劳动报酬结算支付周期最长不得超过一个月

D.用人单位自用工之日起超过一个月不满一年未与劳动者订立书面劳动合同的，应当向劳动者每月支付两倍的工资

【专家点评】本题答案为C。根据《劳动合同法》第七十二条第二款规定，非全日制用工劳动报酬结算支付周期最长不得超过十五日。故C选项错误。

2.（2010年辽宁）下列行为属于金融诈骗的是（　　）。

A.恶意透支信用卡　　　　　　　　B.倒卖船票、车票

C.伪造、自制他人的注册商标　　　　D.非法出售增值税发票

【专家点评】本题答案为A。金融诈骗罪是指以非法占有为目的，采用虚构事实或者隐瞒事实真相的方法，骗取公私财物或者金融机构信用，破坏金融管理秩序的行为，包括票据诈骗、信用卡诈骗、保险诈骗、集资诈骗等。"恶意透支"属于信用卡诈骗犯罪行为，属于金融诈骗。

单元同步训练

一、单项选择题

1.根据《反不正当竞争法》的规定，下列行为中属于不正当竞争行为中的混淆行为的是（　　）。

A.甲厂在其产品说明书中做夸大其词的不实说明

B.乙厂的矿泉水使用"清凉"商标，而"清凉矿泉水厂"是本地一知名矿泉水厂的企业名称

C.丙商场在有奖销售中把所有的奖券刮奖区都印上"未中奖"字样

D.丁酒厂将其在当地评奖会上的获奖证书复印在所有的产品包装上

2.根据《劳动法》的规定，因履行集体合同发生争议，当事人协商解决不成的，可以通过以下程序处理争议。（　　）

A.由当地劳动行政部门协调处理　　　B.由工会申请仲裁或提起诉讼

C.由劳动争议仲裁委员会做出裁决　　　D.由人民法院直接受理，做出判决

3.从2006年元旦起我国政府正式取消了延续2000年的农业税。我国农业税的征收始于（　　）。

A.春秋时期鲁国的初税亩　　　　　　B.战国时期的商鞅变法

C.秦朝的按亩纳税　　　　　　　　　D.西汉的编户齐民

4.在我国，下列所得中，可以免纳个人所得税的是（　　）。

A. 保险赔款
B. 利息、股息、红利所得
C. 偶然所得
D. 财产转让所得

5. 下列不适用产品质量法规定的产品是( )。

A. 商场销售的燃气热水器

B. 房地产公司开发的商品房

C. 张某手工制作的仿古家具

D. 外企在我国境内销售的手机

二、多项选择题

1. 经营者的下列行为中违反了《消费者权益保护法》的规定的有( )。

A. 商家在商场内多处设置监控录像设备,其中包括服装销售区的试衣间

B. 商场的出租柜台更换了承租商户,新商户进场后,未更换原商户设置的名称标牌

C. 顾客以所购商品的价格高于同城其他商店的同类商品的售价为由要求退货,商家予以拒绝

D. 餐馆规定,顾客用餐结账时,餐费低于 5 元的不开发票

2. 根据我国《税收征管法》的规定,税务机关在税款征收中,根据不同情况有权采取的措施有?( )

A. 加收滞纳金
B. 追征税款
C. 核定应纳税额
D. 吊销营业执照

3. 以下各项中的哪些商品,经营者以低于成本的价格销售,依法不构成不正当竞争行为?( )

A. 售鲜活商品

B. 以拆迁甩卖为名,经常以低于成本的价格销售商品

C. 销售有效期限即将到期的商品

D. 因清偿债务降价销售商品

4. 在某国有企业工作的李某,在向该企业递交辞职书的第 2 日不辞而别,对这种违反劳动法规定解除劳动合同的行为,该企业决定向仲裁委员会申请仲裁。该企业有权要求李某赔偿单位下列哪些损失?( )

A. 该单位招收录用李某时向有关管理机关缴纳的 200 元行政管理费用

B. 企业为培养李某,曾派他到国外学习,企业为此支付培训费 1 万元

C. 由于李某不辞而别,企业没有及时找到人员顶替李某的工作,由此给该企业造成直接经济损失 2 万元

D. 由于李某不辞而别,给该企业生产造成间接损失 4 万元

5. 根据法律规定,下列哪项收入免纳个人所得税?( )

A. 王某退休后所得工资收入

B. 张某获得的人身伤害保险金 20000 元

C. 李某因翻译某一名著为少数民族文字而接受自治区政府发给的 50000 元奖金

D. 刘某购买国库券而获 3000 元的利息

参考答案及解析

一、单项选择题

1. B【解析】混淆行为,是指经营者通过恶意将其产品或服务与其他经营者的同类产品或服务混同,使消费者误解而谋取不当利益的行为。A、C、D 选项均无被混淆的对象,而 B 选项符合混淆行为的特征,

应选。

2.B【解析】《劳动合同法》第五十六条规定："用人单位违反集体合同,侵犯职工劳动权益的,工会可以依法要求用人单位承担责任;因履行集体合同发生争议,经协商解决不成的,工会可以依法申请仲裁、提起诉讼。"可见B选项为答案。

3.A【解析】据史料记载,农业税始于春秋时期鲁国的"初税亩",到汉初形成制度。新中国成立以后,第一届全国人大常委会第九十六次会议于1958年6月3日颁布了农业税条例,并实施至今,已延续了2600年的历史。故选A。

4.A【解析】《中华人民共和国个人所得税法》第四条第五款规定,保险赔款免纳个人所得税。故选A。

5.B【解析】《产品质量法》的适用范围:在我国境内从事产品生产、销售活动的企业、其他组织和个人(包括外国人)均必须遵守《产品质量法》。所谓产品是指经过加工、制作,用于销售的产品。下列物品不适用《产品质量法》:天然的物品;非用于销售的物品;建设工程;军工产品。但建设工程所用的建筑材料、建筑机构配件和设备、军工企业生产的民用产品,适用本法。故选B。

二、多项选择题

1.ABD【解析】A选项侵害了消费者的隐私权,应选;B选项侵害了消费者的知情权,应选;消费者有权对其消费索取发票,所以D选项应选;商家有根据市场情况自由定价的权利,C选项并未侵害消费者权益,不选。

2.ABC【解析】根据我国2001年《税收征管法》的规定,税务机关在税款征收中根据不同情况可以采取的措施包括:①加收滞纳金;②补缴和追征税款;③核定应纳税额;④税收保全措施;⑤强制执行措施;⑥阻止出境;⑦税收优先权。D选项属于工商行政管理部门的权限。

3.ACD【解析】《反不正当竞争法》第十一条规定,"经营者不得以排挤对手为目的,以低于成本的价格销售商品。有下列情形之一的,不属于不正当行为:(一)销售鲜活商品;(二)处理有效期限即将到期的商品或者其他积压的商品;(三)季节性降价;(四)因清偿债务、转产、歇业降价销售商品。"

4.ABC【解析】根据《劳动法》相关规定,劳动者违反规定或劳动合同的约定解除劳动合同,对用人单位造成损失的,劳动者应赔偿用人单位下列损失:用人单位招收录用其所支付的费用;用人单位为其支付的培训费用,双方另有约定的按约定办理;对生产、经营和工作造成的直接经济损失;劳动合同约定的其他赔偿费用。另外,对于劳动者违反劳动法规定的条件解除劳动合同或者违反劳动合同中约定的保密事项,对用人单位造成经济损失的,应当依法承担赔偿责任。由于选项D中李某不辞而别对企业造成的间接损失,既无法律明文规定,又非双方约定,不属于赔偿范围。故选择A、B、C。

5.ABCD【解析】《个人所得税法》第4条规定,下列各项个人所得,免纳个人所得税:省级人民政府、国务院部委和中国人民解放军军以上单位,以及外国组织、国际组织颁发的科学、教育、技术、文化、卫生、体育、环境保护等方面的奖金;国债和国家发行的金融债券利息;按照国家统一规定发给的补贴、津贴;福利费、抚恤金、救济金;保险赔款;军人的转业费、复员费;按照国家统一规定发给干部、职工的安家费、退职费、退休工资、离休工资、离休生活补助费;按照我国有关法律规定应予免税的各国驻华使馆、领事馆的外交代表、领事官员和其他人员的所得;中国政府参加的国际公约、签订的协议中规定的免税所得;经国务院财政部门批准免税的所得。选项A、B、C、D都在免征个人所得税范围内,故全选。

第十六章　商　法

知识结构导读

```
                    ┌ 公司及公司法的概念
                    │ 公司的特征
             公司法 ┤ 有限责任公司
                    │ 股份有限公司
                    │ 公司的债务承担
                    └ 外国公司的分支机构

                    ┌ 合伙企业的概念
                    │ 普通合伙企业的设立
                    │ 合伙企业的财产
   商法   合伙企业法 ┤ 合伙人的竞业禁止义务和本合伙企业交易的限制
                    │ 合伙企业与第三人关系
                    │ 特殊的普通合伙企业
                    └ 有限合伙企业

                    ┌ 个人独资企业概述
                    │ 个人独资企业的设立
         个人独资企业法 ┤ 个人独资企业的投资人以及企业财产与家庭财产的关系
                    └ 个人独资企业的解散和清算
```

考点内容精讲

第一节　公司法

一、公司及公司法的概念

公司是指依法设立的以营利为目的的社团法人。公司法是规定各种公司的设立、组织活动和解散,以及其他与公司组织有关的对内、对外关系的法律规范的总称。

二、公司的特征

(一)公司须依法成立

公司须依照法律规定的设立条件和设立程序才能取得法人资格,公司的设立是为了取得公司主体资格而依法定程序进行的一系列法律行为的总和。

(二)公司具有集合性

公司具有集合性是指公司是由两个以上的成员集合而成,这里的"成员"既可以是自然人,也可以是法人。

(三)公司具有法人资格

公司具备独立对外承担责任的资格,法人制度的出现在于区别团体和个人之间的财产范围与责任界限。公司具有法人资格,其实质条件包括:①公司财产独立于股东个人财产;②公司责任独立于股东个人责任。

(四)公司以营利为目的

公司的宗旨就是通过营业活动取得经济利益。

三、有限责任公司

有限责任公司是股东人数为 50 人以下,股东以其出资额为限对公司承担责任,公司以其全部资产对公司的债务承担责任的企业法人。

(一)设立条件

(1)股东符合法定人数(50 人以下)。

(2)股东出资达到法定资本最低限额(一般最低注册资本为 3 万元,公司全体股东的首次出资额不得低于注册资本的 20%)。

(3)股东共同制定公司章程。

(4)有公司名称,建立符合有限责任公司要求的组织机构。

(5)有公司住所。

（二）股东的出资规定

股东可以用货币出资,也可以用实物、知识产权、土地使用权等能用货币估价并能依法转让的非货币财产作价出资;但是,法律、行政法规规定不得作为出资的财产除外。对作为出资的非货币财产应当评估作价,核实财产,不得高估或者低估作价,法律、行政法规对评估作价有规定的,从其规定。全体股东的货币出资金额不得低于有限责任公司注册资本的 30%。

股东以货币出资的,应当将货币出资足额存入有限责任公司在银行开设的账户;以非货币财产出资的,应当依法办理其财产权的转移手续。股东不按照前款规定缴纳出资的,除应当向公司足额缴纳外,还应当向已按期足额缴纳出资的股东承担违约责任。有限责任公司成立后,发现作为设立公司出资的非货币财产的实际价额显著低于公司章程所定价额的,应当由交付该出资的股东补足其差额,公司设立时的其他股东承担连带责任。

四、股份有限公司

（一）股份有限公司的设立

1.设立条件

设立股份有限公司,应当具备下列条件。

（1）发起人符合法定人数。设立股份有限公司,应当有 2 人以上 200 人以下为发起人,其中须有半数以上的发起人在中国境内有住所。

（2）发起人认购和募集的股本达到法定资本最低限额。股份有限公司采取发起设立方式设立的,注册资本为在公司登记机关登记的全体发起人认购的股本总额。公司全体发起人的首次出资额不得低于注册资本的 20%,其余部分由发起人自公司成立之日起两年内缴足,其中投资公司可以在 5 年内缴足。在缴足前,不得向他人募集股份。

股份有限公司采取募集方式设立的,注册资本为在公司登记机关登记的实收股本总额。股份有限公司注册资本的最低限额为人民币 500 万元。法律、行政法规对股份有限公司注册资本的最低限额有较高规定的,从其规定。

（3）股份发行、筹办事项符合法律规定。以发起设立方式设立股份有限公司的,发起人应当书面认足公司章程规定其认购的股份,一次缴纳的,应即缴纳全部出资;分期缴纳的,应即缴纳首期出资。以非货币财产出资的,应当依法办理其财产权的转移手续。发起人不依照前款规定缴纳出资的,应当按照发起人协议承担违约责任。以募集设立方式设立股份有限公司的,发起人认购的股份不得少于公司股份总数的35%,但是法律、行政法规另有规定的,从其规定。

（4）发起人制定公司章程,采用募集方式设立的经创立大会通过。发行的股份超过招股说明书规定的截止期限尚未募足的,或者发行股份的股款缴足后,发起人在 30 日内未召开创立大会的,认股人可以按照所缴股款并加算银行同期存款利息,要求发起人返还。创立大会应有代表股份总数过半数的发起人、认股人出席,方可举行。

（5）有公司名称,建立符合股份有限公司要求的组织机构。公司成立应当具备合乎公司法规定的公司名称,应设立健全的公司机构。

（6）有公司住所。公司设立应当有稳定的公司住所,并且应合乎公司法关于公司住所的规定。

2.设立方式

股份有限公司的设立,可以采取发起设立或者募集设立的方式。发起设立是指由发起人认购公司应发行的全部股份而设立公司。募集设立是指由发起人认购公司应发行股份的一部分,其余股份向社会公开募集或者向特定对象募集而设立公司。

(二)股份有限公司的组织机构及职权

1.创立大会

发起人应当自股款缴足之日起30日内主持召开公司创立大会,创立大会由发起人、认股人组成。创立大会应有代表股份总数过半数的发起人、认股人出席方可举行。创立大会行使下列职权:①审议发起人关于公司筹办情况的报告;②通过公司章程;③选举董事会成员;④选举监事会成员;⑤对公司的设立费用进行审核;⑥对发起人用于抵作股款的财产的作价进行审核;⑦发生不可抗力或者经营条件发生重大变化直接影响公司设立的,可以做出不设立公司的决议。创立大会对前款所列事项做出决议,必须经出席会议的认股人所持表决权过半数通过。

2.其他组织机构及职权

根据我国法律规定,股份有限公司的其他组织机构的职权,一般情况下参照有限责任公司的相关规定。

(三)公司发起人的责任

(1)股份有限公司成立后,发起人未按照公司章程的规定缴足出资的,应当补缴;发现作为设立公司出资的非货币财产的实际价额显著低于公司章程所定价额的,应当由交付该出资的发起人补足其差额;其他发起人承担连带责任。

(2)公司不能成立时,对设立行为所产生的债务和费用负连带责任;对认股人已缴纳的股款,负返还股款并加算银行同期存款利息的连带责任。

(3)在公司设立过程中,由于发起人的过失致使公司利益受到损害的,应当对公司承担赔偿责任。

五、公司的债务承担

公司以其公司的全部资产对外承担债务。公司的子公司是独立法人,具有法人资格,依法独立承担民事责任;分公司不具有法人资格,其民事责任由总公司承担。

公司分立的,公司分立前的债务由分立后的公司承担连带责任,但公司在分立前与债权人就债务清偿达成的书面协议另有约定的除外。公司合并时,合并各方的债权、债务,应当由合并后存续的公司或者新设的公司承继。

六、外国公司的分支机构

公司法中所称外国公司是指依照外国法律在中国境外设立的公司。外国公司在中国境内设立分支机构必须向中国主管机关提出申请,并提交其公司章程、所属国的公司登记证书等有关文件。外国公司在中国境内设立的分支机构不具有中国法人资格,外国公司对其分支机构在中国境内进行经营活动承担民事责任。外国公司在中国境内设立分支机构,必须在中国境内指定负责该分支机构的代表人或者代理人,并向该分支机构拨付与其所从事的经营活动相适应的资金。经批准设立的外国公司分支机构,在中国境内从事业务活动,必须遵守中国的法律,不得损害中国的社会公共利益,其合法权益受中国法律保护。

第二节　合伙企业法

一、合伙企业的概念

合伙企业是指由两人或两人以上通过订立合伙协议依法设立,共同出资、合伙经营、共享收益、共担风险,并对企业债务承担无限连带责任的营利性组织。

合伙企业不具有法人资格,属于自然人企业。合伙企业具有很强的人合性,合伙人之间是平等的,对企业的管理和利润具有平等的分享权。合伙企业合伙人对企业债务承担无限连带责任。

二、普通合伙企业的设立

普通合伙企业的设立是指打算设立合伙企业的自然人、法人或其他组织依照法律、行政法规规定的条件和程序,通过一定的准备工作,向企业登记机关申请设立合伙企业,并且由登记机关依法予以登记的行为。

(一)设立普通合伙企业的条件

(1)有两个以上合伙人。合伙人为自然人的,应当具有完全民事行为能力。

(2)有书面合伙协议。

(3)有合伙人认缴或者实际缴付的出资。

(4)有合伙企业的名称和生产经营场所。

(5)合伙企业名称中应当标明"普通合伙"字样。

(6)法律、行政法规规定的其他条件。

(二)合伙人的出资

合伙人可以用货币、实物、知识产权、土地使用权或者其他财产权利出资,也可以用劳务出资。合伙人以实物、知识产权、土地使用权或者其他财产权利出资需要评估作价的,可以由全体合伙人协商确定,也可以由全体合伙人委托法定评估机构评估。合伙人以劳务出资的,其评估办法由全体合伙人协商确定,并在合伙协议中载明。

三、合伙企业的财产

合伙企业的财产是指合伙人出资,以合伙企业名义取得的收益和依法取得的其他财产。一般情况下,合伙人在合伙企业清算前不得请求分割合伙企业的财产。除合伙协议另有约定外,合伙人向合伙人以外的人转让其在合伙企业中的全部或者部分财产份额时,须经其他合伙人一致同意。合伙人之间转让在合伙企业中的全部或者部分财产份额时,应当通知其他合伙人。在合伙协议没有特殊约定的情况下,合伙人向合伙人以外的人转让其在合伙企业中的财产份额的,在同等条件下,其他合伙人有优先购买权。合伙人以其在合伙企业中的财产份额出质的,须经其他合伙人一致同意;未经其他合伙人一致同意,其行为无效,由此给善意第三人造成损失的,由行为人依法承担赔偿责任。另外,合伙人在合伙企业清算前私自转移或者处分合伙企业财产的,合伙企业不得以此对抗善意第三人。

四、合伙人的竞业禁止义务和本合伙企业交易的限制

为了保证合伙事务的正常开展,合伙人不得自营或者同他人合作经营与本合伙企业相竞争的业务。为维护全体合伙人的共同利益,除合伙协议另有约定或者经全体合伙人一致同意外,合伙人不得同本合伙企业进行交易。

五、合伙企业与第三人的债务关系

对于合伙企业的债务及合伙企业与第三人的债务关系,我国公司法明确规定如下。

(1)合伙企业对合伙人执行合伙企业事务以及对外代表合伙企业权利的限制,不得对抗不知情的善意第三人。

(2)合伙企业对其债务,应先以其全部财产进行清偿。

(3)合伙企业中某一合伙个人的债权人,不得以该债权抵消其对合伙企业的债务。合伙个人负有债务,其债权人不得代位行使该合伙人在合伙企业中的权利。合伙企业不能清偿到期债务的,合伙人承担无限连带责任。

六、特殊的普通合伙企业

以专业知识和专门技能为客户提供有偿服务的专业服务机构,可以设立为特殊的普通合伙企业。在该种合伙企业中,一个合伙人或者数个合伙人在执业活动中因故意或者重大过失造成合伙企业债务的,应当承担无限责任或者无限连带责任,其他合伙人以其在合伙企业中的财产份额为限承担责任。合伙人在执业活动中非因故意或者重大过失造成的合伙企业债务以及合伙企业的其他债务,由全体合伙人承担无限连带责任。

七、有限合伙企业

有限合伙企业由普通合伙人和有限合伙人组成,普通合伙人对合伙企业债务承担无限连带责任,有限合伙人以其认缴的出资额为限对合伙企业债务承担责任。

第三节　个人独资企业法

一、个人独资企业概述

(一)个人独资企业的概念

个人独资企业是指依据《中华人民共和国个人独资企业法》(以下简称《个人独资企业法》)在中国境内设立的,由一个自然人投资,财产为投资人个人所有,投资人以其个人财产对企业债务承担无限责任的经营实体。

(二)个人独资企业的基本特征

个人独资企业是企业三种基本形式中的一种,它有四个基本特征,反映了它与其他企业形式的区别,也反映了这种企业形式的基本属性。这四个基本特征如下。

(1)个人独资企业仅由一个自然人投资设立。

(2)个人独资企业的财产为投资人个人所有。

(3)个人独资企业的投资人以其个人财产对企业债务承担无限责任。

(4)个人独资企业不具有法人资格。

二、个人独资企业的设立

《个人独资企业法》规定了设立个人独资企业应当具备的条件:投资人为一个自然人;有合法的企业名称;有投资人申报的出资;有固定的生产经营场所和必要的生产经营条件;有必要的从业人员。申请设立个人独资企业,应当由投资人或者其委托的代理人向个人独资企业所在地的登记机关提交设立申请书、投资人身份证明、生产经营场所使用证明等文件。个人独资企业设立分支机构的,应当由投资人或其委托的代理人向分支机构所在地的登记机关申请登记,领取营业执照。

三、个人独资企业的投资人以及企业财产与家庭财产的关系

(一)投资人资格

个人独资企业法专门规定,法律、行政法规禁止从事赢利性活动的人,不得作为投资人申请设立个人独资企业。

(二)投资人权利

个人独资企业投资人适用谁投资、谁所有的规则。因此个人独资企业投资人对本企业的财产依法享有所有权,其有关权利可以依法进行转让或者继承。

(三)企业财产与家庭共有财产的关系

在实际生活中,有些投资人的出资与其家庭财产是共有关系,因此我国法律专门规定,个人独资企业投资人在申请企业设立登记时明确以其家庭共有财产作为个人出资的,应当依法以家庭共有财产对企业承担无限责任。

四、个人独资企业的解散和清算

(一)个人独资企业解散的法定事由

个人独资企业有下列情形之一时,应当解散。

(1)投资人决定解散。

(2)投资人死亡或者被宣告死亡,无继承人或者继承人决定放弃继承。

(3)被依法吊销营业执照。

(4)法律、行政法规规定的其他情形。

(二)个人独资企业解散后的债务处理

个人独资企业解散的,财产应当按照下列顺序清偿:①所欠职工工资和社会保险费用;②所欠税款;③其他债务。个人独资企业财产不足以清偿债务的,投资人应当以其个人的其他财产予以清偿。个人独资企业解散后,原投资人对个人独资企业存续期间的债务仍应承担偿还责任,但债权人在五年内未向债务人提出偿债请求的,该责任消灭。

经典真题专家点评

1.(2008年中央)王某与他人合作投资成立了一家有限责任公司,王某任法定代表人。后来公司倒闭,公司资产不足以偿还债务,公司的债权人要求王某偿还不足部分。则下列说法正确的是(　　)。

A.王某投资成立有限责任公司,王某无须承担公司债务

B.王某是公司的投资人,公司的债权人可以要求王某偿还

C.王某是公司的法定代表人,公司的债权人可以要求王某偿还

D.王某与他人合作投资,王某应当按照出资比例对公司的债务承担偿还责任

【专家点评】本题答案为 A。我国《公司法》规定,有限责任公司以公司资产承担有限责任,王某及其他股东无须以个人资产承担责任。

2.(2007年中央)下列关于有限责任公司的监事会的表述中,不正确的是(　　)。

A. 公司的董事长、总经理可以兼任监事

B. 监事会应当包括股东代表和适当比例的职工代表

C. 监事须忠实履行义务,维护公司利益,不得利用职权责牟取私利

D. 股东人数较少或规模较小的有限责任公司可设一至二名监事,不设监事会

【专家点评】本题答案为 A。《公司法》第五十二条规定,监事会由股东代表和适当比例的公司职工代表组成,有限责任公司设监事会,其成员不得少于三人。股东人数较少或者规模较小的有限责任公司,可以设一至两名监事,不设监事会。具体比例由公司章程规定。由此,B、D 选项皆符合规定,C 选项说法明显合理。而对于 A 选项,因为监事会由股东代表和职工代表组成,意在对公司经营活动进行监督,所以公司的董事长、总经理不得兼任监事。故此,本题正确答案为 A。

单元同步训练

一、单项选择题

1. 以下关于设立个人独资企业条件的说法,哪个是错误的?(　　)

A. 投资者为一个自然人或多个自然人

B. 有投资人申报的出资

C. 有合法的企业名称

D. 有必要的从业人员

2. 下列关于有限责任公司监事会的表述,不正确的是(　　)。

A. 公司的董事长、总经理可以兼任监事

B. 监事会应当包括股东代表和适当比例的职工代表

C. 监事须忠实履行义务,维护公司利益,不得利用职权牟取私利

D. 股东人数较少或规模较小的有限责任公司可设一至二名监事,不设监事会

3. 在合伙企业的出资中,与有限责任公司的出资方式不同的是(　　)。

A. 以货币出资　　　　　　　　　　　　B. 以劳务出资

C. 以知识产权出资　　　　　　　　　　D. 以实物出资

4. 合伙企业的利润,由合伙人依照合伙协议约定的比例分配,合伙协议未约定利润分配比例的应(　　)。

A. 由合伙人按出资比例分配

B. 由合伙人平均分配

C. 由全体合伙人决定

D. 由合伙人按出资比例分配,如无出资比例,则由合伙人平均分配

5. 股份有限公司的注册资本最低额应为人民币(　　)。

A. 1000 万元　　　　B. 500 万元　　　　C. 50 万元　　　　D. 30 万元

二、多项选择题

1. 个人独资企业解散的原因有(　　)。

A. 投资人决定解散

B. 投资人死亡,投资人无合法继承人

C. 投资人被宣告死亡,继承人决定放弃继承

D. 被依法吊销营业执照

2. 根据我国《公司法》规定,下列不得担任公司的董事、监事、高级管理人员的有(　　)。

A. 因贪污、贿赂、侵占财产、挪用财产或者破坏社会主义市场经济秩序,被判处刑罚,执行期满 6 年,或者因犯罪被剥夺政治权利,执行期满 6 年

B. 担任因违法被吊销营业执照、责令关闭的公司、企业的法定代表人,并负有个人责任的,自该公司、企业被吊销营业执照之日起 2 年

C. 担任破产清算的公司、企业的董事或者厂长、经理,对该公司、企业的破产负有个人责任的,自该公司、企业破产清算完结之日起 4 年

D. 个人所负数额较大的债务到期未清偿

3.国有独资公司是指国家授权投资的机构或者国家授权的部门单独投资设立的公司,该类公司不可采取的类型有( )。

A.股份有限公司   B.两合公司

C.无限公司   D.有限责任公司

4.张某于 2000 年 3 月成立一家个人独资企业。同年 5 月,该企业与甲公司签订一份买卖合同,根据合同,该企业应于同年 8 月支付给甲公司货款 15 万元,后该企业一直未支付该款项。2001 年 1 月该企业解散。2003 年 5 月,甲公司起诉张某,要求张某偿还上述 15 万元债务。下列有关该案的表述错误的是( )。

A.因该企业已经解散,甲公司的债权已经消灭

B.甲公司可以要求张某以其个人财产承担 15 万元的债务

C.甲公司请求张某偿还债务已超过诉讼时效,其请求不能得到支持

D.甲公司请求张某偿还债务的期限应于 2003 年 1 月届满

5.甲将自有轿车向保险公司投保,其保险合同中含有自燃险险种。一日,该车在行驶中起火,甲情急之下将一农户晾在公路旁的棉被打湿灭火,但车辆仍有部分损失,棉被也被烧坏。保险公司对下列哪些费用应承担赔付责任?( )

A.车辆修理费 500 元

B.甲误工费 400 元

C.农户的棉被损失 200 元

D.甲乘其他车辆返回的交通费 30 元

参考答案及解析

一、单项选择题

1.A【解析】申请设立个人独资企业,应当具备以下条件:①投资人为一个自然人;②有合法的企业名称;③有投资人申报的出资;④有固定的生产经营场所和必要的生产经营条件;⑤有必要的从业人员。

2.A【解析】根据《公司法》的相关规定,有限责任公司监事由股东代表和职工代表组成,意在对公司经营活动进行监督,公司的董事长、总经理不得兼任监事。由此可知 A 错误。

3.B【解析】《公司法》第二十七条规定,股东可以用货币出资,也可以用实物、知识产权、土地使用权等可以用货币估价并可以依法转让的非货币作价出资;但是,法律、行政法规规定不得作为出资的财产除外。《合伙企业法》第十六条规定,合伙人可以用货币、实物、知识产权、土地使用权或者其他财产权利出资。上述出资应当是合伙人的合法财产及财产权利。对货币以外的出资需要评估作价的,可以由全体合伙人协商确定,也可以由全体合伙人委托法定评估机构进行评估。经全体合伙人协商一致,合伙人也可以用劳务出资,其评估办法由全体合伙人协商确定。两相比较,可见两种公司形式出资方式不同的是以劳务出资。

4.B【解析】共享利润和共担风险,是合伙关系的基本准则。共担风险体现在分配上,就是共负亏损。因此,《合伙企业法》第三十三条规定,"合伙企业的利润分配、亏损分担,按照合伙协议的约定办理;合伙协议未约定或者约定不明确的,由合伙人协商决定;协商不成的,由合伙人按照实缴出资比例分配、分担;无法确定出资比例的,由合伙人平均分配、分担。"

5.B【解析】《公司法》第八十一条规定,"股份有限公司注册资本的最低限额为人民币五百万元。法律、行政法规对股份有限公司注册资本的最低限额有较高规定的,从其规定。"

二、多项选择题

1.ABCD【解析】当投资人死亡或者被宣告死亡,而无继承人或者继承人决定放弃继承时,个人独资企业应当解散。另外,投资人决定解散和企业依法吊销营业执照,也是个人独资企业解散的常见事由。

2.BD【解析】根据我国《公司法》第一百四十七条规定,"有下列情形之一的,不得担任公司的董事、监事、高级管理人员:(一)无民事行为能力或者限制民事行为能力;(二)因贪污、贿赂、侵占财产、挪用财产或者破坏社会主义市场经济秩序,被判处刑罚,执行期满未逾五年,或者因犯罪被剥夺政治权利,执行期满未逾五年;(三)担任破产清算的公司、企业的董事或者厂长、经理,对该公司、企业的破产负有个人责任的,自该公司、企业破产清算完结之日起未逾三年;(四)担任因违法被吊销营业执照、责令关闭的公司、企业的法定代表人,并负有个人责任的,自该公司、企业被吊销营业执照之日起未逾三年;(五)个人所负数额较大的债务到期未清偿。"

3.ABC【解析】《公司法》第六十五条规定,"本法所称国有独资公司是指国家单独出资、由国务院或者地方人民政府授权本级人民政府国有资产监督管理机构履行出资人职责的有限责任公司。"

4.ACD【解析】根据《个人独资企业法》第二条:"本法所称个人独资企业,是指依照本法在中国境内设立,由一个自然人投资,财产为投资人个人所有,投资人以其个人财产对企业债务承担无限责任的经营实体。"第二十八条:"个人独资企业解散后,原投资人对个人独资企业存续期间的债务仍应承担偿还责任,但债权人在二年内未向债务人提出偿债请求的,该责任消灭。"

5.AC【解析】《保险法》第五十七条规定:"保险事故发生时,被保险人有责任尽力采取必要的措施,防止或者减少损失。""保险事故发生后,被保险人为防止或者减少保险标的的损失所支付的必要的、合理的费用,由保险人承担;保险人所承担的数额在保险标的损失赔偿金额以外另行计算,最高不超过保险金额的数额。"

第三篇　经济常识理论

第十七章　微观经济学

知识结构导读

微观经济学

微观经济学概述
- 微观经济学概念及主要内容
- 微观经济学循环流程

微观经济学基本理论
- 竞争市场
- 需求、供给和均衡
- 支付意愿和消费者剩余
- 个别需求和总需求
- 收入分配
- 市场失灵和政策失效

考点内容精讲

第一节 微观经济学概述

一、微观经济学概念及主要内容

(一)微观经济学的概念

微观经济学,又称个体经济学、小经济学,是宏观经济学的对称。微观经济学主要以单个经济单位(单个的生产者、单个的消费者、单个市场的经济活动)作为研究对象,分析单个生产者如何将有限的资源分配在各种商品的生产上以取得最大的利润;单个消费者如何将有限的收入分配在各种商品的消费上以获得最大的满足。同时,微观经济学还分析单个生产者的产量、成本、使用的生产要素数量和利润如何确定;生产要素供应者的收入如何决定;单个商品的效用、供给量、需求量和价格如何确定等。

(二)微观经济学的主要内容

微观经济学分析个体经济单位的经济行为。在此基础上,研究现代西方经济社会的市场机制运行及其在经济资源配置中的作用,并提出微观经济政策以纠正市场失灵。微观经济学包括的内容相当广泛,其中主要包括:均衡价格理论、消费者行为理论、生产者行为理论(包括生产理论、成本理论和市场均衡理论)、分配理论、一般均衡理论与福利经济学、市场失灵与微观经济政策。微观经济学的中心理论是价格理论。

二、微观经济循环流程

(一)家庭部门和企业部门

(1)家庭部门:家庭既是消费者,又是生产要素所有者。作为消费者,追求需求满足最大化;作为要素所有者,追求收入最大化。因此,家庭的经济行为目标是,在收入约束下的需求满足最大化。

(2)企业部门:企业作为生产者,追求收益最大化;作为要素雇用者,追求成本最小化。因此,企业的经济行为目标是,在成本约束下的利润最大化。

(二)产品市场和要素市场

(1)产品市场:作为消费者的家庭,处在产品市场的需求方面;作为生产者的企业,处在产品市场的供给方面。家庭对产品的需求和企业对产品的供给,共同决定产品市场的价格和数量。

(2)要素市场:作为企业,处在要素市场的需求方面;作为家庭,处在要素市场的供给方面。企业对要素的需求和家庭对要素的供给,共同决定要素市场的价格和数量。

(三)实物流程和货币流程

(1)实物流程:首先,家庭以要素所有者的身份,向要素市场提供各种生产要素;然后,企业从要素市场雇用这些要素,生产产品向市场销售;最后,家庭又以消费者的身份,向产品市场购买产品。这是一个循环不已的实物流程。

（2）货币流程：相对于实物流程，有一个方向相反的货币流程。首先，家庭以要素收入作为消费支出，向产品市场购买产品；然后，企业向产品市场销售产品，将家庭的消费支出变成自己的销售收入；最后，企业又将销售收入作为成本支出，向要素市场雇用要素。这是一个循环的货币流程。

第二节　微观经济学基本理论

一、竞争市场

（一）市场的概念和类型

市场是指从事某一种商品买卖的交易场所或接触点。市场可以是一个有形的买卖商品的场所，也可以是一个利用现代化通讯工具进行商品交易的接触点。

市场功能是正确运用市场机制所具有的客观功能。市场的功能包括：①统一联系功能；②信息引导功能；③市场调节功能；④收入分配功能；⑤优胜劣汰功能。

影响市场竞争程度的具体因素如下。

（1）市场上厂商的数量。

（2）厂商之间各自提供的产品的差别程度。

（3）单个厂商对市场价格控制的程度。

（4）厂商进入或退出一个行业的难易程度。

（二）市场的类型

根据影响市场竞争程序的四点因素，微观经济学中的市场通常被划分为四种类型：完全竞争市场、垄断竞争市场、寡头市场和完全垄断市场。

1.完全竞争市场

完全竞争市场又称纯粹竞争市场，是指一种竞争完全不受任何阻碍和干扰的市场。一般把农产品市场称作完全竞争的市场。

完全竞争市场需要具备的条件：①大量的买者和卖者；②市场的商品是同质的，没有差别；③生产要素自由流动；④没有交易成本。

2.垄断竞争市场

垄断竞争市场是指既存在垄断，又存在竞争；既不是完全竞争，又不是完全垄断的市场。

垄断竞争市场的特征：①企业数量较多；②产品之间存在差别；③企业彼此独立；④进出较易。

垄断竞争市场存在的条件：①产品之间存在差别，产品差别是指同一类产品在性能、质量、外观、包装、商标或销售等条件方面的不同；②市场上存在着较多的供给厂商，且没有一个是占明显优势的，因而相互之间存在着竞争；③厂商进入或退出市场的障碍较小；④交易的双方都能够获得足够的信息。

3.寡头垄断市场

寡头垄断市场是指由少数几家厂商所垄断的市场。它是介于完全竞争和完全垄断之间的一种比较现实的市场。

寡头垄断市场的特征包括：①企业极少；②相互依存；③产品同质或异质；④进出不易。

寡头垄断市场形成的几种可能性原因：①在这类市场上存在进入的障碍，如某些产品的产量达到一定规模后平均成本才会下降，生产才是有利的；②在某一行业中存在着资源的垄断；③寡头们本身采取了种种排他性措施;④政府对这些寡头给予了扶持与支持。

4.完全垄断市场

完全垄断市场又称独占性市场,是指完全由一家企业所控制的市场。

完全垄断市场的基本特征包括:①企业就是行业;②产品不能替代;③独自决定价格;④存在进入障碍。

完全垄断市场存在的条件:①卖方是独此一家,别无分店,而买家则很多;②由于各种条件的限制,如技术专利、专卖权等,使其他卖者无法进入市场;③市场客体是独一无二的,不存在替代品。

完全垄断市场形成的原因:①规模经济;②自然垄断;③原料控制;④政府特许。

二、需求、供给和均衡

(一)需求

需求是指消费者在一定时期内,在各种可能的价格下愿意而且能够购买的该商品的数量。需求必须是既有购买欲望又有购买能力的有效需求。

1.影响需求的因素

(1)商品的价格。包括自身价格、有关价格和预期价格。

(2)消费者收入。包括现期收入、相对收入、持久收入与终身收入。

(3)消费者偏好。包括个人爱好、外部影响、家庭结构与民族文化。

2.需求与欲望的关系

欲望是一种主观的,能够感觉到的,并常常是强烈的希望、愿望和倾向,它具有无限性、想象性和可塑性。需要是维持某种生存质量、满足某种生活要求的客观标准,它具有层次性、历史性、客观性。需求指的是在商品经济条件下的有支付能力的需要。

由此可见,由欲望到需要再到需求的演进,体现了人的消费要求由主观状态(欲望)到社会文化状态(需要)再到经济状态(需求)的实现过程。消费欲望是消费要求的心理动力,它的实现受到社会文化因素和经济因素的双重制约。就社会文化因素而言,社会经常有其界定需要的标准,包括下限标准(基本生存需要)和平均标准(全民的平均需要标准)。就经济因素而言,消费需求作为欲望的最后实现阶段,体现了在经济条件的制约作用下,人们对某些欲望的满足和对其他欲望的压抑。

(二)供给

供给是指生产者在一定时期内,在各种可能的价格下愿意而且能够提供出售的该种商品的数量。既有出售的愿意又有提供出售的能力,才能形成有效供给。

1.影响供给的因素

(1)所供商品的价格。

(2)生产技术水平。

(3)生产要素的价格。

(4)其他相关商品,即互补品或替代品的价格的变动。

(5)生产者的预期也是影响供给的重要因素。

2.供求法则

为了集中研究市场价格的形成机制,我们假设其他要素暂时不变,供求数量仅由市场价格决定。

(1)需求法则。消费者在一定时间内消费一定量的商品或劳务所获得的总的满足程度,称为总效用。在一定时期内每增加一个单位的商品或劳务消费新增加的效用称之为边际效用。边际效用有两个主要特点：①边际效用的大小与欲望强弱正相关；②边际效用的大小与消费数量负相关。需求价格是消费者购买一定数量的某种产品所愿支付的最高价格。消费者剩余是指消费者愿对某物品所支付的价格与它在市场上实际必须支付的价格之间的差额。需求量随价格的上升而下降，随价格的下降而上升，称为需求法则。

（2）供给法则。生产一定产量所付出的全部成本构成总成本，新增一个单位的产量而导致的总成本的增加量称为边际成本。生产者销售一定数量的某种产品时所愿接受的最低价格称之为供给价格。供给量随价格上升而增加，随价格下降而减少，称为供给法则。

（三）均衡

均衡是指经济事物中有关的变量在一定条件的相互作用下所达到的一种相对静止的状态。均衡价格是指该种商品的市场需求量和市场供给量相等时候的价格。在均衡价格水平下的相等的供求数量被称为均衡数量。

三、支付意愿和消费者剩余

支付意愿是指消费者对一定数量的某种商品所愿意付出的最高价格或成本。不同消费者的个人偏好有所不同，其支付意愿也就不一样。

消费者剩余就是消费者愿意为某一商品支付的货币量与消费者在购买该商品时实际支付的货币量之间的差额。

（一）消费者剩余影响因素及其最大化措施

马歇尔从边际效用价值论演绎出所谓"消费者剩余"的概念，它是衡量消费者福利的重要指标。影响消费者剩余的主要因素有垄断、政府规制、寻租、税收、国际贸易和关税、产权制度等。使消费者剩余最大化的主要措施有以下几个方面。

1.消费者利益应是政府规制政策的目标

根据消费者剩余理论，政府规制是为了增加消费者剩余。这就要求政府规制：①应以消费者利益为目标；②明确政府定位，增强公共管理职能；③一切从维护消费者权益出发。

2.放松规制，鼓励竞争

从理论上说，政府规制虽然可以在一定程度上弥补市场机制的缺陷，但政府干预也存在着"政府失灵"的问题。放松规制能调整政府与企业和市场之间的关系，发挥市场经济机制的作用，通常会减少企业以规制为基础获得的超额生产者剩余，同时增加消费者剩余。从这一意义上讲，放松规制会使社会向更重视消费者利益的方向发展。

竞争机制是市场机制的核心只有通过竞争才能有效保证资源达到最佳配置。引入竞争机制，不仅能使企业提高管理效益，降低生产成本，而且能够推动企业改进服务质量，降低产品价格，有助于提高消费者剩余。

3.发挥市场价格机制的作用

市场通过价格调节来协调整个经济中各经济主体的决策，使消费者的购买量与厂商的产量之间保持平衡。根据消费者行为理论，消费者剩余最大的条件是边际效用等于边际支出。价格竞争是市场竞争的基本动力，它推动厂商不断降低价格、改善服务，将生产者剩余转化成消费者剩余。因此，发挥市场价格机制的基础性作用能带来更多的生产者剩余和消费者剩余。

4.合理的宏观税负是增进消费者剩余的有效途径

一个合理的税负可以增进消费者剩余。琼斯—真野模型认为，政府的税收政策一般将造成经济的扭曲，使竞争性均衡不再是社会最优，进而造成社会福利的损失，对此政府应实施减税以促进经济增长。

5.树立消费者至上的观念

市场经济的发展在很大程度上取决于消费市场的发展。社会生产的目的是为满足人们日益增长的物质文化需要,即消费需要、消费者的需要。生产、经营者的主要任务最终是为满足人们的消费需要服务,为消费者服务,如果政府和厂商为增加生产者剩余,而损害消费者剩余,就完全背离了社会生产的目的。

(二)市场价格、支付意愿和消费者剩余的相互关系

市场价格、支付意愿和消费者剩余三者之间的关系为:

消费者剩余＝支付意愿(本质是假设价格)－实际支出(本质是市场价格)

市场价格仅是支付意愿的一部分,并且小于或等于支付意愿,因此市场价格只是商品经济价值的近似表达。消费者剩余是支付意愿的一部分,并且小于或等于支付意愿,因此市场价格很低或者等于零的商品,其消费者剩余也就越接近支付意愿,并可以用消费者剩余表征其经济价值。

四、个别需求和总体需求

通过加总消费者的需求曲线就可以得到市场需求曲线。在每一个价格水平上,市场的需求量是每一个消费者需求量的总和,但是,这种获得总体需求曲线的办法只适用于能够通过市场交易的商品。对于环境物品来说,即使能够获得个人需求曲线,其总体需求也是完全不同的。

五、收入分配

(一)按劳分配

经济学中,所谓按劳分配不是直接以劳动者提供的劳动数量和质量进行分配,而是按照实现了的价值进行分配。按劳分配的主体是企业,等量劳动获取等量报酬只能在同一企业中贯彻,不同部门不可能做到等量等酬。

(二)按要素分配

生产要素包括劳动、土地、资本、企业家才能,相应的报酬为工资、地租、利息和利润。在分配过程中应当按照这些生产要素提供的多少进行分配。

(三)以按劳分配为主体、多种分配方式并存的分配制度

按劳分配是按照劳动价值进行分配,按要素分配是按照生产收益分配,在收入分配中要坚持按劳分配为主体、多种分配方式并存。

(四)效率与公平

1.效率

效率属于生产力范畴,指资源配置中的产出与投入之比。在市场经济条件下,效率就是效益,效率高者收入高,效率低者收入低,无效率者无收入。

2.公平

公平属生产关系范畴,国际上衡量收入不平等的指标叫基尼系数。若基尼系数为 1,属完全不平等;若基尼系数介于 0～1 之间,则存在不同程度的收入不平等,越靠近 1 越不平等,越靠近 0 越平等;当基尼系数为 0 时,收入完全平等。

3.效率与公平的辩证关系

效率与公平既矛盾又统一,两者互为促进,互为前提。按要素分配可提高效率,但容易导致收入不平等,如果收入一律平等,又不利于提高效率。效率同时又是公平的物质基础,只有提高效率,才谈得上分配的公平。公平是提高效率的前提条件,只有分配合理,才能提高效率。

我国处于社会主义初级阶段,务必要坚持效率优先、兼顾公平的原则,落实分配政策,防止收入悬殊。

在处理效率与公平两者关系时,必须坚持效率优先、兼顾公平的原则。效率优先原则的实质就是优先发展生产力。

六、市场失灵和政策失效

(一)市场失灵

由于现实经济难以满足完全竞争市场以及其他一系列理想化假定条件,所以市场机制在很多场合不能导致资源的有效配置,这种情况被称为"市场失灵"。

导致市场失灵的原因主要有:垄断、外部性、公共物品和不完全信息。

市场失灵为政府干预提供了机会和理由,但市场失灵是政府干预的必要条件而不是充分条件。要使政府干预有效,还需要满足两个条件:第一,政府干预的效果必须好于市场机制的效果;第二,政府干预得到的收益必须大于政府干预本身的成本(即制定计划、执行成本和所有由于政府干预而对其他经济部门造成的成本)。政府可以通过建立政策和改革制度来纠正市场失灵。不过,有时政府制定的政策不但不能纠正市场失灵,反而把市场进一步扭曲,这时就称之为政策失效。

(二)政策失效

政策失效是指一些社会、经济政策的执行,使生产者的边际生产成本低于生产要素的真实成本,导致生产要素无效率使用和过度使用,引起资源退化和环境污染。与市场失灵不同,政策失效主要是由于体制或政策的原因。

对环境物品的政策失效有两种类型:一种是宏观经济政策对环境的不良影响;另一种是环境政策本身的失误,未能实现预期的政策目标,反而加速了环境资源的退化。

经典真题专家点评

1.(2009 年中央)经济学上所推崇的"橄榄型"收入分配结构,是指低收入和高收入相对较少、中等收入占绝大多数的分配结构。我国正在采取措施,实施"提低、扩中、调高、打非、保困"的方针,使收入分配朝着"橄榄型"方向发展。

这主要是为了促进( )。

A.生产的发展 　　　　　　　　　 B.效率的提高

C.社会的公平 　　　　　　　　　 D.内需的扩大

【专家点评】本题答案为 C。"提低"就是提高低收入者收入水平;"扩中"就是扩大中等收入者比重;"调高"就是有效调节过高收入;"打非"就是坚决取缔非法收入;"保困"就是保障困难群众的基本生活。十七大报告中明确提出合理的收入分配制度是社会公平的重要体现。故选 C。

2.(2009 年中央)美国次贷危机中的"次"是指( )。

A.贷款人的第二贷款

B.贷款人的收入较低、信用等级较低

C.贷款机构的实力和规模较小

D.贷款机构的信用等级较低

【专家点评】本题答案为 B。次贷危机又称次级房贷危机,也译为次债危机。它是指一场发生在美国,因次级抵押贷款机构破产、投资基金被迫关闭、股市剧烈震荡引起的金融风暴。其中的"次"是指贷款人的收入较低、信用等级较低。故选 B。

单元同步训练

一、单项选择题

1. 微观经济学的中心理论是（　　）。

A. 分配理论　　　　　　B. 均衡理论　　　　　C. 价格理论　　　　　　D. 成本理论

2. 从均衡位置出发,如果某种商品的市场供给减少,而市场需求保持不变,则（　　）。

A. 均衡价格下降　　　　　　　　　　　　B. 均衡量上升

C. 均衡价格与均衡数量都减少　　　　　　D. 均衡价格提高,均衡量下降

3. 微观经济学最终解决的问题是（　　）。

A. 资源的最佳配置　　　　　　　　　　　B. 资源的最佳利用

C. 资源的配置与利用　　　　　　　　　　D. 以上都是

二、多项选择题

1. 微观经济学的特点有（　　）。

A. 考察微观经济行为

B. 用西方经济理论和观点分析客体

C. 考察大生产条件下的微观经济

D. 突出微观经济分析方法

2. 以下选项中,属于微观经济学基本问题的有（　　）。

A. 供求理论　　　　　　　　　　　　　　B. 效用理论

C. 总需求－总供给模型　　　　　　　　　D. 国民经济核算

3. 均衡价格就是（　　）。

A. 商品价格提高,对该商品的需求量减少

B. 供给价格等于需求价格,同时供给量也等于需求量时的价格

C. 供给曲线与需求曲线出现交点时的价格

D. 商品价格下降,对该商品的供给量减少

4. 家庭部门是（　　）。

A. 商品的消费者　　　　　　　　　　　　B. 劳务的消费者

C. 生产要素的消费者　　　　　　　　　　D. 劳务的提供者

5. 垄断市场的特征有（　　）。

A. 企业数量较多　　　　　　　　　　　　B. 产品之间存在差别

C. 企业之间存在差别　　　　　　　　　　D. 进出较易

参考答案及解析

一、单项选择题

1. C【解析】微观经济学的中心理论是价格理论。

2. D【解析】在需求不变的情况下减少供给,会导致产品的均衡价格提高,同时均衡量也会下降。

3. A【解析】微观经济学解决的问题是资源的最佳配置。

二、多项选择题

1. ABCD【解析】微观经济学的特点有：考察微观经济行为；用西方经济理论和观点分析客体；考察大生产条件下的微观经济；突出微观经济分析方法；运用数学分析工具。

2. AB【解析】微观经济学的基本问题是供求理论、效用理论、市场理论、分配理论、福利理论。

3. BC【解析】A 是需求定理的要求；D 是供给定理的要求。

4. ABC【解析】家庭部门是商品的消费者、劳务者、生产要素的提供者。

5. ABCD【解析】垄断市场的特征：①企业数量较多；②产品之间存在差别；③企业之间存在差别；④进出较易。

第十八章　宏观经济学

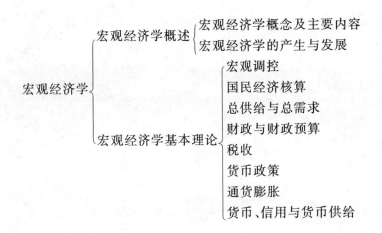

知识结构导读

宏观经济学 {
- 宏观经济学概述 {
  - 宏观经济学概念及主要内容
  - 宏观经济学的产生与发展
  }
- 宏观经济学基本理论 {
  - 宏观调控
  - 国民经济核算
  - 总供给与总需求
  - 财政与财政预算
  - 税收
  - 货币政策
  - 通货膨胀
  - 货币、信用与货币供给
  }
}

考点内容精讲

第一节　宏观经济学概述

一、宏观经济学概念及主要内容

(一)宏观经济学的概念

宏观经济学是以总过程的活动为研究对象,着重考察和说明国民收入、就业水平、价格水平等经济总量是如何决定的、如何波动的,故又被称为总量经济学。

宏观经济学是现代经济学的一个分支。宏观经济学以整个国民经济为考察对象,研究经济中各有关总量的决定及其变动,以解决失业、通货膨胀、经济波动、国际收支等问题,实现长期稳定的发展。

(二)宏观经济学的主要内容

概括来说,宏观经济学的主要内容有以下几个方面。

(1)作为消费者的家庭部门和作为生产者的厂商部门如何做出选择,以决定消费和投资数量,从而决定整个经济的总需求。

(2)家庭和厂商部门如何选择供给投入以决定整个经济的总供给。

(3)经济中的总需求和总供给决定资源总量和价格总水平。

(4)资源总量和价格总水平的长期变动趋势。

其具体内容主要包括:经济增长,经济周期波动,失业,通货膨胀,国家财政,国际贸易等方面;涉及国民收入及全社会消费、储蓄、投资及国民收入的比率,货币流通量和流通速度,物价水平,利息率,人口数量和增长率,就业人数和失业率,国家预算和赤字,出入口贸易和国际收入差额等。

二、宏观经济学的产生与发展

(一)宏观经济学的产生

宏观经济学来源于法国魁奈的《经济表》和英国马尔萨斯的"马尔萨斯人口论"。1933年,挪威经济学家弗瑞希提出"宏观经济学"的概念。现代宏观经济学在凯恩斯的《就业、利息和货币通论》(1936)出版后迅速发展起来。凯恩斯把国民收入和就业人数联系作为中心进行了综合分析。

(二)宏观经济学的发展

宏观经济学自产生以来,迄今为止大体上经历了以下四个阶段。

1.早期宏观经济学阶段

17世纪中期到19世纪中期,是早期宏观经济学阶段,或称古典宏观经济学阶段。

2.奠基阶段

19世纪后期到20世纪30年代,是现代宏观经济学的奠基阶段。

3.建立阶段

20世纪30年代到60年代,是现代宏观经济学的建立阶段。

4.发展和演变阶段

20世纪60年代以后,是宏观经济学进一步发展和演变的阶段。

第二节　宏观经济学基本理论

一、宏观调控

(一)基本概念

宏观调控是一个国家的中央政府运用经济、法律和必要的行政手段,对国民经济发展和市场经济运行总体所进行的具有全局意义的调节和控制,是对宏观经济的调节和控制。从实质上来说,宏观调控就是宏观经济调控。

(二)宏观调控的主要目标

我国的宏观经济调控的主要目标是:①促进经济增长;②增加就业;③稳定物价;④保持国际收支平

衡。具体说明如下。

(1)促进经济增长是宏观调控最重要的目标。这一目标是在调节社会总供给与社会总需求的关系中实现的,因此,为了促进经济增长,政府必须调节社会总供给与社会总需求的关系,使之达到基本平衡。

(2)就业是人民群众改善生活的基本前提和基本途径。我国面临严峻的就业形势,一方面劳动力供给数量庞大,另一方面劳动力需求数量有限。因此,必须坚持实行促进就业的长期战略和政策,长期将增加就业的宏观调控目标落到实处,并严格控制人口和劳动力增长。

(3)价格的大幅度波动对经济生活是不利的。在社会主义市场条件下,绝大多数商品和服务的价格由市场决定,但政府可以运用货币等经济手段对价格进行调节,必要时也可以采用某些行政手段,以保持价格的基本稳定,避免价格的大起大落。

(4)国际收支是一个国家或地区与其他国家或地区之间由于各种交易所引起的货币收付或以货币表示的财产转移。影响国际收支的重要因素,一是进出口贸易状况,二是资本流入流出的多少。如果一国的国际收支出现不平衡,尤其是出现较大逆差时,对本国经济是不利的,需要采取适当措施加以调节,使国际收支基本平衡。其措施主要有:增加出口;减少进口;运用外汇储备;引进外资;必要时还可以动用黄金,让本国货币贬值。

(三)宏观调控手段

(1)法律手段,是指依靠经济立法和经济司法来监督管理经济的手段,具有权威性和强制性。

(2)行政手段,是指国家行政机关按照行政区划、行政系统、行政层次对国民经济进行管理的手段,具有直接性、权威性、强制性、无偿性和速效性等特点。

(3)经济手段,是指按照客观经济规律的要求,依靠各种经济组织,实施各种经济政策和运用各种经济杠杆,来调控经济的手段。它是一种间接调控手段,而且是主要的调控手段。

(4)政府投资,以公有制为主体的社会主义市场经济,通过政府投资形成国有资产,发挥国有经济在国民经济中的主导作用。

(四)调控方式

宏观调控的方式主要有:①直接调控与间接调控;②供给调控与需求调控;③实物调控与价值调控。

二、国民经济核算

国民经济核算是指对一定范围和一定时间的人力、物力、财力资源与利用所进行的计量;对生产、分配、交换、消费所进行的计量;对经济运行中形成的总量、速度、比例、效益所进行的计量。一个国家或一个地区、部门、企业在一定时期拥有多少人力、物力、财力;怎样利用它们进行经济、科技、社会活动;取得多少成果、形成多少收入;国家、集体、个人三者之间如何进行分配;积累与消费比例如何;投入与产出、供给与需求、部门与部门、环节与环节之间的比例是否协调;纵向、横向比较,发展变化如何等,都需要采用科学的方法进行测量和计算,这种测量和计算,就叫国民经济核算。它是为适应国民经济与社会发展需要而逐步形成并发展起来的。

三、总供给与总需求

(一)总供给

总供给是指在其他条件不变时,物品与劳务的总供给量(即实际国民生产总值的供给量)与物价水平(即国民生产总值折算数)之间的关系。

影响总供给的因素如下。

(1)劳动力。劳动力越多,无论是短期还是长期中,总供给越多。在长期中,劳动力数量是重要的,在短期中,劳动力的就业率更重要一些。

(2)资本存量。资本存量越多,劳动力的生产率就越高,从而能生产的产量也就越多。从长期来看,重要的是资本存量(如设备等)所代表的技术水平,短期内则是资本存量的数量。

(3)人力资本。人力资本是劳动者在正规学校中所受的教育和在工作中所获得的技能的价值。从长期来看,人力资本的量更为重要;在短期内,人力资本的利用和配置更为重要,如失业是人力资本的浪费,专业不对口是人力资本的配置不当,这些都不利于短期总供给的增加。

(4)原料。新的、易于获取的原料可以降低成本增加产量,原料的枯竭则有不利影响。

(5)气候。该因素主要是针对农业产量而言,其在短期中更为重要。

(6)技术。新的技术可以在投入量既定时增加产量,即使人口与资本存量不变,技术进步也会增加总供给。该因素在长期实践中作用较为明显。

(7)刺激。例如,高税收不利于刺激工作、储蓄和资本积累,因为这会减少总供给。这是影响总供给的制度因素,因为任何一项刺激都取决于制度框架。

(8)实际国民生产总值的构成。国民生产总值的构成变化越快,劳动力的移动就越大,从而使寻找工作的人数增加,提高了自然失业率,降低了总供给,这一点在短期内更为明显。

另外,工资和原料价格也会影响总供给,与上述因素不同的是,这两个因素只影响短期总供给,不影响长期总供给。工资提高会减少短期总供给,同样,原料价格的上升使企业生产成本增加,也会减少短期总供给。

(二)总需求

总需求指一个国家(或地区)在一定时期内和一定价格水平上对产品的购买能力。对总需求可以分三个层次加以理解:第一,潜在的总需求;第二,有效的总需求;第三,实现的总需求。

$$总需求＝消费＋投资＋政府购买＋出口$$
$$总供给＝消费＋储蓄＋税收＋进口$$

要实现总供给和总需求在总量上相等,就是要使:投资＋政府购买＋出口＝储蓄＋税收＋进口

如果上述条件能够实现,就基本实现了总供给和总需求的数量均衡。

四、财政与财政预算

(一)财政

财政是以国家为主体,为了实现国家职能的需要,参与社会产品的分配和再分配以及由此而形成的国家与各有关方面之间的分配关系。财政包括财政收入和财政支出两个部分。

1.财政收入

(1)国债。

(2)税收。

(3)其他收入。

(4)国有企业亏损补贴。这是一项负收入,冲减财政收入。

2.财政支出

(1)维持国家政权建设的需要。

(2)支持科学、教育、文化、卫生等公共事业的发展。

(3)维护社会保障体系的正常运行的需要。

(4)投资于关系全局的基础设施建设。

(5)投资于关系国民经济命脉的重要行业和关键领域。

3.财政职能

(1)分配职能。即以国家为主体参与社会产品分配的职能,包括组织财政收入和安排财政支出两个方面。

(2)经济调节职能。即根据宏观政策目标,通过调整财政分配以调节国民经济发展的职能。

(3)监督职能。即对财政的分配、调节过程及其相关方面实施监察、督促和制约的职能。它是财政分配职能、调节职能完满实现的条件。

财政的三大职能相互联系、相互制约,其中分配职能是基本职能,调节职能和监督职能是由分配职能所派生的。

(二)财政预算

财政预算又称国家预算,是事先编制的国家财政收支计划。根据预算收支情况,可以分为以下几种类型。

(1)平衡预算,是财政收支相等的预算。平衡预算可以分为年度平衡预算和周期平衡预算。

(2)复式预算,是相对于一揽子单式预算来说的。它将财政预算分为经常性预算、国有资本经营预算、社会保障预算等。

(3)零基预算,是相对于增量预算来说的。增量预算是在上年度预算的基础上,根据新年度经济社会发展情况加以调整,零基预算则"从零开始"。

(4)赤字预算,是财政支出大于财政收入的预算,财政赤字一般通过增发国债或发行货币来弥补。

(5)盈余预算,是财政支出小于财政收入的预算。

五、税收

(一)基本概念

税收是国家为了实现其职能,按照法定标准无偿取得财政收入的一种手段,是国家凭借政治权力在参与国民收入分配和再分配中形成的一种特定分配关系。

税收这一概念的要点可以表述为五点:①税收是财政收入的主要形式;②税收分配的依据是国家的政治权力;③税收是用法律建立起来的分配关系;④税收采取实物或货币两种征收形式;⑤税收具备强制性、无偿性和固定性三个基本特征。

(二)税收原则

(1)效率原则。就是必须贯彻法制的统一性与因时、因地制宜相结合。

(2)公平原则。就是要体现合理负担原则。

(3)稳定原则。制定税法是与一定经济基础相适应的。税法一旦制定,在一定阶段内就要保持其稳定性,不能朝令夕改,变化不定。

六、货币政策

(一)货币政策的概念

货币政策是指国家通过银行金融系统,组织和调节全国货币的供应,确立和实施货币供应量与货币需要量的相互关系的准则,是实现宏观经济目标所采取的控制、调节和稳定货币措施的总和。

(二)货币政策的种类

1.扩张性货币政策和紧缩性货币政策

(1)扩张性货币政策是指中央银行通过增加货币供应量,使利息率下降,从而增加投资,扩大总需求,刺激经济增长。其主要措施有：①降低法定存款准备金率，以提高货币乘数，增加货币供应量；②降低再贴现利率，以诱使商业银行增加再贴现，增强对客户的贷款和投资能力，增加货币供应量；③公开市场业务，通过购进证券，增加货币供应；④中央银行也可用"道义劝告"方式来影响商业银行及其他金融机构增加放款，以增加货币供应。

(2)紧缩性货币政策是指中央银行通过减少货币供应量，使利率升高，从而抑制投资，压缩总需求，限制经济增长。其措施是扩张性货币政策中所采用措施的反向操作。

2.非调节性货币政策和调节性货币政策

(1)非调节性货币政策是指中央银行并不根据不同时期国家的经济目标和经济状况不断地调节货币需求，而是把货币供应量固定在预定水平上。各国中央银行一般不采用这种类型的货币政策。

(2)调节性货币政策是指中央银行根据不同时期国家的经济目标和经济状况不断地调节货币供应量。当超额准备金的需求和货币的需求增长时，中央银行增加准备金供给；反之则相反。实践中，大部分国家采取这种类型的货币政策。

目前中国实行的是从紧的货币政策和稳健的财政政策。

七、通货膨胀

(一)通货膨胀的概念

通货膨胀一般指因纸币发行量超过商品流通中实际需要的货币量而引起的纸币贬值、物价上涨现象。其实质是社会总需求大于社会总供给。

(二)通货膨胀的起因

纸币流通规律表明，纸币发行量不能超过它象征、代表的金银货币量，一旦超过了这个量，纸币就要贬值，物价就要上涨，从而出现通货膨胀。通货膨胀只有在纸币流通的条件下才会出现，在金银货币流通的条件下不会出现此种现象。因为金银货币本身具有价值，作为贮藏手段，可以自发地调节流通中的货币量，使它同商品流通所需要的货币量相适应。而在纸币流通的条件下，因为纸币本身不具有价值，它只是代表金银货币的符号，不能作为贮藏手段。因此，如果纸币的发行量超过了商品流通所需要的数量就会贬值。通货膨胀的起因，归纳起来有以下几点。

(1)需求拉动型通货膨胀，又称超额需求通货膨胀，是指总需求超过总供给所引起的价格水平的持续上涨。

(2)成本推动型通货膨胀，是指在没有超额需求的情况下，由于供给成本的提高所引起的价格水平持续上涨。

(3)结构型通货膨胀，是指在没有需求拉动和成本推动的情况下，只是由于经济结构的变动，也会出现价格水平的持续上涨。

(三)通货膨胀的分类

根据通货膨胀的成因，可以将其分为以下几个方面。

(1)需求拉动型通货膨胀。表现为总需求过度增长超过了现有价格水平下的商品总供给，引起物价普遍上涨。

(2)成本推进型通货膨胀。由于成本上升，从而引起物价的普遍上涨。

(3)抑制性通货膨胀。当市场的总供给小于总需求或供求结构性失衡时，国家通过控制物价和商品定额配给的办法，强制性地抑制价格总水平的稳定。它是一种实际存在但并没有发生的通货膨胀。

(4)输入型通货膨胀。由于输入品价格上涨而引起国内物价的普遍上涨。

(5)结构性通货膨胀。由于社会经济部门结构失衡而引起的物价上涨。

(四)通货膨胀的治理

(1)紧缩政策。主要包括紧缩性的货币政策、紧缩性的财政政策、紧缩性的收入政策。

(2)物价政策。在通货膨胀形成过程中,垄断企业往往推波助澜,因此,通过制定反托拉斯法限制垄断高价,是不少发达国家价格政策的基本内容。

(3)供给政策。在治理通货膨胀时,还应当考虑供给方面。从供给方面抑制通货膨胀的主要措施有:减税;削减社会福利开支;精简规章制度,给微观经济主体松绑,减少政府对企业活动的限制,让企业更好地扩大商品供给。

(4)币制改革。如果出现恶性通货膨胀,上述任何一种反通货膨胀措施都不能扭转局势,整个货币制度已经处于或接近崩溃边缘,那么唯一可以采取的对策就是实行币制改革。币制改革的一般做法是废除旧币,发行新币,对新币制定一些保证币值稳定的措施。

八、货币、信用与货币供给

(一)货币

在当代西方经济学中,货币被区分为狭义的货币和广义的货币。狭义的货币通常用 M_1 来表示,而广义的货币通常用 M_2、M_3 来表示:

M_1＝现金＋商业银行活期存款;

M_2＝M_1＋商业银行定期存款;

M_3＝M_2＋其他各种定期储蓄存款。

(二)信用

信用是借款和贷款相结合的价值运动。还本、付息是信用的两个基本特征。在发达的市场经济条件下,主要有商业信用、银行信用、国家信用、民间信用、国际信用以及消费信用、租赁信用等形式。

(三)存款创造与货币供给

(1)银行存款的准备金。商业银行可以把大部分存款用于贷款等赢利活动,但需保留一部分存款作为应付提款需要的准备金。这种法定准备金与存款的比率称为法定准备金率。

(2)银行贷款转化为客户的活期存款。企业在得到商业银行的贷款以后,又把这笔贷款作为活期存款存入同自己有往来的商业银行,以便在需要付款时可以随时开出支票。这样,银行贷款的增加,实际上就意味着活期存款的增加,也就是货币供给的扩大。

(3)银行存款的乘数作用。根据法定存款准备金率,使存款创造的功能放大。

(4)中央银行与货币供给。中央银行是代表政府管理银行体系的最高金融机构,它对货币供给有最终决定作用。因为它同时具有法定准备金率的制定权和货币的发行权,所以成为货币供给的最高控制者和最终供给者。

经典真题专家点评

1.(2010年中央)在经济衰退时期,有利于扩大内需的政策措施是( )。

A.提高税率   B.提高存款准备金率

C.降低税率   D.缩减财政支出

【专家点评】本题答案为选 C。降低税率可以减轻个人和企业的负担,有助于刺激消费,拉动内需,故选 C。

2.(2010 年中央)衡量一个国家经济总量的指标不包括(　　)。

A.国内生产总值　　　　　　　　　　B.国民总收入

C.外汇储备　　　　　　　　　　　　D.货币总量

【专家点评】本题答案为选 C。国内生产总值、国民总收入、货币总量都可以用来衡量一个国家的经济总量,而外汇储备只是构成经济总量的一部分,不能作为用来衡量全部经济总量的指标。

单元同步训练

一、单项选择题

1.工资上涨引起的通货膨胀称为(　　)。

A.需求拉动通货膨胀　　　　　　　　B.成本推动通货膨胀

C.结构性通货膨胀　　　　　　　　　D.隐性通货膨胀

2.在市场经济条件下,当通货膨胀率较高时,政府应采用(　　)。

A.扩张性财政政策和货币政策

B.扩张性财政政策和紧缩性货币政策

C.紧缩性财政政策和扩张性货币政策

D.紧缩性财政政策和货币政策

3.一般用来衡量通货膨胀的物价指数是(　　)。

A.消费者物价指数　　　　　　　　　B.生产者物价指数

C.GDP 平均指数　　　　　　　　　　D.以上均正确

4.运用积极的财政政策是指(　　)。

A.通过扩大国债的发行规模增加财政收入和扩大对基础设施的投资规模增加财政支出等手段激活社会需求,从而实现社会总需求和社会总供给的平衡

B.国家控制社会集体购买力

C.降低银行利率,减轻企业债务负担

D.在编制财政预算时,做到收支平衡

5.当宏观经济均衡时(　　)。

A.经济实现了充分就业

B.经济的产量达到其物质限制

C.总需求曲线与短期总供给曲线的垂直部分相交

D.社会总需求量等于社会总供给量

二、多项选择题

1.在社会总需求大于总供给,经济出现过热时,中央银行采取紧缩性货币政策,其主要措施有(　　)。

A.提高法定存款准备金率　　　　　　B.提高贴现率

C.在金融市场上购买政府债券　　　　D.在金融市场上抛售政府债券

2.满足需求的条件包括(　　)。

A.供大于求　　　　　　　　　　　　B.购买愿望

C.供不应求　　　　　　　　　　　　D.有能力购买

3.中国金融监管组织体系有( )。

A.中国人民银行　　　　　　　　　　B.中国证券监督管理委员会

C.中国保险监督管理委员会　　　　　　D.中国银行

参考答案及解析

一、单项选择题

1.B【解析】工资上涨引起的通货膨胀属于成本推动型通胀。工资上涨使得生产者的成本上升进而拉动产品的价格上涨。

2.D【解析】当通货膨胀率较高时,政府为追求经济稳定的目标,需要适当牺牲经济增长速度,以实现物价稳定,这时需要采用紧缩性的财政政策和货币政策。

3.D【解析】一般用来衡量通货膨胀的物价指数是消费者物价指数、生产者物价指数以及GDP平均指数。

4.A【解析】积极的财政政策是我国在借鉴成熟市场经济国家的经验基础上,结合本国实际做的一次反周期调节的尝试。它是在特定的国内外经济环境下,通过主动地适度扩大中央财政赤字来直接、快速、有效地刺激国内需求,促进经济增长。积极的财政政策主要是以增发国债扩大政府投资支出,而没有实施大规模的减税政策。

5.D【解析】当宏观经济均衡时,社会总需求量等于社会总供给量。

二、多项选择题

1.ABD【解析】紧缩性货币政策的主要措施有:提高法定存款准备金率、在金融市场抛售政府债券、提高贴现率。扩张性货币政策则相反。

2.BD【解析】满足需求的条件包括购买愿望以及有能力购买。

3.ABC【解析】选项D的"中国银行"属商业银行,不是金融监管部门。故选ABC。

第四篇　公共管理

第十九章　公共管理

知识结构导读

公共管理
├─ 公共管理概述 ┬ 公共管理的概念和目的
│   └ 现代公共管理的特征
├─ 公共管理者 ┬ 公共管理者的涵义
│   └ 公共管理者的技能
├─ 公共管理主体与技术 ┬ 公共管理主体
│   ├ 政府与非营利性组织的联系
│   └ 公共管理技术
└─ 公共政策 ┬ 公共政策概述
           ├ 公共政策的价值和功能
           ├ 公共政策的制定
           ├ 公共政策的执行
           ├ 公共政策的评价
           └ 公共政策的监督

考点内容精讲

第一节 公共管理概述

一、公共管理的概念和目的

(一)公共管理的概念

公共管理是以政府为核心的公共部门整合社会的各种力量,广泛运用政治的、经济的、管理的、法律的方法强化政府的治理能力,提升政府绩效和公共服务品质,从而实现公共的福祉与公共利益。公共管理作为公共行政和公共事务广大领域的一个组成部分,其重点在于将公共行政视为一门职业,将公共管理者视为这一职业的实践者。

(二)公共管理的目的

公共管理的目的是实现公共利益。所谓的公关利益是指社会成员共享的资源与条件,公共利益的实现主要表现为公共物品的提供与服务。公共物品的涵义非常广泛,既可指有形的物品,如公共场所、公共设施、公共道路交通;也可指无形的产品和服务,如社会治安、社会保障、教育、医疗等。

二、现代公共管理的特征

(一)公共利益与个人利益相统一,重在公共利益上

在公共管理的活动中,不承认个人利益就谈不上共同利益,更谈不到公共利益。但社会的稳定与发展不可能允许"个人利益至上",它必须以社会"公共利益"与不同组织"共同利益"共存的形式,去促进并带动个人利益的发展。

(二)政府组织与其他公共组织相统一,重在政府组织上

政府是公共管理活动的核心主体,但他们不是唯一的主体。一般来说,政府承担宏观方面的管理职能或全局性的关键事件,如国防、外交、重大法律、法规与政策的制定等重大事项只能由政府来完成。在微观方面的管理上,其他公共组织可以在基层管理工作中辅助政府主体发挥更好的效果。

(三)社会问题管理与资源管理相统一,重在社会问题管理的解决上

在一般的管理活动中,管理的主要问题是在管理过程中如何配置资源,使之更有效。在公共行政活动中,当人们把注意力集中到行政组织内部的管理活动时,"效率至上"也促使人们过多地思考资源配置的效率问题。但资源管理往往需要社会问题管理做保证,即使资源管理实现目标,也不一定会使社会问题管理取得成功,两者相辅相成,相互统一,但重点还是在于社会问题管理的解决上。

(四)结果管理与过程管理相统一,重在结果管理上

在公共管理活动中,问题提出的管理、问题解决的过程管理、问题解决的结果管理是社会问题管理的主要内容。其中,过程管理更多地强调效率,而结果管理更多地突出公平。在现代社会管理中,重在突出

社会公平的结果管理上。

(五)管理所追求的公平与效率相统一,重在公平上

效率与公平是公共管理的两大基本目标。公共管理体制主要解决公平问题,而市场机制主要解决效率问题。

(六)公共组织的外部管理与内部管理相统一,重在外部管理上

公共管理更多的是要解决社会公共问题,所以强调公共利益、重在结果管理、突出公平等,实质上都是围绕公共组织对外实施管理展开的。提高组织内部的运作效率,加强自身管理固不可少,但这种活动的最终还是体现在外部管理上,即对社会公共事务的管理。

(七)服务管理与管制管理相统一,重在服务上

社会中的问题大体上主要有管制性问题和服务性问题两类。打破传统管理理论的思维模式,不是从管理主体的角度考虑如何管制被管理者,而是站在社会与民众的立场要求公共管理的主体,特别是政府如何为公众服务,这是公共管理发展中具有里程碑性的特征。

(八)管理制度与技术相统一,重在制度创新上

管理活动所运用的技术与方法,主要是针对效率问题的,而制度变革与制度建设既要解决效率又要处理公平问题。正是在这个意义上,应十分强调公共管理活动中制度创新的特殊意义。

第二节　公共管理者

一、公共管理者的涵义

公共管理者是受国家和公民的委托,行使公共权力,负责运用资源及指挥公务人员,达成政府施政目标的人。由于公共管理组织的特殊性,公共管理者具有以下几个鲜明的特点。

(1)公共管理者执行的是公共权力。

(2)公共管理者行为的最终目的是服务社会。

(3)公共管理者角色的特殊性,即其为执行与捍卫宪法的角色、人民受托者的角色、贤明少数的角色、平衡轮的角色及分析者和教育者的角色。

二、公共管理者的技能

公共管理者为扮演好其角色,必须具备一些基本的管理技能。所谓技能,是指后天发展起来的,处理特定的人、事、物的能力。

(一)技术性技能

技术性技能主要是指从事自己管理范围内所需的技术与方法。它是现代公共管理日益专业化的必然要求。例如,对于一个政策分析者而言,他必须掌握复杂的定量分析方法,特别是电脑技术广泛应用于政府管理以后,对电子计算机和网络能力的了解和掌握就显得尤为重要。

(二)人际关系技能

从本质上来说,公共行政管理主要是一种协作性的人际活动,协作活动的核心在于人际的互动。从这一点上来说,公共管理者要想达到很好的公共管理效果就必须拥有较强的人际关系技能。许多研究表明,人际关系技能是管理者必须具备的技能中最重要的技能。

(三)概念化技能

概念化技能是指公共管理者所具有的宏观视野、整体考虑、系统思考和把握全局的能力,即抽象思维的能力。一位优秀的公共管理者必须了解国内外政治、经济、社会、文化发展变化的现状与趋势,从组织之中超脱出来,将组织视为大环境的一个有机组成部分,进而建构愿景、发展战略,以保证组织的永续生存和发展。

(四)诊断技能

诊断技能是指针对特定的情境寻求最佳反应的能力,也就是分析问题、探究原因、提出因应对策的能力。相比较而言,它是概念化技能的一个相对面。概念化技能主要要求一种广泛性、整体性的技能,而诊断技能则要求从细小方面去仔细地认识、分析问题的技能。

(五)沟通技能

沟通技能是指管理者具有收集和发送信息的能力,能通过书写、口头与肢体语言的媒介,有效、明确地向他人表达自己的想法、感受与态度,亦能较快、正确地解读他人的信息,从而了解他人的想法、感受与态度。很好的沟通技能不仅是一般成功人士所具备的基本技能,同样也是公共管理人员所必备的基本素质。

第三节　公共管理主体与技术

一、公共管理主体

公共管理的主体是政府和非政府公共组织。公共组织是指以实现公共利益为目的,以提供公共物品或服务为基本职能的社会组织。依据公共管理理论,政府虽然是专门的公共管理机构,但却不是唯一的机构,在政府之外有着自治和半自治的公共管理机构来承担公共管理的职能。随着公共管理职能的转移,政府则更多地侧重于公共政策的制定与监督,政府对公共权力的垄断也将被打破。

(一)政府

1.政府的概念

政府是指一个国家的统治阶级运用国家权力组织和管理国家行政事务的机关。

现代意义上的政府有广义和狭义之分。从广义上来说,政府是指国家权力的一切机关,具体包括国家的立法权力机关、行政机关和司法机关。而狭义的政府则专指国家行政机关,一般设有外交、司法、公安、财政、国防、工业、农业、商业、交通运输、科技、文教、体育、卫生、环境保护等行政机构,分管国家各方面的行政事务。

2.我国具有公共管理主体资格的政府组织

(1)最高国家行政机关,即国务院。

(2)国务院各部委、审计署和中国人民银行。

(3)国务院直属机构,如海关总署、国家统计局等。

(4)国务院组成部门管理国家行政机构,如我国发改委中的烟草专卖局等。

(5)地方各级政府(具体包括省、市、县、乡级人民政府)。

(6)县级以上地方政府的各级工作部门。

(7)地方政府的派出机关,如省级政府设立的行政公署、县级政府设立的区公所、区级不设区的市人民政府设立的街道办事处等。

3.政府的公共管理职能

(1)建立并维护社会和市场秩序。

(2)提供公共物品及基础服务。

(3)宏观调控经济并保持稳定。

(4)进行收入和财产的再分配。

(5)保护自然资源和环境。

(二)非营利性组织

1.非营利性组织的概念

非营利性组织又称第三部门,是指在政府和以营利为目的的企业之外的一切志愿团体、社会组织或民间协会。非营利性组织相对于政府的优势在于:更容易接近服务对象;更容易灵活地对服务者的需求做出反应;更适合处理高风险的社会问题。

2.非营利性组织的作用

(1)社会作用

①社会服务。为社会成员提供中介服务和直接服务(如出国留学的咨询服务和各种养老院、民办学校等)。

②社会沟通。为政府与企业、政府与社会之间的沟通充当桥梁。一方面,向政府反映企业、社会的意见、建议,为政府提供信息;另一方面,协助政府做好宣传、指导、监督等方面的工作(如各种行业协会)。

③社会评价。对生产、消费品做出公正的评价(如各种调查机构)。

④社会裁断。调解社会成员之间的纠纷(如消费者权益保护协会)。

(2)基本的政治作用

①政府合法性的资源供给者。合法性就是人们对权威人士的地位的承诺及对其命令的服从。

②政府权力的监督者。非营利性组织为人们的自由结社提供了自我组织的空间,这些组织以公共利益为目标,以保护人类整体利益为宗旨,通过有组织的活动唤起公众的公共意识,影响政府的公共决策。

③民主价值观的培育者。有利于培养公众的正确参政观。

二、政府与非营利性组织的联系

政府与非营利性组织相互联系,紧密结合,它们之间相辅相成。具体关系表现在以下几个方面。

(1)政府从非营利性组织获得最为及时、最准确的信息。

(2)非营利性组织了解和把握政府的方针、政策和各项规定,并向各自的成员传达和引导。

(3)政府是非营利性组织之间争端的裁决者。

三、公共管理技术

(一)绩效管理

1.绩效及绩效管理的概念

绩效是一个组织或个人在一定时期内的投入产出情况,投入指的是人力、物力、时间等物质资源,产出指的是工作任务在数量、质量及效率方面的完成情况。

绩效管理是在设定的公共服务绩效目标的基础上,对公共部门提供公共服务的全过程进行追踪监控,主要包括三个方面的内容:绩效指标化,绩效监控和绩效评估。

2.绩效管理的作用

(1)使公共管理的责任落到实处。

(2)能较好地满足服务对象的不同要求。

(3)体现公共管理的结果导向。

(4)满足评估组织绩效和个人绩效。

3.公共部门绩效评估指标的要素

经济(以尽可能低的投入或成本,提供与维持既定数量和质量的公共产品或服务);效率(投入与产出之间的关系);效能(既定目标的实现程度);公平。

(二)目标管理

1.目标管理的概念

目标管理是由参与管理的各方面制定目标,并经过自我管理和自我控制等管理方式,建立各级人员的责任心和荣誉感,最终以实现组织绩效的一套系统管理方式。

2.目标管理的优点

(1)激励明显;(2)管理有效;(3)任务明确;(4)控制有力;(5)自行管理。

3.目标管理的过程

(1)设定组织目标是指要透彻分析判断组织所拥有的实力、组织外部环境及其变化、组织目标的量化。

(2)目标的具体化是指将组织目标按照组织体系层次和部门逐步展开,直至每一个组织成员。自上而下的过程是指组织体系的每个层次、部门与成员可以根据各自的职责要求,结合初步下达的目标思考,最终提出自己的目标;自下而上的过程是指组织将自下而上的目标与下达的目标进行比较,分析差异,进行修订,多次反复。

(3)目标完成的检查和业绩考评。

第四节 公共政策

一、公共政策概述

(一)公共政策的定义

公共政策是指国家机关、政党及其他政治团体,在特定时期为实现一定社会政治、经济和文化方面的目标,所采取的政治行为或规定的行为准则。它是一系列谋略、法令、措施、办法、方法和条例等的总称。

(二)公共政策的特征

1.公共政策是政治性和公共性统一的行为准则

公共政策的政治性总是与公共政策的公共性统一在一起的。事实上,大量的公共政策是为全社会公众服务的,没有这种服务,政治系统和政治统治是不可能生存下去的。

2.公共政策是理论性与实践性统一的行为准则

公共政策总是统治阶级意志的体现,是政治思想上层建筑领域里的一种社会意识形态,其具有很大的理论性。但是,公共政策更是一种有意识的政治行为,也就是说,这是一种由人们的政策认识支配人们改造社会、改造外部世界的实践活动,其又具有很大的实践性。所以说,公共政策是理论与实践的结合。

3.公共政策是强制性与合法性统一的行为准则

公共政策是一套有国家强制力做后盾的、约束政策对象行为的规范与准则，它具有很大的强制性。同时，它的制定机关和内容又必须是合法的，因为只有合法的公共政策，才能准确地代表人民大众利益，才能被广大人民所认同。

(三)公共政策的分类

从层次上来看，公共政策分为元政策(关于怎样制定政策的政策)、基本政策(中间环节)和具体政策(为贯彻落实基本政策而制定的具体行为规则)。

从功能上看，公共政策分为分配(对社会利益的直接分配，往往与资金的分配有关)、调节(对各种利益关系的调节、受益和受损之间的关系)、自我调节(对某一事物或团体的限制或控制)和再分配(有意识地进行财富、收入财产的转移性分配)。

二、公共政策的价值和功能

(一)规范和导向

公共政策的规范和导向功能是指公共政策作为一种行动准则和行为规范，能规范和制约人们的行为，从而对社会过程和现象的发展方向、速度、规范产生制约。

(二)控制和协调

政府运用公共政策对社会公共事务中出现的种种利益、矛盾进行调节和控制，从而实现社会的协调发展。

(三)管理和发展

管理社会公共生活是国家和执政党的首要职能，而公共政策则是最常用的管理手段，它具备了目标管理的功能。管理的目的是为人的发展创造条件，而不是控制人。

三、公共政策的制定

(一)公共政策问题的确定

1.相关概念

社会问题是指社会现实与社会公众期望之间的差距所引起的矛盾和冲突，包括私人问题(如对个人的收益和个人形象不满等)和公共问题。

公共问题是指那些影响广泛且影响程度较大，人们必须认真对待的问题，如收入不平等问题、下岗再就业问题、公共政策问题以及被列入政府议程的公共问题。

公共问题可以划分为三种类型：社会普遍存在的重大问题，如工人下岗、贫富差距拉大等；急需解决的问题，如违规拆迁问题、拖欠农民工工资问题、社会收容制度问题等；复杂的社会问题，如环境污染治理等。

2.公共政策问题的特点

公共政策问题具有相关性、主观性、人为性和动态性的特点。

(二)公共政策制定者

公共政策制定者是指直接或间接地参与政策制定的个人、团体或组织，一般分为直接决策者和间接决策者两类。

由于世界各国政治制度不同，政策制定者的构成也不同，一般说来，政策制定者包括立法机关、行政机关、政党(尤其是执政党)、利益团体和公民五个主体。

西方政治学者从理论上提出公共政策制定者有五种模式,即议会决策模式、精英决策模式、政党决策模式、团体决策模式和公民决策模式。

(三)议程的建立

议程的建立是指将政策问题纳入政府的议事日程,通过讨论将其纳入政策制定阶段的过程。议程的建立具体有以下四种途径。

(1)公共组织在公共管理过程中发现问题的存在,并加以注意。

(2)相关利益集团通过政治途径反映问题。

(3)部分公民、民间组织或媒体,通过呼吁或请援的方式提出问题,引起有关决策机构的关注。

(4)专家、学者通过发表学术研究论文的方式提出社会问题和解决建议。

(四)目标的建立

目标指决策者通过采取某项行动方案所要达到的期望效果。合理的目标应满足以下条件。

(1)目标必须具体,有针对性。

(2)目标必须切实可行。

(3)目标必须系统化。

(4)目标必须灵活调整。

(五)方案的设计

针对政策问题,依据政策目标,设计实现目标的各种可能性方案的过程。即先提出各种轮廓,再对轮廓进行细致具体的加工。

(六)政策效果的预测

分析、判断政策对象在政策作用下可能发生的种种变化,充分估计到可能发生的各种不利因素和潜在问题;分析判断政策实施过程中政策环境的变化。

(七)政策方案的选择

对各种备选方案进行评价、比较和权衡利弊,从中选出比较满意的方案,要考虑技术可行性、经济可行性和政治与行政可行性三方面的因素。

(八)政策的合法化

政策的合法化是指经过一系列法定程序使公共政策方案获得合法地位、具有权威性和约束性的过程,即政策必须得到权力机关和社会的普遍认可。

(九)影响公共政策制定的因素

1.体制因素

公共政策制定机构的设置及其权限配置如何,对政策制定产生了极其重要的影响。一般而言,公共政策制定体制有民主型和专制型两类,这两类体制对政策制定的质量产生的影响是不同的。

2.公共政策制定者因素

一般而言,决策者个人的智力和能力水平与政策水平是成正比的。

3.公共政策的客体因素

公共政策是调整和规范人的行为以及人与人之间的关系,尤其是利益关系,它所发生作用的社会成员在相当程度上影响着公共政策的制定。因此,政策制定者在制定政策之前先了解社会成员的需要、利益和心态,对于制定科学合理的政策是非常重要的。

4.公共政策制定的技术因素

现代公共政策制定是一个非常复杂的过程,政策制定者所使用的手段和方法,对政策质量和政策结果也会产生重要的影响。

四、公共政策的执行

(一)定义

公共政策目标的确定和适应与取得这些目标的行动之间的一种相互作用过程。在相互作用的过程中,将一种政策付诸实施包括了多项活动,而在这些活动中,以组织、解释和应用这三种活动最为重要。

(二)特点

公共政策执行的主要特征包括:对象的适应性,范围的有限性,影响的广泛性,过程的动态性,决策的多层次性,阶段性与连续性,协调性与同步性,目标的统一性与多样性。

(三)公共政策的执行者

1.政府行政机关

政府行政机关是公共政策执行的首要的和主要的组织机构。

2.立法与司法机关

在中国,国家权力机关——人民代表大会通过对政府的政策进行审查和批准,人大代表通过视察、检查、监督政府部门的政策执行等方式来参与政策执行。

司法机关是指法院,它通过判案对法令、行政法规及命令的解释来影响政策执行和行政管理。同时法院也直接参与部分政策实施,比如外国人申请入籍。

3.政党组织

政党作为现代政治实体的核心,是通过运用党的政策手段来管理国家和社会。在中国,共产党是执政党,它通过各级党组织执行党的政策、向各级政府输送干部、执行党的政策、领导人大立法、把党的政策转化为国家的法律法规等途径来执行政策。

4.利益集团、社会组织、社区组织和公民个人

各种社会团体或群众团体都与政府有直接的联系,在各自领域里成为公共政策的重要执行者。从公民个人来说,由于公共政策最终要落实到个人身上,因此公民在政策执行中的作用也是不可忽视的。

五、公共政策的评价

依据一定的标准和程序对公共政策的效益、效率、效果及价值进行判断的一种政治行为,目的在于取得有关这些方面的信息,作为决定政策变化、政策改进和制定新政策的依据。

六、公共政策的监督

公共政策的监督是公共政策过程的重要组成部分,它是提高公共政策运行质量和效益的有力保证,是指监督主体依照法定的权限和程序对公共政策运行过程进行监察和督促,以衡量并纠正公共政策偏差,实现公共政策目标。其具备主体广泛性、客体特定性、法制性三个特点。

经典真题专家点评

1.(2011 中央)社会建设与人民幸福安康息息相关,党的十七大报告提出,要加快推进以改善民生为重

点的社会建设,下列各项不属于社会建设范畴的是(　　　)。

A.在学校建立贫困生资助体系　　　　　　B.为低收入家庭提供住房保障

C.扩大各项社会保险的覆盖范围　　　　　D.强化政府服务职能,建设服务型政府

【专家点评】本题答案为 D。党的十七大报告提出要加快推进以改善民生为重点的社会建设,其基本要求是:积极解决好教育、就业、收入分配、社会保障、医疗卫生和社会管理等直接关系人民群众根本利益和现实利益的问题,努力推动和谐社会建设。从中可看出 D 项不属于社会建设范畴。

2.(2002 年中央)行政领导者决策能力的强弱与决策艺术的高低主要体现在(　　　)上。

A.宏观决策　　　　　　　　　　　　　　B.风险性决策

C.非程序性决策　　　　　　　　　　　　D.理想决策

【专家点评】本题答案为 C。宏观决策和理想决策很显然都不能体现出领导者的决策能力强弱与决策艺术高低,可先排除;而风险性决策是个迷惑性选项,因为所有的风险性决策都必然是非程序性决策,但非程序性决策却未必是风险性决策。所以相比较而言,选项 B 本身是不全面的,它可包含在选项 C 中。

单元同步训练

一、单项选择题

1.公共管理活动的合法性基础为(　　　)。

A.公共性和私人利益　　　　　　　　　　B.效率性和私人利益

C.公共性和公共利益　　　　　　　　　　D.效率性和公共利益

2.下列各项中,不属于绩效评估资料收集方法的是(　　　)。

A.利用官方的记录　　　　　　　　　　　B.培训观测者的方法

C.工作标准方法　　　　　　　　　　　　D.个案调查法

3.公共政策主体中最核心,并发挥独特作用的部分是(　　　)。

A.政府主体　　　　　　　　　　　　　　B.非营利性组织

C.非政府组织　　　　　　　　　　　　　D.社会公众

4.公共政策执行的手段不包括(　　　)。

A.政治手段　　　　　　　　　　　　　　B.法律手段

C.经济手段　　　　　　　　　　　　　　D.行政手段

二、多项选择题

1.新公共管理运动中的 3E 标准是指(　　　)。

A.经济　　　　　　　B.效率　　　　　　　C.效益　　　　　　　D.公平

2.狭义的政府包含国家的(　　　)。

A.财政机关　　　　　　B.立法机关　　　　　　C.司法机关　　　　　　D.外交机关

3.下列属于政府职能的是(　　　)。

A 企业的生产经营活动　　　　　　　　　B.打击走私

C.取缔"法轮功"　　　　　　　　　　　　D.反垄断

4.非政府组织在我国经济社会发展中的作用是(　　　)。

A.分担政府责任　　　　　　　　　　　　B.对社会资源进行有效的配置

C.促进我国基层民主建设　　　　　　　　D.净化社会风气

5.一般来说,需要政府供应的公共产品主要有(　　　)。

A.国防　　　　　　　　　　　　　　　　　B.教育(特别是基础教育)

C.部分社会基础设施　　　　　　　　　　　D.部分社会福利计划

参考答案及解析

一、单项选择题

1.C【解析】公共管理活动的出发点和目标就是为了实现公共利益,所以它的合法性也以其目的为基础。

2.D【解析】绩效评估的资料收集方法有:利用官方的记录;培训观测者的方法;工作标准方法;公众、顾客意见调查的方法;特别资料收集方法。

3.A【解析】公共政策的主要制定者与实施者都是政府,所以政府主体才是公共政策最核心的部分。

4.A【解析】公共政策执行的手段主要有行政手段、法律手段、经济手段和思想引导手段四种,而不包含政治手段,故本题选 A。

二、多项选择题

1.ABC【解析】新公共管理理论是以质疑官僚行政有效性为前设,以追求"3E"即 economy(经济)、efficiency(效率)、effectiveness(效能)为目标。

2.AD【解析】广义的政府是指行使国家权力的所有机关,包括国家的立法、司法与行政机关。而狭义的政府则专指国家行政机关,一般设有外交、公安、财政、工业等行政机构。据此,本题排除选项 B、C。

3.BCD【解析】政企分开后,企业拥有生产经营自主权,不属于政府职能范围。

4.ABCD【解析】非政府组织在我国经济社会发展中的主要作用有:①分担政府责任;②对社会资源进行有效的配置;③促进我国基层民主建设;④净化社会风气。

5.ABCD【解析】公共产品具有非竞争性、非排他性等属性,国防、基础教育、部分社会基础设施、部分社会福利计划都有这种属性,所以是公共产品,通常都由政府供应。

第五篇 百科常识

第二十章 人文历史常识

知识结构导读

```
                              ┌ 上古神话
                              │ 先秦文学
                              │ 两汉文学
                              │ 魏晋南北朝
                              │ 隋唐五代
                  中国文学常识 ┤ 宋代文学
                              │ 元代文学
                              │ 明代文学
                              │ 清代文学
                              └ 中国现当代文学
    人文历史常识 ┤
                              ┌ 古希腊文学
                              │ 意大利
                              │ 英国
                              │ 法国
                  外国文学常识 ┤ 德国
                              │ 俄国—前苏联
                              │ 美国
                              └ 其他国家文学
```

256

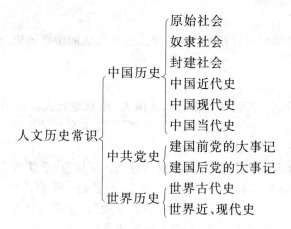

考点内容精讲

第一节　中国文学常识

一、上古神话

上古神话是指上古时代的人对所接触的自然现象、社会现象所幻想出来的具有艺术意味的解释和描述的集体口头创作,如女娲补天、女娲造人、盘古开天地、后羿射日、精卫填海等神话传说,它们散见于《淮南子》、《山海经》、《庄子》等后人作品中。

二、先秦文学

1.《诗经》

《诗经》是我国第一部诗歌总集,原称《诗》或"诗三百",因后来被列入儒家的"六经"而称为《诗经》,编成于春秋时期,分为风、雅、颂三大部分,其中,雅、颂多为贵族的作品,风多为民间的作品。《诗经》的主要艺术手法被前人概括为赋、比、兴。

2.先秦历史散文

《尚书》是我国第一部历史散文集,包括《虞书》、《夏书》、《商书》和《周书》四个部分。《尚书》原称《书》,被儒家定为"六经"后,又称《书经》,大体包括春秋以前历代史官所收藏的政府重要文件和政治论文的选编,主要是帝王或大臣的誓词、讲话、训诫、文告等。

《春秋》是我国现存的第一部大事纲要式的编年体断代简史,是孔子根据鲁国史料修订而成的。它提纲挈领地记述了春秋时期242年间的政治、军事、外交等领域发生的历史事件,是继《尚书》之后以记事为主的一部史书。

《左传》即《左氏春秋传》,是左丘明为《春秋》做的注解,内容比《春秋》详尽得多。它擅写战争、人物,如《曹刿论战》。

《国语》是我国第一部国别体史书(按不同国家编排)。它记叙了西周、春秋时期各国的历史,以记言为主,如《勾践栖会稽》。

《战国策》成书于汉代,是根据战国时各国的史书加工整理而成的国别体史书,反映了战国时期各国的政治斗争,如《唐雎不辱使命》。

3.诸子散文

孔子,名丘,字仲尼,又称尼父、圣父,春秋时期鲁国人,儒家创始人。记录孔子及其弟子言行的书《论语》,代表了孔子的基本思想。《论语》是早期语录体散文,语言基本上是口语,明白易懂,文字简括,一般只叙说自己的观点,而不加以充分的论证。

墨子,生活时代介于孔子与孟子之间,即春秋战国时期。早期曾"学儒者之业,受孔子之术",后来创立了与儒学相对立的墨家学派。墨家不但是一个思想学派,而且是一个有严格纪律的民间团体。领袖称为"巨子",门徒众多,重视艰苦实践,不避危险。墨子主张"兼爱"、"非攻",要求"节葬"、"节用",鼓吹"尚同"、"尚贤"。《墨子》为墨翟及其弟子、后学所著,是墨家学派的著作总汇,汉代有71篇,现存53篇。

孟子,名轲,字子舆,战国时期儒家代表人物,世称"亚圣"。记载孟子言论的书籍由其弟子编辑,其主要作品有《孟子》,共7篇,各取篇中开头字为篇名,如《梁惠王》、《公孙丑》、《告子》等,记载了孟子的思想和政治言论。孟子长于论辩,擅用比喻,对后世议论性散文的发展影响较大。

左丘明,鲁国史官,其主要作品有《左传》,又名《左氏春秋》,《曹刿论战》等选自此书。《左传》是我国第一部叙事详备的编年体史书、历史散文,记载春秋时期的史实,富有文学性。

庄周,宋国蒙(今河南商丘县东北)人。《庄子》一书,汉代著录52篇,现存33篇,其中《内篇》7篇,通常认为是庄子本人所著;《外篇》15篇,《杂篇》11篇,有庄周门人及后来道家的作品。《老子》是先秦道家的基本典籍。推进道家思想而具有集大成意味的著作,是庄周及其门人的《庄子》。用艺术形象来阐明哲学道理,是《庄子》的一大特色。

荀子,名况,字卿,避汉宣帝刘询讳,改称孙卿。其主要作品有《荀子》,其中《劝学篇》、《天论》等最具代表性。另作《赋篇》对汉赋的兴起有所影响。他建立了以儒家思想为主体,又兼采法家和其他各家学说的思想体系。韩非、李斯都是他法治思想的继承者。

韩非,法家集大成者,其主要作品有《韩非子》,全书55篇。《扁鹊见蔡桓公》、《五蠹》、《南郭处士》等都出于此书。

4."四书五经"

"四书五经"是对先秦时几部儒家经典的总称。它们是古代政治、思想、文化至高无上的经典,是当时知识分子求学、求官的主要教材。

"四书"指《论语》(孔子言论集)、《孟子》(孟子言论集)、《大学》(曾参著)、《中庸》(子思著)。后两者是《礼记》中的两篇。

"五经"指《诗经》(文学书)、《书经》(即《尚书》,文献录)、《易经》(即《周易》,占卜书)、《礼经》(即《周礼》,礼仪书)、《春秋》(历史书),另加《乐经》(音乐书,后失传),也合称"六经"。

5.屈原

屈原,名平,是我国第一位爱国主义、浪漫主义诗人,开创楚辞新诗体,被列为世界文化名人。其主要作品有《离骚》、《九歌》(包括《山鬼》、《国殇》等11篇)、《天问》、《九章》(包括《涉江》、《哀郢》、《橘颂》等9篇)。西汉刘向编成《楚辞》一书,以屈原的作品为主,因具有浓厚的楚国地方色彩,故称"楚辞",后世称这种诗体为"楚辞体"、"骚体",开创了我国诗歌浪漫主义传统。《诗经》中的《国风》和《离骚》并称"风骚",成为"文学"的代名词。

三、两汉文学

贾谊,又称贾生,贾长沙,贾太傅,其主要作品有《新书》,另有《过秦论》、《吊屈原赋》等赋,开创了"史论"之先河,其赋上承楚辞下启汉赋,影响很大。

司马迁,字子长,别称太史公,简称史迁,与司马光并称"史界两司马",与班固并称"班马"。其主要作品有《史记》,又名《太史公书》,全书130篇,包括十二本纪、八书、十表、三十世家、七十列传。《史记》是历史散文,是我国第一部纪传体通史,开创本纪、世家、列传、表、书五种体例,被誉为"实录、信史","史家之绝唱,无韵之离骚",史学"双璧"之一,前"三史"、"四史"之首。

班固,字孟坚,扶风安陵(今陕西咸阳市东北)人,"班马"之一。其主要作品《汉书》开创了断代的纪传体史书体例,前"三史、四史"之一。

四、魏晋南北朝

1.建安文学

"三曹"指曹操、曹丕、曹植父子。曹操是汉魏之交杰出的政治家、军事家和诗人,诗作有《龟虽寿》、《观沧海》等。曹丕是他的次子,魏国开国皇帝,他的《燕歌行》是我国现存第一首完整的七言诗。曹植是曹丕之弟,作品有短诗《白马篇》、《七步诗》,长诗《赠白马王彪》,辞赋《洛神赋》等。

"建安七子"指的是孔融、王粲、刘桢、阮瑀、陈琳、应玚、徐幹七人。除孔融之外,其余都是曹操属下,诗风颇似曹操。

此外,当时还出现了我国第一位杰出女诗人蔡琰(即蔡文姬),作有《悲愤诗》、《胡笳十八拍》等。

2."竹林七贤"

指的是晋代七位名士:阮籍、嵇康、山涛、孙伶、阮咸、向秀和王戎。

3.陶渊明

陶渊明,名潜,字元亮,自号五柳先生,谥靖节,我国第一位杰出的田园诗人。著有《陶渊明集》,其代表作有《桃花源记》、《归去来兮辞》、《归园田居》、《饮酒》等。他在辞赋《归去来兮辞》中,表明了"不为五斗米折腰"的志向。

4.范晔

范晔,字蔚宗,其著有《后汉书》(纪传体断代史,前"四史"之一)。

5.刘勰

刘勰,字彦和,晚年为僧,法名慧地,其主要作品有《文心雕龙》(是我国第一部文艺理论专著)。

6.刘义庆

刘义庆,南朝宋代小学家,著有《世说新语》,这是我国第一部笔记小学集。其中记载的魏晋人物言论轶事有许多成为诗文和小说戏剧的典故和题材,还有的成为人们常用的成语,如"望梅止渴"、"一往情深"等。

五、隋唐五代

1.初唐四杰

"初唐四杰"是初唐四位青年诗人王勃、杨炯、卢照邻、骆宾王的合称。

王勃,字子安,主要作品有《王子安集》,其中《送杜少府之任蜀州》、《滕王阁序》最有名,他在"四杰"中成就最高;杨炯写有《从军行》等诗;卢照邻写有《长安古意》;骆宾王写有《咏鹅》、《在狱咏蝉》等诗和散文《讨武氏檄文》。

2.边塞诗

高适的边塞诗苍凉悲壮,感情复杂,如《燕歌行》、《别董大》。

岑参,曾任嘉州刺史,世称岑嘉州,边塞诗派的重要代表。其主要作品有《白雪歌送武判官归京》、《逢入京使》等,结为《岑嘉州诗集》。

王昌龄被誉为"诗家天子"、"七绝圣手",擅写绝句,如《出塞》、《从军行》。另有宫怨诗,写宫女幽怨,如《长信秋词》、《春宫曲》。

王之涣,字季陵,其主要作品有《凉州词》、《登鹳雀楼》。其中,绝句《凉州词》被誉为"唐代绝句压卷之作"。

3.山水田园诗

孟浩然,字浩然,襄阳人。唐代第一个大量写山水诗的人,与王维齐名,世称"王孟",其主要作品有《过故人庄》、《春晓》等,结为《孟襄阳集》。

王维是盛唐山水田园诗的另一代表,还是画家、音乐家和佛教徒。苏轼赞其诗画为"诗中有画,画中有诗",充满诗情画意。其名作有《九月九日忆山东兄弟》、《使至塞上》、《山居秋暝》、《送元二使安西》、《红豆》等。

4."李杜"

李白,字太白,号青莲居士,我国唐代的伟大诗人,被誉为"诗仙",与杜甫齐名,人称"李杜",唐代三大诗人之一。其主要作品有《梦游天姥吟留别》、《蜀道难》、《子夜吴歌》、《望天门山》、《秋浦歌》、《宣州谢朓楼饯别校书叔云》等,结为《李太白集》。李白属浪漫主义豪放派,他的作品是古典诗歌艺术的高峰。韩愈曾称赞说:"李杜文章在,光焰万丈长"。

杜甫,字子美,唐代伟大的现实主义诗人,被誉为"诗圣",他的诗被称为"诗史"。1962年世界和平理事会将杜甫列为世界文化名人之一。杜甫的一千四百多首诗,多数反映了"安史之乱"前后人民的疾苦,如"三吏"(《石壕吏》、《新安吏》、《潼关吏》)、"三别"(《新婚别》、《垂老别》、《无家别》),以及《自京赴奉先县咏怀五百字》、《茅屋为秋风所破歌》、《春望》、《羌村三首》、《北征》等;有的揭露统治者骄奢淫逸、穷兵黩武,如《兵车行》、《丽人行》、《前出塞》等;另一些小诗写自然风光和个人情怀,如《绝句》、《秋兴八首》、《登高》、《春夜喜雨》、《望岳》、《蜀相》、《登岳阳楼》等。

5."韩柳"

韩愈,字退之,官至吏部侍郎,谥文,世称韩吏部,韩文公,郡望昌黎,又称韩昌黎,有"文起八代之衰"的美誉;唐代古文运动倡导者,唐宋八大家之首,与柳宗元并称"韩柳"。其名篇有论文《师说》、《原毁》、《进学解》等;散文有《马说》、《张中丞传后序》、《答李翊书》、《送李愿归盘谷序》、《祭十二郎文》、《柳子厚墓志铭》等。

柳宗元,字子厚,因系河东人,人称柳河东,曾任柳州刺史,唐代古文运动的领导者之一,与韩愈并称"韩柳","唐宋八大家"之一。其主要作品有《捕蛇者说》、《三戒》(包括《黔之驴》)、"永州八记"(包括《小石潭记》)、《童区寄传》等散文,以及《渔翁》、《江雪》等诗,结为《柳河东集》。他是中国第一位把寓言正式写成独立文学作品的作家,开拓了我国古代寓言文学发展的新阶段。

韩愈和柳宗元,两人同为"古文运动"倡导者,名列"唐宋八大家"之中。

6.白居易

白居易,字乐天,自号香山居士,中唐时伟大的现实主义诗人。《卖炭翁》、《红线毯》、《上阳白发人》以及十首《秦中吟》均是他的名作。他还有两首叙事长诗:《长恨歌》,描绘了唐玄宗李隆基和贵妃杨玉环的爱情悲剧;《琵琶行》,描绘了一位弹琵琶女艺人的悲凉身世。

7.新乐府运动

新乐府运动是中唐时白居易领导的一场诗歌革新运动。他们主张诗歌要反映社会现实,反映民生疾苦;形式上要学习汉乐府民歌,通俗易懂,生动活泼,这在诗歌史上有进步意义。新乐府运动的代表人物除白居易外还有元稹,与白居易齐名,合称"元白",但其成就远不如白居易,其代表作有《田家词》、《织女词》、《估客乐》、《连昌宫词》、《行宫》等。

张籍,作有《筑城词》《征妇怨》《野老歌》《离妇》等。

王建,作有《羽林行》《水夫谣》《田家行》,与张籍合称"张王乐府"。

李绅,作有《悯农》两首等。

8.中唐其他诗人

刘禹锡,中唐杰出文学家、哲学家,被称为"诗豪",作品充满乐观向上的奋斗精神。其写有《竹枝词》《杨柳枝词》《浪淘沙》等民歌体诗,《西塞山怀古》《金陵五题》等怀古诗,《陋室铭》等散文。脍炙人口的名句"沉舟侧畔千帆过,病树前头万木春"就出自他之手。

孟郊,以"苦吟"著称,讲究用字,追求奇异。其作的古风《游子吟》赞扬母爱,被后人广为传诵。

9."小李杜"

李商隐,字义山,号玉溪生,又号樊南生,其主要作品有《行次西郊作一百韵》《乐游原》《锦瑟》《无题》等,结为《李义山诗集》,另有《樊南文集》。其中,《行次西郊作一百韵》是一首长篇政治诗;《无题》诗多以爱情为题材,缠绵秀丽,对后代的影响很大。

杜牧善写七绝,诗风豪爽,隽永含蓄,意味深长。其名诗有《山行》《泊秦淮》《过华清宫》《赤壁》等,还有散文《阿房宫赋》。李商隐与杜牧二人合称"小李杜"。

六、宋代文学

1.宋初文坛

范仲淹,字希文,谥文正,其主要作品有《岳阳楼记》《渔家傲》等,结为《范文正公集》,属豪放派。

柳永,北宋第一个专业词人,常为歌女填词,多写城市风貌和歌女生活。其名词有《望海潮》(东南形胜)、《雨霖铃》(寒蝉凄切)、《八声甘州》(对潇潇暮雨)、《凤栖梧》(衣带渐宽终不悔)。

2.唐宋八大家

唐宋八大家,指八位杰出的散文家,即中唐的韩愈、柳宗元,北宋的欧阳修、三苏(苏洵、苏轼、苏辙)、王安石和曾巩。他们在古文运动中成就突出,他们的散文成为历代学习的范文。

3.王安石

王安石,字介甫,号半山,封荆国公,世称王荆公、王文公,有"中国 11 世纪的改革家"之称。他是"唐宋八大家"之一,文章内容充实,风格峭拔。其游记散文有《游褒禅山记》,小品文有《伤仲永》《读孟尝君传》等,诗作有《泊船瓜洲》《书湖阴先生壁》《明妃曲》等,词有《桂枝香·金陵怀古》等。

4.苏轼

苏轼,字子瞻,号东坡居士,谥号文忠,北宋著名的文学家、政治家、书法家、画家和金石鉴赏家。与父亲苏洵、弟弟苏辙合称"三苏",都是文学家,都名列"唐宋八大家"之中。在书法上与蔡襄、黄庭坚、米芾并称"宋四家"。其主要作品有《赤壁赋》《石钟山记》《题西林壁》《水调歌头》《念奴娇》等,结为《东坡七集》。他是宋代最伟大的文人,能"出新意于法度之中,寄妙理于豪放之外",开创了豪放词派,与韩愈并誉为"韩潮苏海"。

5.欧阳修

欧阳修,字永叔,号醉翁,又号六一居士,北宋中叶文坛领袖。其主要代表作有散文《醉翁亭记》《卖油翁》等,辞赋《秋声赋》等,诗歌《戏答元珍》《画眉鸟》等,词《踏莎行》等。他还主编了历史巨著《新唐书》。

6.李清照

李清照,号易安居士,宋代女词人,我国古代最杰出的女文学家。她前期的词多写少女生活,情调明快妍丽,如《如梦令》(昨夜雨疏风骤)、《醉花阴》(薄雾浓云愁永昼)、《渔家傲》(天接云涛连晓雾)、《一剪梅》

（花自飘零水自流）。南迁以后,多写身世飘零和家国之思,如《声声慢》（寻寻觅觅）,另有诗《绝句》（生当作人杰）。她与柳永均是宋词婉约派的代表人物。

7.陆游

陆游,字务观,号放翁,人称"小李白",其主要作品有《书愤》、《示儿》、《钗头凤》等,是中国古代最高产的诗人,著有诗作九千多首。

8.辛弃疾

辛弃疾,字幼安,号稼轩,南宋初年伟大的爱国词人,其主要作品有《破阵子·为陈同甫赋壮词以寄之》、《永遇乐·京口北固亭怀古》、《菩萨蛮·书江西造口壁》、《水龙吟·登建康赏心亭》、《南乡子·登京口北固亭有怀》等。

9.文天祥

文天祥,字宋瑞、履善,号文山,南宋末年爱国主义诗人,其主要作品有《正气歌》、《过零丁洋》、《指南录后序》等,并著有《文山先生全集》书籍。

七、元代文学

1.元曲

元曲指元代盛行的两种文学体裁——散曲和杂剧。它们都是唱词,都可用当时的北方曲调演唱,但散曲属诗歌,而杂剧属戏剧。

元散曲多写恋情和风景,成就远不如唐诗宋词,也不如元杂剧。散曲又分为小令和套数。小令只有一支曲子,优秀的小令有马致远的《天净沙·秋思》、张养浩的《山坡羊·潼关怀古》;套数由几个同一宫调的曲子连缀而成,类似现代的组曲,元套数的名作首推睢景臣的《哨遍·高祖还乡》。

元杂剧有完整的故事情节,一般分为四折（幕）,开头可加楔子（序幕）。人物由演员扮演,角色分生（男性）、旦（女性）、净（大花脸）、丑（小花脸）等。剧本包括三部分,即曲（唱词、音乐）、白（台词）、科（表情、动作）。元杂剧作家有百余人,剧作五百多个,著名的有关汉卿的《窦娥冤》、马致远的《汉宫秋》、白朴的《墙头马上》、郑光祖的《倩女离魂》（以上四人合称"元曲四大家"）。此外还有王实甫的《西厢记》、纪君祥的《赵氏孤儿》、康进之的《李逵负荆》等。

2.关汉卿

关汉卿（字）,名一斋,号已斋叟,与郑光祖、白朴、马致远并称"元曲四大家",我国古代第一位伟大的戏剧家,元代杂剧的奠基人。其代表作有悲剧《窦娥冤》,描写了童养媳窦娥遭恶势力陷害,冤屈致死的故事。其他代表作还有喜剧《救风尘》和《望江亭》,分别写赵盼儿和谭记儿为解救亲友与恶少作斗争的故事,塑造了正义善良而又机智勇敢的妇女形象。此外还有历史剧《单刀会》,公案戏《鲁斋郎》、《蝴蝶梦》等。

3.王实甫

王实甫,元代著名的戏剧家,与关汉卿同时代,其代表剧作有《西厢记》、《破窑记》、《丽堂春》等14部。其中,《西厢记》是元代剧本中最长的一部（21折）。

八、明代文学

1.《三国演义》

《三国演义》,我国第一部长篇章回体历史小说,作者是元末明初的罗贯中。他在历代说书艺人"话本"的基础上,加工整理再创作,写成这部120回的章回小说。

《三国演义》描写了魏、蜀（汉）、吴三国的兴亡历史,反映了当时各个军阀集团之间的复杂矛盾和政治军事斗争,为后世提供了丰富的政治斗争和军事指挥经验,有很高的认识价值。

2.《水浒传》

《水浒传》,我国第一部长篇白话章回小说,作者是明初的施耐庵。《水浒传》是一部农民革命的英雄史诗,描写了北宋末年宋江领导的,以山东水泊梁山为根据地的农民起义,反映了这次起义发生、发展、胜利到失败的全过程。

3.《西游记》

《西游记》,我国古代最杰出的长篇神话小说,作者是明代中叶的吴承恩。它描写了神猴孙悟空大闹天宫,随后保护唐僧去西天取经,一路与各种妖魔鬼怪斗争的故事。

4.《金瓶梅》

《金瓶梅》,我国第一部由文人独立创作的长篇小说,作者是明代中叶的兰陵笑笑生(笔名)。它是我国第一部以家庭日常生活为题材的小说,突破了过去武打题材的局限,主要人物性格鲜明、细节生动、语言流畅,对《红楼梦》的创作也有过影响。

5.汤显祖

汤显祖,字义仍,号若士,又号海若,临川人。他是明代最杰出的戏剧家,与英国的莎士比亚同一时代,二人是东西方杰出的戏剧大师。其主要作品有《牡丹亭》(又名《还魂记》)、《紫钗记》、《邯郸记》、《南柯记》,合称《玉茗堂四梦》,又叫《临川四梦》,属浪漫主义杰作。

6."三言"和"二拍"

"三言"、"二拍"是明末几部白话短篇小说集的合称。

"三言"指《喻世明言》(即《古今小说》)、《警世通言》和《醒世恒言》,作者为冯梦龙。每部各40篇,共120篇。主要反映城市平民生活,以爱情题材居多,如《杜十娘怒沉百宝箱》、《乔太守乱点鸳鸯谱》、《卖油郎独占花魁》等。另外,《沈小霞相会出师表》、《灌园叟晚逢仙女》等篇歌颂了正义力量对邪恶势力的斗争。

"二拍"指《初刻拍案惊奇》和《二刻拍案惊奇》,作者为凌濛初,共78篇。

此后,抱瓮老人(笔名)从"三言"和"二拍"中选出40篇,辑录成《今古奇观》出版,它是300年来最流行的白话本选集。

九、清代文学

1.《红楼梦》

《红楼梦》,我国古代小说中成就最高的一部,作者为清代中叶的曹雪芹,他未写完就在贫病中死去。后40回由高鹗续写完成,但成就不及前80回。《红楼梦》是一部封建时代的百科全书,是我国古典文学现实主义艺术的高峰。

2.清末谴责小说

李伯元(宝嘉)的《官场现形记》、吴趼人(沃尧)的《二十年目睹之怪现状》、刘鹗的《老残游记》和曾朴的《孽海花》,被称为"晚清四大谴责小说"。它们的出现,是中国小说创作进入又一个繁荣时期的重要标志。

3.《儒林外史》

《儒林外史》是我国古代最杰出的长篇讽刺小说,作者是清代中叶的吴敬梓。全书55回,由十几个故事连缀而成,没有中心人物作主干。

4.《聊斋志异》

《聊斋志异》是清代一部文言文短篇小说集,是我国古代成就最高的短篇小说集,作者为蒲松龄。

5.龚自珍

龚自珍是清代道光年间杰出的思想家、文学家。其代表作有《己亥杂诗》315 首，并写有散文《病梅馆记》。

6.梁启超

梁启超是近代资产阶级维新改良运动的领袖之一，他首先是政治家，其次是学者和报刊主笔，再次才是作家。梁启超在文学上的最大贡献在于他提倡了"文界革命"。

7.桐城派

桐城派是清代乾隆年间的一个散文流派，这一派的主要人物是安徽桐城人。方苞是桐城派的创始人，首创"义法"说，主张文章要有物（内容）、有序（形式），代表作有《狱中杂记》、《左忠毅公逸事》。其他有刘大魁的《游三游洞记》，姚鼐的《登泰山记》等。

十、中国现当代文学

1.鲁迅

鲁迅，原名周树人，字豫才，伟大的文学家、思想家、革命家，中国文化革命的主将。"寄意寒星荃不察，我以我血荐轩辕"、"横眉冷对千夫指，俯首甘为孺子牛"，这是他一生的真实写照。其主要作品有小说集《呐喊》（包括《狂人日记》、《阿 Q 正传》、《孔乙己》等）、《彷徨》（包括《祝福》、《伤逝》等），散文集《朝花夕拾》（包括《藤野先生》、《范爱农》等）。

2.郭沫若

郭沫若，原名开贞，号尚武，杰出的作家、诗人和戏剧家，也是历史学家和古文字学家，是继鲁迅之后中国文化战线上的又一面旗帜。其主要作品有 1921 年出版的诗集《女神》（包括《凤凰涅槃》、《女神之再生》、《炉中煤》等），历史剧作《棠棣之花》、《屈原》、《虎符》、《高渐离》、《孔雀胆》、《蔡文姬》、《武则天》等。《女神》是一部杰出的浪漫主义诗集，是我国新文学史上一部不朽的诗歌作品，开创了一代新诗风，奠定了新诗运动的基础。

3.叶圣陶

叶圣陶，原名叶绍钧，江苏吴县人，杰出的作家、出版家和教育家。其所著的《倪焕之》是中国现代文学史上最早的长篇小说之一。同时他也是我国最早、最杰出的儿童文学作家，童话集《稻草人》、《古代英雄的石像》曾影响过几代人。

4.茅盾

茅盾，原名沈德鸿，字雁冰，现代杰出作家，"五四"新文学运动的先驱之一。其主要作品有《蚀》三部曲（《幻灭》、《动摇》、《追求》）和农村三部曲（《春蚕》、《秋收》、《残冬》），散文《风景谈》、《白杨礼赞》。《子夜》是我国现代文学史上第一部现实主义长篇杰作，显示了"左翼"文学阵营的战斗实绩。

5.郁达夫

郁达夫，现代作家，其作品《沉沦》是中国现代文学史上第一部短篇小说集，另有《春风沉醉的晚上》和《薄奠》，是现代最早反映工人生活的小说。

6.朱自清

朱自清，字佩弦，现代著名诗人、作家、学者和民主战士。其代表作品有《荷塘月色》、《背影》、《匆匆》、《春》等，这些著作历来都是青少年学习写作的范本。

7.闻一多

闻一多，著名爱国诗人、学者，其主要作品有诗集《红烛》、《死水》，其中著名篇目有《太阳吟》、《洗衣歌》、《发现》、《一句话》、《死水》等,学术著作有《神话与诗》、《古典新义》等。

8.老舍

老舍,原名舒庆春,字舍予,满族,北京人,著名作家、剧作家,是唯一获得"人民艺术家"称号的作家。其主要作品有长篇小说《骆驼祥子》、《四世同堂》,剧本《茶馆》、《龙须沟》、《西望长安》等。浓郁的地方色彩,生动活泼的北京口语的运用,通俗而不乏幽默,形成了老舍的风格,也是"京味小说"的开创者。

9.冰心

冰心,女,原名谢婉莹,福建长乐人,著名作家、诗人、儿童文学家。其著名作品有《繁星》(诗集)、《春水》(诗集)、《往事》(小说、散文集)、《寄小读者》等,建国后著有散文名篇《小橘灯》等作品。

10.沈从文

沈从文,原名沈岳焕,苗族,湖南凤凰人,著名作家、学者,其代表作有中篇小说《边城》。

11.巴金

巴金,原名李尧棠,其主要作品有长篇小说激流三部曲(《家》、《春》、《秋》)和爱情三部曲(《雾》、《雨》、《电》),中篇小说《寒夜》、《憩园》等,散文集《保卫和平的人们》、《随想录》等。《家》等为我国现代文学史上描写封建家庭历史最成功的作品,1982年获意大利"但丁国际奖"。

12.曹禺

曹禺,原名万家宝,湖北潜江人,中国现代最杰出的戏剧家和语言大师。其代表作《雷雨》是中国最有国际声誉和历史生命的话剧。其所著的《北京人》和巴金的《家》一样,均是描写封建大家庭兴衰的作品。

13.艾青

艾青,原名蒋海澄,著名诗人,其主要作品有《大堰河——我的保姆》、《黎明的通知》、《雪落在中国的土地上》、《北方》、《手推车》、《光的赞歌》等。他的作品标志着"五四"以后自由体诗发展的一个重要阶段,给以后的新诗创作带来很大影响。

14.田汉

田汉,字寿昌,湖南长沙人,杰出的戏剧家,中国革命戏剧、电影、音乐的领导人。其一生创作剧本百余部,代表作有20世纪50年代的历史剧《关汉卿》和《文成公主》。

15.孙犁

孙犁,原名孙树勋,"白洋淀派"创始人,其主要作品有长篇小说《风云初记》、短篇小说《荷花淀》等。他的作品充满诗情画意,有"诗体小说"之称。

第二节 外国文学常识

一、古希腊文学

1.希腊神话

希腊神话是希腊最早的文学形式,又是欧洲文学的源头。它源于民间口头文学,散见于古希腊各种文献中。希腊神话是古希腊人认识世界最原始的思想表达形式,它包括神的故事和英雄传说两部分内容,人物具有神人同形同性的特点。与中国神话相比,希腊神话发展得比较完善,它是人类童年时代的正常反映,在今天,希腊神话仍显示出永久的魅力,给我们以美的享受。

2.荷马

荷马，古希腊著名诗人。主要作品为《伊利亚特》和《奥德赛》。《伊利亚特》叙述十年特洛伊战争;《奥德赛》写特洛伊战争结束后,希腊英雄奥德赛历险回乡的故事。马克思称赞它们"显示出永久的魅力"。

3.《伊索寓言》

相传由公元前 6 世纪的奴隶伊索所作,主要反映的是下层平民与奴隶的思想感情和哲学观点。作者在保留寓言中的动物本性特征的同时,赋予它们以人的语言和思想,几乎每则寓言都要阐明一种道理或观点,发人深省。它的形式短小精悍,比喻生动恰当,对后世产生了很大影响。

4.古希腊三大悲剧作家

埃斯库罗斯,是古希腊悲剧诗人,与索福克勒斯和欧里庇得斯一起被称为是古希腊最伟大的悲剧作家,有"悲剧之父"的美誉,代表作为《被缚的普罗米修斯》;索福克勒斯,是古希腊悲剧诗人,代表作为《俄狄浦斯王》;欧里庇得斯,是古希腊悲剧诗人,代表作为《美狄亚》。

5.阿里斯托芬

阿里斯托芬,古希腊早期喜剧代表作家,雅典公民,有"喜剧之父"之称。相传写有 44 部喜剧,现存《阿卡奈人》、《骑士》、《和平》、《鸟》、《蛙》等 11 部。

二、意大利

1.但丁

但丁,意大利伟大诗人,文艺复兴的先驱。恩格斯称他是"中世纪的最后一位诗人,同时又是新时代的最初一位诗人"。其主要作品有叙事长诗《神曲》,由地狱、炼狱、天堂三部分组成。《神曲》以幻想形式,描写了但丁迷路,被人导引神游三界的故事,他在地狱中见到贪官污吏等受着惩罚,在净界中见到贪色、贪财等罪行较轻的罪人,在天堂里见到殉道者等高贵的灵魂。

2.薄伽丘

薄伽丘,14 世纪意大利作家,文艺复兴的代表人物。其代表作《十日谈》是短篇小说集,它学习《一千零一夜》的手法,描写 10 个青年到郊外避难,每人每天讲一个故事,十天共讲了 100 个故事,故事题材均是反对封建教会,风格泼辣,是欧洲近代文学史上第一部现实主义作品。

三、英国

1.莎士比亚

莎士比亚,英国文艺复兴时期的诗人和戏剧家,马克思称之为"人类最伟大的戏剧天才",其代表作有《哈姆雷特》和《罗密欧与朱丽叶》。《哈姆雷特》与《奥赛罗》、《李尔王》、《麦克白》合称"四大悲剧"。《罗密欧与朱丽叶》写的是意大利两个敌对家庭青年的爱情悲剧。

2.雪莱

雪莱,积极浪漫主义诗人。其主要作品有诗剧《解放了的普罗米修斯》,表达了反抗专制统治的斗争必将胜利的信念。抒情诗《西风颂》、《云雀颂》、《自由颂》等。他是浪漫主义诗人最优秀的代表之一,欧洲文学史上最早歌颂空想社会主义的诗人之一。

3.狄更斯

狄更斯,19 世纪英国批判现实主义文学的创始人,杰出的人民作家。其代表作有自传体小说《大卫·科波菲尔》,历史小说《双城记》,以及《远大前程》、《艰难时世》等。

4.勃朗特姐妹

19世纪英国文坛出了三位著名女作家,她们是勃朗特三姐妹。

大姐夏洛蒂·勃朗特的《简·爱》,描写孤女简·爱为反抗社会不平等、维护人格尊严而进行的斗争以及她与庄主罗切斯特的爱情故事。

二姐艾米莉·勃朗特的《呼啸山庄》,描写孤儿因遭歧视而进行个人报复的故事。

三妹安妮·勃朗特著有《艾格尼丝·格雷》。

四、法国

1.莫里哀

莫里哀,伟大的喜剧家,是世界喜剧作家中成就最高者之一。其主要作品有《伪君子》、《悭吝人》(又称《吝啬鬼》)等共37部喜剧。其作品鞭挞了封建制度和丑恶势力,是世界喜剧中最出色的作品。

2.罗曼·罗兰

罗曼·罗兰,20世纪初法国进步作家。其代表作《约翰·克利斯朵夫》是一部十卷本的长篇巨著,描写了音乐家克利斯朵夫坎坷的一生,反映了广阔的社会生活。主人公孤军奋斗,因找不到出路而苦闷彷徨,成为世界文学史上的著名典型。该小说有很高的艺术性、音乐性,被称为"音乐小说"。1915年,作者因该书而获诺贝尔文学奖。

3.巴尔扎克

巴尔扎克,19世纪上半叶法国和欧洲批判现实主义文学的杰出代表。其主要作品有《人间喜剧》,包括《高老头》、《欧也妮·葛朗台》、《贝姨》、《邦斯舅舅》等。《人间喜剧》是世界文学中规模最宏伟的创作之一,也是人类思维劳动最辉煌的成果之一。马克思称其"提供了一部法国社会特别是巴黎上流社会卓越的现实主义历史"。

4.法国19世纪的浪漫主义文学

雨果,19世纪法国浪漫主义文学的领袖和杰出代表。其代表作有长篇小说《巴黎圣母院》,另一部为长篇巨著《悲惨世界》。

除雨果外,法国19世纪的浪漫主义文学家和作品还有大仲马的《基督山伯爵》、《三个火枪手》,小仲马的《茶花女》,梅里美的《塔曼果》、《卡门》,乔治·桑(女)的《安迪亚娜》。

5.福楼拜

福楼拜,19世纪中后期法国最杰出的批判现实主义作家,著有长篇小说《包法利夫人》,其他小说有《情感教育》、《三故事集》等。

6.都德

都德,法国19世纪著名现实主义小说家,主要作品有长篇小说《小东西》,短篇小说《最后一课》、《柏林之围》等。与福楼拜、左拉、龚古尔、屠格涅夫组成文学社团"五人聚餐会"。

7.司汤达

司汤达,19世纪前期法国作家,欧洲批判现实主义文学的奠基人之一。其长篇小说《红与黑》描写了平民青年于连个人奋斗的故事。其他小说有《阿尔芒斯》、《巴马修道院》等。

8.莫泊桑

莫泊桑,被称为"短篇小说巨匠",主要作品有长篇小说《一生》、《俊友》,短篇小说《羊脂球》、《我的叔叔于勒》、《项链》。

9.左拉

左拉,19世纪末法国作家,自然主义文学的倡导者。主张"纯客观"和表象写真,主张用生理学、遗传学原理来写人,否认艺术概括和典型化。其著作《卢贡——马卡尔家族》系列小说由20部长篇组成,描写的是一个家庭五代人的盛衰兴亡。

五、德国

1.歌德

歌德,18～19世纪德国伟大的诗人、剧作家、思想家,德国"狂飙突进文学运动"的旗手,著有书信体小说《少年维特之烦恼》、《浮士德》。

2.席勒

席勒,18世纪末德国伟大的诗人、剧作家,歌德的好友,德国"狂飙突进文学运动"的旗手,主要作品有《阴谋与爱情》(剧本)、《欢乐颂》(诗)。

3.格林兄弟

格林兄弟,即雅各布·格林和威廉·格林。著有《格林童话》,其中名篇有《灰姑娘》、《白雪公主》、《小红帽》等。

六、俄国－前苏联

1.普希金

普希金,19世纪初俄国最伟大的作家,俄国积极浪漫主义文学的代表和批判现实主义文学的奠基人,被誉为"俄罗斯文学之父"。其代表作有抒情诗《自由颂》、叙事诗《青铜骑士》、长篇诗体小说《叶甫盖尼·奥涅金》、童话诗《渔夫和金鱼的故事》等,对19世纪俄国文学的发展起了开创和奠基的作用,是俄罗斯文学语言的典范,享有世界声誉。

2.果戈理

果戈理,19世纪前期俄国伟大的讽刺作家,俄国批判现实主义文学的奠基人。其代表作有《死魂灵》、《狄康卡近乡夜话》、《外套》、《狂人日记》等。

3.屠格涅夫

屠格涅夫,19世纪俄国批判现实主义作家、诗人、剧作家。其主要作品有长篇小说《罗亭》、《父与子》、《贵族之家》,散文故事集《猎人笔记》,中篇小说《木木》。《猎人笔记》描写了农奴的悲惨生活,从而抨击了农奴制度,被誉为"一部点燃火种的书"。

4.陀思妥耶夫斯基

陀思妥耶夫斯基,19世纪俄国著名的批判现实主义作家。其代表作有长篇小说《罪与罚》,其他作品有《被侮辱与被损害的》、《白痴》,中篇小说《穷人》、《白夜》等。

5.列夫·托尔斯泰

列夫·托尔斯泰,19世纪末20世纪初俄国杰出的现实主义作家,其主要作品有长篇小说《战争与和平》、《安娜·卡列尼娜》、《复活》等。列宁称列夫·托尔斯泰为"俄国革命的一面镜子"。

6.契诃夫

契诃夫,19世纪末俄国伟大的作家、戏剧家,与法国的莫泊桑、美国的欧·亨利合称"世界三大短篇小说之王"。其代表作有中篇小说《套中人》,短篇小说《变色龙》、《苦恼》、《万卡》等。其他著名小说有中篇小说《草原》、《第六病室》、《农民》和短篇小说《小公务员之死》等。

7.高尔基

高尔基,前苏联文学大师、伟大的革命作家、社会主义现实主义文学的奠基人。其主要作品有自传体三部曲《童年》、《在人间》、《我的大学》,长篇小说《母亲》,散文诗《海燕》等。列宁称之为"无产阶级艺术的最杰出代表",称《母亲》是一部"非常及时的书"。

七、美国

1.惠特曼

惠特曼,19世纪美国伟大诗人,主要作品有诗集《草叶集》。其打破了传统诗的格律,首创自由体新诗。

2.马克·吐温

马克·吐温,19世纪末美国最杰出的批判现实主义作家。以幽默讽刺的笔调,深刻揭露了美国社会的种种阴暗面。长篇小说《汤姆·索亚历险记》以及姐妹篇《哈克贝利·费恩历险记》为其成名作,另有短篇小说《竞选州长》、《百万英镑》。

3.欧·亨利

欧·亨利,美国短篇小说家,其主要作品有《麦琪的礼物》、《警察与赞美诗》、《最后一片藤叶》等,共约三百篇,被誉为"美国生活幽默的百科全书"。

4.杰克·伦敦

杰克·伦敦,20世纪初美国杰出的批判现实主义作家,其主要作品有自传体小说《马丁·伊登》。

5.海明威

海明威,美国小说家,诺贝尔文学奖获得者。其代表作中篇小说《老人与海》(作者因本书于1954年获得诺贝尔文学奖),描写了一个老渔夫与鲨鱼博斗的故事,表现"人的耐力可以达到什么程度","人的灵魂的尊严"。其他代表作还有长篇小说《永别了,武器》、《丧钟为谁而鸣》、《太阳照样升起》等。

八、其他国家文学

1.《摩诃婆罗多》与《罗摩衍那》

《摩诃婆罗多》与《罗摩衍那》为印度古代两大史诗。这两大史诗是在长达数世纪的过程中,在民间口头流传的基础上发展起来的,在印度文学史上占有极重要的地位。它们是印度人民拥有的巨大而宝贵的精神财富,是印度后世各类文学艺术创作汲取素材的一个重要来源。

2.《一千零一夜》

《一千零一夜》(旧译《天方夜谭》)是古阿拉伯文学中一部规模宏大、内容丰富的民间故事集,是世界文学中一颗璀璨的明珠。据阿拉伯原文版统计,全书共有大故事134个,每个大故事又包括若干小故事,组成一个庞大的故事群。《一千零一夜》是劳动人民的集体创作,从口头创作到编订成书经历了一个漫长的历史过程。

3.塞万提斯

文艺复兴时期西班牙小说家、剧作家、诗人,主要作品有《堂·吉诃德》,主要揭露封建势力的丑恶,讽刺骑士制度和骑士文学,是欧洲最早的优秀现实主义文学作品。

4.安徒生

丹麦童话作家,主要作品有《丑小鸭》、《皇帝的新装》、《卖火柴的小女孩》、《拇指姑娘》等。

5.卡夫卡

卡夫卡是奥地利著名作家,20世纪德语小说家。其代表作有《变形记》,长篇小说《审判》、《城堡》、《美国》,短篇小说《判决》、《乡村医生》、《致科学院的报告》等。

第三节 中国历史

一、原始社会(约 170 万年前～约公元前 21 世纪)

1.元谋猿人

元谋猿人是已知的在中国境内生活的最古老的原始人类。在中国云南省元谋盆地发现的几颗古人类牙齿化石,经科学鉴定,距今约有七十多万年。

2.北京猿人

约 70～20 万年前,北京猿人(简称"北京人")生活在北京周口店龙骨山的洞穴里。"北京人"已经知道使用天然火,人类第一次取得了支配一种自然力的能力。

3.彩陶文化和黑陶文化

距今六七千年前,中国出现了古老的彩陶文化和黑陶文化。陕西西安半坡文化的彩陶十分精美,人面网纹盆上的各种纹饰是原始美术、原始文字和原始艺术的结晶。山东龙山文化的黑陶乌黑光亮,有着金属器皿一样的光泽。

4.河姆渡文化

长江流域的浙江省余姚市河姆渡文化,与黄河流域的半坡文化同样古老,7000 年前那里的人们已经会用大型木构件建筑房屋。

5.黄帝

大约四千多年前,发生了一些部落战争,黄帝是其中一个部落的首领,因为他深得人心又聪明勇敢,取得了最后胜利。在古老的华夏族逐渐形成的过程中,黄帝发挥了重要的作用,黄帝也就被后世尊为华夏族(即中华民族前身)的"人文初祖"。

6.尧舜禅让

黄帝以后,在黄河流域的部落联盟出现了尧、舜、禹三个著名的领袖。尧原来是一个部落的首领,后来被推选为部落联盟的首领。尧年纪大了,想找一个继承他职位的人,这时有人说有个叫舜的青年非常勤劳善良,尧经过对舜的一番考察,认为舜的确是个品德好又能干的人,就把首领的位置让给了他。这种让位,历史上称作"禅让"。后来,舜仿效尧,又把首领的位置传给了禹。

二、奴隶社会(公元前 2070 年～公元前 476 年)

1.夏朝(约公元前 22 世纪～公元前 17 世纪)

相传禹治水成功,奠定夏族在中原文化区的中心地位。禹死后其子启继承了王位,开创了王位世袭制的先河,建立了中国历史上第一个奴隶制王朝——夏。夏朝建立以后开始有了历法,后人称之为"夏历"。由于夏历是按月亮的运行周期制订的,又叫阴历,因历法中有节气变化和农事安排,也称农历。

2.商朝(公元前 17 世纪～公元前 11 世纪)

夏的最后一个统治者桀暴虐无道。东方的商部落在汤的领导下强大起来,打败了夏建立商朝。商朝的青铜器制造业有很大的发展,商朝后期制造的司母戊大方鼎重达 875 公斤,是迄今为止发现的世界上最大的出土青铜器。商代的甲骨文已经是一种相当成熟的文字。

3.周朝(公元前 1046 年~公元前 256 年)

周武王灭商朝建国,定都镐京(今西安西部),史称西周。周朝分为西周和东周。西周从公元前 1046 年~公元前 771 年;东周自公元前 770 年~公元前 256 年。周朝共传 30 代 37 王,延续约 800 年时间。周朝是中国历史上的一个重要时期,也是中华古代文明的璀璨时期,它的物质文明和精神文明对后世历史的发展有巨大而很深远的影响。后周平王将都城东迁,名为"东周"。东周分为"春秋"、"战国"两个时期。春秋时期,出现了"春秋五霸",即齐桓公、晋文公、秦穆公、宋襄公、楚庄王;战国时又出现了"战国七雄",指的是齐、楚、燕、韩、赵、魏、秦七个国家。

4.百家争鸣

春秋战国时代,社会处于大变革时期,产生了各种思想流派,如儒、法、道、墨等,他们著书讲学,互相论战,出现了学术上的繁荣景象,后世称为"百家争鸣"。"百家争鸣"反映了当时社会激烈和复杂的政治斗争,主要是新兴地主阶级和没落奴隶主之间的阶级斗争。这个时期的文化思想奠定了整个封建时代文化的基础,对中国古代文化有着非常深刻的影响。

三、封建社会(公元前 475 年~公元 1840 年)

1.秦朝(公元前 221 年~公元前 206 年)

公元前 221 年,秦王嬴政统一了中国,建立了秦朝,史称"秦始皇"。秦始皇统一了度量衡和文字,规定小篆为统一字体。秦始皇统一中国后,下令把不相衔接的各段长城连成一体,向东西延伸,全长 1 万多华里(约 7300 多千米),称万里长城。公元前 209 年,陈胜、吴广领导了一次声势浩大的农民起义。公元前 206 年,秦朝被刘邦领导的武装力量推翻。

2.汉朝(公元前 206 年~公元 220 年)

汉朝分为西汉和东汉。

西汉(公元前 206 年~公元 25 年)文帝、景帝时期出现了政治升平、经济繁荣的盛世,史称"文景之治"。汉武帝即位后,以其雄才大略,开拓西部疆域,建立起丰功伟业,使西汉进入鼎盛时期,历史上将"秦皇汉武"并称。汉武帝为了巩固大一统的政权,提出"独尊儒术",以孔子学说为核心内容的儒家思想开始占统治地位,并逐渐形成儒教。

刘秀于公元 25 年建东汉(公元 25~220 年)政权,定都洛阳,自号为"汉光武帝",史称"光武中兴"。公元 105 年,东汉的蔡伦改进了造纸术,发明物美价廉的"蔡侯纸"。佛教在公元前后通过丝绸之路由印度传到中国,对后世的中国文化产生深远影响;道教在民间兴起。

3.三国鼎立(公元 220 年~280 年)

东汉将亡之际,烽烟四起,曹操、刘备、孙权分别建立了魏、蜀、吴政权争夺天下,各种大小战争不断。其中著名的有官渡之战、赤壁之战,还有夷陵之战,最终形成三足鼎立的局面,史称三国。

4.魏晋南北朝(公元 280 年~581 年)

魏晋南北朝是中国历史上政权更迭最频繁的时期。由于长期的封建割据和连绵不断的战争,使这一时期中国文化的发展受到特别的影响。郦道元作的《水经注》是一部综合性的地理学巨著。王羲之是东晋杰出的书法家,其作《兰亭序》为中国书法的绝代佳作。南朝的数学家祖冲之,得到小数点后七位数的圆周率在 3.1415926~3.1415927 之间,比欧洲数学家计算出同精度的圆周率早了一千多年。

5.隋朝(公元 581 年~公元 618 年)

公元 589 年,北周大臣杨坚称帝,重新统一中国,建立了隋政权。隋朝创立了科举制,后又设进士科。科举制沿袭一千多年,直到清末才终止。公元 605 年,隋炀帝下令开凿贯通南北的京杭大运河,大运河以洛阳为中心,南至余杭(今浙江杭州市),北达涿郡(今北京通县),全长两千多公里。隋朝工匠李春建造的赵州桥(原名安济桥),是中国历史上最著名的石拱桥,也是世界上现存最古老的石拱桥。

6.唐朝(公元 618 年~公元 907 年)

公元 618 年,李渊建立了唐朝,以长安(今陕西西安)为首都,后来又设洛阳为东都。唐朝在文化、政治、经济、外交等方面都有辉煌的成就,是当时世界上最强大的国家之一。

公元 626 年,唐太宗李世民即位,唐朝开始进入鼎盛时期,史称贞观之治。唐太宗在中国历史上的帝王中,最善于兼听纳谏。唐贞观十五年,文成公主远嫁西藏,带去许多工匠、技艺、典籍、物种,对西藏的开发起到积极作用。

公元 690 年,武则天改国号“唐”为“周”,迁都洛阳,她是中国历史上唯一的女皇帝,直到公元 705 年,唐中宗李显恢复大唐国号。唐玄宗李隆基的开元年间(公元 713~741 年),是中国古代历史上最为繁盛的时期,号称“开元盛世”。但唐玄宗晚年因宠爱杨贵妃,酿成“安史之乱”,致使长安沦陷,从此唐朝由盛而衰,一蹶不振。

7.宋朝(公元 960 年~1279 年)

宋朝是中国历史上上承五代十国,下启元朝的时代。历史上宋朝分为北宋和南宋,公元 960 年,赵匡胤发动“陈桥兵变”,建立宋朝,史称北宋;公元 1127 年,徽、钦二帝受金人掳去,迫使宋室南迁,史称南宋。

宋朝也是中国历史上经济与文化教育最繁荣的时代之一,儒学复兴,社会上弥漫尊师重教之风气,科技发展亦突飞猛进,政治也较开明廉洁,终宋一代没有严重的宦官乱政和地方割据,兵变、民乱次数与规模在中国历史上也相对较少。北宋时,宋太祖赵匡胤下令雕版刻印《大藏经》,这是中国历史上第一次大规模印刷佛经。

两宋时期的制瓷业非常发达。宋瓷品种繁多,花纹秀丽,并大量出口海外,江西的景德镇已成为中国著名的瓷都。

北宋前期,四川地区出现“交子”,这是世界上最早的纸币,纸币的使用为商业繁荣提供了便利条件。

宋代的针灸学和法医学成就突出,南宋宋慈著的《洗冤集录》是中国第一部系统的法医学著作,比西方同类专著早了三百多年。

8.元朝(公元 1271 年~1368 年)

1271 年,蒙古统治者忽必烈建立元朝,国号大元。在中国历史上,元朝的疆域比以往任何朝代的都要大。元朝实行省制度,元朝的首都大都(今北京),是闻名世界的商业中心。

元朝中后期,棉花已在全国范围内广泛种植,棉纺织业发达,棉布成为江南人的主要衣料。元朝的黄道婆推广了黎族人民先进的棉纺技术,对棉纺织业的发展做出了巨大贡献。

意大利旅行家马可·波罗写下《马可·波罗游记》一书,描述了元朝时期大都、杭州等城市的繁荣景象。元朝时期有大批信仰伊斯兰教的波斯人、阿拉伯人迁入中国,他们同汉、蒙、维吾尔等族长期杂居相处,互相融合,开始形成一个新的民族——回族。元朝同许多国家和地区都有贸易关系。福建省的泉州是元朝最大的港口,在当时和埃及的亚历山大港并列为世界第一大港。

9.明朝(公元 1368 年~1644 年)

公元 1368 年,朱元璋称帝,以应天府(南京)为京师,建立了明朝,史称明太祖。明朝是中国历史上最后一个由汉族建立的王朝。

公元 1405 年~1433 年的近三十年间,郑和率领的船队先后七次下西洋,到达亚、非三十多个国家和地区。明朝时期,倭寇横行,大将戚继光组织军队给倭寇以痛击。1565 年,戚继光联合俞大猷,把横行百余年之久的倭寇全部消灭。

明朝永乐年间,明成祖选派解缙等 3000 人编辑的《永乐大典》是中国古代最大的百科全书。医学家李时珍编写的药物学巨著《本草纲目》,成为世界医学的重要文献。

1449 年,明英宗于北伐瓦剌时战败被俘,50 万明军全军覆没,史称土木堡之变。明朝自此开始走向下坡路。

明朝规定科举考试只许在四书五经范围内命题,应考的人不能有个人见解,文体要呆板地分成八个部分,叫做"八股文"。

意大利传教士利玛窦来到中国。他在传教的同时也积极传播西方的科学文化知识,明神宗给他以很大的支持。利玛窦为中外科技文化的交流做出了卓越的贡献。

徐光启是明代著名的科学家,他向利玛窦学习天文、数学、测量、武器制造等各种知识。他编写的《农政全书》是中国古代的一部农业百科全书。明末,科学家宋应星编著了《天工开物》一书,对明代农业、手工业生产技术进行了总结,这部书被译成好几国文字,被誉为"中国 17 世纪的工艺百科全书"。地理学家徐霞客根据他一生游历考察的成果,写出了《徐霞客游记》一书。书中最早揭示了中国西南地区石灰岩地貌的各种特征,徐霞客也因之成为世界上科学考察石灰岩地貌的先驱。

10.清朝(公元 1636 年～1912 年)

清朝是中国历史上第二个由少数民族入主中原并建立的大一统政权,也是中国历史上最后一个封建王朝。清朝的前身是 1616 年由努尔哈赤建立的后金政权,1636 年皇太极将国号改为大清。1644 年,多尔衮迎顺治帝入关,迁都北京。

乾隆时期,乾隆皇帝组织大批学者编写了当时世界上最大的一部丛书——《四库全书》。

1662 年,郑成功收复台湾。1684 年,清朝廷在台湾设置台湾府,隶属于福建省。1724 年,清朝廷确立了西藏宗教的政治领袖达赖和班禅必须经过中央政府册封的制度。

清朝由于取消了丁税(人头税)导致人口增加,到 19 世纪已达当时世界总人口的 1/3。人口的增多促进当时农业的兴盛,中国成为当时世界上第一强国,到 1820 年时中国的经济总量占世界的 1/3。

四、中国近代史(公元 1840 年～公元 1919 年)

1.鸦片战争

1840 年,英国侵略者向古老封建的中国发动了一次侵略战争。由于这次战争是英国强行向中国倾销鸦片引起的,所以历史上叫做鸦片战争。鸦片战争是中国近代史的开端。鸦片战争以后,中国被迫同英、美、法等国签订了《南京条约》《望厦条约》和《黄埔条约》等丧权辱国的不平等条约,使中国社会的性质开始发生根本的变化,中国开始由独立的封建国家逐步变成半殖民地半封建的国家,中华民族开始了一百多年屈辱、苦难、探索、斗争的历程。

2.太平天国运动

1851 年 1 月 11 日,洪秀全在广西桂平金田村发动反清武装起义——金田起义,建立太平天国。1853 年,太平天国定都天京(南京),洪秀全自称天王。太平天国颁布的《天朝田亩制度》,内容主要是将土地平均分配给农民耕种,提出要建立"有田同耕、有饭同食、有衣同穿、有钱同使、无处不均匀、无人不饱暖"的理想社会。此次运动历时 14 年,在中外势力的共同镇压下于 1864 年失败。

太平天国运动是中国近代史上规模巨大、波澜壮阔的一次伟大的反封建反侵略的农民运动,也是几千年来中国农民战争的最高峰。由于它发生在鸦片战争之后这样一个新旧交替的年代,时代赋予它新的内容和意义,即在反封建主义的同时,又担负反对外来侵略的任务。同时太平天国的一些领袖主张学习西方,在中国发展资本主义,这种主张在当时是先进的。

3.洋务运动

第二次鸦片战争后,清朝廷内部出现了顽固派和洋务派。顽固派盲目排外,仇视一切外洋事物;洋务派主张学习利用西方先进生产技术来维护清朝统治。洋务派以曾国藩、李鸿章、左宗棠、张之洞等为代表。19世纪60年代~90年代,清朝廷中的洋务派为"自强"和"求富",学习、引进西方生产技术,史称"洋务运动"。

4.中日甲午战争

1894年,由于日本向朝鲜发动侵略,并对中国海陆军进行挑衅,中日战争爆发。战争后,中国被迫与日本签订了《马关条约》,此条约大大加深了中国的民族危机。中日《马关条约》的主要内容是:中国割让台湾省、澎湖列岛、辽东半岛给日本;赔偿日本军费白银2亿两;开放沙市、重庆、苏州、杭州为商埠;允许日本在通商口岸开设工厂等。

邓世昌是中日甲午海战中的民族英雄。1894年9月17日黄海海战中,在弹尽舰伤的情况下,他指挥致远舰快速冲向日舰吉野号,不幸被鱼雷击中,与全舰官兵250人一起壮烈牺牲。

5.戊戌变法

戊戌变法指1898年以康有为为首的改良主义者,通过光绪皇帝所进行的资产阶级政治改革,它主张学习西方,提倡科学文化,改革政治、教育制度,发展农、工、商业等。这次运动遭到以慈禧太后为首的守旧派的强烈反对,同年九月慈禧太后等发动政变,光绪被囚,维新派代表康有为遭捕杀,梁启超逃亡国外,谭嗣同等6人(戊戌六君子)被杀害,历时仅103天的变法以失败告终。

6.八国联军侵华战争

八国联军指英、美、德、法、俄、日、意、奥八个帝国主义国家侵华的联合军队。1900年八国联军大举进攻中国,攻陷天津、北京,到处烧杀抢掠,并强迫清朝廷于次年订立《辛丑条约》。《辛丑条约》的主要内容为:中国赔偿白银四亿五千多万两,以海关等税收作保;清朝保证严禁人民参加反帝活动;清廷拆毁大沽炮台,允许帝国主义国家派兵驻扎北京到山海关铁路沿线要地;划定北京东交民巷为"使馆界",允许各国驻兵保护,不准中国人居住。这个条约进一步加强了帝国主义对中国的统治,并表明清朝廷完全沦为帝国主义统治中国的工具。

7.辛亥革命

1911年,孙中山领导的资产阶级民主革命——辛亥革命,是中国历史上第一次反帝反封建的资产阶级民主革命,推翻了清王朝的统治,结束了在中国延续两千多年的君主制度,建立了资产阶级民主共和国。它使民主共和的观念深入人心,沉痛地打击了帝国主义的殖民统治。

五、中国现代史(公元1919年~公元1949年)

1."五四"爱国运动

1919年5月,爆发了"五四"学生爱国运动,6月初发展成以工人阶级为主力的全国规模的群众爱国运动。"五四"运动是中国新民主主义的开端,在这次运动中,中国无产阶级开始登上政治舞台。

2."九·一八"事变

1931年9月18日,盘踞在我国东北境内的日本关东军精心策划制造了震惊中外的"九·一八事变",拉开了日本侵华战争的序幕。"九·一八事变"后,中华民族面临严重的民族危机,全国抗日救亡运动不断高涨。1935年,日本发动华北事变,中日民族矛盾上升为全国主要矛盾。

3.西安事变

西安事变,又称"双十二"事变,是当时任职西北剿匪副总司令、东北军领袖张学良和当时任职国民革命军第十七路军总指挥、西北军领袖杨虎城于1936年12月12日,在西安发动的直接军事监禁事件,扣留了当时任职国民政府军事委员会委员长和西北剿匪总司令的蒋介石,目的是"停止剿共,改组政府,出兵抗日"。西安事变最终以蒋介石被迫接受"停止剿共一致抗日"的主张,促成第二次国共合作而和平解决。

4.七七事变

日本帝国主义为了独占中国,发动了蓄谋已久的全面侵华战争。1937 年 7 月 7 日夜,日军以一个士兵失踪为借口,要进入北平西南的宛平县城搜查,中国守军拒绝了这一无理的要求,日军开枪开炮猛轰卢沟桥,向城内的中国守军进攻。驻华日军悍然发动"七七事变"(又称"卢沟桥事变"),日本开始全面侵华,抗日战争爆发,中华民族全面抗战从此开始。

5.南京大屠杀

1937 年 12 月,日本军队在攻陷南京后的 6 周时间内,屠杀中国军民达 30 余万,这就是震惊中外的"南京大屠杀"。

6.百团大战

1940 年,八路军在彭德怀的指挥下,先后组织了 100 多个团在华北 2000 多公里的战线上向日军发动大规模的反攻,史称"百团大战"。它是中国军队主动出击日本军队中规模最大的战役。

7.抗日战争胜利

经过中国人民八年的艰苦抗战,1945 年 8 月 15 日,日本天皇发布了《停战诏书》,日本帝国主义宣布无条件投降。抗日战争以中国人民取得了伟大胜利而告终。

8.解放战争

1947～1949 年,中国人民解放军进行了 3 年的解放战争。辽沈战役、平津战役、淮海战役是解放战争中的三大战役,为解放全中国奠定了基础。

六、中国当代史(公元 1949 年至今)

1.新中国成立

1949 年 10 月 1 日,中华人民共和国中央人民政府成立,在首都北京举行开国典礼。

2.抗美援朝战争

1950 年 10 月 19 日,中华人民共和国政府应朝鲜民主主义人民共和国的请求,为粉碎以美国为首的"联合国军"对朝鲜民主主义人民共和国的侵犯,保卫中国安全,由总司令员彭德怀率领中国人民志愿军,跨过鸭绿江,开赴朝鲜战场,揭开抗美援朝战争序幕。经过中国志愿军和朝鲜人民的浴血奋战,1953 年 7 月 27 日,美国终于在板门店同中朝代表签订了《关于朝鲜军事停战的协定》,历时 3 年零 32 天的朝鲜战争结束。在战争中,中朝军队共歼敌百余万人,击落击伤敌机 12200 余架,击沉、击伤敌舰艇 257 艘,击毁和缴获敌军各种作战物资无数。抗美援朝战争无疑是一次伟大的胜利,它激发了中国人的民族自豪感,更提高了中国的国际威望。

3.第一个五年计划

新中国建立以后,经过三年的经济恢复,国民经济得到根本好转,但是我国还是一个落后的农业国,许多工业产品的人均拥有量远远低于发达国家。为了有计划地进行社会主义建设,我国政府编制了发展国民经济的第一个五年计划。它的基本任务是:集中所有力量发展重工业,建立国家工业化和国防现代化的初步基础;相应地发展交通运输业、轻工业、农业和商业;相应地培养建设人才。第一个五年计划从 1953 年开始执行,至 1957 年结束,在我国历史上具有划时代的意义,是我国工业化的起点。

4.文化大革命

文化大革命是从 1966 年 5 月开始一直延续到 1976 年 10 月的一场政治运动。

5.改革开放

改革开放是 20 世纪 70 年代末中国开始实行的改革经济、对外开放的政策,始于 1978 十一届三中全会。改革开放包括对内改革和对外开放。我国的对内经济体制改革首先从农村开始,安徽省凤阳县小岗村开始实行的"家庭联产土地承包责任制"拉开了我国对内改革的大幕;对外开放是我国的一项基本国策,改革开放是我国的强国之路,是社会主义事业发展的强大动力。

6.香港回归

1997 年 7 月 1 日零点,中华人民共和国国旗和香港特别行政区区旗在香港升起,历经百年沧桑的香港回到祖国的怀抱,中国政府开始对香港恢复行使主权。

7.澳门回归

1999 年 12 月 20 日,澳门政权移交的仪式在澳门文化中心花园场馆内举行,葡萄牙总统桑帕约与中国国家主席江泽民分别代表双方政府主持主权移交仪式。在 2500 位中外来宾的见证下,葡萄牙国旗及澳门市政厅旗缓缓降下,中华人民共和国国旗和澳门特别行政区区旗徐徐升起,澳门回到祖国的怀抱。

8.北京奥运会

2008 年 8 月 8 日～24 日,第 29 届奥林匹克运动会在中国首都北京举行。此次奥运会举行了 28 个大项,38 个分项的比赛,产生 302 枚金牌,共有 2 万多名运动员、教练员和官员参加。"同一个世界,同一个梦想"的口号更是表达了中国人民与世界各国人民共有美好家园,同享文明成果,携手共创未来的崇高理想。北京奥运会的举行,成功地向全世界人民展示了一个拥有五千年文明,正在大步走向繁荣与富强的中国。

9.上海世博会

2010 年 5 月 1 日～10 月 31 日,第 41 届世界博览会在中国上海举行。此次世博会是中国举办的首届世界博览会,上海世博会以"城市让中国更美好"为主题,总投资达 450 亿人民币,创造了世博会史上最大规模纪录。参观人数超过 7000 万,也创下了历届世博会之最。

第四节　中共党史

一、建国前党的大事记

1."五四"运动

1919 年 5 月 4 日,北京 13 所大学学生 3000 余人在天安门集合,示威游行,提出"外争国权,内惩国贼"等口号,主张拒绝在巴黎和约上签字,要求惩办北洋军阀政府的亲日派官僚曹汝霖、章宗祥、陆宗舆。随后,工人阶级、小资产阶级、民族资产阶级也开始加入爱国运动。在"五四"爱国运动中,以李大钊、陈独秀、毛泽东、周恩来、邓中夏等为代表的,具有初步共产主义思想的革命知识分子认识到无产阶级的历史使命和强大力量,他们到工人群众中宣传马克思主义并进行组织工作,开始把马克思主义和中国工人运动结合起来。"五四"运动在思想上和干部上为中国共产党的成立准备了条件。"五四"运动在中国近代史上具有划时代的重要意义,是中国新民主主义革命的开端。

2.马克思主义在中国的传播

1919 年 5 月,李大钊在《新青年》发表《我的马克思主义观》(同年 11 月刊完),系统地介绍了马克思主义的三个组成部分——唯物史观、政治经济学和科学社会主义,指出"阶级竞争说恰如一条金线,把这三大原理从根本上联系起来"。李大钊是中国最早的马克思主义传播者。

3.中国共产党的诞生

1920年8月,中国共产党上海早期组织建立,这实际上是中国共产党的发起组织。1920年10月,李大钊、张国焘等在北京建立了共产党早期组织,这是北方最早的党组织。1921年7月23日~8月初,中国共产党第一次全国代表大会在上海举行,一大的召开宣告了中国共产党的正式成立。(1941年6月30日,中共中央发表《关于中国共产党诞生20周年抗战4周年纪念指示》,规定7月1日是党的诞生纪念日)。

中共第一次全国代表大会的中心任务是讨论正式成立中国共产党的问题。大会通过中国共产党党纲,确定党的名称是"中国共产党",并规定党的奋斗目标是:以无产阶级的革命军队推翻资产阶级,由劳动阶级重建国家,直至消灭阶级差别;采用无产阶级专政,以达到阶级斗争的目的——消灭阶级;废除资本家所有制,没收一切生产资料归社会所有。党纲明确提出:把工农劳动者和士兵组织起来,宣传共产主义,承认社会革命为党的首要政策。党纲规定了民主集中制的组织原则和党的纪律。

4.中共二大

1922年7月16日~23日,中国共产党第二次全国代表大会在上海举行。大会发表了具有重大历史意义的《中国共产党第二次全国代表大会宣言》。《宣言》根据列宁关于民族殖民地问题的理论以及党成立后对中国革命基本问题的探索,分析了国际形势和中国社会的半殖民地半封建的性质,阐明了中国革命的性质、动力和对象,制定了党的最低纲领和最高纲领。党的最低纲领,即党在民主革命阶段的主要纲领是:消除内乱,打倒军阀,建立国内和平;推翻国际帝国主义的压迫,达到中华民族完全独立;统一中国为真正的民主共和国。然后再进一步创造条件,以实现党的最高纲领:建立劳农专政的政治,铲除私有财产制度,渐次达到一个共产主义社会。党的第二次全国代表大会在中国近代历史上第一次明确提出彻底地反对帝国主义、反对封建主义的民主革命纲领,为中国各族人民指明了现阶段革命斗争的任务和方向。

为了实现反帝反军阀的革命目标,党的二大通过了《关于民主的联合战线的决议案》;根据列宁的建党学说,制定了《中国共产党章程》,明确规定了党的组织原则。

5.第一次国共合作

1923年,党的三大通过了《关于国民运动及国民党问题的决议》,决定全体党员可以以个人的名义加入国民党,同时要求党员保持在政治上、组织上的独立性。1924年1月,国民党在广州召开第一次全国代表大会,由孙中山主持。共产党员李大钊、毛泽东、林伯渠、瞿秋白等参加了大会。会上确定了"联俄、联共、扶助农工"三大政策,重新解释了三民主义。国民党一大的召开,标志着第一次国共合作的正式形成。

6.毛泽东《中国社会各阶级的分析》

1925年,中国共产党在北京召开了第四届中央执行委员会第二次扩大会议。会议总结了自"五卅运动"以来的斗争经验,确定了党在革命高潮中领导工农群众运动的方针,讨论了当前形势和党的任务、国共两党关系、党的组织和宣传工作、党的军事工作、农民土地等问题。

毛泽东在《中国社会各阶级的分析》一文以及这一时期发表的其他文章中,以马克思主义的阶级分析方法分析了中国社会各阶级,辨明了中国革命的敌人和朋友,从而集中了当时党内的正确主张,初步提出了关于中国新民主主义革命的基本思想:无产阶级团结占全国人口多数的一切半无产阶级(主要是贫农)、小资产阶级(主要是中农),争取中产阶级(主要是民族资产阶级)的左翼,以打倒帝国主义、军阀、官僚、地主、买办阶级以及中产阶级的右翼,建立各革命阶级的联合统治,反对在中国建立民族资产阶级一阶级统治的国家。

7.第一次农民代表大会

1926年4月20日,全国第一次农民代表大会在广州举行。中共中央在致大会的信中指出,农民运动必须与全国的民族革命运动相结合。同时指出,中国的民族革命运动,只有农民大众的参加也不会成功。信中特别强调,农民运动必须接受工人阶级的领导,必须与工人运动相结合。

8.八七会议

面对蒋介石、汪精卫集团反共面目的公开暴露,陈独秀等人一味采取退让政策,这进一步助长了蒋介石、汪精卫集团的反革命气焰。在革命的危急关头,中共中央于1927年8月7日在汉口召开了紧急会议,即"八七会议"。八七会议总结了大革命失败的教训,坚决纠正了陈独秀右倾投降主义错误,确定了土地革命和武装反抗国民党反动派统治的总方针。会议上,毛泽东批评党中央在国共合作中没有积极去实现无产阶级的领导的错误方针。他指出,今后党的"上级机关应尽心听下级的报告","要非常注意军事,须知政权是由枪杆子中取得的。"八七会议后,瞿秋白开始担任中央领导工作。

9.三湾改编

1927年9月29日,湘赣边界秋收起义后,毛泽东率起义部队到达江西永新县三湾村。为了巩固这支新生的革命军队适应革命斗争的需要,毛泽东在到达三湾的当天晚上就主持召开了前敌委员会议,决定对起义部队进行整顿和改编。这次改编确立了中国共产党对军队绝对领导的原则,在军队中建立党的各级组织,班设党小组,连设支部,营团建党委,连以上各级均设党代表,全军由毛泽东任书记的前委领导。改编还确立了军队内的民主制度,建立士兵委员会,实行政治民主、经济公开、官兵平等,消除旧军队的雇佣关系。

三湾改编在人民军队的建军史上具有重要意义,确立了"党指挥枪"的原则,确定了中国共产党对军队的绝对领导,保证了我军的无产阶级性质,从政治上、组织上奠定了新型人民军队的基础,在人民军队的建军史上具有重要的意义。

10.农村包围城市道路的创立

毛泽东在1928年10月和11月写了《中国的红色政权为什么能够存在?》和《井冈山的斗争》两篇著作,提出了"工农武装割据"的光辉思想。1930年1月,他在《星星之火,可以燎原》中第一次指明了党的工作要以农村为中心的思想。这样,毛泽东提出了关于农村包围城市、武装夺取政权的明确观念。

11.红军长征的胜利

1934年10月,由于王明"左"倾冒险主义的错误领导,以及敌强我弱的态势,中央革命根据地(亦称中央苏区)第五次反"围剿"战争遭到失败,红军第一方面军(中央红军)主力开始长征,同时留下部分红军就地坚持游击战争。

中国工农红军长征的胜利是人类历史上的奇迹。在一年中,红军长征转战14个省,历经曲折,战胜了重重艰难险阻,保存和锻炼了革命的基干力量,将中国革命的大本营转移到了西北,为开展抗日战争和发展中国革命事业创造了条件。

12.遵义会议

1935年1月15日～17日,中共中央政治局在遵义召开扩大会议。会议决议明确指出,红军第五次反"围剿"的失败以及退出苏区后遭到的严重损失,其主要原因是博古和李德在军事指挥上犯了一系列严重错误。决议肯定了毛泽东等关于红军作战的基本原则。遵义会议的伟大意义:①结束了王明"左"倾冒险主义在党中央的统治,开始确立了以毛泽东为代表的新的中央的正确领导,使党的路线重新转到正确的轨道上来,从而在危险关头挽救了红军,挽救了党,挽救了中国革命;②它是中国共产党独立自主地运用马克思列宁主义原理,解决中国革命问题的一次极为重要的会议;③它是中国共产党历史上一个生死攸关的转折点,是中国共产党从幼年走向成熟的标志。

13.瓦窑堡会议

1935年12月17日,中共中央在陕西省安定县瓦窑堡开始举行政治局会议。23日,通过《关于军事战略问题的决议》。决议确定"把国内战争同民族战争结合起来","准备直接对日作战的力量"和"扩大红军"

的方针;同时,提出了抗日游击战争在战略上的重大作用。25 日,会议通过了《关于目前政治形势与党的任务决议》,确定了抗日民族统一战线的策略方针。会后,毛泽东在中国共产党活动分子会议上作了《论反对日本帝国主义的策略》的报告,对党的抗日民族统一战线策略作了全面深刻的说明。为了争取一切可能的力量参加这个统一战线,报告提出以"人民共和国"的口号代替"工农民主共和国"的口号,并指出党的基本策略是"组织千千万万的民众,调动浩浩荡荡的革命军",建立起广泛的抗日民族统一战线,反对"左"倾关门主义,同时要坚持无产阶级在统一战线中的领导权。

14.抗日战争开始

1937 年 7 月 7 日夜,日军以一个士兵失踪为借口,要进入北平西南的宛平县城搜查,中国守军拒绝了这一无理的要求,日军开枪开炮猛轰卢沟桥,向城内的中国守军进攻(史称"七七事变")。中国守军第 29军吉星文团奋起还击,掀开了全民族抗日的序幕,自此,抗日战争全面爆发。

15.抗日民族统一战线正式形成

1937 年 8 月,中共中央在陕北洛川召开政治局扩大会议,通过了《抗日救国十大纲领》,提出了争取抗战胜利的全面抗战路线。在多方压力下,1937 年 9 月 22 日,国民党中央通讯社发表延搁两个多月的《中共中央为公布国共合作宣言》。23 日,蒋介石发表谈话,实际上承认了中国共产党的合法地位。共产党的《宣言》和蒋介石谈话的发表,宣告国共两党第二次合作的实现,标志着以国共合作为主体的抗日民族统一战线正式形成。

16.毛泽东发表《抗日游击战争的战略问题》和《论持久战》

1938 年 5 月,毛泽东发表《抗日游击战争的战略问题》和《论持久战》,全面地分析了中日战争所处的时代以及敌我双方的基本特点,阐明了持久抗战的总方针和抗日游击战争的战略地位以及人民战争的战略战术,并对抗日战争的发展过程做出了科学的预测,驳斥了"亡国论"和"速胜论"以及轻视游击战争的错误思想。这两篇著作是运用辩证唯物主义和历史唯物主义解决抗日战争问题的光辉典范,丰富和发展了马克思主义的军事科学。

17.延安整风运动

1942 年 2 月 1 日,毛泽东在中央党校开学典礼会上作了《整顿党的作风》的报告;8 日,在延安干部会上作了《反对党八股》的报告。4 月 3 日,中共中央宣传部作出《关于在延安讨论中央决定及毛泽东同志整顿三风报告的决定》。5 月下旬,中央政治局决定成立中央总学习委员会,领导整风运动。6 月 8 日,中宣部又发出《关于在全党进行整顿三风学习运动的指示》。从此,在全党开展了反对主观主义以整顿学风,反对宗派主义以整顿党风,反对党八股以整顿文风的整风运动。整风运动的方针是惩前毖后,治病救人,既要弄清思想,又要团结同志。

18.中共七大

1945 年 4 月 23 日~6 月 11 日,中国共产党第七次全国代表大会在延安举行。大会系统地总结了党24 年来领导中国革命的新民主主义的基本理论,指出党的路线是"放手发动群众,壮大人民力量,在我党的领导下,打败日本侵略者,解放全国人民,建立一个新民主主义的中国"。大会总结了武装斗争、统一战线和党的建设的经验,深刻地论述了进行新民主主义革命的"三大法宝"以及党的三大作风——理论和实际相结合、密切联系群众和自我批评。大会通过的新党章规定:以马克思列宁主义的理论与中国革命的实践之统一的思想——毛泽东思想,作为党的一切工作的指针。

19.抗日战争胜利

1945 年 8 月 15 日,日本宣布无条件投降;9 月 2 日,日本天皇和政府以及日本大本营的代表在投降书上签字,至此,中国抗日战争胜利结束。中国人民抗日战争的胜利,是中国人民近百年来第一次取得的反对帝国主义斗争的完全胜利,抗日战争是中国新民主主义革命的重要阶段,是世界反法西斯战争的重要组成部分。

20.西柏坡会议

1949 年 3 月中共中央在西柏坡召开了七届二中全会。会议对中国革命和建设的重大问题作了历史性的决策:①工作重心必须由农村转移到城市;②关于在新形势下加强党的建设的问题。七届二中全会具有重大的历史意义,它制定了迅速取得全国胜利的各项方针和革命胜利后的各项基本政策,为夺取全国胜利,以及胜利后由新民主主义社会转变为社会主义社会做了政治上、思想上的准备。

二、建国后党的大事记

1.中共七届三中全会

1950 年 6 月 6 日～9 日,中国共产党七届三中全会在北京举行。会上,毛泽东作了《为争取国家财政经济状况的基本好转而斗争》的书面报告。他指出,我们国家的财政经济状况已经开始好转,但还不是根本的好转,要获得财政经济状况的根本好转,需要三个条件,即土地改革的完成、现有工商业的合理调整、国家机构所需经费的大量节减。为此,会议确定要做好土改、稳定物价、调整工商业、肃清反革命、整党等八项工作,争取在三年的时间内实现国家财政经济状况的根本好转,为有计划的经济建设创造条件。会议强调,在复杂的斗争中必须处理好同民族资产阶级、各民主党派、知识分子和少数民族之间的关系,不要四面出击,树敌太多,造成全国紧张。七届三中全会的这些决定是党在国民经济恢复时期的行动纲领。

2.中共八大

1956 年 4 月 25 日,毛泽东在中央政治局扩大会议上作了《论十大关系》的讲话,为探索适合中国国情的社会主义建设道路提出了许多重要的思想原则,从思想上、理论上为八大的召开做了重要的准备。同年 8 月 30 日～9 月 12 日,在北京举行了八大预备会议。毛泽东在会上作了《增强党的团结,继承党的传统》的讲话,指出八大召开的目的和宗旨是:总结七大以来的经验,团结全党,团结国内外一切可以团结的力量,为建设社会主义中国而奋斗。号召全党要继承优良传统,反对主观主义、宗派主义和官僚主义。

9 月 15 日～27 日,中国共产党八大在北京召开。八大的内容主要是:正确地分析了国内形势和主要矛盾的变化,指出党在新时期的主要任务是集中力量发展社会主义生产力。大会指出,伴随社会主义制度的建立,我国无产阶级同资产阶级的矛盾已经基本解决,我国国内的主要矛盾是人民对经济文化迅速发展的需求同当前经济文化不能满足人民需要的状况之间的矛盾。大会通过了第二个五年计划的建议和新党章,规定了党和全国人民当前的主要任务是:集中力量发展社会生产力,实现国家工业化,逐步满足人民日益增长的物质和文化需要。强调要坚持民主集中制和集体领导制度,加强党和群众的联系。这次大会为新时期社会主义事业的发展和党的建设指明了方向。

3.党的八届九中全会

1960 年 8 月,国务院提出"调整、巩固、充实、提高"的八字方针,党中央开始调整在农村的经济政策,核心是纠正"共产"风。1961 年 1 月,党的八届九中全会正式通过调整国民经济的八字方针,标志着党的经济工作的指导思想重新回到纠正"左"倾错误的轨道上来。

4.党的十一届三中全会与工作重点的转移

1978 年 12 月 18 日～22 日,党的十一届三中全会在北京召开。这次会议的主要功绩是:①重新确立了党的马克思主义思想路线;②做出了把党的工作重点转移到社会主义现代化建设上来的战略决策;③提出了改革开放的重要思想;④提出了一些重要的经济政策;⑤提出了健全社会主义民主和社会主义法制的任务;⑥决定加强党的建设,健全党的民主生活,认真贯彻党的民主集中制和集体领导原则。

5.党的十三大与社会主义初级阶段的理论

1987 年 10 月,党的十三次全国代表大会在北京召开。十三大的突出贡献是系统地阐述了关于社会主义初级阶段的理论和党在社会主义初级阶段的基本路线。

6.中共十四大

1992 年 10 月 12 日～18 日,中国共产党第十四次全国代表大会在北京举行。江泽民代表党的第十三届中央委员会向大会作题为《加快改革开放和现代化建设步伐,夺取有中国特色社会主义事业的更大胜利》的报告。报告把这十四年的实践称为"开始了一场新的革命"。大会经过充分的讨论,做出三项具有深远意义的决策:一是抓住机遇,加快发展;二是明确我国经济体制改革的目标是建立社会主义市场经济;三是确立邓小平建设有中国特色社会主义理论在全党的指导地位。

7.中共十五大

1997 年 9 月 12 日～18 日,中国共产党第十五次全国代表大会在北京举行。江泽民代表第十四届中央委员会向大会作了题为《高举邓小平理论伟大旗帜,把建设有中国特色社会主义事业全面推向 21 世纪》的报告。大会通过了关于《中国共产党章程修正案》的决议,把邓小平理论确立为中国共产党的指导思想并载入党章。

8.中共十七大

2007 年 10 月 15 日～21 日,中国共产党第十七次全国代表大会在北京胜利召开。胡锦涛主席在大会上作了报告,报告坚持继承与创新相结合、理论与实践相结合、当前和长远相结合、突出了高举旗帜、科学发展、全面实现小康社会的目标和加强自身建设四个重点,提出了解放思想、改革开放和重视民生的三大要求。大会的主题是:高举中国特色的社会主义伟大旗帜,以邓小平理论和"三个代表"重要思想为指导,深入贯彻落实科学发展观,继续解放思想,坚持改革开放,推动科学发展,促进社会和谐,为夺取全面建设小康社会新胜利而奋斗。

第五节 世界历史

一、世界古代史

1.四大文明古国

古埃及、古印度、古巴比伦王国、古代中国是世界上最先由原始社会进入奴隶社会的四大文明古国,这四个国家是世界文明的发源地。古埃及的文明表现在:象形文字,十进位制的计算方法,制定世界上最早的太阳历等。古印度的文明表现在:《罗摩衍那》和《摩诃婆罗多》两部世界著名史诗,建筑和雕刻艺术等。古巴比伦王国的文明表现在:楔形文字,制定汉谟拉比法典,用肉眼观测月食等。中国的文明表现在:火药、指南针、印刷术、造纸术四大发明。

2.古希腊和古罗马

欧洲最先进入奴隶社会的是古希腊和古罗马。古希腊是欧洲文明的发源地。公元 395 年,罗马帝国分裂为东西两部。公元 476 年,西罗马帝国灭亡,西欧奴隶制度崩溃了。

西罗马帝国灭亡之后,日耳曼人在它的废墟上建立了许多封建国家,其中最强大的是法兰克王国。法兰克王国不断扩张疆域,到公元 9 世纪初形成查理曼帝国。公元 843 年,查理曼的三个孙子缔结凡尔登条约,三分帝国,这次分割奠定了后来法、德、意三国的基础。盎格鲁撒克逊人在不列颠岛建立的一些小王国于公元 829 年形成了统一的英吉利王国。

3.哥伦布发现新大陆

哥伦布开辟了横渡大西洋到美洲的航路,先后到达巴哈马群岛、古巴、海地、多米尼加、特立尼达等地。他在帕里亚湾南岸首次登上美洲大陆;考察了中美洲洪都拉斯到达连湾两千多千米的海岸线;认识了巴拿马地峡;发现和利用了大西洋低纬度吹东风,较高纬度吹西风的风向变化;证明了大地球形说的正确性;促进了旧大陆与新大陆的联系。他误认为到达的新大陆是印度,并称当地人为印第安人。

4.文艺复兴运动

14~16 世纪文艺复兴运动是新兴资产阶级在思想意识领域里反对封建神学的斗争,起了解放思想的作用,产生了资产阶级文化和近代自然科学。16 世纪,德意志兴起了宗教改革和农民战争。尼德兰爆发了资产阶级革命,建立了独立的荷兰,资产阶级取得了政权。

二、世界近、现代史

1.英国资产阶级革命

英国在 1640 年爆发了资产阶级革命。英国资产阶级革命开辟了资产阶级世界革命的新时代。18 世纪晚期,法国发生的资产阶级革命是资产阶级革命时代最大、最彻底的一次革命。

2.工业革命的开始

1765 年,哈格里夫斯的珍妮纺纱机是最早的机器,英国工业革命开始。1785 年,瓦特改良蒸汽机是这次工业革命的重要标志,它使得整个社会的生产面貌有了划时代的变化,把人们带入了“蒸汽时代”。

3.北美独立战争

以 1773 年“波士顿倾茶事件”为导火索,1775 年春,英军与北美民兵在来克星顿交火,北美独立战争开始。1776 年 7 月 4 日,大陆会议通过《独立宣言》,英属北美殖民地正式宣告独立。1777 年,美国取得萨拉托加大捷,1781 年英军投降,1783 年英国承认美国独立。

4.法国资产阶级革命

1789 年 5 月,法国国王路易十六召开三级会议,第三等级要求制定宪法,限制王权,实行改革。路易十六调集军队准备镇压,激起了巴黎人民武装起义。同年 7 月 14 日,革命群众攻占巴士底狱,法国大革命爆发,制宪会议颁布《人权宣言》。1792 年,推翻君主制,建立吉伦特派当权的法兰西第一共和国。1793 年 5 月~6 月,实行雅各宾派的革命专政。1794 年热月政变发生,大革命中断。法国大革命的彻底性为此后的革命树立了榜样。

5.工业革命

工业革命又称产业革命,指资本主义工业化的早期历程,即资本主义生产完成了从工场手工业向机器大工业过渡的阶段,是以机器生产逐步取代手工劳动,以大规模工厂化生产取代个体工场手工生产的一场生产与科技革命,后来又扩充到其他行业,这一演变过程叫做工业革命。工业革命发源于英格兰中部地区。18 世纪中叶,英国人瓦特改良蒸汽机之后,由一系列技术革命引起了从手工劳动向动力机器生产转变的重大飞跃,随后传播到英格兰及整个欧洲大陆,19 世纪传播到北美地区。工业革命使人类跨入了机器时代,带来了生产力的巨大发展,以及社会阶级结构的变化,形成了近代工业资产阶级和无产阶级两大对立阶级。

6.日本“明治维新”

19 世纪中叶,奉行“锁国政策”的日本遭受别国侵略,幕府与侵略者相勾结。农民和市民纷纷起义,开展“倒幕”运动,倒幕派胜利后,建立起以明治天皇为首的日本新政府。明治天皇废藩置县,建立起一个统一的中央集权国家,之后还进行了一系列的改革,使日本走上了发展资本主义的道路,这次改革被称为"明治维新"。

7.科学共产主义的诞生

1848 年,《共产党宣言》的发表标志着科学共产主义的诞生,世界无产阶级进入了用科学共产主义来发动革命的新时代。

8.巴黎公社

1871 年,法国爆发了巴黎公社革命。巴黎公社革命是一个划时代的革命,是无产阶级推翻资产阶级统治,建立无产阶级专政的第一次伟大尝试。巴黎公社革命沉重地打击了资本主义,从此资本主义开始走向衰落。

9.第一次世界大战

普鲁士为了统一德国,并与法国争夺欧洲大陆霸权,在 1870～1871 年与法国爆发普法战争。这场战争以法国大败,普鲁士大获全胜,建立德意志帝国告终。而普法停战的和约极其苛刻,和约规定法国割让阿尔萨斯和洛林给德国,并赔款 50 亿法郎。结果德法两国结怨,成为第一次世界大战的重要原因。

1914 年 7 月,"萨拉热窝事件"成为战争的导火线,引发了第一次世界大战,这是一场帝国主义的掠夺战争。1918 年 11 月,第一次世界大战以同盟国的失败结束。此次战争削弱了帝国主义的力量,导致了俄国十月社会主义革命的胜利。

10.十月革命

1917 年 11 月 7 日,以列宁为首的布尔什维克党领导工人阶级和革命士兵举行武装起义,推翻俄国资产阶级临时政府,成立了世界上第一个工兵代表苏维埃政府。十月革命建立了世界上第一个无产阶级专政的社会主义国家。

十月革命后,在全世界范围内不仅存在着资本主义国家中无产阶级与资产阶级的矛盾,帝国主义国家之间的矛盾,殖民地半殖民地国家与帝国主义国家的矛盾,而且出现了资本主义与社会主义两种制度的矛盾。

11.第二次世界大战

1939 年 9 月,德军突袭波兰,第二次世界大战全面爆发。1940 年秋,德、意、日组成法西斯集团,德国进攻苏联,日本发动太平洋战争,使二战达到最大规模。1942 年初,中、美、英、苏等国家的代表签署《联合国家宣言》,组成世界反法西斯同盟。1943 年春,斯大林格勒战役扭转了二战的局势。1943 年 9 月,意大利投降,法西斯轴心国开始瓦解。1945 年 5 月 8 日,德国宣告无条件投降,1945 年 8 月 15 日,日本宣布无条件投降,至此,第二次世界大战结束。

12.联合国成立

联合国成立于 1945 年 10 月 24 日,由 51 个国家承诺通过国际合作和集体安全维护和平。联合国目前共有 192 个会员国。一国成为联合国会员国时,必须同意接受《联合国宪章》。《联合国宪章》是一个国际条约,其中规定了国际关系的基本原则。

13.第一台电子计算机诞生

第一台电子计算机叫 ENIAC(电子数字积分计算机的简称,英文全称为 Electronic Numerical Integrator And Computer),它于 1946 年 2 月 15 日在美国宣告诞生。

14.人类首次成功登月

1969 年 7 月 20 日,人类第一次登上月球,这就是美国宇航员尼尔·阿姆斯特朗踏上月球的第一步。当时,全球共有 10 亿人通过卫星直播观看了这历史性的一刻,也听到阿姆斯特朗的名言:"这对于我个人来说是一小步,而对于全人类来说是一大步。"

15.苏联解体

戈尔巴乔夫当选为苏共中央总书记后,经济改革寸步难行,政治改革激化了苏共党内斗争,造成了社会的不安定。矛盾的尖锐化导致了1991年"八·一九"事变,苏共被排挤出政权,各加盟国分离势力急剧增长,纷纷宣布独立。12月8日,俄罗斯、乌克兰、白俄罗斯三国领导人在明斯克签署协定,宣布成立独立国家联合体。独联体随后又扩大到原苏联大部分加盟共和国。

16.东欧剧变

1989~1990年,东欧局势发生了激烈的动荡,在短短一年多时间里,东欧的波兰、匈牙利、民主德国、捷克和斯洛伐克、保加利亚、罗马尼亚等国,政权纷纷易手,执政四十多年的共产党、工人党或下台成为在野党,或改变了性质。紧随其后,阿尔巴尼亚劳动党于1992年3月在大选失败后下台;在南斯拉夫,先是南共联盟不复存在,原南斯拉夫联邦内的各邦都发生了剧变,其后在经历近一年之久的内战后,于1992年4月最终分裂为五个独立的共和国。伴随共产党丧失执政地位,东欧各国的社会制度也发生了根本性的变化,在政治上,实行多党制为基础的议会民主;在经济上,否定公有制占主导地位,开始实行混合所有制或私有制基础上的市场经济。剧变后的东欧各国,背离了社会主义的方向。

17."人类基因工作草图"绘制完成

由美、英、德、日、法、中6国科学家合作研究的"人类基因组工作草图"宣告绘制完成,实现人类对自身研究的最大突破。2003年4月15日,中、美、英、日、法、德6国政府首脑联合宣布,6国科学家完成了"人类基因组"30亿对碱基的测序,从而揭示了人类生命"天书"的奥秘。

18.美国"9·11"恐怖袭击事件

2001年9月11日,在美国上空飞行的四架民航客机被劫持。当美国人刚刚准备开始一天的工作之时,纽约曼哈顿世界贸易中心、华盛顿五角大楼,连续发生撞机事件,世贸中心的摩天大楼轰然倒塌,化为一片废墟;五角大楼部分结构坍塌,造成死伤者数以千计。

经典真题专家点评

1.(2011年中央)在西柏坡时期,党中央:①领导了解放区的土改运动;②召开了党的七届二中全会;③组织指挥了辽沈、淮海、平津三大战役。

上述历史事件出现的先后顺序是(　　)。

A.①③②　　　　B.②①③　　　　C.②③①　　　　D.③①②

【专家点评】本题答案为A。1947年7月17日,中共中央在河北省西柏坡村召开全国土地会议。辽沈战役开始于1948年9月12日,1948年11月2日结束;淮海战役开始于1948年11月6日,1949年1月10日结束;平津战役开始于1948年11月29日,1949年1月31日结束。党的七届二中全会于1949年3月5日~13日在河北省平山县西柏坡举行。

2.(2011年中央)关于我国的出土文物,下列说法正确的是(　　)。

A.湖南长沙马王堆汉墓出土了素纱禅衣

B.西安附近出土了大量殷商时期刻有文字的龟甲和兽骨

C.越王勾践剑是战国时期兵器冶炼技术的杰出成果

D.洛阳出土的唐三彩以红、蓝、白三种颜色为主

【专家点评】本题答案为A。湖南长沙马王堆汉墓出土了重量仅49克的素纱禅衣,A项正确;河南安阳

出土了大量殷商时期刻有文字的龟甲和兽骨,B项错误;越王勾践剑是春秋时期兵器冶炼技术的杰出成果,C项错误;洛阳出土的唐三彩以黄、白、绿为基本颜色,D项错误。

3.(2010年中央)"四书五经"中的"四书"指的是(　　)。

A.《诗经》、《孟子》、《孝经》、《尔雅》

B.《周易》、《尚书》、《礼记》、《春秋》

C.《大学》、《中庸》、《论语》、《孟子》

D.《尚书》、《周易》、《论语》、《孝经》

【专家点评】本题答案为C。四书指《大学》、《中庸》、《论语》、《孟子》四部经典著作。

单元同步训练

一、单项选择题

1.在几千年人类文明发展进程中,亚洲、非洲、美洲、欧洲都留下许多宝贵的文学、艺术和建筑遗产,下列文化遗产属于同一个大洲的是(　　)。

A.《最后的晚餐》、雕塑"思想者"、雕塑"大卫"

B.胡夫金字塔、狮身人面像、帕特农神庙

C.《百年孤独》、《老人与海》、《海底两万里》

D.《飞鸟集》、《高老头》、《源氏物语》

2.下列有关书法艺术的表达,正确的是(　　)。

A.东汉著名书法家张芝被称为"书圣"

B.唐代书法家颜真卿是楷书四大家之一

C.《真书千字文》是唐代著名书法家怀素的代表作

D."苏、黄、米、蔡"中的"黄"指的是黄公望

3.毛泽东同志总结中国近代历次运动失败时曾说:"没有农民办不成大事,光有农民办不好大事。"下列事件属于"光有农民办不好大事"的是(　　)。

A.洋务运动 　　　　　　　　　　　　B.辛亥革命

C.戊戌变法 　　　　　　　　　　　　D.义和团运动

4.标志着中国共产党从幼年走向成熟的是(　　)。

A.瓦窑堡会议 　　　　　　　　　　　B.遵义会议

C.卢沟桥事变 　　　　　　　　　　　D.中共二大

5.下列外国文学家中,被称为"短篇小说巨匠"的是(　　)。

A.莫泊桑 　　　　　B.莫里哀 　　　　　C.普希金 　　　　　D.马克·吐温

二、多项选择题

1.通过两次鸦片战争,英国殖民者除强占香港外,在中国攫取的权益还有(　　)。

A.协定关税 　　　　　　　　　　　　B.投资设厂

C.设置租界 　　　　　　　　　　　　D.驻扎军队

2."晚清四大谴责小说"包括的作品有(　　)。

A.吴研人的《官场现形记》 　　　　　B.刘鹗的《老残游记》

C.曾朴的《孽海花》 　　　　　　　　D.李伯元的《官场现形记》

3.冯梦龙的作品"三言"具体包括(　　)。

A.《喻世明言》　　　　　　　　　　　B.《警世通言》

C.《今古奇观》　　　　　　　　　　　D.《醒世恒言》

4.下列所说的我国封建社会城市经济繁荣的现象,其中唐朝尚未存在的是(　　)。

A.一些农产品和手工业品大量投入市场,成为交换的商品

B.商业区不再局限在"市"里,城街中店铺林立

C.出现了纸质的流通货币

D.都城里有来自全国各地的不同民族的人在市场上进行广泛的贸易活动

5.下列属于茅盾的作品的是(　　)。

A.《子夜》　　　　　　　　　　　　　B.《白杨礼赞》

C.《多收了三五斗》　　　　　　　　　D.《夜》

参考答案及解析

一、单项选择题

1.A【解析】《最后的晚餐》、雕塑"思想者"、雕塑"大卫"均为欧洲文化遗产,A项正确;胡夫金字塔和狮身人面像是非洲文化遗产,帕特农神庙为欧洲文化遗产,B项错误;《百年孤独》为南美洲文化遗产,《老人与海》为北美洲文化遗产,《海底两万里》为欧洲文化遗产,C项错误;《飞鸟集》和《源氏物语》为亚洲文化遗产,《高老头》为欧洲文化遗产,D项错误。

2.B【解析】东晋书法家王羲之被誉为"书圣",A项错误;"楷书四大家"指的是唐代的欧阳询、颜真卿、柳公权和元朝的赵孟頫,B项正确;《真书千字文》是隋代僧人智永所写,C项错误;"苏、黄、米、蔡"指的是宋代书法四家,分别为苏轼、黄庭坚、米芾、蔡襄,D项错误。

3.D【解析】A、B、C选项中的事件均无农民参与,D选项是农民运动。因此答案为D选项。

4.B【解析】1935年1月15日~17日,中共中央政治局在遵义召开扩大会议。会议揭发和批评第五次反"围剿"和长征以来中共中央在军事领导上的错误。这次会议是中国共产党第一次独立自主地运用马克思列宁主义基本原理解决自己的路线、方针和政策的会议。它在极端危险的时刻,挽救了党和红军,是中国共产党历史上一个生死攸关的转折点,标志着中国共产党从幼年达到成熟。

5.A【解析】莫泊桑,被称为"短篇小说巨匠",其主要作品有长篇小说《一生》、《俊友》,短篇小说《羊脂球》、《我的叔叔于勒》、《项链》。

二、多项选择题

1.AC【解析】选项B是1895年日本通过《马关条约》攫取的特权;选项D是各国列强通过《辛丑条约》攫取的特权。正确答案为A、C。

2.BCD【解析】李伯元(宝嘉)的《官场现形记》,吴趼人(沃尧)的《二十年目睹之怪现状》,刘鹗的《老残游记》和曾朴的《孽海花》,被称为"晚清四大谴责小说"。选项A中作者和作品搭配是错误的,故排除。

3.ABD【解析】"三言"指《喻世明言》(即《古今小说》)、《警世通言》和《醒世恒言》,作者为冯梦龙。每部各40篇,共120篇,主要反映城市平民生活,以爱情题材居多。此后,抱瓮老人(笔名)从"三言"和"二拍"中选出40篇,辑录成《今古奇观》出版,它是300年来最流行的话本选集。

4.ABC【解析】明朝时农产品和手工业品大量投入市场,成为交换的商品;宋朝时商业兴旺,商业区不再集中在"市"里;北宋时出现了"交子"这样的纸质货币;唐朝时候的民族政策开明,都城里有来自全国各地的不同民族的人进行贸易。故选项A、B、C都不是唐朝时的现象。

5.AB【解析】选项C、D均为叶圣陶的作品。

第二十一章 自然、科技与生活常识

知识结构导读

自然、科技与生活常识
- 自然常识
  - 天文常识
  - 地理常识
- 科技常识
  - DNA
  - 人类基因组
  - 克隆
  - 软件产业
  - 生物工程产业
  - 生物医学产业
  - 太阳能产业
  - 海洋生物技术
  - 智能机械产业
  - 纳米技术
  - 空间技术
- 生活常识
  - 光合作用
  - 工业酒精与食用酒精
  - 眼镜片上的水雾
  - 甲型 H1N1 流感
  - 站在高压线上的小鸟
  - 彩虹的形成原理
  - 日食与月食
  - 雾的形成
  - 植物与地震预测

考点内容精讲

第一节　自然常识

一、天文常识

1.光年

光年,长度单位,指光在真空中行走一年的距离,它是由时间和速度计算出来的,光行走一年的距离叫"一光年"。一光年约为 94600 亿公里。因为真空中的光速是每秒 299,792,458 米,所以一光年就等于 9,454,254,955,488,000 米(按每分钟 60 秒,一天 24 小时,一年 365 天计算)。

2.恒星

恒星是由炽热气体组成的,能自己发光的球状或类球状天体。离地球最近的恒星是太阳,其次是处于半人马座的比邻星,它发出的光到达地球需要 4.22 年。恒星都是气体星球。晴朗无月的夜晚,且无污染的地区,一般人用肉眼可以看到 6000 多颗恒星。借助于望远镜,则可以看到几十万乃至几百万颗以上。估计银河系中的恒星有一两千亿颗。

3.行星

行星必须是围绕恒星运转的天体,质量足够大,公转轨道范围内不能有比它更大的天体,它自身的吸引力必须和自转速度平衡以使其呈圆球状。一般来说,行星的直径必须在 800 公里以上,质量必须在 50 亿亿吨以上。

4.太阳

太阳的体积为 1.412×10^{27} 立方米,是地球的 130.25 万倍,是太阳系的中心天体。它是银河系的一颗中等大小的恒星,距离地球 1.5 亿千米,直径约 1392000 千米,平均密度 1.409 克/立方厘米,质量 1.989×10^{30} 千克,表面温度 5770 摄氏度,中心温度 1500.84 万摄氏度。组成太阳的物质大多是些普通的气体,其中氢约占 71%,氦约占 27%,其他元素占 2%。太阳从中心向外可分为核反应区、辐射区和对流区、太阳大气。太阳的大气层像地球的大气层一样,可按不同的高度和不同的性质分成各个圈层,即从内向外分为光球、色球和日冕三层。我们平常看到的太阳表面是太阳大气的最底层,温度约是 6000 摄氏度,它是不透明的,因此我们不能直接看见太阳内部的结构。

太阳的核心区域虽然很小,半径只是太阳半径的 1/4,但却是太阳巨大能量的真正源头。太阳核心的温度极高,达 1500.84 万摄氏度,压力也极大,使得由氢聚变为氦的热核反应得以发生,从而释放出极大的能量。这些能量再通过辐射层和对流层中物质的传递,才得以传送到达太阳光球的底部,并通过光球向外辐射出去。

5.地球自转与昼夜交替

地球无时无刻不在自西向东运转,同时也是围绕太阳在椭圆形轨道上公转。地球自转运动,产生昼夜交替的现象。

同时,我们还会注意到,当我国北京旭日东升的时候,英国伦敦却还是群星闪烁的深夜,而在美国华盛顿却是夕阳西下的傍晚。这时因为当地球自转时,总会有半个球面始终向着太阳,还有半个球面背着太阳。因为地球是一个不透明而且本身也不发光的固体球,因此它朝向太阳光的一面,受到太阳光的照射之后形成白昼,于是这个半球称为"昼半球";而那背着太阳光的半个球面,太阳光无法照射到,就形成黑夜,所以叫"夜半球"。昼半球和夜半球之间有一条分界线,我们称之为"晨昏线","晨昏线"是一个很大的圆圈,又被称为"晨昏圈"。地球上的任何一个地方都在"晨昏线"上迎接黎明,也在"晨昏线"上送别了黄昏。地球永不停息地自西向东运动,"昼半球"和"夜半球"不停地发生变化,"晨昏圈"也在不断地变化,从而导致全球各地昼夜也不停地交替。

6.黑子

光球表面一种著名的活动现象便是太阳黑子。黑子是光球层上的巨大气流漩涡,大多呈现近椭圆形,在明亮的光球背景反衬下显得比较黑暗,但实际上它们的温度高达4000摄氏度左右,倘若能把黑子单独取出,一个大黑子便可以发出相当于满月的光芒。日面上黑子出现的情况不断变化,这种变化反映了太阳辐射能量的变化。太阳黑子的变化存在复杂的周期现象,平均活动周期为11.2年。

二、地理常识

1.板块

整个岩石圈并不是整体一块,而是被一些活动带(如海岭等)分割成了许多单元,这些单元叫做板块。全球岩石圈可分为六大板块:亚欧板块、美洲板块、非洲板块、太平洋板块、印度洋板块、南极洲板块。

板块运动对地表的影响如下。

板块张裂(生长地带)——形成裂谷或海洋,如东非大裂谷(非洲板块与印度洋板块相互作用)。

板块挤压(消亡地带)——形成山脉,如阿尔卑斯-喜马拉雅山脉(亚欧板块与印度洋板块相互作用)、亚洲东海岸岛屿(亚欧板块、太平洋板块相互作用)、科迪勒拉山系(纵贯南北美洲,美洲板块与太平洋板块相互作用)。

地球上海陆的形成和分布,陆地上大规模的山系、高原和平原的地貌格局,都是板块构造运动的结果。

2.沙尘暴

沙尘暴天气主要发生在春末夏初季节,这是由于冬春季干旱区降水甚少,地表异常干燥松散,抗风蚀能力很弱,在有大风刮过时,就会将大量沙尘卷入空中,形成沙尘暴。从全球范围来看,沙尘暴天气多发生在内陆沙漠地区,源地主要有非洲的撒哈拉沙漠,北美中西部和澳大利亚也是沙尘暴天气的源地之一。我国西北地区由于独特的地理环境,也是沙尘暴频繁发生的地区,主要源地有古尔班通古特沙漠、塔克拉玛干沙漠、巴丹吉林沙漠、腾格里沙漠、乌兰布和沙漠和毛乌素沙漠等。

3.厄尔尼诺现象

厄尔尼诺现象又称厄尔尼诺海流,是太平洋赤道带大范围内海洋和大气相互作用后失去平衡而产生的一种气候现象,是沃克环流圈东移造成的。正常情况下,热带太平洋区域的季风洋流是从美洲走向亚洲,使太平洋表面保持温暖,给印尼周围带来热带降雨。但这种模式每2~7年被打乱一次,使风向和洋流发生逆转,太平洋表层的热流就转而向东走向美洲,随之便带走了热带降雨,出现所谓的"厄尔尼诺现象"。

4.台风(或飓风)

台风(或飓风)是产生于热带洋面上的一种强烈热带气旋。随着发生地点的不同,叫法也不同。在北太平洋西部、国际日期变更线以西,包括中国南海范围内发生的热带气旋称为"台风";而在大西洋或北太平洋东部的热带气旋则称为"飓风"。台风经过时常伴随着大风和暴雨或特大暴雨等强对流天气。

5.地震的发生

地震是一种自然现象,具体来说,它是由于地壳运动引起的。依据地震发生的情况,大致可分为三个原因。

第一种原因是,大部分地震是因为地壳构造变化而引起地壳内部物质不停地运动,地球不断地自转,但自转速度时快时慢,因此在这些运动中,坚硬的岩石会受到一种巨大力量的推动,从而发生岩石弯曲,有时还会发生断裂。而当这种巨大力量大大超过了岩石所承受的限度时,岩石就会马上发生断裂、错动,从而产生巨大的震动波。而当震动波传到地面以后,地面就会发生地动,也就是地震。

第二种原因是因为太阳以及月亮的引力作用,大气或水对地面的压力变化也会对地下岩石有触发作用。这是引起地震的重要原因之一。

第三种原因是因为地下洞穴的洞顶陷落,也有因矿石坑塌陷所引起的地震。火山喷发时,地下岩浆会猛烈地喷出地表,从而产生相当大的力量,同样也能够引起地震。

地球上常会发生地震,一般较轻的地震大约平均每两分钟就发生一次,但我们一般不能感觉到。

6.地上河

通常的河道是河道底要低于其流经的地面。而黄河在流经黄土高原地区时由于流速快,所经地段植被情况差,导致大量的泥沙被带走,到了下游,流速变缓,于是大量的泥沙就沉积了下来,几千年长此积累,致使河床升高了7米以上,成为举世闻名的地上河。

泥沙的大量淤积使黄河下游河床不断上升,两岸地区每逢汛期便面临着洪水的威胁。长期以来,人们采取修筑堤防的方式来约束洪水,致使河床与两岸地面的高差越来越大。历史上黄河下游曾多次决口泛滥,给华北平原地区的人民带来了深重的灾难。

7.海市蜃楼

在沙漠里旅行,有时会突然发现前面有一片绿洲,而当你走近时,却发现什么也没有,人们就把这种现象叫"海市蜃楼"。实际上,"海市蜃楼"主要是太阳光遇到不同密度的空气产生的折射现象。

在大沙漠里,白天太阳可以使沙表层气温快速上升,加上空气传热性能相当差,无风时,垂直方向的气温差相当大;上冷,空气密度大;下热,空气密度小。而当太阳光从高空密度大的空气层进入下面密度小的空气层时,光的速度就会发生变化,从而产生折射,把远处的绿洲映像到人们面前,从而使人们产生一种幻觉——海市蜃楼。

同样,在江、湖以及海面上,也会出现"海市蜃楼"现象,它的形成原理也一样。

第二节　科技常识

1.DNA

DNA(Deoxyribonucleic acid 的缩写)又称脱氧核糖核酸,是染色体的主要化学成分,同时也是组成基因的材料,有时被称为"遗传微粒"。单体脱氧核糖核酸聚合而成的聚合体——脱氧核糖核酸链,也被称为DNA。在繁殖过程中,父代把自己DNA的一部分(通常一半,即DNA双链中的一条)复制传递到子代中,从而完成性状的传播。因此,化学物质DNA会被称为"遗传微粒"。

2.人类基因组

人类基因组,又译人类基因体,是智慧人种的基因组。共组成24个染色体,分别是22个体染色体、X染色体与Y染色体,含有约30亿个DNA碱基对。碱基对是以氢键相结合的两个含氮碱基,以 A、T、C、G四种碱基排列成碱基序列,其中一部分的碱基对组成了20000～25000个基因。

3.克隆

"克隆"（clone）本意是无性繁殖，它不靠性细胞而是依靠生物的体细胞进行繁殖。1997年2月23日，英国苏格兰罗斯林研究所的科学家宣布，他们的研究小组利用山羊的体细胞成功克隆出一只基因结构与供体完全相同的小羊"多莉（Dolly）"。多莉的特别之处在于它生命的诞生没有精子的参与。研究人员先将一个绵羊卵细胞中的遗传物质吸出去，使其变成空壳，然后从一只6岁母羊身上取出一个乳腺细胞，将其中的遗传物质注入卵细胞空壳中，这样就得到一个含有新的遗传物质但没有受过精的卵细胞，这一卵细胞经过分裂、增殖形成胚胎，再被植入另一只母羊子宫内。2003年2月15日，世界首只克隆羊多莉死亡。

4.软件产业

在21世纪，世界范围内的信息处理和知识处理业务将空前活跃，软科学技术的发展和知识产业的成长将加快步伐；大量的、遍及各个领域的数据库、信息库、知识库将普遍建成并广泛应用；基本软件、应用软件、智能软件、专家系统等软件产业，在经济发展和国家安全中占有越来越突出的地位。

5.生物工程产业

以现代生命技术的四大组成部分（微生物、酶、细胞、基因）为基础，到21世纪将逐步形成以动植物工程、药物及疫苗、蛋白质工程、细胞融合、基因重组、生物芯片及生物计算机等为基本内涵的生物工程产业。这个产业将改造和创建若干高效益的生物物质，使人类的生产和生活发生巨大变化。

6.生物医学产业

在疾病诊断、医疗手术、人工合成材料新成就的基础上，21世纪人类能安全地掌握生物的或人工的脏器（心、肺、肾、脾等）、骨骼、血管、知觉（视、听、嗅、味、触）的移植和再造技术，从而使新的医疗技术达到能对人体器官进行有效替换和重建的高水平，生物医学产业必将成为令人瞩目的高技术产业之一。

7.太阳能产业

21世纪，人类将面临能源紧缺的困境。除寄希望于核聚变能源之外，现实的选择是发展太阳能技术，研制和生产各种太阳能跟踪、捕获、转换和存贮装置，在地面和太空中更多地搜集和利用无污染的太阳能，建立起高技术的太阳能产业。

8.海洋生物技术

海洋生物技术兴起于20世纪80年代，是传统海洋生物学发展的一门新兴研究领域。目前，世界各国正在进行的海洋生物技术研究的内容主要是以海洋生物为对象，综合应用基因工程、细胞操作技术和细胞培养等技术手段进行海洋生物遗传性改造，或生产对人们有用的海洋生物产品。随着神经生物学、海洋生态学、海洋工程学、电子学，以及遥感技术和深海探测技术不断向海洋生物技术领域渗透，并与之相结合，海洋生物技术的研究范围将逐步拓宽。现在，人们正在研究的内容大体有三个方面：一是开发、生产和改造海洋生物天然产物，以便用作药物、食品、新材料；二是定向改良海洋动物、植物遗传特性，为海水养殖业提供具有生长快、品质高和抗病害的优良品种；三是培养具有特殊用途的"超级细菌"，用来清除海洋环境的污染，或者生产具有特定生物治理的物质。

9.智能机械产业

在21世纪，传统的各种机械工具将广泛地与微电子、光电子和人工智能机械产业结合。这个产业提供的智能机器人、智能计算机、智能工具（智能汽车、船舶、火车、飞机、航天器等）、智能生产线、智能化工厂等，不仅在体力上，同时也在脑力上部分替代人类的各种劳动，使人类的智能获得新的解放，从而使人类可以开展更富创造性的工作。

10.纳米技术

就像毫米、微米一样，纳米是一个尺度概念，是一米的十亿分之一，并没有物理内涵。当物质到纳米尺度以后,在1～100纳米这个范围空间,物质的性能就会发生突变,出现特殊性能。这种既不同于原来组成的原子、分子,也不同于宏观的物质的特殊性能构成的材料,即为纳米材料。如果仅仅是尺度达到纳米,而没有特殊性能的材料,也不能叫纳米材料。过去,人们只注意原子、分子或者宇宙空间,常常忽略这个中间领域,而这个领域实际上大量存在于自然界,只是以前没有认识到这个尺度范围的性能。纳米技术的内涵非常广泛,它包括纳米材料的制造技术,纳米材料向各个领域应用的技术(含高科技领域),在纳米空间构筑一个器件实现对原子、分子的翻切、操作以及在纳米微区内对物质传输和能量传输新规律的认识等。

11.空间技术

空间技术是探索、开发和利用宇宙空间的技术,又称为太空技术和航天技术。目的是利用空间飞行器作为手段来研究发生在空间的物理、化学和生物等自然现象。空间技术自20世纪50年代崛起以来,以其辉煌的成就对国际政治、军事产生的影响和对人类经济、文明做出的贡献举世瞩目。几十年来,空间技术取得了重大的成就,其中各类卫星大显神通。我国也成功地研制出了"神五"、"神六"、"神七"载人飞船,并成功地实现了太空漫步。

第三节　生活常识

1.光合作用

光合作用(Photosynthesis)是植物、藻类和某些细菌利用叶绿素,在可见光的照射下,将二氧化碳和水转化为葡萄糖,并释放出氧气的生化过程。植物与动物不同,它们没有消化系统,因此它们必须依靠其他的方式来进行对营养的摄取,就是所谓的自养生物。对于绿色植物来说,在阳光充足的白天,它们将利用阳光的能量来进行光合作用,以获得生长发育必需的养分。这个过程的关键参与者是内部的叶绿体,叶绿体在阳光的作用下,把经有气孔进入叶子内部的二氧化碳和由根部吸收的水转变成为葡萄糖,同时释放氧气,这个过程可以用一个化学方程式表示为:

$$12H_2O+6CO_2+光 \longrightarrow C_6H_{12}O_6(葡萄糖)+6O_2\uparrow+6H_2O$$

植物之所以被称为食物链的生产者,是因为它们能够通过光合作用利用无机物生产有机物并且贮存能量。通过食用植物,食物链的消费者可以吸收到植物所贮存的能量,效率为30%左右。对于生物界的几乎所有生物来说,这个过程是它们赖以生存的关键。而地球上的碳氧循环,光合作用是必不可少的。

2.工业酒精与食用酒精

工业酒精含有少量甲醇、96%的乙醇,其一般为淡黄色液体。工业酒精由于制备工艺等原因,里面常含有甲醇、杂醇油、铅等多种有害物质,为了防止工业酒精被用来制作饮料,往往还加入少量的甲醇等物质,故又称变性酒精。

食用酒精使用粮食和酵母菌在发酵罐里经过发酵后,经过过滤、精馏来得到的产品,通常为乙醇的水溶液,或者说是水和乙醇的互溶体,食用酒精里不含有对人体有毒的苯类和甲醇。医用和药用酒精现阶段都是符合食用酒精的产品,没有专用的,即食用酒精可按比例稀释成75%的医用消毒酒精。

3.眼镜片上的水雾

所有戴眼镜的人最大的烦恼莫过于镜片出雾,特别是天冷时,镜片出雾的现象更加明显。这是什么原因导致的呢? 其实从物理角度来说,这是水的凝结现象。我们都知道,空气中都或多或少地含有一定的水蒸气,当空气中的水蒸气遇到冷的物体就凝结成看得见的水滴了。比如说,冬天外面的空气很凉,因此镜片也很凉,温度相对较高的室内,空气中充满了水蒸气,当你从外面进屋时,水蒸气遇到冰凉的镜片时会马上凝结为很细的水滴而沾在镜片上,镜片也因此而起了一层白白的水雾。

4.甲型 H1N1 流感

甲型 H1N1 流感为急性呼吸道传染病,其病原体是一种新型的甲型 H1N1 流感病毒,在人群中传播。与以往或目前的季节性流感不同,该病毒毒株包含有猪流感、禽流感和人流感三种流感病毒的基因片段。人群对甲型 H1N1 流感病毒普遍易感,并可以人传染人。世界卫生组织宣布从 2009 年 4 月 30 日起,开始使用"A(H1N1)型流感"而非"猪流感"一词。甲型 H1N1 流感的症状:发热、头痛、发冷和疲劳等,有时还会出现腹泻或呕吐、肌肉疼痛、红眼等。

5.站在高压线上的小鸟

当我们行走在马路上时,经常可以看到成群的麻雀或乌鸦停落在几万伏的高压电线上,它们不仅不会触电,而且一个个显得悠闲自得。可是,如果有人不小心碰到高压线就会触电身亡!同样都是一根高压线,为什么小鸟站在上面却不会触电呢?我们都知道,电分为正负两极,在正负两极之间连接上导体,电流就会从导体上流过。同样电线也分为正负两根,人体是导体,人的身体较大,在碰到电线时,把两根电线连在一起,形成短路,人体上就有大电流流过,这就是人触电身亡的原因。由于小鸟身体较小,它只接触了一根电线,它的身体和所站在的那根电线是等电位,身体上没有电流通过,所以它们不会触电。

6.彩虹的形成原理

彩虹是太阳光穿透雨的颗粒时形成的。原本光是笔直行进的,但它也具有一旦进入水中就会折射的性质,因此,太阳光在通过雨的颗粒时就会折射。此时,由于光折射的角度因颜色而各异,七种颜色会以各自不同的角度折射,所以七种颜色会很漂亮地排列起来。简单描述彩虹的形成过程为:太阳光射向空中的水珠经过折射→反射→折射后射向我们的眼睛所形成。因为彩虹呈现于与太阳方向相反的天空,所以想在雨后看彩虹要背对着太阳。

其实只要空气中有水滴,而阳光正在观察者的背后以低角度照射,便可能出现彩虹现象。彩虹最常在下午,雨后刚转天晴时出现。这时空气内尘埃少而充满小水滴,天空的一边因为仍有雨云而较暗。而观察者头上或背后已没有云的遮挡而可见阳光,这样彩虹便会较容易被看到。另一个经常可见到彩虹的地方是瀑布附近。

7.日食与月食

日食,又作日蚀,是一种天文现象,只在月球运行至太阳与地球之间时发生。这时对地球上的部分地区来说,月球位于地球前方,因此来自太阳的部分或全部光线被挡住,看起来好像是太阳的一部分或全部消失了。太阳完全被遮住称为日全食,遮住部分称为日偏食。日食只在朔,即月球与太阳呈现合的状态时发生。

月食,指当月球运行至地球阴影部分时,在月球与地球之间的地区会因为太阳光被地球所遮住,就看到月球缺了一块。此时,太阳、地球、月亮恰好(几乎)在同一条直线上。同样月食也分月全食和月偏食。

日食和月食都是光的直线传播规律的一个自然而然的现象。

8.雾的形成

雾是由于大量的水滴或冰晶悬浮在地面大气层中使空气混浊,能见到适度变小的水汽凝结现象。

在空气中所含有的水汽是有一定限量的,到达最大限量时,就叫水汽饱和。气温愈高时,空气中所含有的水汽也会愈多。当空气中所含的水汽高出一定温度条件下的饱和水汽量时,多余的水汽就可能会凝结出来,成了水滴或者冰晶。之所以空气中的水汽会超过饱和量,凝结成水滴,这主要是由于气温的降低而造成的。

地面上热量的消失,使地面温度逐渐下降,同时还会影响到地面的空气和温度,使得空气温度也跟着降低下来。如果地面的空气层是潮湿的,也就是说空气中水汽含量非常大,这样的话当气温降低到一定的程度时,空气中一部分水汽将会超过饱和量凝结起来变成许多许多的小水滴漂浮在近地面的空气层中。

如果近地面空气层的小水滴越来越多,就会阻碍大家的视线而形成雾。

9.植物与地震预测

我国的地震科学家在调查地震以前植物变化的时候,发现了很多值得注意的情况:比如在地震之前,蒲公英会在初冬季节就提早开了花;山芋藤也会突然间开花;有竹子花与柳树梢枯死等不正常的现象。

科学家们从植物细胞学的角度观察与测定了地震以前的植物机体内的一些变化。他们发现,生物体的细胞就像一个活的电池,每当接触生物体不对称的两个电极时,两电极之间便会产生一种电位差,产生出电流,于是乎植物对应外界的刺激同样也在体内发生兴奋的反应。科学家利用高灵敏的记录仪器对合欢树实行生电的测量,并且认真地分析记录下了电位的变化,最终发现,合欢树可以感觉到地震,而且在震前的两天有反应,并出现特别大的电流;在余震期间,电流的活动也会相应地渐渐减少。

为什么地震前植物的生物电流会产生剧烈的变化呢?是因为在地震以前植物出现了异常强大的电流,或许是由于它的根系可灵敏地捕捉到地下所发生的许多物理与化学变化,以及地下水、大地电位、电流、磁场的变化,因此导致植物产生各方面的相应的变化。

经典真题专家点评

1.(2011年中央)新中国成立后,我国在一些前沿技术领域取得了一批具有较大国际影响力的创新成果,下列全部属于近30年来取得的重大突破的一组是(　　)。

A.歌德巴赫猜想、载人航天、古生物考古、南水北调

B.月球探测、核电工程、反西格玛负超子、陆相成油理论

C.超大规模集成电路、第三代移动通信、高性能计算机、超级杂交水稻

D.激光照排技术、量子通讯、古生物考古、人工合成结晶牛胰岛素

【专家点评】本题答案为C。中国数学家陈景润于1966年证明"1+2",使哥德巴赫猜想有了重要的突破,A项错误;我国于新中国成立前就已经提出陆相成油理论,中国科学院原子能研究所王淦昌领导的实验组于1959年发现了反西格玛负超子,B项错误;我国于1965年9月17日人工合成结晶牛胰岛素,D项错误。

2.(2011年中央)下列有关地震的表述,不正确的是(　　)。

A.2008年四川汶川地震是我国自1949年以来破坏性最强、波及范围最广的一次地震

B.我国位于世界两大地震带——环太平洋地震带与欧亚地震带之间

C.我国的地震带主要分布在台湾、西南、西北、华北、东南沿海等五个区域

D.震源的深度越浅,地震破坏力越大,波及范围也越广

【专家点评】本题答案为D。震源浅,波及范围会小一些,但在受影响范围内的强度极大;震源深,影响面积会较大,但造成的破坏力相对较少。

3.(2011年中央)下列有关生活常识的说法,不正确的是(　　)。

A.夏天不宜穿深色衣服,深色衣服比浅色衣服更易吸收辐射热

B.驱长虫药若饭后服用,不易达到最好的驱虫效果

C.按照建筑采光要求,相同高度的住宅群,昆明的楼房间距应该比哈尔滨的楼房间距大

D.在汽车玻璃清洗液中加入适当比例的酒精,可使其抗冻效果更好

【专家点评】本题答案为C。昆明纬度低,哈尔滨纬度高,前者阳光照射角度高,后者阳光照射角度低,所以前者的楼间距可以比后者的小。

单元同步训练

一、单项选择题

1. 下列关于人类航天史的说法,正确的是(　　)。

A. 载人飞船首次在地球轨道上实现交汇和对接是在 20 世纪 60 年代

B. 前苏联宇航员加加林是世界上第一个进行太空行走的人

C. 成功将世界上第一颗人造地球卫星送入太空的是美国

D. 首次实现登月的载人飞船是"阿波罗 13 号"

2. 下列有关天文知识的表述,正确的是(　　)。

A. 开普勒制成人类历史上第一台天文望远镜,并证实了哥白尼学说

B. 四象青龙、白虎、朱雀、玄武分别代表东、西、南、北四个方向

C. 世界最早的哈雷彗星记录是《诗经》中的"鲁庄公七年星陨如雨"

D. 月食发生时地球、月球、太阳在一条直线上,且月球居中

3. 下列关于日常生活中的做法,不正确的是(　　)。

A. 为了使用方便和最大限度的利用材料,机器上用的螺母大多是六角形

B. 在加油站不能使用手机,是因为手机在使用时产生的射频火花很容易引起爆炸,发生危险

C. 交通信号灯中红色被用做停车信号是因为红色波长最长

D. 家中遇到煤气泄漏事件应立即使用房间的电话报警

4. 中国的英文名称"CHINA"的小写就是"瓷器"的意思,"CHINA"的英文发音源自景德镇的历史名称"昌南",并以此突出景德镇瓷器在世界上的影响和地位。以下不属于景德镇四大传统名瓷的是(　　)。

A. 青花　　　　　　　B. 白瓷　　　　　　　C. 玲珑　　　　　　　D. 粉彩

5. 目前,我国采用三角形符号作为塑料回收标志,一般标在塑料瓶底。三角形标志里面的数字表示该塑料瓶是否可以循环使用。当数字大于等于_____时表示该塑料瓶可以循环使用。

A. 5　　　　　　　　B. 4　　　　　　　　C. 3　　　　　　　　D. 2

二、多项选择题

1. 近代粒子物理学研究表明,除了强力和弱力之外,还存在着(　　)。

A. 电磁力　　　　　　　　　　　　B. 引力

C. 吸收力　　　　　　　　　　　　D. 重力

2. 下列各奖项,属于我国五大科学技术奖的有(　　)。

A. 国家自然科学奖　　　　　　　　B. 国家技术发明奖

C. 国家科学技术进步奖　　　　　　D. 中华人民共和国国际科学技术合作奖

3. 多数鱼类背部发黑、腹部发白,其原因不是(　　)。

A. 长期进化形成的保护色

B. 背部比腹部接受光线多,导致色素沉淀

C. 背部比腹部黏膜厚,吸收光线多

D. 背部鱼鳞多,吸收光线多

4. 生物性状包括(　　)和(　　)两个方面。

A. 变异　　　　　　　B. 形态特征　　　　　C. 生理特征　　　　　D. 遗传

参考答案及解析

一、单项选择题

1. A【解析】苏联于1962年8月12日发射东方4号飞船,该飞船与东方3号在太空实现首次交汇飞行,A项正确;苏联的航天员列昂诺夫于1965年3月18日首次进行太空行走,B项错误;人类成功向宇宙发射的首颗人造卫星是1957年10月4日苏联发射的"斯普特尼克1号"人造卫星,C项错误;美国载人飞船"阿波罗11号"于1969年7月在月球着陆,阿姆斯特朗成为登陆月球第一人。D项错误。

2. B【解析】人类历史上第一台天文望远镜是伽利略发明的,A项错误;世界最早的哈雷彗星记录是《春秋》中的"秋七月,有星孛入于北斗",C项错误;月食是地球的影子遮住月球,地球居于太阳、月亮的中间,D项错误。

3. D【解析】煤气泄漏会导致空气中煤气浓度过大,打电话时会产生微弱电流,遇到煤气可能发生爆炸,所以家中遇到煤气泄漏事件立即使用房间的电话报警是不正确的。

4. B【解析】景德镇四大传统名瓷是青花、玲珑、粉彩、颜色釉。白瓷是中国传统瓷器。

5. A【解析】目前,我国与国际一样采用三角形符号作为塑料回收标志,一般标在瓶底,在每个塑料瓶底部都有一个带箭头的三角形标志,假如数字在5或以上,就表示该塑料瓶可以循环使用,里面的数字越大越安全。

二、多项选择题

1. AB【解析】在自然界中存在四种基本力:强力、弱力、引力和电磁力。前两者是短程力,后两者是长程力。

2. ABCD【解析】中国五大科学技术奖包括:国家最高科学技术奖、国家自然科学奖、国家技术发明奖、国家科学技术进步奖、中华人民共和国国际科学技术合作奖。

3. BCD【解析】由于自然界的竞争十分激烈,所以很多动物都会形成保护色,这样能够与自然环境混为一体,有助于躲避其他动物天敌的捕食。鱼类的这种颜色也是保护色的一种。故选BCD。

4. BC【解析】生物性状指生物的形态、结构等方面的特征,包括形态特征和生理特征。

第二十二章　中国基本国情

知识结构导读

中国基本国情 {
  疆域和资源 {
    我国的地理位置与国土面积
    我国的地形与气候
    我国的自然资源
  }
  人口和民族 {
    中国的人口
    中国的民族
  }
}

考点内容精讲

第一节　疆域和资源

一、我国的地理位置与国土面积

我国位于亚洲东部,太平洋西岸。我国陆上疆界长达 22800 多公里,与 15 个国家为邻。东邻朝鲜,南邻越南、老挝、缅甸,西南同印度、不丹、锡金、尼泊尔、巴基斯坦,并和阿富汗接界,东北毗邻俄罗斯,西北邻塔吉克斯坦、吉尔吉斯斯坦和哈萨克斯坦等国,北接蒙古。大陆海岸线北起中、朝交界的鸭绿江口,南至中、越交界的北仑河口,长约 18000 公里。海上邻国,东有日本,东南有菲律宾、印度尼西亚、文莱、马来西亚和新加坡。

我国陆地面积大约为 960 万平方公里,仅次于俄罗斯、加拿大,居世界第三位。此外,我国还有 470 多万平方公里的海上疆域。我国领土南北跨越的纬度近 50 度,大部分在温带,小部分在热带,没有寒带。我国东西跨越经度 60 多度,最东端和最西端的时差有 4 个多小时。北回归线横穿我国南部。

我国是世界上岛屿众多的国家之一,90% 的岛屿分布在东海和南海。台湾岛、海南岛、崇明岛分别是我国第一、第二、第三大岛。舟山群岛、庙岛群岛、澎湖列岛、南海诸岛是我国的四大群岛。浙江省是我国岛屿分布最多的省。我国自北向南还有辽东半岛、山东半岛、雷州半岛三大半岛。

二、我国的地形与气候

我国地势西高东低,山地、高原和丘陵约占陆地面积的67%,盆地和平原约占陆地面积的33%。山脉多呈东西和东北—西南走向,主要有阿尔泰山、天山、昆仑山、喀喇昆仑山、喜马拉雅山、阴山、秦岭、南岭、大兴安岭、长白山、太行山、武夷山、台湾山脉和横断山等山脉。西部有世界上最高大的青藏高原,平均海拔4000米以上,素有"世界屋脊"之称,珠穆朗玛峰海拔8844.43米,为世界第一高峰。在此以北以东的内蒙古、新疆地区、黄土高原、四川盆地和云贵高原,是中国地势的第二级阶梯。大兴安岭—太行山—巫山—武陵山—雪峰山一线以东至海岸线多为平原和丘陵,是第三级阶梯。海岸线以东以南的大陆架蕴藏着丰富的海底资源。

我国是世界上著名的季风气候盛行的国家,大部分地区受冬、夏季风的影响,形成世界典型的季风气候。气候季节变化明显,冬季寒冷干燥,多偏北风;夏季温暖湿润,多偏南风。中国气候受陆地影响强烈,具有较强的大陆性特点,突出表现在气温年较差大,降水集中在夏季,降水的强度和变化幅度大。与世界同纬度地区的平均气温相比,冬季气温偏低,夏季气温偏高,从南向北,气温年较差越大。大陆性气候显著的特点使我国夏季普遍高温多雨,雨热同季,既有利于农作物的生长,又有利于喜温作物的种植区北移。由于季风气候显著,我国处于回归带的南方地区形成了大片富庶的"鱼米之乡"。

三、我国的自然资源

1.我国的土地资源

我国的土地总面积约为960万平方公里,土地资源的绝对数量居世界前列,耕地居世界第四位。土地资源类型多样,山地、耕地、林地、草地、沼泽地、沙漠、滩涂、水面等,都有大面积分布。

2.我国的水资源和水能资源

（1）水资源

我国是世界上水资源丰富的国家之一。陆地上的地表水、地下水、冰川和永久积雪所蕴藏的水资源共5亿立方米,可被利用的水资源约2.8亿立方米,居世界第五位。河流和湖泊是中国主要的淡水资源,因此,河湖的分布、水量的大小,直接影响着各地人民的生活和生产。我国水资源的特点是:①水资源的人均单位面积占有量不丰富,人均占有量仅为世界人均占有量的1/4;②水资源地区分布不均,南多北少,相差悬殊;③水资源量的年际和季节变化很大。水资源是我国十分珍贵的自然资源。同时,我国也是世界上缺水严重的国家之一。"水"已成为了制约我国社会、经济快速发展的瓶颈。

（2）水能资源

水电与火电相比,具有清洁、廉价的特点,而且水力发电是可再生资源,可循环使用。我国地势西高东低,呈阶梯状分布,许多河流在流经阶梯交界处时落差大,水流湍急,水能蕴藏巨大。我国水能资源蕴藏量达6.8亿千瓦,居世界第一位,其中长江水系、雅鲁藏布江、黄河中上游和珠江水系尤其丰富,已开发的水电站大多分布在长江、黄河和珠江的上游。目前,发电量居前的水电站有三峡水电站（居世界第一）、溪洛渡水电站（居世界第三）、二滩水电站等。

3.我国的矿产资源

我国是世界上矿产比较齐全,矿产资源基本配套的少数国家之一,矿产资源总量及矿产开发总规模都居世界前列。我国已发现170多种矿产,目前已探明储量的矿产有159种。其中铀、钨、锡、铝、稀土、钛、锑、汞、铅、锌、铁、金、银、硫、磷、石墨、萤石、菱镁矿等储量均居世界前列;铜、铅、锰、硼、滑石、高岭土等也居世界重要地位。能源资源也很丰富,煤炭储量大,内陆和沿海大陆架有丰富的储油构造。我国主要能源分布情况:我国能源的储量和产量居第一位的是煤,其次为石油、天然气。我国矿产资源具有以下特点:

①矿种多,探明储量多,但人均占有量却居世界后列;②伴生、共生矿床多,综合矿多,而综合利用的程度很低;③不少矿产贫矿多,难采、难选矿多,富矿少;④矿产分布具有明显地域差异;⑤中小型产地多,遍布全国各地。

4.我国的海洋资源

我国临渤海、黄海、东海和南海四大自然海区,总面积473万多平方公里。海洋资源极其丰富。海洋资源指海洋的生物资源、矿产资源、化学资源和动力资源。我国大陆架渔场面积约150万平方公里,有20多个海洋渔场。我国浅海、滩涂的面积超过1300万平方公里,可养殖面积约130多万平方公里。沿海水质肥活,水温适宜,对鱼、虾、贝、藻类的繁殖生产十分有利。我国近海海底的矿产资源有石油和各种海滨砂矿等。渤海、南黄海、东海、台湾浅滩、珠江口、北部湾、莺歌海7个含油气盆地具有良好的产油远景,其中一些地区已打出工业性气流。海滨砂矿主要有钦铁矿、错英石、独丹石、磷钇矿、石英砂和砂金等,年产约20万吨。我国海域的化学资源主要海水盐、镁和溴,其含量很高,浓度分别居世界第一位、第二位和第八位。我国海洋能源理论蕴藏量约为6亿千瓦以上,其中潮汐能为1.9亿千瓦,波浪能为1.5亿千瓦,温差能1.5亿千瓦,盐度能源为1.1亿千瓦。

5.我国的生物资源

我国幅员辽阔,自然地理条件复杂,生物种类极为丰富,生物多样性在全球居第八位,北半球居第一位。据统计,中国有高等植物30000多种,占世界的10%,居第三位,其中裸子植物250种左右;脊椎动物6347种,占世界的14%,其中鸟类1244种,鱼类3862种,均属世界前列。其中属于中国特有的脊椎动物有667种,如大熊猫、金丝猴、白鳍豚、扬子鳄、麋鹿等;中国特有的高等植物17300种,如银杉、金钱松、珙桐等。

6.我国的森林资源

我国森林面积小,资源数量少,地区分布不均。据2010年统计我国森林面积为1.95亿公顷,人均约0.142公顷,而全世界森林面积约40亿公顷,人均约0.6公顷。我国森林覆盖率20.36%,而全世界森林覆盖率为31%。我国森林蓄积量137.21亿立方米,人均约10立方米,而全世界森林蓄积量约为3100亿立方米,人均约72立方米。另一方面,长期以来山区人民积累了丰富的造林、营林经验,培育了大面积的人工林,特别是南方山区的杉木林和竹林。

7.我国的草场资源

我国草场资源面积居世界第二位,是我国陆地上面积最大的生态系统。我国有五大草原区(分别为东北草原区、蒙甘宁草原区、新疆草原区、青藏草原区、南方草山区)和四大牧区(内蒙古牧区、新疆牧区、青海牧区、西藏牧区)。我国草场资源利用现状:生产方式落后,靠天养畜,对草场利用多,建设少;天然草场的单位面积产草量逐年下降,草场退化面积不断扩大,草场沙化和碱化面积增加;草场载畜量越来越少,一些地区已达到饱和状态。

第二节　人口和民族

一、中国的人口

以2010年11月1日零点为标准点的第六次人口普查主要数据如下。

1.人口总量

这次人口普查登记的全国总人口为1339724852人,与2000年第五次全国人口普查相比,十年增加7390万人,增长5.84%,年平均增长0.57%,比1990年到2000年的年平均增长率1.07%下降0.5个百分点。数据表明,十年来我国人口增长处于低生育水平阶段。

2.家庭户规模

这次人口普查,31个省、自治区、直辖市共有家庭户40152万户,家庭户人口124461万人,平均每个家庭户的人口为3.10人,比2000年人口普查的3.44人减少0.34人。家庭户规模继续缩小,主要是由于我国生育水平不断下降、迁移流动人口增加、年轻人婚后独立居住等因素的影响。

3.性别构成

这次人口普查,男性人口占51.27％,女性人口占48.73％,总人口性别比由2000年人口普查的106.74下降为105.20(以女性人口为100.00)。

4.年龄构成

这次人口普查,0～14岁人口占16.60％,比2000年人口普查下降6.29个百分点;60岁及以上人口占13.26％,比2000年人口普查上升2.93个百分点,其中65岁及以上人口占8.87％,比2000年人口普查上升1.91个百分点。我国人口年龄结构的变化,说明随着我国经济社会快速发展,人民生活水平和医疗卫生保健事业的巨大改善,生育率持续保持较低水平,老龄化进程逐步加快。

5.民族构成

这次人口普查,汉族人口占91.51％,比2000年人口普查的91.59％下降0.08个百分点;少数民族人口占8.49％,比2000年人口普查的8.41％上升0.08个百分点。少数民族人口十年年均增长0.67％,高于汉族0.11个百分点。

6.各种受教育程度人口

这次人口普查,与2000年人口普查相比,每十万人中具有大学文化程度的由3611人上升为8930人,具有高中文化程度的由11146人上升为14032人;具有初中文化程度的由33961人上升为38788人;具有小学文化程度的由35701人下降为26779人。

文盲率(15岁及以上不识字的人口占总人口的比重)为4.08％,比2000年人口普查的6.72％下降2.64个百分点。

各种受教育程度人口和文盲率的变化,反映了十年来我国普及九年制义务教育、大力发展高等教育以及扫除青壮年文盲等措施取得了积极成效。

7.城乡构成

这次人口普查,居住在城镇的人口为66557万人,占总人口的49.68％,居住在乡村的人口为67415万人,占50.32％。同2000年人口普查相比,城镇人口比重上升13.46个百分点。这表明2000年以来我国经济社会的快速发展极大地促进了城镇化水平的提高。

8.地区分布

这次人口普查,东部地区人口占31个省(区、市)常住人口的37.98％,中部地区占26.76％,西部地区占27.04％,东北地区占8.22％。

与2000年人口普查相比,东部地区的人口比重上升2.41个百分点,中部、西部、东北地区的比重都在下降,其中西部地区下降幅度最大,下降1.11个百分点;其次是中部地区,下降1.08个百分点;东北地区下降0.22个百分点。

按常住人口分,排在前五位的是广东省、山东省、河南省、四川省和江苏省。2000年人口普查排在前五位的是河南省、山东省、广东省、四川省、江苏省。

9.人口的流动

这次人口普查,居住地与户口登记地所在的乡镇街道不一致且离开户口登记地半年以上的人口为

26139 万人,其中市辖区内人户分离的人口为 3996 万人,不包括市辖区内人户分离的人口为 22143 万人。同 2000 年人口普查相比,居住地与户口登记地所在的乡镇街道不一致且离开户口登记地半年以上的人口增加 11700 万人,增长 81.03%;其中不包括市辖区内人户分离的人口增加 10036 万人,增长 82.89%。这主要是多年来我国农村劳动力加速转移和经济快速发展促进了流动人口大量增加。

二、中国的民族

(一)我国的民族及分布状况

中国共有 56 个民族,是一个统一的多民族社会主义国家。其中汉族人口最多,占 90.56%,其他 55 个民族被称为少数民族,其中壮族人口最多,有 1617 万余人。人口超过 400 万的少数民族还有:满、回、苗、维吾尔、藏、彝、土家、蒙古族等。汉族的分布遍及全国,主要集中在东部和中部;少数民族多分布在西南、西北和东北等边疆地区。云南省是我国少数民族最多的省份。

(二)我国的民族政策

新中国成立后,党和人民政府根据国情和各民族的实际,制定了一系列方针、政策、法律法规,处理和解决国内民族问题,促进国内各民族平等团结和共同繁荣。

(1)坚持民族平等与民族团结的原则。各民族不分大小强弱,均处于平等地位享有平等权利,用法律的形式保障少数民族的合法权利,帮助少数民族发展经济、文化事业,加强各民族的团结,实现各民族事实上的平等。

(2)实行民族区域自治。在统一的祖国大家庭内,在国家统一领导下,以少数民族聚居的地区为基础,建立相应的自治区,设立自治机关,行使自治权,自主地管理本民族内部地方性事务,行使当家做主的权利,这是党和政府解决国内民族问题的基本政策和基本制度。

(3)大力培养和使用少数民族干部。现在全国已有 12 所民族学院,还开办了各种民族干部培训和民族干部学院,大力培养各少数民族专业人才。我国已有一支 180 多万人的少数民族干部队伍。

(4)大力发展少数民族的经济和文化。党和国家为了迅速改变少数民族和民族地区的经济文化落后状况,在国家扶持、先进民族帮助和少数民族自力更生相结合的原则下,对民族地区采取了一系列优惠政策和措施。

经典真题专家点评

1.(2011 年中央)我国的能源条件可以概括为(　　)。

A.缺煤、富油、少气　　　　　　　　　　B.富煤、缺油、少气

C.缺煤、缺油、多气　　　　　　　　　　D.富煤、富油、多气

【专家点评】本题答案为 B。我国煤炭储藏量居世界第一位,煤炭资源总量远远超过石油和天然气资源。我国石油资源极其匮乏,现在我国一半左右的石油都依靠进口,所以我国能源资源的特点是富煤、缺油、少气。

2.(2008 年湖北)我国的地势是(　　)。

A.东高西低　　　　　　　　　　　　　　B.南高北低

C.西北走向　　　　　　　　　　　　　　D.西高东低

【专家点评】本题答案为 D。我国地势西高东低,山地、高原和丘陵约占陆地面积的 67%,盆地和平原约占陆地面积的 33%。

单元同步训练

1. "西气东输"输送的气体的主要成分是( )。

A. 一氧化碳　　　　　B. 氢气　　　　　　　C. 甲烷　　　　　　　D. 二氧化碳

2. 2010年7月，党中央、国务院召开了西部大开发工作会议，总结西部大开发10年取得的巨大成就和丰富经验，全面分析国内外形势和西部大开发面临的新机遇、新挑战。关于西部大开发战略，下列表述不正确的是( )。

A. 西部大开发在我国区域协调发展总体战略中居于优先地位

B. 西部大开发战略实施的最主要目的是解决沿海同内地的贫富差距

C. 西部大开发覆盖地域指陕、甘、宁、青、新等西北五省（区）及西藏自治区

D. 实施西部大开发的核心工作是保障和改善民生

3. 我国民族关系中的"三个离不开"是指( )。

A. 少数民族的发展离不开自身的努力，离不开发达地区的帮助，离不开国家民族政策的支持

B. 汉族离不开少数民族，少数民族离不开汉族，少数民族之间也相互离不开

C. 民族关系的和谐离不开经济发展，离不开民族政策教育，离不开法制建设

D. 各民族的团结离不开共同繁荣，离不开共同发展，离不开共同进步

4. 2010年新成立的我国第三个副省级新区是( )。

A. 新疆喀什　　　　　　　　　　　　B. 上海浦东

C. 天津海滨　　　　　　　　　　　　D. 重庆两江

参考答案及解析

1. C【解析】我国西部地区的塔里木、柴达木、陕甘宁和四川盆地蕴藏着26万亿立方米的天然气资源，约占全国陆上天然气资源的87％。特别是新疆塔里木盆地，天然气资源量有8万多亿立方米，占全国天然气资源总量的22％。塔里木北部的库车地区的天然气资源量有2万多亿立方米，是塔里木盆地中天然气资源最富集的地区，具有形成世界级大气区的开发潜力。天然气主要成分为甲烷。因此答案为C选项。

2. C【解析】西部大开发的面积为685万平方公里，占全国面积的71.4％。其范围包括陕西省、甘肃省、青海省、宁夏回族自治区、新疆维吾尔自治区、四川省、重庆市、云南省等12个省、自治区、直辖市，C项表述错误。

3. B【解析】1990年8月，江泽民同志视察新疆时指出："我们伟大的中华民族，是由五十六个民族构成的，在我们祖国的大家庭里，各民族之间的关系是社会主义的新型关系，汉族离不开少数民族，少数民族离不开汉族，少数民族之间也相互离不开。"

4. D【解析】2010年6月18日，重庆两江新区正式挂牌，成为中国第三个副省级新区。

第六篇　公文写作与处理

第二十三章　公文写作

知识结构导读

公文写作
├─ 公文基础知识
│　├─ 公文的定义和特点
│　├─ 公文的分类
│　└─ 公文的作用
├─ 公文写作概述
│　├─ 公文写作概念
│　├─ 公文写作特点
│　├─ 公文写作的基本要求
│　└─ 公文写作步骤与方法
├─ 公文稿本与体式
│　├─ 公文的稿本
│　└─ 公文的体式
├─ 公文的写作要领
│　├─ 文头的写作要领
│　├─ 正文的写作要领
│　└─ 文尾的写作要领
├─ 公文写作规则与常用公文写作要点
│　├─ 公文写作的行文规则
│　└─ 常用公文写作要点
└─ 公文的收文与发文
　　├─ 公文处理工作的概念
　　├─ 公文处理工作的任务
　　├─ 收文处理
　　└─ 发文处理

考点内容精讲

第一节　公文基础知识

一、公文的定义和特点

(一)公文定义

公文,又称公务文件,是在社会活动中直接形成和使用的,具有规范格式和法定效用的信息记录形式。公文形成的目的是为了满足各类社会组织记载事物、表达意志、交流信息、联系工作、处理各种事务的需要。

(二)公文的特点

1.公务性

公文所发出的信息是社会组织的公务信息,这是公文的首要特点。

2.规范性

《国家行政机关公文处理办法》(以下简称《办法》)和《中国共产党机关公文处理条例》(以下简称《条例》)规定了公文的规范性体裁。《办法》规定的国家行政机关公文体裁主要有命令、决定、公告、通知、议案、报告、请示、批复、意见、函、会议纪要等;《条例》规定的全党的机关公文体裁主要有决议、决定、指示、意见、通知、通报、公报、请示、批复、条例、规定、函、会议纪要等。公文非规范性体裁(事务性体裁)是指公务活动中实用性很强的惯用型体裁,主要有计划、总结、会议记录、讲话稿、调查报告、简报、述职报告、启事、感谢信、慰问信、贺电等。

3.法定性

只有依法成立并能以自己的名义行使权力和承担责任的单位及其法定代表人,才能充当公文的作者。

4.程序性

制发公文有一定的过程,具体包括草拟、审核、签发、复核、缮印、用印、登记、分发等过程。

5.政治性

国家的性质、政党以及国家机关的阶级性质和路线方针决定了公文的政治性。

6.权威性

公文的权威性来自公文制发机关的权威性和合法地位。

7.时效性

公文在特定的时间期限内具有效力,一旦过了特定的时间期限后,或被新的公文取代后即失去效力。

二、公文的分类

(一)公文按其行文方向,可分为上行文、下行文和平行文

上行文是指下级机关向上级机关报送的公文,如请示、报告等。

下行文是指上级机关给所属下级机关的行文,如决定、指示、公告、通知、通告、通报等。

平行文指同级机关或不同隶属机关之间的行文,如函等。通知、公文纪要有时也可作为平行文。

(二)公文按其时限要求,可分为特急公文、急办公文和常规公文

公文内容有时限要求,需迅速传递办理的,称紧急公文。

紧急文件可分为特急和急件两种,紧急公文应随到随办,时限要求越高,传递、办理的速度也就要求越快,但要"快中求准";急办公文是指在时间上要求紧急的公文。以上两种公文都是因某种特殊情况或大事,要马上报告、处理答复的。

常规公文是指按政党规定时间办理的公文。

(三)公文按其机密程度,可分为绝密公文、机密公文、秘密公文和普通公文

绝密、机密、秘密公文又称保密文件,是指内容涉及党和国家的机密,需要控制知密范围和知密对象的文件。文件的密级越高,传达、阅办、保管的要求也越严。

普通公文是指内容不涉及党和国家秘密的文件,但普通公文不意味着可以随便处置。

(四)公文按来源分,可分为对外文件、收来文件、内部文件

对外文件是指本机关(或部门)拟制的向外单位发出的文件。

收来文件是指由外机关拟制的作为传达其自身机关的意图,发送到本机关(或部门)来的文件。

内部文件是指制发和使用都限于机关内部的文件。

(五)公文按其内容性质,可分为指挥性公文、规范性公文、报请性公文、知照性公文和记录性公文

指挥性文件,是指上级领导机关对下级机关或群众发出的用以领导和指导工作的公文(如命令、指示、决定、意见、批复、政策性通知等)。

规范性文件,是指由机关、组织、社会团体制定的,要求其成员在活动、工作等方面严格遵守的行为规范(如条例、规定、办法、细则、章程、规则等)。

报请性文件,是指下级机关向上级机关汇报工作、反映情况、请示问题时所使用的陈述性、请求性公文(如报告、请示等)。

知照性文件,是指机关单位发布的需要周知或遵守,以及各机关单位之间联系工作、通报情况所使用的公文(如公报、公告、知照性通知、通报、函等)。

记录性公文,是指各机关、组织用以记载公务活动以备查考的公文(如会议记录、电话记录、会议纪要、大事记、值班日志等)。

三、公文的作用

公文的作用主要表现在以下五个方面。

(1)领导和指导作用。

(2)行为规范作用。

(3)传递信息作用。

(4)公文联系作用。

(5)凭证记载作用。

第二节　公文写作概述

一、公文写作概念

公文写作指公文的起草与修改，是撰写者代机关立言，体现机关领导意图和愿望的写作活动，包括起草初稿、讨论修改和形成送审三个方面。

二、公文写作特点

被动写作，遵守性强；对象明确，针对性强；集思广益，群体性强；决策之作，政策性强；紧迫之作，时限性强；讲究格式，规范性强。

三、公文写作的基本要求

（一）合"法"、规范

合"法"，即要求公文的内容与形式以及公文形成的程序过程务必合乎国家法律、法令、方针政策，合乎上级指示和规定，与本机关其他现行有效文件保持一致。

规范，即要求公文格式、语言表达、符号使用均应符合有关规定，符合语法规则与逻辑规则，不允许"标新立异"。规范是公文的一大特点，也是公文的生命。

（二）求实、准确

求实，即要求公文的内容能从实际情况出发，有切实的客观针对性，有利于解决实际问题；要忠实地反映情况和问题，不做任何夸大、缩小和虚构。

准确，即要求从对公文制发意图与依据的反映到每项具体内容的表达，从文种的选择到概念的使用，以至于每个符号的书写印刷，均必须准确无误，不允许有任何欠缺、失当或失真。

（三）合体、完整

合体，首先是文体要正确，务必使表达合乎公文这种特定式样文章的特殊要求；其次，语言运用要得体，符合特定场合、对象的需要。

完整，即要求公文结构完整，不遗漏任何必备的内容，以保证公文能完整有效地消除受文者对特定问题认识上的不确定性，以减少沟通次数，提高沟通效率。

（四）简明、清晰

简明，即要求尽量用最简洁的文字，顺畅而有条理地明确表达充实丰富的内容，做到言简意赅。

清晰，即要求各种文稿上的字迹要清楚，字体要标准、工整，避免因字迹不清、模糊混乱而造成错漏。

（五）严谨、耐久

严谨，即要求公文的结构必须严密有序，用语务必周密确切，不生歧义，没有漏洞。

耐久，即要求公文的制成材料（书面公文主要包括纸张材料和字迹材料）应持久耐用，以保证公文的有效物质存在，使其既能充分发挥现行的执行效用，又能在转化为档案后，作为历史记录发挥更长远的历史效用。

四、公文写作步骤与方法

1.明确发文主旨

明确发文主旨就是要清楚公文的主题和发文目的。

2.收集有关材料

要根据所发公文收集相关材料。

3.拟出写作提纲

拟提纲的过程就是对公文的写作做一个大致构架的过程,在这个过程中要清楚先写什么、后写什么、分几个段落、几层意思。

4.认真起草正文

在起草正文的过程中,要注意公文的格式,包括导语、主体、结束语、落款等,同时还要注意公文的语言运用。

5.反复检查修改

拟完公文后,要反复检查修改,确保没有任何纰漏。

第三节　公文稿本与体式

一、公文的稿本

公文的稿本是指公文的文稿和文本。同一内容和形式的文件在撰写印刷过程中,以及根据使用时的不同需要,又往往形成不同的文稿和文本。公文的文稿是指公文在起草过程中形成的一次又一次的稿子,包括草稿、定稿两种。同一份文件,根据它们的不同用途可分为正本、副本、存本、修订本;一些法规性文件又有试行本、暂行本等形式,同一内容的文件使用不同的文字就又成为不同的文字文本。

1.正本

根据已签发的定稿制发的正式文件,称为"正本"。其突出特点是盖有发文机关的印章或领导人的亲笔签署,以实文件的效力。

2.副本

凡是根据公文正本复制、誊抄的其他稿本称为副本,副本又称抄本。其作用主要是代替正本供传阅、参考和备查使用。

3.存本

公文的存本是指发文机关印制一份文件的正本后,留在本机关的除草稿、定稿以外的印制本。

存本与副本的区别:存本是不外发的,一般不加盖印章或签署,只作为正本的样本留在本机关以备查考之用。

4.修订本

修订本是指对于已经发布生效的文件,在实行一个时期以后,文件中的某些内容已不适合当前的情况,需要进行修改补充,这种重新予以修改补充再进行发布的文本,称为修订本。

5.试行本、暂行本

文件的试行本、暂行本一般都是以试行、暂时、试行草案等字样标在公文标题中文种的后面或前面。

6.各种文字文本

各种文字文本包括两层意思:一是指我国少数民族自治地区,为便于工作,其党政领导机关发文往往是同一份文件同时使用汉文以及少数民族文字文本;二是指外交工作中所使用的文件,往往有中文文本和外文文本。

二、公文的体式

(一)公文体式

公文的体式是指公文的文体、结构要素及在格式上的安排。其作用是为了保证公文的完整性、正确性与有效性,提高办事效率并为公文处理工作提供方便。

(二)公文的表达方式

(1)叙述。是将人物的经历和事件发展变化过程所做的叙说与交代(包括人和事两方面,有倒叙、插叙、顺叙)。

(2)说明。是用简明扼要的文字,把事物的形状、性质、特征、成因、关系、功用等客观、真实地解说清楚(主要有定义说明、注释说明、比较说明、数字说明、举例说明、分类说明等方式)。

(3)议论。就是议事说理,是公文作者对客观事物或问题进行分析评述,提出看法或措施,表明观点和态度,证明或反驳某一观点的表达方法(议论三要素:论点、论据、论证)。

(三)公文的语体特点

公文的语言特点:准确、简明、庄重、得体。准确是公文语言的主要特征和基本要求;简明指用最少的文字表达尽可能多的内容;庄重指公文用语必须讲究庄严、郑重;得体指公文语言的运用要与公文的行文目的、内容、对象、条件的特定需要相适应,在准确表达的基础上进一步促使受文对象产生与行文目的一致的心理效应;得体的基本要求是使用适应行文的语体风格;要分清上下级关系,掌握好分寸;要多运用公文的专用语。

(四)公文的书面格式

公文的书面格式是指公文构成的数据项目在公文文面上所处的位置和书写的样式。公文讲求书面格式,这是公文在形式上区别于一般公文的重要标志。公文的书面格式在文面上一般分为文头、行文和文尾三个部分。公文的文头部分包括公文格式代码、印制顺序号、秘密等级、紧急程度、收文处理标记、发文机关版头、发文字号、签发人姓名等项;公文的行文部分包括公文标题、题注、主送机关、正文、正文说明、附件说明、发文机关署名、成文日期、机关印章与领导人签署、注释及特殊要求说明等项;公文的文尾部分包括主题词、抄送机关、印发说明、页码等项。

(五)公文的装订要求

公文一律左侧装订,一般采用线装、钉装或胶粘的办法。装订时文件页码要折叠整齐,认真编排,注意不可错页、漏页,以保持公文的完整。

(六)公文的排版形式

公文的排版形式是指公文数据项目在文件版面上的标印格式,即公文的外观形式。公文的排版形式主要包括:公文版头设计、版面安排、字体字号、字行字距、天地页边、用纸规格等。

第四节　公文的写作要领

一、文头的写作要领

（一）发文字号

公文发文字号，即公文代号，由发文机关代字、发文年度和发文顺序号组成（例如，中办发〔2008〕1 号）。发文字号用 3 号仿宋体标注于版头下空 2 行红色横线之上，下行文、平行文的居中排印，上行文的在左侧排印，与右侧的"签发人"对称，其中，发文机关代字由发文机关所在行政区代字、发文机关代字和公文类别代字组成。发文年度与发文顺序号都只能用阿拉伯数字，发文年度要用中括号"〔〕"而不能用圆括号"（　　）"或方括号"[]"，另外发文年度应标全称，不能简写（例如，〔2008〕不能简写为〔08〕）。发文序号分年度从 1 号起，按公文签发时间的先后依次编号，不能跳号，不留空号，不随意编号（例如，"1"不编为"01"或"001"），不加"第"字。

（二）标题

公文标题，一般由发文机关名称（全称或规范化简称）、公文主题和文种组成。位于红色横线下方空 2 行处排印，用 2 号小标宋体，居中排印。标题中除法规、规章名称加书名号外，一般不用标点符号。

（三）主送机关

公文的主送机关一般是指主要受理公文的机关，应当用全称或规范化简称，或同类型机关统称。在标题下空 1 行，左侧顶格用 3 号仿宋体排印，换行时应顶格，最后一个主送机关名称之后用全角冒号。

（四）份号

份号，指公文总印发数中某份公文的序号。按照规定，它一般由 6 位数组成，例如，"份号 000015"表示此份文件是该文总印数中的第 15 份。它一般位于文头左上端，顶格书写。份号的作用主要是：便于印数较多的普发性下行文有控制地分发；便于机密文件的分发和回收。

（五）秘密等级

《保密法》将秘密等级分为绝密、机密和秘密三级，标志为正红色"★"。"★"前标密级，后标期限，例如，机密★5 年。它一般位于份号下面。

（六）紧急程度

公文的紧急程度一般分为"急件"和"特急"两种类型。公文紧急程度的分类可以使受文机关明确公文处理的时间要求。它一般位于秘密等级下面。

二、正文的写作要领

（一）正文

正文位于主送机关下方。正文中的结构层次序号应准确掌握和正确使用，即：第一层用"一、"，第二层用"（一）"，第三层用"1."，第四层用"（1）"。第三层的"1."不能写成"1、"，即把小圆点写成顿号。在正文层次不多的情况下，第一层用"一、"，第二层可用"1."。在正文中，只能用仿宋体、小标宋体、黑体、楷体 4 种字体，均用 3 号字。正文中只有一级小标题的，小标题用黑体排印；有两级小标题的，第一级小标题用黑体排印，第二级小标题用楷体排印；有多级小标题的，第一级小标题用小标宋体排印，第二级小标题用黑体排印，第三级小标题用楷体排印，第四级小标题用仿宋体排印。除小标题之外的正文文字，有双文种的（既复合型公文），第一文种的正文用楷体排印，第二文种的正文用仿宋体排印。

(二)附件

附件是正件附属材料名称和件数的标注。附件常常置于主件之后，另起一页开始排印，与主件装订在一起。公文如有附件，要在正文最后一行后空 1 行且左侧空 2 个字，用 3 号仿宋体排印"附件"二字后标全角冒号和附件名称；如有 2 个以上附件，用阿拉伯数字依次标注序号，序号后面用小圆点。

(三)成文时间

成文时间是指公文生效的法定时间。成文时间用汉字小写数字，例如"一九九九年五月十日"，一般不用阿拉伯数字，例如"1999 年 5 月 10 日"，但也有文件这么用。标准写法为：一九九九年五月十日。不能写成九九年五月十日、99 年 5 月 10 日。

(四)印章

印章是公文效力最权威的凭信。公文除会议纪要、电报和印制有特定版头的普发性公文外，都应该加盖印章。联合上报的非法规性文件由主办机关加盖印章；联合下发的公文都应该加盖印章。印章要端正、清晰。

三、文尾的写作要领

(一)主题词

主题词一般位于末页下端抄送机关或印制版记上方，"主题词"三字用 3 号黑体，左顶格标注，后标全角冒号，主题词词目用 3 号小标宋体。按照《国务院公文主题词表》（1994 年 4 月修订），选择最能反映公文中心内容的词语最少不少于 2 个，一般不超过 5 个，每个词目之间空 1 字，主题词下方排印一条横线。例如，《国务院关于做好 1998 年普通高等学校毕业生就业工作的通知》（国发〔1998〕16 号）的主题词是"教育　学生　就业　通知"。

(二)抄送机关

抄送机关是指除主送机关以外的其他需要告知公文内容（需要执行或知晓内容）的上级、下级和无隶属关系的机关，应当用全称或规范化简称、统称。抄送机关名称标注在印制版记上方，主题词下方，用横线把主题词和印制版记隔开。抄送机关名称前加"抄送"二字用 3 号仿宋体，左边空 1 字排印，后标全角冒号。抄送机关名称之间用顿号或逗号隔开，末尾用句号。

(三)印制版记

印制版记由发文机关名称、印发日期及两条横线组成。印发机关左空 1 字，印发时间右空 1 字，用 3 号仿宋体排印。印发时间用阿拉伯数字、年份不能简写。上行文的，印发日期后接着排印"印字"；下行文、平行文的，排印"印发"二字。

(四)印数

印数指公文印制总数，一般位于印发时间正下方，向右不顶格。

第五节 公文写作规则与常用公文写作要点

一、公文写作行文规则

行文规则是各级机关制发公文、处理行文关系必须遵守的准则。它是根据发文机关的职责权限及行文单位间的隶属关系，本着有利于实施领导和管理的原则而确定的。

(一)行文应当确有必要，注重实效，坚持少而精

这是公文处理基本原则在行文中的具体体现，也是党政机关行文的总原则。长期以来，在行文中比较普遍地存在行文过多、公文过长的问题。中央对此历来高度重视，三令五申要革除这种恶习，严格要求发文要坚持实事求是的原则，注重实效，切实解决实际问题，坚持少而精，没有必要的公文坚决不发。这样，可以使领导同志从"文山"中解脱出来，用较多的时间和精力深入基层调查研究，指导工作。

(二)根据不同的行文对象和工作需要，采取不同的行文方式

1.上行文

(1)逐级上行文，即下级机关向直接上级机关请示问题、报告工作。向上级机关行文，应当主送一个上级机关；如需其他相关的上级机关阅知，可以抄送。

(2)多级同时上行文，即下级机关同时向直接上级机关和更高级别层次的机关行文。这一般适用于遇有突发事件或遭受自然灾害等情况时采用。

(3)越级上行文，即下级机关越过直接上级机关向更高层级机关直至中央行文，这主要用于情况特别紧急，逐级上报会延误时机，造成损失；经多次请示直接上级，问题长期未得到解决；报告涉及由更高层次的上级交办并指定越级上报的事项；检举控告直接上级；直接上下级之间存在争议且无法自行解决，需请有关方面仲裁的问题；需直接询问、答复、联系个别事项；反映或处理不涉及直接上下级职权范围的个别随机偶发事件或问题。必须越级行文时，应当同时抄送被越过的上级机关。

(4)请示的具体行文方式。请示应当一文一事，不应当一个请示中涉及多个问题，也不应当在非请示公文中夹带请示事项；请示事项涉及其他部门业务范围时，应当经过协商并取得一致意见后上报，未能取得一致意见时，应当在请示中写明；请示件要送上级机关的秘书部门按程序办理，除非领导同志有特殊交代，一般不要直接选领导同志个人。

2.下行文

(1)逐级下行文，即上级机关对直接下级机关行文。例如，党中央对某省委请示的批复。

(2)多级下行文，即上级机关直接行文到下属几级机关。例如，中央将文件直接发到省、地、县委甚至传达到广大党员、干部。这种行文方法俗称"一竿子插到底"。

3.平行文

在平行文方面，目前普遍存在的问题是，向有关主管部门请示帮助或解决某问题时，明知应该用函的形式，却使用请示或报告的文种。

4.联合行文

同级党的机关与其他同级机关之间必要时可以联合行文；同级政府、同级政府各部门、上级政府部门与下一级政府可以联合行文；政府与同级党委和军队机关可以联合行文；政府部门与相应的党组织和军队机关可以联合行文；政府部门与同级人民团体和具有行政职能的事业单位也可以联合行文。

5.受双重领导的机关的行文

受双重领导的机关向上级机关行文,应当写明主送机关和抄送机关,由主送机关负责答复其请示事项。上级机关向受双重领导的下级机关行文,应当抄送其另一上级机关。这样便于分清责任,互通情况,也有利于公文的处理。

(三)对不符合行文规则的上报公文,上级机关的秘书部门可以退回下级呈报机关

对不符合行文规则的上报公文,上级机关的秘书部门可退回下级呈报机关。秘书部门采取"打回去"的方式一定要稳妥。秘书部门要严格按照规定研究提出意见,报经领导同意后,向报文单位讲清楚,请其予以纠正。

(四)贯彻党政分开原则

为了能从实质上保证中国共产党的领导,机关间相互行文时应贯彻党政分开的原则,坚持党政文件分开。党的组织和政府机构应严格按照各自的隶属关系和职权范围行文,尽量减少联合行文。

二、常用公文写作要点

(一)通知的概念

通知适用于批转下级机关、转发上级机关和不相隶属机关的公文,发布规章,传达要求下级机关办理和有关单位需要周知或者共同执行的事项,任免或聘用干部。通知大多属下行公文。

(二)通知的写作格式

1.颁发、转发、批转公文的通知

颁发、转发、批转公文的通知用于印发本级机关,批转下级机关,转发上级机关、同级机关和不相隶属机关的公文以及发布某些行政法规等。

在撰拟颁发(或印发)公文的通知时应注意,须认真交代这一规范性公文的有效生成过程,特别是在这一过程本身就是法定的情况下。因此,在评价被转发的公文时不得随意发表批评性意见,如需变通执行这些公文时,应说明原因并预先征得有关方面的同意。

在撰拟批转公文的通知时应注意,批转的对象应为自己下级的公文,通知本身就是一个批示,可以对批转对象提出包括批评性意见在内的各种评价意见。

颁发(或印发)、转发、批转公文的通知都以颁发、转发、批转对象作为附件,都有对这些公文的执行要求。在"执行"二字之前往往都有一些限定修饰成分,应注意精确恰当地选择词语,根据实际需要正确使用"认真遵照"、"切实遵照"、"参照"、"参考"、"参酌"等含义有显著差别的字句,以保证公文的有效性。

2.知照性通知的写法

知照性通知用于告之各有关方面周知的事项等。这种通知发送对象广泛,对下级、平级均可发送。

知照性通知的正文主要包括形成该事项的过程、原因、根据;事项的具体内容(性质、状态)。为简化正文,有时以附件形式(如任免名单、公章印模、组织章程等)对事项的内容做细致交代。

3.指示性通知的写法

在上级机关对下级机关某一项工作做出指示和安排,而根据公文内容又不必用"命令"或"指示"时,可使用指示性通知。

标题由发文机关、事由和文种组成,也可省去发文机关名称。正文由缘由、内容、要求等部分组成。缘由要简洁明了,说理充分;内容要具体明确、条理清楚、详略得当,充分体现指示性通知的政策性、权威性、原则性;要求要切实可行,便于受文单位具体操作。

4.事务性通知的写法

事务性通知用于上级机关对下级就某一具体事项布置工作,交代任务;同级机关及不相隶属的单位之间就某一项具体工作的进行或某一具体问题的解决要求对方配合、协助办理等。

事务性通知通常由发文缘由、具体任务、执行要求等组成。会议通知也属事务性通知的一种,但写法又与一般事务性通知有所不同,一般应包括以下内容:会议名称、召开会议的根据与目的、会议时间、地点(报到的时间、地点)、与会人员、差旅费报销办法、与会者准备工作与注意事项、联系单位、联系人与联系电话等。如属于规模较大的会议,还应在通知中附上会议日程安排和与会的有关证件。会议通知的内容要求准确、具体,无一错漏,并必须在会前送达,留出充裕的时间以便与会者做好充分准备。

5.任免、聘用通知的写法

任免、聘用通知用于任免或聘用国家机关工作人员职务等。

一般只写决定任免、聘用的机关、依据,以及任免、聘用人员的具体职务即可。

(三)通报的概念

通报是适用于表彰先进、批评错误、传达重要精神或者情况的下行公文。通报又分为表彰性通报、批评性通报和传达性通报三种。其中,传达性通报是用于传达上级重要精神与重要情况,引起人们的警觉与注意,对当前的工作起指导作用。

(四)通报的格式

通报由标题、主送单位、正文、发文机关和日期五部分组成。

(1)标题。由发文机关、事由、文种或事由、文种构成。例如,《国务院关于一份国务院文件周转情况的通报》、《关于人大建议、政协提案办理情况的通报》等。

(2)主送单位。一般为直属下级机关,或需要了解该内容的不相隶属的单位。

(3)正文。表彰性通报和批评性通报一般分为以下四部分。

①主要事实。表彰性通报要突出主要先进事迹,批评性通报要抓住主要错误事实。

②分析指出事例的教育意义。表彰性通报要在阐述先进事迹的基础上,提炼出主要经验、意义和值得学习与发扬的精神;批评性通报要分析错误的性质、危害,产生的根源和责任,指出应吸取的主要教训等。

③决定要求。表彰性和批评性的通报应写明组织结论和予以表彰或处理的决定,同时对表彰或批评对象和读者提出希望、要求。为了防范和杜绝类似错误发生,批评性通报的结尾处通常要有针对性地提出防范的措施或规定。传达性通报一般不写决定要求。

④生效标志。在正文右下方标明发文机关名称,加盖印章,写明发文日期。

(4)发文机关。在正文后右下方标注发文机关,如在标题中已出现过发文机关,正文后也可不署。

(5)成文日期。即发文日期,也可注于标题之下。

(五)函的概念

函适用于不相隶属机关之间相互商洽工作、询问和答复问题,以及向有关主管部门请求批准等。函的使用范围广泛,涉及各方面的公务联系,按性质分,可以分为公函和便函两种。公函用于机关单位正式的公务活动往来;便函则用于日常事务性工作的处理。便函不属于正式公文,没有公文格式要求,甚至可以不要标题,不用发文字号,只需要在尾部署上机关单位名称、成文时间并加盖公章即可。

(六)公函的写作格式

公函包括标题、主送机关、正文、发文机关、日期等。

(1)标题。公函的标题一般有两种形式,一种是由发文机关名称、事由和文种构成;另一种是由事由和文种构成。一般发函为《关于××(事由)的函》,复函为《关于××(答复事项)的复函》。

（2）正文。一般包括三层，即简要介绍背景情况，商洽、询问、答复的事项和问题以及希望和要求，例如，"务希研究承复"、"敬请大力支持为盼"等。

（3）结尾。一般用礼貌性语言向对方提出希望，或请对方协助解决某一问题，或请对方及时复函，或请对方提出意见或请主管部门批准等。通常应根据函询、函告、函商或函复的事项，选择运用不同的结束语。例如"特此函询（商）"、"请即复函"、"特此函告"、"特此函复"等。有的函也可以不用结束语，如属便函，可以像普通信件一样，使用"此致"、"敬礼"。

（4）署名、日期。署名机关单位名称，写明成文时间的年、月、日，并加盖公章。

（七）公函的写作要求

（1）要一函一事，切忌一函数事。

（2）要体现平等坦诚精神，文字恳切得体、简洁朴实，用语谦和有礼，切不可盛气凌人。

（3）内容必须真实准确。

（4）函的结尾一般常用"即请函复"、"特此函达"、"此复"等惯用语，不过有时也不用。

（八）命令（令）

命令简称令，是领导机关颁发的具有强制执行性质的指挥性公文。命令适用于依照有关法律规定发布行政法规和规章，宣布重大强制性行政措施，奖惩有关人员，撤销下级机关不适当的决定。

命令的结构包括标题、令号（或发文字号）、正文、落款。命令标题的写作通常有三种组成：一种是标准的行政公文标题，即由发文机关、事由、文种组成；一种是省略发文事由的标题；还有一种是用发文机关及其负责人职务名称与文种构成的标题。令号是以命令签署人的任职期限为周期编排的顺序号。行政令、奖惩令等通常列发文字号。命令正文的语言要干脆果断，体现"令行禁止"的特点。命令的落款由发文机关名称、签署人姓名以及发文日期组成。

（九）报告的写作

报告一般由发文字号、签发人、标题、主送机关、正文、成文日期组成，其他格式按规定和行文需要标注。

1.呈报性报告

呈报性报告又可分工作报告、综合报告、专题报告、检查报告等，最为重要的是专题报告。专题报告，是指就某一工作或某一工作的某一方面向上级机关汇报。其标题是由发文机关名称、汇报的主题与"报告"两字组成。正文一般采用三段式结构，主要有以下几种结构形式：一是"情况（包括经验）、问题、打算"，这种形式适用于以反映情况为主的专题工作报告；二是"情况、经验、不足（存在的问题）"，这种形式适用于以总结经验为主的专题工作报告。专题报告的结尾，一般要写结尾专用语，例如"专此报告。请审核"、"专此报告。请查收"、"专此报告。请指示"等。一般的工作情况报告，多用"专此报告"结尾。

2.呈转性报告

呈转性报告是指业务主管机关或部门依据有关政策规定或上级的文件精神，针对工作中存在的普遍问题，或在一定时间和范围内要做出安排处理的事项向上级机关汇报，并请求批转（转发）各地各单位贯彻执行的报告。这类报告中的工作安排和问题的处理必须是超越了业务主管机关或部门的职权范围，提出建议性处理意见，请上级机关批准。上级机关批转（转发）之后就是上级机关的意见了，所属范围内的单位和个人都要贯彻执行。如果是机关、单位自己职权所属范围内的事项及工作部署，则不需要上级机关批转（转发）。

（十）请示的写作

请示的格式由标题、主送机关、正文、落款和附注五个部分组成。正文中包括请示的事由、请示的事项和请示的要求。为了方便联系，及时解决问题，写请示时应该在附注中注明联系人和联系电话。

(十一)请示的写作要求

请示应一文一事,不得同时抄送其下级机关,不宜直接送领导者个人,请示事项不得夹带在报告中,涉及多个部门的请示事项应协商一致,不得越级请示。

(十二)批复的写作

批复由标题、主送机关、正文、成文日期、印章组成,其他格式按规定和行文需要标注。

(1)标题。由做出批复的机关名称、批复的主题,即"关于××问题"与"批复"组成。

(2)主送机关。报送请示的下级机关就是批复的主送机关。

(3)正文。由批复的缘由、根据、处理意见与希望组成。批复的缘由,即在批复的首起语引述下级机关请示日期、请示标题、发文字号,也可以简要地引述请示事项作为批复的缘由,但应注意避免批复引语与标题重复。批复的根据是有关政策规定和领导的意见。处理意见即批复的意见,或叫批复的内容,它针对的是请示事项,如果同意,则写出肯定的意见;如果不同意,则要写明不同意的理由。批复的希望视具体情况而定,有些批复,可不写希望性的语言。

(4)结束语。另起一段,写"特此批复"或"此复"等结束用语。

(5)结尾。写成文日期并加盖印章。

(十三)会议纪要的写作

会议纪要的基本构成为标题、时间、正文三部分。

(1)标题。通常由会议名称和文种构成,会议名称要写完全,不能随便简化。会议纪要的标题还可以写成正副标题形式。

(2)时间。可以写在标题下面,也可放在全文结束之后。

(3)正文。一般包括会议基本情况、会议内容和结尾三部分。基本情况包括会议召开的时间、地点、参加单位或人员、主持者、会议议题等。会议内容包括会议讨论的事项、主要观点和意见、决议等。正文可以用段落形式,也可分条列项。结尾可以提要求、发号召、说希望,也可以在会议内容之后戛然而止,显得干脆利落。

第六节　公文的收文与发文

一、公文处理工作的概念

公文处理工作通过公文的拟制、办理、管理以及立卷归档的一系列相互衔接的程序和环节,构成机关信息运转与处理的科学流程。公文处理工作具有政治性、时限性、机要性和规范性的特点。

二、公文处理工作的任务

基本任务的主要内容包括以下几个方面。

(1)文件的收发、登记和分类。

(2)文件的拟办、批办、承办和催办。

(3)文件的撰写、校核、签发、缮印、校对和用印。

(4)会议、汇报、电话的记录和整理。

(5)文件材料的平时归卷、提供借阅与保管。

(6)文件材料的系统整理、编目和归档工作。

(7)处理群众来信。

(8)为机关领导准备有关资料并完成机关领导人交办的其他文书工作任务。

三、收文处理

收文处理是指文书部门收到文件材料后,在机关内部及时运转直到阅办完毕的全过程。组成这一过程的一系列相互衔接的环节称之为收文办理程序,主要包括签收、拆封与登记、分发与传阅;拟办、批办与承办;催办、查办与注办。

(1)公文的签收是指收到文件材料后,收件人在对方的公文投递单或送文簿上签字,以明确交接双方的责任,保证公文运转的安全可靠。它是收文办理的第一个环节。

(2)签收后,文件的拆封是文书人员的职责。公文的登记就是将需要登记的文件在收文登记簿上编号和记载文件的来源、去向,以保证文件的收受和处理。登记的原则是方便文件的运转和管理。收文登记的形式一般可分为簿册式、联单式和卡片式三种。

(3)公文的分发亦称分办,是指文书人员在文件拆封登记以后,按照文件的内容、性质和办理要求,及时准确地将收来的文件分送给有关领导、有关部门和承办人员阅办。

(4)公文的传阅是指单份或份数很少的文件以及一些非承办性文件,需要经机关各位领导和许多部门阅知时,由文书人员组织在他们中间传递和阅读。

(5)公文的拟办是指对来文的处理提出初步意见,供领导人批办时参考。公文的批办是指机关领导人对送批的文件如何处理所做的批示。

(6)公文的承办这一环节,既是收文办理的最后一道程序,又是发文程序的开始。它直接关系到发文的质量和机关工作的效率。

(7)公文的催办是指那些必须办理答复的文件,根据承办时限的要求及时地对文件承办的情况进行督促和检查。催办工作一般有对内催办和对外催办两种情况。

(8)查办是指文书工作人员协助机关领导检查各项方针、政策、决议、指示的执行和落实,以及对某些问题进行查处,解决的一项承办性工作。

(9)公文的注办是对公文承办的情况和结果,由经办人在公文处理单上所做的简要说明。

四、发文处理

发文处理,就是指公文从拟稿到印制发出的整个运行过程。

发文处理程序由拟稿、审核与签发;核发、缮印与校对;用印、登记与分发等环节组成。

(1)公文拟稿是发文办理的第一个环节,同时也是整个公文处理工作的关键性环节之一。

(2)公文的审核是指公文的草稿在送交机关领导人审批签发以前,对公文的内容、体式进行的全面审核和检查。它也是公文处理工作的关键性环节之一。

(3)公文的签发是指机关领导人对文稿的最后审批。它是公文形成的关键性环节。

(4)公文的核发是指在公文正式印发之前,对经领导人签发的文稿进行复核并确定发文字号、分送单位和印制份数的一项工作。

(5)公文的缮印是对已签发的公文定稿进行印制。

(6)公文的校对是对文件质量的最后一次检查。

(7)公文的用印是指在印好的文件上加盖机关印章。

(8)发文的登记的作用与收文登记一样。

经典真题专家点评

1.(2005 年中央)"印者,信也。"从印章问世时起,作为一种工具,印章的主要功能是( )。

A.封存物品　　　　B.递送物件　　　　C.信用凭证　　　　D.办理结算

【专家点评】本题答案为 C。印章的最主要功能是作为信用的凭证。

2.(2002 年中央)北京市海淀区公安分局就户籍管理事项向位于本行政辖区内的国家某部发文,应使用的文种是( )。

A.通知　　　　B.请示　　　　C.指示　　　　D.函

【专家点评】本题答案为 D。2001 年 1 月 1 日起开始实施的《国家行政机关公文处理办法》规定:"通知"适用于批转下级机关的公文,转发上级机关和不相隶属机关的公文,传达要求下级机关办理和需要有关单位周知或者执行的事项,任免人员。"请示"适用于向上级机关请求指示、批准。"函"适用于不相隶属机关之间相互商洽工作、询问和答复问题,请求批准和答复审批事项。而"指示"只用于上级对下级下达命令。据此,正确答案为 D。

单元同步训练

一、单项选择题

1.下列"请示"的结束语中得体的是( )。

A.以上事项,请尽快批准

B.以上所请,如有不同意,请来函商量

C.所请事关重大,不可延误,务必于本月 10 日前答复

D.以上所请,妥否请批复

2.两个以上的机关或部门联合下发的公文,联合行文的各机关部门( )。

A.仅主办者盖章　　　　　　　　　B.仅承办者盖章

C.都要盖章　　　　　　　　　　　D.请上级部门盖章

3.负责公文处理工作的是本机关的( )。

A.档案室　　　　B.业务处　　　　C.收发室　　　　D.办公厅(室)

4.××市财政局就港务局所问关于"速遣费"收入应否征收工商税问题的答复,应使用的文种是( )。

A.批复　　　　B.指示　　　　C.函　　　　D.决定

5.长期保存或永久保存的重要文件,书写不能使用( )。

A.蓝黑墨水　　　　B.碳素墨水　　　　C.纯蓝墨水　　　　D.黑色墨汁

二、多项选择题

1.公文上可证实作者合法性、真实性及公文效力的标志有( )。

A.文头　　　　B.签发人　　　　C.印章　　　　D.签署

2.可以用主辅标题的公文文种有( )。

A.总结　　　　B.条例　　　　C.守则　　　　D.调查、报告

3.公文处理必须遵行的原则有( )。

A. 全面质量原则，创造全面优质

B. 简化原则，即在保证功能的前提下，对有关事物化繁为简

C. 时效原则

D. 法制原则，使公文处理活动法制化、规范化

4. 销毁公文的主要方式包括（　　）。

A. 焚毁　　　　　　B. 重新制成纸浆　　　C. 掩埋　　　　　　D. 清洗消磁

5. 以下关于办毕公文的处置说法正确的是（　　）。

A. 销毁是指对失去留存价值或留存可能性的办毕公文所做的毁灭性处理

B. 清退公文可以成批定期进行，也可不定期进行，甚至阅后随即清退

C. 无论何种情况，个人都不得私自销毁公文

D. 立卷的基本方法是把握公文特征，进行有效的分类、组合、编目

参考答案及解析

一、单项选择题

1. D【解析】请示的正文多半按请示理由、请示事项、结束语的顺序写。结束语根据请示内容的不同而有不同的习惯写法，常用的有"可否，请批示"、"当否，请指示"、"请审批"等。

2. C【解析】1993年4月1日，国务院颁发了《关于国家行政机关和企业、事业单位、印章的规定》，要求两个以上的机关或部门联合下发的公文，各机关部门都要加盖印章。

3. D【解析】各机关的公文处理工作通常都纳入机关的综合性办事机构，也就是机关的办公室、秘书处、秘书科的工作范围之内。一些较大的机关，可以设立专门机构处理公文，归机关的办公厅（室）领导。而一些小的机关单位只在办公室设一个专职或兼职的文书工作人员即可。

4. C【解析】财政局就港务局所提问题所作的答复，属于不相隶属机关之间相互商洽工作、询问和答复问题的范围，因此应使用的文种是函。

5. C【解析】墨和墨汁的主要成分是碳素，写成的字迹耐水、耐光、耐热，不易褪色，适于长久保存。纯蓝墨水和红墨水属于有机染料墨水，字迹鲜艳但不耐久，所以公文写作应当使用墨汁、蓝黑墨水和碳素墨水，不能使用纯蓝、红色墨水。

二、多项选择题

1. CD【解析】公文中可以证实作者合法性、真实性及公文效力的标志有印章和签署。签发人只是人的名字，只有通过签字，才能发生效力。

2. AD【解析】本题四个选项中，总结的标题常见的有单行标题和双行标题两类，即正标题和副标题；调查报告的标题有公文式标题和新闻式标题两种形式，公文式标题比较简单朴素，即单行标题，而新闻式标题有单行和双行两种，其形式比较多样；条例、守则都为单行式标题。

3. ABCD【解析】除题中所列之外，公文处理必须遵行的原则还包括实事求是、集中统一、党政分工和保密原则。

4. ABD【解析】销毁公文的主要方式有：焚毁、重新制成纸浆、粉碎、清洗消磁（磁盘、磁鼓、磁带），C选项不包括在内。

5. ABD【解析】掌握办毕公文处理的相关内容。

附　录

一、国内时政要闻

1.2010 年国内要闻

截至 2009 年年底，我国铁路营业里程达到 8.6 万公里，跃居世界第二位。目前我国已经建设客运专线 2319 公里，这标志着高速铁路运营总里程已位居世界第一。2009 年是我国铁路历史上投资规模最大、投产最多的一年。全年完成基本建设投资 6000 亿元，比上一年增加 2650 亿元，增长 79%，超过"九五"和"十五"铁路建设投资的总和。2009 年，一批重点项目建成，宁波—台州—温州、温州—福州、福州—厦门等客运专线相继建成通车，特别是世界上里程最长、时速 350 公里的武广高速铁路开通运营，成为中国高速铁路的又一里程碑。武汉、长沙南等 104 座新客站投入使用，铁路现代化枢纽建设取得新成果。

1 月 1 日，中国—东盟自由贸易区正式启动。这是世界上人口最多的自由贸易区，是全球第三大自由贸易区，也是由发展中国家组成的最大自由贸易区。中国—东盟自由贸易区由中国和东盟 10 国共同组成，拥有 19 亿消费者、近 6 万亿美元的国内生产总值和 4.5 万亿美元的贸易总额。自由贸易区启动后，中国和东盟 6 个老成员国文莱、菲律宾、印度尼西亚、马来西亚、泰国、新加坡之间，超过 90% 的产品将实行零关税。中国对东盟平均关税将从 9.8% 降到 0.1%，东盟 6 个老成员国对中国的平均关税将从 1.8% 降至 0.6%。东盟 4 个新成员国越南、老挝、柬埔寨、缅甸，也将在 2015 年实现 90% 的产品零关税。关税壁垒的逐渐消除，为中国与东盟企业创建了更加便利的发展平台。

1 月 11 日，2009 年度国家科学技术奖励大会在北京人民大会堂隆重举行。中共中央总书记、国家主席、中央军委主席胡锦涛向获得 2009 年度国家最高科学技术奖的中国科学院院士谷超豪、孙家栋颁奖。谷超豪，1926 年生于浙江温州，1948 年毕业于浙江大学数学系，1953 年到复旦大学从事教学和研究工作，1959 年获莫斯科大学物理数学科学博士学位，1980 年当选为中国科学院学部委员（院士），1994 年当选为国际高等教育科学院院士。谷超豪主要从事偏微分方程、微分几何、数学物理等方面的研究和教学工作，在纯数学和应用数学两方面做出杰出贡献。孙家栋，1929 年 4 月出生，辽宁省瓦房店人。1958 年毕业于前苏联儒可夫斯基空军工程学院飞机设计专业，曾任中国空间技术研究院总体设计部技术负责人、航空航天部副部长、中国航天工业总公司科技委主任等，1991 年当选为中国科学院院士，1999 年荣获"两弹一星"功勋奖章。孙家栋是我国著名的航天技术专家，是我国人造卫星技术和深空探测技术的开创者之一。

1 月 13 日，沈浩先进事迹报告会在北京人民大会堂举行。

当地时间 2 月 15 日晚，中国冰雪运动迎来历史性时刻，冬奥会"四朝元老"申雪和赵宏博在温哥华冬奥会花样滑冰双人滑比赛中以近乎完美的表现征服现场观众和裁判，夺得金牌。这是中国选手第一次夺得花样滑冰项目的奥运金牌，也是温哥华冬奥会中国代表团的首枚金牌。另一对中国选手庞清和佟健也表现得非常出色，在自由滑比赛中创造了国际滑联的最高分，并最终获得银牌。

3 月 10 日，全国人大代表、中国载人航天工程副总指挥、总装备部副部长牛红光透露，我国载人航天工程正在稳步向前推进，将于 2011 年上半年发射"天宫一号"目标飞行器，下半年发射"神舟八号"飞船，实施我国首次空间飞行器无人交会对接飞行试验；2012 年上半年和下半年将分别发射"神舟九号"、"神舟十号"飞船，与目标飞行器进行交会对接，以突破和掌握飞行器空间交会对接技术。全国人大代表、中国载人航天工程原副总指挥张建启透露，我国第二批航天员已经选定，其中包括 5 名男航天员、2 名女航天员。首批选拔的 2 名女航天员来自空军运输航空兵部队,属于我国第七批女飞行员。

3 月 22 日,是第十八届世界水日,也是第二十三届中国水周的第一天。我国纪念世界水日、中国水周主题活动暨中国水利博物馆开馆仪式在杭州举行。

4 月 13 日,核安全峰会在美国首都华盛顿举行,国家主席胡锦涛出席会议并发表重要讲话。胡锦涛在会上发表题为《携手应对核安全挑战共同促进和平与发展》的讲话。胡锦涛强调,核安全问题事关核能和经济可持续发展,事关社会稳定和公众安全,事关国际和平与安宁。加强核安全符合各国共同利益,需要我们携手努力。胡锦涛就加强核安全提出 5 点主张:第一,切实履行核安全的国家承诺和责任;第二,切实巩固现有核安全国际法框架;第三,切实加强核安全国际合作;第四,切实帮助发展中国家提高核安全能力;第五,切实处理好核安全与和平利用核能的关系。

4 月 14 日 7 时 49 分,青海省玉树藏族自治州玉树县发生 7.1 级地震,给当地人民群众生命财产造成严重损失。地震发生后,党中央、国务院高度重视。

5 月 1 日,开启世博之门,通往美好未来。中国 2010 年上海世界博览会开园仪式在上海世博中心举行。中共中央政治局常委、全国政协主席贾庆林出席开园仪式,并同国际展览局主席蓝峰一道为上海世博会开园。

5 月 8 日,应俄罗斯总统梅德韦杰夫邀请,国家主席胡锦涛抵达莫斯科,出席俄罗斯纪念卫国战争胜利 65 周年庆典。

5 月 12 日,成都至都江堰的快速铁路——成灌快铁正式开通运营。这是汶川地震之后最早开工的灾后重建重大项目,也是全国首条市域城际铁路,运营里程 65 公里,最高时速 220 公里,全程运行时间为半小时。

6 月 1 日,中国首台实测性能超千万亿次的超级计算机——曙光"星云"高性能计算机系统在北京国家会议中心正式发布,超千万亿次的计算能力再次刷新了中国高性能计算的最高速度。在德国时间 2010 年 5 月 31 日公布的第三十五届全球超级计算机 TOP500 排行榜中,曙光"星云"高性能计算机系统排名第二,创造了中国高性能计算机全球排名的最好成绩。

6 月 3 日,我国重大科学基础设施建设项目——东半球空间环境地基综合监测子午链(简称"子午工程")首枚气象火箭在海南探空火箭发射场成功发射,并首次采用 GPS 技术获得了我国低纬度地区 20 至 60 公里高度的高精度临近空间大气温度、压力和风场的探测参数。

7 月 1 日,铁路上海虹桥站至南京站 G5000 次、南京站至上海虹桥站 G5001 次列车同时相向发车,这标志着目前我国乃至世界上标准最高、里程最长、运营速度最快的沪宁城际高速铁路正式投入运营。

7 月 3 日,中国人口学会年会在江苏南京召开,主题为"促进人口长期均衡发展"。国家人口计生委主任李斌在会上介绍,"十二五"时期,我国城镇人口将首次超过农村人口。预计"十二五"期间,城镇人口将突破 7 亿,人口城镇化率超过 50%,城乡人口格局将发生重大变化。"十二五"期末,我国人口总量将达到 13.9 亿左右。

8 月 1 日,在西昌卫星发射中心用"长征三号甲"运载火箭,成功将第五颗北斗导航卫星送入太空预定转移轨道,这是一颗倾斜地球同步轨道卫星,是我国今年连续发射的第三颗北斗导航系统组网卫星。

8 月 12 日,据国家电网公司提供的消息,世界上运行电压最高、技术水平最先进、我国具有完全自主知识产权的交流输变电工程——1000 千伏晋东南—南阳—荆门特高压交流试验示范工程通过国家验收,这标志着我国开始进入特高压交直流混合电网运行时代,我国特高压电网建设有望驶入快车道。

8 月 17 日,中国载人航天工程新闻发言人表示,我国载人航天工程第一个空间交会对接目标——天宫一号目标飞行器,已于近日完成总装,全面转入电性能综合测试阶段。该飞行器将于 2011 年发射进入预定轨道,之后,发射神舟八号飞船与之交会对接。

8 月 26 日,科学技术部与国家海洋局联合宣布,国家高技术研究发展计划(863 计划)重大专项——我国第一台自行设计、自主集成研制的"蛟龙号"载人潜水器 3000 米级海上试验取得成功,最大下潜深度达到 3759 米,并创造了水下和海底作业 9 小时零 3 分的纪录。这也标志着我国继美、法、俄、日之后成为第五个掌握 3500 米以上大深度载人深潜技术的国家。

9 月 3 日,是中国人民抗日战争胜利 65 周年纪念日,党和国家领导人胡锦涛、吴邦国、温家宝等特意前往北京卢沟桥畔的宛平城,同首都各界群众代表一起参观中国人民抗日战争纪念馆,并向抗日战争烈士敬献花篮。

9 月 5 日,我国在西昌卫星发射中心用"长征三号乙"运载火箭,成功将"鑫诺六号"通信广播卫星送入太空。"鑫诺六号"通信广播卫星设计寿命 15 年,具有大容量、高可靠、长寿命等技术特点,主要用于开展广播电视直播传输业务。它的成功发射,将进一步改善我国广播电视的直播条件,丰富广大人民群众特别是边远山区群众的文化生活。

9 月 16 日,第五届亚太经合组织人力资源开发部长级会议在北京人民大会堂隆重开幕。国家主席胡锦涛出席开幕式并发表题为《深化交流合作 实现包容性增长》的致辞。

9 月 26 日,全国人口普查宣传月启动仪式暨北京市第六次全国人口普查动员誓师大会在北京国家会议中心举行,标志着第六次全国人口普查大规模的宣传活动拉开帷幕。按照普查工作安排,10 月份为人口普查宣传月。第六次全国人口普查大规模宣传活动的启动,标志着第六次全国人口普查宣传工作吹响了进军号,随后的一个月,全国各地将掀起人口普查宣传高潮。1986 年,国务院批准全国人口普查每 10 年进行一次,今年正好是第六次全国人口普查。11 月 1 日零点是第六次全国人口普查的标准时间,到时 600 多万人口普查员将陆续入户进行登记。

9 月 29 日,当今世界第一高的电视观光塔——广州塔宣布落成,成为世界了解广州、广州走向世界的重要窗口。总高达 600 米、婀娜多姿的广州塔,俗称"小蛮腰",矗立在广州新城市中轴线上,成为广州新地标。

10 月 1 日,长征三号丙火箭于 2010 年 10 月 1 日 18 时 59 分 57 秒在我国西昌卫星发射中心点火发射,把嫦娥二号卫星成功送入太空,这标志着探月工程二期任务迈出了成功的第一步。嫦娥二号卫星是我国自主研制的第二颗月球探测卫星,是探月工程二期的技术先导星。与嫦娥一号卫星相比,二号卫星进行了多项技术改进,将验证直接地月转移发射、近月 100 公里制动、环月轨道机动与定轨、X 频段测控、高精度对月成像等多项关键技术,为实现成功落月积累经验。据介绍,嫦娥二号卫星奔月飞行约 112 小时,在此期间将进行 2~3 次轨道修正。经过 3 次近月制动,卫星将建立起距月球 100 公里的圆轨道。

10 月 7 日,在牙买加召开的 2010 年世界技能组织大会,于当地时间 10 月 7 日表决批准中国正式加入世界技能组织。

10 月 12 日,第六十五届联合国大会以无记名投票方式选举德国、印度、南非、葡萄牙和哥伦比亚五国为新任安理会非常任理事国,任期 2 年。他们将从明年 1 月 1 日起,接替奥地利、日本、乌干达、土耳其和墨西哥,与联合国五个常任理事国中国、俄罗斯、美国、英国和法国以及安理会另外五个非常任理事国波黑、巴西、加蓬、黎巴嫩和尼日利亚组成联合国安理会。

10 月 21 日,我国"十一五"期间首个开工建设的核电工程——秦山核电二期 3 号机组投入商业运行。这是我国核电发展自主设计、自主建造、自主管理、自主运营的又一次成功实践,为进一步掌握第三代核电技术,推动核电产业自主化,实现核电大发展打下了坚实基础。

10 月 26 日上午 9 时,两列国产"和谐号"CRH380A 新一代高速动车组从上海虹桥站、杭州站同时疾驰而出,沪杭高速铁路通车运营。该动车组是目前世界上运营速度最快、科技含量最高的高速列车,曾在 9 月 28 日试运行中创下 416.6 公里的时速。沪杭高铁开通后,从上海虹桥至杭州最快只需 45 分钟,比目前沪杭间最快的列车缩短 33 分钟。

11 月 12 日,第十六届亚洲运动会在广州隆重开幕,国务院总理温家宝出席开幕式并宣布本届亚运会开幕。广州是中国第二个取得亚运会主办权的城市,北京曾于1990年举办第11届亚运会。广州亚运会将设42项比赛项目,是亚运会历史上比赛项目最多的一届。广州还将在亚运会后举办第十届残疾人亚运会。亚运会会徽已经于2006年11月26日在广州孙中山纪念堂隆重揭晓,会徽以广州的象征——"五羊雕像"为主体轮廓设计的图案。

12月3日11时28分,在京沪高铁枣庄至蚌埠段的综合试验中,国产"和谐号"新一代高速动车组跑出时速486.1公里,再次刷新世界铁路运营试验最高速。

12月15日,商务部消息,"十一五"时期,我国对外投资实现新突破,5年累计对外直接投资达到2200亿美元,年均增长30%左右,全球排名由"十五"期末的第十八位跃升至第五位,正逐步迈入对外投资大国行列。

12月24日,位于安徽合肥的我国新一代"人造太阳",世界首个全超导托卡马克(EAST)核聚变实验装置2010年度实验圆满结束,目前已获得1兆安等离子体电流、100秒1500万度偏滤器长脉冲等离子体、大于30倍能量约束时间高约束模式等离子体、3兆瓦离子回旋加热等多项重要实验成果。

2.2011年国内要闻

1月14日,2010年度国家科学技术奖励大会在北京人民大会堂隆重举行。中共中央总书记、国家主席、中央军委主席胡锦涛向获得2010年度国家最高科学技术奖的中国科学院院士、中国工程院院士师昌绪和中国工程院院士王振义颁奖。

1月18日,从召开的全国旅游工作会议上获悉,我国跃居全球第四大入境旅游接待国和亚洲第一大出境旅游客源国,居民人均出游率达1.5次,旅游直接就业达1350万人,旅游消费对社会消费的贡献超过10%,旅游业对我国经济社会发展的积极作用更加明显。

1月19日,美国总统奥巴马在白宫南草坪举行隆重仪式,欢迎国家主席胡锦涛对美国进行国事访问。胡锦涛在欢迎仪式上致辞时指出,当今世界正处在大发展、大变革、大调整时期,求和平、谋发展、促合作已经成为不可阻挡的时代潮流。让我们抓住机遇、携手前行,共同加强中美伙伴合作,同世界各国一道推动建设持久和平、共同繁荣的和谐世界。国家主席胡锦涛1月19日在白宫同美国总统奥巴马举行会谈。两国元首一致同意,顺应时代潮流,致力于共同努力建设相互尊重、互利共赢的中美合作伙伴关系。两国元首全面规划了发展今后一个时期中美关系的重点方向和深化双方合作重点领域,达成重要共识,取得丰富成果。胡锦涛就积极推动积极合作全面的中美关系继续向前发展提出5点建议:第一,发展求同存异、平等互信的政治关系;第二,深化全面合作、互利双赢的经济关系;第三,开展共同应对挑战的全球伙伴合作;第四,推进人民广泛参与的中美友好事业;第五,建立深入沟通、坦诚对话的高层交往模式。

1月23日,上海交通大学宣布,物理系李贻杰教授领导的科研团队历时3年,采用独特的技术路线,成功研发一整套具有我国自主知识产权的百米级第二代高温超导带材,实现了国内超导带材领域的新突破。

2月6日,第七届亚洲冬季运动会在阿拉木图的巴卢安绍拉克体育宫闭幕。哈萨克斯坦代表团获得32金21银17铜,居奖牌榜之首,中国代表团夺得11金、10银、14铜,位列奖牌榜第四位,日本、韩国代表团分列奖牌榜第二、第三位。

2月9日,总部位于瑞士日内瓦的世界知识产权组织发布报告称,在其《专利合作公约》框架下的国际专利申请数量2010年增长了4.8%,中国的专利申请量已跃居世界第四。

2月25日,十一届全国人大常委会第十九次会议在完成各项议程后在北京人民大会堂闭幕。会议经过表决,通过了刑法修正案(八)、非物质文化遗产法、车船税法;决定免去刘志军的铁道部部长职务,任命盛光祖为铁道部部长。国家主席胡锦涛分别签署主席令,公布了有关法律和任免决定。

2月28日,我国第一条中低速磁浮交通运营示范线——北京市轨道交通S1线西段(西起门头沟石门营站,东至石景山区苹果园站)开工建设。该线路采用我国自主研发的中低速磁浮技术,表明中低速磁浮交通系统已具备工程化、产业化实施能力,将使我国成为继日本之后第二个拥有中低速磁浮交通运营线路的国家。按照计划,S1 线西段中低速磁浮交通运营示范线将于 2013 年建成。

3 月 1 日,中国国家博物馆改扩建竣工。国博改扩建工程于 2007 年 3 月正式动工,是党和政府在"十一五"时期推出的一项重大文化惠民工程。新国博总建筑面积达到旧馆的 3 倍,成为世界建筑面积最大的博物馆。

3 月 3 日,中国人民政治协商会议第十一届全国委员会第四次会议在人民大会堂开幕。会议期间,来自各党派团体和各族各界的全国政协委员围绕"十二五"规划纲要草案和有关报告,围绕关系国计民生的重大问题,切实履行职能,积极建言献策。

3 月 5 日,第十一届全国人民代表大会第四次会议在北京人民大会堂开幕。党和国家领导人胡锦涛、温家宝、贾庆林、李长春、习近平、李克强、贺国强、周永康等出席会议。国务院总理温家宝代表国务院向大会作政府工作报告。

3 月 8 日,国家统计局据悉,经国务院批准,国家统计调查从今年 1 月起,纳入规模以上工业统计范围的工业企业起点标准从年主营业务收入 500 万元提高到 2000 万元;固定资产投资项目统计的起点标准从计划总投资额 50 万元提高到 500 万元。统计起点标准提高后,对起报点以上的企业或单位逐一进行调查,未达到起点的则进行抽样调查或科学核算。

3 月 9 日,十一届全国人大四次会议第一次会议在北京人民大会堂举行。十一届全国人大四次会议主席团常务主席、全国人大常委会委员长吴邦国主持会议。

3 月 10 日上午,十一届全国人大四次会议在人民大会堂举行第二次全体会议。吴邦国委员长受全国人大常委会委托向大会报告工作。他庄重宣布,一个立足中国国情和实际,适应改革开放和社会主义现代化建设需要,集中体现党和人民意志的,以宪法为统帅,以宪法相关法、民法、商法等多个法律部门的法律为主干,由法律、行政法规、地方性法规等多个层次的法律规范构成的中国特色社会主义法律体系已经形成,国家经济建设、政治建设、文化建设、社会建设以及生态文明建设的各个方面实现有法可依。

3 月 10 日,云南省德宏傣族景颇族自治州盈江县西北方向两公里处发生里氏 5.8 级地震,震源深度为 10 公里。截至 23 时 30 分,地震已造成 25 人死亡,250 人受伤,房屋倒塌 3147 间,严重损坏 22054 间。地震还造成盈江县城电力、通信中断,城区大部分围墙倒塌。当日,中共中央政治局委员、国务院副总理、国家减灾委主任回良玉就云南盈江地震灾区救灾工作作出重要指示。按照指示要求,15 时 30 分,国家减灾委、民政部将之前针对云南盈江地震启动的四级救灾应急响应提升至三级,民政部副部长姜力带领由民政、发改、教育、财政、交通运输、卫生、地震等部门组成的国务院救灾工作组紧急赶赴灾区,协助指导抗灾救灾工作。

3 月 11 日,十一届全国人大四次会议在人民大会堂举行第三次全体会议,听取和审议最高人民法院工作报告和最高人民检察院工作报告。

3 月 12 日,中共中央总书记、国家主席、中央军委主席胡锦涛出席十一届全国人大四次会议解放军代表团全体会议时强调,全军和武警部队要高举中国特色社会主义伟大旗帜,以邓小平理论和"三个代表"重要思想为指导,深入贯彻落实科学发展观,以推动国防和军队建设科学发展为主题,以加快转变战斗力生成模式为主线,更加注重从思想政治上建设部队,更加注重拓展和深化军事斗争准备,更加注重改革创新,更加注重依法治军、从严治军,更加注重提高军队建设质量和效益,不断增强全面履行新世纪新阶段我军历史使命能力,为全面建设小康社会提供重要力量支撑和坚强安全保障。

3 月 13 日,中国人民政治协商会议第十一届全国委员会第四次会议圆满完成各项议程后在人民大会堂闭幕。会议号召,人民政协的各级组织、各参加单位和广大政协委员,紧密团结在以胡锦涛同志为总书记的中共中央周围,高举中国特色社会主义伟大旗帜,以邓小平理论和"三个代表"重要思想为指导,深入贯彻落实科学发展观,以昂扬向上的进取精神、求真务实的工作态度,凝心聚力、共谋发展,为实现"十二五"时期目标任务,夺取全面建设小康社会新胜利而努力奋斗。

3月14日，第十一届全国人民代表大会第四次会议在批准政府工作报告、"十二五"规划纲要、全国人大常委会工作报告及其他报告，圆满完成各项议程后，在人民大会堂闭幕。同日，十一届全国人大四次会议在人民大会堂举行记者会，国务院总理温家宝应大会发言人李肇星的邀请会见中外记者，并回答记者提问。

3月15日，第29个国际消费者权益日。中国消费者协会将2011年主题确定为"消费与民生"。

二、国际时政要闻集锦

1.2010年国际要闻

海地当地时间1月12日下午，一场里氏7.3级地震突袭海地，首都太子港受损严重，总统府、议会大厦、财政部、劳动部、大教堂和联合国驻海地维和部队总部等建筑均被震塌，电力、交通、通讯等基本瘫痪，此次地震震级太高，震中距太子港仅16公里，震源距地表不过10公里，造成重大伤亡。

1月14日，东南亚国家联盟（东盟）外长非正式会议、第三次东盟政治安全共同体理事会会议和东盟协调理事会会议在越南岘港举行。东盟外长就2010年东盟合作方向、加强东盟内部联系、强化东盟在地区及同对话国关系中的主导地位等议题进行了讨论。越南从2010年1月1日起接替泰国成为新任东盟轮值主席国。

1月18日，为期4天的第三届世界未来能源峰会在阿拉伯联合酋长国首都阿布扎比开幕。据阿布扎比会展中心负责人萨义德介绍，本届峰会包括一场中心会议和两场周边会展。此次中心会议，有138个国家和地区的约3000名代表与会，其中包括一些国家的元首和200多名演讲嘉宾，他们分别参与了主会场和各分会场的讨论。两场周边会展，一个是以先进和可再生能源为重点的"世界未来能源展"，另一个是以空气、水及废物处理技术和解决方案为主题的"世界未来环境展"。

1月27日晚，为期5天的2010年世界经济论坛年会在瑞士山城达沃斯开幕，全球90多个国家的2500多位来自商业、政治、教育、文化等各界人士济济一堂，着重探讨金融危机之后的全球治理问题，力求提出解决问题的行动方案。上届年会的主题是重塑后危机世界，旨在从金融危机中吸取教训，帮助理解风险之间的内在联系，引发长期思考，为采取行动打下基础。本届年会的主题是："改善世界状况：重新思考，重新设计，重新建设"。

2月12日上午，在国际奥委会第122届全会上，中国前短道速滑名将杨扬以89票赞成、5票反对的绝对优势当选为国际奥委会委员。杨扬也是继何振梁、吕圣荣和于再清后第四位来自中国大陆的国际奥委会委员。在23年的运动生涯中，杨扬一共获得59个世界冠军，是目前中国获得世界冠军最多的运动员。她参加过3届冬季奥运会，获得2金、2银、1铜共5枚奖牌。尤其是在2002年盐湖城冬奥会，她勇夺短道速滑女子500米和1000米两枚金牌，为中国体育代表团实现了冬奥会金牌零的突破。

2月27日凌晨，智利发生里氏8.8级强烈地震。位于夏威夷的太平洋海啸预警中心立即向智利、秘鲁和厄瓜多尔发出海啸警报，随后，又将同等级别的预警范围扩大至整个中美洲以及太平洋国家和地区。该中心报告说，海平面数据显示，智利强震已经引发海啸，并可能产生大范围破坏。收到海啸预警的地区已于当地时间28日晨遭遇巨浪和强大洋流，持续时间长达数小时。

3月2日，据韩国媒体报道，韩朝双方代表团在开城工业园区就园区通行、通关、通信的"三通"问题举行工作接触，双方就解决"三通"问题的方向达成共识，但没有取得具体成果。对于如何解决"三通"问题，双方今后还将举行工作接触进行讨论。韩国统一部当天表示，双方商定，今后将分领域持续进行工作接触，商讨实际解决方案。分领域进行工作接触的日期另行商定。

3月1日～5日，第六届中美洲艾滋病大会在哥斯达黎加首都圣何塞举行。会上有关艾滋病防治经验、保障艾滋病感染者权益，特别是青少年预防艾滋病等议题，再次引起人们对艾滋病疫情的关注。

4月15日，"金砖四国"领导人第二次正式会晤在巴西首都巴西利亚举行，中国国家主席胡锦涛、俄罗斯总统梅德韦杰夫、巴西总统卢拉、印度总理辛格出席。巴西总统卢拉主持会议,与会领导人重点就世界经济金融形势、国际金融机构改革、气候变化、"金砖四国"对话与合作等问题交换看法。

4月25日在华盛顿举行的世界银行发展委员会春季会议通过了发达国家向发展中国家转移投票权的改革方案,在提高发展中国家在世行投票权问题上"迈出历史性一步"。中国在世行的投票权从目前的2.77%提高到4.42%,成为仅次于美日的世行第三大股东国。

6月25日,八国集团首脑会议在加拿大安大略省首府多伦多北部马斯科卡地区的亨茨维尔小镇拉开帷幕。在为期一天半的会议上,美国、英国、法国、德国、意大利、加拿大、日本和俄罗斯的领导人将重点评估发展援助,以落实联合国千年发展目标,因此邀请了一些非洲、拉美和加勒比地区的国家参加,欧盟领导人也参加了会议。据加拿大总理办公室介绍,本次峰会主要讨论发展、和平、安全以及其他共同关心的问题。

7月12日,世界上首座氢能源发电站在意大利正式建成投产。这座电站位于水城威尼斯附近的福西纳镇。据报道,该发电站功率为16兆瓦,年发电量可达6000万千瓦小时,可满足2万户家庭的用电量,一年可减少相当于6万吨的二氧化碳排放量。该电站7万吨燃料来自于威尼斯及附近城市的垃圾分类回收。

9月4日,第三十三届世界海洋和平大会暨联合国教科文组织政府间海洋学委员会成立50周年庆典圆满闭幕,大会发表《北京宣言》,重申关注海洋、呵护海洋、和平利用海洋已成为当今世界的一个主旋律,海洋必将为人类的可持续发展做出不可替代的贡献。

10月15日,当地时间14时17分,正在建设的世界最长铁路隧道戈特哈德隧道东线在瑞士阿尔卑斯山底下钻通最后1.5米。这条隧道全长57公里,已经过约25年的设计和建设,计划2017年全部建成。西线钻通预计在明年春完成。建成后,将超过全长约54公里长的日本青函隧道,成为世界最长铁路隧道,将使从瑞士苏黎世至意大利米兰的火车运行时间仅需2小时40分钟,减少约1小时。届时,每天将运行约300列火车,客运列车平均时速将达250公里,货运列车时速可达160公里。

10月17日,2010年10月17日是联合国确定的第十八个"国际消除贫困日",今年的活动主题为"缩小贫穷与体面工作之间的差距",意在呼吁各国关注就业,努力创造更多、更体面的就业机会,从根本上解决贫困。

10月20日,联合国人口基金发表的《2010年世界人口状况报告》预测,到2050年,世界人口将超过90亿,人口过亿的国家将增至17个,印度将取代中国成为世界人口第一大国。

11月23日,韩国和朝鲜在西部海域存在争议的"北方界线"附近发生交火,朝鲜向"北方界线"韩方一侧的延坪岛发射100多枚炮弹,韩方则向朝鲜回击80余枚炮弹。延坪岛位于"北方界线"韩方一侧,距离朝鲜只有13公里左右,目前该岛由韩国仁川市实际管辖。据悉,延坪岛上生活着大约900多个家庭1000多名居民。韩军方发言人说,数发炮弹落到了延坪岛上,山林因此起火。延坪岛上已经停电。除了出海作业者外,大部分民众已在当地广播的提示下躲进防空设施。

12月1日,是第二十三个世界艾滋病日,此次艾滋病日的主题是"普遍可及和人权"。联合国艾滋病规划署近日发布的2010年全球艾滋病状况报告指出,最近10年,全球艾滋病蔓延趋势得到了有效遏制,新增艾滋病病毒感染人数和艾滋病致死人数总体呈现下降趋势。这一拐点来之不易,但要实现"零感染、零歧视、零死亡,共享健康与发展"的目标还需要全人类共同努力。

12月5日,美国罗切斯特理工学院研究人员在英国《自然·光子学》杂志上报告说,他们成功研制出利用光的压力来使物体移动的"光翼"。借助这一发明,未来在太空探索中,就有可能仅依靠太阳光驱动飞行。光照射到物体表面被反射或是通过透明物体时都会对物体产生"辐射压力",这个原理实际上早已为科学界所知。研究人员此次利用计算机模型测试发现,形状不同的物体,入射光线折射和反射也各不相同。当目标物体为一种特殊的透明半圆柱体时,经过折射,入射光线的大部分都会集中从一个方向上射出。这个方向上的"辐射压力"因此也就最大,半圆柱体可以在这个方向上发生位移。

12月13日,俄罗斯政府第一副总理舒瓦洛夫视察了同日本存在归属争议的南千岛群岛(日本称北方四岛)中的择捉岛和国后岛。据俄媒体报道,舒瓦洛夫当天受俄总统梅德韦杰夫委托,前往择捉岛和国后岛,考察了"2007~2015年南千岛群岛社会经济发展"联邦目标计划中的项目实施情况。他在视察时说,加强小企业竞争力和发展基础设施是当地社会经济成功发展的关键。另据日本媒体报道,日本首相菅直人当晚表示,舒瓦洛夫视察国后岛和择捉岛非常令人遗憾。

12月21日上午,联合国安理会举行了一次别开生面的非正式会议,安理会15个理事国的大使和联合国秘书长潘基文在会上同150多名青少年对话。青少年就恐怖主义、气候变化、消除贫困和武装冲突等最为关切的话题表达了自己的观点,并向各国大使提问。这是安理会首次举办同青少年对话会议。这次互动式对话的主题为"你们的世界:新一代的声音"。会议召开前,安理会向全世界13~21岁的年轻人发出了邀请,请他们通过视频或书面方式,对当今世界最为重要的和平与安全挑战表达自己的观点。来自90多个国家的近1000名青少年踊跃回应。他们中的代表以及来自美国纽约的学生150多人参加了21日的对话会。

12月30日,韩国国防部发布《2010年国防白皮书》,称"朝鲜政权和朝鲜军队是韩国的敌人",而之前的表述是"直接威胁"。朝鲜媒体认为这是"不可容忍的挑战和严重挑衅"。韩国国防部当天介绍说,此次发布的国防白皮书展现了韩国军队守护国土的坚决意志。对于朝鲜威胁方面,白皮书中明确提出,随着朝鲜战斗武器的增加,韩国将对朝鲜的威胁进行重新评估,并对韩国军队的建设方向进行重新定位,只要朝鲜继续进行类似"天安"号事件、延坪岛事件等武力挑衅和威胁,韩方就称朝鲜政权和朝鲜军队为敌人。朝鲜媒体表示,韩国当局把朝鲜称为"敌人"是鼓吹"同族相残"和"战争"的论调,将"不可避免地导致对抗激化、紧张加剧乃至战争的后果",韩国当局要对由此引起的严重后果承担全部责任。

2.2011 年国际要闻

1月1日,迪尔玛·罗塞夫在巴西国会宣誓就任巴西联邦共和国总统,成为巴西历史上第一位女总统。迪尔玛总统在国会发表就职演说时强调,巴西新政府的首要任务是消除贫困,"我们这一届政府最顽强的斗争就是彻底消除极端贫困,为所有人创造(就业)机会"。

1月12日,越南共产党第十一次全国代表大会在首都河内开幕。大会以"继续提高党的领导能力和战斗力,发挥全民族力量全面推进革新事业,为到2020年把越南基本建成现代化的工业化国家奠定基础"为主题。

同日,美国传统基金会公布世界"经济自由度指数"报告,香港再次获评为全球最自由经济体系,这已是香港连续第十七年名列经济自由度榜首。据悉,该经济自由度指数每年测评一次。去年,香港在贸易自由度和财政监管制度两项排行全球第一,财政自由度和货币自由度得分上升。

1月21日,白俄罗斯总统卢卡申科在首都明斯克正式宣誓就职,标志着卢卡申科开始第四个总统任期。

1月25日,国际货币基金组织(IMF)发布了最新的《世界经济展望》和《全球金融稳定报告》,前者认为全球经济复苏的步伐稳定,并上调2011年世界经济增长预期至4.5%;后者则提醒,由于发达国家财政状况持续疲弱,尤其是欧元区财政信用和融资市场的风险,全球金融稳定仍面临挑战。

2月5日,美国国务卿希拉里·克林顿和俄罗斯外长拉夫罗夫在德国慕尼黑正式交换了新的《削减和限制进攻性战略武器条约》的签署文本。这标志着美俄新的核裁军条约正式生效。

2月7日,苏丹总统巴希尔正式宣布接受苏丹南部公投最后结果——苏丹南方与北方的分离。苏丹人民解放运动在2月13日举行的政治局会议上确定公投后将与北方分离,即将建立的新国家国名为"南苏丹"。

2月15日,纽约证券交易所与德国证券交易所正式宣布合并,组建世界最大的证券交易所集团。纽约证交所表示,经双方董事会同意,双方合并开始进入实质性的商业运作阶段,新集团的名称目前尚未确定,但根据双方初步达成的协议,将在纽约与法兰克福设立双总部。这项合并将加强法兰克福与纽约作为世界重要金融中心的地位,新集团同时在巴黎、伦敦、卢森堡及世界其他地方进行业务活动。而双方在阿姆斯特丹、布鲁塞尔、里斯本等其他地方的全国性交易所,仍将保留其在各当地市场的名称,所有交易活动将在当地管理规则与框架下运营,合并后的集团将与所有市场的管理者保持密切合作。

北京时间 2 月 25 日 5 时 50 分(美国东部时间 2 月 24 日 16 时 50 分),搭载 6 名宇航员的美国"发现"号航天飞机从肯尼迪航天中心顺利升空。这是"发现"号第 39 次,也是最后一次执行太空飞行任务,大约 4000 名观众在现场见证了这一历史性时刻。

3 月 1 日,联合国大会以协商一致的方式通过决议,中止利比亚人权理事会成员国资格。这是联合国大会首次中止人权理事会某一成员国的资格。

3 月 8 日,美国国防部长罗伯特·盖茨走访阿富汗南部坎大哈后表示,对当前美军和北约在阿富汗的军事进展感到乐观。盖茨表示,美军和北约今年 7 月从阿富汗撤军的条件"已经具备",但他并没有透露关于撤军的具体信息。

日本东京时间 3 月 11 日下午 2 时 46 分左右,日本东北地区海域发生里氏 9.0 级强烈地震。地震引发巨大海啸,日本太平洋沿岸地区房屋大量损坏,多处发生火灾和停电。国务院总理温家宝就此致电日本首相菅直人,代表中国政府向日本政府和人民致以深切慰问,表示中方愿向日方提供必要的帮助。

3 月 11 日,俄罗斯副外长里亚布科夫在国家杜马(议会下院)会议上表示,俄罗斯外交部反对对利比亚动用武力。当有议员提及法国总统萨科齐提出可能对利实施打击时,里亚布科夫表示,俄外交部坚决反对任何一方单方面动用武力。冲突各方进行对话是解决北非地区冲突问题的唯一途径。他认为,这符合联合国安理会 1970 号决议精神。

3 月 12 日,欧元区 17 国领导人非正式峰会在布鲁塞尔结束,此次峰会专门讨论应对主权债务危机的综合方案。各国领导人最终就此达成一致,其中最受关注的是旨在促进欧元区国家经济趋同的经济改革建议"欧元公约"。"欧元公约"的核心是经济治理改革,促进成员国经济更加融合。并为此确定了 4 项目标,即增强经济竞争力,促进就业,巩固财政和维护金融稳定。至于如何实现这些目标的具体措施,则由各国自己来决定,但要接受欧盟的监督。

3 月 14 日,据日本官方公布的统计数字,11 日特大地震海啸已造成 1800 余人遇难,失踪者超过 15000 人。14 日 11 时 1 分,福岛第一核电站 3 号机组发生爆炸。日本政府 14 日下午宣布福岛第一核电站避难半径扩大到 30 公里。有专家分析认为,福岛第一核电站 3 号机组发生的爆炸与 12 日 1 号机组的爆炸一样,是由氢气引起。核电站燃料棒由锆金属的燃料包壳包裹着,但此次爆炸可能是 1 号及 3 号机组的冷却水水位出现下降,无法冷却的燃料棒发生部分堆芯熔化引起的。14 日 18 时 30 分,东京电力公司宣布,福岛第一核电站 2 号机组反应堆冷却功能丧失,已向政府申报紧急事态。专家认为,这与此前爆炸的 1 号机组和 3 号机组的过程极为相似,很有可能再次发生爆炸。

3 月 15 日,据日本警察厅公布的数据,特大地震海啸灾害已造成 3373 人死亡,15000 多人失踪。此次受灾最严重的是宫城县、岩手县和福岛县。日本福岛第一核电站的 4 个机组在 4 天之内接连爆炸,日本首相菅直人说,今后放射性物质泄漏的危险正在增高,他表示,政府将竭尽全力防止更多放射性物质泄漏,由衷希望国民冷静行动。

3 月 15 日,朝鲜外务省发言人表示,朝将无条件参加朝核问题六方会谈,且不反对在六方会谈中讨论铀浓缩问题。该发言人是就俄罗斯副外长、朝核问题六方会谈俄罗斯代表团团长博罗达夫金访朝发表谈话时作出上述表态的。今年是《朝俄莫斯科宣言》发表 10 周年,双方表示将进一步发展传统友好关系。